BASTEI
LÜBBE

JERRY COTTON JUBILÄUM

Die Rache der schwarzen Mafia

Die Nacht der Todesengel

Schon so gut wie tot

BASTEI LÜBBE

BASTEI-LÜBBE-TASCHENBUCH
Band 31 905

Erste Auflage:
Oktober 1996

Die Rache der schwarzen Mafia
Die Nacht der Todesengel
Schon so gut wie tot

Lektorat: Rainer Delfs
Titelbild: Bastei-Archiv
Umschlaggestaltung:
Quadro Grafik, Bensberg
Satz: Digital-Offset-Druck
W. Steckstor, Bensberg
Druck und Verarbeitung:
Cox & Wyman
Printed in Great Britain

ISBN 3-404-31905-2

Der Preis dieses Bandes
versteht sich einschließlich der
gesetzlichen Mehrwertsteuer.

Die Rache der schwarzen Mafia

Das Gebrüll der Zwanzigtausend schwoll an, stieg unter die Kuppel der Halle und brandete donnernd auf den Mann im Ring nieder. Der Lärm schlug über ihm zusammen wie eine Woge, hielt ihn umklammert, feuerte ihn an. Alles zugleich. Es nahm ihm fast den Atem, weil er so großartig war.

Denn das Toben der Zuschauer galt ihm allein – Brick LeRoy, dem Jungen aus Harlem, der die Nummer gezogen hatte, wie man im Getto sagt. Sie nannten ihn die Katze. Brick ›the cat‹ Leroy. Ihn feuerten sie an. Ihn, den Neuen, den Mann, der hier im Madison Square Garden seinen ersten Profikampf bestritt, nachdem er das Amateurlager verlassen hatte. Dabei war seine Aufstellung für das Olympiateam so gut wie sicher gewesen. Er war der beste Amateurboxer der Staaten im Halbschwergewicht. Aber er war ungeduldig. Drei Jahre bis Olympia waren eine zu lange Zeit für einen jungen Mann, der es schaffen wollte.

Ja, die Begeisterung der Zuschauer galt ihm und nicht dem Gegner, obwohl Jimmy Dale auf dem Weg zur Spitze war. Unaufhaltsam wie eine Dampfwalze. Der Kampf gegen den jungen Herausforderer, den Amateurchampion im Halbschwergewicht, sollte ihn aufbauen, ihn prominent und teuer werden lassen, bis es zum Titelkampf kam.

Jimmy Dale, Vierter der Weltrangliste im Schwergewicht, war gut. Aber Brick ›the cat‹ LeRoy hielt sich für besser.

Jimmy Dale griff an. Die schweren Fäuste in den Sechs-Unzen-Handschuhen flogen heran. Brick sah die Augen des anderen über dem braunen, vom Schweiß dunklen Leder. Er sah das Blauweiß um die Iris, die breite Nase mit den riesigen Löchern, durch die pfeifend der Atem stieß. Sieben Runden lang hatte er Jimmy Dale durch den Ring gejagt und ihm die Luft aus den Lungen getrommelt. In der nächsten Runde, spätestens in der neunten, konnte er den schweren, den erfahreneren Boxer auf die Bretter schicken. Brick fühlte sich gut. So gut wie noch nie in seinem Leben. Er war wie berauscht.

Er hatte vergessen, daß er sich in der nächsten Runde niederschlagen lassen sollte.

Jimmy Dales Linke streifte sein Ohr und erinnerte ihn daran, daß Dale ein Weltklassemann war. Ein Kämpfer. Der schwerere Körper des anderen prallte gegen ihn. Schweiß spritzte nach allen Seiten. Brick stieß Jimmy Dale zurück. Er schlug nach und landete einen Treffer in der Magengrube.

Er sah das Zucken in den Augen des anderen, das kurze Spannen der Lippen.

Jimmy Dale konterte. Brick wurde gegen die Seile geschleudert. Jimmy setzte nach. Er erfaßte instinktiv die Schwächen seines Gegners und nutzte sie erbarmungslos aus.

Bricks Schwächen waren seine Ungeduld und sein ungestümes Vorgehen.

Er tauchte unter einem wüsten Schwinger weg. Er stellte sich frei und tänzelte, um den anderen aus der Ecke herauszulocken. Der Ringrichter war ein weißer Schatten. Brick sah ihn gar nicht.

Wie eine Katze schlich Brick um Jimmy Dale herum. Dabei blieb er dauernd in Bewegung. Jimmy Dale ließ ihn nicht aus den Augen. Er fintete und sprang zurück. Plötzlich stieß er vor. Brick tauchte unter einem Schwinger weg. Von unten nach oben stieß er die Faust gegen den Hals seines Gegners. Jimmy taumelte, fing sich sofort wieder. Er wirbelte herum. Der Boxer überspielte den Moment der Schwäche mit einem wahren Feuerwerk von Links-Rechts-Kombinationen, um sich den Jüngeren vom Leib zu halten. Als Brick die Deckung durchbrach, ging Dale in den Clinch.

Er hörte Jimmy Dales keuchende Atemzüge nah an seinem Ohr.

»Ich bringe dich um!« zischte der Schwergewichtler. »Du gehörst nicht zu uns! Ich bringe dich um!«

Jimmy Dale wich zurück, als der Ringrichter die Kämpfer trennte. Brick griff an. Die Runde mußte bald zu Ende sein. Er wollte dem anderen ein paar Brocken mit in die Pause geben.

Die Halle dröhnte. Er sah die aufgerissenen Münder, die blassen Gesichter in Ringnähe. Augen, die ihn anstarrten. Ihn, nur ihn!

Er schmetterte die Rechte in Jimmy Dales Gesicht. Ein langgezogenes Stöhnen aus zwanzigtausend Kehlen quittierte diesen Treffer. Jimmy Dale marschierte wieder vorwärts, um den Jüngeren auf Abstand zu halten. Brick feuerte einen wahren Hagel von Schlägen ab, der die Deckung des anderen zertrümmerte.

Verschwommen sah er das lange Gesicht seines Managers unten am Ring neben seiner Ecke. Er hatte den Mund zu einem scheinbar lautlosen Schrei geöffnet. Bull Hyman machte sich Sorgen. Das Gesicht verschwand aus Bricks Augen.

Jimmy Dale schoß eine linke Gerade ab, die gegen Bricks Deckung prallte, ihn aber zwei, drei Schritte zurückwarf. Jimmy setzte nach.

Den nächsten Schlag blockte Brick ab. Dann schoß seine Faust durch die Deckung des anderen und klatschte gegen die Halsschlagader.

Wie ein gefällter Baum krachte Jimmy Dale auf die Knie. Er stützte sich mit den Fäusten ab und schüttelte den Kopf. Der Ringrichter drängte Brick in die neutrale Ecke. Dann begann er zu zählen.

Bei drei ertönte der Gong, und das Toben der Zuschauer verebbte.

Brick starrte Jimmy Dale an, während die Helfer um ihn waren. Man goß ihm Zitronenwasser in den Mund, massierte seine Beine und überprüfte die Bänder der Handschuhe. Toomey Booth, der Trainer, hechelte Anweisungen in sein rechtes Ohr. Brick hörte sie nicht.

Denn an seinem linken Ohr hing Bull Hyman. Bulls Stimme klang rauh vor Anspannung.

»Laß dich voll erwischen. Nimm einen Schlag. Es darf nicht getürkt aussehen. Denk ans Fernsehen! Und denk daran, was für uns davon abhängt!«

Brick nickte mechanisch. Er sah die Augen seines Gegners in dem schwarzen Gesicht. In diesen Augen brannte der Haß. Jimmy Dale fletschte die Lippen Warum haßt er mich? fragte sich Brick. Er ist Schwarzer wie ich. Er stammt aus derselben Ecke des Gettos wie ich.

»Du mußt es tun!« hauchte Bull Hyman beschwörend.

Brick nickte erneut. Das alles hörte er jetzt seit Tagen. Er hatte sich auf alles eingelassen, um überhaupt einen Kampf gegen einen der Weltbesten im Schwergewicht zu bekommen. Bis sie ihm einen Kampf um den Titel gaben, mußte er tun, was sie sagten. Die Show mitmachen. Die Regeln des Dschungelkampfes einhalten. So hatte Bull Hyman es ihm erklärt. Und Jack Pepe auch. Jack Pepe, sein alter Trainer. Der Mann, der ihn entdeckt hatte.

Und er hatte zugestimmt. Ja, ja. Er war ungeduldig.

Der Gong ließ ihn auf die Beine schnellen. Die Helfer kletterten aus dem Ring. Wieder schwoll das Johlen an. Die anfeuernden Rufe der Zuschauer. Zwanzigtausend! Mein Gott! Und das Fernsehen war auch da. Jimmy Dale haßte ihn, den Jungen aus dem Getto. Die Zuschauer feuerten Brick an, weil er den besseren Kampf lieferte. Er bot ihnen etwas für ihr Geld. Wenn er Jimmy Dale schlug, mußten sie ihn doch weiter gegen Klasseleute kämpfen lassen! In ein paar Wochen hatte er ohnehin das richtige Gewicht für die Schwergewichtsklasse.

Jimmys Faust prallte seitlich gegen seinen Kopf. Brick taumelte. In der Halle wurde es für einen Moment still, totenstill. Dann, als er nach diesem schweren Hieb auf den Beinen blieb, johlten sie und feuerten ihn an. Er hätte sich hinwerfen können. Er hätte den Angeschlagenen mimen können. In seinem Schädel pochte ein dumpfer Schmerz.

Sie schrien seinen Namen. »Cat!« schrien sie. »Cat! Cat! Cat!« Sie johlten und brüllten. Der Rausch stellte sich wieder ein. Er sah die Augen seines Gegners. Groß, rund und braun, das Weiße bläulich schimmernd.

Jimmy Dale versuchte, ihn gegen die Seile zu drängen. Brick gab nach. Er wich zurück. Als Dales Augen triumphierend zu funkeln begannen und eine neue wilde Serie von Schlägen ankündigten, drehte er sich blitzschnell zur Seite weg.

Jimmy Dale schoß an ihm vorbei. Brick stoppte ihn mit einer linken Geraden an der Schulter. Dale wurde halb herumgerissen. Brick drehte sich nach rechts. Seine Schultern schwangen herum. Er sah den Mundschutz zwischen den halb geöffneten Lippen, die Nase, das bullige Kinn.

Das Gesicht des anderen lag frei vor ihm.

Brick war ein Boxer. Reflexe und Verstand bestimmten wechselseitig das Handeln eines Fighters. Jetzt war es ein reiner Reflex, der ihn handeln ließ.

Er schlug zu. Das Gesicht verschwand hinter den sechs Unzen des Handschuhs. Er spürte den Schmerz, der seinen Arm hinaufraste, durch seine Schulter zuckte und irgendwo in seinem Kreuz explodierte.

Es war ein wirkungsvoller Schlag gewesen. Brick wußte es sofort.

Jimmy Dales Gesicht sackte unter ihm weg. Dann krachte Jimmy Dale, Vierter in der Weltrangliste der Schwergewichtler, zu Boden.

Der Garden glich einem Hexenkessel. Die Kamera schwenkte kurz über die Zuschauer, ehe sie zum Ring zurückkehrte. Aus dem Lautsprecher drang das Johlen der Massen, und doch war die Stimme des Ringrichters genau zu verstehen.

». . . sieben, acht, neun, aus!«

Zwanzigtausend Fans sprangen von ihren Sitzen. Sie jubelten ihrem neuen Favoriten zu. So etwas hatte man lange nicht gesehen. Wie lange nicht? Wer dachte in diesen Minuten nicht an den jungen Cassius Clay?

Ich dachte an ihn. Manuel ›Concho‹ Moran vielleicht ebenfalls, auch wenn er jetzt die schmalen Lippen kräuselte und den kleinen Farbfernseher, der auf seinem Schreibtisch stand, mit einer heftigen Bewegung ausschaltete. In den dunklen Augen glomm ein kleines Licht, als er sie jetzt auf mich richtete. Ich wußte jedoch, daß er mich nicht wirklich sah, daß er meine Anwesenheit während der letzten 30 Sekunden glatt vergessen hatte. Er hatte nur auf den Bildschirm gestarrt, wo ein junger farbiger Kämpfer einen erfahrenen, mit allen Wassern gewaschenen Profi ausgepunktet und ausgeknockt hatte.

Manuel Moran, den man Concho nannte, war ein hellhäutiger Farbiger. Seine Mutter war eine lungenkranke, alkoholsüchtige puertoricanische Prostituierte gewesen. Sein Vater mußte ein Neger gewesen sein, dessen Namen die Mutter jedoch nicht kannte. Sie hatte es irgendwie fertiggebracht, ihren Sohn auf anständige Schulen zu schicken. Als sie starb, wurde sogar eine Lebensversicherung in Höhe von dreißigtausend Dollar fällig. Dieser Betrag reichte aus, um dem bei ihrem Tode gerade fünfzehnjährigen Jungen sogar den Besuch eines College zu ermöglichen.

Die Lehrer hatten einen brillanten Kopf aus ihm gemacht. Aber sie hatten es nicht geschafft, seinen Haß auf die Menschheit – auf Schwarz und Weiß – abzubauen.

Seine Haut zeigte ein helles Braun. Das glänzende schwarze Haar trug er glatt nach hinten gekämmt wie die Gigolos, die in den dreißiger Jahren den Savoy Ball-room an der Lenox Avenue bevölkert hatten. An zwei der schmalen, geschmeidigen Finger der linken Hand funkelten große Brillanten im Schein der Schreibtischlampe. Im Lichtkegel der Lampe stand ein Foto in einem schweren Silberrahmen.

Das farbige Bild zeigte das ovale Gesicht eines etwa dreizehnjährigen Jungen mit sanften Rehaugen. Die Ähnlichkeit mit Concho Moran war unverkennbar.

»War das Ihr Mann, der da auf die Bretter gegangen ist?« fragte ich laut in die Stille hinein.

Morans Blick kehrte aus weiter Ferne zurück. Er hatte nicht verstanden, was ich gesagt hatte. Deshalb wiederholte ich die Frage. Concho Morans Interessen waren weit gefächert. Als Hobby gewissermaßen hielt er sich einen Boxstall. So wie andere Leute mit Geld einen Rennstall unterhalten. Und wie alles, was Leute mit Geld anfassen, wieder Geld bringt, warf auch Concho Morans Boxzirkus beachtliche Beträge ab. Nur ein Weltmeister im Schwergewicht fehlte ihm noch. Oder wenigstens ein Boxer, der einen Kampf um den Titel bekam. Jetzt hatte Moran in Jimmy Dale einen Fighter von Weltklasseformat an der Hand.

»Er sah aber nicht besonders gut gegen den jungen Mann aus«, fügte ich schadenfroh hinzu.

»Gut genug«, murmelte Moran. »Dale wird um den Titel kämpfen. Im Herbst. Er hat eine gute Chance!« Morans Augen funkelten.

Ich nickte, und dann versuchte ich, auf den Zweck meines Besuches zu sprechen zu kommen. Ich hatte mich nicht nach Harlem begeben, um mit Concho Moran über die Chancen eines Spitzenboxers zu plaudern, auch wenn ich ein ausgesprochener Boxfan bin. Concho Moran hatte mir eine Audienz gewährt, und ich durfte die kostbare Zeit nicht mit nutzlosem Geschwätz vertändeln.

Denn Concho Moran war ein Topman. Einer aus der oberen Kiste. Er war der reichste Mann von Harlem. Und sicher auch der gemeinste.

An die zweihundert farbigen Prostituierten trippelten für ihn über Manhattans Gehwege oder hockten in den Hallen der großen Hotels. Einige hundert Dealer versorgten Kinder aller Altersstufen mit Heroin. Andere versorgten die Jugendlichen und die Erwachsenen mit Stoff. Er betrog die Ärmsten der Armen aus den Slums noch um das bißchen Geld, das sie von der Wohlfahrt bekamen, indem er ihre Träume ausnutzte und ihnen die Dollars für Wetten aus den Taschen luchste. Und so weiter und so weiter. Er war der Kopf der schwarzen Mafia.

An diesen Supergangster selbst kamen wir nicht heran. Hin und wieder schnappten die Kollegen von der Narcotic Squad einen Dealer. Mal stellten die City Cops die Mitglieder einer Bande jugendlicher Farbiger, wenn sie ein Lagerhaus ausräumten. Oder vielleicht einen Killer, der einen Job für Concho Moran erledigt hatte.

So wie jetzt.

Ich zog einen Umschlag aus der Jackentasche und schüttelte einen Packen Fotos heraus.

Es handelte sich um Amateuraufnahmen, die jedoch von Spezialisten ausgewertet worden waren. Die Ausschnittvergrößerungen zeigten einen Weißen in einer Menge Farbiger. Mal die Schultern und den Hinterkopf. Mal das Gesicht im Halbprofil. Einmal sogar von vorn, auch wenn es zu einem Drittel von einem hünenhaften Neger verdeckt wurde. Die Fotos waren bei einer Versammlung entstanden, wie sie in der letzten Zeit oft auf den Straßen abgehalten wurden. Farbige Bürger – Pastoren, Geschäftsleute, Politiker, Polizeioffiziere, Männer aus leitenden Positionen – sprachen zu den Menschen. Auf der Straße. Sie versuchten ihnen Mut zu machen. Sie zu bewegen, in Harlem zu bleiben. Zu kämpfen. Gegen Kriminalität, Verbrechen, Rauschgift und Terror.

Gegen Männer wie Concho Moran.

Vorgestern wurde ein farbiger Feuerwehrmann bei einer dieser Versammlungen erschossen. Auf offener Straße. Officer George Chieffo war achtundfünzig Jahre alt gewesen. Vor drei Jahren war er demonstrativ nach Harlem zurückgekehrt, nachdem er den Stadtteil, in dem er geboren worden war, vor fünfzehn Jahren verlassen hatte. Viele Farbige, unter ihnen Prominente, kehrten zurück und versuchten ihre Freunde nachzuziehen.

George Chieffo hatte sich der Bürgerbewegung angeschlossen, die für ein sicheres Heim kämpfte.

Diese Gruppe hieß CASH – Citizen Action for Safer Harlem.

Der Mann auf dem Foto war der Mörder, auch wenn es dem Fotografen im Tumult nach der Tat nicht gelungen war, den Weg des Killers weiter mit der Kamera zu verfolgen. Aber Zeugenaussagen bestätigten, daß dieser Mann die beiden tödlichen Schüsse auf George Chieffo abgegeben hatte.

Ich klatschte die Fotos auf den Schreibtisch. Sie schlitterten ein Stück über die glatte Platte und stießen gegen den Silberrahmen mit dem Foto von Concho Morans kleinem Sohn.

Moran sah auf das oberste Bild. Dann richtete er die Augen auf mich.

»Was soll das? Wer ist dieser Mann?« fragte er. Er hatte eine weiche, angenehme Stimme.

»Dieser Mann hat George Chieffo getötet«, sagte ich.

Die strichdünnen Lider fuhren einen halben Zoll in die Höhe, wobei sich die glatte Haut der Stirn nicht in Falten legte. »Chieffo?« fragte er. Er benutzte dafür den Tonfall, der so neutral ist, daß man sich alles dabei denken kann.

Auch, daß er den Namen dieses prominenten Kämpfers für ein sauberes Harlem noch nie gehört hatte.

»George Chieffo«, bestätigte ich. »Er hat der Prostitution, dem Rauschgifthandel und einem Dutzend anderer schmutziger Dinge den Kampf angesagt. Dabei wurde er gewissen Leuten unbequem.«

»Dann würde ich an Ihrer Stelle mit diesen Leuten sprechen«, schlug Moran vor.

Seine Stimme hatte eine Spur an Schärfe zugenommen, und der Blick glich dem einer gefährlichen Schlange, die bereit ist, sich gegen einen Angreifer zu wehren.

»Genau deshalb bin ich hier, Mr. Moran. Der Mörder heißt Donald Elvin. Anhand der Fotos ist uns eine einwandfreie Identifizierung gelungen ...«

»Gratuliere ...«

»Elvin ist ein Mietkiller aus Chicago. Einen Tag vor dem Mord ist er von Chicago herübergeflogen. Er ist im Edison Hotel an der 46th Street abgestiegen, aber nach der Tat nicht dorthin zurückgekehrt. Vermutlich ist er mit der Subway bis zur 116th Street gefahren, wo die Street Rally vorgestern ihren Ausgangspunkt nahm. Er ist mit der Gruppe weitergegangen. An der 125th Street hat er dann geschossen. In seinem Rücken befand sich ein Abgang zur U-Bahn ...«

»Warum erzählen Sie mir das alles, Mr. Cotton?« fragte er.

»Weil wir Elvin haben wollen, Mr. Moran«, sagte ich hart. »Er ist erkannt. Wir werden ihn schnappen. Mit Ihrer Hilfe.«

»Wieso mit meiner?« Morans Stimme klang flach. Sie war in der Stille des Raumes so deutlich zu hören wie das Rasseln einer Klapperschlange. Er war beunruhigt. Er mußte es einfach sein. Da kreuzte ein FBI-Mann in seinem Büro auf, der nicht nur den Namen des Mietkillers kannte, sondern auch ganz sicher war, wer den Mörder in die Stadt geholt – und bezahlt hatte. Ein Mietkiller, dessen Gesicht der Polizei bekannt war, war so gut wie tot.

Im Gegensatz zu uns vom FBI kannte der Killer seinen Auftraggeber jedoch nicht, konnte ihm also mit einer Aussage nicht gefährlich werden. Deshalb rechnete ich mir eine gewisse Chance aus, daß Moran uns den Mann ans Messer lieferte. Ich mußte ihn nur etwas unter Druck setzen, ihn in die Enge treiben. Aus diesem Grund hatte ich mich allein in die Höhle des Löwen begeben. An einem Freitagabend im Sommer. Ich wollte ihn bluffen, ihm drohen. Ich wollte einen gemeinen Mörder von der Straße haben.

»Liefern Sie uns den Mann aus«, sagte ich schlicht und lächelte dabei.

Concho Moran lächelte nicht.

Immer noch tobten die Zuschauer. Brick LeRoy sprang in die Luft und riß die Arme hoch. Er hatte die richtige Nummer gezogen. Er hatte Jimmy Dale geschlagen!

Die Betreuer des Schwergewichtlers schleppten ihren immer noch benommenen Schützling in die Ecke, wo sie ihn auf den Hocker setzten. Jemand spritzte ihm Wasser ins Gesicht. Der Masseur hielt ihm eine geöffnete kleine Flasche unter die Nase. Mit wütenden Bewegungen wies er den Ringarzt zurück.

Immer mehr Leute kletterten in den Ring und drängten sich um Brick.

Brick sah lachende Gesichter um sich herum. Toomey Booth, sein Trainer, wischte sich eine Träne aus dem Augenwinkel. Brick suchte Bull Hyman, den Manager, dem er soviel verdankte. Diesen Kampf. Diesen großen Kampf gegen einen der Besten. Sie würden groß werden. Sie brauchten keine Tricks. Keine gekauften Siege, und sie würden sich nie mehr einen Sieg abkaufen lassen. Nie mehr! Von jetzt an garantierte der Name Brick ›the cat‹ LeRoy volle Häuser.

Er schob die Leute zur Seite, die ihn umringten. Sie wollten seine Hand schütteln und schlugen ihm auf die Schulter. Er suchte Bull Hyman.

Er erreichte seine Ecke und sah nach unten. Da stand Bull Hyman.

Bricks strahlender Gesichtsausdruck gefror beim Anblick dieses unförmigen Mannes in dem hellen, zerknitterten Leinenanzug. Betroffen starrte er den Manager an.

Die Augen lagen wie tote Tümpel in eingesunkenen Höhlen. Die genarbte schwarze Haut schien grau zu sein, wie mit Asche gepudert. Die Lippen waren grau und spröde, halb geöffnet und gespannt wie die eines Toten.

Der Blick war leer, absolut leer. Bull Hyman sah die Hände nicht, die sich nach ihm ausstreckten und ihn berühren wollten. Alle wollten sie auch ihm zu dem neuen Fighter gratulieren. Sie schüttelten einfach seine Hände, die schlaff waren wie abgehangenes Fleisch. Wortlos drehte Hyman sich um und verschwand in der Menge. Es sah aus, als hätte er einen Kampf verloren.

»Bull!« schrie Brick. »Bull!« Sein Rufen ging im Geschrei unter. Der Ringrichter grapschte nach seiner Hand. Er zerrte ihn in die Ringmitte und riß seinen Arm hoch. Ein Mikrofon baumelte vor seinem Mund.

»Sieger durch K.o. in der achten Runde . . . Brick LeRoy!«

Die Halle dröhnte unter dem Trampeln der Füße und den schrillen Pfiffen. Brick hörte sie nicht. Bull ... Er dachte an seinen Manager. Was hatte er nur? Er wollte ihm nach. Er drängte sich an den Fotografen vorbei, die den Ring gestürmt hatten. Ihre Blitzlichter blendeten ihn. Jemand hielt ihn fest. Es war ein harter Griff. Klauenfinger bohrten sich in seinen Oberarm. Dann zischte eine seelenlose Stimme Worte in sein Ohr, die ihn frieren ließen.

»Lauf, Nigger, lauf!«

Bricks Kopf ruckte herum. Er sah ein schwarzes Gesicht mit überhoher Stirn, kurzes krauses Haar und eine auffallend schmale Nase. Ein dünner Bart mit herabhängenden Enden verlieh dem Gesicht einen gemeinen Ausdruck. Der Kerl trug eine dünne Nylonjacke, darunter ein knallrotes Hemd. Es war am Hals geöffnet und gab den Blick auf ein dünnes Goldkettchen frei.

»Lauf, Nigger, wenn dir dein Leben lieb ist.« Der Kerl lachte.

Brick wollte sich auf ihn stürzen. Er wollte ihn festhalten und fragen, was die Drohung zu bedeuten hatte. Seine Hände schossen vor.

Ihm war nicht bewußt, daß er noch die schweren Handschuhe trug. Der Fremde glitt unter seinen Händen durch. Blitzlichter zuckten.

Dann war der Mann verschwunden.

Toomey Booth stand neben ihm. »Komm, Brick«, sagte er. »Komm jetzt! Laß dir die Handschuhe ausziehen. Du warst großartig, Junge!«

Toomey war glücklich. Brick arbeitete erst seit einem halben Jahr mit Toomey. Seit er ins Profilager übergewechselt war. Toomey war ein ganz ausgekochter Junge. Eben ein Profi. Ohne Toomey hätte er es nicht geschafft, obwohl er seinem alten Trainer, Jack Pepe, ungleich mehr verdankte. Jack hatte ihn behutsam entwickelt, ihn langsam aufgebaut und ihn, solange es ging, von den Profis ferngehalten. Jack Pepe hatte Angst um seinen Schützling gehabt.

Hatte er etwa recht?

Während Toomey ihm die Handschuhe aufschnürte, fragte Brick: »Was ist eigentlich mit Bull?«

Toomeys Kopf ruckte in die Höhe. Aus leicht vorquellenden Augen starrte er Brick an. »Bull? Was soll mit ihm sein? Er ist happy, Baby! Happy!« Toomey sah sich um. »He, wo ist er denn? Ich sehe ihn nicht! Ich wette, er gibt bereits Interviews. Oder hängt am Rohr und telefoniert, um den nächsten Fight für dich zu buchen!«

Brick schüttelte den Kopf. Nein, Bull Hyman war nicht glücklich. Er, Brick, hatte einen schrecklichen Fehler gemacht.

Um ihn herum rannten immer noch die Reporter. Jeder wollte ihn von nahem sehen.

»Haut doch ab!« schrie Toomey. »In einer halben Stunde gibt er eine Pressekonferenz!«

»Wo ist Bull?« fragte einer der Sportjournalisten. »He, Toomey, nicht daß Bull die Konkurrenz zuerst bedient! Er soll nicht vergessen, wo seine Freunde sind!«

Brick sah den Reporter an. Der Mann grinste freundlich. Er hatte ein fleischiges Gesicht und rote Haare, die wirr von einem breiten Schädel abstanden. Brick kannte diesen Reporter. Er war ein paarmal im Trainingslager oben am Hackensack River gewesen. Sharp hieß er. Richtig, Matt Sharp. Er schrieb eine Kolumne, die von vielen Zeitungen nachgedruckt wurde.

»Vielleicht ist er schon bei den Kabinen«, sagte Toomey.

Die Reporter schrien durcheinander, dann sprangen sie aus dem Ring. Auch Sharp ging, nachdem er Brick noch einmal zugenickt hatte. Toomeys Gesicht war nah vor Bricks.

Spontan sagte Brick: »Bull hat Angst. Er hat diesen Kampf verkauft.«

Toomey Booth fuhr in die Höhe. Seine Unterlippe begann zu zittern. Hastig sah er sich nach ungebetenen Zuhörern um. Aber im Augenblick bestand keine Gefahr.

»Du bist verrückt!« zischte er. »Bull? Niemals!«

Nein, das war undenkbar. Jack Pepe, Bricks Trainer im Amateurlager, kannte Bull Hymans Ruf. Er hätte seinen Schützling nicht gehen lassen. Jack konnte sehr, sehr hartnäckig sein.

Aber er hatte Bull gesehen, als er wie ein geschlagener

Mann in der Menge verschwand. Und er wußte schließlich, was Bull zu ihm gesagt und was er verlangt hatte. Er hatte ihn beschworen, mitzumachen. Aber er hatte ihm nicht verraten, wie sehr ihm daran lag, daß er, Brick, sich ausknocken ließ. Gut, Bull Hyman war kein reicher Mann. Er hatte in den letzten Jahren ein paarmal Pech gehabt. Er hatte sich vielleicht an einer faulen Wette beteiligt. Oder sich Geld anbieten lassen. Aber er, Brick, war dem anderen doch so überlegen gewesen!

Toomey schüttelte Bricks Arm. »Sag so etwas nicht noch einmal, verstehst du? Willst du ihn ruinieren?«

Brick schüttelte den Kopf.

»Komm jetzt«, sagte der Trainer energisch. »Die Meute wartet. Sie erwarten jetzt irgend etwas Markiges von dir.« Er grinste ermutigend. »Kopf hoch, Junge! Die Presseboys werden dir zwar schlimmer vorkommen als Jimmy Dale. Aber sie mögen dich. Du bist ihr Typ.« Aufmerksam betrachtete Toomey Bricks Gesicht. Brick war sonst ein so freundlicher Junge. Jetzt wirkte er ernst und angespannt, ja sogar unsicher.

Brick sah Bull Hymans Gesicht vor sich. Grau, mit erloschenen Augen und herabgesunkenem Unterkiefer. Brick schüttelte sich.

»Komm jetzt!« drängte Toomey, dem sich Bricks Betroffenheit ebenfalls mitteilte. Mit seinen großen Händen packte er den Unterarm des Boxers.

»Ja«, murmelte Brick LeRoy benommen. Wie ein kleines Kind folgte er dem Trainer.

Concho Moran, der Mann, der mit Rauschgift, Prostitution und Glücksspiel ein Vermögen gemacht hatte, starrte mich aus kalten Schlangenaugen an, als wollte er in mein Gehirn blicken.

»Liefern Sie uns den Mann aus«, hatte ich gesagt. Den

Killer. Ich hatte es freundlich gesagt und irgendwie selbstverständlich, als gebe es für mich keinen Zweifel daran, daß er den Aufenthaltsort des Killers kannte.

So unvernünftig, wie sich meine Forderung anhörte, war sie nicht. Wenn unsere Vermutung stimmte und der Killer seinen Auftraggeber nicht kannte, konnte er ihn also nicht mit hineinziehen. Moran und ich waren allein im Büro des Gangsters, über der Bühne eines leerstehenden ehemaligen Theaters an der Lenox Avenue, im Herzen Harlems. Moran hatte das Theater vor zwei Jahren billig gekauft, um es in einen Super-Unterhaltungsschuppen umzuwandeln. In einen Bums mit Bowlingbahn, Bars, Billardhalle, Grill und Striptease Show, mit Saunas und Fitneßräumen. Mehrere Bürgerinitiativen waren daraufhin aktiv geworden. Sie hatten auf Morans Ruf hingewiesen, hatten ihre Bedenken hinsichtlich der Gefährdung Jugendlicher dargelegt und die Stadtverwaltung gezwungen, die Pläne abzulehnen.

Das Theater stand immer noch weitgehend unbenutzt. Moran hatte in dem großen Bau, der den ganzen Block zwischen der 127th und der 128th Street einnahm, die Garderoben und Schminkräume, die Requisitenkammern und die beiden Nebenbühnen in bewohnbare Räume umbauen lassen und benutzte sie jetzt als seine Zentrale. Im Keller hausten seine Gorillas. Hier oben, über der ehemaligen Beleuchterbühne, hatte er sein Büro untergebracht. Und seinen Harem. Er bestand aus vier blutjungen Girls. Zwei Schwarze, eine Puertoricanerin, eine Weiße. Und weiß der Teufel, wer sonst noch in diesem unübersichtlichen Loch hauste.

Moran teilte sein Leben säuberlich in eine bürgerliche und eine berufsbezogene Existenz, und er achtete genau darauf, daß die Grenzen dieser Existenzen sich niemals berührten. Er führte ein betont bürgerliches Leben in der exklusivsten Gegend der North Bronx. Er war verheiratet, und sein Sohn besuchte eine der teuersten Privatschulen. Er ging regelmäßig zur Kirche, unterstützte die Feuerwehr und den Social Club seines Bezirks und nahm an dem ganzen bürgerlichen Drumherum einer engen Gemeinde regen Anteil.

»Wie kommen Sie darauf, daß ich diesen Mann ...«

»Elvin«, half ich aus.

»... kenne oder sogar ausliefern könnte?« erkundigte sich der Gangster.

»Wir haben ihn identifiziert, wie gesagt, und sind dann seiner Spur gefolgt«, erkärte ich.

Daß wir den Killer so schnell identifiziert hatten, verdankten wir einem unwahrscheinlichen Zufall. Elvin war vor gut zehn Jahren, bevor er seine Karriere als Mietkiller begann, wegen räuberischer Erpressung festgenommen und verurteilt worden. Als wir die Fotos, die kurz vor dem Mord an George Chieffo entstanden waren, per Bildfunk an alle Field Offices des FBI verschickten, saß in Chicago genau der Kollege am Bildfunkgerät, der Elvin damals verhaftet und anschließend mit ihm drei Tage vor Gericht verbracht hatte. Er hatte seinen ehemaligen Kunden sofort wiedererkannt.

Concho Moran hörte aufmerksam zu, als ich ihm darlegte, wie wir darauf gekommen waren, daß er von der Existenz des Killes wissen mußte.

»Kollegen haben herausgefunden, welchen Platz er in welcher Maschine von Chicago nach New York benutzt hatte. Die Kollegen haben schließlich mit Hilfe der Fluggesellschaft den Kontrollabschnitt des Tickets gefunden. Das Ticket wurde in einem Reisebüro in der Third Avenue in Manhattan gekauft. Der Clerk aus dem Reisebüro erinnerte sich noch an den Mann, der es gekauft hat, weil er ihn nicht kannte. Wenn er nämlich sonst Flugscheine verkauft, dann überwiegend an Firmen, die ihre Büros in der Nachbarschaft unterhalten, und diese Kunden zahlen ihre

Tickets niemals bar, wie Sie sich denken können. Der Käufer zog das Geld für den Kaufpreis aus einem neuen Packen mit Zehndollarnoten. Die Banderole war rot wie die von der Bowery Savings Bank. Die nächste Filiale der Bowery Savings Bank liegt fast neben dem Reisebüro, aus dem das Ticket stammt. Wir waren in der Bank. Wir haben mit den Kassierern gesprochen. Wir haben die Schecks durchgesehen, die an dem betreffenden Tag eingelöst wurden. Und wir haben einen Volltreffer gelandet. Soll ich fortfahren, Mr. Moran?«

»Ich bitte darum, Mr. Cotton.« Das glatte Gesicht war starr. Die Augen wanderten durch den dunklen Raum, blieben sekundenlang auf dem Bild des Jungen hängen und kehrten zu mir zurück.

»Wir haben einen Scheck gefunden, Mr. Moran, und zwar über tausend Dollar. Der Scheck war ausgestellt und unterzeichnet von Hugo Lucker, eingelöst von einem Mann namens John Grant, der sich durch eine gültige Fahrerlaubnis ausweisen konnte. Ihre Leute, Mr. Moran, waren sehr, sehr leichtsinnig. Wenn Grant den Scheck in einer beliebigen anderen Filiale eingelöst hätte, oder wenn das Geld aus Ihrem Safe oder aus Luckers Kasse genommen worden wäre, hätte niemand eine Verbindung zu Ihnen herstellen können.«

»Tausend Dollar für einen Killer aus Chicago?« Moran verzog die Lippen zu einem spöttischen Grinsen. »Der Mann interessiert mich.«

»Die tausend Dollar, Mr. Moran, stellen allenfalls das Spielgeld für Grant dar. Grant hatte den Auftrag, den Mann vom Flugplatz abzuholen und ihn zu begleiten, ihn einzuweisen und so weiter. Grant ist Luckers Mann, und Lucker ist Ihr Mann.«

Hugo Lucker hatte bei uns eine dicke Akte. Lucker war ein farbiger Gangster von einigem Format. Vor Jahren hatte er begonnen, in Harlem eine ganze Kette von kleinen, billigen Bars aufzuziehen, mit denen er bald Morans Kreise störte. Zugleich weckte er das Interesse der Polizei, weil in einigen Bars lebhaft mit Marihuana und auch Heroin gehandelt wurde. Bevor Hugo Lucker sich zwischen alle Stühle setzte, arrangierte er sich lieber mit Moran. Jetzt managte er einen Großteil von Morans legalen Unternehmungen. Dazu gehörten Leihhäuser, Bars und Schnellrestaurants.

John Grant dagegen war ein Hitman und Gorilla. Ein Schläger, der dreckige Arbeit gemacht hatte, bevor er zu einem von Hugo Luckers Leibwächtern und Vertrauten aufstieg.

»Ich werde mit Lucker sprechen, Mr. Cotton«, sagte Concho Moran gelassen. »Ich kann mir nicht vorstellen, daß sein Geld dazu benutzt wurde, um einem Killer ein Ticket nach New York zu kaufen. Und falls es doch der Fall sein sollte, mußte es ohne sein Wissen geschehen sein. Die Sache wird sich zweifellos aufklären. Ein zufälliges Zusammentreffen, Mr. Cotton. Ich werde mit Lucker reden, und dann gebe ich Ihnen gleich Bescheid.«

»Oh, die Mühe können Sie sich sparen.« Ich lächelte. »Meine Kollegen erledigen das bereits für Sie. Das Gespräch mit Hugo Lucker, meine ich.«

Jetzt hatte ich Moran zum erstenmal erwischt. Sein linkes Augenlid begann zu zucken, beruhigte sich jedoch schnell wieder.

»Ist er verhaftet?«

»Aber nein, Mr. Moran. Wir haben ihn lediglich vorläufig festgenommen. Als Zeugen in der Mordsache Chieffo.«

»Wann haben Sie ihn festgenommen?«

Ich warf einen Blick auf die Uhr. Es war 22 Uhr 35. »Vor ziemlich genau zwanzig Minuten«, erwiderte ich. Ich deutete auf das Telefon. »Man hat es Ihnen noch gar nicht mitgeteilt?« erkundigte ich mich scheinheilig. Wir hatten größten Wert auf genaues Timing gelegt. Mein Freund und

Kollege Phil Decker hatte Hugo Lucker beschattet und sprach ihn erst dann an, als ich den düsteren Bau des Odeon betrat, um Concho Moran auf den Leib zu rücken.

Wie auf ein verabredetes Signal hin schnarrte das Telefon. Es war ein roter Apparat mit Drucktasten, der auf einem Bandgerät stand. Er konnte gleichzeitig als Verstärker benutzt werden. Bevor Moran den Hörer abnahm, schaltete er das Gerät ab.

Er klemmte den Hörer zwischen Schulter und Hals, fixierte mich aus kalten Schlangenaugen und sagte: »Jetzt nicht. Ruf später wieder an.«

Er lauschte. Seine Brauen zogen sich zusammen. Sein Mund bewegte sich nervös. Etwas lief schief. »Jetzt nicht. In einer halben Stunde.« Er legte auf.

»Jetzt wissen Sie es also«, stellte ich fest.

»Ja, ich weiß es, aber von Ihnen. Und nicht«, er deutete auf den roten Apparat, »von dem Anrufer.«

Das Telefon schnarrte erneut. Moran packte den Hörer. Die Knöchel seiner Hand stachen weiß durch die hellbraune Haut. »Ich wünsche ...« Er verstummte, lauschte und sagte: »Ja, ist gut ... ist gut, ich weiß Bescheid.« Dann legte er wieder auf.

Ich lächelte. Jetzt hatte einer von Luckers Boys den Boß informiert.

»Wie lange wollen Sie ihn festhalten?« erkundigte sich Moran.

»Bis wir Grant haben, Mr. Moran. Oder Elvin. Mit John Grant machen wir dann eine Gegenüberstellung, um ihm nachzuweisen, daß er das Ticket gekauft hat, mit dem der Mörder nach New York geflogen ist. Damit handelt sich Grant eine Anklage wegen Beihilfe zum Mord ein. Der Mord an Chieffo hat ziemlichen Staub aufgewirbelt, Mr. Moran. Weder ein raffinierter Anwalt noch eine hohe Kaution werden ihm Haftverschonung verschaffen.«

»Also ist Lucker doch verhaftet«, stellte Moran fest. Ich

schüttelte den Kopf. »Noch nicht. Er wird nur dann verhaftet, wenn wir Grant nicht vor Ablauf von vierundzwanzig Stunden fassen. Oder Elvin.« Immer wieder warf ich ihm den Namen des Killers vor.

»Elvin, Elvin! Wenn er der Mörder ist – wenn, sage ich –, dann ist er doch längst nach Chicago zurückgeflogen oder sonstwohin!«

»Eben nicht, Mr. Moran. Grant hat ihm nur ein Einzelticket gekauft. Keinen Rückflug, Mr. Moran. Wissen Sie, was wir vermuten?« Er tat so, als interessiere ihn nicht, was wir glaubten. Aber seine Augen verrieten ihn. »Wir gehen davon aus, daß auf Elvin noch mehr Arbeit wartet, Mr. Moran. Wer immer ihn nach New York geholt hat, plant eine Mordserie. An Männern – vielleicht auch Frauen –, die sich für ein sauberes, sicheres Harlem einsetzen.«

»Sie sind … verrückt.«

»Eine bessere Vokabel fällt Ihnen nicht ein? Nun gut, ich bin nicht empfindlich. Mr. Moran, wir werden mit aller Schärfe vorgehen. Wir werden es nicht hinnehmen, daß Menschen wie Chieffo, die ihre Überzeugung vertreten, ermordet werden von Menschen, die hier mit dem Elend ihre Geschäfte machen und die deshalb nicht daran interessiert sind, daß sich etwas ändert.« Ich war aufgestanden. Morans Schlangenaugen folgten meiner Bewegung. Mein Gesicht lag jetzt im Schatten. So konnte er den Zorn nicht sehen, der in meinen Augen brannte und meinen Mund verzerrte.

Einen Moment später hatte ich mich wieder in der Gewalt. Ruhiger sagte ich: »Wir sind allein, Moran. Ich habe kein Aufnahmegerät unter meiner Jacke, keinen Sender im Gürtel. Sagen Sie es mir.«

»Ich weiß es nicht. Ich kenne diesen Mann nicht. Ich habe ihn nie gesehen …«

»Schreiben Sie die Adresse auf ein Blatt Papier!«

»Sie verstehen mich nicht, Mr. Cotton«, sagte der Farbige

kalt. »Dabei drücke ich mich doch klar genug aus! Gehen Sie jetzt. Sofort.«

Aus. Der Faden war gerissen. Nein, korrigierte ich mich. Der Faden war gar nicht erst gespannt worden. Moran drückte einen verborgenen Knopf unter der Schreibtischplatte. Das Signal lockte zwei seiner Bodyguards herbei. Sie erschienen wie Schemen in der Tür zur Galerie. Ich wandte mich um. Morans Stimme stoppte mich noch einmal.

»Bevor Sie mich das nächste Mal ansprechen, Mr. Cotton, zeigen Sie mir einen Haftbefehl, ja?«

Ich drehte mich um.

Morans glattes Gesicht schwebte wie ein Ballon im Licht der Tischlampe.

»Ja, Mr. Moran«, sagte ich milde. »Darauf können Sie sich verlassen.«

Phil Decker und Joe Brandenburg hatten Hugo Lucker in eins der Vernehmungszimmer gebracht.

Ein Protokollführer legte Schreibzeug zurecht. Falls Lucker sich damit einverstanden erklärte, daß die Unterredung auf Band aufgenommen würde, würde er das Bandgerät bedienen.

»Haben Sie irgendwelche Wünsche?« erkundigte sich Phil. »Können wir Ihnen Kaffee kommen lassen? Sandwiches, Zigaretten?«

»Ich protestiere«, erklärte Lucker.

»Ihr Protest wird zu Protokoll genommen. Sind Sie mit einer Bandaufzeichnung einverstanden?«

»Nein. Ich wünsche über meine Rechte belehrt zu werden.«

»Ihre Rechte sind nicht eingeschränkt, Mr. Lucker.«

»Dann will ich gehen.«

»Sie können gehen, sowie Sie uns mitgeteilt haben, wo

sich Mr. Grant aufhält. Mr. John Grant, geboren 18. 10. 1939, Hautfarbe schwarz, aber das wissen Sie ja alles, denn er ist bei Ihnen angestellt.«

»Sie suchen Johnny Grant? Großer Gott, warum?«

»Zuerst sind Sie dran, Mr. Lucker. Wir müssen ihn dringend sprechen. Wo können wir ihn finden?«

»Ich verweigere die Aussage.«

Phil grinste in das schwarze Gesicht mit den wulstigen Lippen. »Sind Sie mit Grant verwandt oder verschwägert?«

»Er ist mein Bruder«, antwortete Lucker und grinste ebenfalls. »Jetzt will ich gehen.«

»Sie bleiben hier, Mister. Sie haben nicht das Recht, die Aussage zu verweigern. Grant wird im Zusammenhang mit einer Straftat gesucht. Wir gehen davon aus, daß Sie als sein Arbeitgeber seinen gegenwärtigen Aufenthaltsort kennen. Wenn Sie sich weigern, uns mitzuteilen, wo wir Grant finden können, werden Ihre Bürgerrechte tatsächlich eingeschränkt. Ich teile Ihnen mit, daß Sie vorläufig festgenommen sind, und zwar bis zur Eröffnung einer Voruntersuchung gegen Sie. Der US Attorney hat uns einen Termin gegeben. Morgen nachmittag um vier Uhr, und zwar im Federal Court, Foley Square, Manhattan. Dort wird über die Ausstellung eines Haftbefehls entschieden. – Joe«, wandte Phil sich dann an seinen Kollegen Brandenburg, »ich hoffe, wir haben ein hübsches Einzelzimmer für unseren Gast.«

»Klar. Wenn er darauf besteht, kann er sogar einen Fernseher bekommen. Allerdings nur Schwarzweiß.«

»Zum Teufel! Zum Teufel mit Johnny Grant!« Lucker rieb seine großen Hände aneinander. »Ich habe keine Ahnung, was er ausgefressen haben könnte!«

Das war auch gut so, dachte Phil. Er hatte Lucker natürlich nicht mitgeteilt, weshalb wir Grant suchten. Lucker hatte keine Ahnung, welchen Bock sein Mann geschossen hatte. Grant sollte uns zuerst auf die Spur des Killers führen und dann seinen Boß belasten.

»Haben Sie es schon in seiner Wohnung versucht?« fragte Lucker schließlich. Er nestelte eine Zigarette aus seiner Packung, schnippte das Stäbchen zwischen seine Lippen und starrte Joe auffordernd an. Joe gab ihm Feuer.

»Zu Hause ist er nicht, Mr. Lucker. Die junge Frau, die wir in der Wohnung angetroffen haben, sagte aus, daß Mr. Grant im Dienst sei. Er habe gegen acht Uhr einen Anruf erhalten. Von Ihnen.« Phil lächelte.

Lucker zuckte mit den plumpen Schultern. Er verzog den Mund und stülpte die Unterlippe vor. »Er hilft in einem Imbiß aus ... Der Koch ist krank geworden«, maulte Lucker. »Ich mußte ihn von der verdammten Nutte losschwatzen, als wenn ich Gottweißwas von ihm verlangt hätte.«

»Na schön, Mr. Lucker. Nennen Sie uns die Anschrift.«

»Casa de Vigo. East 125th, zwischen Second und Third, kurz vor der Brücke. Kann ich jetzt gehen?«

»Sowie Mr. Grant sich in unserer Obhut befindet«, gab Phil lächelnd zurück. Er winkte Joe Brandenburg zu, und Joe nickte. Er würde auf Lucker aufpassen und dafür sorgen, daß dieser schwarze Gangster sich nicht langweilte.

Brick schnürte seine Schuhe zu, als Toomey die Reporter endlich hinausgedrängt hatte. Brick hatte ihre Fragen über sich ergehen lassen. Was hatte er geantwortet? Er wußte es nicht mehr. Was sagte man nach einem solchen Kampf? Wie man sich fühlte? Stolz, glücklich. Was man vorhatte? Den Titel gewinnen, natürlich. Aber Bull Hyman war nicht da. Er ließ sich nicht blicken, rief nicht einmal an. Brick konnte das Gesicht seines Managers nicht vergessen. Er war den meisten Fragen ausgewichen. Warum war Bull Hyman nicht bei ihm?

Toomey Booth stand an der Tür, die vorquellenden Augen auf Brick gerichtet. »Ich bringe dich nach Hause, Junge«, sagte er.

Nach Hause ... Wo war das? Sie hatten eine Zimmerflucht im Sheraton gemietet, nachdem sie aus dem Trainingslager am Hackensack River nach New York zurückgekehrt waren. Das Sheraton lag nur ein paar Blocks weiter nördlich am Hudson. Aber Bull war nicht im Hotel. Toomey hatte angerufen. Bull hatte auch keine Nachricht hinterlassen.

Brick stand auf. Bull Hyman unterhielt eine kleine Wohnung in Harlem, an der St. Nicholas Avenue. Das war in der Nähe der Sportschule, die er zusammen mit einem Partner unterhielt. Vielleicht war Bull dorthin gegangen.

Aber wohin sollte er, Brick, gehen? Zu Lauryann? Hatte Lauryann den Kampf im Fernsehen verfolgt? Konnte sie sich jetzt vorstellen, wie er sich fühlte? Zu Lauryann konnte er nicht gehen. Nicht um diese Zeit. Ihr Vater war Musiklehrer. Ein Mann mit außerordentlich altmodischen Ansichten. Mr. Bidwell würde ihm die Tür vor der Nase zuschlagen. Und am Telefon? Nun, er würde Lauryann nicht einmal sagen, daß er, Brick, angerufen hatte. Lauryann war erst siebzehn Jahre alt. Ein Kind in Mr. Bidwells Augen.

»Komm, Brick, wir fahren zu mir, wenn du nicht ins Hotel willst«, bot Toomey an.

Brick schüttelt den Kopf. Er nahm die Lederjacke vom Haken und ging auf die Tür zu. Toomey blieb dort stehen. Toomey hatte noch nicht geduscht. Er roch nach Schweiß und Massageöl, nach Puder und Leder. Toomey rührte sich nicht.

»Laß mich durch. Ich will ein bißchen rumlaufen.«

»Wo?«

»Irgendwo. Am Times Square vielleicht.«

»Ich komme mit.«

»Nein, ich will allein sein! Gib mir etwas Geld.« Ihm war eingefallen, daß er keinen lumpigen Cent in der Tasche hatte. Dabei hatte er heute abend eine Börse von zwanzigtausend Dollar gemacht. Zwanzigtausend für Brick LeRoy, weil er gewonnen hatte. Hunderttausend für Jimmy Dale. Wenn es einen Rückkampf geben sollte, würde er, Brick, hunderttausend kassieren, wenn er siegte, und Jimmy zwanzigtausend, wenn er den Kampf verlor.

Toomey sah Brick bekümmert an, während er in seinen Taschen herumstöberte und schließlich ein paar zerknitterte Scheine hervorbrachte. Er drückte sie Brick in die Hand. »Hier, mehr habe ich nicht bei mir.«

Brick stopfte sie achtlos in seine Jackentasche. Dann schob er den Trainer zur Seite, riß die Tür auf und trat auf den langen, hell und schattenlos ausgeleuchteten Gang hinaus. Die kahlen Betonwände schienen irgendwo weit, weit hinten zusammenzulaufen. Sie führten zu einer Treppe. Die mündete wieder in einen anderen Gang. Dort gab es Aufzüge, Telefone und wieder Treppen. Darüber lagen die Anlagen des Garden, darunter die Bahnsteige und die verschiedenen Ebenen der Pennsylvania Station mit den Gleisanschlüssen der Eisenbahnen und der Subway. Brick kannte sich aus in seiner Stadt.

Er lief. Die Sohlen der hohen Trainingsschuhe knirschten auf dem glatten Boden. Er sprang die Treppe hinauf. Oben auf dem Zwischengeschoß standen Menschen zusammen. Brick hörte ihre Stimmen, und er zögerte. Aber dann ging er weiter. Sie standen vor den Getränkeautomaten. Reporter, Trainer, ein Ringarzt, Masseure. Alles Leute, die dazugehörten. Die braunen Türen der Fahrstuhlkabinen waren geschlossen. Augen starrten ihn an. Jemand sagte freundlich ›Hi‹ und winkte. Brick nickte. Er wollte schon den Rufknopf des Aufzugs drücken, als er die Reihe der Telefonkabinen bemerkte. Sie lagen nach links hinüber in dem dunklen Ende des Ganges. Glaskäfige ohne Türen. Brick kramte in seinen Taschen. Er fand nur die Scheine. Er hielt einen Dollar hoch.

»Hat jemand Kleingeld für mich?« rief er.

Sie überschlugen sich beinahe. »Klar! Hier! Brauchst du 'nen Dime? Ich habe welche ...«

Brick nahm die zweite Kabine. Er wählte Bull Hymans Nummer. Die Nummer von Bulls Wohnung an der St. Nicholas Avenue. Er hatte sie im Kopf.

Er war beinahe überrascht, als sofort abgenommen wurde.

»Hallo?«

Er erkannte die Stimme. Sie gehörte Bull. Brick atmete erleichtert auf. »Bull!« sagte er. »Bull! Mann, wir haben uns schon Sorgen gemacht!«

»Brick, entschuldige. Du kannst nichts dafür. Es war nicht deine Schuld. Ich hätte es nicht tun dürfen ... Du ... Ich weiß nicht, wie ich es dir erklären soll. Aber jetzt ist es zu spät. Du mußt eine Weile untertauchen. Ich glaube nicht, daß sie dir etwas antun werden, aber verschwinde 'ne Weile.«

»Bull!« Die Stimme des Managers klang so eindringlich, und dabei zugleich niedergeschlagen, bedrückt. »Sag mir doch, was los ist! Bull!«

»Du würdest es doch nicht verstehen. Verschwinde ein paar Tage. Und dann melde dich bei Toomey. Oder bei irgend jemandem, den du kennst!«

»Bull! Ich komme zu dir!«

»Auf keinen Fall! Brick, Junge, hau ab! Und laß mich in Ruhe! Ich habe dir kein Glück gebracht! Ich weiß es. Verzeih mir ...« Es klickte.

Brick starrte den Hörer an, dann drückte er die Gabel nieder, stopfte einen neuen Dime in den Schlitz und wählte Bulls Nummer noch einmal.

Dieses Mal ertönte das Besetztzeichen. Brick legte den Hörer auf. Er vergaß, den Dime aus dem Rückgabefach zu nehmen, als er etwas weiter im dunklen Gang, in einer der anderen Kabinen, eine Bewegung bemerkte.

Er erkannte die helle Nylonjacke und das rote Hemd. Das war der Kerl, der ihm im Ring die Drohungen zugeflüstert hatte. Der Schweinehund telefonierte mit jemandem.

Brick ging zu den Aufzügen. Jemand wollte ihn ansprechen. Aber er wehrte ihn barsch ab. Er stieg in die Kabine und fuhr abwärts zur Subway. Er wollte den direkten Zug nach Harlem nehmen. Bull brauchte Hilfe. Bull saß im Dreck. Und der Knabe mit dem gemeinen Mund und der auffallend schmalen Nase hatte etwas mit Bulls Schwierigkeiten zu tun.

Brick stieg aus. Er befand sich zwischen den Drehkreuzen und dem Pavillon mit den kleinen vergitterten Kassenfenstern, wo die Subwaymünzen verkauft wurden. Über die Rolltreppen kamen immer noch dichte Trauben aus der Halle des Madison Square Garden herab. Langsam schoben sie sich auf die Kreuze zu, steckten ihre Münzen hinein und verschwanden auf den Rolltreppen, die sie tiefer beförderten.

Niemand erkannte ihn. Sein Gesicht war noch so jung und so glatt, ohne besondere Merkmale. Er war ein gutaussehender Neger, über sechs Fuß groß, drahtig, mit geschmeidigen Bewegungen, zweiundzwanzig Jahre alt. Ein erfolgreicher Amateurboxer.

Erst von heute an würde sein Foto in den Zeitungen erscheinen. Dann würden die Leute seinen Namen und sein Gesicht kennen.

Er trat an eins der Kassenfenster, schob einen Dollar auf den Zahlteller und hob zwei Finger. Er nahm die beiden Münzen, ließ sie in die Luft wirbeln und schob sich um das Kassenhaus herum. Von einer Ecke aus beobachtete er die Fahrstuhltüren.

Sie hatten sich wieder geschlossen. Die Leuchtanzeige

sprang aufwärts, stoppte und raste dann wieder nach unten. Schnarrend gingen die Türen auf.

Der Kerl schob sich aus dem Lift und bewegte den Kopf wie ein sicherndes Wild nach allen Seiten. Die Augen huschten nach links und rechts. Brick sahen sie nicht. Er kaute auf den Enden seines Bartes herum und wandte sich dann unschlüssig einem der Schalter zu, um Münzen zu kaufen.

Brick verließ sein Versteck. Der Kerl wandte sich hastig um und schlenderte weiter. Die Hände stopfte er in die Taschen. Den Kopf zog er zwischen die Schultern.

Brick ging auf die Rolltreppe zu, die ihn nach oben, in die Haupthalle des Garden führte. Die Kuppel wölbte sich über dem mächtigen Rund. Die Kassen waren geschlossen. Putzkolonnen hatten damit begonnen, die leeren Popcornbecher, die Kippen, Cola- und Bierbüchsen zusammenzukehren. Aus den Snackbars, Hamburgergrills und Bierbars kamen sie heraus, wo sie schnell noch etwas zu sich genommen hatten. Einige Betrunkene grölten. Sie verstummten, als sie zwei Transitcops erkannten, die quer durch die Halle auf sie zuschlenderten. An den Handgelenken der Cops baumelten die langen Hartholzknüppel.

Brick steuerte den Ausgang zur 33rd Street an. Die Glastüren spiegelten die Lichter der Halle. Im Windfang hockten ein paar Penner auf alten Zeitungen, neben sich eine schäbige Tasche, die all ihren Reichtum enthielt – eine Flasche Wermut, die Reste weggeworfener Frankfurter.

Brick sah sich schnell um. Der Kerl durchquerte mit schnellen Schritten die Halle und kam genau auf die Tür zu, hinter der Brick stand. Brick wußte, daß der andere ihn hinter der spiegelnden Scheibe nicht sehen konnte.

Blitzschnell ließ Brick sich an der Seite auf seine Fersen nieder, kauerte sich zusammen wie einer der Penner.

Der Bursche stieß die schwere Tür auf. Er schob sich hindurch und verlangsamte seinen Schritt. Aus engen Augen spähte er durch die andere Glastür auf die dunkle Seitenstraße hinaus, die nur von den erleuchteten Fenstern des Hauses gegenüber und den vorbeihuschenden Scheinwerfern der Taxis schwach erhellt wurde. Für die Männer am Boden hatte er keinen Blick übrig.

Als er die Tür aufstieß, sprang Brick auf. Der andere spürte die Bewegung hinter sich. Er wirbelte herum, sah den heranfliegenden Schatten des katzenhaften Boxers, der erst vor einer Stunde einen der Weltbesten im Schwergewicht K.o. geschlagen hatte.

Er wollte in seine Tasche greifen. Brick schlug die Hand herab. Er mußte noch lernen, seine Kräfte zu dosieren. Die Wucht dieses Schlages riß den Mann nach vorn. Brick packte ihn an den Schultern. Mit einer Hand fuhr er in die Jacke des Mannes.

Er berührte Stahl. Griffigen Stahl, der sich beinahe angenehm in seine Hand schmiegte.

Es war der Griff einer schweren Pistole. Brick zog seine Hand zurück. Er stieß den Halunken mit dem Rücken gegen den Aluminiumrahmen der Tür. Die Tür, die der Bursche eben selbst aufgestoßen hatte, schwang zurück und knallte gegen seinen Kopf.

»Was willst du von mir?« fragte Brick.

»Nichts, Mann! Was soll ich von dir wollen?«

»Lauf, Nigger, lauf«, erinnerte ihn Brick. »Warum hast du mir das gesagt?«

»Vielleicht bin ich ein Fan von Jimmy Dale?«

»Warum verfolgst du mich?« Brick schüttelte den Kerl, bis dessen Zähne klirrten. Er hatte Angst um Bull Hyman. Er wollte zu Bull. Es mußte einen Ausweg geben, wenn Bull in Schwierigkeiten steckte.

Der Kerl peilte über Bricks Schulter in die Halle.

»Die Greifer!« keuchte er erschreckt.

Die Cops! Brick zuckte zusammen. Er war Berufsboxer. Wenn ein Profi einen anderen Menschen außerhalb des

Boxrings mit physischer Gewalt bedrohte, erfüllte er bereits den Tatbestand der Nötigung. Jeder Richter würde ihn dafür mehrere Monate einlochen.

Er sah sich um. Er konnte nur einen Teil der Halle überblicken. Er sah keinen Cop.

Blitzschnell tauchte der andere unter ihm weg. Ein Knie wurde zwischen Bricks Beine gerammt, ein heftiger Stoß beförderte ihn zur Seite. Er stolperte über die Beine eines Penners.

Der Kerl in der hellen Nylonjacke hatte die Tür zur Halle wieder erreicht. Er stieß sie jetzt auf und flitzte hinein.

Brick raste hinterher, verfolgt von den lallenden Flüchen des aufgewachten Säufers. Er bekam den Jackenzipfel des davonrasenden Burschen gerade noch zu packen. Er zerrte daran, sprang vor und hakte dem Burschen einen Fuß zwischen die Beine.

Der Kerl segelte durch die Luft und landete auf dem Bauch. Er schlitterte über den Steinboden, wobei er einen lauten, entsetzten Schrei ausstieß.

Brick warf sich auf ihn. Er zerrte ihn in die Höhe. Er war wütend, weil er Angst hatte. Er wollte die Wahrheit aus dem Kerl herausprügeln. Er kam sich wie ein Blinder vor. Oder wie ein Nichtschwimmer im Ozean.

Die knallenden Tritte schwerer Stiefelsohlen hallten in seine Ohren. Seine Kopf ruckte in die Höhe. Die beiden Transitcops rasten auf ihn zu. An ihren Handgelenken baumelten die Knüppel. Sie nestelten an den Klappen der Revolvertaschen herum.

Brick sprang auf. Wie ein Wirbelwind warf er sich gegen die Tür und brach hindurch.

»Halt! Stehenbleiben!« gellte ein Ruf an seine Ohren.

Er kümmerte sich nicht darum. Er erreichte die Straße, warf sich nach links und rannte über den Gehweg, immer eng an die Hauswand gepreßt.

Sie würden ihn nicht bis hierher oder gar bis zum Fluß

verfolgen. Sie waren nur für das Gelände der Bahn zuständig. Über ihre Funkgeräte würden sie aber die City Cops alarmieren, und die würden einen Nigger in einer schwarzen Lederjacke hetzen, der einen anderen Neger überfallen hatte.

Bricks Mund war trocken. Wenn der Knilch redete, würden sie sogar einen Namen für den Nigger haben. Brick LeRoy. Brick LeRoy, Berufsboxer, schlägt einen Mann nieder.

Mit seiner Karriere war es dann aus.

Er rannte und rannte. An der Ninth Avenue bog er rechts ab. Er würde an der 42nd die Subway nehmen. Er mußte zu Bull Hyman …

Die beiden Schwarzen ließen mich durch den ehemaligen Bühnenausgang auf die 128th Street hinaus. Dort stand ein neutraler Wagen vom 28. Revier. Im Fond saß ein schwarzer Detektiv. Als er mich erkannte, stieß er die Tür auf. Er atmete hörbar auf, verkniff sich jedoch eine entsprechende Bemerkung.

»Hatten Sie Erfolg, Jerry?« erkundigte er sich.

Ich ließ mich neben Dave Adams auf die Bank fallen und zog die Tür ins Schloß. »Ich weiß es noch nicht«, antwortete ich. Ich nahm die Zigarette, die Dave mir bot, und ließ mir auch Feuer geben.

»Und jetzt? Zurück zum Revier?«

Ich überlegte. Vor dem Revier an der Eighth Avenue hatte ich meinen Dienstwagen zurückgelassen. Dave Adams und ein zweiter farbiger Kollege hatten mich zu Concho Morans Burg chauffiert.

»Ziehen Sie eine Überwachung auf«, sagte ich. »Ich will wissen, wer diesen Bau betritt oder verläßt und wohin er geht, wenn er ihn verläßt.«

»Sonst nichts?« brummte Adams. Er beugte sich über

den rechten vorderen Sitz, um nach dem Mikrofon zu angeln. Der Kollege am Steuer wandte sich um und hakte das Mikro ab. Da erwachte das Funkgerät zum Leben.

»Wagen 1241 ... Wagen 1241 ... Ein Gespräch über Kanal C.«

»Das sind wir«, sagte Adams. Der Detektiv auf dem Fahrersitz schaltete das Gerät auf den anderen Kanal, der für einzelne Gespräche zwischen zwei Radio Cars im Einsatz und ähnliche Fälle freigehalten wurde.

Dieses Mal war das Gespräch für mich bestimmt. Phil wollte mich sprechen.

Ich meldete mich. »Ja, Phil?«

»Hugo L. hat etwas geplaudert. Ob's stimmt, muß sich erst noch rausstellen. Johnny Grant betätigt sich angeblich als Grillmaster in einer Bude, die sich Casa de Vigo nennt. East 125th Street, zwischen Second und Third.«

Ich sah Adams an, dessen Gesicht schwach erkennbar im Dunkeln schwebte, »Kennen Sie den Laden?«

Adams hob die Schultern. »Mann, solche Buden gibt's hier zu Tausenden. Eine ist schäbiger als die andere.«

Also nicht. Auch gut.

»Wollen wir ihn gemeinsam abholen?« erkundigte sich Phil.

»Bleib du schön im Warmen«, sagte ich. »Ich bin nur ein paar Blocks von ihm entfernt. Ich bringe ihn mit.« Ich gab das Mikro zurück.

»Casa de Vigo?« fragte Adams.

»Aber bitte ohne Festbeleuchtung und Musik.«

»Gern.« Adams gab seinem Kollegen ein Zeichen, und der Wagen rollte sanft an. Wir fuhren durch das nächtliche Harlem. Es war eine laue Sommernacht. In den Eingängen der aufgegebenen Häuser lungerten schattenhaft erkennbare Figuren. Wie Ratten huschten andere über die Fahrbahn. Fäuste wurden geschüttelt. Durch den Schnurvorhang einer Bar torkelte eine junge Frau. Sie stürzte aufs

Pflaster, rappelte sich aber wieder auf. Für einen Moment leuchteten ihre Augen, als die Scheinwerfer über sie hinwegstrichen. Der Detektiv am Steuer tippte auf die Bremse. Doch Adams bedeutete ihm weiterzufahren und die Kollegen vom 25. Revier zu verständigen, in deren Bezirk dieser Abschnitt lag.

Auch mein Ziel – eine Snackbar mit dem Namen Casa de Vigo – lag im Bereich eines anderen Reviers. Als G-man hatte ich das Recht, Amtshilfe in Anspruch zu nehmen, wann und wo ich es für erforderlich hielt.

Dort, wo die 125th Street auf die westliche Auffahrt der Triborough Bridge zuläuft, wird sie breiter, aber nicht unbedingt ansehnlicher. Dieser Teil Harlems wurde früher von jüdischen Einwanderern aus Osteuropa bewohnt, die langsam von Schwarzen und später von Puertoricanern verdrängt wurden.

Die meisten Straßenlaternen waren dunkel. Herumstreunende Jugendliche hatten sie zerstört. Die wenigen Lichter, die das Pflaster notdürftig erhellten, fielen aus den offenen Eingängen der Imbißstuben, der zwei oder drei Kinos und einer Billardhalle. Die Fenster und Eingänge der anderen Geschäfte waren mit Rollgittern verschlossen. In diesem Teil der Stadt hält kein Geschäftsmann seinen Laden während der Nacht geöffnet. Sogar die Supermärkte und Schnapsläden sind geschlossen. Diejenigen jedoch, die ihre Türen offenhalten – wie die Case de Vigo –, gehören zu Ketten, deren Schläger wachsamer sind als die Polizei. Und ungleich brutaler. Wir wußten, daß Hugo Lucker eine Bande von mindestens zwei Dutzend Rüpeln beschäftigte, die seine Unternehmungen – Concho Morans Unternehmungen, um genau zu sein – beschützten. Dabei konnte Lucker jederzeit auf ein schier unerschöpfliches Reservoir zurückgreifen, wenn einmal Not am Mann war. Die arbeitslosen Burschen rissen sich darum, von einem Gangster wie Lucker angeheuert zu werden.

Ich hegte Zweifel, ob es uns gelingen würde, John Grant so einfach von seinen Pfannen wegzuholen. Ein Typ wie er hatte stets Dreck am Stecken. Wenn er Polizei sah, machte er zuerst die Fliege und überlegte dann, was man ihm vorwerfen mochte.

»Dort ist es«, sagte der Detektiv, der am Steuer saß. Er hieß Bruce Sperling. Wir hatten soeben die Third Avenue überquert, die hier oben kaum breiter als eine Gasse war, gesäumt von häßlichen roten Backsteinbauten mit noch häßlicheren Feuerleitern. Sperling deutete auf die andere Straßenseite hinüber. »Links hinter dem Möbelladen.«

Jetzt erkannte ich den Laden auch. Ein schmalbrüstiges abbruchreifes Gemäuer. Ein paar Typen hockten draußen, belagerten den Hydranten oder saßen auf der Türstufe. Eine Flasche kreiste. Soeben rollte ein Motorrad heran, schwenkte über die tiefgezogene Bordsteinkante einer Einfahrt und fuhr dann über den Gehweg. Direkt vor der Casa de Vigo hielt das Rad an.

Sperling zog langsam vorbei. Im Vorüberfahren erhaschte ich einen Blick ins Innere der Imbißbude. Ich sah eine hohe Vitrine, einen Saftkühler und den dunkleren, hinter Rauchschwaden verborgenen Hintergrund. Das Fenster neben der Tür war mit den Namen der angebotenen Speisen bemalt – *Cuchinos, Chili con Carne, Judias, Tortillas de butifarra*.

Sperling wendete auf der Kreuzung der Second Avenue. Er ließ einen Bus passieren, der dann vor uns her nach Westen klapperte. In seinem Schutz schlichen wir uns näher an die Casa de Vigo heran.

»Noch nicht anhalten«, bat ich. Ich wollte noch einmal in den Laden sehen. Ich wollte ganz sicher sein, Johnny Grant auch zu erwischen. Er mußte wissen, wo sich der Killer aus Chicago versteckte. Er oder Lucker oder beide. Concho Moran kümmerte sich um solche Details wahrscheinlich nicht. Er hätte, wenn ich ihm genügend zugesetzt hätte,

Lucker einen Befehl gegeben. Nämlich, uns den Killer auszuliefern. Aber Moran hatte sich nicht erschüttern lassen. Blieb nur Grant.

Der bunte Schnurvorhang bewegte sich leicht. An der Theke lümmelten ein paar Figuren herum. Jugendliche mit wüsten Figuren. Ein Kerl in glänzender Lederkluft. Das Motorrad stand neben dem Eingang aufgebockt. Am Sattel lehnte ein dunkelhäutiges Mädchen in hautenger Lederkleidung. Die Typen auf der Treppe und am Hydranten starrten sie an. Einer von ihnen schnippte das Ende einer brennenden Zigarette in ihre Richtung. Die Glut zerbarst auf dem gestrafften Leder über ihrem flachen Bauch. Funken sprühten wie ein Feuerwerk.

Ich spähte aus dem Rückfenster. Der Knabe, der zu dem Girl und dem heißen Ofen gehörte, verließ gerade die Casa de Vigo. Er trug eine weiße Tüte in der Hand. Sein Sturzhelm baumelte am Unterarm.

Er ließ die Tüte fallen und stürzte sich auf den Kerl, der die Kippe nach seinem Mädchen geschleudert hatte. Im Nu war eine handfeste Keilerei im Gange.

»Anhalten, raus!« stieß ich hervor. Die Gelegenheit war günstig. »Sie trennen die Streithähne. Geben Sie sich ruhig als Polizei zu erkennen!«

Sperling trat auf die Bremse. Ich warf mich gegen die Tür, ließ mich aufs Pflaster hinausfallen und wirbelte herum. Auf der anderen Seite des Wagens sprang Adams heraus. Im Laufen heftete er sein Polizeiabzeichen an die Jacke.

Der Ledermann knallte einem der Rabauken den Helm vors Gesicht. Der Getroffene stürzte aufs Pflaster. Die anderen johlten. Sie begannen, den Motorradmann zu umkreisen. Der Ledermann wich an die Hauswand zurück.

Ich schlug einen Halbkreis um die Schläger. Adams und Sperling steuerten den Ort der Rauferei direkt an.

»Achtung! Die Cops!« schrie jemand.

Die Horde spritzte auseinander. Adams fing einen der Kerle auf. Er wirbelte ihn am Arm herum und zwang ihn zu Boden. Er setzte ihm ein Knie zwischen die Schulterblätter. Dann schnappten die Handfesseln bereits zu.

Der Ledermann schlug einen weiteren Angreifer nieder, ehe er sich nach seiner Tüte bückte. Jemand trat mit dem Fuß danach, und fettige Tortillas klatschten auf den Gehweg. Das Mädchen schrie.

Ich wich einem fliehenden Schläger aus, hetzte über den Gehweg und sprang die beiden Stufen zur Imbißstube hinauf.

Ich prallte gegen zwei Schwarze mit Afrofrisuren, die dem Kampf draußen zugesehen hatten. Mit den Schultern stieß ich sie zur Seite.

Hinter der Theke arbeiteten eine ältere Frau, die ihr graues Haar unter einer weißen Haube verbarg, und ein schlanker Puertoricaner mit gewelltem Haar und öligen Augen.

Der Puertoricaner starrte mich an. Es war Grant. Ich erkannte ihn, obwohl er sich nach den Fotos, die wir von der City Police erhalten hatten, stark verändert hatte. Er war schmaler im Gesicht geworden, wirkte drahtiger und energischer.

Und gefährlicher.

Von dem Suppenlöffel, den er in der Hand hielt, tropfte zähes braunes Zeug auf die Thekenplatte. Grant starrte. Er ahnte etwas. Er fühlte, daß ich eine Gefahr für ihn bedeutete. Er krümmte sich zusammen. In diesem Moment war es sehr still in der Casa de Vigo. Nur das Fett brutzelte leise.

Ich stand mitten im Raum auf dem gefliesten Boden. Meine Augen nahmen alle Details auf. An den freien Wänden zog sich ein Bord entlang, auf dem Essensreste herumlagen, schmierige Pappteller, Plastikmesser und -gabeln. Die Theke reichte von Wand zu Wand. Einen Durchlaß gab es nicht. Eine Flanke oder ein Hechtsprung könnte mich in Töpfe mit siedendem Fett befördern.

Und dennoch würde mir wahrscheinlich nichts anderes übrigbleiben.

Links befand sich eine Tür, durch die man vermutlich hinter die Theke gelangen konnte. Was sollte ich tun? Ich mußte näher an Grant heran bevor ich ihm den Grund für mein Erscheinen mitteilen konnte.

Draußen schrie jemand auf. »Verdammter Polyp!« Dann gab es ein klatschendes Geräusch.

»Kommen Sie raus«, sagte ich zu Grant. »Da wird einer Ihrer Kunden verprügelt!«

Grant rollte die Schultern. Seine Arme, die aus den kurzen Ärmeln des weißen Kittels herausragten, waren muskulös. Langsam ließ er die Hand mit der Suppenkelle sinken. Sie verschwand hinter dem Thekenaufbau aus meinem Blickfeld. Die Kelle konnte er notfalls als Keule benutzen oder sie gegen eine Kanone eintauschen. Ich ging auf die Theke zu. Die Alte wandte sich um und wischte mit einem Lappen Spritzflecken weg. Sie wollte mit dem, was jetzt geschah, nichts zu tun haben.

Die beiden Schwarzen hinter mir hatten beschlossen, mir übelzunehmen, daß ich sie eben angerempelt hatte. Ich hörte einen schnellen, schleichenden Schritt, sah die verzerrten Umrisse ihrer Gestalten undeutlich in der gewölbten Fläche des polierten Dunstabzugs. Ich war ein Weißer, der sich nach Harlem verirrt hatte. Sie wollten mich filzen und mir eine Lektion verpassen. Grant zischte ihnen eine Warnung zu. Er wußte mich nicht einzuordnen, aber er ahnte etwas. Daß draußen Polizisten in die Schlägerei eingegriffen hatten, mußte er mitbekommen haben. Das war nichts Aufregendes. Immerzu waren des Nachts Teams der Reviere und der Anti Crime Squads auf den Straßen. Aber ein Weißer so spät am Abend in dieser Bude – das war nicht normal.

Ich wirbelte herum, riß die Arme auseinander. Die Kerle zuckten kurz zurück. Einer von ihnen war ein magerer Clown mit langen gelben Zähnen und einer gespaltenen Unterlippe. Seine Rechte steckte unter der Jacke. Sie lag dort wie festgefroren. Ich mußte ihn und am besten auch seinen Partner blitzschnell auspunkten, wenn ich Grant nicht entwischen lassen wollte. Die Tür befand sich jetzt auf meiner rechten Seite. Sie bestand aus glattem weißlackierten Holz und war mit einem Drehknauf versehen. Wenn die Tür von innen verriegelt war, konnte Grant durch den Hinterausgang entwischen, während ich mich mit den Schlägern herumprügeln mußte.

Grant durfte nicht entkommen.

Der Magere zog ein Messer. Die Klinge fuhr aus dem Heft und rastete ein. Der andere grinste.

Ich vertändelte keine Zeit mit Warnungen. Ich sprang vor. Damit hatten die Strolche nicht gerechnet. Das Grinsen fiel aus dem Gesicht des zweiten Mannes. Die Hand des Messerhelden bewegte sich gegen mich.

Ich schmetterte ihm eine Gerade entgegen. Er klappte nach vorn zusammen. Ich packte ihn an beiden Schultern. Gleich darauf segelte er mit rudernden Armen durch den offenen Türdurchgang, in dem der Schnurvorhang wehte. Er verschwand nach draußen.

Der andere wollte die Ehre seines Kumpels retten. Er glotzte mich tückisch an und fummelte an seinem Gürtel herum, wo er wahrscheinlich eine Waffe versteckt trug. Ich ergriff sein Handgelenk, drehte ihm den Arm auf den Rücken und versetzte ihm einen heftigen Stoß, der ihn seinem Partner hinterher beförderte. Ich hoffte, daß Adams und Sperling draußen mit der Situation fertig wurden.

Ich wirbelte wieder herum. Seit meinem Erscheinen in der Imbißbar waren erst wenige Sekunden vergangen.

Grant hatte sich entschlossen, die Fliege zu machen. Ich sah es an seinen Augen, am Zucken seines Gesichts.

»Warten Sie!« rief ich. »Ich bin von der Polizei!« Die Buchstaben FBI hätten ihn vermutlich nur erschreckt und zu noch hastiger Flucht veranlaßt.

Das Wort Polizei genügte jedoch vollauf, um ihn zu einer panikartigen Reaktion zu veranlassen. Er schleuderte den Suppenlöffel nach mir. Braune Soße und Chilibohnen spritzten gegen meinen Anzug. Die Kelle wirbelte an meinem Kopf vorbei. Grant warf sich herum.

Ich verzichtete darauf zu testen, ob die Tür neben der Theke geöffnet war. Ich riskierte eine Landung in heißem Fett oder auf heißen Kochplatten, als ich vorsprang, die linke Hand auf die Theke klatschte und mit einer gestreckten Flanke über die breite Platte setzte. Ich mußte die Beine anziehen, um die Alte nicht niederzureißen. Der Gang zwischen dem Tresen und der Küchenzeile mit den Platten, Fettmulden und Behältern war schmal. Meine Landung fiel deshalb nicht so elegant aus wie der Sprung.

Ich duckte mich und wirbelte wieder herum. Grant hatte bereits einen Durchgang erreicht. Der Raum dahinter war nicht beleuchtet. Ich sah nur noch das Weiß seines Kittels. Ich machte einen Satz nach vorn, um den Anschluß nicht zu verlieren. Grant bewegte sich sehr schnell. Etwas Unförmiges segelte durch die Luft. Ich duckte mich. Die Kante eines Kartons streifte meinen Schädel. Dann zerplatzte die Kiste am Türrahmen, und rohe Kartoffelchips prasselten wie Hagelkörner in den Gang. Der intensive Geruch nach qualmendem Fett erhielt hier im Lagerraum einige Varianten, die sich zu einem betäubenden Duftinferno vermischten. Es roch nach Fisch und exotischen Gewürzen, nach scharfem Käse und zu lange abgehangenem Fleisch.

Grant sprang mich aus dem Dunkeln heraus an. Der weiße Kittel verriet ihn. Ich schob die Schulter vor und blockte den ersten ungestümen Angriff ab. Eine Faust wühlte sich tief in meinen Unterleib und nahm mir für Momente den Atem.

»Grant!« keuchte ich. »Geben Sie auf! Wir brauchen Sie als Zeugen! Flucht ist doch sinnlos!«

Er schien anderer Ansicht zu sein. Er wußte besser, wieviel Dreck er am Stecken hatte. Außerdem stand er unter Bewährungsaufsicht. Die Bewährung war mit diesem Angriff verwirkt, gleich, ob er gewußt hatte, daß ich ein G-man war, oder nicht.

Er stieß mich zurück und stolperte über eine Kiste, die ihm den Weg versperrte. Ich stieß ihm eine andere in die Kniekehlen. Er stürzte gegen einen Stapel Kartons, der bedenklich zu schwanken begann. Grant kannte sich in diesem Laden nicht sehr gut aus, fiel mir ein, weil er hier nur als Aushilfe eingesetzt worden war.

Ich drückte mich gegen einen anderen Stapel Kartons, um gegen den hellen Umriß des Durchgangs kein sichtbares Ziel abzugeben. Ich hörte Grant rumoren. Dann segelte der Kittel heran.

Ich riß meinen Smith & Wesson heraus, erkannte jedoch rechtzeitig, daß der Kittel leer war. Ich fetzte ihn zur Seite und sprang vor. Grant hechtete gegen die Flurtür. Ich hörte einen Riegel schnappen. Das Geräusch wies mir den Weg. Ich erwischte den Gangster, als er gerade die Tür aufriß und sich hindurchquetschen wollte.

Ich trat gegen die Tür. Mit voller Wucht krachte sie gegen die Schulter des Gangsters. Ich packte zu und erwischte eine nackte, glatte Schulter, an der meine Hand ausrutschte.

Ich mußte einen Fausthieb in die Seite hinnehmen, konterte mit einer Rechten, deren Wucht vom Gewicht der Waffe noch verstärkt wurde.

Grant stürzte auf der Schwelle zu Boden. Ich ließ mich auf ihn fallen und preßte ihn mit meinem ganzen Gewicht zu Boden. Ich durfte ihm keine Gelegenheit geben, eine Waffe zu ziehen. Rasch tastete ich ihn ab.

Er trug keine Schußwaffe, aber immerhin einen Totschläger auf einem biegsamen, zusammenschiebbaren Schlauch und ein Schnappmesser.

Licht flammte auf. Ich sah Detektiv Dave Adams' große Füße auf der Schwelle. Adams trug ebenfalls einen Revolver in der Faust. Die Mündung war auf Grants Kopf gerichtet.

Die Nase des Puertoricaners blutete, und seine Augen blickten ziemlich trübe. Trotzdem ließ ich die stählernen Manschetten um seine Handgelenke schnappen.

Ich zog ihn in die Höhe und setzte ihn auf einen Karton mit Würsten. Sein Kopf pendelte leicht hin und her. Mit einer Serviette wischte ich das Blut aus seinem Gesicht.

»Brauchen Sie einen Arzt?« fragte ich.

Der Blick klärte sich ein wenig, die Augen pendelten sich auf mich ein. Grant verzog die Lippen. Dann schüttelte er den Kopf.

»Sie sind verhaftet«, sagte ich. »Verstehen Sie mich?«

»Ja . . . Warum?«

»Verstoß gegen die Bewährungsauflagen«, erklärte ich. Ich begnügte mich vorläufig mit dieser Erklärung. Den eigentlichen Haftgrund – Beihilfe zum Mord oder Anstiftung zum Mord – würde ich ihm mitteilen, sowie wir das District Office erreichten. Ich teilte ihm seine Rechte mit, wie es Vorschrift war – daß er das Recht hatte, die Aussage zu verweigern, daß er nur in Gegenwart eines Anwalts auszusagen brauchte und daß er das Recht hatte, zwei Telefongespräche zu führen.

»Haben Sie alles verstanden?« fragte ich.

Er starrte mich an und sagte nichts.

»Soll ich den Spruch wiederholen?« Jetzt starrte ich ihn

an. Wir konnten das Spiel die ganze Nacht hindurch fortsetzen, wenn es sein mußte.

»Scheren Sie sich zum Teufel!« Grant wollte über sein Gesicht wischen, doch die auf den Rücken gefesselten Hände verhinderten das. Die Haut seines nackten Oberkörpers glänzte.

Geduldig wiederholte ich die Aufzählung seiner Rechte und fragte dann: »Haben Sie jetzt verstanden?«

Grant nickte. Ich sah Adams an. »Sie sind Zeuge. Okay, Dave, schaffen wir ihn nach draußen.«

Bruce Sperling hatte inzwischen über Funk die Kollegen vom 25. Revier verständigt. Zwei Radio Cars heulten heran und ein geschlossener Gefangenentransportwagen mittlerer Größe. Der Transporter würde die Schläger aufnehmen. Die Cops verteilten sich, zerstreuten die Neugierigen, die aus ihren Löchern gekrochen waren und jetzt begannen, die Uniformierten zu beschimpfen. Wir mußten schnell wieder verschwinden.

Ich hatte Johnny Grants Hemd und Jacke gefunden. Ich legte ihm die Jacke über die nackten Schultern, als ich ihn über den Gehweg zu dem wartenden neutralen Wagen der Detektive schob. Der Motorradfahrer hockte auf der Bordsteinkante und hielt sich den Kopf. Er hatte etwas abbekommen. Das Mädchen redete auf ihn ein und versuchte, ihn dazu zu bringen, von hier zu verschwinden. Die Cops kümmerten sich ebenfalls um ihn. Wir waren hier mittlerweile überflüssig. Sperling hatte die Kollegen in groben Zügen informiert. Er und Adams würden ihnen zur Verfügung stehen, wenn es galt, die Protokolle abzufassen.

Zunächst mußte er jedoch Grant und mich zum FBI-Gebäude fahren. Meinen Dienstwagen, der drüben an der Eighth Avenue stand, würde ich irgendwann abholen lassen.

Johnny Grant, der Puertoricaner mit dem uramerikanischen Namen, schwieg während der Fahrt. Er öffnete seinen Mund erst, als ich ihn in ein freies Vernehmungszimmer schob.

»Sagen Sie mir jetzt endlich, was Sie wirklich von mir wollen!« forderte er.

Ich nahm ihm die Handfessel ab und drückte ihn auf einen Stuhl. Er roch immer noch nach dem Fett aus der Bratküche. Joe Brandenburg rümpfte die Nase. Aber er baute sich hinter unserem Kunden auf und übernahm seine Bewachung. Grant zog endlich sein Hemd an und schlüpfte dann in die Jacke. Nachdem er die Taschen überprüft und festgestellt hatte, daß weder ich, der G-man, noch die Detektive sich an seinem Eigentum vergriffen hatten, blickte er mich an. Sein Gesicht sah immer noch ziemlich übel aus.

»Okay,. Mr. Grant«, sagte ich, auf seine Frage eingehend. »Machen wir es kurz und bündig – wir wollen von Ihnen wissen, wo Elvin steckt.«

»Elvin?« wiederholte er den Namen.

Mir war das kurze Zucken im Gesicht des Gangsters nicht entgangen. »Ja, Elvin«, bestätigte ich. »Donald Elvin aus Chicago. Sagen Sie uns, wo er steckt ...«

»Elvin! Mann, den Namen habe ich nie im Leben gehört!«

»Am Montag haben Sie bei Brookdale's an der Third Avenue Ecke 55th Street ein Flugticket Chicago – New York gekauft. Wir können nachweisen, daß Donald Elvin mit diesem Ticket am Dienstagabend nach New York geflogen ist ...«

»Ich weiß von nichts ...«

»Mr. Grant, wir werden Sie dem Angestellten der Ticket-Agentur gegenüberstellen«, erklärte ich geduldig. »Wenn die Identifizierung positiv verläuft, woran wir nicht zweifeln, werden Sie erklären müssen, wie Donald Elvin in den Besitz des Flugscheins gelangte. Andernfalls werden Sie in Haft bleiben, und zwar wegen Anstiftung zum Mord. Bisher lautete die Beschuldigung lediglich Beihilfe zum Mord.«

»Sie spinnen!« sagte Grant laut. Er verzog die Lippen zu einem Grinsen, das uns von seiner Unbekümmertheit überzeugen sollte.

»Denken Sie, was Sie wollen, Mr. Grant. Über die Art der Anklage entscheidet der Bundesanwalt.«

»Ich will mit meinem Anwalt reden!«

Das war sein verbrieftes Recht. Ich deutete auf das Telefon. »Bitte. Ihnen stehen zwei Gespräche zu. Eins benötigen Sie, um Ihren Anwalt zu verständigen. Ihren Bewährungshelfer werden wir benachrichtigen. Für ihn brauchen Sie also kein Gespräch zu opfern.«

»Die Gespräche werden mitgehört?«

»Sie wissen genau, daß das nicht der Fall ist. Bedienen Sie sich endlich. Geben Sie der Zentrale die Nummer der Teilnehmer. Lediglich die Nummern der Anschlüsse werden notiert, damit wir später wissen, ob Sie Elvin vielleicht gewarnt oder zur Flucht veranlaßt haben.«

Joe Brandenburg und ich zogen uns bis zur Tür zurück. Grant durfte zwar frei sprechen, aber wir waren nicht verpflichtet, ihn allein zu lassen. Schließlich galt er als Krimineller, als Mittäter in einem Mordfall.

Phil steckte den Kopf durch die Tür. Er hatte inzwischen unserem anderen Gast – Hugo Lucker – die Zeit vertrieben. Ich drehte mich noch einmal zu Johnny Grant um.

»Ach, Mr. Grant«, sagte ich beiläufig. »Sie können sich noch ein Gespräch sparen. Und zwar das mit Hugo Lucker. Er sitzt nebenan.« Jetzt grinste ich, weil sich in Grants Miene zum erstenmal Betroffenheit abzeichnete.

Joe Brandenburg blieb bei Grant, während ich mit Phil zu Hugo Lucker ging.

Phil sagte: »Mr. Lucker wird ungeduldig. Er möchte gern wissen, wann er nach Hause gehen kann.«

»Aus dieser Ungewißheit kann ich ihn erlösen. Er wird

die Nacht bei uns verbringen.« Ich stürmte durch die Tür, die Phil für mich öffnete. »Guten Abend, Mr. Lucker«, grüßte ich den Schwarzen mit den wulstigen Lippen. Seine Stirn hatte sich mit Schweiß bedeckt. »Ich bin Special Agent Jerry Cotton ...«

»Sind Sie für diese Komödie verantwortlich?« grollte er. Er betrachtete die Suppenflecken auf meinem Anzug.

»Zum Teil, Mr. Lucker. Aber es sind noch andere Personen beteiligt. Mein Kollege hier, den Sie ja schon kennen, unser Chef, der US Attorney. Und Sie selbst, Mr. Grant, Mr. Moran ...«

Lucker wischte sich den Schweiß von der Stirn. »Moran? Was, zum Teufel, hat Moran mit dieser Sache zu tun? Wobei ich noch nicht einmal weiß, worum es überhaupt geht!«

Ich zog mir einen Stuhl heran und setzte mich dem schwarzen Gangster gegenüber. Ich zupfte eine Zigarette aus der Packung. Lucker nahm eine aus seiner eigenen Schachtel. Phil gab uns Feuer. Durch die blauen Qualmwolken hindurch sahen wir uns an – der Schwarze und ich. Lucker wirkte gelassen und zuversichtlich. Er war sich keines Verstoßes gegen ein Gesetz bewußt. Oder er konnte sich nicht vorstellen, daß wir ihm einen Verstoß nachweisen konnten.

»Ich nehme an, daß Moran den Mord in Auftrag gegeben hat«, sagte ich leise in eine Rauchwolke hinein.

»Welchen Mord?«

Wir zogen das volle Programm durch, die ganze Show.

»Den Mord an George Chieffo«, sagte ich.

»Chieffo? Ich kannte ihn nicht. Habe ihn nie gesehen«, behauptete Lucker. Wahrscheinlich entsprach diese Behauptung sogar der Wahrheit.

»Wir gehen davon aus, daß Sie Morans Befehl, Chieffo zu liquidieren, weitergegeben haben. Sie haben wahrscheinlich den Killer aus Chicago kommen lassen ...«

»Killer aus Chicago? Welchen Killer?«

»Donald Elvin. Aber gehen wir doch der Reihe nach vor, ja? Mr. Grant ist Ihr Mann, Mr. Lucker. Er hat dem Killer das Flugticket gekauft. Er hat ihn betreut, ihn eingewiesen ...«

»Ich weiß nicht, wovon Sie reden, Cotton. Wieso kümmert sich der FBI überhaupt um den Fall? Das war ein Mord im Affekt oder so ähnlich ...«

»Es war ein bestellter Mord. Und er gehört in die Zuständigkeit des FBI, weil verschiedene Bundesgesetze berührt werden. Unter anderem das Bürgerrechtsgesetz von 1968. George Chieffo setzte sich für die Rechte seiner farbigen Mitbürger ein. Dadurch befand er sich automatisch unter dem Schutz des erwähnten Bürgerrechtsgesetzes, das ein Bundesgesetz ist. Aber das ist noch nicht alles. Der Killer kam eigens aus Chicago nach New York. Wir haben es also mit einem grenzüberschreitenden Verbrechen zu tun. Genügt Ihnen das? Oder soll ich die Aufzählung fortsetzen?«

»Geschenkt. Ich will wissen, ob ich verhaftet bin oder nach Hause gehen kann.«

»Sie bleiben in Haft. Wegen Verdunkelungsgefahr. Es sei denn, Sie können uns mitteilen, wo wir Donald Elvin finden.«

»Kann ich nicht. Ich will meinen Anwalt sprechen.«

»Sie können gleich telefonieren. Der Haftprüfungstermin findet wie vorgesehen morgen nachmittag um sechzehn Uhr statt. Wenn Sie vorher eine Erklärung abgeben wollen, haben Sie morgen früh Gelegenheit dazu.« Ich stand wieder auf. Lucker starrte mich an, sagte aber nichts mehr. Ich ließ Phil bei ihm zurück. Phil mußte die Einlieferungspapiere ausfüllen.

Ich ging zu Grant. Er hatte das Büro seines Anwalts angerufen, aber lediglich eine Nachricht auf das Band des automatischen Anrufbeantworters sprechen können. Er war zu keiner weiteren Aussage bereit, bevor er sich mit seinem Anwalt beraten hatte.

Ich füllte also die Formulare aus, mit deren Hilfe ich den Gangster maximal vierundzwanzig Stunden hinter Gittern halten konnte. Bis dahin mußte ich ihm ein Verbrechen nachweisen, oder der Bundesanwalt würde seine Freilassung verfügen. Okay, wir waren in der Lage, ihm nachzuweisen, daß er dem Mann, den wir des Mordes an George Chieffo für schuldig hielten, ein Flugticket gekauft hatte. Wenn das nichts war ...

Joe Brandenburg erklärte sich bereit, den Gangster in die Haftzelle zu befördern. Er hatte Nachtdienst. Phil und ich hatten unseren Feierabend längst erreicht. Es war immerhin schon Viertel vor eins.

»Was machen wir jetzt?« fragte mein Freund dennoch unternehmungslustig, als ich ihn im Flur traf, nachdem er Lucker weggebracht hatte.

»Wir spielen brave Jungs«, antwortete ich, »und fahren nach Haus.«

Um diese Zeit sprang Brick ›the cat‹ LeRoy die Stufen der Subway Station der 125th Street Ecke Nicholas Avenue hinauf. Oben blieb er einen Moment stehen. Das hier war sein Bezirk. Hier hatte er gelebt, hier war er geboren und aufgewachsen. Dort drüben hatte er Basketball gespielt. Er hatte zu der Straßenmannschaft gehört, die dort auf dem Asphaltplatz jeden Abend trainiert hatte. Die Schule, die er besucht hatte, bestand nicht mehr. An ihrer Stelle befand sich jetzt ein Schutthaufen. Die Kirche, in der seine Mutter sonntags gesungen hatte, war ihm niemals so schäbig vorgekommen wie heute, aber trotzdem hatte er sie geliebt. Seine Mutter sang jetzt nicht mehr. Sie war tot. Umgekommen bei den Unruhen vor zehn Jahren. Von der Kugel eines schwarzen Polizisten getroffen, wie die radikalen

Burschen von den Black Muslims behauptet hatten. Das offizielle Untersuchungsergebnis hatte als Todesursache innere Blutungen genannt, verursacht durch äußerst heftige Schläge in den Leib. Die Akten waren geschlossen worden.

Ein gebeugter Kerl rempelte ihn an. »He, Bruder, haste 'nen Buck?«

Brick wandte sich schnell ab. Mit hochgezogenen Schultern strich er über den Gehweg. Ein Wagen kam ihm entgegen, langsam, die Scheinwerfer aufgeblendet. Das Fahrzeug verlangsamte seine Geschwindigkeit. Als es ihn passiert hatte, beschleunigte der Fahrer. Die Reifen radierten um die nächste Ecke.

Bricks Vater war in Vietnam gefallen. Vor langer Zeit schon. Er hatte keine richtige Erinnerung mehr an ihn, weil er immer unterwegs gewesen war. Aber er war stets nach Harlem zurückgekehrt, ins Getto. Er hätte es nie verlassen, wenn er hier für seine Familie hätte sorgen können. Bricks drei Brüder und die beiden Schwestern lebten jetzt bei verschiedenen Verwandten, die sich die Waisenrente teilten. Brick besuchte sie, sooft er konnte.

Er kam an einer Bar vorbei. Laute Musik drang heraus. Er blieb stehen und sah durch die beschlagene Scheibe hinein. Er spürte seinen trockenen Hals, aber er ging weiter. Er wollte zu Bull Hyman.

Bull Hyman wohnte in einem der übriggebliebenen Braunsteinhäuser, die, wenn sie gepflegt waren, ihren alten Charme behalten hatten. Das Haus war fünf Stockwerke hoch. Unten gab es einen Gemüseladen und den Shop des alten Bernardo, der mit gebrauchten Kleidern handelte. Bernardo war in seiner Jugend Mitglied eines der berühmtesten Tanzensembles Harlems gewesen. Mit ihm war er in allen Staaten und in der ganzen Welt herumgekommen. Er kannte noch viele Leute, und viele Leute kannten und achteten ihn. Man munkelte, daß ihm das Haus gehörte.

Aber genau wußte das natürlich niemand. Die Mieten gingen an eine Hausverwaltung.

Bernardos Laden war dunkel. Er schloß, wenn die Sonne hinter dem Hudson versank. Auch die Gemüsekisten waren von der Straße verschwunden. Die Haustür war nicht verschlossen. Brick stieß sie auf.

Im Treppenflur stank es nach faulendem Obst und Mottenpulver. Irgendwo ganz oben brannte eine einzelne nackte Glühbirne an einem Kabel. Brick tastete sich zur Hintertür. Sie war von innen verriegelt. Er öffnete den Riegel und stieß die Tür auf. Er sah in den Hof, der mit Gerümpel vollgestellt war. Es gab eine Einfahrt von der 127th Street. Brick erkannte den alten Wagen mit der offenen Pritsche, der Bob Fletcher, dem Gemüsehändler, gehörte. Jeden Morgen, auch sonnabends und sonntags, fuhr er mit der Kiste zu den Großmärkten auf die East Side hinüber. Anschließend klapperte er die Straßen ab, während seine beiden Söhne den Ladenverkauf machten.

Hinter dem Lieferwagen stand Bull Hymans Olds. Brick erkannte ihn an dem gewölbten hellgelben Dach. Brick lächelte. Er legte den Kopf in den Nacken und spähte nach oben. Das Fenster von Bulls Badezimmer leuchtete wie ein Seezeichen in die Nacht.

Brick sprang die Stufen in den dritten Stock hinauf. Auf dem Absatz vor Bulls Wohnung war es etwas heller. Brick klopfte gegen die Tür. Sie war dunkelgrün gestrichen. Neben der Klingel war ein kleines Messingschild befestigt. Carlton S. Hyman stand darauf. Carlton! Wer wußte schon, daß Bull eigentlich Carlton hieß? Brick lächelte. Er klopfte wieder. Wahrscheinlich hockte Bull in der Badewanne und genoß das warme Wasser. Brick pochte noch einmal. Lauter diesmal. Unsinn, sagte er sich. Bull badete hier bestimmt nicht, wenn er sich die besten Hotels leisten konnte und im Sheraton eine ganze Flucht gemietet hatte. Diese Wohnung hier unterhielt er nur, weil er ein sentimentaler Hund war und Wert darauf legte, eine Adresse in Harlem vorweisen zu können, wie es sich für einen schwarzen New Yorker gehörte.

»Bull!« rief er. »Mach auf! Ich bin's! Brick!«

Es blieb still hinter der Tür. Brick probierte den Knauf, dann preßte er sein Ohr gegen das Holz. Er hörte Musik. Das Radio lief. Oder der Fernseher. Vielleicht war Bull eingeschlafen.

Brick fühlte sich beunruhigt. Er drückte mit der Schulter gegen die Tür. Der Rahmen bewegte sich leicht. Das Schloß knackte. Brick verstärkte den Druck. Er stemmte die Füße auf den rauhen Dielenboden. Die Profilsohlen der Trainingsschuhe rutschten nicht weg.

Mit einem berstenden Knall sprang die Tür auf. Brick fing sich. Langsam, zögernd, schob er sich in die Wohnung.

Er kannte sie genau. Manchmal hatte er sich hier sogar mit Lauryann getroffen. Lauryann mochte den bulligen Manager, und Bull liebte das Mädchen wie eine Tochter. Wie seine eigene Tochter, die an einem College in Colorado als Assistentin eines Biologiedozenten arbeitete.

Die Wohnung war hübsch eingerichtet und mit Erinnerungen an Boxer und erfolgreiche Kämpfe förmlich vollgestopft. Brick blinzelte ins helle Licht.

Im Living-room lief der Fernseher. Auf dem Tisch stand ein Koffer. Der Deckel war geöffnet. Wäschestücke waren achtlos hineingestopft worden. Die Tür zum Schlafzimmer stand offen.

Auch dort brannten alle Lichter. Das Bett war unberührt, die Tagesdecke jedoch mit einem seidenen Morgenmantel, der mit Bulls Initialen bestickt war, und anderen Kleidungsstücken bedeckt. Brick ging auf die Tür zum Bad zu.

»Bull!« rief er. Seine Stimme klang gedämpft. Wenn Bull badete, hörte er ihn bestimmt nicht. Brick zog die Tür auf.

Er machte einen schnellen, scharfen Atemzug. Bull lag in

der Badewanne. Er war vollständig angezogen. Seine Beine hingen heraus, sein Kopf und sein Oberkörper lagen in der Wanne.

Jemand hatte Bull die Kehle durchgeschnitten.

Brick hatte schon manchen Toten gesehen, und die wenigsten waren eines natürlichen Todes gestorben. Aber er hatte noch niemanden gesehen, der so gemein hingeschlachtet worden war.

Tränen schossen in seine Augen, und sein Magen ballte sich zu einem Klumpen zusammen. Er mußte sich an den Türrahmen lehnen.

»Bull, verzeih mir«, flüsterte er. Er ballte die rechte Faust und ließ sie in die geöffnete linke Handfläche klatschen. Er hatte Bull in den Tod getrieben. Er wußte es. Er hatte nicht getan, was der schwere Mann von ihm erwartet hatte. Bull hatte ihn in seinem Stall aufgenommen. Er hatte ihm einen Kampf gegen einen der Weltbesten vermittelt. Ihm, dem Anfänger. Er hätte mitspielen müssen. Er hätte nicht mit dem Kopf durch die Wand rennen dürfen. Er hätte die Gesetze des Dschungels beachten müssen.

Brick LeRoy weinte. Bis er die Bewegung hinter sich spürte.

Er wirbelte herum. Waren sie zurückgekehrt? Seine Fäuste flogen hoch, als er ihre Schatten sah.

»Brick!« keuchte eine überraschte Stimme. »Brick, um Gottes willen ...«

Brick ließ die Fäuste sinken. »Ihr seid es ... Bertie, Mart ...«

Bert und Martin waren Bob Fletchers Söhne. Bert war achtzehn Jahre alt, Martin vierzehn.

Bertie sah an Brick vorbei. Er schluckte. Seine Augen quollen aus den Höhlen. »Wir haben den Lärm gehört, wie du die Tür eingedrückt hast«, erklärte er. Er war ein drahtiger Junge mit länglichem Gesicht und kurzem krausen Haar. Das Gesicht seines Bruders war etwas breiter. Die Augen blickten kindlich, neugierig, lebhaft.

»Wer war das?« fragte Mart tonlos. Er wandte den Blick ab.

Brick hob die breiten Schultern. »Ich weiß es nicht«, antwortete er. »Habt ihr nichts gehört?«

»Wir wußten nicht einmal, daß er zu Hause war! Mann, nach dem Kampf! Ich dachte, ihr feiert mit schönen weißen Mädchen ...« Bertie verstummte schnell, dann räusperte er sich. »Du mußt doch wissen, wer ...«

Brick wich zurück. Die beiden Jungen schoben sich vor ihm her in den Wohnraum. Sie trugen Jeans und T-shirts, in denen sie wahrscheinlich auch schliefen.

»Ich werde den Kerl finden!« sagte er rauh. Es klang wie ein Schwur. »Ich werde ihn finden, und dann ...« Wieder klatsche seine Faust in die offene Hand. Er sah zur Tür. Im Rahmen stand Bob Fletcher.

»Was sucht ihr hier, ihr Lümmel?« sagte er. Wie er es sagte, klang es gutmütig. »Ist das 'ne Party?« Er kam auf Brick zu und streckte die Hand nach ihm aus. »Ich gratuliere dir, mein Junge! Du wirst es schaffen ...«

Brick nahm die Hand nicht. Bestürzt ließ Bob die Hand sinken, und bekümmert sah er zu Boden. »Kommt, Jungs«, sagte er.

»Warte! Bob, entschuldige. Geh mal da rein und schau ins Bad.«

Bob Fletcher sah Brick an. Dann nickte er und tat, was Brick von ihm verlangte. Als er zurückkam, war sein Gesicht grau, wie mit Zement bestäubt.

»Wer ...?«

»Ich werde den Kerl finden!« versicherte Brick. »Ich werde ihn finden!«

Bob legte ihm eine Hand auf den Arm. »Laß es! Du ... bist zu klein für so etwas!«

Seine Stimme klang beschwörend.

Brick schüttelte den Kopf. »Mann, sollen denn die Mörder immer davonkommen?«

»Die Polizei ...«

»Du weißt, wie es meiner Mutter ergangen ist. Oder deinem Bruder ...«

»Ich denke auch an George Chieffo.«

Chieffo. Brick hatte von diesem gemeinen Mord gehört. George Chieffo hatte ihn, Brick, vor ein paar Wochen oben im Trainingslager besucht. Sie hatten sich lange und freundschaftlich unterhalten. George hatte versucht, Brick für die Bürgerbewegung zu gewinnen.

»Wir brauchen Burschen wie dich«, hatte der Feuerwehrmann gesagt. »Du bist jetzt schon ein Idol der Jugend in Harlem. Wenn du ihnen sagst, wie sie leben sollen, was sie tun – oder lassen – sollen, dann werden sie auf dich hören!«

Brick hatte zugehört. Er hatte die Gedanken des älteren Mannes verstanden. Aber er hatte nicht geglaubt, daß die Jungens aus dem Getto ausgerechnet ihn als Vorbild brauchten. Vielleicht war er auch noch zu sehr mit sich selbst beschäftigt gewesen.

»Ich werde nicht lockerlassen«, hatte Chieffo lächelnd gesagt. »Du hast die Nummer gezogen, Boy. Sie sehen, daß immer noch ein paar große Zahlen unter all den Nieten im Topf sind. Sag ihnen, daß sie träumen sollen. Aber sag ihnen auch, daß sie dafür arbeiten müssen.«

George war tot. Ermordet. Wie Bull Hyman.

»Laß die Finger davon!« mahnte Bob Fletcher. »Du schaffst es nicht! Sie sind stärker!«

»Wer, Bob?«

Bobs Gesicht erstarrte. »Ich weiß es nicht«, flüsterte er. »Ich weiß nur, daß sie stärker sind als du ...«

»Hat George Chieffo das auch gewußt?«

»Sicher hat er das gewußt«, versicherte Bob Fletcher.

»Und trotzdem ist er seinen Weg gegangen. Ich werde dem Mörder den Mord auf den Kopf zusagen!«

»Weißt du denn, wer ...?«

Brick schüttelte den Kopf. »Nein. Aber ich werde jeden fragen, der es wissen könnte. Jeden.« Er schob Bob zur Seite und verließ die Wohnung und das Haus in der Nicholas Avenue im Herzen Harlems.

Phil und ich kreuzten gegen neun Uhr in unserem gemeinsamen Office auf. Wie so oft, hatte ich meinen Freund in der Nähe seiner Wohnung in meinen Jaguar geladen und ihn mit zum Dienst genommen. Unsere Fahrt war sehr eintönig verlaufen. Beinahe mufflig hatten wir uns angeschwiegen. Der Verkehr war an diesem Sonnabend morgen sehr dünn gewesen.

Der Berg Papiere, den unsere Kollegen während unserer Abwesenheit auf den Schreibtisch getürmt hatten, trug nicht wesentlich zur Verbesserung unserer Laune bei. Mürrisch stocherte ich in Meldungen, Fernschreiben, Protokollen herum.

Es hatte wieder einen Mord in Harlem gegeben. Ich las die Kopie der Meldung, die von der Mordabteilung der City Police stammte. Der Name sprang mir ins Auge.

Carlton Stafford Hyman.

Der Bericht war noch unvollständig. Ein Obduktionsbefund lag natürlich noch nicht vor. Entdeckt und gemeldet hatte die Tat ein Mann namens Robert Fletcher. Ein Nachbar. Der Mörder hatte seinem Opfer die Kehle aufgeschnitten. Mehr ging aus der Meldung nicht hervor.

Ich angelte nach dem Hörer und ließ mich mit dem 28. Revier verbinden. Mein Dienstwagen stand immer noch dort, fiel mir ein. Ich fragte nach Detective Dave Adams oder Bruce Sperling. Aber die beiden waren natürlich längst nach Hause gefahren. Ich ließ mich deshalb mit dem Squad Room der Detektive verbinden. Ich bekam jemanden namens Hanlon an den Apparat.

»Ich habe eine Frage wegen des Mordes in Ihrem Revier«, sagte ich, nachdem ich mich vorgestellt hatte. »Handelt es sich um den Boxmanager?«

»Genau. Bull Hyman. Der Fall wird von der Mordabteilung Manhattan Nord bearbeitet. Leutnant Hobson, Sir.«

»Es ist gut, danke, Mr. Hanlon.« Ich rief Carl Hobson an. Aber ich bekam nur seinen Assistenten Brown ans Rohr. Brown war ziemlich beunruhigt, als er hörte, daß ich mich für den Mord interessierte.

»Wir haben schon 'ne Menge Arbeit investiert, Mr. Cotton«, sagte er. »Jetzt sagen Sie bloß, daß es sich um einen FBI-Fall handelt?«

»Ich glaube nicht, Sergeant«, beruhigte ich ihn. »Der Fall ist Ihr Baby. Mein Interesse hat mehr private Gründe.«

Ich verstummte und überlegte einen Moment. Ich bin ein Boxfan, wie gesagt. Ich war Bull Hyman einige Male begegnet. Dienstlich, versteht sich. In meinem Beruf macht man keine privaten Bekanntschaften, oder jedenfalls selten. Den einen, den man kennenlernt, mag man, den anderen nicht. Hyman war mir sympathisch gewesen, auch wenn unsere wenigen Begegnungen nicht immer sehr harmonisch verlaufen waren. Hyman war eine schillernde Figur gewesen. Er hatte versucht, in einem schwierigen Geschäft sein Profil zu erhalten und sich nicht unterbuttern zu lassen.

Er hatte sich stets für seine farbigen Brüder eingesetzt. Nicht mit großen Gesten oder aufrüttelnden Reden. Zu seinen Schützlingen hatten stets Vorbestrafte gehört. Er hatte diesen Jungs eine Chance geben wollen, auch wenn er darüber so manchen Streit mit seinem Partner ausgefochten hatte.

Als ich Hyman zum erstenmal begegnet war, waren wir prompt schwer aneinandergerasselt. Ich war mit einem

Haftbefehl bei ihm aufgetaucht. Ich mußte einen Burschen festnehmen, der gegen mehrere Bewährungsauflagen verstoßen hatte. Der Junge stammte aus New Jersey. Deshalb war er ein FBI-Fall. Bull Hyman setzte sich vehement für den Jungen ein. Er wich mir nicht von der Seite, bis er seinen Schützling wieder losgeeist hatte. Dieser Junge ist jetzt Boxchampion des Staates New York im Weltergewicht.

Aber interessierte ich mich deshalb für den Mord an dem Boxmanager, weil er ein Menschenfreund gewesen war? Gab es da nicht noch einen anderen Grund? Mein Instinkt meldete sich. Ich dachte an meinen Besuch gestern abend bei Concho Moran zurück. Moran hatte den Fight zwischen Hymans Schützling Brick LeRoy und Jimmy Dale beobachtet. Jimmy Dale war Concho Morans Nummer im großen Topf. Jimmy Dale hatte den Kampf verloren ... Gegen einen Anfänger, der zu Hymans Stall gehörte.

»Gibt es bereits Hinweise?« erkundigte ich mich.

»Wenn Sie Zeugenaussagen meinen – da sieht es schlecht aus. Wir versuchen gerade erst, seine letzten Stunden zu rekonstruieren. Er wurde in seiner Wohnung an der St. Nicholas Avenue getötet. Er war gerade dabei, seine Koffer zu packen.«

»Er wollte verreisen?«

»Sich davonmachen ist wohl das bessere Wort, Mr. Cotton«, bemerkte der Sergeant trocken. »So, wie Hyman seine Klamotten in die Koffer gestopft hatte, wollte er abhauen. Vor irgend jemanden fliehen.« Brown hüstelte. »Wir versuchen, die Leute aufzutreiben, mit denen er zuletzt zusammen war. Brick LeRoy, seinen Partner und den Trainer. Aber die sind alle wie vom Erdboden verschluckt ...«

»Das gibt es doch nicht!« keuchte ich überrascht. »Hat Hyman denn gestern abend keine Siegesparty gegeben?«

Sergeant Brown lachte kurz auf. »Es war gar keine Siegesfeier vorgesehen, Mr. Cotton. Hyman schien nicht mit einem Sieg gerechnet zu haben. Er hatte einige Zimmer im Sheraton gemietet und für Mitternacht ein Essen bestellt. Für einen kleinen Kreis. Nur zwölf Teilnehmer. Hyman selbst, Brick LeRoy, Toomey Booth, zwei Helfer, Dick Staton und ein paar Journalisten.« Richard ›Dick‹ Staton war Hymans Partner.

»Sie sagen, die sind alle verschwunden? LeRoy? Booth? Staton?«

»Untergetaucht, ja. Bisher hat sich lediglich Toomey Booth gemeldet. Vor einer halben Stunde hat er angerufen und behauptet, erst in den Morgennachrichten von dem Mord an Hyman gehört zu haben. Er fragte, ob wir bereits mit Brick LeRoy gesprochen hätten. Als er hörte, daß wir den Mann noch suchten, hat er einfach aufgelegt.«

Da stank etwas meilenweit gegen den Wind. »Halten Sie mich auf dem laufenden«, bat ich den Kollegen von der Mordabteilung. Dann legte ich auf.

Sehr nachdenklich ließ ich mich in meinen Sessel fallen. Mechanisch stocherte ich in den Papieren herum und schaufelte sie einmal um, ohne noch etwas von Interesse zu finden.

Phil war aus unserem Office verschwunden, während ich telefonierte. Ich hoffte, daß er Kaffee holte, wurde aber enttäuscht. Als er zurückkam, waren seine Hände leer. Doch seine Augen strahlten, als ob er soeben das größte Erfolgserlebnis der Woche gehabt hätte.

»Ich komme gerade von Hugo Lucker«, verriet mein Freund. »Er hat nach mir gerufen, stell dir das vor! Er will einen Handel machen. Er wollte mich bequatschen, ihn ungestört mit Johnny Grant reden zu lassen. Er deutete an, daß er und Grant uns vielleicht einen Hinweis auf Donald Elvins Aufenthaltsort geben können!«

Ich sah auf. Das war ja interessant. Lucker kriegte kalte Füße.

»Nun? Hast du dich darauf eingelassen?« fragte ich.

Phil schüttelte den Kopf. »Grant palavert gerade mit seinem Anwalt. Warten wir doch ab, was die beiden aushecken! Vielleicht überredet der Anwalt seinen Klienten, uns Elvin ans Messer zu liefern.«

»Aber dafür können wir ihn in Haft behalten«, warf ich ein.

»Solange sich der Killer auf freiem Fuß befindet, richtig. Wegen Verdunklungsgefahr. So wie wir Elvin haben, müssen wir Grant freilassen. Denn was hat er schon getan? Er hat für jemanden ein Ticket gekauft.«

»Ja . . .«

»Okay. Wenn Grant uns also erzählt, wo Elvin steckt, wird er uns gleichzeitig verraten müssen, wer ihn veranlaßt hat, das Ticket zu kaufen. Kannst du mir folgen?«

»Mit Mühe, mein Freund. Er wird Luckers Namen nennen müssen, und dann haben wir Hugo wegen Anstiftung zum Mord am Wickel. So etwa laufen deine Überlegungen. Ich muß sagen, sie gefallen mir. Alles hängt jetzt nur davon ab, ob Grants Anwalt ein faules Ei ist oder nicht. Oder?«

»So etwa. Wenn der Anwalt seinem Mandanten rät, die Schnauze zu halten, gucken wir in den Mond.«

Das Telefon auf meinem Schreibtisch rasselte. Am Apparat war der Kollege, der Johnny Grant zu dem Gespräch mit seinem Anwalt begleitet hatte.

»Hi, Jerry«, sagte Chris Fenwick. »Mr. Pozzi, das ist Grants Anwalt, bittet um ein Gespräch mit dir. Wenn möglich in Gegenwart des Chefs und des zuständigen Bundesanwalts.«

Phil zwinkerte mir zu. Er hatte die Mithörmuschel über sein Ohr gehängt. Grant bot uns einen Handel an.

»Okay, Chris«, sagte ich. »Ich spreche mit dem Chef. Wir treffen uns in, sagen wir, einer halben Stunde?«

»Dein Kunde Grant hat Zeit«, flachste Chris. »Und Mr. Pozzi, nun, bei ihm bin ich nicht so sicher, aber er wird seinem Mandanten schon eine entsprechende Rechnung servieren.«

Ich grinste und legte auf. Für Hugo Lucker, so hoffte ich, würde es keinen Handel geben.

Mit seinen mageren, von der Gicht gekrümmten Fingern setzte Jack Pepe einen Teller mit dampfendem Brei vor Bricks Platz.

Jack verzog das alte, ausgemergelte Gesicht zu einem Grinsen, als er Brick auf den Stuhl drückte.

»Das Zeug hat dir zwar nie geschmeckt, aber es ist dir ausgezeichnet bekommen!« Er knuffte seinen ehemaligen Schüler freundschaftlich in die Seite und stieß ein lautloses Lachen aus.

Jack Pepe war alt geworden in dem halben Jahr, seit Brick den Trainer aus seiner Amateurzeit nicht mehr gesehen hatte. Jack hatte sich zur Ruhe gesetzt, als Brick ins Profilager wechselte. Er hauste immer noch in dem alten Loch an der 147th Street, in Sichtweite – und vor allem in Hörweite – des Fuhrparks der Subway. Das Rattern und Dröhnen, das Kreischen der eisernen Reifen, wenn sie aus der Tunnelröhre ans Tageslicht kamen, riß niemals ab. Im Zimmer war es stickig und warm, weil man wegen des Lärms kein Fenster öffnen konnte. Pepe hätte zu seiner Schwester ziehen können, die jetzt drüben in Queens lebte, in einem hübschen Haus, das er ihr bezahlt hatte. Aber er wollte nicht weg aus Harlem, wo er geboren war. Harlem bedeutete für ihn Freiheit. Sein Vater war noch Baumwollpflücker in Louisiana gewesen, bis man ihn 1919 bei einem der Pogrome aufgehängt hatte. Einfach weil er Schwarzer war. Seine Mutter und die Brüder seines Vaters waren damals nach New York gezogen.

Brick hatte bei Jack geschlafen. Das heißt, der alte Trainer hatte Brick einfach bei sich behalten, nachdem er gehört hatte, was geschehen war und welche Gedanken Brick beschäftigten.

Jack machte sich an der Kochplatte zu schaffen, während Brick den Brei aus Kernel Corn, Nüssen, Malz und anderen geheimnisvollen Zutaten in sich hineinschaufelte. Jack schwor auf diesen Brei. Er gab Kraft und Mut, ein schnelles Auge und erhöhte die Reaktionsfähigkeit. Ganze Generationen von jungen Boxern hatte er mit diesem Brei traktiert, auch wenn er sonst durchaus die Erkenntnisse der modernen Sport- und Ernährungsmedizin für seine Boxer berücksichtigt hatte.

»Jack«, sagte Brick. »He, Jack, komm her, setz dich!« Brick spürte genau, daß Jack sich beschäftigte, um nicht mit ihm reden zu müssen.

Jack machte ruhig zwei Teller mit gebratenem Speck, Eiern, gegrillten Tomaten und Mais zurecht. Dann füllte er zwei große Tassen mit Kaffee und schlurfte zu Brick an den Tisch. Er mied den Blick des jungen Boxers.

Brick starrte auf den kahlen Schädel des anderen. Er sah die hervortretenden Schädelknochen, die mageren Arme, die schäbige Kleidung. Schlagartig erkannte Brick, daß Jack nur für andere gelebt hatte, niemals für sich selbst.

»Warum«, wiederholte er die Frage, die er gestern nacht bereits gestellt hatte, wieder und wieder, »warum wollte Bull, daß ich den Kampf verliere?«

»Er ... Junge, das weiß ich doch nicht! Ich kann nur Vermutungen anstellen. Er wird den Kampf gegen Jimmy Dale nur unter bestimmten Auflagen bekommen haben, verstehst du? Jimmy Dales Leute wollten es doch nicht riskieren, ihren Mann gegen einen unbekannten Jungen zu verheizen! Das mußt du verstehen!«

»Nein, das verstehe ich nicht. Hättest du dich auf einen solchen Handel eingelassen?«

»Ich habe nie Profikämpfe gemacht. Ich war nie Manager.«

»Du weichst mir aus. Ich habe gefragt, hättest du dich auf einen solchen Handel eingelassen, wenn du Manager im Profigeschäft gewesen wärst?«

Jack Pepe sah Brick an. Seine Augen waren von feinen roten Adern durchzogen. Das Weiße wies ein stumpfes, ungesundes Gelb auf. »Ich weiß es nicht. Vielleicht hätte ich es tun müssen. Das wäre ganz darauf angekommen, was ich für meinen Mann hätte herausschinden können, verstehst du?«

Brick senkte den Blick.

Also auch Jack. Er ballte die Faust. Er hatte sich wie ein Kind benommen, als er den starken Mann im Ring markiert hatte.

»Ich bin schuld an seinem Tod«, sagte er tonlos.

»Unsinn!« sagte Jack scharf. »Red dir so was bloß nicht ein! Der Mörder ist schuld! Und der Mann, der ihn geschickt hat! Du konntest es nicht wissen!«

»Wer, Jack? Wer hat es getan?«

Jack Pepes Augen wurden groß. »Woher soll ich das wissen?«

»Du kennst die Branche, Jack! Jimmy Dale wird von Neil Tirado gemanagt. Er ist es, nicht wahr?«

Jack Pepe winkte verächtlich ab. »Tirado ist nur ein Strohmann.«

»Von wem?«

»Junge, das weiß ich doch nicht!«

»Du mußt es wissen! Wenn du weißt, daß Tirado nur ein Strohmann ist, dann mußt du auch wissen, wessen Strohmann er ist.« Das war nur logisch, fand Brick.

Jack Pepe wand sich. Er wollte nicht mit der Sprache heraus. »Das sind gefährliche Menschen, Brick! Sie sind stärker als du, weil sie im Dunklen arbeiten . . .«

»Willst du mir sagen, wer es ist?«

»Nein, mein Junge. Denk an Bull Hyman . . .«

»Und an George Chieffo?«

»Ja, auch an George Chieffo, obwohl George von einem weißen Mietkiller umgebracht wurde ...«

»Jack, ich werde herumfragen. Ich werde so lange herumfragen, bis derjenige, der Bull Hyman auf dem Gewissen hat, Angst vor mir bekommt!«

»Tu's nicht, Junge! Bitte, tu's nicht!«

»Dann sag mir den Namen!«

»Ich kann nicht. Glaub mir. Ich will nicht mitschuldig werden. Versteh das doch! Ich würde dich in dein Unglück rennen lassen!«

»Dann sag mir wenigstens, warum sie ihn gleich ermorden mußten! Sie hätten ihm einen Denkzettel verpassen können. Oder ihm eine zweite Chance geben ...«

Wieder schüttelte das lautlose Lachen den ausgemergelten Körper des Trainers. »Sie geben niemandem eine zweite Chance, Brick, merk dir das! Er hat seine Chance bekommen, aber er hat sie nicht genutzt. Was den Grund für den Mord angeht, so kann ich nur Vermutungen anstellen. Sie hatten ihn in der Hand. Da war eine böse Sache, und sie haben ihm einen Gefallen getan, ohne gleich eine Gegenleistung dafür zu fordern. Aber man bekommt im Leben nichts umsonst, mein Junge. Irgendwann präsentiert jemand die Rechnung. Immer ...«

»Du warst sein Freund, Jack ...«

»Freundschaft ist ein großes Wort, Brick. Wir lebten in verschiedenen Welten. Seine Welt war ungleich rauher als meine.«

»Warum haben sie ihn getötet, Jack? War es Geld?«

Jack Pepe seufzte.

»Es war eine böse Sache. Bull hat einmal jemanden erstochen. Im Streit. Einen Schweinehund. Er hat verdammt vielen Menschen einen Gefallen damit getan, das kannst du mir glauben. Er hätte sich der Polizei stellen sollen, dann wäre alles in Ordnung gekommen. Aber er selbst war so fertig gewesen, daß er Menschen hat gewähren lassen, die er für seine Freunde hielt. Sie haben den Leichnam verschwinden lassen. Wahrscheinlich haben sie ihm jetzt die Rechnung vorgelegt.«

Bricks Mund war trocken.

»Wann war das?« fragte er.

»So vor sechzehn Jahren, wenn ich mich recht erinnere.«

»Wenn es Totschlag war, ist es doch längst verjährt!«

Jack lachte. »Ja und? Bei denen verjährt keine Schuld. Deshalb hatte Bull doch solche Angst! Er wußte, daß die Rechnung nicht storniert werden würde. Es gab keine zweite Chance für Bull. Halt dich da raus, Brick. Such dir einen neuen Stall, oder bleib bei Staton. Dir werden sie nichts tun. Du hast mit der Sache nichts zu schaffen.«

»O doch, Jack, ich habe verdammt viel mit dieser Sache zutun. Ich habe auch eine Rechnung zu präsentieren!«

»Tu's nicht!« sagte der Trainer beschwörend. »Brick, tu's nicht!«

Brick stand auf.

»Ich werde ihm Angst einjagen! Weißt du, was George Chieffo zu mir gesagt hat? Er hat gesagt, ich sei schon jetzt ein Vorbild für die Jungens im Getto ...«

»Ja, das bist du. Vor allem nach diesem Kampf.«

»Ich werde ihnen sagen, warum Bull Hyman sterben mußte!«

»Brick!« Jack sprang den jüngeren Mann an. Er packte dessen Jackenaufschläge. »Brick, überleg es dir! Wende dich an die Polizei. Da sind Schwarze wie du und ich.«

»Sie haben nichts für uns getan, wenn wir sie mal brauchten«, sagte Brick störrisch.

»O doch, mein Junge! Nur – wir waren oft blind! Wir haben ihnen nicht geholfen! Sie können nichts für uns tun, wenn wir uns nicht helfen lassen wollen. Es gibt viele, denen du trauen kannst! Ich kenne einige von ihnen! Mann, wie viele habe ich trainiert! Aber wenn du den Schwarzen nicht traust, geh zu den Weißen! Ich kenne auch da welche, die ehrlich sind! Geh zu ihnen! Dann sage ich, was ich weiß!«

Brick schüttelte die Hände des alten Trainers. Dann drehte er sich um und lief hinaus.

Dario Pozzi, Johnny Grants Anwalt, war ein lederhäutiger mickriger Knilch mit großen Ohren, schwammigen Gesichtszügen und verschlagenen Augen. Ich hatte im Archiv nachgefragt und erfahren, daß Pozzi offenbar nicht von irgendwelchen Gangstergruppen beschäftigt wurde. Pozzi hatte Grant schon einmal verteidigt, als er wegen illegalen Waffenbesitzes, schwerer Körperverletzung in Tateinheit mit Nötigung und Erpressung vor Gericht gestanden hatte. Er schaffte es, seinen Mandanten als Opfer widriger Umstände hinzustellen. Grant kam mit einer Strafe von vier bis neun Jahren davon. Nach zweieinhalb Jahren hatte er ihn auf Bewährung wieder draußen. Seitdem arbeitete Grant für Hugo Lucker. Vorher hatte er weder für Lucker noch für einen anderen Boß aus Concho Morans schwarzer Mafia gearbeitet. Pozzi war Weißer. Vielleicht gab es keine Querverbindung zu Lucker, Moran & Co.

Pozzi grinste füchsisch in die Runde. Er zog sich einen Stuhl heran, ließ sich seine schwarze Zigarre anzünden, betrachtete ausgiebig John D. High, unseren Chef, Rondinalla, den US Attorney, und mich. Als seine Zigarre endlich zufriedenstellend brannte, rückte er seine Brille zurecht.

»Viel haben Sie gegen meinen Mandanten ja nicht in der Hand.«

Niemand antwortete etwas auf diesen Versuchsballon.

»Beihilfe zum Mord!« Pozzi schnaufte verächtlich.

»Anstiftung zum Mord«, sagte John D. High freundlich. »Das ist etwas anderes, Mr. Pozzi.«

»Gewiß ist es das. Aber ich sehe die Voraussetzungen für eine Anklage wegen Anstiftung nicht erfüllt. Es fehlen einige entscheidende Merkmale. Zuerst haben Sie den Mörder nicht, den mein Mandant zu dem Mord angestiftet haben soll ...«

John D. High hob die neueste Kopie mit den Fotos und Beschreibungen der zehn meistgesuchten Verbrecher. Ein Feld war soeben freigeworden. Er hielt ein kleines Foto auf das leere Feld. Das Foto von Donald Elvin.

»Wir brauchen drei, vier Tage, Mr. Pozzi«, sagte er. »Er ist ein Mietkiller. Er hat ein unauffälliges, bürgerliches Leben geführt. Er ging davon aus, daß man ihn niemals erkennen würde. Er rechnete nicht damit, daß er jemals gejagt werden könnte. Wenn er auf unserer Hitliste erscheint, haben wir ihn in ein paar Tagen. Wenn Mr. Grant uns sagt, wo wir ihn aufgreifen können, haben wir es etwas einfacher. Dann geht es vielleicht ohne Blutvergießen ab, und es werden keine Unbeteiligten gefährdet.«

»Das mag ja alles sein, aber Sie wollen meinem Mandanten etwas anhängen«, nörgelte der Anwalt. »Das stört ihn, verstehen Sie?«

»Niemand will Ihrem Mandanten etwas anhängen«, sagte der US Attorney. Hinter einem dünnen Lächeln verbarg er, was er wirklich dachte.

»Ich könnte meinen Mandanten überreden, darüber nachzudenken, wo dieser Elvin sich aufhalten mag, wenn ...« Jetzt machte Pozzi eine Kunstpause, in der er heftig an seiner Zigarre lutschte. Schließlich fuhr er fort: »Wenn er keine Anklage wegen Anstiftung oder Beihilfe zum Mord bekommt, und wenn er seine Bewährung behalten kann.«

Rondinalla sah meinen Chef an. Er runzelte die Stirn, schüttelte dann den Kopf und raffte seine Papiere an sich.

»Ausgeschlossen«, sagte er. Er stand auf.

Pozzis Augen zuckten unruhig. John D. High hob eine

Hand in Rondinallas Richtung. Beschwichtigend bat er den Bundesanwalt, doch wieder Platz zu nehmen.

»Es hat keinen Zweck, Mr. High«, erklärte Rondinalla mit leicht gereiztem Unterton in der Stimme. »Beihilfe zum Mord, eine Schlägerei mit einem Bundesbeamten ...«

»Was ist, wenn die Bedingung für die Beihilfe wegfiele?« erkundigte sich der Chef des FBI. Dieser Dialog war zuvor sorgfältig erprobt worden. Jetzt mußte jedes Wort sitzen, jede Geste stimmen.

»Wie stellen Sie sich das vor, Mr. High?«

»Beihilfe zum Mord bedingt, daß er gewußt haben muß, weshalb er Donald Elvin das Ticket gekauft und zugeschickt hat ...«

»Genau. Davon würde ich in der Anklageschrift ausgehen. Niemand kauft einem Fremden ein Flugticket, einfach so ...«

»Natürlich nicht. Es sei denn, jemand hat ihn dazu aufgefordert.«

»Wie wollen Sie das beweisen?«

»Wir haben den Scheck, den Mr. Grant eingelöst hat. Wenn er aussagt, daß er den Scheck von Mr. Lucker bekommen hat, um mit dem Geld das Ticket zu kaufen und bestimmte Spesen zu begleichen, dann wäre er draußen.«

»Allerdings. Aber er wird kaum seinen Boß in die Wüste schicken wollen.«

»Sagen Sie das nicht. Mr. Lucker läßt seinen Mann schließlich hängen, indem er vorgibt, von der Verwendung des Schecks, den Grant eingelöst hat, nichts zu wissen. Damit bleibt die Anstiftung zum Mord an Grant hängen, mindestens aber die Beihilfe. Lucker läßt Grant fallen. Er hat uns schließlich auch gesagt, wo wir ihn abholen können.«

Ich hatte während dieser Zeit den Anwalt beobachtet. Pozzis Augenlider waren wie Jalousien über die Augen gefallen. Doch der schläfrige Ausdruck in dem schwammigen Gesicht täuschte. Pozzi überlegte, was er Grant raten sollte.

Rondinalla sah Pozzi an. »Sie haben gehört, was hier vorgebracht wurde, Mr. Pozzi. Ich verzichte auf eine Anklage wegen Beihilfe oder Anstiftung zum Mord, und ich werde befürworten, daß Ihr Mandat in Freiheit bleibt, wenn er uns den Aufenthalt des gesuchten Donald Elvin mitteilt sowie zu Protokoll gibt, in wessen Auftrag er das Flugticket gekauft hat.«

Pozzi stand auf. »Ich werde mit meinem Mandanten reden. Warten Sie bitte auf mich.«

Wir verkürzten uns die Wartezeit bei einer Tasse Kaffee, die uns Helen, die fabelhafte Sekretärin unseres Chefs, servierte. Ich hatte meine Tasse gerade leer, als Pozzi zurückkehrte.

»Mein Mandant ist einverstanden. Er wird zu Protokoll geben, daß er den besagten Scheck von Mr. Lucker zu dem Zweck empfangen hat, um davon Flugtickets, Hotelrechnungen, Mietwagen und so weiter für eine Person namens Donald Elvin zu bezahlen. Mein Mandant hat diesen Elvin seit dem Morgen des Mittwoch, also vor dem Mord an George Chieffo, nicht mehr gesehen. Auf diese Feststellung legen wir besonderen Wert. Mr. Grant weiß nicht, wo Donald Elvin sich aufhält. Er gibt lediglich zu Protokoll, daß er noch am Dienstagabend im Auftrag von Mr. Lucker ein Apartment am Stuyvesant Square gemietet und die Schlüssel Mr. Elvin am Mittwochmorgen in der Halle des Hotel Edison ausgehändigt hat. Das Apartment befindet sich an der East 17th Street, Ecke Perlham Place, Eingang B, Ostflügel, Apartment 18-22. Meine Herren, ich glaube, das ist alles, was mein Mandant zu sagen hat.«

Eine Viertelstunde später stürmte ich in mein Office. Phil telefonierte. Als er das Gespräch beendet hatte, klatschte ich ihm einen Wisch auf die Schreibtischplatte.

»Ein Haftbefehl«, stellte Phil fest. »Unterschrieben von Rondinalla, gegen Hugo Lucker! Mann, Anstiftung zum Mord!« Er grapschte nach dem Wisch, um ihn gleich seinem Kunden unter die Nase zu reiben.

»Stop!« sagte ich. »Hugo kann noch warten. Soll er ruhig etwas schmoren. Wenn wir ihm nachher den Haftbefehl präsentieren, sagt er uns vielleicht aus Wut, wer ihm den Auftrag gegeben hat, den Killer in die Stadt zu holen. Wir haben nämlich anderes zu tun ...«

Phil machte runde Augen. »Sag bloß ...«

Ich nickte und zeigte ihm den zweiten Haftbefehl mit Rondinallas Schnörkel.

»Donald Elvin«, sagte Phil andächtig. »Okay, Boy, holen wir ihn uns!«

In der Sportredaktion des News Chronicle herrschte gähnende Leere. Brick LeRoy sah etwas unsicher in den langen Raum mit den drei Reihen verwaister Schreibtische. An der Seite ratterte ein Fernschreiber. Ein junger Mann las die Informationen mit, die über den Ticker kamen. Aufregend schienen sie nicht zu sein.

»Hallo!« rief Brick. Der junge Mann drehte sich um und musterte den athletisch gebauten Boxer. Dann leckte er sich die Lippen.

»He, bist du nicht ...«

»Man hat mir gesagt, daß ich Mr. Sharp hier treffen kann.«

»Ja, latsch durch den Gang da. Matt Sharp ist 'n Star. Er bewohnt 'nen eigenen Käfig. Die erste Tür hinter dem Lokus.« Der junge Reporter starrte dem Boxer nach, wie der mit katzenhaftem Schritt durch den Gang glitt.

Matt Sharp, der Sportreporter mit dem fleischigen Gesicht und den roten Haaren, sah von seiner Maschine auf, als Brick das kleine Office betrat.

Der Journalist schaltete die elektrische Schreibmaschine aus. Dann stand er auf und reichte Brick die Hand.

»Fein, daß du da bist. Setz dich. Soll ich dir 'nen Kaffee kommen lassen? Oder sonst was?«

Brick schüttelte den Kopf. Er ließ sich auf einen kleinen Hocker nieder, der unter seinem Gewicht zu knacken begann. Sharp sah ihn ernst an.

»Das mit Hyman tut mir leid«, sagte er. »Wirklich . . . Er war ein Mann, der viel fürs Boxgeschäft geleistet hat. Weiß man schon . . .«

Brick schüttelte den Kopf. »Ich weiß es nicht. Ich glaube nicht, daß man da viel herausfinden wird.«

Sharp nickte langsam. »Ich schreibe einen Nachruf für ihn. Er wird morgen erscheinen. Aber ich werde die Finger von den Hintergründen lassen. Sie berühren den Sport vermutlich nicht. Zumindest gehören sie nicht in mein Ressort.« Sharp schien zu fürchten, daß Brick einen aufrüttelnden Appell von ihm erwartete.

»Haben Sie Fotos vom Ring? Ich meine welche, die nach dem Kampf entstanden sind?«

»Ich selbst nicht. Die hat der Ressortleiter, und der kommt erst heute abend. Warum? Willst du dich in Siegespose sehen?«

»Nein. Da war jemand im Ring. Ich kenne ihn nicht. Oder doch, aber ich weiß nicht mehr, wie er heißt. Er hat Verbindung zu einem anderen Profistall. Jetzt, wo Bull tot ist . . . will ich mit ihm in Verbindung treten.«

In Matt Sharps Augen erschien ein wachsames Funkeln. Er beugte sich vor, drückte eine Taste am Sprechgerät und rief: »He, Rushevsky! Kannst du mich hören?«

Der junge Redaktionsangestellte brüllte durch den ganzen Saal: »Natürlich!«

»Okay, dann hol mir mal die Fotos von dem Boxkampf im Garden aus dem Zimmer vom Boß.«

»Alle?« brüllte Rushevsky.

»Du bist ein cleveres Bürschchen, Rushevsky«, gab der Journalist zurück. Er wartete, bis der Mann die Fotos brachte. Sharp scheuchte ihn mit einer ungeduldigen Handbewegung hinaus.

Die Fotos stammten von den drei Fotoreportern, die der Chronicle in den Garden gesandt hatte. Matt Sharp sortierte alle aus, die Kampfszenen zeigten. Es blieben noch zwei Dutzend übrig, die vor dem Kampf und nachher gemacht wurden. Matt Sharp warf sie Brick zu.

Brick fächerte sie durch. Der Typ mit der schmalen Nase, dem dünnen Bart mit den herabhängenden Enden und dem kurzen krausen Haar war auf mehreren Bildern zu erkennen.

Doch es war offensichtlich, daß er es nicht unbedingt darauf abgesehen hatte, sich ablichten zu lassen. Nur einmal hatte ihn der Mann hinter der Kamera voll erwischt, und zwar in dem Moment, als er Brick die Worte: »Lauf, Nigger, lauf« ins Ohr gehaucht hatte.

Brick hielt das Bild hoch. »Kann ich es haben?«

»Ist das der Knilch?«

»Ja, das ist er.«

»Du willst also nicht bei deinem Stall bleiben?« erkundigte sich der Journalist. Aufmerksam betrachtete er das Gesicht auf dem Foto.

Brick hob die Schultern. Darüber hatte er noch nicht nachgedacht. Staton war nicht Hyman. Dick Staton, Bulls Partner, war ein verfetteter, geldgieriger Schakal. Staton machte die Kleinarbeit, die das tägliche Geld einbrachte. Er war kein Manager vom Schlage Hymans. Er war ein kleinlicher Pfennigfuchser. »Ich weiß es noch nicht«, antwortete er ausweichend.

Matt Sharp reichte ihm das Foto. »Nimm's mit«, sagte er. »Ich gebe dem Labor Bescheid, damit sie 'n neues machen.«

»Kennen Sie den Mann?« erkundigte sich Brick.

Matt Sharp schüttelte den Kopf. »Nein. Nie gesehen. Wenn er aus der Branche wäre, würde ich ihn kennen.«

Brick stand auf. Er wollte gehen, bevor die Neugier des Journalisten vollends erwachte.

»Wo kann ich dich erreichen, wenn ich Fragen habe?«

Brick stülpte die Unterlippe vor. »Über die Sportschule«, sagte er. »Staton's & Hyman's Gym.« Er war froh, daß ihm diese unverfängliche Möglichkeit noch rechtzeitig eingefallen war.

»Wenn du mal Hilfe brauchst oder 'nen Rat, kannst du mich immer über die Redaktion erreichen, okay?«

»Okay, Mr. Sharp.«

»Ich heiße Matt.«

»Fein, Matt.« Brick zog sich zurück. Bevor er zur Tür hinausging, rief Matt Sharp ihm noch schnell etwas nach.

»Tu nichts Unüberlegtes, Brick! Unterschreib nichts, bevor du es nicht mit jemandem besprochen hast!«

Brick verließ das Gebäude des Chronicle. Das Hochglanzfoto mit dem Gesicht des Strolchs, der ihm gedroht hatte, steckte unter seiner Jacke.

Was konnte er mit dem Bild anfangen? Wie mußte er es anstellen, um den Knilch auf dem Bild aufzutreiben? Brick ging zu Fuß zum Times Square. Er zählte das Geld, das ihm verblieben war. Es reichte gerade noch für ein paar Subwaymünzen und einen Hamburger. Er betrat den Bahnsteig der IRT. Die Spuren liefen in Harlem zusammen.

Er betrat eine Telefonkabine unten am Bahnsteig, warf einen Dime in den Schlitz und wählte die Nummer der Sportschule, bei der er unter Vertrag stand. Immer noch. Vielleicht kannte Dick Staton den Burschen auf dem Foto. Brick wollte jedoch wissen, ob Dick in der Sportschule war oder ob er seinen Kummer über Hymans Tod irgendwo in einer Kneipe ertränkte. Hyman war dabeigewesen, das große Geld heranzuschaffen. Hyman besaß den nötigen Wagemut. Okay, Brick hatte mitbekommen, daß es den beiden in der letzten Zeit nicht sonderlich gut ergangen war. Aber Hyman hatte auf ihn, Brick, gesetzt. Staton kassierte jetzt immerhin seinen Anteil an den Prozenten von Bricks Börse. Staton war fein raus. Er war jetzt der alleinige Inhaber der Vertragsrechte an Brick LeRoy. Staton würde versuchen, so schnell wie möglich einen Rückkampf gegen Jimmy Dale festzumachen. Vermutlich war Staton den Schurken hinter Dale keine Gefälligkeit schuldig. Wenn Brick auch den Rückkampf gewann, konnten sie weiter nach oben marschieren. So lange, bis die Boxunion Brick als offiziellen Herausforderer auf den Titel anerkannte. Staton würde Brick notfalls verheizen.

Das Rufzeichen schnarrte, und Bricks Gedanken kehrten in die Gegenwart zurück. Nach dem zweiten Aufläuten wurde am anderen Ende abgehoben.

»Hallo?« Das war eine neutrale Stimme, die weder Dick noch einem der Typen gehörte, die sonst im Office von Staton's und Hyman's Gym herumhingen.

»Ich will Staton sprechen«, sagte er.

»Wer ist dort?« erkundigte sich die Stimme.

Brick stutzte. »Billy«, sagte er schnell. »Billy Lloyd.«

»Mr. Staton ist im Moment nicht da.«

»Wann kommt er zurück?«

Der Kerl am anderen Ende zögerte. »Das weiß ich nicht. Sagen Sie . . .«

»Wer sind Sie?« fragte Brick.

»Ich bin Detective Vic DiRoma von der Mordabteilung Manhattan Nord. Sie haben sicher von dem Mord an Carlton Hyman gehört, Mister . . .«

Ich habe ihn gefunden, dachte Brick. Er sagte: »Ja.«

»Wenn Sie uns auf irgendeine Weise helfen können . . .«

»Nein«, sagte Brick. Er legte auf. In diesem Moment fuhr die U-Bahn donnernd aus der Röhre. Er trat an die Bahnsteigkante.

Sie suchten Dick Staton. Großer Gott, weshalb? Weshalb

war Dick untergetaucht? Hing er mit drin? Hatte er ebenfalls Angst?

Brick fuhr nach Harlem. An der 103rd Street stieg er in den Seventh Avenue Express um und stieg erst an der 180th Street, in der Nähe der Mount Morris Avenue, wieder aus. Er dachte an Lauryann, aber sie war um diese Zeit noch in der Schule. Vielleicht konnte er es schaffen, sie am Mittag abzuholen. Sonnabends hatte sie schon um halb eins frei.

Brick steuerte eine schmale Straße an, die von älteren Holzhäusern und einigen neueren Backsteinbauten gesäumt wurde. Er lief durch die Werkstatthalle der Exxon-Garage und erreichte bei der Tremont Railwaystation die Rückseite eines Einkaufscenters. Er schob sich in die kleine Bar neben dem Frankfurterstand.

Er hörte das Klicken der Billardkugeln, sah die dichten Rauchschwaden unter der niedrigen Decke hängen und roch die Ausdünstungen der Männer, die hier herumhingen, bis die Unterstützung aufgebraucht war, die sie gestern abgeholt hatten. In einer Nische gluckten ein paar grell geschminkte Mädchen zusammen. Eins von ihnen, ein mageres Ding mit leeren Augen, verhandelte mit einem bulligen Kerl. Sie brauchte ein paar Dollars für den nächsten Schuß.

Brick schob sich zur Theke durch. Der Barkeeper entdeckte ihn im Gedränge. Er hatte sehr dunkle, trockene Haut und hellrote Lippen, die sich zu einem breiten Grinsen auseinanderzogen.

»Brick!« schrie er begeistert. »He, Jungs! Schaut mal, wer in diese verkommene Bude reinschneit! Er ist es! Brick the cat!«

Brick spürte Hände, die sich auf seine Schultern legten, die an seiner Jacke zupften. Die Männer waren abergläubisch. Sie glaubten, daß sich Bricks Glück auf sie übertrug, wenn sie ihn berührten.

Jemand drückte ihm ein Glas in die Hand. Er roch daran. Sein Magen rebellierte, aber er goß den Inhalt hinunter.

»Wenn ich hier Kredit habe, gib den Jungs 'ne Runde«, sagte er zu Niko, dem Barkeeper. Stimmen drangen an Bricks Ohren. Der Tumult nahm zu. Er war es noch nicht gewohnt, daß sich die Leute zusammenrotteten, wenn er auftauchte. Er sah in das längliche Gesicht eines Jungen mit großen dunklen Augen. Der Bursche war höchstens fünfzehn. Er gehörte nicht hier rein. Aber er hatte vermutlich keine Arbeit, sein Vater hatte auch keine, und keiner von ihnen hatte eine bessere Idee, wie und wo er den Sonnabend totschlagen sollte. Brick grinste den Jungen an, und er lächelte zurück. Etwas scheu, aber beglückt.

Brick brachte den Mund an Nikos Ohr. »Weißt du, wo Dick steckt?« fragte er.

Niko leckte sich die Lippen. »Er war hier. Sehr früh schon. Scheint Kummer zu haben, hat nämlich tüchtig einen getankt. Vor 'ner Stunde oder so ist er mit Grace abgezogen.«

»Grace?«

»So 'ne große Rothaarige«, sagte Nick. Er verzog das Gesicht.

»Ist er zu Hause?« Dick Staton hatte eine große Wohnung an der Ecke Seventh Avenue und 146th Street. Es gab ein paar ganz nette Kneipen und hübsche Bars in diesem Bezirk, aber Dick Staton hatte eine Vorliebe für Nuttenlokale und Ganoventreffs.

»Glaub' ich nicht«, flüsterte Niko. »Grace hat 'ne Bude im Overlook Hotel drüben. Aber sag ihm nicht, daß ich's dir gesagt habe.«

»Keine Sorge.« Brick wollte sich schon abwenden, aber Niko hielt ihn noch einmal fest.

»Da hat eben so'n Kerl nach Dick gefragt ...«

Brick spürte ein Kribbeln zwischen den Schulterblättern. »Was für 'n Kerl?«

Niko breitete die Hände aus. »Miese Type, aber piekfein in Schale. Rotes Seidenhalstuch, besticktes Hemd und so. War noch 'n Typ dabei, der hat aber draußen gewartet.«

»Und? Hast du ihm gesagt, wo Dick steckt?«

Niko schüttelte den Kopf. »Nee. Aber der Bursche hat mit den Süßen da am Tisch verhandelt.« Er deutete mit dem Kopf auf die grellgeschminkten Girls. »Für 'nen Fünfer verraten die ihre Mütter.«

»Danke, Niko. Setzt die Runde auf Dicks Rechnung.« Brick winkte seinen Fans zu. Als er wieder draußen war und frische Luft atmete, spürte er eine Berührung an seinem Arm. Er sah sich um.

Neben ihm stand der Junge mit den großen dunklen Augen und starrte ihn an. Stumm. Bewundernd. Oder voller Neid und Hoffnung. Brick vermochte den Blick dieser Augen nicht zu deuten. Er fühlte sich unbehaglich. Er dachte an George Chieffos Worte. Chieffo war ins Getto zurückgekehrt. Er hatte versucht, den Menschen hier neue Hoffnung zu geben, ihnen ein Vorbild zu sein. Er hatte andere gesucht, die ihm helfen konnten. Chieffo hatte gewollt, daß er, Brick, den Jugendlichen Mut machte. Chieffo hatte sich zu alt gefühlt, um Jungs wie diesen, der da jetzt vor Brick stand, anzusprechen.

»Wie heißt du?« fragte Brick.

»Raphael Yochum. Meine Freunde nennen mich aber Rafe.«

»Ich bin Brick, Rafe. Wohnst du hier?«

»Da drüben.« Rafe deutete auf einen Block fünfgeschossiger Wohnhäuser mit einem Gewirr verrosteter Feuerleitern hinüber. »Nächste Woche müssen wir da raus.«

»Warum?«

Der Junge hob die Schultern. »Meine Ma kann die Miete nicht mehr bezahlen. Strom und Wasser haben sie uns schon lange abgestellt.«

»Sie? Wer ist sie?«

Wieder zuckte Rafe mit den Schultern. »Die Gesellschaft. Sie hat das ganze Viertel aufgekauft ...«

»Weiße?«

»Nein. Früher haben die Häuser Weißen gehört. Jetzt gehören sie Schwarzen.« Rafe ballte die Fäuste. Er hatte kräftige, sehnige Hände. Er lächelte ganz plötzlich. »He, ich will nicht jammern! Ich will dich fragen, ob ich in deinem Stall boxen kann!«

»Ich werd 'n gutes Wort für dich einlegen. Komm nächste Woche mal vorbei. Weißt du, wo Staton's & Hyman's Gym ist?«

»Klar. Ich komme mal vorbei.« Der Junge senkte den Blick. Die Schultern fielen herab.

»Oh, Boy! Ich will dich nicht hinhalten!« sagte Brick. »Ich mein's ernst! Du kannst vorbeikommen! Bestimmt! Ich würde dich ja gleich mitnehmen, aber Bull Hyman, mein Manager, weißt du, er ist letzte Nacht ... gestorben.«

Rafe nickte. »Danke, Brick. Ich werde kommen.« Er sah Brick an. Brick spürte, daß der Junge in seiner Nähe bleiben wollte. Aber er konnte ihn jetzt nicht brauchen.

»Ich hab' was zu erledigen, Rafe. Komm heute nachmittag zur Mount Olive Church. Dann unterhalten wir uns noch einmal. Weißt du, wo die ist?«

»Nicholas und 116th?«

»Genau da. Vielleicht mußt du etwas warten, aber ich komme. Okay?«

»Okay!« rief Rafe. Er wirbelte auf dem Absatz herum und rannte davon.

Brick überquerte den Parkplatz. Er flankte über die innere Einfassung und lief dann die Steintreppe hinauf, die zu dem schäbigen Hotel mit dem hochtrabenden Namen Overlook Hotel führte. Von dem Hügel aus konnte man auf die Betonbahnen des Cross Bronx Expressway sehen. Unterhalb des Overlook Hill verdarben die Gerüste der New York City Rail Road die Aussicht auf den Claremont

Park und Morris Heights. Zwischen dem Hügel und Morris Heights bestimmten verkommene Hinterhöfe und Schrottplätze das Bild.

Brick betrat das Hotel durch den Hintereingang, der nicht verschlossen war. Es stank nach Öl, Knoblauch und scharfen Putzmitteln. Er folgte dem Brummen einer elektrischen Bohnermaschine, das ihm den Weg in die kleine Halle wies. Der Mann, der die Maschine bediente, sah Bricks Beine. Er richtete sich auf und stellte den Apparat ab. Hinter dem Empfangspult flimmerte ein Fernseher. Die Streifen verschwanden von dem Bild, als die Bohnermaschine nach einem schrillen Heulen verstummte.

»Ja?« fragte der Mann. Der grauhaarige Schwarze schien die Funktionen des Portiers, des Hausknechts und Empfangschefs in einer Person zu vereinigen.

Aufmerksam betrachtete er Bricks Gesicht. Er schien ihn zu erkennen. Doch er sagte nichts.

»Ich will zu Grace«, sagte Brick. »Wo ist sie?«

Der Mann hielt erschreckt die Luft an. Seine Augen trübten sich. »Grace? Du kannst jetzt nicht zu ihr ...«

»Sag mir nur, welches Zimmer sie hat. Das geht schon in Ordnung. Ich muß den Typ sprechen, der bei ihr ist.«

Der Portier schüttelte den Kopf. Sein Blick wanderte zur Treppe und zu Brick zurück. »Es geht nicht!« flüsterte er. »Da sind zwei Kerle oben ...«

Bricks Magen krampfte sich zusammen. Er sprang an den Mann vorbei und blickte aus dem Fenster neben dem Vordereingang. Auf dem Parkplatz standen vier Autos. Drei verbeulte Kisten mit rostenden Türen und herabhängenden Stoßstangen. Der vierte Wagen war ein nagelneuer roter Pontiac.

Brick wirbelte herum. Seine Fäuste packten die Schultern des Portiers. Er schüttelte den Mann. »Wo sind sie?« keuchte er rauh. »Bei Gott, ich reiße dir ein verdammtes Ohr ab ..«

»Die da oben werden mir noch verdammt viel mehr antun«, sagte der Mann dumpf. Er zitterte heftig.

In diesem Moment hörten sie den verzweifelten, gellenden Schrei einer Frau.

Brick stieß den Portier von sich. Er sprang die Treppe hinauf. Der langgezogene, nicht endenwollende Schrei wies ihm den Weg.

Die Festnahme eines Killers zählt zu den heißesten Jobs, die ein G-man kennt. In den seltensten Fällen weiß man genug über einen solchen Mann, um seine Reaktionen auch nur ungefähr berechnen zu können. Man kennt in der Regel nicht einmal seine ›Erfolgsliste‹. Hat er zehn Menschen getötet? Oder wurde er gleich beim ersten Versuch identifiziert?

Von Donald Elvin wußten wir nur das Wenige, was in der mehr als zehn Jahre alten Akte stand, die bei der Polizei von Chicago geführt wurde. Danach war Elvin jetzt achtunddreißig Jahre alt, nicht verheiratet, von Beruf angeblich Sportlehrer. Er war auch tatsächlich an einer privaten Sportschule in Chicago angestellt, wie wir inzwischen von unseren Kollegen erfahren hatten. Um den Killer jedoch nicht vorzeitig zu warnen, hatten wir darauf verzichtet, in der Sportschule Erkundigungen einzuziehen. Denn die Schule gehörte einem Burschen, dessen Verbindungen zur Chicagoer Mafia bekannt waren.

Der Killer namens Donald Elvin verfügte also über einen bürgerlichen Hintergrund. Er bezog ein regelmäßiges Gehalt, zahlte seine Steuern und die Beiträge zur Sozialversicherung. Möglicherweise wurde er von einem Chicagoer Mafioso vermietet.

Phil und ich hatten uns dafür entschieden, mit kleinster Besetzung aufzufahren, um Donald Elvin aus dem Apartmenthaus am Stuyvesant Square herauszuholen. Wir wollten ihn so schnell wie möglich festnehmen. Deshalb verzichteten wir darauf, eine längerfristige Beobachtung aufzuziehen, um festzustellen, wann er zu Hause war, ob er einen gemieteten oder gekauften Wagen fuhr, wo er zu essen pflegte und was sonst noch zu einem vollen Check gehörte.

Solche Aktivitäten hätten den Einsatz mehrerer Teams notwendig gemacht. Sie hätten Zeit gebraucht und das Risiko erhöht, einem wachsamen Mann aufzufallen und ihn zu warnen. Elvin war fremd in New York. Seine Sinne mußten ständig auf Alarm stehen.

Nein, wir wollten schnell zufassen. Ihn von der Straße holen, bevor er einen nächsten Auftrag ausführte. Deshalb hatten wir keine Wohnung über, unter oder neben der des Killers gemietet. Wir hatten lediglich zwei Teams mit Kollegen in der Tiefgarage des Apartmenthauses postiert. Falls Elvin die Garage betrat, sollten sie zupacken.

Phil und ich benutzten einen unauffälligen Dodge, mit dem wir den Block einmal umkreisten. Als wir über Funk die Bestätigung bekamen, daß unsere Kollegen unsere Posten bezogen hatten, bogen wir von der 17th Street in den Pelham Place ein, wo wir uns zuvor bereits einen Parkplatz ausgesucht hatten, von dem aus wir den Eingang B des Ostflügels aus beobachten konnten.

Ich stellte den Motor ab, schob den Gangwähler der Automatik auf Parkposition und löste den Verschluß des Sicherheitsgurts. Mechanische Verrichtungen, die das Gehirn weder befiehlt noch registriert. Unsere Waffen hatten wir längst geprüft. Jeder von uns trug ein Paar Handfesseln am Gürtel. Das war alles. Keine schußfeste Unterwäsche, keine mauerbrechende Munition oder Tränengasdurchschlaggeschosse. Das alles sind Dinge, die man bei einem Großeinsatz benutzt.

Zusammen gingen wir auf die Glastür zu. Keiner von uns sprach mehr ein Wort. Jeder wußte, was zu tun war.

Jedem war bewußt, um welchen Einsatz es hier ging. Es war Sonnabendmittag, zwölf Uhr elf. In den Anlagen des Parks spielten Kinder, beaufsichtigt von den Müttern, die umsichtig dort auf die Kinder ihrer Nachbarinnen mit aufpaßten. An der südlichen Ecke des Parks stand ein Streifenwagen des 13. Reviers. Es war das gewohnte Bild. Nein, nichts würde den Mörder warnen.

Die erste Glastür in dem zurückgezogenen Eingang ließ sich öffnen, und wir betraten eine vier bis fünf Yard tiefe Vorhalle. Die zweite Glastür war verschlossen. Wir sahen in eine Lobby, die hübsch mit Blumenbänken, einem Gipsrelief und einem munter sprudelnden Springbrunnen geschmückt war. An der linken Wand hingen zwei Haustelefone und zwei Münzapparate. Zwischen den Haustelefonen befand sich ein Glaskasten, hinter dem ein Schild angebracht war. Darauf stand, daß der geschätzte Besucher sich doch bitte telefonisch mit demjenigen Hausbewohner in Verbindung setzen möge, den er zu sprechen wünschte. Wenn er das Haustelefon benutze, könne er die Apartmentnummer verwenden. Ein Mieterverzeichnis gab es jedoch nicht, die Briefkastendeckel waren lediglich mit den Apartmentnummern gekennzeichnet. Wir kannten die Nummer der Wohnung, die Johnny Grant für den Killer aus Chicago gemietet hatte, doch aus naheliegenden Gründen schied ein Anruf aus.

Blieb der Hausmeister. Seine Nummer war auf dem Schild angegeben. Ich hakte meinen Zeigefinger in die Wählscheibe und ließ sie rotieren, während Phil unsere Umgebung im Auge behielt.

Das Rufzeichen schnarrte eine ganze Weile. Ich befürchtete schon, der gute Mann würde nicht rangehen, als endlich abgehoben wurde.

»Ja bitte? Wer sind Sie? Und zu wem möchten Sie?« Die Stimme klang abweisend. Wer niemanden im Haus kannte, kam nicht mit lauteren Absichten.

Ich war auf eine solche Frage vorbereitet. Sie zu beantworten stellte das erste kritische Moment dieser Aktion dar. Der Hausmeister bewohnte vermutlich ein Apartment in einem der unteren Stockwerke. Wenn ein Besucher bei ihm anrief, der keinen triftigen Grund für sein Erscheinen anzugeben vermochte, würde er die innere Glastür nicht öffnen. Falls der Besucher den Namen eines Mieters angab, von dem er weder die Apartmentnummer noch die öffentliche Telefonnummer kannte, würde er den Mieter über den Hausapparat anrufen und ihn von der Anwesenheit eines Besuchers unterrichten. Wenn der Mieter von dem Besucher nichts wissen wollte, würde der Hausmeister die Tür nicht öffnen. Die Bürger New Yorks hatten gelernt, im Dschungel zu überleben.

»Polizei«, sagte ich leise in die Sprechmuschel. »Bitte kommen Sie in die Halle.«

»Polizei, Mann, von der Sorte hatten wir vorige Woche vier. Aber keiner war echt.«

»Haben Sie einen Monitor?« erkundigte ich mich. Ich hatte allerdings keine Monitorkamera gesehen.

»Wir sind hier nicht im Olympic Tower, Mann«, kam die prompte Antwort.

Ich begann leicht zu schwitzen, obwohl noch keine Gefahr bestand, daß der Killer zu früh von unserer Anwesenheit erfuhr. In der Halle war kein Mensch. Doch Phil stieß mich an und deutete dabei nach draußen.

Vom Parkplatz her kam jetzt eine schlanke Blondine auf den Eingang zu. Sie balancierte eine volle Einkaufstüte auf dem linken Arm. Von ihrem Gesicht war nicht viel zu erkennen. Vielleicht hatte der Killer seine Mieze mitgebracht. Auf eigene Kosten.

»Sagen Sie mir, zu wem Sie wollen, Mister, dann sehen wir weiter«, hörte ich die Stimme des Hausmeisters. »Oder sagen Sie mir Ihren Namen und Ihre Dienststelle, dann rufe ich dort an.«

Das war an sich kein unbilliges Verlangen, im Gegenteil. »Da kommt gerade jemand«, sagte ich. Die Blonde hatte die Tür fast erreicht. Phil hielt ihr galant die Tür auf.

Sie schenkte ihm ein hübsches Lächeln und wackelte mit dem Po, über dem sich straff ein hellgelber Rock spannte. »Bitte, Mister, sind Sie so nett und sperren die Tür für mich auf?« Sie reichte meinem Freund den Schlüsselbund. »Es ist der schmale Schlüssel mit dem dreieckigen Griff.«

Phil grinste, als er den Schlüssel ins Schloß steckte und der Blonden die Tür öffnete. Er behielt seinen Fuß im Spalt, nachdem er ihr den Bund zurückgegeben hatte.

»Hallo!« rief der Hausmeister. »Hallo?«

»Ja«, sagte ich, als die Frau außer Hörweite war. »Die Tür ist jetzt offen.«

»Sie machen sich des Hausfriedensbruchs schuldig, wenn sie unbefugt hereinkommen!« giftete der Mann. »Ich hole die Polizei!«

Bloß nicht, dachte ich. »Kommen Sie in die Halle. Ich zeige Ihnen meinen Dienstausweis. Es handelt sich um einen dringenden Einsatz.«

»Gut. Aber bleiben Sie, wo Sie sind! Verstanden?«

»Ja«, gab ich ergeben zurück. »Aber beeilen Sie sich!«

Was er auch tat. Phil hielt seinen Fuß in der Tür. Ich hielt meinen Ausweis in der hohlen linken Hand. In der Halle erschien ein mittelgroßer Mann, der einen grauen Kittel trug. Am Revers prangte blaurot das Firmenzeichen der Gesellschaft, die dieses Haus verwaltete. Langsam kam er näher.

Ich öffnete das Etui und hielt es gegen das Glas. Der Mann kniff die Augen zusammen. Schließlich nickte er. Phil stieß die Tür auf. Der Hausmeister zuckte zusammen. Unter dem blauroten Zeichen stand sein Name. F. Waldeck.

»Alles klar?« erkundigte ich mich.

»Zu wem wollen Sie?«

»Wir wollen Freunde bleiben, deshalb werde ich es Ihnen sagen. Apartment 18-22.«

Waldeck runzelte die Stirn. Dann blies er die Backen auf. »Das Apartment ist doch erst am Mittwoch oder so neu vermietet worden?«

»Vermietet wurde es am Dienstag. Mittwoch ist der neue Mieter eingezogen, richtig. Haben Sie ihn gesehen?«

»Keine Spur. Als ich die Mitteilung von der Verwaltung bekam, daß in 18-22 ein Neuer wohnt, habe ich angerufen ...«

»Und? Hatte der Herr besondere Wünsche?«

»Nein, Sir, keine.«

Der Hausmeister konnte also keine Nebengeschäfte mit dem neuen Mieter machen. Ich lächelte.

»Sie haben doch sicher einen Universalschlüssel?« fragte ich.

Mr. F. Waldeck wurde blaß. »Aber den darf ich nicht aus der Hand geben!«

Phil hatte sich bereits auf die Aufzüge zubewegt und eine Kabine heruntergeholt. Ich zeigte Mr. Waldeck den Haftbefehl.

Mit dem Daumen hielt ich die Namenszeile verdeckt. Sichtbar waren die Adresse und die Nummer des Apartments.

»Jetzt leihen Sie mir den Schlüssel, ja?«

»Ich komme mit«, bot er an.

»Nichts zu machen«, erklärte ich kategorisch. »Da oben wird's vielleicht ungemütlich. Jetzt geben Sie mir den Schlüssel, bitte.«

Er trennte sich nur ungern von dem metallenen Symbol der Macht über die ihm anvertrauten Wohnungen. Ich lächelte freundlich.

»Kennen Sie das Apartment von innen?« erkundigte ich mich.

Er kannte es. Es gehörte zum Typ D und wurde möbliert

vermietet. Ich ließ mir den Grundriß beschreiben. Die Tür vom Flur führte unmittelbar in den Wohnraum. Links lagen der Küchenblock mit dem Bad und der angrenzende Schlafraum. Rechter Hand gab es noch einen Abstellraum, der die Meßuhren für die Warmwasserversorgung und die Fernheizung sowie den Stromzähler enthielt.

»Gibt es einen Balkon? Oder eine Feuerleiter?«

»Einen Balkon, ja. Die Feuertreppe ist vom Apartment aus nicht zugänglich. Nur vom Ende des Treppenflurs aus.«

Das sah nach einem einigermaßen einfachen Job aus. Falls Donald Elvin die Mittagszeit in seinem Apartment verbrachte, saß er in der Falle. Es war jetzt 12 Uhr 28. Vielleicht hatte er im nächsten Delikatessengeschäft einen Imbiß gekauft, den er jetzt neben dem Telefon verzehrte. Ich konnte mir vorstellen, daß er den Auftrag hatte, am Telefon auf seine nächsten Instruktionen zu warten. Die jetzt natürlich ausblieben, weil wir Hugo Lucker und Johnny Grant aus dem Verkehr gezogen hatten.

Ich hielt den Schlüssel in der Hand und lächelte auf Mr. Waldeck hinab. Sein Kittel gefiel mir.

»Wenn Sie uns auch noch Ihren Kittel leihen könnten, Mr. Waldeck«, sagte ich, »würden Sie uns ungemein helfen.«

Er ließ seine Augen über meine Figur wandern, verdrehte die Augen, legte das Kleidungsstück ab und überreichte es mir mit der gleichen Andacht, mit der ein Schneider seinem Kunden einen Achthundertdollar-Smoking übergibt. Ich hoffte, daß ich ihm den Kittel ohne Löcher zurückgeben konnte.

»Gehen Sie jetzt bitte in Ihre Wohnung, Mr. Waldeck, und werden Sie nicht ungeduldig, wenn's etwas dauert. Und kommen Sie nicht auf die Idee, oben anzurufen. Und gehen Sie während der nächsten fünfzehn Minuten nicht ans Telefon.«

Ich trat an Phil vorbei in den Lift. Mein Freund drückte den Knopf neben der 18. Wir wollten keine Mätzchen machen, etwa im 19. Stock aussteigen und über die Treppe herunterkommen. Wenn Elvin uns dann sah, würde er Bescheid wissen und ein Feuerwerk abbrennen.

Während die Kabine aufwärts surrte, half ich Phil in den Kittel. Er saß etwas knapp, aber man bekam immerhin die Knöpfe zu. Es mußte gehen.

»Elvin hat Waldeck noch nicht gesehen«, sagte ich. »Bau dich so auf, daß er dich durch das Guckloch hindurch schön erkennen kann. Es kann gar nichts schiefgehen.«

»Und was soll ich ihm sagen?«

»Da gibt es doch viele Möglichkeiten. Denk daran, er ist erst vor drei Tagen eingezogen! Denk dir was Originelles aus«, schlug ich vor.

Phil zog ein mürrisches Gesicht. Es paßte gut zu seiner Rolle. Er behielt es, bis er sich vor der Tür mit den erhabenen Messingziffern 18-22 aufbaute und seinen Finger auf die Klingel preßte.

Ich drückte mich mit dem Rücken neben dem Türrahmen an die Wand. In der Faust hielt ich den schußbereiten Smith & Wesson.

Wir hörten das gedämpfte Dingdong der Klingel. Sonst nichts. Nachdem Phil noch dreimal geklingelt hatte und fünf Minuten verstrichen waren, schien festzustehen, daß Mr. Elvin sich irgendwo herumtrieb. Vielleicht besichtigte er Manhattans Sehenswürdigkeiten.

Oder er war dabei, seinen nächsten Mord vorzubereiten.

Der Schrei der Frau schnitt in Bricks Ohren. Er flog förmlich die Stufen hinauf, immer höher. Wie eine Katze landete er auf dem Podest des vierten Stocks. Sein Atem ging ruhig. Er befand sich in Höchstform. Nach dem Kampf gestern abend spürte er nur noch eine Prellung auf der rechten Brustseite und einen erträglichen Schmerz in der linken Schulter, wo ihn eine Rechte Jimmy Dales voll erwischt und gegen die Seile geschleudert hatte.

Der Schrei riß ab. Brick rannte durch einen halbdunklen Gang. Die jähe Stille wirkte bedrückend. Alle Türen waren geschlossen.

Brick blieb stehen. Er lauschte. Eine Diele knackte. Dann scharrten Stuhlbeine über den Boden. Die Geräusche entstanden ganz in der Nähe.

Brick huschte auf eine Tür zu. Sie war dünn, das Holz der Füllung mehrmals gesplissen. Brick preßte sein Ohr gegen das Holz. Er hörte einen erstickten, krampfartigen Laut. Ohne zu zögern, rammte er seine Schulter gegen die Tür.

Mit einem lauten Knall sprang das Schloß aus dem Holz. Die Tür knallte gegen die seitliche Wand. Brick stürzte in das Zimmer.

Der Raum war kahl und häßlich. Die Gardine hing in Fetzen vor dem Fenster. Das Bettgestell stand auf hohen Füßen. Auf der zerwühlten Decke lag eine nackte schwarze Frau. Ihre rotgefärbten Haare klärten ihre Identität. Sie war die rote Grace, mit der Dick Stanton abgezogen war. Jetzt lag sie auf den Bett ihres Zimmers, die Hände vor dem Magen verkrampft, den Mund weit aufgerissen bei dem vergeblichen Versuch, Atem zu holen.

Jemand hatte ihr mit voller Wucht eine Faust in den Magen gerammt.

Brick fuhr herum. Ein bekannter Geruch stieg in seine Nase – Gas. In der Tür zum angrenzenden Bad erschien eine Gestalt, deren untere Gesichtshälfte unter einer kleinen Gasmaske verborgen lag.

Der helle Metallzylinder mit der Filterpatrone hing herab wie der Rüssel eines Elefanten. Hinter dem Rücken des Mannes rumorte es.

Der Kerl in der Tür hielt einen Revolver in der Faust. Er

zielte auf Bricks Kopf. Brick sah die Augen über dem Rand der Maske. Sie schimmerten wie nasse Kieselsteine.

»Schieß«, sagte Brick, »wenn du das Haus in Trümmern legen willst!« Er machte einen Schritt auf den Burschen zu, der genau Nikos Beschreibung entsprach – piekfein in Schale. Die Augen bewegten sich ein wenig. Als Boxer war Brick in der Lage, die Reaktionen eines Gegners an dessen Augen im voraus abzulesen. Dieser Bursche hatte Angst davor, mit dem Haus in die Luft zu fliegen. Er hatte aber auch Angst vor Brick, der breit und geduckt mit halb geschlossenen Fäusten vor ihm stand. Er wußte, wer Brick war.

Er würde im Notfall schießen, aber er würde bis zum letzten Moment zögern.

Der Mann hatte keine Ahnung, wie schnell ein Boxer von Weltklasse sein kann.

Brick warf sich vor. Seine Linke kam von unten herauf. Sie traf haargenau die Leber.

Die Wucht des Hakens schleuderte den Mann wie einen leichten Pendelball ins Bad. Glas klirrte. Scherben prasselten in die Badewanne. Der Revolver schlitterte über den Boden und verschwand unter der Wanne.

Brick sprang in den Raum.

Ein zweiter Mann, der ebenfalls mit einer Gasmaske ausgerüstet war, fuhr herum. Helle Schweißperlen standen auf seiner schwarzen Stirn. Er preßte Dick Statons nackte Arme an den Ellbogen zusammen und drückte das Gesicht des Boxmanagers gegen das Luftansaugloch des Gasofens. Der intensive Gasgeruch nahm Brick fast den Atem.

Der Boxer bückte sich und packte das Bein des Geschniegelten, das ihm den Weg versperrte. Er beförderte den Bewußtlosen vollends in die Badewanne, dann warf er sich auf den anderen.

Er riß ihn zurück. Dick Staton fiel mit dem Kopf auf den Boden. Brick stellte das Ventil auf Null. Das leise Zischen, mit dem Gas durch die Düse des Brenners rauschte, erstarb. Brick hustete.

Der Kerl, der dabeigewesen war, Dick Statons ›Selbstmord‹ zu inszinieren, trat nach Bricks Knien. Der Boxer spreizte die Beine. Dann bückte er sich. Er riß dem Kerl die Maske vom Gesicht. Dann schmetterte er ihm die Faust unter die Kinnlade. Aus der kurzen Entfernung hatte dieser Hieb sofortige K.o.-Wirkung.

Brick schleppte Dick Staton aus dem Bad. Staton war nackt, seine Haut glitschig vom Angstschweiß. Brick trat die Tür zum Badezimmer zu, dann riß er das einzige Fenster auf. Er legte Dick Staton auf die Brüstung.

Unten ratterte ein Zug über das Gerüst der Bahn. Das laute metallische Dröhnen übertönte Dicks krampfartiges Stöhnen. Brick hielt den Kopf des Bewußtlosen fest, bis Staton sich würgend übergab.

Brick sah sich nach dem Girl um. Sie hatte sich auf die Seite gedreht. Ihre Lippen waren blutleer. Speichel tropfte aus dem halb geöffneten Mund und floß auf die fleckige Decke. Ihre Augen waren wie die eines verletzten Tieres auf Brick gerichtet.

Die beiden schwarzen Killer hatten einen Mord und einen Selbstmord arrangieren wollen. Vielleicht wären sie damit sogar durchgekommen, überlegte Brick. Dick Staton, ein Boxmanager und Promotor, dessen Partner ermordet worden war, bringt in einem Akt von Geistesgestörtheit eine schwarze Hure um und tötet sich dann selbst.

Dicks Körper zuckte. Seine Arme bewegten sich. Er stemmte sich in die Höhe.

Der Versuch mißlang. Schwer prallte sein Kopf auf die Fensterkante.

Brick hob den dicken Mann auf. Er trug ihn zum Bett und legte ihn neben die rothaarige Grace. Dick Staton atmete krampfhaft.

Brick riß die Tür zum Bad auf. Der Gasgeruch war noch

sehr intensiv. Die beiden Gangster gaben nur schwache Lebenszeichen von sich.

Brick knallte die Tür wieder zu. Er rannte durch den Flur und stürmte die Treppe hinunter. Der grauhaarige Portier, Bohnermann und Hausknecht sah ihn an. Brick blieb erst am Empfangspult stehen. Er wählte die Notrufnummer. Sofort meldete sich die Einsatzzentrale der City Police.

Bricks Meldung war knapp und präzise. Doppelter Mordversuch im Overlook Hotel an der 177th Street. Die Mörder befänden sich noch am Tatort. Ohne die Fragen des Beamten abzuwarten, schmetterte Brick den Hörer auf die Gabel. Wieder stürmte er die Treppen hinauf, sprang durch das Zimmer der Nutte und riß die Tür zum Bad auf.

Brick schnappte sich den Mann, der Dicks Gesicht gegen den Gasofen gepreßt hatte. Die Augen in dem schlaffen Gesicht waren verdreht. Brick feuchtete ein Handtuch an, das er dem Mann ins Gesicht klatschte. Beim drittenmal bewegten sich die Augen, richteten sich auf Brick.

»Wie heißt du?« fragte er.

Keine Antwort.

Brick schüttelte den Mann. Der Kopf pendelte kraftlos hin und her. Der Gasgeruch nahm Brick den Atem, aber durch die geöffnete Tür strömte frische Luft herein. Brick schlug dem Mann die flache Hand ins Gesicht. Mehrmals. Schließlich machte der Mann müde Abwehrbewegungen.

»Wie heißt du?« brüllte Brick.

»Anderson ...«

»Wer hat dir das hier befohlen?«

Der Typ wollte nicht reden. Er wußte, was ihm drohte, wenn er sang. Aber er hatte auch Angst vor Brick.

Brick riß ihn herum. Er hatte nicht mehr viel Zeit. In der Ferne jaulte eine Sirene. Die Streifenwagen mußten noch die gewundene Hügelstraße hinauf. Noch eine Minute.

Er knallte den Schädel des schwarzen Gangsters gegen

den Gasofen. Dann drehte er das Ventil auf. Das Gas zischte.

»Ich will den Namen hören. Oder du atmest das Gas ein ...«

»Nicht!« keuchte der Gangster. »Bitte ...«

Unbarmherzig hielt Brick die Hand auf dem Ventil. Diese beiden Schweinehunde hatten wahrscheinlich auch Bull Hyman auf dem Gewissen. Dick Staton sollte sterben, für den Fall, daß Hyman ihm etwas von seinem Problem erzählt hätte. Nur zur Sicherheit.

»Den Namen!«

»Mann ... Kilfoil ...«

Die Sirene jaulte unten am Fuß des Hügels, dann schwoll das Heulen an.

»Wie war der Name?«

»Kilfoil ...«

Brick ließ den Kerl einfach fallen. Er stellte das Gas ab. Dann stolperte er aus dem Bad. Er spürte ein Würgen im Hals und einen Druck hinter den Augen.

Dick Staton lag auf dem Bett, die blutunterlaufenden Augen starrten Brick verständnislos an. »Du hier?« krächzte er, dann hustete er. Das Fett auf seinen Schultern wackelte.

Brick trat ans Bett. »Sie wollten dich umbringen«, sagte er. »Warum?«

»Warum?« echote der Manager. Das Jaulen der Sirene schwoll an. Es wehte durch das geöffnete Fenster herein. Dicks fleischige Unterlippe zitterte. Er schüttelte den Kopf. »Du bist ein Narr, Brick ...«

Bull hatte seinen Partner von der Erpressung informiert. Deshalb hatte auch Dick sterben sollen, nachdem sie Bull bereits ermordet hatten. Bull, dachte Brick, warum hast du mir nicht gesagt, wie schlimm es tatsächlich war!

»Ich brauche Geld, Dick«, sagte der Boxer.

»Scher dich zum Teufel! Ich habe nichts! Ich bin pleite!«

Brick beugte sich vor. »Du kassierst zwanzigtausend von meinem Kampf!« Brick riß Statons Jacke vom Haken hinter der Tür. Er fand Statons Brieftasche, fischte einige Scheine heraus, stopfte die Brieftasche in die Jacke zurück. Das Jaulen der Sirene erstarb mit einem häßlichen Laut.

Brick wirbelte noch einmal zu Staton herum. Er riß das Foto hervor, das ihn im Ring zeigte, zusammen mit dem Kerl, der ihn bedroht hatte. Er hielt Staton das Bild vor die Nase.

»Kennst du diese Type?« fragte er.

Dick Statons Blick blieb leer, als er den Kopf schüttelte.

»Wer ist Kilfoil?« fragte Brick dann. Auch diesmal zeigten die Augen des nackten Mannes keine Reaktion. Die rothaarige Grace begann zu wimmern. Auf der Treppe polterten schwere Tritte. Brick sprang zurück und blieb im Türrahmen stehen.

Zwei Cops erschienen am anderen Ende des Flurs. Sie hielten ihre schweren Revolver in den Fäusten. Brick spreizte die Arme.

»Haben Sie uns angerufen?« fragte einer von ihnen. Beide waren Schwarze. Einer trug den Sergeantstreifen.

»Ja«, sagte Brick. »Ich habe Geräusche und einen Hilferuf gehört ...« Die Cops kamen langsam näher. »Da bin ich reingegangen. Zwei Kerle haben den Mann dort mit dem Mund vor den Gasofen gehalten. Die Frau haben sie vorher niedergeschlagen. Sie hat vielleicht innere Verletzungen.«

Die Cops spähten vorsichtig in das Zimmer. Als sie Dick Staton und die rothaarige Grace auf dem Bett erblickten, sagte der Sergeant zu seinem Kollegen: »Ruf die Zentrale an. Wir brauchen eine Ambulanz. Und den Notarzt mit einem Sauerstoffgerät. Schnell.« Der Gasgeruch lag wie schleimiger Nebel im Zimmer.

Brick deutete auf die Tür zum Bad. »Die beiden Gangster liegen da drin«, sagte er. »Sie sind bewußtlos. Aber seien Sie trotzdem vorsichtig – da ist noch alles voller Gas.«

Der Sergeant fluchte verhalten. Zusammen mit seinem Partner näherte er sich der Tür. Sie drangen ins Bad ein und holten die beiden Gangster heraus. Sie legten ihnen Handschellen an, bevor sie sie auf den Boden legten.

Als sie nach Brick Ausschau hielten, war der verschwunden.

Phil sah mich an. Die ungeheure Spannung wich nur langsam. Wir hatten Pech gehabt. Der Killer aus Chicago hielt sich nicht in dem Apartment auf. Vielleicht war er irgendwo beim Lunch. Vielleicht hatte er bereits Lunte gerochen, nachdem ein vereinbarter Anruf von Grant oder Lucker oder wer sonst den Kontakt hielt, ausgeblieben war.

Oder Concho Moran war entgegen meiner Überzeugung doch über Einzelheiten orientiert und hatte den Mann gewarnt.

Endlich ließ ich die erhobene Hand mit der Smith & Wesson sinken. Leise stieß ich den angehaltenen Atem aus. Ich hielt den Universalschlüssel zu der Wohnung in der anderen Hand. Denn außer dem Haftbefehl besaß ich natürlich auch einen Durchsuchungsbefehl für diese Wohnung. Ich würde die Wohnung einer ersten, flüchtigen Durchsuchung unterziehen und dann zwei Kollegen hier zurücklassen.

Ich wollte gerade eine entsprechende Bemerkung zu Phil machen, als wir das Surren des anhaltenden Fahrstuhls hörten. Die Türentriegelung klickte bereits. Es gab kein Versteck im Flur.

Ich handelte rein instinktiv, als ich den Schlüssel ins Schloß stieß und ihn herumdrehte. Falls Elvin jetzt aus dem Lift trat und uns zu zweit hier stehen sah, würde er entweder ein Feuerwerk anfangen oder gleich wieder auf den Abwärtsknopf drücken. Oder er würde beides tun. Für einen Spurt reichte die Zeit nicht.

Ich schlüpfte durch den Spalt. Phil zog den Schlüssel wieder ab. Er mimte den Hausmeister. Er blieb im Gang zurück. Ich drückte die Tür wieder in den Rahmen, hielt aber den Drehknopf in der Hand, um sie sofort wieder aufreißen zu können, falls Gefahr im Verzug war.

Mit einem schnellen Blick über die Schulter überzeugte ich mich, daß sich niemand in meinem Rücken befand. An der Garderobe hing ein leichter Staubmantel. Auf der Küchenbar standen zwei schmutzige Teller und eine Tasse. In der Glaskanne befand sich noch ein Rest Kaffee.

Ich preßte mein Ohr gegen die Tür. Sie bestand aus massivem Holz, das die Geräusche gut übertrug. Ich zuckte leicht zusammen, als über mir die Klingel ertönte. Dann grinste ich. Phil setzte die Show fort. Als Ein-Mann-Entertainer. Dann hörte ich seine Stimme.

»Guten Tag, Sir ...« Ich wagte es nicht, mein Auge an den Spion zu bringen. Man hätte vom Gang aus die Bewegung sehen können. »Ich bin Fred Waldeck, der Hausmeister. Wir kennen uns noch nicht ...«

»Was wollen Sie?« fragte eine glatte, unpersönliche Stimme. Ich hörte einen Schlüssel klappern. Behutsam ließ ich den Drehknopf zurückgleiten.

Draußen stand Donald Elvin, der Mann, der George Chieffo getötet hatte! Jetzt steckte er seinen Schlüssel ins Schloß. Das Schloß knackte. Ich trat einen halben Schritt zurück.

»Die Hausverwaltung machte mich darauf aufmerksam, daß wir die Zählerstände noch nicht abgelesen haben, Sir. Wenn es Ihnen recht ist ...«

Die Tür öffnete sich. Ich sah einen Fuß, der über die Schwelle gesetzt wurde. Von da an ging alles unglaublich schnell.

Irgend etwas hatte den Killer gewarnt. Ein tierhafter Instinkt, eine Ahnung. Vielleicht hatte er an Phils Stimme erkannt, daß er es nicht mit dem echten Waldeck zu tun hatte, denn er hatte ja schon einmal mit dem Hausmeister am Telefon gesprochen. Es gibt Menschen, die ein phänomenales Unterscheidungsvermögen für Stimmen haben. Oder er wußte genau, daß die Zähler doch abgelesen worden waren.

Ganz gleich, was es war, er explodierte wie eine geballte Ladung.

Die Tür krachte, von einem wuchtigen Fußtritt getroffen, gegen mein Knie. Ein Feuerwerk aus flammenden Schmerzen schoß durch mein Bein und raste die Leiste hinauf. Der Fuß des Killers beschrieb einen Kreis. Er verpaßte meinem Freund einen wüsten Haken aus der Drehung heraus.

Phil wurde zurückgeschleudert. Auf der anderen Seite des Ganges prallte er gegen die Wand. Don Elvin riß seine Kugelspritze heraus. Es war ein kurznasiger Colt Python, Kaliber 357. Bevor Phil auf den Boden schlug, hatte der Killer den Hammer zurückgezogen und zielte auf ihn.

Obwohl mein Knie den Schwung der zurückschwingenden Tür unfreiwillig gestoppt hatte, war dem Mörder nicht aufgefallen, daß sich jemand in seinem Rücken befand. Er konzentrierte seine Sinne ganz auf Phil.

Das war Phils Glück. Mein Bein knickte ein. Ich unterdrückte einen Schmerzenslaut, humpelte und gelangte in den Rücken des Killers.

Elvin war größer und athletischer gebaut, als es die Fotos erkennen ließen. Er hatte ausladende Schultern, die in einem lässig geschnittenen Jackett steckten, das ihm ausreichende Bewegungsfreiheit gewährte. Beinahe hätte ich vergessen, daß er sich als Sportlehrer ausgab. Vielleicht war er tatsächlich einer. Auf jeden Fall sah er so aus.

Ich sprang ihn von hinten an. Mit meiner Rechten langte ich über seine Schulter und schlug seinen Arm zur Seite.

Die Waffe in seiner Hand explodierte mit einem Donnerschlag. Das schwere Magnum-Geschoß bohrte sich ein paar Zoll von Phils Kopf entfernt in den Putz der gegenüberliegenden Wand.

Elvin machte einen Buckel wie ein Wildpferd beim Rodeo. Ich segelte über seine rechte Schulter, klammerte mich an seinem Arm fest und krachte unsanft auf den Boden. Dabei riß ich den Mann mit mir. Er fiel über meine Beine.

Der Schmerz in meinem geprellten Knie war fürchterlich. Ich nagelte seine Revolverhand fest. Der anderen Hand schenkte ich deshalb nicht die Beachtung, die sie eigentlich verdient hätte. Sie schnellte heran.

Ich sah ein kohlkopfgroßes Gebilde, das vor meinen Augen zu einem riesenhaften Klumpen anzuschwellen schien und schließlich mein Blickfeld füllte wie eine schwarze Wolke.

Mein Kopf zuckte zur Seite. Die Faust streifte mein Ohr. Ich stemmte die Schulter hoch und riß das bisher noch intakte Knie in die Höhe. Die Wucht des Stoßes trieb die Luft aus seinem Mund.

Sein Gesicht schwebte nah vor meinem. Die Haut war straff, Nase und Mund scharf geschnitten, das Kinn männlich gekerbt, sauber rasiert und nach feinstem After shave duftend.

Die Augen schimmerten kalt wie Gletschereis. Die Brauen stießen über der Nasenwurzel zusammen. Der Mund verzerrte sich. Die Zähne blitzten hinter straffgespannten Lippen. Die Muskeln am stämmigen Hals traten scharf hervor wie Drahtseile.

Er riß seine rechte Hand hoch. Der Ruck fetzte meine Arme zur Seite. Ein Faustschlag von der Wucht eines Pferdetritts traf meinen Hals. Einen weniger kräftigen Burschen, als ich es bin, hätte dieser Hieb glatt getötet.

Elvin sprang auf, warf sich herum. Ich riß ein Bein hoch

und hakte den Fuß vor sein Schienbein. Er stolperte, blieb jedoch auf den Beinen, weil er die Tür zu seinem Apartment erreichte und sich an der Kante einen Moment festklammerte.

Zeit genug für mich, um aufzuspringen. Er sah mich aus den Augenwinkeln. Ich trat gegen die Tür gerade in dem Augenblick, als er sie losließ. Das Türblatt krachte gegen die Wand und schwang zurück. Elvin wischte haarscharf vor dem kreisenden Holz weg. Ich sah noch, wie er nach hinten austrat, um den Schwung der Tür zu verstärken.

Rechtzeitig hatte ich meinen Fuß dazwischen. Die Tür schlug nicht ins Schloß. Aber ganz plötzlich erschienen ein paar Löcher im Holz. Holzsplitter spritzten in mein Gesicht. Das Donnern der Schüsse ließ die Wände zittern und die Scheiben klirren.

Ich warf mich zu Boden, rollte zur Seite. Mein ausgestreckter Fuß hatte der Tür einen neuen Stoß versetzt. Sie flog wieder nach innen.

Der Killer stand mitten im Raum.

Irrtum, er bewegte sich rückwärts, aber schaute in den Gang. Ich sah sein Gesicht, sah sein rechtes Auge. Es schwebte genau über dem Lauf der Python und funkelte wie der Morgenstern.

Das Mündungsloch der Kanone dagegen sah aus wie der Eingang zum Reich der Toten.

Ich schoß. Wie von selbst glitt meine Waffe in die richtige Position. Ich hatte den rechten Ellbogen aufgestützt, unterstützte die Schußhand mit der Linken.

Durch den wehenden Pulverdampf hindurch sah ich, wie er zurückgeschleudert wurde und gegen die Panoramascheibe prallte. Der Revolver klirrte auf einem Glastisch. Dann sackte der Mörder zusammen.

Ich ging auf ihn zu mit schußbereiter Waffe. Er lag auf der Seite. Von Donald Elvin würden wir nie erfahren, wer ihn angeheuert hatte. Der Killer war tot.

Meine Kollegen kamen aus der Garage herauf. Die Jagd war aus, das Wild gestellt und aufgebracht. Wir durchsuchten die Wohnung. Wir stellten sie auf den Kopf. Wir fanden nichts, was üblicherweise als das Handwerkszeug eines Berufsmörders angesehen werden kann. Außer dem Colt Python natürlich, doch die Kanone war sauber. Für sie fanden wir später sogar einen ordnungsgemäß von der Polizeibehörde des Staates Indiana ausgestellten Waffenschein. In Chicago oder dem Staat Illinois hätte er keine Lizenz erhalten, weil er in Chicago, Illinois, vorbestraft war. Im Nachbarstaat Indiana galten andere, weniger strenge Gesetze. Donald Elvin hätte die Waffe zwar weder in Chicago noch in New York mit sich führen dürfen, doch eine Betrachtung darüber war jetzt müßig.

George Chieffo war mit einer 38er Smith & Wesson Automatic mit aufgesetztem Schalldämpfer getötet worden. Die Mordwaffe, das konnte als sicher gelten, lag jetzt im schlammigen Grund eines Flusses oder Sees.

Nacheinander trudelten die Kollegen von der Spurensicherung, die Fotografen und der Polizeiarzt ein. Phil, der den Niederschlag inzwischen überwunden hatte, wies die Kollegen ein, während ich mit dem Chef telefonierte und ihm das Ende der Jagd auf Chieffos Mörder beschrieb.

Dieses Ende war unbefriedigend. Jeder wußte es. Denn weder Johnny Grant noch Hugo Lucker waren die wahren Initiatoren dieses Mordes, und Donald Elvin schon gar nicht. Grant und Lucker würden jetzt nach Elvins Tod die Stummen, die Unwissenden markieren.

Die Boys mit der Blechwanne drängten in den Raum. Zwei Fotografen von der Presse versuchten hereinzukommen. Phil kniete neben Elvins Leichnam nieder, nachdem der FBI-Fotograf die genaue Position der Leiche festgehalten hatte. Phil leerte die Taschen auf ein kleines Tablett. Mit dem Tablett zogen wir uns an die Eßbar zurück.

Die Brieftasche war ein verhältnismäßig schäbiges Ding.

Aber sie war prall mit grünen Scheinchen gefüllt, was bei einer Brieftasche entschieden wichtiger ist als gutes Aussehen. Mit seinem Kugelschreiber klappte er die Tasche auf.

Die Scheine steckten in einem Briefumschlag, von dem die eine Hälfte abgerissen war. Nur ein Teil der Anschrift war noch sichtbar.

Das Fragment eines Namens, der auf -nson endete. Die übrigen vorhandenen Buchstaben und Zeichen verrieten, daß es sich um einen Brief handelte, der postlagernd verschickt worden war. Unter einem Allerweltsnamen wie Johnson, Janson, Hanson oder so ähnlich. Aus dem Stempel gingen das Datum und das Postamt hervor, auf dem der Brief aufgegeben worden war – Mittwochabend, Manhattan 26 –, nicht jedoch das Bestimmungspostamt. Die Nummer dieses Office befand sich auf dem verlorengegangenen Teil des Umschlags.

»Fünftausend, schätze ich«, meinte Phil, der mit seinem Kuli die Noten durchfächerte. »Die zweite Rate für den Mord an Chieffo.«

»Die erste hat er von Grant im voraus kassiert«, vermutete ich.

»Hier!« sagte Phil. Im Umschlag steckte ein schmaler roter Zettel. Darauf standen, mit Schreibmaschine geschrieben, ein Name und verschiedene Daten.

Vernon Burlege, E 138 121st Street, Sa 17.00 Nich/116th Mt. Olive

Ich sah Phil an, der auf seiner Unterlippe herumkaute. Ein Code, ein Auftrag. Für einen neuen Mord? Was sonst?

Ich schnappte mir das Telefon, wählte erneut die Nummer meiner Dienstelle. »Gib mir Neville«, sagte ich zu dem Kollegen in der Zentrale.

Der alte Neville hatte noch den Mund voll von seinem Lunch. Es war kurz nach eins.

»Tut mir leid, daß ich Sie störe, Neville«, sagte ich.

»Wer sagt denn, daß Sie mich stören?« maulte Neville, wobei er deutliche Mampfgeräusche von sich gab.

Ich wollte es auf einen Streit mit dem alten Kollegen nicht ankommen lassen. Ich hätte doch den kürzeren gezogen. »Neville, ich brauche einen schnellen Check. Ich habe nur den Namen. Vernon Burlege.«

»Burlege? Sagt mir überhaupt nichts.« Neville kannte alle Gangstergrößen der vergangenen fünfundzwanzig Jahre. Die Namen bürgerlicher Prominenter waren ihm dagegen weniger geläufig. »Warten Sie, ich gebe den Namen ins Terminal.«

»Danke«, sagte ich. Mehr wollte ich gar nicht.

Neville meldete sich schon nach einer halben Minute wieder, als die Daten, die bei uns über Vernon Burlege vorlagen, auf dem Schirm seines Datenendgerätes aufleuchteten.

»Burlege, Vernon, geboren 28. 1. 22 in Harlem, Hautfarbe Schwarz, erlernter Beruf Elektriker, Mitglied der Baptistengemeinde von Mount Olive bis zum Jahre 1962, danach den Black Panthers beigetreten. Arbeit im Untergrund, Teilnahme an Rassenkrawallen und Terroranschlägen, mehrere Verhaftungen, eine Verurteilung wegen Brandstiftung. Die Vollstreckung des Urteils wurde jedoch ausgesetzt. Auf dem Höhepunkt der Unruhen ist er zu seiner Gemeinde zurückgekehrt. Er gilt jetzt als gemäßigter Verfechter der Bürgerrechtsgesetze von 1968. Arbeitet aktiv in seiner Gemeinde, als Laienprediger und Sozialfürsorger. Unterstützt die Bürgerbewegung für ein sicheres Harlem ...«

Wie George Chieffo, dachte ich. Und wie Chieffo stand er auf der Abschußliste.

»Haben Sie eine Adresse?« fragte ich.

»Die letzte Eintragung ist vier Jahre alt. Damals wohnte er in einem Haus an der West 112th Street. Aber der ganze Block ist inzwischen abgerissen worden ...«

»Danke, Neville«, sagte ich und legte auf.

Neben dem Telefon lag ein Teilnehmerverzeichnis von Manhattan. Ich suchte den Namen Burlege, konnte ihn jedoch nicht finden. Einer Eingebung folgend, suchte ich die Eintragung der Mount Olive Church. Ich war kaum überrascht, als ich die Anschrift las. Sie war mit der auf dem roten Zettel aus der Brieftasche des Killers identisch – Nicholas Avenue/116th St.

Sa 17.00

Heute war Sonnabend. Was sollte heute nachmittag um fünf Uhr in oder bei der Baptistenkirche Mount Olive in Harlem geschehen?

Die Antwort lag auf der Hand. Ein farbiger Bürgerrechtler sollte getötet werden!

Wir hatten den Killer gestellt und ihn in Notwehr getötet. Doch was bedeutete das schon? Derjenige, der Burlege aus dem Weg haben wollte, würden einen neuen Killer schicken.

Ich holte eine durchsichtige Plastiktüte aus dem Koffer der Spurensicherer, steckte den Zettel hinein und schob ihn mitsamt der Tüte in meine Jackentasche. Ich rief das 28. Revier an und bat, die Anschrift des Vernon Burlege ausfindig zu machen und den Mann zu überwachen, falls man ihn rechtzeitig fand.

Am anderen Ende der Leitung war derselbe Kollege, bei dem ich mich gestern nach Bull Hyman erkundigt hatte. Er hieß Hanlon.

»Sir, wir haben einen Fall, der vielleicht den Mord an Bull Hyman berührt«, sagte er. »Sind Sie noch interessiert?«

»Natürlich«, bestätigte ich.

»Well, vor etwa einer halben Stunde wurde ein Mordanschlag auf Hymans Partner Dick Staton verübt. Nur dem mutigen Eingreifen eines bisher Unbekannten ist es zu verdanken, daß er noch lebt. Staton befand sich zusammen mit einer Prostituierten in deren Zimmer in einem Hotel. Ich habe noch nicht alle Informationen, Sir, aber es sieht so aus, als hätten zwei farbige Gangster versucht, Staton mit Leuchtgas zu vergiften und seinen Tod als Selbstmord darzustellen. Die Prostituierte hätten sie anschließend getötet, um es wie Mord und Selbstmord aussehen zu lassen. Mr. Staton und die Frau befinden sich auf dem Weg ins Mitchell Medical Center. Beide sind außer Lebensgefahr.«

»Gibt es Hinweise auf die Täter?« fragte ich.

»Sie wurden festgenommen, Sir. Der Unbekannte war rechtzeitig dazwischengekommen, wie gesagt. Die Verdächtigen sind übel zugerichtet, Sir.«

»Ich höre immer etwas von einem Unbekannten«, sagte ich. »Wer ist es?«

»Wir wissen es nicht, Sir. Wir vermuten, ein Hotelgast. Der Mann hat sich zurückgezogen, Sir. Wollte wohl nicht in die Sache verwickelt werden.«

Wenn er man nicht mittendrin steckt, dachte ich. Nachdem Hanlon mir versichert hatte, Burleges Anschrift zu ermitteln, den Mann unter Polizeischutz zu stellen und mich auf dem laufenden zu halten, verließen wir das Apartment des Killers.

Phil nahm den Autoschlüssel mit, den er in Elvins Tasche gefunden hatte. Der Schlüssel konnte zu dem Wagen gehören, den Donald Elvin in Chicago am Flughafen zurückgelassen hatte. Es konnte sich aber auch anders verhalten.

Wir hatten weder einen Schließfachschlüssel noch sonst einen Hinweis auf ein Versteck gefunden, in dem Elvin seine Waffen zurückgelassen haben könnte. Denn den Python hätte er bestimmt nicht für einen Job benutzt.

Der Schlüssel gehörte zu einem Mercury. Mit der Unterstützung zweier Cops fanden wir das Fahrzeug auf einem Parkplatz einen Block weiter südlich.

Der Wagen trug ein New Yorker Kennzeichen. Im Handschuhfach fanden wir einen Mietvertrag, der auf den Namen John C. Grant lautete, und einen Briefumschlag mit 5000 Dollar. Ferner Stadtpläne, Subwaymünzen und das Heft, das den Flugschein Chicago – New York enthalten hatte.

Im Kofferraum entdeckten wir eine Sammlung verschiedener Feuerwaffen – vier fabrikneue Pistolen, für jede einen ebenfalls neuen Schalldämpfer, sowie ein zusammenlegbares Scharfschützengewehr mit Zielfernrohr. Für jede Waffe war eine ausreichende Menge Munition vorhanden.

Damit hatten wir alles zusammen, um den Fall des Killers abzuschließen. Damit konnten wir sowohl Johnny Grant als auch Hugo Lucker hinter Schloß und Riegel behalten. Phil kümmerte sich darum, daß der Wagen mit den Beweisstücken sichergestellt wurde, während ich bereits zu unserem Dienstwagen humpelte.

Dort überprüfte ich mein Knie und meine Waffe, fand beides in einigermaßen gebrauchsfähigem Zustand und beschloß, mich erneut nach Harlem zu begeben. Ich wollte einen Mann namens Vernon Burlege kennenlernen, und ich hoffte, dem Mann zu begegnen, der zwei Gangster davon abgehalten hatte, einen Boxmanager namens Dick Staton zu töten.

Zuvor mußte ich mich jedoch noch einmal im Office sehen lassen.

Ich startete den Motor, als Phil endlich eintrudelte und sich neben mir niederließ.

»Ich habe Mr. Waldeck seinen Universalschlüssel zurückgegeben«, sagte er. »Der Gute war schon ganz verzweifelt.« Phil rieb seine Kinnbacke, wo ihn die Faust des Mörders getroffen hatte. Er grinste schwach. »Ich glaube, ich sollte heute nur ein ganz besonderes zartes Steak essen«, meinte er dann.

»Oder Haferschleim«, schlug ich vor.

Phil verzog das Gesicht. »Dann lieber gar nichts«, nörgelte er.

»Das soll ein Wort sein!« rief ich, gab Gas und fuhr ohne Umwege ins District Office. Unsere Cafeteria ist nämlich auch nicht schlecht, auch wenn sie keine butterzarten Steaks anbietet.

Doch diesmal hatte ich mich selbst ausgetrickst. Als wir die Eingangshalle betraten, steckte Myrna, unsere Lieblingstelefonistin, ihren hübschen Kopf aus dem Fenster.

»Hi, Jerry!« rief sie. »Hi, Phil! Der Chef will euch sprechen.«

Ich blieb stehen und blinzelte das Girl an. Myrna bot schon einen erfreulichen Anblick mit dem hübschen schmalen Gesicht und dem langen schwarzen Haar.

»Sagen Sie ihm, Sie suchen uns noch, Myrna«, sagte ich. »Phil und ich haben nämlich noch etwas Dringendes zu erledigen.« Mein Magen knurrte laut.

Myrna lächelte zuckersüß. »Tut mir leid, Jerry, ich habe ihm schon gesagt, daß Sie hereingekommen sind.« Sie deutete auf den Aufzug.

Ich zuckte mit den Schultern, versuchte Phils schadenfrohes Grinsen zu übersehen und wartete auf eine freie Kabine.

Der Kerl mit dem dünnen Bart und der seelenlosen Stimme hatte endlich einen Namen. Der alte Zeitungsverkäufer unten in der 125th Street Station erkannte ihn, als Brick ihm das Foto vorlegte. Und er wußte sogar, wo sich der Typ meistens herumtrieb, jedenfalls tagsüber. Nachts, so wußte der alte Augie zu berichten, hing der Typ über-all da herum, wo man einen schnellen Dollar machen konnte. Mit einer illegalen Wette.

Brick stieg die steile Treppe zu Big Jingo's Billard hinauf.

Um diese Zeit, hatte Augie versichert, mache Yankee Sharaff das große Spiel. Immer am Sonnabendmittag, und immer bei Big Jingo. Da kamen Burschen mit dicken Dollarpäckchen zusammen.

Der obere Treppenabsatz lag im Dunkeln. Brick spürte die Anwesenheit anderer Menschen. Er konnte sie riechen, bevor er ihre Beine sah. Sie standen vor der Tür zur Billardhalle wie Schildwachen. Zwei gummikauende Clowns, deren Augen in schwarzen Gesichtern wie Leuchtkugeln rollten. Der größere der beiden trug einen breitrandigen Texashut, der bestimmt dreißig Dollar gekostet hatte.

»Laß mich durch, Asphaltcowboy«, sagte Brick flach.

»Is' geschlossen heute«, sagte der mit dem Hut. »Roll ab, Bruder.« Er schmatzte auf seinem Kaugummi herum und bohrte mit einem dicken Finger in einem großen Nasenloch. Er wußte genau, daß Brick nicht zu den Stammkunden von Big Jingo's Billard gehörte.

»Hab 'ne Verabredung da drin«, sagte Brick. Er wippte leicht mit den Fußballen. Seine Schultern schoben sich nach vorn. Er hatte nicht die Absicht, sich herumstoßen zu lassen. Er dachte an Lauryann. Sonnabend nachmittags gingen sie immer in den Park. Er wußte, daß Lauryann sich auf die Stunden mit ihm freute. Da konnten sie unbeschwert herumlaufen, sich unterhalten, einander anschauen. Wenn es dunkel wurde, mußte Lauryann wieder zu Hause sein.

Jetzt war es schon halb zwei durch. Brick wollte diesen Burschen treffen, der ihm gedroht hatte, und er wollte ihn etwas fragen.

»Ich hab' dir was gesagt, Bruder«, erklärte der Große gereizt. »Verroll dich, oder wir tun's. Du kannst es dir aussuchen.«

Brick lächelte. Seine Zähne leuchteten. Seine Hände packten zu. Die Fäuste schlossen sich um die rechten

Unterarme der beiden Knilche. Mit unwiderstehlichem Druck preßte er die Finger zusammen.

»Jesus!« keuchte der Große. Brick zwang die beiden Kerle in die Knie. Blitzschnell drehte er ihnen die Arme auf den Rücken. Ihre Gesichter rieben über die Wand.

»Was meint ihr? Könnt ihr mir ein Ticket überlassen?« fragte Brick.

Der Kleinere meldete sich zum erstenmal zu Wort. »Mann, Randy, laß ihn rein! Er bricht mir den Arm!«

»Okay, okay!« sagte Randy.

Brick ließ die Kerle aufstehen. Sie waren jetzt zahm wie Schoßhündchen. Brick tastete sie rasch nach Waffen ab. Sie trugen nicht einmal Schlagstöcke bei sich, vermutlich, weil sie der Polizei bei einer Razzia keine Handhabe geben wollten, sie festzunehmen.

Randy wollte Brick schon die Tür öffnen, als der Boxer in der dunklen Ecke dahinter herumstocherte.

Dort fand er etwas. Er zog eine mit leeren Bändern umwickelte Eisenstange, eine Kette und noch andere Schlaginstrumente hervor. Er warf das Zeug die Stufen hinunter. Dann betrat er die Billardhalle.

In den hellen Kreisen der tiefhängenden Lampen schwebten Gesichter, die bei seinem Eintreten nicht aufsahen. Nur die Zuschauer an den Wänden warfen dem Eintretenden einen flüchtigen Blick zu. Sie konnten Bricks Gesicht nicht erkennen. Es lag im Schatten.

Es herrschte eine angespannte Stille, die nur vom leisen Klicken der Kugeln und den gehauchten Ansagen eines der Spieler unterbrochen wurde.

»Die Vier ins Eckloch.« Der Spieler beugte sich über den Tisch, peilte die weiße Kugel an und legte das Queue auf die aufgestützte linke Hand.

Es ging um viel Geld. Ein fetter Mann, bei dem es sich nur um Big Jingo persönlich handeln konnte, hielt einen dicken Packen Geldscheine in seinen klumpigen Händen.

Der Spieler, der die Kugel mit der Nummer vier ins obere Eckloch befördern wollte, war Yankee Sharaff. Brick erkannte ihn sofort an der auffallend schmalen Nase, den dünnen Bartenden, die über den gemeinen Mund hinabhingen, und an dem Goldkettchen, das aus seinem Hemdausschnitt baumelte. Der daranhängende goldene Halbmond lag auf dem Filz des Billardtischs.

Langsam glitt Brick näher an den Tisch heran. Es war der einzige, an dem im Augenblick gespielt wurde. Yankee Sharaffs Gegner war ein wieselgesichtiger Puertoricaner mit eingefallenen Wangen und einem gierigen Ausdruck in den Augen. Er trug ein Hemd aus grellgrüner Rohseide und enganliegende schwarze Tuchhosen wie ein Torero.

Sharaff lag im Rückstand. Ihm gehörten die einfarbigen Kugeln, von denen sich noch fünf auf dem Spielfeld befanden, während die gestreiften Kugeln bereits bis auf zwei abgeräumt waren.

Sharaff versetzte der weißen Kugel einen Stoß. Sie rollte wie am Faden gezogen auf die Vier, stieß sie an. Die getroffene Kugel sauste auf die obere Bande zu, prallte ab und lief auf das vorher bezeichnete Eckloch zu, in dem sie verschwand. Der Puertoricaner leckte sich schnell die Unterlippe. Sonst verriet sein Gesicht keine Reaktion. Sharaff richtete sich auf.

Da fiel sein Blick auf Brick LeRoy, der soeben im Lichtkreis der Lampe über dem Spieltisch erschien und dort reglos stehenblieb. Die Hand, die den Billardstock hielt, begann zu zittern. Rasch senkte der Neger den Blick. Er suchte die nächste Kugel und zögerte mit der Ansage. Jemand riß ein Streichholz an. Das scharfe Zischen war in der gespannten Stille deutlich zu hören.

Die Männer starrten Yankee Sharaff an. Er schien ihr Favorit zu sein. Hinter dem Puertoricaner standen ein paar andere Figuren, Burschen mit fahlen, ausdruckslosen Gesichtern und harten Augen. Hier wetteten nicht nur die

Spieler miteinander. Auch die anderen, die Nichtspieler, setzten auf ihre Favoriten. Big Jingo verwaltete die Einsätze.

Yankee Sharaff ging in die Knie. Er peilte über den Tisch, prüfte eine mögliche Bahn, schüttelte den Kopf und veränderte seine Position. Er schlich um den Tisch herum, wählte dann ein anderes, etwas kürzeres Queue, dessen Lederkuppe er sorgfältig mit Kreide einrieb. Er versuchte, nicht in Bricks Richtung zu schauen. Trotzdem warf er einmal einen schnellen, heimtückischen Blick zu dem Boxer hinüber. Dann bückte er sich und setzte zum Stoß an.

»Die Sieben ins rechte Seitenloch«, sagte er. Dann schickte er die weiße Kugel auf den Weg.

Der Stoß gelang. Brick sah das triumphierende Aufleuchten in den Augen des Spielers. Er rückte etwas näher an den Tisch heran. Als Yankee Sharaff sich auf den nächsten Stoß konzentrierte, zog er das Foto unter seiner Jacke hervor. Yankee sagte den Stoß an. Er hielt den Atem an und korrigierte die Haltung des Stocks. Brick drehte das Foto um. Die glänzende Oberfläche warf das Licht zurück wie ein Spiegel. Sharaff sah das Bild in dem Moment, als er das Queue bewegte. Er verpatzte die Kugel.

Sein Oberkörper schoß in die Höhe. Über den Tisch hinweg starrte er Brick an, der das Foto wieder unter der Jacke versteckt hatte.

»Der da!« schrie er in die gespannte Stille, wobei er mit dem Stock auf Brick deutete. »Er verfolgt mich! Er will mich fertigmachen!« Wie einen Speer schleuderte er den Billardstock gegen Brick.

Brick schlug den Stock zur Seite. Er krachte zwischen das Gestell eines anderen Tisches. Es gab einen peitschenden Laut, als er auf den Boden aufschlug. Der plötzliche Krach, Yankee Sharaffs schrille Stimme und Bricks Reaktion rissen die Zuschauer aus ihrer Erstarrung.

Sharaff warf sich herum. Er wollte türmen. Brick

hechtete über den Spieltisch. Sein Fuß strich über das Filztuch und berührte mehrere Kugeln. Er landete hinter dem Tisch und sprang aus dem Stand auf den nächsten. Er stieß einen Arm zur Seite, der nach seinem Fußgelenk greifen wollte. Dann sprang er von Tisch zu Tisch hinter dem fliehenden Sharaff her.

Am Ende der Billardhalle brannte eine rote Notlampe über einer Eisentür. Sharaff mußte noch um zwei Tische herumlaufen, während Brick die Tür direkt ansteuerte. Sharaff sah sich um. Er erblickte den Schatten des Boxers, der über ihm schwebte wie eine Katze.

Er riß einen Queue aus einem Ständer und wirbelte den Stock, das dickere Griffende außen, um seinen Körper.

Brick sprang in die Luft. Er zog die Beine an. Der Stock pfiff unter seinen Sohlen weg. Das war für einen Boxer, der jeden Tag Seilspringen übte, keine besondere Leistung. Brick achtete nicht auf den Tumult, der in seinem Rücken entstand. Die Wetter, die auf den Puertoricaner gesetzt hatten, wollten ihren Gewinn ausbezahlt haben. Yankee habe das Spiel abgebrochen.

Brick stürzte sich auf Sharaff. Er riß den Mann zwischen einem Tisch und der Wand zu Boden. Sharaff wand sich unter dem schweren Boxer weg, kroch unter einem Tisch her, sprang drüben auf die Füße und hetzte zurück zu den anderen.

Dort hatte er keine Hilfe zu erwarten. Er sah in drohende Gesichter. Ein geckenhaft gekleideter Neger mit großen Ohren stieß einen Fluch aus und schnippte mit den Fingern. Sharaff sah in drohende Gesichter, wirbelte herum, wollte zurück zum Hinterausgang. Brick wartete geduckt. Sharaff schlich an der gegenüberliegenden Wand entlang, ohne Brick aus den Augen zu lassen.

Zwei Strolche aus der Begleitung des Puertoricaners schoben sich hinter dem Neger her. Jeder glaubte, seinen Einsatz retten zu können, wenn er Sharaff in seine Finger bekam. Gehetzt sah Sharaff nach links und rechts. Dann raste er plötzlich los, genau auf den Notausgang zu. Brick spielte mit ihm wie die Katze mit der Maus. Yankee rannte. Die Puertoricaner bewegten sich schnell und geschmeidig zwischen den Tischen her. Als Yankee nur noch drei Schritte vom rettenden Ausgang entfernt war, flankte Brick über die beiden Tische, die sich zwischen ihm und dem Fliehenden befanden.

An der Tür prallten sie zusammen. Brick rammte den anderen die Schulter gegen die Brust. Dann riß er die Tür auf, packte Sharaffs Arm und schob ihn durch den Spalt. Die Puertoricaner kamen näher. Brick schmetterte seine geballte Faust auf den inneren Türknauf. Der Drehknauf brach ab und kollerte unter einen Tisch. Brick zog die Tür in den Rahmen. Das Schloß schnappte ein.

Sie befanden sich auf einer engen Stiege, die von einer schwachen Birne notdürftig erhellt wurde. Unten befand sich eine zweiflügelige, von innen verriegelte Tür.

Sharaff trat nach Bricks Beinen. Der Boxer legte seine Hand unter Yankees Kinn und drückte dessen Kopf in den Nacken. So stieß er ihn Stufe für Stufe abwärts, während oben die gefoppten Wetter gegen dieTür wummerten. Die Puertoricaner hatten offenbar den Verdacht, daß Sharaff, der sich auf der Verliererstraße befunden hatte, eine Show abspulte, um sich vor dem Zorn seiner eigenen Leute zu retten.

Brick wuchtete den Bärtigen mit der kurzen Frisur gegen die untere Tür. Er stemmte den Riegel in die Höhe. Dann sprengte er die Tür mit der Schulter. Blasses Sonnenlicht flutete in einen tiefer gelegenen Treppenschacht. Der Uringestank nahm ihm fast den Atem. Er wollte raus hier, raus aus diesem stinkenden Loch. Sharaff wimmerte, weil Brick ihm die Kehle zuhielt.

Brick lockerte seinen Griff. Er starrte in die schläfrigen Augen des anderen, die jetzt panikartig flackerten.

»Ich will jetzt nur einen Namen von dir! Du hast so lange Zeit, bis die braunen Affen hier sind. Du hast die Wahl. Den Namen erfahre ich so oder so.«

»Die ... machen dich doch fertig, wenn du nicht spurst ...«

»Mich?«

»Nicht, wenn du dich raushältst. Von dir wollen sie nichts ...«

»Warum hast du denn ›lauf, Nigger, lauf!‹ zu mir gesagt?«

»Das war Spaß ... Ich ... verdammt, ich hatte auf Jimmy gewettet ...«

Brick rammte den Kerl gegen die feuchte Wand des Treppenschachtes. »Warum warst du im Garden?«

»Ich sollte auf Bull aufpassen ... daß er keine ... Zicken macht ...«

»Du! Du hast ihn ans Messer geliefert!« Rote Schleier erschienen vor Bricks Augen.

»Ich hab ihn doch verloren, weil ich ... in den Ring gestiegen war. Aber sie haben ihn auch so gefunden. Er war ein toter Mann. Was regst du dich auf? Du bist gut ...«

Brick schmetterte dem Kerl die flache Hand ins Gesicht. Er haßte sich selbst dafür. Er liebte es nicht, andere Menschen zu demütigen. Aber diese Ratte ...

Mit einem berstenden Laut flog oben die Metalltür der Billardhalle aus dem Rahmen. Sharaff krampfte sich zusammen.

»Wer? sagte Brick. »Ich will den Namen!«

»Kilfoil ... Herbie Kilfoil.« Sharaff zitterte. Aber er vermochte sich nicht aus den kräftigen Fäusten des Boxers zu lösen.

Brick lauschte zur Treppe. Als er annehmen konnte, daß die beiden Puertoricaner unten angekommen waren, trat er gegen einen der Türflügel. Das Metall knallte gegen einen Schädel.

Brick schleuderte den Neger herum. Dann trat er noch einmal gegen die Tür.

Die Puertoricaner stürzten. Ein langes Klappmesser schepperte über den Boden. Irgendwo, nicht sehr weit entfernt, jaulte eine Sirene heran. Jemand hatte die Polizei gerufen.

Einer der braunhäutigen Gorillas sprang Brick an. Brick benutzte Sharaff als Schutzschild, als er seine Linke gegen die Deckung des Angreifers schlug. Die Wirkung dieses Schlages war augenscheinlich. Der Getroffene flog hoch in die Luft. Er wurde einige Stufen hinaufgeschleudert, wo er zusammenbrach und reglos auf der Treppe liegenblieb. Der andere, dem die Türkante gegen den Schädel geprallt war, hockte auf der untersten Stufe und preßte eine Hand auf die Stirn.

»Wer ist dieser Kilfoil?« fragte Brick in Sharaffs Ohr. Er hörte diesen Namen jetzt schon zum zweitenmal.

Sharaffs Kopf pendelte kraftlos von einer Schulter auf die andere. Der Mann war fertig. »Er ist einer von Concho Morans Männern«, flüsterte Sharaff kaum hörbar.

Concho Moran!

Dieser Name hatte einen üblen Klang für Brick LeRoy. Moran beutete das Getto aus. Brick hatte zahlreiche heruntergekommene Brüder und Schwestern in der Gosse verrecken sehen, nachdem Moran sie wie ein Blutsauger ausgelaugt und dann weggeworfen hatte wie Abfall. Brick wußte auch, wer das Rauschgift beschaffte, das in den Schulen verkauft wurde. Er wußte es. Aber er hatte immer die Augen davor verschlossen. Er hatte zuviel an sich gedacht.

»Ist Kilfoil also dein Boß?« Sharaff nickte. »Und Moran ist Kilfoils Boß?« Das Jaulen der Sirene erstarb an der Ecke des Blocks.

»Ja, ja. Kilfoil managt Jimmy Dale . . .«

»Ich denke, Neil Tirado managt Jimmy Dale?«

»Neil ist nur ein Strohmann, Kilfoil steht hinter ihm, und hinter Kilfoil steht Concho! Jetzt weißt du, gegen wen du anrennst. Du kannst diesen Kampf nicht gewinnen, Bruder ...«

Brick ließ Sharaff los. Er fühlte sich benommen und ausgebrannt.

»Nenn mich nicht Bruder«, sagte er tonlos, dann kletterte er aus dem Kellerloch und ging davon. Er dachte an Lauryann, an ihr Gesicht, an ihr Lachen. Er wollte nur an sie denken, aber er schaffte es nicht. Ihr Gesicht lag wie hinter einer dicken Schmutzschicht versteckt.

John D. High, Chef des FBI New York, hatte einen Besucher. Einen mageren Schwarzen mit kahlem, knochigem Schädel und einem ausgemergelten Gesicht, in dem nur die Augen zu leben schienen.

Der Chef stand auf. Der Schwarze ebenfalls.

John D. High stellte uns vor. »Das sind Jerry Cotton und Phil Decker, das ist Mr. Jack Pepe ...«

Jetzt erkannte ich ihn, und ich streckte dem Mann meine Hand hin. Pepe nahm sie mit seinen von der Gicht gekrümmten Fingern. Jack Pepe war einmal ein berühmter Trainer gewesen. Aus seinem Stall waren viele erfolgreiche Boxer gekommen.

Auch Brick LeRoy ...

Wir setzten uns hin. Ich wechselte einige Worte mit dem Trainer. Ich kannte viele Namen von Boxern, die er betreut hatte. Die Augen des Mannes leuchteten.

Schließlich räusperte sich der Chef. »Ich habe Sie kommen lassen, Jerry und Phil, weil Sie zur Zeit in Harlem ermitteln. Ich kenne Mr. Pepe seit einigen Jahren. Er hat sich vertraulich an mich gewandt, weil er sich Sorgen um einen seiner ehemaligen Schützlinge macht. Mr. Pepe, Sie können diesen Agenten bedingungslos vertrauen.«

Pepe nickte. »Ja, Mr. High«, sagte er. »Ich glaube Ihnen.«

»Es handelt sich um Brick LeRoy. LeRoy hat gestern gegen Jimmy Dale im Garden gekämpft und den Kampf gewonnen. Kurze Zeit später wurde sein Manager ermordet . . .«

»Ich weiß«, sagte ich langsam.

Der Chef streifte mich mit einem schnellen Blick. Dann lächelte er flüchtig. »Ich hatte vergessen, daß Sie ein Boxnarr sind, Jerry. Aber was Sie nicht wissen, und weshalb Mr. Pepe sich Sorgen macht – Brick LeRoy war bei ihm, er hat die letzte Nacht bei ihm verbracht. LeRoy ist dahintergekommen, weshalb Hyman sterben mußte. Hyman hat sich verpflichtet, daß LeRoy den Kampf gegen Dale verlieren würde. Jemand hatte Hyman in der Hand. Eine alte Rechnung. Aber Brick LeRoy hat nicht mitgespielt. Er kannte die Ernsthaftigkeit der Drohung nicht. Jetzt fühlt er sich schuldig am Tod seines Managers. Doch nicht nur das. Mr. Pepe befürchtet, daß Brick sich auf einen Rachetrip begeben könnte.«

So ist das also, dachte ich.

Der Chef fuhr fort: »LeRoy traut der Polizei nicht. Er hat schlechte Erfahrungen. Mr. Pepe sucht unseren Rat und unsere Hilfe.«

»Ich traue Ihnen, und ich traue auch den Cops in Harlem«, sagte der alte Trainer. »Aber ich denke auch an Brick. Der Junge ist ihnen nicht gewachsen. Wenn er ihnen lästig wird, werden sie ihn sofort ausschalten.«

»Kennt er Namen? Nähere Zusammenhänge?« fragte ich.

Jack Pepe schüttelte den Kopf. »Ich habe ihm nur gesagt, was er ohnehin schon wußte oder sich selbst zusammenreimen konnte. Brick ist ein cleverer Junge. Er wird dahinterkommen, wenn er lange genug lebt. Er will sich nämlich irgendwo hinstellen und so lange sein Wissen herausschreien – oder das, was er für die Wahrheit hält –, bis jemand nervös wird und zuzuschlagen versucht. Wie ich Brick kenne, wird er es auch tun. Er wird freiwillig die Ziege spielen, die den Tiger anlocken soll. George Chieffo hat kurz vor seinem Tod mit Brick gesprochen. George wollte, daß Brick bei den Bürgeraktionen mitmacht. Damals wollte Brick nicht. Er fühlte sich einer solchen Aufgabe nicht gewachsen. Er glaubte, er sei zu unbedeutend, um den jungen Menschen im Getto ein Vorbild sein zu können. Jetzt wird er mit um so größerer Leidenschaft darangehen, die Gangster zu bekämpfen, die uns beherrschen. Ich kenne den Jungen wie meinen Sohn ...«

»Sie erwähnten George Chieffo. Kennen Sie auch Vernon Burlege?« erkundigte ich mich.

»Ich habe ihn ein paarmal gesehen, auch zusammen mit George Chieffo, wenn sie durch die Straßen zogen, aber ich kenne ihn nicht persönlich. Brick kennt ihn.«

Ich runzelte die Stirn. Der Chef sah mich an. Er spürte, daß ich nachdachte, und er ließ mich gewähren.

»Sie kennen Namen, Jack?« fragte ich dann. »Namen, auf die Brick stoßen wird, wenn er im Mist herumstochert?«

»Ja, ich kenne Namen. Aber verlangen Sie nicht, daß ich im Besitz von Beweisen bin. Ich kann Ihnen nur das weitergeben, was ich im Laufe der Zeit aufgeschnappt habe.«

»Na los«, ermunterte ich den Mann.

»Jimmy Dale wird offiziell von einem Mann namens Neil Tirado gemanagt. Tirado war schon oft in schmutzige Geschäfte innerhalb des Boxsports verwickelt. Er ist ein alter Hase. Vor zwei Jahren hat er die Lizenz zurückbekommen, nachdem sie ihm für vier Jahre entzogen worden war. Tirado managt also einen Stall mit rund einem Dutzend Boxern. Er beschäftigt vier oder fünf gute Trainer, gute Sparringleute. Kurz, er hat Geld, obwohl sein Stall noch nicht viel abwirft.«

»Der Stall gehört in Wirklichkeit Moran«, sagte ich.

Jack Pepe machte große Augen. Ich lächelte.

»Auch wir hören das Gras wachsen, Jack. Erzählen Sie weiter.«

»Dazwischen gibt es noch eine Figur, die Kilfoil heißt.«

John D. High schaltete sich ein. Er deutete auf eine dünne Akte. »Ich habe Kilfoils Strafregister kommen lassen.« Er schob mir die Mappe zu. Ich schlug den Deckel auf und betrachtete das Gesicht eines hellhäutigen Farbigen während der Chef die Daten rezitierte, die uns über diesen Gangster vorlagen. »Kilfoil hat mehrere Jahre eine Straßenbande angeführt, die den Norden Harlems und die South Bronx terrorisierte. Er stand zweimal wegen Mordes vor Gericht. Einmal wurde er freigesprochen. Einmal wurde die Anklage in Körperverletzung mit Todesfolge abgewandelt. Darüber hinaus hat er weitere sieben Vorstrafen wegen verschiedener Gewaltverbrechen kassiert. Dennoch gilt er als Intelligenzverbrecher. Während seines letzten Gefängnisaufenthalts hat er mit einem Fernkurs der Columbia Universität den Bachelor in Betriebswissenschaften erworben. Als er rauskam, hat Moran ihm einen Job in einem seiner Unternehmen gegeben. Kilfoil leitet eine Kette von Sportschulen. Die meisten sind Baseballschulen und -clubs. Und immer noch befehligt er eine Horde von Schlägern. Er gilt als enger Vertrauter von Concho Moran. Vielleicht ist er sogar sein Stellvertreter. Das wissen wir nicht so genau.«

»Kilfoil ist böse«, murmelte Jack Pepe. »Ich weiß es von einem Jungen, der in Tirados Stall boxt. Tirado trainiert seine Boxer in einer der Sportschulen, die von Kilfoil geleitet werden. Es ist das Melrose Gym. Es ist sehr groß, eine der größten New Yorker Sportschulen. Aber sie ist nicht jedermann zugänglich. Sie beherbergt zum einen die Profiboxer, das ist die Elite dort. In der anderen Abteilung werden Fitneßprogramme angeboten und Karatekurse. Kilfoils Schläger und die anderen Gangster aus Morans Banden werden dort getrimmt. Sie lernen Kniffe und Tricks, die kein ehrenhafter Karatelehrer weitergibt, ohne sich die Schüler sehr genau anzusehen.« Jack Pepe schüttelte bekümmert den Kopf.

»Wir danken Ihnen jedenfalls für diese Hinweise«, schaltete sich der Chef nach einer Weile des Schweigens ein. »Wenn wir etwas von LeRoy hören, werden wir Sie benachrichtigen. Dasselbe erwarten wir von Ihnen, Mr. Pepe.«

Der alte Trainer stand auf. Er war überraschend groß. Er sah erst Mr. High an, dann mich. »Da fällt mir noch etwas ein. Er hat ein Mädchen. Sie heißt Lauryann Bidwell. Sie liebt ihn, und er liebt sie. Sie wohnt am Mount Morris Park. Ihr Vater ist Musikpädagoge, ein sehr strenger Herr. Er billigt die Verbindung zwischen den beiden nicht. Lauryann besucht noch das College. Aber ich weiß, daß die beiden sich sonnabends immer treffen. Nachmittags. Das ist das einzige Zugeständnis, das Mr. Bidwell macht. Vor Einbruch der Dunkelheit muß Lauryann wieder zu Hause sein.«

»Sie meinen, die beiden sind jetzt zusammen?«

Jack Pepe hob die Schultern. »Eigentlich ja. Aber ich weiß es nicht.«

Ich begleitete Mr. Pepe zum Aufzug. Dort reichte ich ihm die Hand. Er sah mich aus Augen an, in denen ein stummes Flehen stand.

»Machen Sie sich keine Sorgen«, sagte ich dumpf. Ich drückte seine Hand. Dann ging ich zurück.

Jack Pepe hatte allen Grund, sich um seinen ehemaligen Schüler zu sorgen. An Concho Moran kamen wir nicht heran. Wir hatten Grant und Lucker. Und einen Mietkiller aus Chicago. Aber Moran hatte seine Schläger, die regelmäßig in Karate ausgebildet wurden. Außerdem konnte er jederzeit einen Mann, der ihm nicht paßte, für vogelfrei erklären. Jeder Strolch in Harlem würde sich glücklich schätzen, wenn er Moran einen Gefallen tun konnte – dem Mann, der auf Morans Abschußliste stand, ein Messer in den Rücken zu jagen.

Als ich in das Zimmer des Chefs zurückkehrte, wurde die Besprechung einfach fortgesetzt. Niemand hörte auf das laute Knurren meines Magens.

»Grant und Lucker bleiben in Haft«, entschied der Chef. »Grand belastet Lucker, und mit den Beweisen, die Sie in Elvins Wagen gefunden haben, nageln wir Grant auf jeden Fall wegen Beihilfe fest.« John D. High verschränkte die Hände und stützte das Kinn leicht darauf. »Moran«, sagte er leise. »Jerry, Sie haben mit dem Mann gesprochen. Welche Chance haben wir, ihn festzunageln?«

»Wenn Lucker gegen ihn aussagt ...«

»Vergessen Sie Lucker. Ein Mann von seinem Kaliber, das gleiche gilt auch für Herbie Kilfoil, weiß genau, wie wenig es ihm nützt, wenn er seinen Boß in den Abgrund zieht. Denken Sie sich etwas anderes aus.«

Ich wußte, woran mein Chef dachte. Er dachte an einen Jungen, der mit Wut im Bauch durch Harlem zog, den Kopf voller unausgegorener Gedanken.

»Wir wollen ihn nicht verheizen«, nahm der Chef den einmal begonnenen Faden wieder auf. Er wußte, daß ich ihn genau verstanden hatte. »Ein Mann wie er unterschätzt sich leicht. Chieffo, und vielleicht auch andere, haben ihm gesagt, was er für seine Brüder tun kann. Er hat es bisher nicht glauben wollen. Aber er wird es erkennen. Wenn die anderen es vor ihm erkennen, ist er übel dran. Moran wird handeln. Er wird handeln müssen!«

Phil und ich nickten.

Ein Mann wie Brick LeRoy konnte eine Menge anrichten, wenn er in Wut geriet.

Er konnte sich auch schnell eine Kugel einfangen, wenn er einem Gangster wie Concho Moran zu nah auf die Weste rückte.

Das sollte mir leid tun, denn Brick hatte tatsächlich das Zeug für einen großen Boxer. Und zu einem Vorbild für die Jugend im Getto, die von der großen Nummer träumten.

Beinahe hätte er Rafe Yochum vergessen.

Brick stand an der Ecke 149th Street und Melrose Avenue. Auf der anderen Seite lag das ausgedehnte Gelände des Melrose Gym. Auf dem Parkplatz vor der Trainingshalle der Boxer standen nur zwei Kombis. Der Eingang mit den Büros war geschlossen. Brick hatte angerufen und nach Neil Tirado gefragt, aber die Auskunft erhalten, Neil sei mit dem ganzen Team – also auch mit Jimmy Dale – an den Strand der Pelham Bay gefahren. Nach Herb Kilfoil hatte er nicht zu fragen gewagt, er hielt es jedoch für unwahrscheinlich, daß dieses Schwein sich ausgerechnet im Melrose Gym aufhielt.

Brick sah sich um. Er stiefelte ein Stück die Straße hinauf zur Bushaltestelle. Er wollte Rafe Yochum nach Hause schicken. Dann mußte er mit dem Referend sprechen. Heute abend fand in der Kirche Mount Olive der Gedenkgottesdienst für George Chieffo statt. Ja, er mußte zur 116th Street hinunter. Lauryann ... Oh, Jesus! Lauryann! Warum hatte er sie nicht angerufen?

Brick blieb an der Haltestelle stehen. Durch die Scheibe spähte er ins Innere von Chok's Imbiß.

An der Bar saß ein stämmiger Schwarzer und brütete vor sich hin. Brick lächelte. Er stieß die Tür auf. Die Türglocke bimmelte, und der Mann blickte auf.

»Art!« rief Brick erfreut. Er freute sich wirklich. Er hatte früher oft mit Art Wesely als Sparringspartner gearbeitet. Art war ein guter Mann, und ein guter Kamerad.

Art öffnete seine Hand, und Brick klatschte seine hinein. »Brick, du hast es geschafft! Ich habe es immer gewußt. Brick, habe ich immer gesagt, Brick the cat kommt eines

Tages ganz groß raus! He, Chock! Hab ich's nicht immer gesagt?«

Chock nickte mechanisch. Ihn interessierte nur, wieviel Umsatz einer brachte, der bei ihm an der Theke hockte. Bei Art Wesely war es nicht die Welt. Brick bestellte einen Saft. Er spähte nach draußen, weil er den Bus nicht verpassen wollte.

»Du schaffst es! Brick, ich weiß es! Du bist auf dem Weg nach oben!«

»Bull Hyman ist tot«, sagte Brick.

Art sah ihn an. Er hatte davon gehört.

»Arbeitest du immer noch für Neil Tirado?« fragte Brick.

»Er zahlt gut. Heute bin ich zu spät drangewesen. Sie sind weggefahren. An den Strand. Ich hatte keine Lust hinterherzurennen.«

»Kennst du Herb Kilfoil?«

»'türlich«, sagte Art reserviert. »Hab' ihn aber lange nich' gesehen.« Er rührte mit dem Strohhalm die Sahne in den Kakao. Brick legte einen Dollar auf die Theke und stürzte den Saft hinunter. Er sah den Bus kommen.

»Ich muß weiter«, sagte er. Art hielt ihn fest. »Wohin?«

»Mount Olive«, sagte Brick.

»He, Baby, du hast Glück! Ich hab' meinen Renner dabei. Komm, ich fahre dich. Brauchst nicht umzusteigen!«

Aus den Sitz- und Rückenpolstern des alten Caddie quoll die Füllung. Die hintere Stoßstange schepperte übers Pflaster. Die Heckscheibe und die Seitenfenster fehlten. Aber die Kiste rollte. Art Wesely war stolz, Brick the cat, seinen alten Freund, als Fahrgast zu haben.

Brick stieg zwei Blocks vor der 116th Street aus. »Danke«, sagte er. »Brauchst du was? Ich meine 'n paar Bucks für den Sprit?«

Art schlug die Hand aufs Lenkrad. »Brick, Mann, was sagst du da? Ich hab' Geld genug. Brauche nichts von 'nem Freund.«

Brick lächelte beschwichtigend. »Natürlich nicht«, sagte er. »Es ist nur ...«

»Wir boxen mal wieder zusammen, okay?« sagte Art schnell.

»Okay«, bestätigte Brick und schlug die Tür zu. Der alte Caddie schepperte davon. Brick lief die zwei Blocks hinab und hielt dabei nach Rafe Yochum Ausschau. Vor dem eisernen Gitterzaun, der die Mount Olive Church umgab, standen ein paar Klappstühle. Rafe hockte jedoch auf der Treppenstufe zum Eingang und warf Kieselsteine in den nächsten Gully. Als er Brick erblickte, sprang er auf und lief ihm entgegen.

Rafe hatte sich in Schale geworfen. Er trug eine violette Hose mit zu engen Beinen und eine karierte Jacke, die ihm ein wenig zu weit war. Rafe strahlte über sein junges Gesicht.

Brick legte ihm einen Arm um die Schultern. Langsam schlenderte er mit ihm zur Lenox Avenue hinüber.

Rafe sprach von seinen Träumen.

Er wollte Boxer werden wie Brick. Er wollte wie Brick werden. Brick LeRoy lauschte aufmerksam. Die Intensität in den Wünschen und Hoffnungen des Jungen machte ihn betroffen.

Er blieb an der Ecke Lenox Avenue stehen. Zwei Mädchen schlenderten vorbei. Sie lachten, als sie ihn erkannten. Eins warf ihm einen koketten Blick aus dunklen Augen zu. Brick grinste, wurde sofort wieder ernst.

»Ich habe heute noch was zu erledigen«, sagte er zu Rafe. Er bemerkte die Enttäuschung in den Augen des anderen und schnell fügte er hinzu: »Am Montag oder Dienstag nehme ich dich mit zum Training. Toomey Booth, das ist mein Trainer, verstehst du? Er wird dir gefallen. Er sagt dir, bei wem du anfangen kannst.«

»Versprochen?« fragte Rafe.

»Versprochen. Bis dahin kannst du mir einen Gefallen

tun, Rafe. Da ist ein Mädchen. Mein Mädchen. Sie wartet auf mich ...«

Rafe zwinkerte wie ein Alter. »Verstehe ich doch, Mann«, sagte er. »Soll ich abhauen?«

»Nichts verstehst du«, gab Brick zurück. »Geh zu ihr und sage ihr, daß ich heute nicht kommen kann.« Brick beschrieb dem Jungen das Haus, in dem die Bidwells wohnten – vier Blocks die Avenue rauf nach Norden, dann einen Block nach Osten, gleich am Mount Morris Park. »Sag ihr, es tut mir leid. Ich rufe an. Aber es ist dringend, was ich zu tun habe ...«

»Du solltest ihr Blumen schicken«, schlug Rafe vor. »Blumen machen sich immer gut.«

»Klar.« Brick fischte die Scheine aus der Tasche, die er Dick Staton abgenommen hatte. Er blätterte fünf Dollar ab, die er Rafe in die Hand drückte. »Du erledigst das für mich, ja?«

»Mach' ich. Wo bist du dann?«

»Um fünf Uhr bin ich in der Kirche oder davor, wenn nichts dazwischenkommt.«

Rafe schwirrte ab. Brick ging die Lenox Avenue hinauf bis zu dem Komplex des alten Odeon-Theaters. Bei Tageslicht wirkte der Bau ungemein schäbig. Wie eine weggeworfene riesige Kiste lag das Gebäude da. Es gab keine Fenster, nur zahlreiche Feuertreppen. Der ehemalige Haupteingang, ein breites Portal mit einem weit vorspringenden Dach, das von steinernen Säulen gestützt wurde, war vernagelt. Die Säulen zeigten Risse. Vom Vordach waren bereits größere Brocken herabgestürzt. An den Mauern klebten noch die Reste alter Plakate. Man erkannte die Namen ehemals berühmter Tänzer und Sänger, deren Laufbahn mit dem Odeon und den anderen bekannten Tanztheatern, wie dem Apollo, verbunden waren.

Brick betrachtete diese Dinge ohne Sentimentalität. Seine Idole traten im Madison Square Garden, in der Carnegie Hall oder im Red Rooster auf. Oder in den Jazzkellern weiter unten in Manhattan, an der 52nd Street, der in Village, wohin die farbigen Jazzmusiker abgewandert waren.

Brick strich um den schäbigen Bau herum wie eine Katze um den heißen Brei. Er zählte insgesamt vier Türen zu ebener Erde und zwei weitere, die durch Kellerabgänge zu erreichen waren. In der Gasse hinter dem Odeon, die die 128th mit der 127th Street verband, standen ein paar Wagen. Brick spähte hinein, ohne dadurch zu einem Entschluß zu kommen. Schließlich ging er auf die Tür zum Bühneneingang zu. Sie war über eine halbhohe Rampe zu erreichen. Die breite Tür war verschlossen. Aber die kleinere Pforte daneben ließ sich ohne weiteres öffnen.

Die Scharniere gaben schrille Geräusche von sich. Brick hielt inne. Er spähte in einen halbhohen Gang. Rechts erkannte er die ehemalige Pförtnerloge. Es war ein geräumiger Käfig mit einem Schalterfenster und einer Schalttafel an der Rückseite mit einigen hundert Schaltern und Kontrolleuchten, von denen einige sogar rot, grün und gelb funkelten.

Ein Kerl mit langen Affenarmen schoß aus der Kabine, stand im Gang und glotzte Brick aus tiefliegenden Augen an. Er hatte ein längliches Gesicht von ungesunder gelblicher Farbe. Er trug kein Jackett. Unter seiner Achsel ragte der Griff einer schweren Pistole hervor.

»He, wer bist du denn?« fragte er. Mit einem schleichenden Schritt schob er sich ganz aus der Loge heraus und baute sich vor Brick auf. Auch Brick kam näher. Von seinem neuen Standort aus konnte er drei weitere Männer erkennen, die auf niedrigen Stühlen in der Kabine hockten. Auf einer umgestürzten Kiste zwischen ihnen lagen Würfel und dicke Geldbündel. »He!« sagte der mit den Affenarmen noch einmal. »Was suchst du hier?«

Brick sagte: »Ich will zu Moran.«

Brick erschrak vor seinen eigenen Worten. Er wollte zu Moran. Großer Gott, wie kam er auf diesen Gedanken?

Der Neger lachte, wobei er den Kopf mit dem krausen Haar in den Nacken warf. »He, Baby, jetzt weiß ich, wer du bist! Du bist Brick the cat! Concho ist nicht da. Sonnabends und sonntags ist er nie im Getto. Nie, weißt du?«

Brick nickte. Er wollte sich wieder zurückziehen. Dieses Gebäude übte eine beklemmende Wirkung auf ihn aus.

Da sagte der Neger: »Concho hätte sich bestimmt gefreut. Du bist doch jetzt wer. Komm doch am Montag wieder, ja!«

»Ja«, sagte Brick mechanisch.

»Oder willst du mit Herbie reden? Klar, sprich mit Herbie!«

»Herbie?« Bricks Herz begann zu hämmern.

»Herb Kilfoil, yeah. Vielleicht kann er dir ein Angebot machen? Deshalb bist du doch hier?«

Brick sagte nichts. Der Gorilla hatte keine Ahnung.

»Warte, ich rufe an. Herbie ist oben.« Der Kerl telefonierte. Brick zog die Tür hinter sich ins Schloß. Im rötlichen Schein der Notlampen konnte er kaum ein paar Schritte weit sehen. Der andere kam zurück. Er grinste. »Ich bringe dich rauf. Ich heiße Tibor. Oder einfach Tib. Komm mit, Brick.«

Tib führte Brick über dunkle eiserne Treppen. Bei einigen fehlte das Geländer. Ihre Schritte hallten hohl in der hohen Halle hinter der Bühne, als sie über eine schmale Galerie gingen. Sehr hoch, zwischen zerfaserten Resten von Bühnenhintergründen, über einer Beleuchterbrücke, brannte eine einzelne helle Birne, deren Licht in der Tiefe des Zuschauerraums versickerte.

Tib blieb vor einer Tür stehen. Er drückte Bricks Schulter. »Toi, toi, toi«, sagte er, als er sie aufstieß.

Er schob Brick in einen umgebauten Garderobenraum. Eine Wand wurde von Regalen eingenommen, auf denen stählerne Geldkassetten, Aktenordner und andere Dinge lagen. An der Schmalseite stand ein Fernschreiber. Davor lag eine lange Tischplatte auf zwei einfachen Böcken. Vier Telefonapparate standen auf der Platte. Hinter dem improvisierten Schreibtisch hing ein hohläugiger Fettkloß in einem Segeltuchstuhl. Er deutete mit dem Daumen auf die Verbindungstür zum Nebenraum.

Tib blieb zurück. Brick klopfte an die Tür. Dann öffnete er sie.

Und stand Herb Kilfoil gegenüber. Kilfoil trug einen gutsitzenden dunklen Anzug mit Weste. Eingerahmt wurde der Gangster von zwei Gorillas. Alle drei starrten Brick an.

»Mach die Tür zu«, sagte einer. Kilfoil musterte Brick schweigend. Der Gangster hatte blasse Lippen und blasse Augen. Die Lider waren entzündet. Er hielt eine dünne Zigarre in den Fingern.

»Was willst du?« fragte er mit neutraler Stimme. »Kommst du gekrochen? Oder weshalb sonst?«

Brick versuchte, die Beklemmung abzuschütteln, die seine Brust wie mit eisernen Reifen einschnürte. »Ich will Moran sprechen«, sagte er.

»Du kannst mit mir reden. Ich bin zuständig für alles, was mit Sport zu tun hat. Willst du deinen Stall wechseln?«

Die Gorillas grinsten. Kilfoil grinste nicht.

»Nein«, sagte Brick.

»Nein?« Ein stechender Blick zuckte über Bricks Gesicht. »Was willst du denn? Uns die Zeit stehlen?«

»Ich habe es doch gesagt – ich will Moran sprechen. Ich habe ihm etwas zu sagen.«

»Sag's mir!«

»Er bekommt es mit mir zu tun. Ich werde gegen ihn kämpfen. Er kann mich zwar umlegen lassen wie Bull Hyman oder George Chieffo. Aber er wird dann eine Menge Leute im Getto gegen sich haben.«

»Was redest du da?« fragte Kilfoil. »Verstehst ihr das?«

»Nein«, antworteten die beiden Gorillas im Chor.

»Der Mord an Dick Staton hat nicht geklappt«, fuhr Brick stur fort. Er spürte, wie er sicherer wurde. Die unbestimmbare Furcht fiel von ihm ab. »Die beiden miesen Typen sind bei der Polizei oder im Krankenhaus. Falls es dich interessiert, Kilfoil, ich war es, der sie angestupst hat. Ich nehme an, daß die beiden Kerle – Anderson heißt einer, ja? – auch Bull den Hals aufgeschlitzt haben. Ich werde jedem erzählen, was ich weiß. Ob ich's beweisen kann oder nicht, das interessiert mich nicht. Sag das Moran.«

Kilfoil führte die Zigarre zum Mund. »Du bist wohl verrückt geworden!« Er wich einen Schritt zurück. Er schob sich hinter den Schreibtisch, der sonst von Moran eingenommen wurde. Brick sah das Bild eines Jungen mit sanften Rehaugen in einem schweren Silberrahmen. Wie ein Engel, der sich in die Hölle verirrt hat, dachte er.

»Ich werde mich der Bürgerbewegung anschließen und George Chieffos Werk fortsetzen, Kilfoil«, sagte Brick. »Ich bin nicht die Polizei. Ich brauche keine Beweise. Wenn einem von uns etwas zustößt, weiß ich, wo ich zu suchen habe. Ich habe Freunde im Getto, Kilfoil. Du wärst nicht mehr sicher ....«

»Raus!« zischte Kilfoil. »Raus! Raus!« Seine Stimme hob sich und wurde schrill. Die Gorillas sahen einander erschrocken an. Dann stürzten sie sich auf Brick. Oder in seine Richtung. Das spöttische Lächeln auf den Lippen des Boxers stoppte sie.

»Ich gehe schon«, sagte Brick ruhig. Je mehr der andere sich erregte, desto ruhiger und gelassener wurde er selbst. Er hatte ihnen den offenen Kampf angesagt. Er fühlte sich gut. Er fühlte sich frei wie nach einem inbrünstigen Lied. »Sag Moran Bescheid. Er soll aus Harlem verschwinden. Du verschwindest auch, Kilfoil. Ihr habt genug angerichtet.« Er drehte sich um und riß die Tür auf. Der Fettkloß beim Fernschreiber blickte träge auf. Die beiden Leibwächter von Kilfoil schoben sich hinter Brick her auf die Galerie hinaus. Wie hechelnde Köter blieben sie in seiner Nähe.

»Ich finde schon allein raus«, sagte Brick. Er rührte sich nicht. Es roch dumpf nach Staub, altem, trockenem Leim und Holz. Seine Stimme klang flach in dem großen Raum. Vor ihm schwebten die schwarzen Gesichter der Gorillas.

Sie glaubten, etwas für ihr Geld tun zu müssen. Einer versuchte, Bricks Arm zu packen und ihn mit einem Karategriff nach vorn zu zwingen.

Brick rammte ihm mit einer verächtlichen Bewegung den Ellbogen in die Rippen. Der Kerl schnappte nach Luft und lehnte sich dann an die Wand. Der andere hob die Arme.

»Mach keinen Quatsch, Mann«, sagte er drohend.

Brick grinste. Er schob den Knilch zur Seite, stieß noch einmal die Tür zum Vorraum auf und stürmte hindurch. Mit einem Fußtritt öffnete er die Tür zum Office, in dem er Kilfoil zurückgelassen hatte.

Kilfoil hielt einen Telefonhörer in der Hand. Er schoß kerzengerade in die Höhe, als er Brick sah.

»Deine Babysitter taugen nichts«, sagte er. Sprach's und zog sich erneut zurück. Er hatte gesehen, was er hatte sehen wollen. Kilfoil informierte den Boß. Brick war gespannt, was passieren würde.

Er tastete sich die Stufen zum Bühneneingang hinunter. Tibor wartete in der Tür der Pförtnerkabine.

»He, steigst du jetzt beim Boß ein?« fragte er.

Brick hob die Schultern. »Herbie telefoniert gerade mit Moran. Mal seh'n, was der Boß meint ...« Brick grinste. Tibor war dämlich.

»Mann, wie du Jimmy Dale auf die Bretter geschickt hast! Mann, war das 'ne Sache!« rief der Gangster begeistert.

»Ja«, sagte Brick. Bull Hyman hat deshalb sterben müssen. Laut sagte er: »Wo steckt Moran eigentlich, wenn er am Wochenende nicht hier ist?«

»Da macht er in Familie«, flüsterte Tib. Er sah sich hastig um. »Er hat 'ne Superluxusvilla in der North Bronx. Und 'ne Superfrau, und 'nen kleinen Boy. 'ne richtige Familie.« Tib deutete mit dem Daumen nach oben ins Dunkle. »Seine Girls für die Woche hat er hier. Vier Klasseweiber! Die hält er wie Haremsfrauen!«

»Wie? Die leben in diesem fernsterlosen Loch?«

Tib nickte. »Aber er hat ihnen 'nen hübschen Dachgarten anlegen lassen. Da haben sie's gut, bestimmt.«

Brick zuckte mit den Schultern. Er nickte Tib zu und verließ das ehemalige Theater. Er bezwang seinen Zorn auf Concho Moran. Er mußte Geduld haben. Er wollte es ihnen nicht gleichtun und ihre Familien mit hineinziehen.

Dieses hier war ein Kampf zwischen Männern.

So dachte Brick. Er war Sportler. Die anderen waren es nicht.

Vernon Burlege war ein Mann von asketischem Äußeren mit hohlen Wangen und brennenden Augen. Wir trafen ihn in dem kleinen Rosengarten hinter der Mount Olive Church, wo er auf einer steinernen Bank saß und ein Buch auf den Knien balancierte. Die Knie stachen durch den dünnen Stoff der Hose.

Corporal Hanlon vom 28. Revier war es schließlich gelungen, Vern Burleges Anschrift zu ermitteln. Es war überraschend einfach gewesen. Burlege bewohnte eine der drei kleinen Kellerwohnungen, die zum Komplex der Kirche gehörten. So waren wir einfach hier hereingeschneit. Burlege sah uns verwundert entgegen. Wir hatten auf die Begleitung eines farbigen Kollegen verzichtet. Solange es noch Tag war, fanden wir uns allein zurecht.

Blasses Sonnenlicht spielte in den Rosenzweigen.

Irgendwo zwitscherte ein Vogel. Zwischen den Mauern war es kühl und ruhig wie in einem Klostergarten. Wir befanden uns in einer friedlichen, abgeschlossenen Welt, einer Insel inmitten der Hölle.

Wir zeigten dem Mann unsere Ausweise, stellten uns vor.

»Ja, bitte? Ich bin Vern Burlege ...«

»Wir haben Sie gesucht.« Ich setzte mich neben ihn auf die Steinbank. Phil blieb stehen. Ich sagte ihm, daß wir George Chieffos Mörder gestellt hatten. »Er ist tot«, schloß ich.

Dann zog ich die Tüte mit dem roten Zettel heraus. Ich gab ihm die Tüte.

Verwundert las er seinen Namen. Er begriff, was die abgekürzten Zeichen zu besagen hatten, und betroffen blickte er mich an.

»Heute um 17 Uhr versammeln wir uns vor der Kirche. Alle, die sich mit George verbunden fühlten. Wir werden eine letzte Street Rallye in seinem Namen veranstalten und anschließend einen Gottesdienst für ihn feiern.«

»Sie sollten der nächste sein. Diesen Zettel fanden wir in der Brieftasche des Mörders.«

Die Augen des Laienpredigers verdunkelten sich. Er atmete schwer.

»Wir werden Sie unter Polizeischutz stellen. Das Revier schickt rechtzeitig einige Detektive in Zivil.«

»Ich wäre dumm, wenn ich das Angebot ablehnte«, murmelte Burlege. »Aber heute wird mir wohl nichts zustoßen?«

»Niemand kann Ihnen eine Garantie geben, Mr. Burlege. Wir können Sie nur warnen. Ihre Gegner sind zu zahlreich.«

»Die Tatsache, daß sie auf uns zu schießen beginnen, zeigt doch, daß unsere Arbeit erfolgreich ist! Wir müssen weitermachen!«

»Hüten Sie sich vor der Gewalt. Sie werden Menschen wie Moran und Kilfoil nicht vertreiben können.«

»Nein, aber wir können sie von ihren Anhängern trennen. Sie können uns nicht alle töten! Wir werden immer mehr!«

»Haben Sie Brick LeRoy seit gestern gesehen?«

»Brick? Nein, tut mir leid. Ich glaube nicht, daß Brick sich unserer Bewegung anschließt.«

Da mochte er recht haben, wenn auch auf eine andere Weise, als er meinte. Brick war ein ungeduldiger junger Mann. Ihm könnte der Weg, den Männer wie Burlege gingen, zu gewunden, zu lang, zu dornig vorkommen.

Ich stand auf. »Wir werden gegen fünf wieder hier sein, Mr. Burlege.«

Es war Viertel nach drei. Ein sonniger, stiller Sonnabend in Harlem. Kinder spielten auf den Straßen. Hier und da hatten sie die Hydranten aufgedreht und ließen sich naß spritzen. Es war warm.

Wir suchten Brick LeRoy. Irgendwo mußte er stecken. Vielleicht war er bei seinem Mädchen. Oder vielleicht wußte sie, wo er steckte.

Phil klemmte sich hinter das Steuer des Dienstwagens. Ich deutete die Straße hinauf.

»Mount Morris Park«, sagte ich.

Die Bidwells wohnten in einem jener älteren, liebevoll gepflegten Braunsteinhäuser. Es lag etwas von der Straße zurückgesetzt. Eine breite Steintreppe führte zum Eingang hinauf. Unter der Treppe führte eine andere ins Tiefgeschoß. Hohe Eisengitter und eine mit einer Kette gesicherte Pforte schützten das Haus vor ungebetenen Besuchern. Im handtuchbreiten Vorgarten blühten Rittersporn und Malven einträchtig nebeneinander.

Phil ließ den Wagen ausrollen. Links erhob sich der Park auf seinen Hügeln. Jugendliche spielten Baseball und Basketball. Die jüngeren zeigten ihre Fahrkünste auf Skateboards. Wir stiegen aus. Phil schloß den Wagen ab. Ein Junge kam die Treppe von Bidwells Haus herab. Er sah uns an. Er hatte lebendige Augen und einen wachsamen Blick. Er zögerte und drückte sich dann neben der Treppe an den Zaun. Er trug eine violette Hose und ein zu weites kariertes Jackett. Für seine vierzehn oder fünfzehn Jahre wirkte er zu ernsthaft, ja alt – wie fast alle Kinder und Jugendlichen in Harlem.

Ich konnte nicht wissen, daß der Junge Rafe Yochum hieß und Brick LeRoys neuester Freund war.

Ich klingelte oben an der Tür. Eine hagere Frau in einem geblümten Kleid öffnete. Sie hatte graues, sorgfältig frisiertes Haar. Ich schätzte ihr Alter auf Mitte Fünfzig.

Ich zeigte ihr meine Dienstmarke in der hohlen Hand. »Sind Sie Mrs. Bidwell?«

»Ich bin Mrs. Olin. Möchten Sie meine Tochter oder meinen Schwiegersohn sprechen?« Sie neigte lauschend den Kopf, als Klavierspiel aufbrandete. Sie lächelte. »Mein Schwiegersohn«, sagte sie. »Er spielt ...« Sie gab den Eingang frei und ließ uns eine Halle betreten. Die stuckverzierten Wände waren kürzlich mit einem neuen Anstrich versehen worden. Ebenso die hohen zweiflügeligen Türen. Mrs. Olin ging vor und klopfte an eine Tür. Das Klavierspiel brach ab. Sie öffnete die Tür. Lächelnd deutete sie in einen großen, sonnenüberfluteten Raum.

Mr. Oswald Bidwell erhob sich und kam um den großen Konzertflügel herum. Er sah fast genauso alt aus wie seine Schwiegermutter – oder so jung. Manche Leute sehen zwischen dreißig und sechzig ziemlich gleich aus. Erst später erfuhr ich, daß Mrs. Olin fast siebzig war und Bidwell achtundvierzig.

Wir wiesen uns aus. Bidwell bat uns hinein, und er wandte sich seiner Schwiegermutter zu. »Wenn du so freundlich bist, rufe doch Laura und Lauryann. Ich nehme an, der Besuch dieser Herren gilt nicht mir allein? Bitte, nehmen Sie doch Platz! Darf ich Ihnen eine Erfrischung bringen lassen? Oder Kaffee?«

»Danke, Sir«, sagte ich. »Ich fürchte, wir haben nicht genug Zeit, um Ihre Gastfreundschaft entsprechend zu würdigen.«

Bidwell lächelte mit breiten Lippen. Er hatte dünnes Haar und trug einen kurzgeschnittenen Oberlippenbart. Sein Hemd war makellos weiß, die schwarzen Hosen messerscharf gebügelt. Er nahm sein Jackett von einem Stuhl und zog es an. »Betrifft Ihr Besuch George Chieffos Tod? Ich habe gehört, daß die Bundespolizei den Fall an sich gezogen hat.«

»Unser Besuch steht im Zusammenhang mit dem Mord an Mr. Chieffo«, bestätigte ich, während ich mich in dem Raum umsah.

Auf dem Kaminsims standen mehrer hübsche Porzellanfiguren. In einem Regal waren kostbare Gläser zur Schau gestellt. Unter der Decke hing ein Kristalleuchter, der bestimmt bei jeder Antiquitätenauktion einen stolzen Preis erzielt hätte.

Jetzt fesselten jedoch Mrs. Laura Bidwell, ihre Tochter Lauryann und Mrs. Olin unsere Aufmerksamkeit. Mrs. Bidwell war eine freundliche, füllige Person. Lauryann, ihre Tochter, war eine Schönheit.

Sie war gertenschlank, und das blaue Kleid, das sie trug, betonte die Linien eines vollendeten Körpers. Ein schlanker, langer Hals mit ebenholzfarbener Haut stieg aus dem Kleid. Der Kopf mit dem herzförmigen Gesicht, den zart gewölbten Wangen und der hohen Stirn verriet Rasse. Sie trug eine jener Stammesfrisuren, wie sie jetzt modern waren – winzige dünne Zöpfe, die wie Stricke auf dem Schädel lagen.

»Das sind zwei Herren vom FBI«, sagte Bidwell. »Mr. Cotton, Mr. Decker. Sie ermitteln im Mordfall Chieffo. Auch wenn wir keine Beobachtungen gemacht haben, obwohl die scheußliche Tat nicht weit von diesem Haus geschehen ist, wollen wir versuchen, Ihnen zu helfen.«

Mrs. Bidwell drängte uns, Platz zu nehmen. Sie selbst setzte sich zu ihrem Mann, während Lauryann und ihre Großmutter nebeneinander auf einer kleinen Couch hockten wie Vögel auf einer Stange.

Ich hatte mir einen Stuhl ausgesucht. Ich hüstelte, weil ich nicht wußte, wie ich beginnen sollte.

»Wir hatten eigentlich gehofft, Brick LeRoy hier anzutreffen«, sagte ich schließlich.

Mr. Bidwells Gesicht verdunkelte sich. Lauryann sah auf. Sie ließ ihre Augen unruhig zwischen mir und ihrem Vater hin und her wandern.

Ich sah mich veranlaßt, eine Erklärung anzuhängen. »Brick LeRoys Manager wurde in der vergangenen Nacht ermordet. Der Fall hängt indirekt mit dem Mord an George Chieffo zusammen. Wir fürchten, daß Brick unbesonnen gegen die Leute vorgehen könnte, die er für die Täter oder ihre Hintermänner hält.«

»Brick? Er ist Boxer, aber kein Weltverbesserer! Wie kommen Sie darauf, er könnte Amok laufen?«

»So habe ich mich nicht ausgedrückt, Sir. Brick hält sich verborgen. Wir wissen, daß er diesen Leuten – ich möchte keine Namen nennen – bereits in die Quere gekommen ist. Er hat verhindert, daß sie auch den Partner seines Managers töteten. Er hat die Täter der Polizei in die Hände gespielt. Die Ermittlungen haben erst begonnen. Aber es sieht so aus, als handelte es sich bei den beiden Männern, die Dick Staton töten wollten, um dieselben, die Bull Hyman ermordet haben.«

In der Tat gab es eine Zeugenaussage, die den Wagen der Gangster betraf. Der rote Pontiac war um die Tatzeit in der Nähe des Hauses gesehen worden, in dem Bull Hyman ermordet worden war.

»Brick kann heute nicht kommen«, sagte Lauryann. »Er

hat mir eine Nachricht geschickt.« Sie mied den Blick ihres Vaters, der ihre Freundschaft zu dem Boxer mißbilligte.

»Ein kleiner Tölpel kam und hat ihr Rosen gebracht«, sagte Bidwell.

Mrs. Bidwell lächelte. Lauryann blieb ernst. Sie sah mich an.

»Was wird er tun, Mr. Cotton? Ich verstehe das nicht . . .«

»Wir wissen noch nichts, Miss Bidwell. Wir wollen jedoch verhindern, daß ihm etwas zustößt. Sein ehemaliger Trainer war bei uns. Brick hat die vergangene Nacht bei ihm verbracht. Er muß sehr deprimiert gewesen sein, weil er sich mitschuldig am Tod seines Managers fühlt.«

»Aber das ist doch Unsinn!« rief Lauryann atemlos.

»Wahrscheinlich haben Sie recht«, sagte ich. »Es wäre ganz gut, wenn wir mit ihm sprechen könnten. Sie, und wir. Wissen Sie, wo er sein könnte?«

Lauryann schüttelte den Kopf. »Da war ein Junge, Rafe hieß er. Er brachte Blumen und sagte, Brick könnte heute nicht kommen, er habe noch etwas zu erledigen.«

»Ein Bursche von vielleicht fünfzehn, mit karierter Jacke und engen Hosen?«

»Ja, das war er. Sie haben ihn gesehen?«

Ich nickte und sah Phil an. Phil verstand. Er stand auf und verließ den Raum. Die Bidwells sahen ihm verwundert nach.

Doch niemand sagte etwas.

Kurz darauf kehrte er mit dem Jungen, der Rafe hieß, zurück. Rafe machte ein trotziges Gesicht. Mrs. Bidwell lächelte mütterlich, als sie dem Jungen etwas zu trinken anbot. Oswald Bidwell warf seiner Frau einen mißbilligenden Blick zu, unterdrückte jedoch eine Bemerkung.

Wir quetschten den Jungen aus. Nach allen Regeln der Kunst. Als sich herausstellte, daß er und Brick sich erst heute kennengelernt hatten, seufzte ich. Nein, Rafe Yochum wußte auch nichts.

Brick hatte ihm nur gesagt, er habe etwas Dringendes zu erledigen. Mehr nicht.

Ich entschuldigte mich für die Störung. Dann verließen wir alle zusammen den Salon. Rafe Yochum ging voraus. Mrs. Olin öffnete die Haustür.

Sie stieß einen erschreckten Schrei aus. Dann flog sie zurück, direkt in meine Arme.

Vor der Tür standen drei Kerle. Einer, ein drahtiger Hüne, hatte der alten Frau einen Hieb versetzt.

Phil krümmte sich zusammen, um seine Waffe herauszureißen. Er kam nicht dazu. Einer der Banditen sprang vor. Er fetzte Rafe Yochum zur Seite. Mit der gespannten Handkante schmetterte er Phil nieder. Die anderen hielten plötzlich Waffen in den Fäusten.

Bisher war der Angriff mit einer unheimlichen Lautlosigkeit vonstatten gegangen. Mr. Bidwell war etwas zurückgeblieben. Er stieß einen keuchenden Laut aus. Dann riß er einen knorrigen Spazierstock aus dem Stockständer.

»Verlassen Sie mein Haus!« rief er mit bebender Stimme.

Einer der Strolche hob die Hand. Er krümmte den Zeigefinger. Ich sah, wie der Drücker sich bewegte. Der Hammer war bereits gespannt, die Waffe also durchgeladen. Vorn auf dem Lauf steckte ein Schalldämpfer.

Ich stieß die alte Dame von mir weg, sprang vor und schlug auf die Hand.

Ich hörte das Fauchen und das gedämpfte Plopp!, und verzweifelt dachte ich: zu spät! Du warst zu langsam.

Denn Oswald Bidwell ließ den Stock fallen. Er stand da, machte einen tapsigen Schritt, sah nach unten, sah sein Blut, das auf den Boden tropfte, und brach zusammen. Die Rache der schwarzen Mafia begann.

Im selben Moment schmetterte mir jemand etwas Hartes an den Hinterkopf.

Mein Magen sackte jäh nach unten. Mein Mund wurde trocken. Die Halle des Hauses am Mount Morris Park begann, auf und ab zu schwanken und sich wie verrückt zu drehen.

Dann raste der Boden auf mich zu. Ich spürte nicht, wie ich mit dem Schädel auf die Fliesen schlug.

Ich muß eine ganze Weile bewußtlos gewesen sein, denn meine Hände waren auf dem Rücken zusammengebunden. Neben mir lag Phil, ebenfalls gefesselt. Mrs. Bidwell hockte neben ihrem Mann. Er lag auf dem Rücken. Die alte Dame hatte ihm ein Kissen unter den Kopf geschoben. Sein Gesicht war grau. Wie ein Fremdkörper wirkte die Nase darin.

Einer der Banditen stand etwas abseits. Er hielt seine Kanone in den Raum. Rafe Yochum hockte nur zwei Schritte von ihm entfernt. Er sah ausdruckslos zu Boden. Er blickte nicht einmal auf, als Lauryann aus der Kammer neben der Küche gerannt kam, einen Kasten mit Verbandszeug in den Händen.

Die andern beiden Banditen hielten sich in der Halle auf. Einer stand am Fenster neben der Tür und spähte durch die Gardine hinaus. Der dritte Mann strich um uns herum. Er war es, der Bidwell niedergeschossen hatte. Mrs. Bidwell packte eine Kompresse auf Bidwells Hüfte, während Lauryann begann, sie fest mit einem Verband zu umwickeln.

Es war mir also doch gelungen, das Schlimmste abzuwenden. Dieser Neger mit der Pistole hatte Bidwell kaltblütig umbringen wollen.

»Beeil dich, Baby«, sagte er. Er hatte eine kratzende Stimme. »Wir haben noch einiges miteinander vor.« Die anderen beiden grinsten.

Was hatte dieser Überfall zu bedeuten? fragte ich mich. Ich begegnete Phils Blick. Er leckte über die spröden Lippen, sagte jedoch nichts.

Ich sollte bald aus meiner Ungewißheit erlöst werden. Einer der Kerle riß Lauryann in die Höhe. Der zweite Mann packte Mrs. Bidwells Arme. Er zog einen vorbereiteten Strick aus seiner Tasche und begann, die Frau zu fesseln. Er legte sie auf den Boden und wandte sich dann der alten Dame zu.

»Warum tun Sie das?« fragte Mrs. Olin mit zittriger Stimme.

»Halt's Maul«, sagte der Gangster.

Der Kerl am Fenster meldete sich. »Beeilt euch! Die Luft ist gerade rein!« Der Bursche, der das Mädchen umklammert hielt, fluchte. Lauryann hatte in seine Hand gebissen. Er schlug zurück.

Mit einem wütenden Knurrlaut sprang Rafe Yochum ihn an. Er war wie eine Katze. Seine ausgestreckten Finger zuckten über das Gesicht des Banditen. Der Kerl ließ das Mädchen los. Er trat mit dem Fuß nach Rafe, verfehlte ihn jedoch. Der Mann am Fenster mußte ihm zu Hilfe kommen.

Er sprang vor und streckte die Arme. Ein Fauchen drang aus seinem Mund, als er ein Bein hochriß und sich um seine Körperachse drehte. Der Spann des ausgestreckten Fußes krachte in Rafe Yochums Rippen. Der Karate-Kämpfer kam wieder auf beide Beine. Seine Hände zuckten durch die Luft, fast unsichtbar. Wie Pranken fielen sie auf den Jungen nieder und schmetterten ihn wie mit Keulenhieben zu Boden.

Der schießwütige Teufel mit der kratzenden Stimme wirbelte herum. Die Mündung der Pistole wies auf Rafes Kopf. Die Lippen des Gangsters spannten sich.

»Nicht!« sagte ich scharf. »Tun Sie's nicht!«

Er hob ein wenig den Blick. Er hatte böse, feuchte Augen. Er fletschte die Lippen. Doch die Mündung der Waffe wies unbeirrt auf den Kopf des Jungen.

»Warum sollte ich es nicht tun? Weil ein weißes Schwein

es sagt? Mann, ihr habt uns lange genug herumgestoßen! Es ist alles Scheiße, was ein weißes Schwein sagt!«

»Denk daran, wie viele Zeugen sehen, daß du einen Mord begehst!«

»Wer sagt denn, daß es Zeugen geben wird?« höhnte der Schießer.

»Natürlich. Du mußt uns alle umbringen. Aber dann werden so viele Weiße und Schwarze kommen und dich jagen, wie du noch nie in deinem Leben gesehen hast! Und Concho Moran wird dir die Haut in Streifen vom Rücken ziehen, so wie ich ihn kenne. Das heißt, wenn Herb noch was von dir übrig läßt.«

Ich hatte ihn erschüttert.

Ich sah es deutlich.

»Du kennst Concho Moran?«

»Klar. Hab' gestern abend erst mit ihm zusammengesessen. Wir haben uns gemeinsam den Kampf angesehen. In seinem Office im Odeon.«

»Du bist 'n Greifer!«

»Na und?«

Der Kerl leckte sich die Lippen. »So einer bist du?« fragte er dann.

»Ruf Concho an, wenn du dich traust. Ruf ihn zu Hause an und sag ihm, wen du erwischt hast. Er wird einen Tobsuchtsanfall bekommen!«

Der Kerl wußte nicht mehr, ob er Männchen oder Weibchen war. Er mußte glauben, einen korrupten G-man vor sich zu haben, der auf Concho Morans Lohnliste stand. Er ließ die Waffe sinken und sah sich um. Er suchte das Telefon. Er würde nicht bei Moran anrufen, denn der würde sich nicht von so einem kleinen Hitman stören lassen wollen. Dieser Strolch würde seinen direkten Boß anrufen. Herb Kilfoil.

»Den Anruf bei Herb kannst du dir sparen«, sagte ich. »Herb weiß nichts von dem, was Concho und mich verbindet. Concho will nicht, daß er es erfährt. Ihr solltet jetzt die Fliege machen.«

Der Ansicht schien er auch zu sein. Aber wenn ich gehofft hatte, er würde Lauryann hierlassen, so sah ich mich getäuscht. Er hielt sich an die Instruktionen, die er von Kilfoil hatte.

Er stopfte uns Knebel zwischen die Zähne. Dann fesselte er uns auch die Füße. Nur Oswald Bidwell und Lauryann blieben von Fessel und Knebel verschont.

Der Kerl, der Lauryann umklammert hielt, wechselte den Griff. Er flüsterte ihr einige gemeine Drohungen ins Ohr, die sie erbleichen ließen.

Sie nahmen das Girl in ihre Mitte. Sie preßte die Zähne aufeinander, um ihren Schmerz nicht laut hinauszuschreien. Sie wußte noch nicht, weshalb man sie verschleppte. Sobald sie es erkannte, würde der Schmerz um so heftiger sein.

Kurz darauf schlug die Haustür ins Schloß, und es wurde still im Haus. Ich hörte die trockenen, unter den Knebeln erstickten Klagelaute der beiden Frauen.

Oswald Bidwell atmete rasselnd. Er brauchte umgehend ärztliche Hilfe. Rafe Yochum hatte es ebenfalls schwer erwischt. Er wälzte sich hin und her. Seine Augen waren weit geöffnet und spiegelten den Schmerz, der von den geprellten Knochen herrührte. Und von dem Gefühl, versagt zu haben. Was sollte Brick jetzt von ihm denken? Nach einiger Zeit vergeblicher Anstrengung ließ er sich zurückfallen.

Ich zerrte an meinen Fesseln. Sie bestanden aus dünnen Nylonstricken, die eng miteinander verschlungen waren und nicht viel Bewegungsfreiheit boten. Ein dumpfer Schmerz pochte in meinem Schädel und erinnerte mich daran, daß ich vermutlich eine leichte Gehirnerschütterung davongetragen hatte. Ich versuchte, den Knebel aus meinem Mund zu stoßen, um nicht am meinem eigenen

Erbrochenen zu ersticken, falls ich mich noch übergeben mußte. Aber der Stoff saß fest in meinem weit aufgesperrten Mund.

Phil und ich verständigten uns mit den Augen. Wir mußten uns, so rasch es ging, befreien. Bevor Bidwell verblutete und die Gangster der schwarzen Mafia Brick LeRoy in ihre Gewalt bekamen.

Ich robbte ins Musikzimmer zurück. Ich dachte an den kleinen Tisch, auf dem ich einen gläsernen Leuchter gesehen hatte. Die Zipfel der Decke hingen bis auf den Boden herab.

Ich wälzte mich mit der Schulter auf das herabhängende Tuch, dann drehte ich mich um.

Der Leuchter kippte und fiel auf meine andere Schulter, dann rutschte er aufs Parkett. Er blieb heil. Nur die Kerzen fielen heraus.

Ich gab nicht auf.

Mit den Beinen stieß ich den Leuchter vor mir her in die Halle, dirigierte ihn in eine Ecke, wo Wand und Boden zusammenstießen.

Ich legte mich auf den Rücken, zog die Beine an und trat zu.

Ein Leuchter im Wert von achthundert Dollar zersplitterte. Ich warf mich herum und betrachtete gespannt die Stücke. Das Bild verschwamm einen Moment vor meinen Augen, ehe es wieder klar wurde. Ich sah zwei oder drei lange Splitter mit nadelscharfen Spitzen und hoffentlich auch scharfen Kanten. Ich suchte mir einen aus, peilte ihn genau an, drehte mich herum und konnte ihn schließlich mit absterbenden Fingern packen.

Phil robbte heran. Er drehte sich so, daß sich unsere zusammengebundenen Arme berührten. Ich begann, an seiner Handfessel zu sägen.

Es würde verdammt lange dauern, die Fasern zu durchtrennen. Die Stricke waren straff gespannt, das Nylon zäher als Leder. Aber wir hatten keine andere Chance. Wir nicht, Bidwell, Lauryann und Brick noch weniger.

Irgendwo oben im Haus schlug eine Uhr. Es war vier Uhr nachmittags.

Die Street Rallye begann sich zu formieren, als es halb fünf war. Menschen strömten von weit her zusammen. Sie versammelten sich vor der Mount Olive Church.

Mehrere Streifenwagen, die später mit dem Zug fahren würden, sperrten eine Fahrbahn der Straße.

Um Punkt fünf Uhr erschienen Vernon Burlege, der von einem uniformierten Lieutenant des 28. Reviers begleitet wurde. Die Bürgerbewegung für ein sicheres Harlem stand unter dem Schutz der Polizeibehörden. Der Lieutenant war selbst Mitglied der Bewegung. Reverend Wallace und zwei Pastoren der Gemeinde teilten die Teilnehmer an der Rallye in Gruppen auf.

Vern Burlege trat an einen Streifenwagen. Er nahm das Mikrofon in die Hand. Ein Cop schaltete die Lautsprecher ein, die auf die Bügel des Radio Car montiert waren.

»Meine Brüder!« begann Burlege. »Wir haben uns versammelt, um heute wie geplant unsere Street Rallye abzuhalten, auch wenn der Mann, der ihren Termin noch festgesetzt hat, nicht mehr unter uns weilt. Im Anschluß an unsere Tour werden wir einen Gottesdienst für Bruder Chieffo abhalten! Ihr seid alle willkommen, Brüder, auch wenn unsere kleine Kirche euch nicht alle aufnehmen kann!«

Die Menschen sangen. Langsam setzte sich der Zug in Bewegung. Da drängte ein großer, drahtiger Mann durch die Menge. Er überragte die anderen um Kopfeslänge.

Brick LeRoy nahm den Platz neben Vern Burlege ein, als ob er für ihn vorgesehen sei. Burlege nickte Brick zu. Seine Augen leuchteten kurz auf.

An nahezu jeder Straßenecke hielten sie an, um zu den Menschen zu sprechen. Brick ergriff zaghaft das Wort, wenn er junge Gesichter sah. Einmal versagte ihm die Stimme, als ihm bewußt wurde, mit welcher Zuversicht, Hingabe und Hoffnung diese jungen Kerle an seinen Lippen hingen.

Als der Zug die Kreuzung der 125th Street und Lenox Avenue erreichte, wo vor drei Tagen der Mordanschlag auf George Chieffo verübt worden war, brach der Verkehr zusammen. Eine unübersehbare Menschenmenge füllte die Kreuzung.

Das Revier schickte Verstärkung, und auch die angrenzenden Polizeireviere stellten Fahrzeuge und Uniformierte zur Verfügung. Die schwarzen Cops machten sich Sorgen.

Brick sprang auf die Ladefläche eines parkenden Lasters. Jemand warf ihm ein Megafon zu. Brick hatte an Sicherheit und Selbstvertrauen gewonnen.

»Brüder und Schwestern!« Das Lärmen verstummte, als seine kräftige Stimme über die Kreuzung wehte. »George Chieffo hat mich gerufen. Er hat mich aufgefordert, seinen Kampf zu unterstützen. Ich bin zu zaghaft gewesen. Jetzt habe ich seinen Ruf verstanden! Ich weiß, wer ihn getötet hat! Ich weiß, wer den Befehl dazu gegeben hat!« Er deutete die Lenox Avenue hinauf, wo zwei Blocks weiter der häßliche Klotz des ehemaligen Odeon-Theaters lag. »Es sind Gangster, die uns um unser Leben betrügen! Ja, sie betrügen uns um unser Leben! Brüder, ich werde Namen nennen! Ich werde alle Namen nennen, die ich kenne! Sie werden mit uns keine Geschäfte mehr machen! Nicht mehr mit uns, Brüder, denn wir sind stark! Wir sind schwarz, wir sind stark, wir sind stolz!«

Die Soul Sisters von Mount Olive kletterten auf den Laster. Sie gaben jemandem ein Zeichen. Musik erklang. Die Girls begannen, sich zu bewegen, mit den Fingern zu schnippen.

»Call me!« riefen sie »Call me!« Die Menge fiel in den Spiritual ein. »Call me!« Sie wiederholten den Anfang dieses Liedes, bis er laut wie die Brandung des Meeres durch die Straße rollte und in ganz Harlem gehört wurde.

Nach über einer Stunde erst war es mir gelungen, Phils Handfessel zu durchtrennen. Meine Bewegungen waren immer langsamer geworden. Manchmal mußte ich die Tätigkeit unterbrechen, weil sich eine dunkle Wolke über mein Hirn legte. Mein Körper war schweißgebadet.

Aber um halb sechs war auch ich frei. Während Phil sich um die anderen kümmerte, kroch ich auf Händen und Füßen zum Telefon. Mit trockener Stimme forderte ich über die Notrufnummer einen Krankenwagen mit Notarzt an.

Der Wagen war sehr schnell da. Ein puertoricanischer Arzt untersuchte Bidwell und traf die ersten Maßnahmen. Er sah die stummen, besorgten Gesichter der Frauen, und er verstand die Sorgen, die sie sich machten.

»Haben Sie Vertrauen«, sagte er. »Kommen Sie mit ...«

»Lauryann!« rief Mrs. Bidwell.

Ich trat hinter sie. »Gehen Sie mit Ihrem Mann, bitte«, sagte ich. »Sprechen Sie zu niemandem über das, was hier geschehen ist.«

»Ja, aber ...«

»Haben Sie Vertrauen.« Ich benutzte dieselben Worte wie der Arzt, wobei ich hoffte, daß er sich nicht ganz so hilflos fühlte wie ich. »Doc, wie steht es um den Jungen dort?« Ich deutete auf Raf Yochum, der mit schmerzverzerrtem Gesicht an der Wand lehnte und kaum Luft bekam.

»Ich glaube nicht, daß er sich was gebrochen hat, aber ich werde mir seine Knochen lieber erst einmal auf dem Röntgenbild ansehen. Komm mit, Boy«, sagte er.

Rafe sah mich an. Ich nickte ihm zu.

»Ich sag' ihm, daß du's versucht hast, Rafe. Geh jetzt mit dem Doc. Vielleicht treffen wir uns alle hier wieder. Später, wenn es vorbei ist.«

Sie hatten uns die Waffen gelassen. Immerhin etwas, dachte ich. Ich sah zum Telefon, dann auf die Uhr. Schließlich rief ich den Chef an und berichtete, was geschehen war.

»Sie sind oben in Harlem, Jerry – was können wir tun? Sie haben alle Vollmachten! Sie können so viele Leute bekommen, wie Sie wollen!«

»Ich brauche nur einen«, sagte ich. »Einen mit einem Haftbefehl, auf dem der Name Moran steht.«

»Nicht dran zu denken, Jerry.« Der Chef schwieg und sagte dann: »Wenn Sie wollen, Kilfoil. Wir können ihn, wenn Sie es für richtig halten, festnehmen. Wenigstens für 24 Stunden. Aber was geschieht in der Zwischenzeit mit dem Mädchen? Welche Befehle haben die Gangster?«

Das war die Frage.

»Außerdem«, fuhr der Chef fort, »verfolge ich über Polizeifunk die Street Rallye ... Zwischen der 116th und 125th herrscht das Chaos. Ich höre, daß Brick zu den Leuten spricht ...«

»Dann weiß er es noch nicht«, sagte ich. »Sie haben es ihm noch nicht mitteilen können.«

»Sagen Sie es ihm, wenn Sie an ihn rankommen. Er soll sich still verhalten, bis ...«

Ja, bis. Bis wann? Bis wir Lauryann hatten. Meine Gedanken hatten sich die ganze Zeit mit Lauryann beschäftigt und der Frage, wohin die Halunken sie verschleppt haben könnten. Harlem war groß. Es gab Dutzende verlassene Häuser, leere Keller, Lagerschuppen, Läden.

Immer wieder kreisten meine Gedanken jedoch um zwei Plätze. Das Melrose Gym und das Odeon. Das Theater verfügte garantiert über mehrere unterirdische Ein- und Ausgänge. Das Odeon war nicht weit von diesem Haus entfernt. Dieser Umstand deutete auf das Odeon zumindest als vorübergehendes Versteck hin. Denn die Entführung hatte am hellichten Tag stattgefunden. Sie konnten nicht lange mit dem gekidnappten Girl durch die Straßen gefahren sein.

»Jerry, sind Sie noch da?«

»Ja . . .«

»Sind Sie in Ordnung?«

»Ja«, behauptete ich.

»Wie wollen Sie vorgehen?«

Der Reihe nach. »Brick LeRoy von der Straße holen, Lauryann Bidwell befreien . . .«

»Wie gesagt, Sie haben alle Vollmachten, Jerry.«

»Schicken Sie mir einen Durchsuchungsbefehl für das Odeon. Für alle Fälle. Und einen Haftbefehl für Kilfoil und ein paar Blankoverfügungen.«

»Ich will sehen, daß ich Rondinalla erreiche. Ich schicke die Papiere zum 28. Revier.«

»Danke.« Ich legte auf. Wir verließen das leere Haus am Mount Morris Park. Die Frauen waren mit dem verletzten Oswald Bidwell ins Hospital gefahren.

Unser Wagen stand noch unten. Ich ging auf ihn zu. Mir fiel etwas auf.

Zuerst die Stille drüben im Park. Die tobenden Jugendlichen waren verschwunden. Zurückgeblieben waren nur einige Mütter mit ihren Kleinkindern.

Dann hörten wir es. Den brausenden Gesang.

»Call me!« Ruf mich!

Wir fuhren um den Park herum bis zur 125th Street. Von weitem bereits sahen wir die Menschentrauben. Wir stellten den Wagen wieder ab und kämpften uns zu Fuß durch die wogenden Leiber der Schwarzen, Braunen und Gemischten.

Wir kamen ziemlich nah heran, aber nicht nah genug, um uns mit Brick verständigen zu können. Der Boxer stand auf der Ladefläche eines Lastwagens, umringt von den weiblichen Mitgliedern einer Soulgruppe.

Wir sahen hinauf, während die Töne und Worte in unsere Gehirne drangen. Sie sangen ergreifend, einen Song nur für uns – und Tausend andere.

»Call me!« tönte es, und die Menge erwiderte: »I sure will, baby, yes, I sure will ...«

Es wurde langsam dunkel. Der Gesang verebbte. Burlege kletterte auf den Laster. Er hielt das Megafon an seinen Mund.

»Brüder und Schwestern!« Seine Stimme drang nicht durch. Jemand zupfte an seinem Bein. Ein kleiner Junge, soweit ich erkennen konnte. Burlege beugte sich herab. Er nahm einen Zettel aus der Hand des Kindes und gab ihn Brick. Der Boxer faltete ihn auf, las, und ich bemerkte, wie sich sein Gesicht verhärtete. Er sah auf. Seine Augen wanderten über die Menge und schwenkten nach Norden, dorthin, wo das Odeon lag. Ein wilder Zorn ließ seinen Blick flackern.

»Jetzt weiß er es«, stellte Phil fest.

Wir pflügten uns weiter nach vorn, ohne auf die Reaktionen der anderen Rücksicht zu nehmen. Ich fühlte mich wie ein Streichholzkopf in einem Pulverfaß. Immer wieder blieb ich stecken. Burlege sprach zu seinen Zuhörern. Er wies auf den Gottesdienst hin. Wieder begann die Menge zu singen.

»Say it loud! I'm black, I'm proud!«

Sag es laut! Ich bin schwarz, ich bin stolz!

Ich konnte die Tränen erkennen, die über Brick LeRoys Wangen liefen. Er sang den Text mit. Seine Fäuste waren geballt.

Burlege gab den Polizisten Zeichen. Die Cops drängten die Menge auseinander. Der Zug sollte zur Kirche zurückkehren. Phil hielt es für eine gute Idee, jetzt aus der Menge auszuscheren und zur Mount Olive Church zu gehen, um vor den anderen dort zu sein. Auch vor Brick LeRoy. Der Gedanke hatte etwas für sich.

Wir schoben uns zurück, bis wir unseren Wagen erreichten. Wir hatten jetzt schon zwei Fahrzeuge in Harlem. Der Wagen, mit dem ich am Freitag hergekommen war, stand immer noch vor dem 28. Revier an der Eighth Avenue.

Mit dem Wagen fuhren wir zum Mount Morris Park zurück, erreichten wieder die Lenox Avenue und parkten schließlich auf der Nicholas Avenue, ein Stück oberhalb der Kirche, die Schnauze des Wagens nach Norden gerichtet.

Wir warteten auf das Zentrum des Zuges. Auf die Männer um Vern Burlege.

Sie kamen, umringt von Uniformierten. Phil blieb am Wagen zurück. Ich kämpfte mich zu dem Laienprediger durch. Ich erwischte ihn, gerade als er die Kirche betreten wollte.

Ich konnte Brick nicht entdecken.

»Mr. Burlege!« rief ich. »Wo ist Brick?«

Burlege warf mir einen Blick aus brennenden Augen zu. »Er gehört jetzt zu uns«, sagte er.

»Wo ist er?« schrie ich.

»Er kommt nach. Er wollte nur eben seine Freundin holen . . .«

Sie erwarteten ihn in der Gasse hinter dem Odeon. Brick konnte sechs Kerle erkennen, aber es waren noch mehr da. Jedenfalls standen mehr Wagen als am frühen Nachmittag in der schmalen Gasse, als er zum ersten Mal hier gewesen war. Mit festen Schritten betrat er die Gasse.

Die Kette flog hinter einer Mülltonne hervor. Er hörte ihr Klirren, und er sprang in die Luft. Die erste Kette verfehlte seine Füße. Aber die zweite erwischte ihn dafür am Bein. Sie wickelte sich um seine Wade. Ein kräftiger Ruck ließ ihn taumeln.

Sie stürzten sich auf ihn. Es waren die besten Fighter, die Herbie Kilfoil aufzubieten hatte.

Trotzdem hatten einige von ihnen Angst vor seinen Fäusten. Brick sah ein Gesicht mit vorquellenden Augen. Seine Faust zuckte vor. Das Gesicht verschwand. Er stieß gegen die Mauer, drehte sich um und preßte den Rücken dagegen. Sie hatten Ketten um ihre Fäuste gewickelt. Brick schlug um sich. Seine Knöchel bluteten. Er spürte die Schmerzen nicht. Er dachte an Lauryann. Sie durften ihr nichts tun. Ihn sollten sie töten. Sein Tod würde die Jugend im Getto aufrütteln.

Das wußten die anderen auch. Sie wollten ihn nicht töten. Sie wollten Lauryann töten. Ihm wollten sie nur die Knochen brechen.

Kilfoil sagte es ihm, als er am Boden lag.

Kilfoil stand über ihm. Seine Augen bohrten sich in Bricks Gesicht. Kilfoil versetzte ihm einen Tritt in die Rippen. Dabei lachte er gemein.

»Deine Kleine wird vom Dach fallen, Brick! Du hast es nicht anders gewollt ...«

»Nein!« ächzte er. »Laß mich mit Moran sprechen ...« Seine Stimme klang undeutlich. Seine Unterlippe war gespalten. Mehrere Zähne wackelten. Blut rann aus einer Wunde im Haar.

Eine Sirene jaulte. Kilfoils Kopf ruckte herum. Die Gangster glotzten auf den Mann am Boden. Dann schlich einer vor und spähte auf die Avenue hinaus.

»Da kommt 'n Wagen«, meldete er. »'n Detektivwagen ...«

»Geht ins Haus! Sie können uns nichts wollen. Sie haben keinen Durchsuchungsbefehl ... Und selbst wenn ... sie finden sie nicht. Niemals!«

Die Gangster wieselten davon. Kilfoil holte zu einem letzten Tritt aus. Sein Mund verzog sich zu einem häßlichen, gemeinen Grinsen.

Bricks Hände packten zu. Es war eine instinktmäßige Reaktion. Brick hatte Herbie Kilfoils Fuß erwischt. Er drehte ihn herum. Der Gangster brüllte auf. Dann fiel er aufs Gesicht. Brick warf sich auf ihn. Er keuchte, als er den Gangster herumdrehte. Dann legte er ihm die Hände um den Hals. Die Sirene heulte heran. Reifen radierten über den Asphalt, als der Wagen in die 127th Street schlitterte. Er jagte genau auf die enge dunkle Einfahrt der Gasse zu.

»Sag mir, wo sie ist!« keuchte Brick. »Oder, bei Gott, ich bringe dich um! Ich schwör's!«

Kilfoil schrie. Brick drückte zu. Scheinwerfer strichen über ihn hinweg und warfen lange Schatten. Er sah sie nicht.

Ich rammte meinen Fuß auf die Bremse, als die beiden Gestalten jäh aus dem Halbdunkel vor dem Kühler auftauchten. Nur wenige Zoll vor dem breiten Rücken desjenigen, der auf dem anderen hockte, kam der Schlitten zum Stehen.

Noch bevor er ganz stand, warf Phil sich hinaus. Ich folgte nur eine halbe Sekunde später. Phil rammte aus vollem Lauf heraus den Mann, der auf dem anderen hockte und versuchte, ihm das Gas abzudrehen. Der Mann purzelte mir vor die Füße. Im grellen Scheinwerferlicht sah ich sein Gesicht.

Er war übel zugerichtet worden. Ein Auge war bereits halb zugeschwollen. Die Kettenglieder hatten die Haut platzen lassen. Ich erkannte ihn nur mit Mühe. Ich nahm seinen Arm und drückte ihn nieder, denn er wollte aufstehen. Er schlug nach mir. Es war eine matte Bewegung. Der Junge war fertig.

»Langsam, mein Junge, nicht so hastig!« sagte ich. Er sah mich aus dem einen geöffneten Augen an.

»Ich bin Cotton vom FBI. Nur mit der Ruhe. Jack Pepe war bei uns.«

Phil zerrte den anderen in die Höhe und baute ihn im Licht auf. »Schau mal, wen ich hier habe!« jubelte er. »Herbie Kilfoil, wie er leibt und lebt! Der Knastbruder mit Columbia-Diplom! Vielleicht klappt's diesmal mit 'nem Harvard-Diplom!«

Der Gangster rieb seinen Hals. »Die Ratte wollte mich killen!« krächzte er.

»Ja, ja, sicher«, sagte Phil gemächlich. Er schob Kilfoil vor sich her zum Wagen. Dort zwang er ihn, sich auf den Fahrersitz zu setzen. Dann klickten die Armbänder um Kilfoils Handgelenke. Das Gelenkstück war um das Lenkrad geschlungen. »Sitzen Sie gut, Mr. Kilfoil?«

»He! Was soll das?« schrie Concho Morans rechte Hand. »Ich habe nichts verbrochen!« Er rasselte mit dem Armband. »Sie sollten den da hoppnehmen!«

»Erst mal haben wir Sie. Und zwar wegen illegalen Waffenbesitzes.« Phil holte einen Revolver unter Kilfoils Jacke hervor. »Das andere wird sich finden.« Phil löste das Mikro aus der Halterung und forderte Verstärkung an. Wir brauchten jetzt ein paar Teams, die das Loch umstellten. Der erste Streifenwagen traf bereits nach einer halben Minute ein. Phil überließ den Gefangenen und dessen Waffe unseren Kollegen und kam zu mir, nachdem er Kilfoil höflich gefragt hatte, ob er ihm etwas über den derzeitigen Aufenthaltsort von Lauryann Bidwell mitteilen könne.

Kilfoil konnte nicht. Oder wollte nicht.

Brick LeRoy stierte ins Licht. »Mir hätte er es gesagt!« knirschte er.

»Wir finden sie auch so, Junge! Keine Sorge! Kommen Sie mit!« Ich bewegte mich auf den Hinterausgang des

Theaters zu und kletterte auf die Rampe. Die Cops richteten ihre Scheinwerfer auf die Tür. Ich gab ihnen ein Zeichen. Die Lichter erloschen.

Ich öffnete die Tür In meiner Rechten hielt ich den schußbereiten Smith & Wesson.

Dunkelheit. Angsterregende Finsternis. Nur ein paar Lämpchen glommen.

Brick wollte an mir vorbei. »Stop«, sagte ich. »Diese Art von Kampf liegt Ihnen nicht.«

»Dort in der Kabine lungern immer ein paar Gorillas herum«, sagte er. »He!« rief er dann laut. »Hier spricht Brick LeRoy! Kommt raus! Los, kommt raus! Ich bin's, Brick LeRoy! Ich habe Concho Moran den Krieg erklärt!«

Brick the cat probierte seine neuerkannte Macht.

Ich riß die Augen auf, als zwei Typen mit erhobenen Händen auftauchten.

»Hi, Tib«, sagte Brick zu einem von ihnen. Tib grinste schief und verlegen. Den beiden wurden Armbänder angelegt.

Immer mehr Radio Cars fegten heran. Phil dirigierte sie an ihre Plätze.

Ich hielt den Burschen zurück, den Brick mit Tib angeredet hatte.

»Wie viele Leute sind da drin?« fragte ich.

Tib zuckte die Achseln. »Keine Ahnung. zwanzig, vielleicht auch dreißig ...«

Großer Gott! dachte ich. Zwanzig Gangster und ein Girl namens Lauryann.

»Haben Sie gesehen, wie man ein Mädchen hereingebracht hat?«

Tib schüttelte den Kopf. »Wann war das?«

»So um vier rum.«

»Da sind die Dolan-Boys gekommen ...«

»Die Dolan-Boys?«

»Yea, ganz ausgeschlafene Kerle ... Herbies Elite. Sie

zogen an meiner Kiste vorbei wie der Wind. Hab' nichts gesehen, Mister, Sir.«

»Oh, verdammt!« rief Brick zwischen seinen geschwollenen Lippen. »Oh, verdammt!«

»Wie sieht's da im Gang aus?« fragte ich. »Wie viele sind dort?«

»Ich glaube, niemand. Die haben sich alle nach oben verzogen.«

Das wollte ich feststellen. Ich packte meinen Revolver fester. Dann gab ich Phil ein Zeichen. »Paß ein bißchen auf mich auf. Ich gehe in die Pförtnerkabine. Wenn ich drin bin, komm mit ihm nach.«

Ich sprang ins Dunkle. Preßte mich an die Wand, hockte mich nieder und kroch weiter. Ich erwartete, das nervenzerfetzende Stakkato von Schüssen zu hören, doch es blieb still. Unheimlich still.

Ich sprang in die Kabine, wo an der Rückseite die Kontrollichter funkelten. »Phil!« rief ich.

Phil schob Tib herein. Brick kam einfach mit.

»So, dann mach mal Licht an«, sagte ich zu dem kooperationswilligen Gangster. Als die Deckenlampe brannte, deutete ich auf die Tafel. »Bestimmt gibt es hier eine Lautsprecheranlage?« Tib nickte. Sie funktionierte sogar noch. Tibor schaltete sie an. Er holte das Mikrofon aus der Versenkung und stöpselte es ein. Ich nahm es, wischte über meine Lippen und räusperte mich.

»Hier spricht die Polizei!« sagte ich dann fest. Ich neigte den Kopf und lauschte dem dumpfen Echo meiner eigenen Worte aus der Tiefe des Theaters. »Jerry Cotton vom FBI, um ganz genau zu sein. Wir haben schon ein paar von euch festgenommen. Herbert Kilfoil, zum Beispiel. Der ganze Bau ist umstellt. Wer also vernünftig ist, kommt jetzt raus. Und zwar zum Hinterausgang. Einzeln, mit erhobenen Händen. Wir geben euch fünf Minuten. Danach starten wir einen Gasangriff.«

Das war natürlich ein Bluff. Einen so großen Bau kann man nicht mit Gas angehen. Außerdem war Lauryann hier drin. Aber ich ging davon aus, daß das nicht alle wußten.

Ich lehnte mich zurück und schaltete das Mikro ab. Phil gab mir eine Zigarette. Ich hatte sie erst halb aufgeraucht, als sich die ersten Galgenvögel zeigten.

Die Aktion Weiße Fahne dauerte genau eine halbe Stunde. In den ersten zehn Minuten gaben zwölf Gangster auf. Nach einigen dringenden Aufrufen entschlossen sich kleckerweise noch sieben, sich geschlagen zu geben.

Phil bildete das Empfangskomitee. Er ließ sich von jedem die Waffen aushändigen, soweit sie ihre Kanonen mitgebracht hatten. Die meisten hatten sie irgendwo weggeworfen. In der Hoffnung, daß wir ihnen sonst nichts würden nachweisen können. Womit die meisten wahrscheinlich richtig lagen. Phil fragte jeden nach einem Mädchen und nach den Dolan-Boys.

Keiner hatte sie gesehen. Aber durch Befragung erfuhren wir, wo sich die Burschen mit Vorliebe aufhielten, wenn sie dem Odeon die Ehre gaben.

Es war Viertel vor neun, als wir einsehen mußten, daß sich niemand mehr freiwillig meldete. Ich beobachtete den Stromzähler. Die Scheibe lief ziemlich schnell. Irgendwo im Bau liefen leistungsstarke Geräte. Nicht nur Glühlampen, sondern vermutlich auch Klimageräte und weiß der Teufel noch was.

Die Cops hatten inzwischen einen Grundriß des Gebäudes besorgt. Wir versuchten, schlauer zu werden, indem wir auf das Gewirr aus Linien starrten. Wände, Treppen, Rohre, Leitungen, Umbauten.

Witzlos, dachte ich. Wir mußten den Bau durchsuchen. Von oben bis unten. Das heißt, wir würden dort anfangen, wo die Chance, das Mädchen zu finden, am größten war.

Unter der rechten Nebenbühne. Den Raum hatten wir durch die Befragung der Gangster eingekreist. Diesen Teil des Theaters hatte Kilfoil gewissermaßen in Untermiete für sich und seine Karate-Männer requiriert.

»Okay«, sagte ich schließlich hart. Ich überprüfte meine Waffe. Phil tat es mir nach. Am Eingang entstand ein Tumult. Ein kleiner Junge drängte hindurch. Ein Cop jagte hinterher und wollte ihn festhalten. Doch der Kleine riß sich los.

Er hatte ein ovales, hübsches Gesicht mit dunkler, samtener Haut, in dem die rehbraunen Augen sanft schimmerten. Ich hatte das Gesicht schon mal gesehen. Irgendwo. Ich gab dem Uniformierten ein Zeichen.

Der Junge sah sich um. Er entdeckte Brick und riß die Augen auf. Langsam ging er auf den Boxer zu. Zaghaft tastete er nach dessen Hand.

»Es tut mir leid«, sagte er. Tränen quollen aus den sanften Augen. »Ich hab' nichts damit zu tun ... Es ist mein Vater ...«

»Du bist ...«

»Manuel Moran junior«, sagte der Kleine. »Ich habe gehört, wie mein Dad telefoniert hat. Er war sehr zornig ... Brick, Mr. Brick, wo ist Ihr Mädchen?«

Brick legte dem Jungen eine Hand auf den Kopf. »Ich weiß es nicht, Manuel. Ich weiß es nicht ...«

Der Junge war von zu Hause ausgerissen. Er hatte ein Taxi genommen, obwohl er kein Geld hatte. Der Name Moran verschaffte ihm nahezu unbeschränkten Kredit.

»Kann ich telefonieren?« fragte der kleine Moran. Er sah mich dabei an.

»Im Flur gibt es einen Automaten«, half Tibor. Ich gab dem Knirps einen Dime. Der Junge marschierte los. Brick folgte ihm. Er hob den Kleinen hoch, damit er an den Apparat konnte.

Der Junge wählte eine lange Nummer. Er preßte den

Hörer an sein Ohr, schirmte die Sprechmuschel mit der Hand ab, sagte: »Pst!« Dann nahm er die Hand weg. »Dad!« schrie er. »Oh, Dad! Bitte, hilf mir ...«

Betroffen starrte ich Phil an. Wollte dieser Kleine uns übers Ohr hauen?

»Dad! Er hat mich geschnappt! Brick! Brick der Boxer hat mich geschnappt! Er will sein Mädchen wiederhaben! Dad, bitte ...«

Ich wollte mich auf Manuel junior stürzen, aber das kleine Schlitzohr drückte schnell die Gabel nieder.

»Mein Dad kommt! Ganz bestimmt!« versicherte er traurig. Er senkte den Blick. Er hatte seinen Vater verraten. Sein Vater war ein Verbrecher. Er wußte es. Aber der Mann war auch sein Vater, der zu Hause die Rolle des fürsorglichen Familienvaters spielte.

Wie lange würde Concho brauchen, um aus der North Bronx herauszukommen? Eine halbe Stunde, schätzte ich.

»Komm, sehen wir uns bei der Nebenbühne um«, sagte ich.

Die Aktion dort war ein Schlag ins Wasser. Wir fanden keine Spur von Lauryann. Jemand war auf die glorreiche Idee verfallen, Suchhunde heranzuschaffen. Die Viecher hechelten jetzt am Eingang herum. Es war völlig nutzlos. Denn wir hatten ja nichts, was Lauryanns Geruch trug. Die Frauen aus Bidwells Haus – Mrs. Bidwell und Mrs. Olin – warteten noch im Hospital auf den Ausgang der Operation.

Wir mußten uns nach oben durchkämpfen. Dort oben wohnten die Girls, die Concho Morans Wochentage versüßten. Von ihnen hatten wir bisher keine Nasenspitze erblickt.

Ich beschloß also, ihnen einen Besuch abzustatten. Phil kam natürlich mit. Sonst niemand. Ich trug einen starken

Handscheinwerfer, der uns den Weg über die Galerien wies. Es ging immer höher hinauf. Die Luft hier oben war stickig. Wir fanden die eiserne Leiter, die zur obersten Galerie führte. Nur dort konnte sich die Wohnung der vier Girls befinden.

Ich kletterte voraus, bis ich gegen die eiserne Klappe stieß, mit der die obersten Räume vom übrigen Teil des Theaters getrennt wurden. Phil hielt unten Wache. Die dunklen Ecken jagten mir Schauer der Furcht über den Rücken.

Die Klappe war von der anderen Seite verriegelt. Ich hing auf der Leiter wie eine Fledermaus. Zum Teufel, es mußte doch noch einen anderen Zugang geben! Vermutlich eine nachträglich eingebaute Treppe von Concho Morans Privatbüro aus.

Ich hämmerte mit dem Kolben meines Revolvers gegen das Eisen. Es dröhnte laut.

Seltsamerweise selbst dann noch, als ich gar nicht mehr klopfte.

Es war ein Brausen, das sich verstärkte, in ein helles Knattern und ein schrilles, peitschendes Pfeifen überging wie bei einem Hubschrauber.

Ein Hubschrauber!

Da setzte ein Helikopter auf dem Dach zur Landung an! Polizei?

Nein.

Mir fiel es wie Schuppen von den Augen. Concho Moran! Irgendwo in den Akten hatte ich eine Notiz gesehen.

Moran besaß eine Pilotenlizenz, die ihn zum Fliegen eines Hubschraubers berechtigte!

Ich setzte die Mündung des Smith & Wesson neben den Riegel der Klappe, rief Phil eine Warnung zu, schloß die Augen und drückte ab.

Das Dröhnen der drei Schüsse, die ich benötigte, um den

Riegel zu sprengen, ging im Flappen der Rotoren unter. Ich stieß die Klappe nach oben.

Kühler Wind wurde in mein Gesicht gepreßt. Ich hatte mich gründlich geirrt. Ich befand mich keineswegs in der Wohnung der Girls, aber auch nicht weit davon. Ich rollte aufs Dach.

Den Handscheinwerfer hatte ich ausgeknipst. Ich brauchte ihn nicht.

Ich befand mich mitten in Alice's Wonderland. In einem Garten Eden.

Eine zehn Fuß hohe Mauer umgab das ganze Dach. Innerhalb der Mauern gab es ein Haus mit gläsernen Wänden, üppig grünen Gärten, einen Swimming-pool mit kristallklarem Wasser, das von unten beleuchtet wurde.

Vier nackte Girls von so unterschiedlicher Schönheit, wie man sie selten so beieinander sah, standen am Rand des Pools und sahen zur anderen Seite des Daches hinüber, wo soeben die kleine Bell aufgesetzt hatte. Eins der Mädchen winkte, ließ aber die Hand schnell wieder sinken.

Ich rannte im Schutz einer halbhohen Hecke auf das Penthouse zu. Ich drückte mich gegen eine Säule. Das Innere des Hauses war hell erleuchtet. Im Licht der Lampen sah ich einen Kasten etwas abseits. Dort entstand Bewegung.

Die Rotorblätter des Helikopters kreisten. Ein Mann rannte geduckt unter ihnen weg auf den Kasten zu.

Aus dem Schatten des Kastens, der den Zugang aus Morans Büro darstellte, lösten sich die Dolan-Boys. Sie hatten den Überfall auf Bidwells Haus durchgeführt.

Ich atmete flach. Moran blieb drei Schritte von den Männern entfernt stehen.

»Wir haben sie hier, Concho!« rief einer der Dolan-Boys.

Morans Haltung spannte sich. »Welcher Narr hat euch das befohlen?« Er keuchte.

Die Gangster erstarrten und prallten vor dem schneidenden Ton zurück.

»Das war Herbie ...«

»Wo ist er?«

»Die G-men haben ihn kassiert!«

»Schick mir das Girl her!«

Moran versenkte eine Hand unter dem Aufschlag seines hellen Dinnerjacketts. Lauryann löste sich aus dem Schatten des Dachaufsatzes. Mit unsicheren Schritten bewegte sie sich auf den Gangsterboß zu.

Moran riß die Hand unter der Jacke hervor.

Ich hatte ihn genau im Visier.

»Hände hoch, Moran!« schrie ich. »Ihr Spiel ist aus!«

Lauryann ließ sich fallen. So etwas lernen die Kinder Harlems in der Schule.

Aber Moran hatte nicht Lauryann töten wollen, sondern die Dolan-Boys.

Einen von ihnen legte er mit einem glatten Kopfschuß um, ehe ich ihn mit einem Treffer in den Hals niederstreckte.Moran überlebte die schwere Verletzung, blieb jedoch gelähmt. Unfähig, sich zu bewegen oder sich anderen mitzuteilen, verbringt er sein hilfloses Leben in einer staatlichen Anstalt.

Hugo Lucker, Herb Kilfoil, die Dolan-Boys und neun weitere Mitglieder aus dem engeren Kreis um Concho Moran wurden zu langjährigen Freiheitsstrafen verurteilt.

Die Ermittlungen gegen die Dealer, Zuhälter und Erpresser, gegen die Schläger und Diebe werden noch viele Monate in Anspruch nehmen, und viele von ihnen bleiben solange in Freiheit. Aber sie werden so oder so keinen ihrer schwarzen Brüder mehr ausbeuten. Vern Burlege und seine Freunde bleiben wachsam, und sie werden immer mehr.

Ja, und dann ist da noch Brick LeRoy.

Ich verfolge seinen Weg, und manchmal besuche ich ihn,

wenn er in Staton's & Hyman's Gym trainiert. Brick ist auf dem Weg an die Spitze.

Manchmal treffe ich Lauryann dort. Ihr Vater und Brick haben sich auf eine stillschweigende Art arrangiert. Der ältere Mann respektiert den jüngeren, der seinen Platz und seine Aufgabe im Leben gefunden hat.

ENDE DES
ERSTEN BUCHES.

Die Nacht der Todesengel

Still stand die junge Frau in der Dunkelheit.

Blondes Haar fiel schimmernd auf die nackten Schultern, in den weiten blauen Augen glänzte das Mondlicht. Die Lippen, blutleer und zitternd, bewegten sich, als formten sie unhörbare Worte.

Da war es wieder!

Schritte in der Nacht! Leise, schlurfende Schritte, die näher kamen, immer näher, unaufhaltsam wie das Verhängnis ...

Die junge Frau erbebte. Flatternd hoben sich ihre schmalen Hände, krampften sich in den Stoff der pailettenbesetzten Abendrobe. Dicht und undurchdriglich wie schwarze Watte war die Finsternis, und dennoch bewegte sich etwas darin, etwas wie ein noch tieferer Schatten. Da kam es! Eine große Gestalt, leicht gebeugt wie unter einer Last, die Schritte unsicher. Wirr hing das dunkle Haar in das fahle Gesicht des Mannes. Die Augen brannten in eisigem Gletscherblau. Matt schimmerte die Pistole in seiner Rechten. Der Lauf schwang hoch und richtete sich auf die Brust des Opfers.

»Nein«, wimmerte die junge Frau. »Nein ...«

Die Lippen des Mörders verzerrten sich zu einem Lächeln.

Sein Finger krümmte sich.

Grell schlug eine Feuerzunge aus dem langen Lauf der Waffe. Dumpf brach sich das Brüllen des Schusses, hallte als rollendes Echo von den Wänden wider – und durch den Körper der jungen Frau ging ein Ruck wie vom Hieb einer unsichtbaren Riesenfaust.

Sie taumelte.

Immer noch hatte sie die Hände über der Brust verkrallt. Doch jetzt quoll Blut in rotem Schwall zwischen ihren Fingern hervor. Die Lippen zuckten. Langsam, ganz langsam senkte die Frau den Kopf, sah an sich hinab, und die blauen Augen weiteten sich in ungläubigem Entsetzen.

Die Knie gaben unter ihr nach.

Mit einem Wehlaut sank sie in sich zusammen, die blutigen Hände wie haltsuchend ausgestreckt. Ihre Glieder zuckten. Unendlich mühsam hob sie noch einmal den Kopf. Sie blickte in das starre Gesicht des Mörders. In ihren Augen lagen Schmerz und Staunen und eine verzweifelte Frage.

»Nein«, flüsterte sie.

Und dann schrie sie »Nein! Nein ...« – schrie gellend und langgezogen, bis ihre Stimme brach, bis sich ihr Körper noch einmal aufbäumte und erschlaffte, bis ihr Kopf zur Seite fiel und das blonde Haar sich gleich einem goldschimmernden Vlies über das verzerrte Gesicht breitete.

Sie rührte sich nicht mehr.

Nur das Blut rann lautlos und unaufhaltsam unter ihrem Körper hervor. Und der Mörder lächelte ...

Zwei, drei Sekunden lang lastete die Stille wie ein körperliches Gewicht im Raum.

»Licht!« kommandierte jemand.

Deckenleuchten flammten auf: lange Neonröhren, deren Befestigungen und Zuleitungen ein Netz unter den Trägern der Dachkonstruktion bildeten. Fahlweiße Helligkeit erfüllte jeden Winkel der ehemaligen Turnhalle, fiel auf den reglosen Körper der blonden Frau, auf den Mann mit der Pistole – und auf ganze Batterien von Scheinwerfern und Kameras, die die gespenstische Szene im Halbkreis umgaben.

Konstantin Moustakis, der griechische Regisseur, stand in seiner ganzen Länge von fast sechs Fuß auf dem Regiestuhl und wischte sich Schweißperlen aus dem knochigen Gesicht. Er grinste, und seine tiefliegenden schwarzen Augen funkelten.

»Großartig«, sagte er zufrieden. »So gut bist du noch nie

gestorben, Carol.« Er wandte sich dem Mann mit der Pistole zu, der sich jetzt ebenfalls mit einem Taschentuch Schweiß und weiße Schminke aus dem Gesicht wischte. »Als Monster wärst du 'ne Niete, Johnny-Boy, aber den Hypno-Touch hast du wirklich erstklassig drauf.«

»Nenn mich nicht Johnny«, knurrte John Jordan erschöpft. Er wischte immer noch an der Schminke herum, unter der allmählich seine sonnengebräunte Haut zum Vorschein kam. Ein paar Techniker nickten ihm zu. Sie stachen die Daumen nach oben als Zeichen der Anerkennung. John Jordan lächelte und ging zu der jungen Frau hinüber, die immer noch mit dem Gesicht am Boden lag.

»Eh, Carol! Du darfst auferstehen, die Szene ist gestorben.« Die junge Frau rührte sich nicht. John Jordan runzelte die Stirn. Hinter ihm schob sich ein grauhaariger, untersetzter Bursche durch die Reihe der Klappstühle – Doc Sheriman, der Arzt des Filmteams. Er beugte sich über die junge Schauspielerin, griff nach ihrer Schulter und hob ihren Oberkörper an.

»Carol? Ist Ihnen nicht gut?«

Der Kopf der jungen Frau hing haltlos nach unten. Doc Sheriman drehte, unwillig brummend, den schmalen Körper auf den Rücken, während die Schatten des Regisseurs, des Scriptgirls und einiger Techniker über ihn fielen. Mit einem dumpfen Laut fiel Carols Hinterkopf auf den Boden. Das Haar glitt aus ihrem Gesicht. Die blauen, weit aufgerissenen Augen starrten gebrochen zur Decke.

Der Arzt fuhr zurück.

»Um Himmels willen ...« Seine Stimme krächzte. »Das ist doch ... das ist ...«

»Was, zum Teufel?« schrie der Regisseur. Aber er sah es schon selber. So klar und eindeutig, wie es jeder sah ...

Der grauhaarige Arzt hob den Kopf. Fassungsloses Entsetzen lag in seinen Augen. Seine Stimme zitterte. Die Worte klangen schrill und hysterisch.

»Sie ist tot! Sie ist tot, Moustakis! Sie ist wirklich tot ...«

Für die Dauer eines Herzschlags hätte man eine Stecknadel fallen hören können.

Die Neonröhren summten. Irgendwo tropfte ein Wasserhahn mit entnervender Regelmäßigkeit. Durch die verhängten Fenster der Halle drang das ferne Brausen des Verkehrslärms von Manhattan. Konstantin Moustakis schluckte krampfhaft. An seinem mageren Hals bewegte sich der Adamsapfel. Flecken hektischer Röte brannten auf seinen Wangen.

»Tot?« flüsterte er. »Erschossen?«

Der Arzt nickte. Ganz vorsichtig berührte er den nassen Stoff der Abendrobe. »Es ist Blut, Moustakis! Blut! Keine Farbe ...«

»Aber ...«

Der magere Grieche verstummte.

Langsam wandte er den Kopf. Genau wie das Scriptgirl neben ihm, genau wie der Chefbeleuchter, die Kameraleute, die Techniker. Sie starrten Jordan an. John Jordan, der immer noch die Pistole in der Faust hielt und dessen von Schweiß und Schminke verschmiertes Gesicht an eine Maske erinnerte.

»Mörder!« flüsterte Konstantin Moustakis. Und noch einmal: »Mörder! Verdammter, dreckiger Mörder ...«

Idiot, dachte ich.

Mein Blick bohrte sich ins diffuse Halbdunkel der Lagerhalle. Wer immer hier Container und Kisten gestapelt hatte, besaß nicht den geringsten Sinn für Ordnung. Aber mit dem Idioten meinte ich nicht den verantwortlichen Lagerverwalter, sondern den Spitzel, der mich herbestellt hatte.

Komparse war er. Ein Typ aus der Filmbranche. In dieser Branche ermittelten wir, mein Freund und Kollege Phil

Decker und ich, denn alles sprach dafür, daß die Mafia ihre Krallen nach dem neuen, gewinnträchtigen Geschäft ausstreckte. Die Filmleute hatten New York entdeckt, den brodelnden Großstadt-Hexenkessel, steinerne Realität anstelle der süßlichen Traumkulisse von Hollywood. Und kaum daß die erste große Verleihfirma hierher übersiedelte, gründete auch schon die ›ehrenwerte Gesellschaft‹ eine eigene Produktion. ›GGG‹ – das sollte ›Gardoli, Gilmer und Genoffrio‹ heißen. Interessant war unter diesen dreien nur Carlo Genoffrio. Der große Don Carlo, der vor nichts zurückschreckte! Nicht einmal davor, in seinem eigenen Haus einen Staatsanwalt ermorden zu lassen, der auf seiner Lohnliste gestanden hatte und der Polizei aufgefallen war. Es war nur ein Gerücht, das diese Version vom Tode Attorney Williams erzählte. Aber seit dieses Gerücht durch die New Yorker Unterwelt ging, summte es jedesmal in meinem Schädel, wenn ich den Namen Carlo Genoffrio hörte ...

Offiziell sollten wir eine Serie rätselhafter Unfälle und eindeutiger Sabotageakte bei Dreharbeiten klären. Es waren FBI-Fälle, weil die Beteiligten jeweils aus den verschiedensten Bundesstaaten und teilweise aus dem Ausland zusammengewürfelt waren. Für Phil und mich war klar, was und wer dahintersteckte. Wir hatten Genoffrio im Visier. Und an Genoffrio hatten wir auch gedacht, als der Spitzel anrief und uns brisantes Material über eine bekannte Persönlichkeit anbot, die angeblich in den Mord an dem Staatsanwalt Ferris Williams verstrickt sei ...

Jetzt beobachtete Phil von draußen die Lagerhalle, und ich verwünschte im stillen die Dummheit von Leuten, die einfach nicht einsehen, daß Drugstores, Kneipen oder belebte Straßenecken als Treffpunkt viel sicherer sind als dunkle, abgelegene Winkel.

Langsam tastete ich mich durch das Gewirr von Kistenstapeln. Völlig verdreckte Fensterscheiben filterten das

Licht des ohnehin trüben Spätnachmittags zu gestaltlosem Grau. Ein paar Gabelstapler standen herum, reglos wie schlafende Monster. Zwischen den hochgetürmten Containern nistete wattige Dunkelheit. Ich rollte unbehaglich die Schultern. Es war zu still hier. Gespenstisch still. Falls der Spitzel mich nicht verschaukelt hatte, wäre es für den Burschen längst an der Zeit gewesen, sich zu zeigen.

»Hallo!« rief ich halblaut. »Kommen Sie aus Ihrem Loch heraus, Mann!«

Schweigen.

Dann eine heisere, vor Aufregung hohe Stimme: »Cotton?«

Ich zögerte mit der Antwort. Auf diese krumme Tour hatten sich auch schon Berufskiller vergewissert, ob sie das richtige Opfer vor der Kanone hatten. Ein Prickeln zog über meine Haut, das intensive, unabweisbare Gefühl naher Gefahr. Ehe ich mich zu etwas entscheiden konnte, wurde es irgendwo im Hintergrund der Halle lebendig.

Etwas scharrte.

Ein metallisches Klicken – dann ein gleichmäßiges, ziemlich lautes Surren. Zwei Sekunden brauchte ich, bis ich wußte, was es war. Ein Elektromotor, einer der Gabelstapler – und jetzt hörte ich auch das Rollen der Hartgummireifen auf dem Betonboden.

Ich begriff.

Begriff schlagartig, blitzhaft ...

»Vorsicht!« schrie ich. »Weg von den Containern, Mann! Hierher!«

Dabei rannte ich bereits los, durch die Gasse zwischen den Kistenstapeln, dorthin, wo ich die heisere Stimme gehört hatte. Ich stolperte, stürzte fast, fing mich wieder. Irgendwo rechts von mir wurde ein zweiter Elektromotor angeworfen.

Licht sickerte durch ein Skylight. Es beleuchtete einen freien Platz vor dem geschlossenen Rolltor – groß genug, daß notfalls Lastwagen rangieren konnten. Öllachen schimmerten auf dem Betonboden. Fast bis zur Decke stapelten sich gelb lackierte Container mit knallroten Firmenzeichen. Vor dieser grellbunten Wand stand der Spitzel, der mich hierherbestellt hatte.

Wie ein aufgescheuchtes Huhn stand er da: ein kleiner, hagerer Bursche mit schütterem Haar und schwarzen, aufgerissenen Augen. Er schwankte, konnte sich nicht entscheiden, ob er vor oder zurück sollte, auf mich zulaufen oder in der nächstbesten Deckung verschwinden. Mein Anblick ließ ihn zusammenzucken. Hinter ihm, jenseits des Containerstapels, surrte der Motor des Gabelstaplers wie eine zornige Hornisse.

Ich wußte, daß ich keine Chance hatte, das Verhängnis aufzuhalten.

In der Sekunde, in der sich der Hagere herumwarf, um im Schatten unterzutauchen, erschütterte ein Stoß die Wand aus gelben Kisten. Holz splitterte. Etwas kreischte mißtönend. Ich hörte Schritte, die aus der Gefahrenzone hetzten. Ich sah, wie sich die Wand neigte. In letzter Sekunde sah es auch der grauhaarige Spitzel.

Sein Gesicht verzerrte sich.

Gellend schrie er auf – ein langgezogenes Heulen, das nicht enden wollte. Es war, als schlage ein gigantischer Brecher über ihm zusammen. Ohrenbetäubendes Krachen und Poltern übertönten den Schrei. Der Mann warf die Arme hoch, eine sinnlose Gebärde der Abwehr. Dann verschwand er zwischen stürzenden Kisten, wirbelnden Brettern und einer Staubwolke, die binnen einer halben Sekunde die ganze Halle ausfüllte.

Zwei Yards vor meinen Füßen krachte ein gelber Container auf den Boden und löste sich in seine Bestandteile auf. Holzwolle quoll heraus, irgendwelche elektrischen Geräte blinkten. Mir war kalt, eiskalt von innen her. Ich wußte, daß der magere Mann tot war, daß er es nicht überlebt haben konnte. Aber ich kämpfte mich keuchend, hustend und verbissen durch die Trümmer dorthin, wo ich ihn zuletzt gesehen hatte.

Halbzertrümmerte Container versperrten mir den Weg.

Ich packte zu, zerrte – da hörte ich das Surren der Elektromotoren durch das Pochen des Blutes in meinen Ohren. Eiskalt strich etwas über meinen Rücken. Ich ließ die Holzkante los und wirbelte herum. Immer noch waberten gelbliche Staubwolken. Schwarz und massig traten die Konturen des Gabelstaplers aus dem Nebel.

Das Ding jagte genau auf mich zu.

Ein stählernes Ungetüm, gelenkt von einem vermummten Schatten.

Ich sah funkelnde Augen hinter den Sehschlitzen einer tief herabgezogenen Pudelmütze. Ich sah die blinkenden Hebearme, die wie Stoßzähne auf mich zielten. Buchstäblich in letzter Sekunde warf ich mich zur Seite.

Ich landete zwischen Holzwolle, Latten und Transistorradios, wälzte mich herum und fluchte wild, weil mir Glassplitter die Haut an den Händen aufrissen. Krachend bohrten sich die Stahlzähne des Gabelstaplers in ein Containerwrack. Eine Stimme schrie etwas. Räder ratterten. Das gespenstische Surren füllte die Luft. Als ich herumwirbelte, stockte mir der Atem.

Drei der unförmigen Fahrzeuge rollten in geschlossener Front auf mich zu.

Und ich konnte nicht ausweichen. Links war die Außenwand der Halle. Rechts ein Wall von Trümmern, die mich zerquetschen würden, wenn sie ins Rutschen gerieten. Die Luft schien zu dröhnen. Noch im Aufspringen hatte ich instinktiv zur Waffe gegriffen. Jetzt lag der 38er schwer und kühl in meiner Rechten. Ich wußte, daß ich nur noch eine einzige Chance hatte.

Eiskalt visierte ich den Kerl an, der den mittleren Gabelstapler lenkte.

Er brüllte erschrocken. Im nächsten Sekundenbruchteil übertönte der peitschende Knall der Waffe seine Stimme. Er wurde an der Schulter getroffen. Die Wucht der Kugel riß ihn halb herum. Instinktiv versuchte er, sich an der Lenkung festzuklammern – und jäh geriet der Gabelstapler aus der Richtung.

Metall kreischte, als sich die schwerfälligen Fahrzeuge berührten. Sie wurden von einer mörderischen Gewalt durchgerüttelt und schoben sich im Pulk nach links auf die Wand der Halle zu. Neben mir hatte es der vierte Gangster geschafft, den aufgespießten Container abzuschütteln. Der Bursche setzte den Stapler zurück und wollte erneut Anlauf nehmen, um mich niederzuwalzen. Doch in derselben Sekunde öffnete sich mit ohrenbetäubendem Quietschen eins der Rolltore.

Eine breite Bahn von trübem, grauem Licht!

Eine schattenhafte Gestalt – und laut und peitschend die Stimme:

»FBI! Das Haus ist umstellt! Werft die Waffen weg.«

»Bullen!« brüllte jemand.

Blitzartig waren die Kerle von den Gabelstaplern herunter, rissen den taumelden Verletzten mit und stürmten in eine der Gassen zwischen den Kistenstapeln. Als ich über das Containerwrack hinwegsprang, klappte bereits eine Tür – eine der zahlreichen Seitenpforten. Ich sprintete ebenfalls in die Gasse, hielt auf das helle Viereck zu und erreichte die Tür in der Sekunde, in der draußen ein Motor im höchsten Drehbereich aufheulte.

Mit durchdrehenden Hinterrädern startete der Wagen.

Ich erkannte, daß es ein dunkler Pontiac war. Da verschwand der Schlitten auch schon zwischen den verfallenen Schuppen des Hafengeländes.

Es hatte keinen Sinn, die Verfolgung aufzunehmen. Mein Jaguar stand auf der anderen Seite der Halle. Natürlich konnte keine Rede davon sein, daß das Haus umstellt war. Phil hatte geblufft, hatte alles auf eine Karte gesetzt. Jetzt rannte er durch die Halle. Sein Gesicht war bleich. Ich vermutete, daß ich auch nicht besser aussah.

Mit dem Handrücken wischte ich mir den Schweiß von der Stirn. Phils Blick glitt über die zusammengestürzten Container.

»Der Spitzel!« fragte er heiser.

Ich nickte. Meine Kehle war wie zugeschnürt, und meine Stimme klang fremd.

»Irgendwo da drunter! Wir brauchten die Mordkommission. Und die Feuerwehr! Sonst schleppen wir morgen früh noch Kisten ...«

Es dauerte eine halbe Stunde.

Phil und ich standen schweigend im Zwielicht aus grauer Dämmerung und fahlem Neon, rauchten und sahen zu, wie die Container vorsichtig mit Handhaken und einem kleinen Spezialkran auseinandergezerrt wurden. Lieutenant Harry Easton von der Mordabteilung Manhattan East konnte mit seinen Leuten vorerst auch nur warten. Wie gesagt, es dauerte eine halbe Stunde – und obwohl keiner von uns noch irgendwelche Hoffnung gehabt hatte, war die Wirklichkeit ein Schock.

Ich hätte den mageren grauhaarigen Mann nicht mehr erkannt, wenn ich nicht gewußt hätte, daß er es sein mußte. Der Polizeiarzt brauchte nur einen Blick. Dann kehrte er resignierend die Handflächen nach oben. Der Mann war tot. Er sah so aus, als habe er jeden einzelnen Knochen im Körper gebrochen. Identifizieren konnten wir ihn nur noch anhand der halb zerfetzten, blutverschmierten Papiere.

Joseph Cattano, fünfundvierzig Jahre alt, wohnhaft in Jersey City. Filmkomparse sei er, hatte er mir am Telefon gesagt. Wir würden herausfinden, für wen er gearbeitet hatte, wir würden seine Vergangenheit und seinen Bekanntenkreis aufrollen. Diese Ermittlungen mochten am Ende auf die Spur der Mörder führen. Im Augenblick ging es uns vor allem um das Material, das er uns hatte übergeben wollen und um dessentwillen er gestorben war. Die Killer waren schnell gewesen, aber nicht schnell genug. Und sie hatten einen Fehler gemacht, als sie den Containerstapel zum Einsturz brachten. Dadurch verbauten sie sich jede Chance, ihr Opfer zu filzen.

Zehn Minuten später fanden wir die flache schwarze Aktentasche.

Vielleicht war sie dem Toten aus den Händen gerissen worden. Vielleicht hatte er sie vorher zwischen den Containern versteckt – ich wußte es nicht. Phil zog dünne Plastikhandschuhe über, bevor er den verbogenen Schnappverschluß der Tasche öffnete. Vorsichtig zog er einen blauen Schnellhefter heraus. Ich sah ihm über die Schulter, als er den Deckel aufklappte.

Fotos!

Unscharfe Amateurfotos. Im Park vor einer Luxusvilla aufgenommen. Die technische Qualität ließ zu wünschen übrig. Aber die abgebildeten Personen waren trotzdem zu erkennen.

Ein freundlicher alter Herr mit leicht hängenden Schultern, länglichem, lächelndem Gesicht und grauen Schläfen: Don Carlo Genoffrio.

Neben dem Mafia-Boß stand sein persönlicher Leibwächter Vic Rocca, dieser ausgeflippte Exmajor mit dem verbrannten Gesicht und den haßerfüllten Augen, den Don Carlo irgendwann während seiner großangelegten Rauschgiftgeschäfte in Vietnam aufgegabelt hatte. Den nächsten in der Reihe kannte wohl jeder: John Jordan, Filmstar. Er stand ganz oben in der Branche. Er hatte den Arm um die Schultern einer schönen schwarzhaarigen Frau gelegt. Danach kamen zwei dicke Managertypen, die eine Blondine betatschten, ein schmaler, lächelnder Brillenjüngling – und dann, halb abgewandt, ein Gesicht, das ich dutzendfach auf den Fotos der Mordkommission gesehen hatte.

Ferris Williams.

Staatsanwalt von Beruf, privat ein leidenschaftlicher Spieler und korruptionsverdächtigt – im Hause des Mafia-Bosses Carlo Genoffrio während einer Party von unbekannten Tätern ermordet.

Kein Zweifel, die Bilder, die uns der tote Spitzel hatte zuspielen wollen, waren während jener Mordparty im Hause Genoffrio aufgenommen worden.

Und wenn sie irgendeinen Hinweis enthielten, würden wir ihn finden ...

Sanft rollte der Wagen vor dem schmiedeeisernen Tor aus. Ein offener Mustang, gold-metallic. Das Gesicht der Fahrerin wurde von einer riesigen Sonnenbrille verborgen. Um den Kopf hatte sie einen Seidenschal geschlungen. Die langen Enden mußten hinderlich wirken, wenn sie im Fahrtwind flatterten. Mit elegantem Schwung stieg die Frau aus. Ihr hautenger goldener Overall leuchtete mit dem Wagen um die Wette.

Marcia Jordan wandte sich vom Fenster des Bungalows ab und seufzte. Melissa – ausgerechnet! Melissa Montesi war einmal ihre Freundin gewesen. Doch das lag lange zurück. Oder doch nicht so lange? Drei Jahre, dachte Marcia. Damals war sie ein unerfahrenes junges Mädchen gewesen, das nicht begriff, was um sie her passierte. Noch einmal seufzte sie. »Tee für zwei«, rief sie dem Hausmädchen zu, dann ging sie rasch zur Tür, um ihre frühere Freundin einzulassen, bevor sie einen Menschenauflauf verursachte.

Melissa Montesi hatte sich um keinen Deut verändert,

wenn man davon absah, daß sie zu ihrer hypermodernen Kleidung jetzt echte Brillanten trug. Sie rauschte herein, küßte Marcia auf die Wangen und rief mindestens ein dutzendmal »Honey«, »Baby« und »Darling«, während sie sich mit gekonntem Schwung des Kopftuchs und der Sonnenbrille entledigte. Sie hatte das gleiche schwarze Haar wie Marcia Jordan und die gleichen dunklen Augen, aber damit erschöpfte sich die Ähnlichkeit auch schon. Melissa Montesi war ein aufstrebender Filmstar, ein Geschöpf ihrer Werbemanager, unecht von den strahlendweißen Jacketkronen bis zum sündigen Augenaufschlag. Marcia war John Jordans Frau und fühlte sich glücklich und ausgefüllt in ihrer traditionellen weiblichen Rolle.

Der Tee kam. Melissa fischte Süßstofftabletten aus einer Tasche des goldenen Overalls und redete eine Viertelstunde lang über die Probleme der Schlankheit. Marcia hatte solche Probleme nicht, was im wesentlichen daran lag, daß sie Haus und Garten weitgehend selbst versorgte. Sie tat es gern. Und sie wußte, daß John, ihr Mann, sich in den freien Stunden zwischen aufreibenden Dreharbeiten auch von noch so diskretem Personal gestört fühlen würde.

»Ich verstehe nicht, wie du das aushältst«, behauptete Melissa, als habe sie die Gedanken ihres Gegenübers gelesen. »Haushalt, Garten – puh! Du hast dich doch früher nicht um so etwas gekümmert!«

»Eben deshalb«, sagte Marcia ruhig. »Ich will anders leben als früher, ganz anders. Ich möchte so wenig wie möglich an die Vergangenheit erinnert werden, verstehst du?« Melissa verstand immerhin, daß zu dieser Vergangenheit auch die alte Freundschaft zwischen ihnen gehörte. Das Lächeln in dem schönen, perfekt geschminkten Gesicht erlosch. Die dunklen Augen begannen zu flirren. Etwas wie Feindseligkeit lag in ihrem Blick. Marcia fragte sich, ob sie zu deutlich geworden war.

»Ich wollte nur mal kurz vorbeischauen«, erklärte Melissa Montesi. »Wie geht es John?«

»Gut, danke.« Marcia zögerte und biß sich auf die Lippen. »Und – wie geht es meinem Vater?«

»Großartig! Er ist der kommende Mann in der Branche, glaub mir!« Melissas Lächeln wirkte naiv. Aber es war unechte Naivität. Unecht wie fast alles an ihr. »Schade, daß es mit mir und John noch nichts geworden ist, nicht wahr? Mit dem gemeinsamen Film, meine ich.«

»Ich weiß, was du meinst ...« Marcia wollte noch etwas hinzufügen. Doch dann schwieg sie und schüttelte unmerklich den Kopf. Auch ihr Lächeln wirkte jetzt maskenhaft – ein Lächeln kühler Höflichkeit. »Es war nett, daß du mich besucht hast, Melissa. Ich hoffe, wir sehen uns bald einmal wieder.«

Die Montesi warf ihre schwarze Mähne zurück.

Als sie aufstand, flirrte der Ärger über die deutliche Verabschiedung in ihren Augen. Aber sie beherrschte sich. Rasch schlang sie sich den Flatterschal um den Kopf. Die Sonnenbrille schob sie in eine Tasche des goldfarbenen Anzugs. Marcia begleitete die Besucherin nach draußen. In der offenen Tür ließ sie noch einmal das Zeremoniell mit Kuß und Umarmung über sich ergehen.

Jenseits des schmiedeeisernen Tors blitzte etwas auf.

Marcia zuckte zusammen, wandte den Kopf – und wieder flammte das Blitzlicht. Fünf Reporter hatten sich versammelt, peilten durch die Sucher ihrer Kameras, schossen Aufnahmen von dem Bungalow, dem Park und den beiden jungen Frauen. Melissa lächelte strahlend. Sie warf sich in Pose. Deshalb also hatte sie darauf verzichtet, die Sonnenbrille aufzusetzen! Marcia fühlte Ärger in sich hochsteigen und eine ungewisse Unruhe. Sie zwang sich zu einem einigermaßen heiteren Lächeln, weil sie wußte, daß alles andere doch nur verrückte Spekulationen in der Presse ausgelöst hätte.

Eine Affäre mit der Montesi hatte man John ohnehin schon dreimal angehängt.

Außerdem Affären mit der Holmes, mit Julia Clarkett und einem Dutzend Starlets. Geschichten dieser Art erschienen fast jede Woche. John Jordan war ein Star, und ein Star ohne Affären kam im Weltbild der Klatschkolumnisten nicht vor. Wenn er noch ausschließlich Charakterrollen gespielt hätte! Aber er machte mehr als das. Er spielte strahlende Helden. Er moderierte Fernsehshows. Er war mit seinen Platten in der Hitparade ...

Marcia winkte ihrer früheren Freundin noch einmal zu. Dann beeilte sie sich, die Tür hinter sich zu schließen. Morgen würden die Fotos in den Klatschspalten erscheinen. Ein halbes Dutzend Reporter würden sich ein halbes Dutzend verschiedener Geschichten dazu einfallen lassen. Abenteuerliche Geschichten ... Vielleicht mit der Tendenz, daß sich John Jordans Exgeliebte und seine Frau gegenseitig trösten, während der Star mit der schönen Carol Holmes ... Marcia mußte lachen.

Ein Blick zur Uhr zeigte ihr, daß es nicht mehr lange dauern konnte, bis John nach Hause kam. Sie würde Drinks mixen und ein leichtes Abendessen vorbereiten. Sobald John erst einmal die Tür hinter sich geschlossen hatte, würden sie all den Trubel und den täglichen Ärger einfach vergessen.

Leichtfüßig ging Marcia zum Tisch hinüber, um ihren kalt gewordenen Tee auszutrinken.

Ihr Blick streifte Johns gerahmtes Foto, das auf dem Sideboard stand, und über ihr Gesicht glitt ein glückliches Lächeln ...

Draußen flackerten bereits die Neonreklamen, als wir mit den Fotos und den ersten Ermittlungsergebnissen im Chefbüro saßen.

Viel hatten wir in der kurzen Zeit nicht erreichen können. Ein paar Dinge waren immerhin geklärt. Ich faßte sie zusammen, während John D. High die Fotos durch die Finger gleiten ließ.

»Der Tote hieß Joseph Cattano. Filmkomparse war er vor Jahren einmal. Aber das war drüben in Hollywood. Also kann er eigentlich wenig darüber wissen, was sich im Augenblick in der Branche hier in New York tut. Er schlägt sich als Fotograf durch, knipst bei Veranstaltungen Leute mit der Polaroidkamera und verkauft die Bilder. Jedenfalls nicht der Typ, der auf Carlo Genoffrios Party zugelassen ist. Wie er zu den Bildern gekommen ist, liegt vorerst noch völlig im dunkeln.«

Mr. High nickte langsam. Sein Blick wanderte über die Fotos, die er inzwischen nebeneinander auf seinem Schreibtisch ausgebreitet hatte. Ich sah ihm an, daß er sofort bemerkte, was Phil und mir erst mit Verzögerung aufgefallen war.

»John Jordan«, sagte er leise.

Ich nickte nur. John Jordan – das war der springende Punkt. Nachdem der korrupte Staatsanwalt tot in Genoffrios Keller gefunden worden war, hatten die zuständigen Kollegen sämtliche Gäste der Party durchgecheckt, jeden einzelnen vernommen, den Verlauf der Festlichkeiten haarklein zu rekonstruieren versucht. Der Name John Jordan war nie aufgetaucht. Daß auch er an der Party teilgenommen hatte, war neu. Wenn alle anderen Gäste in schöner Einigkeit seinen Namen verschwiegen hatten, mußte das einen Grund haben.

»John Jordan«, wiederholte Mr. High. »Und seine Frau! Marcia Jordan ...«

Ich nickte wieder. »Marcia Jordan, geborene Fabri – uneheliche Tochter Carlo Genoffrios. Auch von ihrer Anwesenheit auf der Party wußte die Polizei bis heute nichts.«

»Also wirklich brisantes Material?«

Ich hob die Schultern. Die Frage war rhetorisch – Mr. High wußte so gut wie wir, daß die Fotos nichts bewiesen. Jedenfalls nichts, was nicht ohnehin bekannt gewesen wäre.

»John Jordan steht seit Jahr und Tag in dem Verdacht, zum Umfeld der Mafia zu gehören«, stellte ich fest. »Er verkehrt nicht deshalb in Mafia-Kreisen, weil er Genoffrios Tochter geheiratet hat. Vielmehr hat er Genoffrios Tochter kennengelernt, weil er in Mafia-Kreisen verkehrte. Er hat einen schlechten Ruf. Und er ist möglicherweise genau der Mann, den die Mafia braucht, um in die Filmbranche einzusteigen und ...«

Ich unterbrach mich, da das Telefon auf Mr. Highs Schreibtisch anschlug.

Der Chef griff nach dem Hörer und meldete sich. Einen Moment lang hörte er konzentriert zu. Ich sah, wie sich eine steile Falte zwischen seine Augen kerbte.

»Danke«, sagte er. »Ja, natürlich. – Ich werde jemanden schicken ...

Er legte den Hörer auf. Seine Augen waren schmal. Sein Kinn hatte sich unmerklich verkantet.

»Fahren Sie in die Studios der Livman-Hale-Film«, sagte er leise. »Die Schauspielerin Carol Holmes ist erschossen worden. Mit einem Revolver, den ihr Partner John Jordan abgefeuert hat ...«

Das Pochen an der Tür wurde heftiger.

»John! Mach auf, zum Teufel! So hör doch! – He, John! Double-J ...«

John Jordan verzog die Lippen, als er seinen Spitznamen hörte: Double-J, das Markenzeichen, die Garantie für gute Unterhaltung – und was lobhudelnde Kritiker sich noch so alles hatten einfallen lassen. Jordan saß vor dem Spiegel und rieb sich mit langsamen, konzentrierten Bewegungen die blasse Schminke von der Haut. Er musterte sein braungebranntes, gutgeschnittenes Gesicht, das auch nach einer durchzechten Nacht ganz ohne Maskenbildner noch so aussah, wie die Leute es aus den Filmen kannten. Double-J ... Bis jetzt war es niemandem gelungen, ihm etwas anzuhängen, obwohl es an Versuchen nicht gefehlt hatte. Es würde ihnen auch diesmal nicht gelingen. John Jordan als Mörder – kompletter Blödsinn! Niemand würde es glauben. Niemand ...

Aber Carol Holmes war tot!

Sie lebte nicht mehr, weil sie sich ohne ihr Wissen in etwas verstrickt hatte, das stärker war als sie. Es war ungefähr so, als sei eine tödliche Lawine über sie hinweggerollt – eine Lawine, der sich niemand in den Weg stellen konnte. Wirklich niemand? Der Schauspieler starrte in den Spiegel und schüttelte den Kopf.

»John! So mach doch auf, verdammt noch mal! Mach auf, oder ich werde die Tür eintreten!«

Jordan grinste matt. Dick Whittaker stand draußen, der alte Fundusverwalter – so etwas wie die Seele des Teams, der gute Onkel für alle. Whittaker versorgte die Stars mit Kopfschmerztabletten oder Kaffee. Er tröstete die Statistinnen, wenn Moustakis sie angebrüllt hatte, und richtete die geknickten Schuldigen nach irgendwelchen Pannen moralisch wieder auf. Jetzt hatte man ihn offenbar geschickt, um den Topstar wiederaufzurichten. Als ob nicht mehr passiert wäre als ein gerissenes Kabel oder eine verpatzte Einstellung!

Jordan stand auf. Er hörte am Tonfall, daß Whittaker tatsächlich entschlossen war, notfalls die Tür aufzubrechen. Glaubte man etwa, er werde sich etwas antun? Jordan schürzte abfällig die Lippen. Er würde es schon überstehen – was immer auf ihn zukam. Jedenfalls dann, wenn er es schaffte, an sich selbst zu denken und nicht an die tote Carol Holmes.

Mit einem Ruck riß er die Tür auf, nachdem er den Schlüssel umgedreht hatte. Whittaker warf ihm einen besorgten Blick zu. Dann verzog sich sein zerknittertes Gesicht, als er den Kamm in Jordans Hand sah und die Schminkutensilien vor dem Spiegel. John Jordan hatte sich fast schon wieder in sich selbst zurückverwandelt. In den strahlenden, braungebrannten Supermann mit dem dichten schwarzen Haar und den eisblauen Augen. Dick Whittaker brauchte einen Moment, um sich klarzumachen, daß das Routine war. Es brauchte nicht unbedingt Kaltschnäuzigkeit zu bedeuten.

»Die Mordkommission ist da, Johnny-Boy«, sagte er betont forsch. »Nimm dich zusammen, mein Junge, wir ...«

»Nenn mich nicht Johnny, verdammt!«

»Okay, okay, Double-J! Trotzdem wird es einen schlechten Eindruck machen, wenn du dich in deiner Garderobe einschließt. Und dann – vergiß, was dir Moustakis an den Kopf geworfen hat! Du kennst den verdammten Griechen doch, eh?«

»Ich kenne eine Menge verdammter Typen, die das gleiche denken wie Moustakis«, knurrte Jordan.

Dick Whittaker zog die Schultern hoch und schwieg. John Jordan registrierte, daß der alte Mann es nicht über sich brachte zu behaupten, er selbst gehöre nicht zu diesen Leuten. Der Schauspieler grinste, als er zur Tür ging. Mit einer Art bitterer Genugtuung spürte er Whittakers entsetzten Blick im Rücken.

Ein breiter, kahler Flur lag zwischen den Garderoben und dem angemieteten Studio. In der ehemaligen Turnhalle herrschte lähmende Stille. Ein seltsamer Gegensatz zwischen den stumm und verstört herumstehenden Filmleuten und den Beamten der Mordkommission, die fieberhafte Tätigkeit entfaltete. Jordans Blick wanderte zu der Toten hinüber. Irgend jemand hatte sie wieder so hingelegt, wie sie gelegen hatte, bevor Doc Sheriman sie auf den Rücken drehte. Die Blitzlichter des Polizeifotografen flammten. Eigentlich eine überflüssige Arbeit, denn der Mord war in jeder Phase von der Kamera festgehalten worden. Jordans Augen suchten nach der Pistole. Aber sie lag nicht mehr dort, wo er sie abgelegt hatte. Sie wurde wahrscheinlich schon untersucht. Was die Wissenschaftler herausfinden würden, stand ohnehin fest: daß sich scharfe Munition im Magazin befand statt der vorgesehenen Platzpatronen. Jordan rollte die Schultern, schlenderte über den federnden grünen Kunststoffboden und steuerte auf die Gruppe der anderen Darsteller zu, die an diesem Drehtag noch gebraucht worden wären.

»Eh, Double-J ...«

Eine gedämpfte Stimme. Jordan wandte sich um und sah zu dem Kameraassistenten hinüber, der ihm winkte. Eine schmale Tür im Hintergrund der Halle stand offen – und John Jordan erkannte den kahlen Kopf eines untersetzten, kräftigen Mannes in hellem Trenchcoat.

Silano!

Roy Silano, sein Manager ...

Er kam herüber. Fassungslosigkeit und Bedauern lagen im breiten, rötlichen Gesicht. Seine blassen Froschaugen fixierten den Schauspieler, als wollten sie ihn hypnotisieren. Er streckte beide Arme aus, um seinem Schützling demonstrativ die Hand zu drücken.

»John, mein Junge! Ich habe es eben gehört, ich ...«

»Von wem?« fragte John Jordan.

Dabei verschränkte er, ebenfalls demonstrativ, die Hände auf dem Rücken. Silano blinzelte irritiert und ließ die Arme sinken.

»Von ... von Livman«, sagte er. Carl Livman war der Coproduzent. Wahrscheinlich hatte man ihn und seinen Partner Gary Hale in der Tat sofort benachrichtigt. Silano quälte sich ein Lächeln ab. »Also ... Livman hat mich angerufen und mir erzählt, was passiert ist. Ich als dein Manager ...«

»Zum Teufel mit dir«, sagte Jordan deutlich.

»Aber ... aber Johnny! Dreh doch nicht durch! Du – du weißt, worum es für dich geht, ja?«

»Hauptsache, du weißt es!« knurrte der Schauspieler wütend.

»Verdammt noch mal, John! Komm auf den Teppich, ja?« Roy Silano stieß die Luft durch die Nase. Die vorstehenden Augen funkelten böse. »Wir werden die Sache hinbiegen, sicher. Aber du hast jetzt wirklich keinen Grund, dich aufzuspielen. Du solltest mal für eine Weile ganz kleine Brötchen backen, du ...«

Er verstummte abrupt.

Denn er kannte den Ausdruck, der jetzt in John Jordans blauen Augen aufglomm. Mit einem raschen Schritt wollte der Manager zurückweichen – doch da hatte sein Gegenüber schon ausgeholt und schlug ihm mit ungebremster Wucht die Faust ins Gesicht ...»

Spiel und Sport!« sagte Phil sarkastisch.

Wir hatten uns an das improvisierte Büro der ›Livman-Hale-Film‹ gewandt. Eine bleichsüchtige Sekretärin geleitete uns über ein paar Flure zu einer Seitentür der Turnhalle, die als Studio diente. John Jordan erkannten wir sofort. Er stand nur sechs Yards von uns entfernt – und er schmetterte gerade mit Volldampf seine Faust in das breite rote Gesicht eines kahlköpfigen Mannes.

Der Getroffene brüllte, taumelte rückwärts und brachte einen Scheinwerfer zu Fall. Glas und Metallgestänge klirrten. Menschen fuhren herum. Der Kahlköpfige hockte am Boden und starrte aus vorquellenden Froschaugen zu John Jordan hoch. Der Schauspieler sah aus, als sei der Fausthieb ein lang hinausgezögertes Vergnügen für ihn gewesen. Der Kahlköpfige brüllte wieder, Doch diesmal war es ein Brüllen der Wut. Wie eine abgeschossene Kanonenkugel kam er hoch. »Schwein!« heulte er. »Du Schwein!« Seine kurzen Arme schlenkerten. John ballte von neuem die Faust. Phil und ich brauchten keine Worte, um uns zu verständigen.

Mein Freund packte den Kahlkopf am Kragen. Ich fing Jordans Faust ab. Er fauchte und wollte sich losreißen. Seine Kraft überraschte mich. Aber er konnte den Griff meiner Finger an seinem Gelenk nicht sprengen. Ich sah ihm aus zwei Handbreit Abstand in die Augen.

»FBI«, sagte ich. »Was soll das Theater, Mann?«

Er stieß die angehaltene Luft aus. Seine Muskeln erschlafften. Der Kahlköpfige hing in Phils Griff und jammerte. Inzwischen waren drei Dutzend Menschen aufmerksam geworden, die sich in der Halle aufhielten. Ein Kreis bildete sich um uns. Aus dem Hintergrund drängte sich ein großer, schlanker Mann durch die Menge, in dem ich Lieutenant Caspery von der Mordkommission erkannte.

»Was ist jetzt wieder los? Kann man in diesem verdammten Irrenhaus nicht fünf Minuten ...« Er stockte und atmete aus. »Die hohe Bundespolizei, endlich! FBI-Fall, meine Herren! Ich überlasse euch die Sache mit tausend Freuden!«

Ich ließ John Jordans Arm los. Er rieb sich mechanisch das schmerzende Gelenk. Der Kahlköpfige stöhnte und preßte ein Taschentuch auf seine blutende Nase. Die Filmleute redeten erregt durcheinander. Ich begann zu ahnen, daß Lieutenant Caspery mit dem Ausdruck Irrenhaus nicht übertrieben hatte.

In den nächsten Minuten erfuhren wir, daß der heulende Kahlköpfige Roy Silano hieß und John Jordans Manager war. Jordan wollte nicht sagen, warum er seinem eigenen Manager die Nase plattgeschlagen hatte, und mich interessierte es im Augenblick herzlich wenig. Wir ließen uns von Zeugen bestätigen, daß Silano erst vor wenigen Minuten im Taxi angebraust war und wahrscheinlich nichts zur Sache aussagen konnte. Daraufhin erlaubten wir ihm, ins nächste Krankenhaus zu fahren, um seine Schrammen behandeln zu lassen. John Jordan verzog verächtlich das Gesicht. Auch die Blicke der anderen spiegelten wenig Sympathie. Der kahlköpfige Manager erfreute sich offenbar keiner großen Beliebtheit in diesen Kreisen.

Wir sahen uns die Tote an: Carol Holmes, zwanzig Jahre alt. Ein bildhübsches Mädchen mit blondem Haar und großen, tiefblauen Augen, über die sich jetzt ein stumpfer Schleier geschoben hatte. Sie war erschossen worden. Erschossen während einer Filmszene, mit einer Filmpistole, vor den Objektiven der Kameras. Irgend jemand mußte die Platzpatronen im Magazin der Pistole mit scharfer Munition vertauscht haben. Das war vorerst das einzige, was einigermaßen feststand.

John Jordans Gesicht erstarrte zur abweisenden Maske, als ich auf ihn zutrat. Er schüttelte den Kopf, noch ehe ich eine Frage stellen konnte.

»Ich sage nichts«, stieß er durch die Zähne. »Kein Wort, G-man! Nicht ohne meinen Anwalt ...«

»Haben Sie Ihren Anwalt schon benachrichtigt?«

»Ja, das habe ich ...«

Die Stimme klang wütend, verbissen, vielleicht auch verbittert. Nicht der Tonfall eines Mannes, der unter einem Schock steht, der völlig ahnungslos in ein Verbrechen verstrickt worden ist, schoß es mir durch den Kopf. Konnte er von dem Mordplan gewußt haben? Unsinn, dachte ich. Wer wäre schon so verrückt, unter diesen Umständen selbst den tödlichen Schuß abzufeuern! Aber andererseits ...

»Klick, klick, klick«, sagte John Jordan böse. »Ich höre Ihr Gehirn arbeiten, G-man! Jetzt überlegen Sie, ob ich mir diese Sache nicht ganz besonders clever ausgedacht habe, nicht wahr? Meinen schlechten Ruf kennen Sie ja sicher. Double-J und die bösen Buben von der Mafia ... Morgen wird das Gewäsch wieder in allen Zeitungen stehen.«

»Gewäsch?« echote ich gedehnt.

Er zog die Schultern hoch. »Mein Anwalt, G-man! Kein Wort ohne meinen Anwalt ...«

Ich ließ ihn stehen.

Lieutenant Caspery ließ sich gerade von einem weißhaarigen alten Mann erklären, wo die Filmpistole normalerweise aufbewahrt wurde. Ein offenes Regal in einem Nebenraum, jedem zugänglich. Und in den Studios herrschte ständiges Kommen und Gehen. Zumindest tagsüber. Ich rieb mir mit dem Handrücken über die Stirn, sah mich um und machte mir klar, daß wir die ganze Geschichte anders anpacken mußten.

Die Mordkommission war vollauf mit der Spurensicherung beschäftigt. Wir mußten zunächst einmal einen Überblick gewinnen, bevor wir uns mit Einzelheiten beschäftigen konnten. Ich besprach mich kurz mit Phil, und für die nächste halbe Stunde trennten wir uns.

Mein Freund sprach mit dem Bühnenbildner und dem Regieassistenten. Die beiden waren am ehesten fähig, die Lage zum Zeitpunkt des Mordes zu beschreiben und halbwegs genau zu sagen, wer wo gestanden hatte.

Ich schnappte mir das Scriptgirl.

Sie hieß Mary Lindner, war rothaarig und mager, und sie hatte Nerven wie Stahlseile. Die brauchte sie auch in ihrem Beruf. Ich erhielt eine Liste aller Anwesenden von ihr, den Drehplan des heutigen Tages und eine detaillierte Schilderung des Tathergangs. Zu den Aufgaben eines Scriptgirls gehörte es, beispielsweise dafür zu sorgen, daß bei Szenen, die zu ganz verschiedenen Zeiten gedreht werden und hinterher im Film aufeinanderfolgen, die Darsteller die gleiche Kleidung tragen und die Requisiten noch am gleichen Platz stehen. Daß genau da wieder angefangen wird, wo man vorher aufgehört hat. Daß die Uhren in den Kulissen die passende Tageszeit anzeigen und ähnliches. May Lindner hatte eine glänzende Beobachtungsgabe und ein geradezu phänomenales Gedächtnis für Einzelheiten. Aber im Augenblick brachte uns das alles nicht weiter.

Ich sprach mit dem Regisseur des Films. Ein langer, magerer, fahriger Grieche namens Konstantin Moustakis. Bei dieser Gelegenheit erfuhr ich auch den Titel des Streifens: ›Die Nacht der Todesengel‹. Moustakis schluckte krampfhaft, fuhr sich mit allen fünf Fingern durch sein langes schwarzes Haar und blickte zu der Toten hinüber, die inmitten all der Scheinwerfer und technischen Geräte nur noch wie ein Objekt wirkte, schutzlos preisgegeben ...

»Arme kleine Carol«, murmelte der Grieche. »So jung ... so schön ...«

Ich hatte das Gefühl, daß er es ehrlich meinte. Und ich dachte an das, was das Scriptgirl in ihrer exakten Schilderung der Ereignisse über die Reaktion des Griechen gesagt hatte.

»Aus welchem Grund haben Sie Mr. Jordan des Mordes an Carol Holmes bezichtigt, Mr. Moustakis?« fragte ich ruhig.

Er zuckte zusammen. »Ich? Ich soll ...«

»Sie haben ihn Mörder genannt. Jeder der Anwesenden konnte es hören.«

Moustakis hob die Schultern. Sein knochiges, dunkles Gesicht verschloß sich.

»Möglich, daß ich es getan habe. Die Nerven sind mit mir durchgegangen. Ich – wollte von Anfang an nicht mit Jordan arbeiten.«

»Man hat Sie gezwungen?« fragte ich hellhörig.

»Ja ...«

»Jordans Mafia-Freunde?«

Moustakis' Augen wurden schmal. Er schüttelte den

Kopf. »Nein, die nicht! Obwohl es sie gibt, diese Mafia-Freunde! Aber sie waren es nicht. Gary Hale und Carl Livman waren es, die Produzenten.« Er bemerkte meinen zweifelnden Blick und lächelte freudlos. »Verstehen Sie es nicht falsch, Mr. Cotton. Es ist eine ganz normale Sache. ›Die Nacht der Todesengel‹ war von Anfang an John Jordans Film. Daß er der Star sein würde, stand schon fest, bevor eine Partnerin und ein Regisseur für ihn gesucht wurden. Hätte ich abgelehnt, hätte man einen anderen genommen.«

Es klang einleuchtend. »Und wer hat Carol Holmes ausgewählt?« fragte ich.

»Gary Hale und ich.« Der Grieche runzelte die Stirn. »Da hat es Ärger gegeben. Die Montesi wollte die Rolle, Melissa Montesi. Sie ist bei der GGG unter Vertrag. Man hat versucht, Druck auszuüben ...«

GGG ... Gardoli, Gilmer, Genoffrio ... Don Carlo Genoffrio! Meine Kopfhaut kribbelte.

»Welche Art Druck, Mr. Moustakis?«

»Ich weiß nicht ... Gerüchte, verstehen Sie? Ich weiß wirklich nicht ...«

Aus dem Griechen war nichts mehr herauszubekommen.

Phil konnte ich nirgends entdecken. Dafür sah ich John Jordan in Gesellschaft eines schlanken graumelierten Herrn, dessen heller Anzug den erstklassigen Schneider verriet. Ich kannte den Mann. Er hieß Berthold Genn. Er war Anwalt, ein Modeanwalt. Zu den prominenten Klienten, die er vertrat, hatten auch schon Mafia-Größen gehört.

Auch, aber nicht nur!

Er hatte viele Klienten, deren Ehrenhaftigkeit über jeden Zweifel erhaben waren. Warum nicht auch John Jordan? Langsam ging ich hinüber. Dabei machte ich mir klar, daß ich drauf und dran war, den Mann durch die Brille der Voreingenommenheit zu betrachten.

Eine Voreingenommenheit, die ich offenbar mit den meisten anderen teilte.

John Jordan war abgestempelt. Double-J und die bösen Buben von der Mafia – das hatte bitter geklungen. Wenn er zu Unrecht abgestempelt war, überlegte ich, mußten die Umstände von Carol Holmes' Tod ein verdammt harter Schlag für ihn gewesen sein.

Wenn, wenn ...

Jordan sah mir mit arrogant hochgezogenen Brauen entgegen. Sein Anwalt entblößte lächelnd die gepflegten Jacketkronen. Berthold Genn kannte mich ebenfalls. Also konnten wir uns die Formalitäten sparen. Wir gingen in Jordans Garderobe. Ich sah zu, wie sich der Schauspieler einen dreistöckigen Whisky einschenkte.

»Fragen Sie schon!« knurrte er. »Ich kann mir denken, was kommt, ich ...«

»John!« mahnte der Anwalt.

Ich sah von einem zum anderen. Wenn John Jordan glaubte, meine Fragen im voraus zu kennen, sollte er sich täuschen.

»Erinnern Sie sich an die Party vor drei Monaten im Hause Carlo Genoffrios?« fragte ich unvermittelt.

Er starrte mich an. Drei Monate war das alles jetzt her. Aber ich spürte, daß Jordan sofort wußte, was ich meinte.

»Ich bin früher öfter mal bei Genoffrios Partys gewesen«, sagte er langsam. »In letzter Zeit nicht mehr. An die einzelnen Abende kann ich mich nicht erinnern.« Und etwas verspätet: »Was hat das zu tun mit ...«

»An die Party, bei der Attorney Williams ermordet wurde, werden Sie sich mit Sicherheit erinnern«, sagte ich.

Jordans Lider zogen sich auseinander. Sein Anwalt straffte sich.

»Was soll die Frage, Mr. Cotton? Soviel ich weiß, war mein Mandant bei der fraglichen Party weder zugegen noch ...«

»Er war zugegen«, sagte ich hart. »In Begleitung seiner Frau, Mrs. Marcia Jordan – Don Carlos Tochter. Wir haben Fotos, die es beweisen.«

Für einen Moment blieb es still.

Jordans Augen flackerten. Auf seinen Wangen brannten hektische rote Flecken. Mit einer heftigen Bewegung schüttelte er die Hand ab, die der Anwalt ihm auf den Arm legte.

»Was soll die Frage, Mr. Cotton?« wiederholte Genn rasch. »Sie hat doch nicht das geringste mit dem Mord an Miss Holmes zu tun, oder?«

»Das wird sich herausstellen.« Ich sah Jordan an. »Nun?«

»John, du bist nicht verpflichtet . . .«

»Rutsch mir doch den Buckel runter«, sagte John Jordan fast flüsternd. »Ich habe es satt, kapiert? Satt, satt, satt!« Er hob den Kopf und starrte mir in die Augen. »Okay, wir waren bei dieser Party, Marcia und ich. Genoffrio ist mein Schwiegervater, wie Sie vielleicht wissen. Ich habe den üblichen gesellschaftlichen Umgang mit ihm gepflegt, weil ich der Presse keinen Stoff für Skandalgeschichten liefern wollte. Und ich habe zu spät gemerkt, daß ich diesen Stoff so erst recht lieferte. Außerdem ist es schwer, einen Verbrecher in einem Mann zu sehen, der wie der nette Gemüsehändler an der Ecke aussieht und sich wie ein treusorgender Familienvater benimmt. Vielleicht wollte ich es auch einfach nicht sehen! Vielleicht war ich zu feige, vielleicht . . .«

»Die Party«, erinnerte ich.

Jordan zog die Schultern hoch. »Da gibt es nichts zu erzählen. Es war eine ganz normale Party, bis der Butler den Toten im Keller fand, als er Weinflaschen holen wollte. Marcia und ich haben nichts gesehen und gehört. Wir haben die ganze Zeit über in einem Nebenraum gesessen und mit Mr. Genn Karten gespielt. Nicht wahr, Mr. Genn?«

»Stimmt«, sagte der Anwalt schicksalergeben.

»Für mich wäre der Skandal ziemlich schlimm geworden«, fuhr John Jordan fort. »Ich war froh, als Genoffrio den Vorschlag machte, meine und Marcias Anwesenheit zu verschweigen.« Er zuckte mit den Schultern. »Jetzt wissen Sie es. Vielleicht wollen Sie mir nun auch noch den Mord an dem korrupten Staatsanwalt anhängen.«

»Und welches Motiv könnten Sie gehabt haben?« fragte ich trocken.

Für einen Moment funkelten John Jordans Augen auf, als würde er mich am liebsten erwürgen. Seine Fingerknöchel knackten, als er die Fäuste ballte.

»Finden Sie es doch selbst heraus«, stieß er durch die Zähne. »Ich habe alles gesagt. Werden Sie mich jetzt endlich in Ruhe lassen?«

»Carol Holmes ist tot«, sagte ich. »Wir werden Sie in Ruhe lassen, wenn dieser Mord geklärt ist, Mr. Jordan.«

Er zuckte nur mit den Schultern.

»Kreuzweise«, murmelte er wütend.

Und das war vorerst das letzte, was er von sich gab ...

Gary Hale, Produzent und Mitarbeiter der Livman-Hale-Film, sah dem Anwalt Berthold Genn äußerlich verblüffend ähnlich.

Auch Hale war schlank und elegant. Auch er hatte silbergraues Haar, das sich in wohlfrisiertem Fassonschnitt um den schmalen Kopf schmiegte. Die Unterschiede zwischen den beiden Männern lagen in ihrem Wesen. Sie äußerten sich in Mienenspiel und Gestik. Genns Gesicht war eine glatte Maske. In Gary Hales gepflegten Zügen brach sich immer wieder das Temperament Bahn, das ihm eine rauhbeinige Familie von Wyominger Viehzüchtern vererbt hatte. Und niemals, auch nicht, wenn er allein war, wäre Berthold Genn derart wild in seinem Office auf und ab gelaufen, wie Gary Hale im Augenblick in seinem Wohnzimmer auf und ab rannte.

Vor einer halben Stunde hatte er die Nachricht von dem Mord an Carol Holmes erhalten. Livman hatte ihn angerufen – Carl Livman, sein Coproduzent. Der wiederum war von – ja, von wem war er eigentlich informiert worden? Es spielte keine Rolle.

Carol war tot, nur das zählte jetzt. Sie hatten ihre Drohung wahrgemacht, sie hatten ...

Gary Hale blieb ruckartig stehen und wischte sich den Schweiß von der Stirn.

Nein, es stimmte nicht, sie hatten gar nicht gedroht. Die Montesi wollte die Rolle. Ihr Manager klopfte auf den Busch. Eine ganz normale Sache. Die Leute von der GGG riefen an. Auch noch normal. Denn sie wollten ihren aufstrebenden weiblichen Star mit John Jordan zusammenspannen. Und Jordan? Hatte die GGG ihn nicht längst in der Tasche? Gary Hale stöhnte dumpf und biß die Zähne zusammen. Nein, niemand hatte ihm gedroht. Nicht offen. Bis heute jedenfalls nicht. Aber er wußte, daß die Drohung kommen würde. Zuerst würde man ihm die Montesi in den Pelz setzen. Und wenn er einmal nachgegeben hatte, würde er immer nachgeben müssen. Bis er eines Tages nur noch ein Strohmann für die Mafia war! Bis er ...

Das Schrillen des Telefons unterbrach seine Gedanken.

Gary Hale zuckte zusammen, schwang herum und ging zum Schreibtisch hinüber, wo der geranienrote Apparat stand. Er nahm den Hörer auf, meldete sich und registrierte, daß seine Stimme heiser und übernächtigt klang.

»Hallo, Hale! Sie haben von dem – Ereignis gehört?«

Der Produzent straffte sich. Er kannte die Stimme nicht. Aber er wußte den Tonfall zu deuten. Er spürte mit instinktiver Sicherheit, daß es jetzt zur Sache ging. Sein Finger drückte den Knopf, der das Tonbandgerät einschaltete.

»Ja«, sagte er gedehnt. »Ich habe von dem – Ereignis – gehört.«

»Sehr gut! Gehe ich recht in der Annahme, daß Sie dringend Ersatz für Miss Holmes benötigen? Daß Sie jetzt nicht mehr abgeneigt sind, einen Vertrag mit Miss Montesi abzuschließen?«

»Nein!« fauchte Gary Hale. Er wußte, daß es sinnlos war. Aber er konnte sich einfach nicht beherrschen. Und er wollte Gewißheit. Er wollte die Drohung ausgesprochen hören, klar und eindeutig.

»Nein?« echote der Anrufer gedehnt.

Hale biß sich auf die Lippen. Er machte sich klar, daß seine Gegner nur auf Widerstand warteten. Sie würden die Drohung ohnehin deutlich aussprechen. Weil sie sie deutlich aussprechen *wollten*! Sie hätten nicht ausgerechnet jetzt anzurufen brauchen. Sie mußten wissen, daß ihm, Hale, nach Carols Holmes' Tod gar nicht viel anderes übrigblieb, als die Montesi zu engagieren, wenn er den Film und damit seine Firma retten wollte. Die Kerle hätten in Ruhe abwarten können.

Aber sie wollten nicht abwarten. Sie wollten ein Exempel statuieren.

»Sind Sie sicher, daß Sie wissen, was Sie tun, Mr. Hale?« fragte der Anrufer mit einem Unterton, der fast amüsiert klang.

»Verdammt sicher!« fauchte Hale. »Ehe ich die Montesi nehme, hole ich mir ein Starlet aus dem Bett des nächsten Agenturchefs, kapiert? Ich kann den Streifen mit einem schielenden Bügelbrett durchziehen, solange ich John Jordan habe.«

»Solange Sie ihn haben«, sagte der Anrufer.

Hale schluckte und zog die Brauen zusammen.

»Idiot«, knurrte er. »Jeder weiß, daß John Jordan so oder so nach eurer Pfeife tanzt.«

»Eben«, sagte der Anrufer satt. »Also überlegen Sie sich,

warum John Jordan überhaupt noch einen Finger für eure verrottete Firma rührt, Hale!«

Weil ihr Dreckskerle ihn braucht, um Druck ausüben zu können, dachte Gary Hale erbittert. Weil Melissa Montesi, dieses Miststück, nur das Vorspiel ist! Weil ihr in Wahrheit die Livman-Hale-Film haben wollt und ...

»Denken Sie darüber nach«, empfahl der Anrufer. »Zwei Stunden! Und vergessen Sie nicht, in Ihre Überlegungen mit einzubeziehen, daß Unfälle und Verzögerungen eine Produktion ganz erheblich verteuern. Sie sind nicht gerade flüssig, alter Junge. Und ein halbfertiger John-Jordan-Film holt euch nicht aus der finanziellen Klemme.«

»Du Schwein!« knirschte Hale. »Du verdammtes, mieses, dreckiges ...«

»Halt die Luft an! In genau zwei Stunden melde ich mich wieder. Dann will ich eine Antwort haben!«

Es knackte vernehmlich.

Zwei, drei Sekunden lang lauschte Gary Hale auf das Rauschen in der Leitung. Dann verzerrte er die Lippen und schlug den Hörer mit einem wilden Ruck auf die Gabel. Schweiß lief über seine Stirn. Eine unsichtbar würgende Faust schien seinen Atem zu behindern. Mechanisch wühlte er in seinen Taschen nach dem Röhrchen mit den Tabletten gegen die nervösen Herzbeschwerden.

Schweine, dachte er.

Verbrecher! Dreckige Lumpen!

Sie wußten, daß sie ihn zwingen konnten. Und sie hielten ihn für verblödet genug, nicht zu merken, daß es um viel mehr ging als um die Besetzung einer Rolle – um seine Existenz nämlich. Hale nagte an der Unterlippe und versuchte, scharf zu überlegen. Wahrscheinlich würden sie gar nicht versuchen, seine und Livmans Firma offiziell zu übernehmen. Wobei Livman gar nicht zählte, da sein Anteil aus Schulden bestand. Schon seit geraumer Zeit ließ er sich in der Hoffnung auf bessere Tage von seinem Partner durchschleppen. Livman würde vermutlich in hohem Bogen aus dem Geschäft fliegen. Er selbst, Hale, würde nach außen hin ungeschoren bleiben. Die Mafia konnte kein Aufsehen gebrauchen. Aber sie hatte auch so wirksame Methoden.

Einen Mann so weit treiben, daß er keinen Ausweg mehr sieht, die helfende Hand ergreift und diese helfende Hand dann in aller Zukunft als Faust im Genick hat – es war ganz einfach. Er, Gary Hale, würde nur noch eine Marionette sein. Und die Uneingeweihten konnten sich dann weiter darüber wundern, daß ein Mann wie John Jordan für die Livman-Hale-Film arbeitete statt für die GGG seines Schwiegervaters ...

Gary Hale atmete tief, blieb mitten im Zimmer stehen und starrte die Wand an.

Jordan, dachte er angewidert.

Silano ... Genoffrio ...

Er haßte sie. Nie war ihm das so klar gewesen wie in diesen Sekunden. Er haßte sie. Er wollte nicht tanzen müssen, wenn sie an den Fäden zogen. Aber in diesem Fall gab es für ihn nur noch eine einzige Möglichkeit.

Er war nicht umsonst in einer knallharten Branche nach oben gekommen.

Gary Hale konnte kämpfen. Er hatte es oft genug gemußt während seiner Laufbahn. Und er war entschlossen, es auch diesmal zu tun ...

Mr. High war noch in seinem Büro, als wir ins Distriktgebäude zurückkamen.

Er hatte auf uns gewartet. Carlo Genoffrio, der ermordete Staatsanwalt, die Aktivitäten der Mafia im Filmgeschäft – das alles ließ auch unseren Chef keine Ruhe. Jetzt war ein neuer Mord geschehen. Ein Mord, der letzten Endes ebenfalls auf das Konto von Carlo Genoffrio ging.

Ob wir je Beweise dafür finden würden, blieb noch dahingestellt. Aber zumindest hatten wir mit John Jordan ein Verbindungsglied. An dieser Stelle konnten wir den Hebel ansetzen.

Mr. High hatte eine aufgeschlagene Abendzeitung vor sich liegen. Sein Finger tippte auf ein zweispaltiges Foto. »Schauen Sie sich das an, bitte ...«

Das Blatt war noch feucht von Druckerschwärze. Mit gerunzelter Stirn betrachtete ich das Bild mit den beiden jungen Frauen, deren Gesichter im groben Raster der Vergrößerung nur undeutlich zu erkennen waren. Die Bildzeile verriet, um wen es sich handelte: Marcia Jordan, Frau des bekannten Filmstars John Jordan, mit ihrer Freundin Melissa Montesi ...

Ich biß mir auf die Lippen. Neben mir zog Phil scharf die Luft durch die Zähne.

»Also doch!« sagte er leise. Und als Mr. High fragend die Brauen hob: »Melissa Montesi ist die Schauspielerin, die vermutlich die Rolle der ermordeten Carol Holmes übernehmen wird. Und die ein paar einflußreiche Leute hinter sich hat, die sie von Anfang an in dieser Rolle unterbringen wollten. Die meisten Zeugen, mit denen wir gesprochen haben, sind einhellig der Meinung, daß Carol Holmes aus eben diesem Grund ermordet wurde.«

Mr. High runzelte die Stirn. »Erzählen Sie«, bat er knapp.

Phil übernahm es, das Ergebnis unserer Ermittlungen zusammenzufassen.

Wir hatten mit Dutzenden von Leuten gesprochen, und im wesentlichen hatten sie uns alle das gleiche erzählt. Das Schreckgespenst der Branche hieß GGG-Film: die Produktionsfirma, die der Mafia-Boß Carlo Genoffrio zusammen mit den beiden unwichtigen Strohmännern Gilmer und Gardoli betrieb. Die GGG hatte offenbar schon Einfluß genug, um Projekte ihrer Wahl zu protegieren. Sie konnte mißliebigen Leuten den Finanzhahn zudrehen, Schauspielern und Managern Verträge diktieren und ihren eigenen Schützlingen die Rollen verschaffen, die sie brauchten.

Melissa Montesi war ein solcher Fall. Ihre Förderer hatten ihr die Rolle als Partnerin John Jordans in der ›Nacht der Todesengel‹ zugedacht. Produzenten und Regisseur des Streifens mußten sich – immer vorausgesetzt, daß unsere Informationen stimmten – recht hartnäckig geweigert haben, das Spiel mitzumachen. Es hatte ein paar kleinere Unfälle bei den Dreharbeiten gegeben. Carol Holmes wurde telefonisch bedroht. Ein mißglückter Rockerüberfall auf den griechischen Regisseur roch ebenfalls nach bestellter Arbeit. Alle Beteiligten waren sich einig darüber, daß die Täter einen Verbindungsmann im ›Todesengel‹-Team haben mußten. Jemand spielte ihnen in die Hände.

Die meisten Zeugen hatten mehr oder weniger unverhüllt der Überzeugung Ausdruck gegeben, daß dieser Jemand John Jordan war.

Mr. High runzelte die Stirn.

»Es klingt nicht ganz überzeugend«, meinte er langsam. »Ich kann mir nicht helfen. Aber es scheint mir etwas viel Aufwand zu sein nur zu dem Zweck, einer Schauspielerin eine bestimmte Rolle zu verschaffen.«

Genau das hatten Phil und ich uns auch schon überlegt. Mein Freund zuckte die Achseln. »Wahrscheinlich geht es der Mafia darum, ein Exempel zu statuieren. Die Sache mit der Rolle für Melissa Montesi dürfte eine Art Testfall sein. Die Verbrecher setzen ein verhältnismäßig unwichtiges Ziel mit voller Härte durch, um ihre weiter gesteckten Ziele später um so leichter zu erreichen.«

»Und John Jordan?« fragte Mr. High. »Mir leuchtet nicht ein, wieso er unter diesen Umständen überhaupt für die Livman-Hale-Film arbeitet und nicht für die GGG.«

»Aus Tarnungsgründen vermutlich. Er kann sich keine Blöße geben, die es der Presse allzu leicht macht, ihn mit der Mafia in Verbindung zu bringen. Außerdem sind die meisten Branchenkenner der Meinung, daß die Livman-Hale-Film in Kürze ohnehin nicht mehr Carl Livman und Gary Hale, sondern Carlo Genoffrio gehören wird.«

Für einen Moment blieb es still.

Mr. High blickte nachdenklich auf die Notizen, die er vor sich liegen hatte. Nachdenklich und zweifelnd! Denn wir hatten zwar aus Hunderten von Mosaiksteinchen ein halbwegs überzeugendes Bild zusammengesetzt. Aber ob es wirklich den Tatsachen entsprach oder ob die Dinge vielleicht ganz anders lagen, als wir auch nur ahnten, mußte sich erst noch herausstellen.

»Ich schlage vor, daß wir abwarten«, sagte ich. »Inzwischen können wir versuchen, John Jordan wegen seiner Teilnahme an der Mordparty festzunageln, ein bißchen für Unruhe zu sorgen und . . .«

Ich unterbrach mich, da es dezent an die Tür geklopft hatte.

Helen, Mr. Highs Sekretärin, streckte ihren blonden Kopf herein. »Ein Besucher für Sie, Sir. Ein gewisser Gary Hale. .«

Gary Hale!

Einer der beiden Produzenten der Livman-Hale-Film.

Der Chef bat Helen, den Mann hereinzuführen. Ein paar Sekunden später trat er mit einem nervösen Lächeln über die Schwelle.

Ich hob überrascht den Kopf. Denn ich verwechselte den schlanken, grauhaarigen Mann in dem eleganten Sommeranzug eine Sekunde lang mit dem Anwalt Berthold Genn. Dann wurde mir klar, daß es sich lediglich um eine Ähnlichkeit handelte. Auf den zweiten Blick wirkte sie nicht einmal mehr besonders verblüffend. Gary Hale hatte nichts Unechtes, Aalglattes an sich. Er wirkte hart und energisch. Der Ausdruck der grauen Augen verriet, daß sich hinter seiner gepflegten Fassade ein ausgeprägtes, nicht kühl berechnendes, sondern eher spontanes Temperament verbarg.

Mr. High begrüßte den Besucher und übernahm die Vorstellung. Die Art, wie sich Gary Hale auf die äußerste Kante des Besuchersessels kauerte, hatte etwas von der Haltung eines Sprinters in den Startblöcken. Einen Moment lang zögerte er und schien nach Worten zu suchen – dann atmete er tief und fiel mit der Tür ins Haus.

»Ich werde erpreßt. Jemand will mich zwingen, Melissa Montesi als Ersatz für Carol Holmes zu engagieren. In genau anderthalb Stunden wird sich der Erpresser noch einmal am Telefon in meiner Wohnung melden ...«

Blitzlichter flammten.

Wie eine Meute hungriger Jagdhunde drängten die Reporter heran, stießen sich gegenseitig, weil jeder der erste sein wollte, und rissen ihre Kameras hoch. John Jordan konnte gerade noch den Wagenschlag zuknallen, ehe sich Füße und ausgestreckte Arme mit Mikrofonen in den Händen dazwischenschoben. Der Schauspieler preßte die Lippen zusammen. Hastig startete er den großen mitternachtsblauen Impala. Selbst durch die geschlossenen Scheiben konnte er noch das Stimmengewirr hören. »Was sagen Sie zu dem Mord an Carol Holmes, Double-J?«

»Mr. Jordan – trifft es zu, daß Ihre neue Partnerin Melissa Montesi heißt?«

»Wie war das mit der Pistole, Mr. Jordan?«

»Wie oft haben Sie geschossen?«

»He, Double-J! Kriegt die Montesi nun die Rolle oder ...«

Jordan stellte den Wählhebel der Automatik ein und kurbelte am Lenkrad. Das Blut rauschte in seinen Ohren. Drei Reporter lehnten sich weit über die Kühlerhaube. Das Blitzlichtgewitter funkelte jetzt von allen Seiten. Eine

Sekunde lang fühlte sich Jordan versucht, diese Hyänen einfach über den Haufen zu fahren. Ein freudloses Grinsen kerbte sich um seine Lippen bei dem Gedanken daran, wie sie ihn morgen früh in der Luft zerreißen würden, falls jemand verletzt wurde.

Wieder Blitzlichter.

Und natürlich würden sie fast alle die Fotos bringen, auf denen er grinste. Jordan kniff die Augen zusammen und gab vorsichtig Gas. Die Reporter fluchten, als sie von der breiten Stoßstange weggedrückt wurden. Langsam setzte sich der Impala in Bewegung. Er kam vom Bordstein frei. Die Fotografen spritzten auseinander und rannten in verschiedene Richtungen, um sich in ihre Wagen zu werfen.

John Jordan fuhr durch den Schatten der ehemaligen Turnhalle, nahm die Ausfahrt und bog in die neonerhellte Straße ein. Die Kerle aus dem Hof hätte er jetzt vielleicht abhängen können. Aber er wußte, daß auch hier draußen Reporter in startbereiten Wagen kauerten, deren Motoren schon warmgelaufen waren. Gemächlich steuerte der Schauspieler den Impala durch das abendliche Getriebe. Warum sollte er davonlaufen? Erstens hatte er keinen Grund, und zweitens war es so oder so sinnlos. Wie immer fuhr er den Broadway hinunter, nahm den Brooklyn-Battery-Tunnel und die Verrazano Narrows Bridge, und wenig später erreichte er den Bungalow in einer der ruhigen Wohngegenden von Staten Island.

Auch vor seinem Haus parkten bereits Wagen, lehnten Männer mit schußbereiten Kameras an Türholmen und Kotflügeln. Vermutlich war es für diesen Abend mit der Ruhe in der breiten Villenstraße endgültig vorbei. John Jordan rangierte den Impala schräg vor das schmiedeeiserne Tor. Aber er verzichtete darauf, hindurchzufahren, weil er wußte, daß bei dieser Gelegenheit mindestens ein halbes Dutzend Reporter auf das Grundstück vordringen würde.

Als er ausstieg, brandete wieder das Stimmengewirr

gegen seine Ohren, die Flut von immer gleichen Fragen. »Hi, John ... Mr. Jordan ... Double-J ...«, schrie es durcheinander. Immerhin: für einige war er noch Mr. Jordan. Der Schauspieler warf einen Blick auf den Konvoi der Verfolger, die eben um die Ecke fegten. Dann pflügte er mit der Schulter durch die Gruppe, die sich vor dem Tor staute, und zückte den Schlüssel für die kleine Fußgängerpforte.

Es kostete Mühe, hindurchzuschlüpfen. Fast klemmten die nachdrängenden Reporter ihm die Finger ein. Er fluchte unbeherrscht und unterdrückte den Impuls, einen wütenden Kommentar abzugeben. Mit langen Schritten ging er über den Kiesweg. Dabei fragte er sich, warum der Vorbesitzer diesen verdammten Weg so schnurgerade angelegt hatte, daß man von der Straße aus ungehindert bis zum Haus sehen konnte.

Das Garagentor stand offen.

John Jordan warf einen Blick auf das Heck des roten Pontiac und preßte die Lippen zusammen. Livman! Carl Livman war hier! Einen Augenblick lang schwankte Jordan zwischen Ärger und Erleichterung. Dann gewann die Erleichterung die Oberhand.

Er mochte Livman nicht. Aber immerhin paßte es in seine Pläne, einen fremden Wagen zur Verfügung zu haben. Denn er wollte nicht, daß Marcia in den nächsten Tagen hier im Haus blieb, ständig von der Meute der Reporter belagert. Er hatte bereits telefonisch ein Hotelzimmer für sie bestellt. Aber bis eben hatte er noch keinen Schimmer gehabt, wie er sie unter den Augen der Reporter mit seinem eigenen Wagen hier hinausbringen sollte, ohne daß sich sofort wieder das hungrige Rudel an seine Stoßstange heftete.

Die Haustür wurde geöffnet, bevor er klingeln oder aufschließen konnte. Marcia erschien im hellen Viereck, das Gesicht bleich und gespannt.

Sie wußte natürlich Bescheid. Livman hatte sie informiert. Vermutlich war der eine oder andere Reporter sogar noch schneller gewesen.

»John! O John ...«

Ihre Stimme zitterte, und John Jordan legte den Arm um ihre Schultern, bevor er die Tür hinter sich schloß. Einen Moment lang lehnte sich Marcia erschöpft gegen ihn. Ihr Blick wanderte zu ihm hoch und forschte in seinem Gesicht. Sie mußte ein Dutzend Fragen haben. Aber er wußte, daß sie sie nicht in Livmans Anwesenheit stellen würde.

Der Coproduzent erhob sich aus seinem Sessel am Kamin. Er war mittelgroß und mager: ein spröder Typ mit schütterem rötlichen Haar und Sommersprossen, die seinen ungesunden Teint dunkler wirken ließen, als er in Wahrheit war. Die graubraunen Augen lagen tief in den Höhlen. Sie blickten scharf und aufmerksam.

»John! Endlich! Ich bin sofort hierhergekommen, als ich es gehört habe. Ich dachte mir, daß du nicht wegkonntest, und daß es nicht lange dauern würde, bis hier die Meute aufkreuzte.«

»Danke«, murmelte Jordan.

Carl Livman winkte ab. Er hatte schnelle, eckige Gesten und legte ständig eine Art verhaltener Nervosität an den Tag. Es war die Nervosität eines Mannes, der unter den Zwängen und Abhängigkeiten seines Berufs leidet. Livman war der schwächere Partner der Firma und im Grunde von Gary Hales Gnade abhängig. Aber John Jordan wußte, daß Hale loyal war und seine Überlegenheit nie ausspielte.

Ein paar Hupen gellten auf der Straße. Livman warf einen nervösen Blick zum dichtverhängten Fenster und seufzte.

»Geier!« stieß er durch die Zähne. »Hyänen! Marcia kann hier nicht bleiben, John. Du solltest sie in ein Hotel bringen.«

»Das hatte ich vor. Ich habe eine Suite im ›Jardin Torero‹ bestellt. Wenn wir deinen Wagen nehmen und den Hinterausgang benutzen ...«

»Natürlich, John! Aber du solltest zuerst etwas essen und ...«

»Ich habe keinen Hunger.«

»Dann nimm einen Drink! Wir warten eine Viertelstunde. Du nimmst meinen Schlitten. Ich hänge mit dem Impala die Meute ab und lasse den Wagen irgendwo stehen. An der Grasmere Station können wir uns dann treffen. Einverstanden?«

Jordan überlegte einen Moment und nickte schließlich. Marcia war zur Bar hinübergegangen und hatte drei Whiskys eingeschenkt. Sie tranken schweigend. Livmans tiefliegende Augen glitzerten. John Jordan starrte ihn über den Rand des Glases hinweg an und versuchte, sich nicht anmerken zu lassen, daß er den Burschen einfach nicht riechen konnte.

Eine Viertelstunde später gingen sie in den Keller hinunter und nahmen die Verbindungstür, die direkt in die Garage führte.

Das Rolltor wurde von Büschen gegen die Sicht von der Straße her gedeckt. John Jordan und seine Frau kletterten in Livmans Pontiac. Der Produzent ging zu Fuß über den Gartenweg. Er benutzte die schmale Pforte und drängte sich durch die Reihen der Presseleute zu dem dunklen Impala.

Fragen prasselten auf ihn nieder, doch er schüttelte nur den Kopf. Um überhaupt den Wagenschlag öffnen zu können, mußte er die Ellbogen benutzen. Laut hupend pflügte er durch die Menge. Ein magerer Bursche, mit drei verschiedenen Kameras behängt, strampelte einen Moment lang bäuchlings auf der Motorhaube, bevor er zur Seite rutschte. Die Reporter glaubten, daß Livman losfuhr, um John Jordan irgendwo aufzunehmen.

Der Großteil der Meute hängte sich an den Impala. Niemand bekam mit, daß Jordan inzwischen den Pontiac aus der Garage fuhr und das Grundstück durch ein Tor an der Rückseite verließ. Ein unbefestigter Weg führte auf die Parallelstraße. Marcia atmete tief auf, als sie sah, daß hier noch keine Presseleute lauerten.

»John«, sagte sie leise.

»Ja?«

»John – ist es wahr, daß sie ... daß sie dich verdächtigen?«

Er zuckte nur mit den Schultern. Marcia drang nicht weiter in ihn – nicht jetzt. Eine Viertelstunde später nahmen sie Carl Livman auf, der es geschafft hatte, die Meute abzuhängen. Von da an hörte der Produzent nicht mehr auf, belangloses Zeug zu reden, um keine Stille aufkommen zu lassen.

»Weißt du, was ich glaube, John?« fragte er, als Jordan den Wagen auf den Parkplatz des Hotels lenkte.

Der Schauspieler steuerte eine freie Box an.

»Was?« fragte er einsilbig.

»Daß da jemand ganz bewußt versucht, dich reinzulegen! Jemand, der dich kaputtmachen will. Aus Rache, aus Neid – was weiß ich ...«

Jordan stellte den Motor ab und drehte sich um. Die Augen, die sich auf Carl Livmans Gesicht hefteten, waren blau und kalt wie Gletschereis.

»Du hast recht, Charly«, sagte Jordan durch die Zähne. »Jemand versucht, mich fertigzumachen. Und ich weiß auch, wer dieser Jemand ist, Charly. Ich werde ihn mir schnappen! Heute abend noch! Ich werde ihm erzählen, was passiert, wenn er ...«

»John«, sagte Marcia tonlos.

Jordan biß die Zähne zusammen. Seine Hände lagen um das Lenkrad. Die Fingerknöchel traten weiß unter der Haut hervor.

»Okay, okay«, murmelte er. »Ich will nur mit ihm reden, ich ...«

»Tu es nicht, John! Geh nicht zu ihm! Heute nachmittag war Melissa bei mir, und die Reporter haben uns zusammen fotografiert. Wenn dich jemand sieht, wenn sie vielleicht nur darauf warten, daß du zu ihm gehst ...«

»Das wagen sie nicht«, knurrte Jordan. »Sie sind Hyänen, aber sie riskieren nicht ihre Knochen.«

»John, du ...«

Marcia schwieg abrupt. Sie spürte, daß jedes weitere Wort verschwendet gewesen wäre. Mit einem tiefen Atemzug ließ sie die Schultern sinken. Carl Livman hatte schweigend zugehört. Seine unruhigen Augen glitten von einem zum anderen. Er wußte, wovon die Rede war, und lächelte matt.

»Du kannst meinen Wagen nehmen«, schlug er vor. »Ich fahre mit dem Taxi nach Hause.«

Jordan sah ihn an. »Danke. Ich hoffe, du bereust es nicht.«

»Mir kann nichts passieren.« Livman grinste. »Wer bankrott ist, hat den Vorteil, sich nicht mehr sonderlich um seinen Ruf kümmern zu müssen. Die Wagenpapiere liegen im Handschuhfach links. So long, Junge! Bye, Marcia ...«

Er nickte ihnen zu, stieß den Wagenschlag auf und schloß ihn wieder. Sekunden später hatte ihn die Dunkelheit verschluckt. John Jordan sah ihm nach und zog die Unterlippe zwischen die Zähne.

Flüchtig fragte er sich, ob er sich in dem Mann getäuscht hatte. Aber es war eine Frage, die im Augenblick nur eine Nebenrolle spielte ...

Gary Hales Haus lag in einer ruhigen Gegend von Queens. Der weißgestrichene Bungalow war phantasielos, Massenware. So was vermittelten Makler telefonisch im Schnellverfahren an Leute, denen es egal ist, ob sie für die Dauer ihres Aufenthalts in einer Stadt ein Haus kaufen oder eine Hotelsuite mieten. Hale war Junggeselle, dauernd unterwegs, nirgends verwurzelt. Eigentlich seltsam für einen Mann, der so wenig den Eindruck eines Karrieremachers vermittelte. Ich spähte aus schmalen Augen zu dem Haus hinter der Hecke hinüber und beobachtete, wie der Wagen mit der Funkantenne durch das Tor auf das Grundstück rollte.

Phil und Gary Hale saßen im Fond, zwei Techniker auf dem Rücksitz. Wir wollten im Haus des Produzenten eine Fangschaltung installieren. Aber wir rechneten damit, daß die Erpresser sich in dieser Hinsicht abzusichern versuchten. Wahrscheinlich beobachteten sie das Haus. Deshalb stand ich im Schutz der überhängenden Zweige einer Trauerweide und bemühte mich, möglichst jede Bewegung ringsum wahrzunehmen.

Jenseits der Hecke erloschen die Scheinwerfer. Eine Autotür klappte. Schritte knirschten über den Kies. Dann wurde die Haustür geöffnet und gleich darauf wieder geschlossen. Ich lauschte. Der Anmarsch hatte sich unauffällig abgespielt, aber nicht unauffällig genug, falls unsere unbekannten Gegner vorsichtig waren. Ich rechnete mit zwei, drei Minuten, in denen der Beobachter, falls vorhanden, noch abwarten würde.

Durch die herabhängenden Zweige spähte ich auf die spärlich erhellte Straße. Lediglich drei oder vier Wagen parkten am Bordstein. Die Leute, die hier wohnten, besaßen nicht nur Garagen, sondern auch Einstellplätze für Besucher. Unser Mann konnte ein Funkgerät in einem der Wagen liegen haben. Er konnte auch die Telefonzelle an der Ecke benutzen oder ...

Etwas raschelte.

Ich hielt den Atem an und schob behutsam den Kopf vor. Zehn Yards rechts von mir bewegte sich etwas in den

Holunderbüschen, die eins der Grundstücke begrenzten. Ein Schatten schob sich durch die Zweige und riß mit einem raschen Ruck den Ärmel seiner Jacke los, der irgendwo hängengeblieben war. Für einen Moment streifte das Licht einer Bogenlampe ein bleiches Gesicht, dunkles Haar, eine schmale, scharf gebogene Nase. Der Mann sah sich sorgfältig nach allen Seiten um. Dann wandte er sich nach rechts und ging mit den charakteristischen Bewegungen mühsam bezwungener Eile über den Gehsteig.

In Höhe der kleinen Grünanlage an der nächsten Kreuzung blieb er stehen.

Noch einmal spähte er in die Runde. Die Hände hatte er tief in die Taschen des Trenchcoats geschoben, die Schultern leicht hochgezogen. Sein Gesicht leuchtete als blasses Oval im Dunkel. Wieder wandte er sich nach rechts, schlug den aschebestreuten Fußweg ein, der im Bogen um eine Blumenrabatte führte, und steuerte auf das Telefonhäuschen zu.

Ich sah das Licht in der Zelle aufflammen.

Vorsichtig glitt ich aus meinem Versteck, huschte dicht an der Mauer und dann an der Hecke aus Holunderbüschen vorbei. Erst als ich die Grünanlage erreichte, geriet die Telefonzelle wieder in mein Blickfeld. Der unbekannte Mann wandte mir den Rücken. Er war kein Profi. Denn ein Profi hätte nicht den Fehler begangen, in dieser Situation den Telefonapparat mit dem Körper abzudecken und sein Gesicht zu verbergen, statt sehr aufmerksam in die Runde zu sichern.

Ich ging über die Rasenkante, damit die rote Asche des Wegs nicht unter meinen Schuhen knirschte. Der Unbekannte hatte den Absatz gegen die Tür des Telefonhäuschens gestemmt und hielt sie einen Spaltbreit offen, um nach draußen lauschen zu können. Idiotisch! Selbst ein besoffener Straßenganove hätte sich nicht dämlicher anstellen können. Er hätte zumindest einen Weg gefunden, das Licht im Innern der Zelle auszuschalten. Ich zerbiß einen Fluch. Unsere Gegner hatten sich irgendeinen unbedarften Knaben aufgegabelt, der einen schnellen Dollar machen wollte. Der Bursche wußte garantiert nicht, worum es ging. Aber immerhin hatte er eine Telefonnummer, und er mußte ein Gesicht gesehen haben.

Ich blieb stehen, halb verborgen zwischen verwilderten Ziersträuchern. Der Bursche in der Telefonzelle hatte den Hörer zwischen Kinn und Schulter geklemmt und wählte. Eine New Yorker Nummer, wie die Zahl der Ziffern verriet. Ich grub die Zähne in die Unterlippe und traf blitzschnell meine Entscheidung.

Der Bursche da vorn würde uns nicht viel weiterhelfen. Wenn er seinen Anruf absetzte, machten die Erpresser einen Rückzieher. Dann war die Verbindung gerissen. Mit drei Schritten erreichte ich die Zelle, riß die Tür auf und hörte mit halbem Ohr die Stimme aus der Leitung, die ›Hallo!‹ rief.

Meine Linke zuckte vor und drückte die Gabel nieder. Der Bursche vor mir kreiselte mit einem schrillen Schreckenslaut herum. Sein Gesicht verzerrte sich. Mit beiden Händen preßte er den Hörer gegen seine Brust. Die verglaste Seitenwand der Zelle klirrte, als der Mann mit dem Rücken dagegen stieß.

»FBI«, sagte ich ruhig. »Special-Agent Cotton. Keine falsche Bewegung, mein Junge.«

Er war tatsächlich jung, höchstens dreiundzwanzig Jahre. Die scharfgeschnittenen Züge mit der Hakennase hatten ihn aus der Entfernung älter aussehen lassen. Und er machte mehr als nur eine einzige falsche Bewegung. Mit einem wilden Ruck versuchte er, mir den Telefonhörer ins Gesicht zu werfen.

Dabei vergaß er, daß das Ding mit dem Wandapparat verbunden war. Da er im selben Moment vorstürzte wie ein wildgewordener Büffel, traf ihn sein eigenes Wurfgeschoß mit voller Wucht an der Nase. Tränen schossen aus seinen Augen. Blut spritzte aus dem mißhandelten Riechorgan. Der Junge ging jaulend in die Knie. Er war harmlos. Jedenfalls hatte er mit Sicherheit keine Erfahrung, was Gewalt und körperliche Auseinandersetzungen anging. Das bißchen Blut schockte ihn dermaßen, daß sein Widerstand wie ein Kartenhaus in sich zusammenfiel.

»FBI«, wiederholte ich. »Niemand frißt dich, also reiß dich zusammen! Steh auf, spreiz die Beine und stütze die Handflächen an die Wand.«

Die Prozedur war ihm nicht neu. Ich klopfte ihn nach Waffen ab, doch er hatte nur ein Taschenmesser bei sich. Seine Papiere lauteten auf den Namen David William Brown. Ich schob ihm das billige Plastikfutteral wieder in die Tasche. Dann bückte ich mich und hob den Zettel auf, den der Bursche bei meinem Eingreifen hatte auf den Boden fallen lassen.

Die Telefonnummer! Wir würden später feststellen, zu welchem Anschluß sie gehörte. Ich zog meinen Gefangenen an der Schulter herum und starrte ihn so drohend an, wie ich es fertigbrachte.

»Heraus mit der Sprache! Wer ist dein Auftraggeber?«

»Ich ... ich weiß nicht, Sir ...« Der Junge war so bleich wie ein Laken. Seine Augen flackerten. »Er hat mich in der Diskothek angesprochen. Fünfzig Dollar hat er mir dafür versprochen, daß ich ein paar Stunden das Haus da drüben beobachte. Ich sollte ihn anrufen, wenn irgendwelche Leute kämen. Ich ... ich dachte, es ist nichts dabei, Sir, ich ...«

Er verstummte und warf mir einen treuherzigen Blick zu. Offenbar hatte er sich wirklich keine großen Gedanken um die Folgen seiner Handlung gemacht. Fünfzig leicht verdiente Dollars, ein bißchen Herumstehen, ein Telefonanruf ... es klang nach einer Sache, die nicht schief gehen konnte.

»Beschreiben Sie den Mann«, forderte ich.

David Brown tat es. Aber seine Beschreibung paßte auf die Hälfte der männlichen Bevölkerung von Manhattan. Die zweite Rate des Honorars hatte der Unbekannte dem Jungen per Post zuschicken wollen. Also auch da kein Ansatzpunkt für uns. Genaugenommen hätte ich David William Brown nicht einmal festhalten können. Aber er machte keine Anstalten zu protestieren, als ich ihn aufforderte, mich zu begleiten.

Im Haus von Gary Hale stand die Fangschaltung bereits.

Der Produzent saß in einem Sessel im Wohnzimmer, trank Kognak und rauchte schwarze französische Zigaretten. Er zog die Brauen hoch, als ich mit meinem Gefangenen eintrat, aber er stellte keine Fragen. Mit ein paar Worten informierte ich Phil, und mein Freund telefonierte mit dem Distriktgebäude, um David William Brown abholen zu lassen.

Der Junge wurde sehr blaß um die Nase. Er hatte noch nicht begriffen, daß wir ihm im Grunde gar nichts anhaben konnten. Als wir ihm erklärten, daß er lediglich versuchen solle, in der Kartei den Mann zu finden, der ihn mit der Beobachtung des Bungalows beauftragt hatte, war er heilfroh. Eine halbe Stunde später fuhr draußen der Dienstwagen vor, der Brown ins District Office bringen würde. Gary Hale wischte sich den Schweiß von der Stirn und blickte zum wiederholten Mal auf die große, altmodische Standuhr.

Noch zehn Minuten.

Falls die Erpresser pünktlich waren! Und falls sie sich die Sache nicht anders überlegt hatten ...

Wir nutzten die Zeit, um mit dem Produzenten über den Mord an Carol Holmes zu sprechen. Hale bestätigte im wesentlichen, was wir schon wußten – oder vielmehr in Form von Gerüchten und Mutmaßungen gehört hatten. Auch er war sicher, daß die Gangster mit dem Mord an der jungen Schauspielerin ein Exempel statuiert hatten. Daß die Erpressung nur ein Auftakt war. Daß es in Wahrheit um viel mehr ging als um die Besetzung einer Rolle. Gary Hale wollte kämpfen. Er würde nur zum Schein auf alle Bedingungen eingehen, und dann ...

Das Schrillen des Telefons unterbrach meine Gedanken.

Hale zuckte zusammen und zögerte einen Moment. Dann streckte er die Hand aus und griff nach dem Hörer.

»Ja?« meldete er sich mit erzwungener Ruhe.

»Hallo, Hale!« Die Stimme klang spöttisch – ein Lautsprecher verstärkte sie, so daß wir mithören konnten. »Die zwei Stunden sind um, mein Junge! Ich warte auf deine Entscheidung.«

Der Produzent biß die Zähne zusammen. Er wußte, daß es darauf ankam, den Anrufer so lange wie möglich hinzuhalten – mindestens drei Minuten lang.

»Was ist, wenn ich ablehne?« fragte er heiser.

»Was dann ist? Hast du das noch immer nicht begriffen? Wir werden dich zwingen, Hale! Im Gegensatz zu dir haben wir nämlich Zeit, eine Menge Zeit. Wir werden dafür sorgen, daß du am Ende froh bist, wenn du überhaupt noch tun darfst, was wir verlangen.«

»Bluff!« knurrte der Produzent. »Wenn ich bankrott bin, kann ich euch nichts mehr nützen, oder?«

Der Anrufer lachte. Ein sattes, triumphierendes Lachen. »Irrtum, Hale! Du kannst uns eine Menge nützen, wenn du bankrott bist. Der nächste, der drankommt, wird dann nämlich wissen, daß wir es ernst meinen, und uns erst gar keine Schwierigkeiten machen. Also sei lieber froh, daß wir dir überhaupt eine Chance geben. Was ist nun? Ich warte auf deine Antwort.«

Gary Hale fuhr sich mit dem Zeigefinger zwischen Hals und Kragen.

Schweiß stand auf seiner Stirn. Das schmale, gutgeschnittene Gesicht war blaß vor Zorn.

»Ich – habe schon jemand anderen unter Vertrag genommen«, behauptete er.

»Wen?« kam die Frage wie aus der Pistole geschossen.

»Glaubst du, das binde ich euch auf die Nase? Damit es noch einen Mord gibt? Ich werde ...«

»Du wirst den Vertrag wieder lösen«, sagte der Anrufer gelassen. »Sonst gibt es nämlich wirklich noch einen Mord. Wir scherzen nicht, kapiert? Und wir lassen uns nicht hinhalten! Morgen früh wirst du Kontakt mit der Montesi aufnehmen. Morgen nachmittag ist der Vertrag perfekt. Und laß dir nur nicht einfallen, der Puppe deine Schwierigkeiten vorzujammern! Die Montesi hat keine Ahnung, daß wir bei der Sache nachhelfen. Sie weiß nichts. Überhaupt nichts, verstanden?«

Geschickt, dachte ich.

Auf diese Weise verhinderten die Kerle, daß Gary Hale sich an das einzige hielt, was für ihn greifbar war. Der Produzent biß sich auf die Unterlippe und warf mir einen fragenden Blick zu.

Ich nickte knapp.

Einer der Techniker hatte uns bereits ein Zeichen gegeben. Die Zeit reichte aus.

»Also gut«, sagte Hale leise. »Ich – habe keine Wahl. Ich werde tun, was Sie verlangen.«

»Sehr vernünftig! Der Boß wird sich freuen!«

»Wer – wer ist Ihr Boß? Und wer sind Sie? Wer ...«

Der Anrufer lachte höhnisch.

»Das wüßtest du wohl gern«, knurrte er. Noch einmal klang sein böses Gelächter aus der Leitung. Dann verriet das scharfe, knackende Geräusch, daß er aufgelegt hatte.

Mit einem tiefen Atemzug ließ Gary Hale den Hörer sinken.

»Nun?« fragte er leise.

»Okay«, sagte der Techniker gelassen. »Wir haben ihn. Moment noch!«

Zwei Minuten später wußten wir, woher der Anruf gekommen war.

Eine Adresse in Richmond, Staten Island.

Der Erpresser hatte ein Telefon mit einer Geheimnummer benutzt – und der Inhaber des Anschlusses hieß John Jordan ...

Es war ziemlich genau 22 Uhr, als wir den Bungalow in Richmond erreichten.

Falls Reporter hiergewesen waren, hatten sie es inzwischen aufgegeben, das Haus zu belagern. Nur noch wenige Wagen standen am Straßenrand. Kein Mensch war zu sehen. Wir hatten den Jaguar genommen. Phil kauerte zusammengefaltet auf der Notbank. Gary Hale saß auf dem Beifahrersitz. Er hatte sich nicht davon abhalten lassen, uns zu begleiten. Uns war es recht. Denn auf diese Weise konnten wir John Jordan – oder wen immer wir antreffen würden – gleich mit einem Zeugen konfrontieren.

Ich stieg aus und klingelte. Ein paar Sekunden verstrichen. Dann knackte es im Lautsprecher der Wechselsprechanlage. »Ja?« kam eine gedehnte Stimme.

»FBI, Special Agent Cotton.«

Pause. Der Mann im Haus räusperte sich. »Okay, ich öffne. Aber wenn Sie ein Reporter sind, der auf diese krumme Tour hier eindringt, werde ich Sie wegen Hausfriedensbruch belangen. Das kann ich Ihnen flüstern.«

Wieder knackte es im Lautsprecher. Ich hatte John Jordans Stimme erkannt. Er schien weder überrascht noch beunruhigt über den Besuch des FBI zu sein. Noch während ich zum Wagen zurückging, ließ ein elektronischer Impuls das schmiedeeiserne Tor aufschwingen.

Ich fuhr den Jaguar bis auf den Vorplatz. Jordan öffnete. Er trug noch den gleichen hellen Kordanzug mit den markanten Steppnähten, in dem ich ihn am Spätnachmittag gesehen hatte. Immer noch wirkte er braungebrannt und strahlend wie auf einem Filmplakat, obwohl sein Gesicht nicht die Spur eines Lächelns zeigte.

Er trat zurück, als er mich erkannte. Beim Anblick von Gary Hale zog er überrascht die Brauen hoch. Der Produzent preßte die Lippen zusammen. Er traute seinem Star nicht und hatte vermutlich voreilige Schlüsse aus den Tatsachen gezogen. Er dachte nicht daran, das zu verbergen.

»Sie hatten Besuch, Mr. Jordan?« fragte ich, nachdem die Tür hinter uns zugefallen war.

Der Schauspieler kniff die Augen zusammen. »Besuch? Ich? Nein ...«

»Du lügst!« fauchte Hale. »Du machst gemeinsame Sache mit ihnen, du ...«

»Stopp!« sagte ich scharf. »Überlassen Sie das bitte uns, Mr. Hale!« Und zu Jordan: »Aus diesem Haus ist telefoniert worden, und zwar ziemlich genau vor 40 Minuten.«

Der Schauspieler schüttelte den Kopf. Seine blauen Augen hatten sich noch mehr verengt. Ich konnte nicht entscheiden, ob der Ausdruck der Verständnislosigkeit darin echt oder gespielt war.

»Unsinn«, sagte er ruhig. »Ich war nicht hier.«

»Ich behaupte nicht, daß Sie es waren, der das Gespräch geführt hat, Mr. Jordan. Jedenfalls wurde es von diesem Haus aus geführt, von Ihrem Apparat und ...«

»Nein«, sagte er bestimmt. »Die Wohnung war leer. Es ist ausgeschlossen, daß jemand von hier aus telefoniert hat.«

»Wo sind Sie gewesen, Mr. Jordan?«

Seine Lippen preßten sich zusammen. Zorn flammte in seinen Augen auf. Aber immerhin sah er ein, daß er antworten mußte.

»Ich bin vom Studio aus sofort nach Hause gefahren. Daß ich in meiner Garderobe telefonisch eine Hotelsuite für meine Frau bestellt habe, wissen Sie wohl. Reporter belagerten das Haus ...« Er machte eine Pause. Ein Nerv zuckte an seiner Schläfe. »Glücklicherweise war Mr. Livman hier, der Coproduzent ...«

»Carl war hier?« fiel ihm Gary Hale überrascht ins Wort.

»Ja«, knurrte Jordan. »Er hatte von dem Mord gehört und wollte Marcia beistehen, weil er sich denken konnte, daß die Reporter nicht lange auf sich warten lassen würden. Marcia ist meine Frau«, setzte er in meine Richtung hinzu. »Carlo Genoffrios Tochter – aber das wissen Sie ja. Wie gesagt, Mr. Livman war hier. Er hat mit meinem Wagen die Meute abgehängt. Marcia und ich verließen mit seinem Wagen das Grundstück durch ein zweites Tor. Es ist uns gelungen, ungesehen bis zum ›Jardin Torero‹ zu kommen, und dort sind die Leute auf Diskretion gedrillt. Anschließend bin ich dann noch eine Weile spazierengefahren.«

Ich sah ihn an. »Wie spät war es genau, als Sie das Hotel verlassen haben?«

»Etwa acht, denke ich. Der Portier kann es bestätigen. Und Mr. Livman auch. Marcia und ich haben ihn unterwegs wieder aufgenommen. Er hatte meinen Wagen stehengelassen, um die Reporter loszuwerden.«

»Jetzt ist es kurz nach zehn. Wo waren Sie in den vergangenen zwei Stunden, Mr. Jordan?«

»Ich sagte doch, ich bin spazierengefahren.«

»Mit dem Wagen von Mr. Livman?«

»Ja, mit dem Wagen von Livman. Kein Mensch war hier im Haus. Also kann auch niemand telefoniert haben und ...«

»Sie beschäftigen kein Personal?«

»Wir haben eine Haushälterin. Aber die kommt nur tagsüber für mehrere Stunden und geht nach dem Abendessen. Warum, zum Teufel, wollen Sie das alles wissen?«

Ich sagte es ihm.

Schweigend hörte er zu, mit schmalen Augen und fest zusammengepreßten Lippen. Er ist Schauspieler, sagte ich mir. Wahrscheinlich fiel es ihm leicht, seine Gefühle zu beherrschen, seinen Gesichtsausdruck und seine Gesten unter Kontrolle zu halten. Er blieb erstaunlich ruhig. Er zeigte keine Überraschung. Aber ich hütete mich, aus dieser Reaktion irgendwelche Schlüsse zu ziehen.

Als ich geendet hatte, lehnte sich Jordan im Sessel zurück und verschränkte die Arme vor der Brust. Es wirkte herausfordernd. Ich hörte, wie Gary Hale neben mir scharf die Luft durch die Zähne zog.

»Du scheinst das für einen Spaß zu halten!« fauchte er. »Aber ich sage dir, John ...«

Er verstummte, als ich ihm einen warnenden Blick zuwarf. John Jordan rollte die Schultern.

»Ich war nicht hier«, wiederholte er. »Wenn es wirklich stimmt, was Sie da erzählt haben, muß irgend jemand ins Haus eingedrungen sein und mein Telefon benutzt haben. – Um mich zu belasten«, setzte er hinzu.

»Möglich, Mr. Jordan. Sind Sie damit einverstanden, daß unsere Kollegen im Haus nach Spuren eines Einbruchs suchen?«

Er zuckte die Achseln. »Wenn Sie meinen ...«

»Es wird sich nicht umgehen lassen. Außerdem brauchen wir Einzelheiten über Ihre Spazierfahrt. Überlegen Sie, Mr. Jordan! Er wäre sehr positiv für Sie, wenn irgend jemand Sie gesehen hätte.«

Er biß sich auf die Lippen.

Einen Moment lang blieb er reglos im Sessel sitzen und starrte auf einen Punkt des Teppichmusters. Ich spürte, wie es in ihm arbeitete. Mehrere Sekunden verstrichen. Dann hob John Jordan mit einem Ruck den Kopf.

»Ich bin spazierengefahren«, sagte er heiser.

»Ah! Und was haben Sie dann getan?«

»Einen Besuch gemacht.« Wieder zögerte er, und ich

spürte, daß ihm die nächsten Worte nur schwer über die Lippen kamen. »Ich war bei Marcias Vater. Bei Mr. Genoffrio ...«

Für die Dauer eines Herzschlags blieb es still. John Jordan sah unsicher von einem zum anderen. Gary Hale hatte sich vorgebeugt und atemlos zugehört. Jetzt fuhr er mit einem Ruck in die Höhe.

»Don Carlo!« knirschte er. »Natürlich! Don Carlo wird dein Alibi bestätigen, und wenn es noch so falsch ist! Du bist ein Schwein, John! Du bist ein verdammtes, dreckiges, gewissenloses ...«

»Raus!« flüsterte Jordan. »Raus, Gary! Ganz schnell, sonst ...«

»Was sonst? Willst du mir drohen? Willst du mich auch umbringen, so wie du die arme Carol ...«

»Mr. Hale!« sagte Phil scharf.

Der Produzent war aufgesprungen.

Für die Dauer eines Herzschlags starrte er John Jordan an, der wie versteinert im Sessel saß. Das Gesicht des Produzenten verzerrte sich. Heftig wandte er sich ab – so heftig, daß sein Stuhl fast umkippte.

»Du bist entlassen, Jordan!« stieß er hervor. »Der Vertrag ist null und nichtig! Lieber zahle ich ein Vermögen an Konventionalstrafe, als mit dir auch nur einen Tag länger zusammenzuarbeiten!« Und in unsere Richtung: »Ich warte draußen! Ich kann diesen ... diesen Verbrecher nicht mehr sehen!«

Wir konnten ihn nicht halten.

Hale stampfte hinaus wie ein gereizter Bisonbulle, schmetterte die Tür hinter sich zu und rannte geräuschvoll durch den Kies auf dem Vorplatz. John Jordan zog die Mundwinkeln nach unten. Er ist ein arroganter Hund, schoß es mir durch den Kopf.

Jordan straffte sich. Sein Blick wanderte von einem zum anderen.

»Wie gesagt, ich war bei Genoffrio«, wiederholte er. »Mindestens fünf Zeugen können es bestätigen. Aber ich nehme an, daß das keine Rolle spielt, da Sie ihnen so oder so nicht glauben werden. Es sind die gleichen Zeugen, die die Polizei schon einmal belogen haben. Sie verschwiegen damals, daß Marcia und ich an dieser verdammten Party teilgenommen hatten.«

»Was wollten Sie bei Genoffrio, Mr. Jordan?« fragte Phil ruhig.

Der Schauspieler grinste freudlos. »Was würden Sie sagen, wenn ich Ihnen erzählte, daß ich Genoffrio zur Rede stellen wollte? Daß ich geglaubt habe, er kenne vielleicht die Hintergründe des Mordes an Carol Holmes. Daß ich, verdammt noch mal, wissen wollte, warum jemand versucht, den Verdacht ausgerechnet auf mich zu lenken ...«

»Versucht das jemand, Mr. Jordan?«

Einen Moment lang wirkte er unschlüssig, fast hilflos. Aber da war dieser kleine Teufel in meinem Hirn, der mir ständig zuflüsterte, daß der Mann Schauspieler war, ein guter Schauspieler, schon mehrfach für den Oscar nominiert.

Ehe ich mir darüber schlüssig werden konnte, was ich glauben sollte, hatte sich John Jordan schon wieder gefangen.

»Kein Kommentar«, sagte er hart. »Ich habe keine Lust, mich um Kopf und Kragen zu reden. Schicken Sie mir eine Vorladung. Dann werde ich mit meinem Anwalt kommen ...«

Er klappte den Mund zu. Ich hatte das deutliche Gefühl, daß das endgültig war. Phil und ich standen auf. Wir hatten keine Wahl. Noch gab es keine Beweise gegen John Jordan, und wir konnten ihn nicht festnageln.

Er begleitete uns in die Diele.

Ohne ein weiteres Wort wollte er die Tür öffnen. In diesem Moment schlug ein melodischer Glockengong an.

Jordan zuckte zusammen. Seine Züge spannten sich, als er die Gegensprechanlage einschaltete. »Ja, bitte?«

»Mach auf, Johnny-Boy! Ich muß dich sprechen!«

Ich kannte die Stimme. Sekundenlang wußte ich nicht, wo ich sie unterbringen sollte, dann fiel es mir ein. John Jordans Manager! Der Bursche mit den Froschaugen, dem der Schauspieler heute nachmittag im Studio vor unseren Augen die Faust auf die Nase geschlagen hatte. Der Mann hieß Roy Silano, entsann ich mich. Er war ins Krankenhaus gefahren, und sein Schützling hatte sich geweigert, uns den Grund für die tätliche Auseinandersetzung zu nennen.

Die beiden liebten sich nicht, soviel stand fest. Aber das war nicht sehr ungewöhnlich. Vielleicht war Jordan an einen unfairen Vertrag aus seiner Anfängerzeit gekettet. Vielleicht hatte Silano ihn übers Ohr gehauen. Vielleicht hatte er seinerseits mit seinen Mafia-Verbindungen Silano den Ruf ruiniert. Es gab eine Menge Möglichkeiten. Für einen Moment zuckte im Gesicht des Schauspielers unverhüllter Haß auf. Seine Kiefernmuskeln traten hervor. Die Augen glänzten wie Gletschereis. Es kostete ihn sichtlich Mühe, sich zu beherrschen.

»Komm rein, Roy«, sagte er flach. Und in unsere Richtung: »Ich will Sie nicht länger aufhalten, Gentlemen . . .«

Ein eleganter Rauswurf. Wir stiegen die Treppe hinunter, während Roy Silanos Wagen über den Kiesweg rollte. Der Produzent Gary Hale hatte sich auf dem Notsitz des Jaguars zusammengefaltet. Phil grinste mich an. Dann fluchte er laut und bückte sich, als sei ihm irgend etwas hingefallen.

Er suchte zwischen den glitzernden Kieselsteinen herum. Roy Silanos Wagen kam unmittelbar vor der Tür des Bungalows zum Stehen.

Silanos breites Gesicht unter der spiegelnden Glatze glich einer Maske. Flüchtig nickte er uns zu. Er lächelte höflich. Dann marschierte er zur Haustür und streckte

John Jordan in einer übertriebenen Geste die Hand entgegen.

Deutlich konnten wir seine Begrüßungsworte hören, bevor sich die Tür schloß.

»Keine Angst, Johnny-Boy! Du brauchst dir keine Sorgen zu machen. Unsere Freunde werden die Sache schon wieder in Ordnung bringen ...«

»Seine Freunde«, sagte Phil eine halbe Stunde später gedehnt. »Nach Lage der Dinge dürften diese Freunde in der Umgebung von Carlo Genoffrio zu finden sein.«

Ich nickte nur. Wir hatten Gary Hale zurück nach Hause gebracht, jetzt fuhren wir in Richtung Distriktgebäude. Auch mir spukten die Worte von Jordans Manager im Kopf herum. Sie waren, genaugenommen, ziemlich eindeutig und ließen nur eine einzige Interpretation zu. Andererseits entsann ich mich nur zu deutlich der Schadenfreude, die Silano gezeigt hatte.

Aus irgendeinem Grund haßte er John Jordan. Aber das mußte nicht heißen, daß er in dieser Sache gegen ihn stand. John Jordans Karriere war Roy Silanos finanzielle Basis – und kein Mensch schlachtet die Gans, die ihm goldene Eier legen soll.

Phil und ich diskutierten weiter über den Fall. Im Grunde hatte sich nicht viel geändert. Der Verdacht gegen Carlo Genoffrio und John Jordan als mutmaßlichen Helfershelfer verstärkte sich. Aber vorerst hatten wir nichts in der Hand, das als Beweis hätte dienen können.

Jedenfalls nicht, bis wir das District Office erreichten. Denn dort erwartete uns eine Überraschung.

Ein nervöser junger Mann mit blondgefärbtem Haar saß in einem der Besucherzimmer und rauchte Kette. Er war Schauspieler: ein besserer Statist, Willy Wolkowski laut Paß, Rocco Riccardo mit Künstlernamen. Er spielte eine

Minirolle in der ›Nacht der Todesengel‹. Was er aussagte, war brisanter als Dynamit.

In der Nacht vor dem Mord an Carol Holmes hatte er mit seiner Freundin ein Himmelbett in der Requisitenkammer benutzt.

Ein Himmelbett, dessen Tüllvorhänge er nur hatte zuzuziehen brauchen, als er plötzlich Schritte hörte. Und durch den Vorhangspalt hatte er den heimlichen Besucher beobachten können.

John Jordan!

Mit der Pistole in der Hand, aus der am nächsten Tag der tödliche Schuß gefallen war!

Willy Wolkowski alias Rocco Riccardo war bereit, diese Aussage jederzeit unter Eid vor dem Richter zu wiederholen.

Für Phil und mich blieb unter diesen Umständen nur eine einzige Konsequenz.

Binnen einer knappen Stunden hatten wir Haft- und Durchsuchungsbefehl in der Tasche.

Und zunächst einmal fuhren wir zu dem Studio in der ehemaligen Turnhalle, um uns gründlich in John Jordans Garderobe umzusehen ...

John Jordan stand im Wohnzimmer seines Bungalows und betrachtete den kahlköpfigen Mann im Sessel mit einem feindseligen Blick.

»Was willst du?« fragte der Schauspieler hart. »Sag deinen Spruch auf und verschwinde wieder! Ich will deine Visage nicht länger als nötig sehen.«

Silanos vorstehende Froschaugen glänzten böse. Er stülpte die Unterlippe vor. »Du scheinst auf einem ganz schön hohen Roß zu sitzen, mein Junge. Ich würde dir raten, schleunigst wieder auf den Teppich zu kommen. Unsere Freunde ...«

»Deine Freunde sind nicht meine Freunde. Ich weiß, daß du von ihnen gekauft bist. Aber ich will diese Art von Hilfe nicht, kapiert?«

»Du bist bei Don Carlo gewesen«, stellte der Manager fest.

»Und weiter?«

»Man hört so allerlei.« Silano lächelte und senkte die schweren Lider. »Du hast eine große Lippe riskiert und auf den Putz gehauen. Dumm, mein Junge! Sehr dumm! Was hast du dir dabei gedacht? Einfach bei Don Carlo aufzukreuzen, eine große Szene zu machen, Behauptungen aufzustellen, für die es nicht die Spur eines Beweises gibt . . .«

»Die Polizei wird . . .«

»Die Polizei wird das schlucken, was wir ihr servieren«, fuhr Silano dazwischen. »Und das sieht verdammt schlecht für dich aus, mein Junge. Das kann ich dir versichern.«

John Jordan starrte seinen Manager an. Alles Blut war aus dem Gesicht des Schauspielers gewichen.

»So ist das also«, sagte er tonlos.

»Ja, so ist das.« Silano lächelte triumphierend. »Und jetzt laß uns endlich vernüftig reden, ja? Wir sind doch immer ganz gut miteinandern ausgekommen. Fünf Jahre Zusammenarbeit – das ist doch etwas! Das wirft man doch nicht einfach weg wie einen alten Mantel . . .«

»Fünf Jahre, in denen ich an einen unfairen Vertrag gekettet war«, sagte Jordan rauh. »Fünf Jahre, in denen ich dich nicht zum Teufel schicken konnte, weil du mich ruiniert hättest. Aber das ist vorbei, Roy!«

»Wir können über die Vertragsbedingungen reden, Johnny. Damals warst du Anfänger! Jetzt bist du ein Topstar. Natürlich werden wir das berücksichtigen.«

»Du hast dich an die Mafia verkauft!« knirschte Jordan.

»Man muß leben, mein Junge!« Silano lächelte harmlos. »Ohne deinen Schwiegervater läuft nun einmal nichts in diesem Geschäft. Man muß sehen, daß man sich rechtzeitig auf die Seite der Sieger stellt.«

»Dreckskerl!« zischte Jordan wütend. »Du Ratte, du ...«

»Tu dir keinen Zwang an!« Silano lächelte immer noch, aber jetzt lag ein harter Glanz in seinen Augen. »Deine Meinung über meinen Charakter interessiert mich nicht. Was mich interessiert, ist der Vertrag. Du kannst getrost weiter für Gary Hale arbeiten, aber ...«

»Aber du bleibst mein Manager, nicht wahr? Und du wirst Don Carlos Spiel spielen.«

Silano zog die Schultern hoch. »Was ist dabei? Hale wird seine Firma behalten können, wenn er sich nicht zu bockbeinig anstellt. Alles bleibt beim alten ...«

»Hale hat mich gefeuert«, sagte Jordan. Und nach einer Pause: »Ihr habt ihn angerufen, um ihn zu erpressen, nicht wahr? Ihr habt mein Telefon benutzt und ...«

»Erwartest du darauf eine Antwort?«

John Jordan ballte die Fäuste. Er beherrschte sich nur noch mit Mühe.

»Hale hat mich gefeuert«, wiederholte er. »Kapierst du das? Er hat mich gefeuert, weil ihr mich zum Verbrecher gestempelt habt!«

»Reg dich nicht auf! Das läßt sich alles wieder in Ordnung bringen.«

»Auf eure Art? Mit Terror und Erpressung?«

»Du kannst natürlich auch ablehnen«, sagte Silano mit einem dünnen Lächeln.

»Ah, ja! Und was passiert dann?«

Der Manager hob die Schultern. »Ich weiß es nicht. Ich bin nur ein Mittelsmann, verstehst du? Vorhin bei Don Carlo bist du wie ein Wilder aus dem Haus gerannt, ohne dir anzuhören, was er dir zu sagen hatte. Wir müssen jetzt endlich reinen Tisch machen, bevor deine Karriere endgültig zum Teufel geht, mein Junge. Meine Freunde schlagen vor, daß wir uns alle in zwei Stunden in meinem Haus treffen. Auf neutralem Boden, sozusagen. Können wir mit dir rechnen?«

»Ich denke nicht daran.«

»Wie du willst, John. Aber es ist deine letzte Chance. Überlege es dir gut!«

Für einen Moment blieb es still.

Roy Silano sah mit einem lauernden Lächeln zu John Jordan auf. Der Blick des Schauspielers schien durch seinen Besucher hindurchzugehen. Jordans Zähne knirschten aufeinander. Er wußte, daß sein Manager recht hatte. Daß sie ihn vernichten konnten! Daß er keine Wahl hatte, als sich mit ihnen zu einigen! Die Wut erstickte ihn fast. Doch ein Rest von Vernunft sagte ihm, daß er dieses Problem nicht mit der Brechstange lösen konnte.

Aber vielleicht anders!

Wenn er sie mit ihren eigenen Waffen schlug! Wenn er ...

»Nun?« fragte Silano gedehnt.

John Jordan atmete tief. Sein Gesicht glich einer Maske, und seine Stimme zitterte nur noch unmerklich.

»Gut«, sagte er. »In zwei Stunden bei dir, Roy! Ich werde kommen ...«

Wie ein schwarzer Klotz lag die ehemalige Turnhalle in der Dunkelheit.

Ich lenkte den Jaguar durch die überdachte Einfahrt in den Hof. Autolack glänzte im Widerschein der Peitschenleuchten. Die Wagen, die in numerierten Boxen parkten, gehörten vermutlich den Bewohnern der umliegenden Häuser. Wir fanden eine freie Lücke, stiegen aus und marschierten auf die Tür zu, die wir schon einmal benutzt hatten.

Sie war abgeschlossen. Einen Nachtwächter gab es nicht, wie wir wußten. Aber der Durchsuchungsbefehl berechtigte uns, auch mit Gewalt einzudringen. Unter größtmöglicher Schonung fremden Eigentums, versteht sich. Deshalb hantierte Phil sehr vorsichtig mit dem Dietrich, bis der Sperrmechanismus nachgab.

Um die Garderoben zu erreichen, mußten wir quer durch das Studio.

Die Notbeleuchtung brannte. Im schwachen orangefarbenen Licht wirkten Scheinwerfer und Kameras gespenstisch: ein Wald aus toten Gegenständen. Wir suchten uns einen Weg durch das bedrohliche Gewirr der Kabel, Kulissen und Versatzstücke. Durch eine Tür gelangten wir auf den breiten, kahlen Flur, an den die Künstlergarderoben grenzten.

Auch hier die orangefarbene Notbeleuchtung.

Ich glaubte, ein Geräusch zu hören, hielt Phil am Arm zurück und lauschte. Mein Freund runzelte die Stirn. Aufmerksam sah er in die Runde. Ich wandte mich um und spähte zur anderen Seite des Flurs hinüber. Da nahm ich eine Bewegung in einer der tiefen Nischen wahr.

Etwas polterte.

Scheppernd fiel ein Putzeimer um. Ein halbes Dutzend Schrubber und Besen krachten zu Boden. Wie ein Schatten flitzte eine Gestalt aus der Nische. Es war ein kleiner, drahtiger Mann in schwarzen Jeans und schwarzem Rollkragenpullover. Einen Herzschlag lang sah ich deutlich das bleiche, verzerrte Gesicht und die glitzernden Augen. Dann warf sich der Besucher herum und rannte.

»FBI!« schrie ich. »Stehenbleiben!«

Er dachte nicht daran.

Wie ein geölter Blitz rannte er durch den Flur, fast lautlos in den knallroten Turnschuhen. Ich begann ebenfalls zu laufen. Hinter mir hörte ich das Klappern von Phils Absätzen. Der Flüchtende hatte hier nichts zu suchen, soviel stand fest. Das Studio war leer während der Nachtstunden. Es gab nicht einmal einen Wächter. Entweder der kleine Bursche war ein Einbrecher und hatte es auf die wertvollen Kameras abgesehen. Oder ...

Oder was?

Ich wußte es nicht. Aber in einem Winkel meines Hirns bohrte der Gedanke, daß der Kleine kein Gelegenheitsdieb war, sondern etwas mit unserem Fall zu tun hatte. Geduckt jagte er durch den endlosen Flur, den Kopf zwischen die Schultern gezogen, weil er unsere Schritte von den Wänden widerhallen hörte. Wir holten nur geringfügig auf. Unser Gegner war garantiert für eine glänzende Hundert-Yards-Zeit gut. Vor ihm öffnete sich ein quadratischer Raum, in dem ein paar Tische und Stühle herumstanden. Links führte eine Treppe aufwärts. Rechts gab es einen Ausgang – einen von einem halben Dutzend, die die Turnhalle hatte. Der Kleine flitzte nach rechts und rüttelte an dem eisernen Drehknauf. Die Tür war abgeschlossen. Mit dem Fauchen einer gereizten Katze fuhr er herum.

»Stehenbleiben!« rief ich. »Sie haben keine Chance!«

In der Sekunde, in der wir den Vorraum erreichten, vollführte der Kleine einen langen Hechtsprung, rollte über die Schulter ab und kam unmittelbar am Fuß der Treppe wieder auf die Beine.

Er federte in den Knien, packte das Geländer und sprang die Stufen hinauf. Ich hatte keine Ahnung, was für Räumlichkeiten da oben lagen. Ich konnte mir aber nicht vorstellen, daß es einen passablen Fluchtweg gab. Vielleicht drehte der Kleine einfach durch.

Es gibt Leute, die in kritischen Situationen dem seltsamen Instinkt folgen, lieber nach oben als nach unten zu fliehen. Schon mancher Gangster hat sich auf diese Weise völlig sinnlos in ausweglose Situationen auf Dächern oder Gerüsten manövriert. Keuchend lief ich die Treppe hinauf. Das Geländer ächzte, als ich mich um die Biegung des Absatzes zog. Über mir tauchte der Flüchtende in der Dunkelheit unter. Ich vermutete, daß er durch einen weiteren Flur rannte, der oberhalb des ersten verlief. Aber dort oben gab es keine Notbeleuchtung.

Am Kopf der Treppe blieb ich stehen.

Phil prallte gegen mich, fluchte gedämpft und hielt dann den Atem an. Unser Gegner war clever. Jetzt, da die Dunkelheit ihn schützte, rannte er nicht mehr, sondern bewegte sich so gut wie lautlos. Wir lauschten. Aber wir hörten nur das Hämmern unserer eigenen Herzen.

Sekunden verstrichen.

Mein Atem beruhigte sich. Ich konzentrierte mich mit allen Sinnen. Irgendwo dort vorn in der undurchdringlichen Schwärze mußte der Bursche stecken. War da Bewegung? Das Schimmern blasser Haut? Etwas quietschte leise. Schwacher Lichtschimmer sickerte durch den Spalt einer Tür, die vorsichtig geöffnet wurde.

»Halt!« peitschte Phils Stimme. »Seien Sie vernünftig, Mann, Sie haben keine Chance! Zwingen Sie uns nicht, von der Waffe Gebrauch zu machen ...«

Ein erstickter Laut.

Ich sah die Gestalt durch den hellen Türspalt wirbeln und hörte das Klatschen der Turnschuhe auf vibrierenden Holzdielen. Phil und ich rannten von neuem los. Ich erreichte die im Luftzug schwingende Tür als erster.

Eine Galerie lag dahinter.

Eine schmale hölzerne Galerie mit einem ebenfalls hölzernen Geländer, die um die ehemalige Turnhalle herumlief und von den Stahlträgern der Dachkonstruktion gestützt wurde.

Diese Träger bildeten zusammen mit den Drähten der Beleuchtung ein verworrenes Netz. Die Kameras, Scheinwerfer und Kulissen unten im Studio waren nur wie durch ein Gitter zu sehen.

Mein Blick zuckte nach rechts. Immer noch vibrierten die Holzdielen. Der kleine Mann in dem schwarzen Rollkragenpullover rannte über die Galerie. Dabei hielt er sich dicht an der Wand. Ich vermutete, daß er irgendeine andere Tür zu erreichen versuchte.

Besonders gut kannte er sich jedenfalls nicht aus. Sonst hätte er wissen müssen, daß der erhöhte Platz hier oben auch von den Beleuchtern des Filmteams benutzt wurde.

Den Scheinwerfer, der mitten im Weg stand, sah der Flüchtende gerade noch rechtzeitig. Aber als er zur Seite auswich, blieb sein Fuß an einem Kabel hängen. Mit einem erschrockenen Schrei fiel er vornüber und stürzte zu Boden. Die Bretter dröhnten.

Wie eine Katze federte unser Gegner wieder hoch. Doch diesmal war er nicht schnell genug. Seine Lider zogen sich auseinander. Ich sah das Weiße in seinen Augen. Scharf pfiff der Atem aus seinem Mund. Und dann sah ich förmlich, wie die aufflackernde Panik in seinen Augen den letzten Rest von vernünftiger Überlegung hinwegfegte.

Mit einem Fauchen der Wut und Verzweiflung packte der Bursche das Geländer, schwang sich hinüber und landete mit beiden Füßen auf einem der Stahlträger.

Sein Gesicht erstarrte zur Maske, mit weit ausgebreiteten Armen begann er zu balancieren. Er hatte nicht die geringste Chance, die andere Seite der Halle zu erreichen – jedenfalls nicht schneller, als wir es über die sichere Galerie schaffen würden. Ich nickte Phil zu. Mein Freund setzte sich in Bewegung. Das Geräusch seiner Schritte ließ den Unbekannten den Kopf wenden.

Jetzt erst begriff er, daß es keinen Ausweg für ihn gab. Seine Lippen zuckten – dünne, farblose Lippen in einem weißen Gesicht. Schweiß glänzte auf seiner Stirn und überzog die Haut mit einem Netz aus feinen, glitzernden Perlen. Ich stützte mich auf das Geländer und versuchte, den flackernden, unsteten Blick festzuhalten.

»Komm zurück«, sagte ich sanft. »Du hast keine Chance! Also sei vernünftig, bevor du abstürzt und dir sämtliche Knochen brichst.«

»Dreckskerl!« Die Stimme keuchte – eine heisere, vor Erregung hohe Stimme. Der Mann war in Panik. »Verschwinde! Ich schieße dich ab!«

»Oh, Mann! Du mußt dämlicher sein, als die Polizei erlaubt. Bis jetzt bist du nur ein Einbrecher. Wenn du eine Waffe abfeuerst, wird dich das wegen Mordversuchs an einem Bundesbeamten für eine hübsche Reihe von Jahren hinter schwedische Gardinen bringen. Ganz davon abgesehen, daß du vermutlich ein Stockwerk tiefer landen würdest und ...«

Ein metallisches Scheppern.

Irgendwo im Halbdunkel war Phil über einen im Weg liegenden Gegenstand gestolpert. Der Mann auf dem Stahlträger zuckte heftig zusammen.

Er verlor die Balance.

Sein Fuß rutschte ab. Mit einem Schrei warf er die Arme nach vorn, um das Gleichgewicht wiederzufinden. Zu schnell, zu ruckartig! Ich sah den Körper stürzen und hielt den Atem an. Der kleine Mann krümmte sich zusammen, schaffte noch eine halbe Drehung und landete bäuchlings auf dem schmalen Träger. Gellend schrie er auf, als sein Handgelenk gegen die scharfe Stahlkante prallte. Er rutschte ab, rutschte unaufhaltsam, gleichsam im Zeitlupentempo seitlich von dem Stahlträger herunter. In letzter Sekunde gelang es ihm, die Finger der Rechten um die Metallkante zu schlagen.

Ein Ruck ging durch seinen Körper.

Hilflos hing er über dem Abgrund, mit seinem ganzen Gewicht an den Fingern der rechten Hand. Seine Linke war verletzt. Vermutlich gebrochen. Er konnte sie nicht gebrauchen. Ein dünnes Wimmern drang über seine verzerrten Lippen. Irgendwo rechts von mir warf sich Phil herum und kehrte im Eiltempo zurück.

Aber da hatte ich mich schon über das Geländer der Galerie geschwungen.

»Ruhig!« murmelte ich. »Nicht bewegen! Ich hole dich ...«

Er stöhnte.

Seine Augen, weit aufgerissen, in nackter Todesangst flackernd, hingen an meinem Gesicht. Ich sah die Knöchel seiner Rechten weiß werden, sah seine Finger millimeterweise abrutschen. Mit zwei, drei langen Schritten hatte ich ihn erreicht, ließ mich im Reitersitz auf den Stahlträger gleiten und packte das Gelenk des Burschen, während ich den rechten Fuß um den linken Unterschenkel hakte, um sicheren Halt zu finden.

Der Mann stöhnte. Als ich ihn mit der freien Linken am Kragen packte, verdrehten sich seine Augen. Er war ein Leichtgewicht. Ich hatte keine Schwierigkeiten, ihn neben mich auf den Stahlträger zu zerren – aber um einen Bewußtlosen bis zur Galerie hinüberzuschleppen, waren mir die Ledersohlen meiner Schuhe denn doch zu glatt.

Phil löste das Problem, indem er mir ein Ende des ohnehin zerrissenen Kabels zuwarf, über das der Kleine vorhin gestolpert war. Ich band ihm das Ding um den Bauch und hakte vorsichtshalber meinen Ellenbogen in die Schlinge. Passieren konnte jetzt nichts mehr. Und da das Gefühl der Sicherheit meist schon die halbe Miete ist, richtete ich mich ohne Mühe auf dem Stahlträger auf, hob den Bewußtlosen hoch und balancierte zum Geländer.

Drei Sekunden später lehnte der kleine Mann in dem schwarzen Rollkragenpullover mit dem Rücken an der Wand und kam allmählich wieder zu sich.

Verwirrt sah er von einem zum anderen. Dann kehrte die Erinnerung zurück. Vermutlich auch der Schmerz in der verletzten Hand. Das blasse Gesicht verzog sich. Ich nestelte eine Zigarette aus der Packung, schob sie dem Burschen zwischen die Lippen und gab ihm Feuer.

»Klartext!« verlangte ich. »Was hast du hier gewollt? Am besten sagst du gleich die Wahrheit, mein Junge. Daß du dir eine Kamera unter den Nagel reißen wolltest, nehmen wir dir nämlich sowieso nicht ab.«

Es war ein Schuß ins Blaue, aber er schien ins Schwarze zu treffen.

Das Gesicht des Kleinen wurde noch um eine Nuance blasser. Er biß sich auf die Unterlippe. Seine Stimme krächzte.

»Dieses Schwein! Er hat mich reingelegt! Hat gesagt, es wäre nichts dabei ... und jetzt ... jetzt mischt das FBI mit ...«

»In der Tat«, sagte ich trocken. »Und nun mach den Mund auf! Wer hat dich geschickt? Was solltest du hier tun?«

»Was abholen! Nur was abholen, G-man! Ich bin pleite! Kein Job, nicht mal 'n Dach über dem Kopf, und der Fraß von der Heilsarmee ist zum Kotzen! Der Typ wollte mir fünfzig Dollar zahlen ...«

Fünfzig Dollar!

Mit genau diesem Betrag war auch der Junge geködert worden, der das Haus des Produzenten Gary Hale beobachtet hatte.

»Fünfzig Dollar wofür?« fragte ich hart.

»Dafür, daß ich hier einstieg und 'ne Pappschachtel aus einer der Garderoben holte. Der Kerl hat's verdammt eilig damit gehabt. Ich glaube, der wußte, daß ihr im Anmarsch seid. Dieser Dreckskerl! Dieser verdammte ...«

»Kannst du den Mann beschreiben?«

Er tat es. Eine vage Beschreibung – und eine Beschreibung, die wir schon einmal gehört hatten. Dunkles Haar, braune Augen, Mittelgröße, heller Trenchcoat. Diese Allerweltsmerkmale paßten natürlich auf eine Menge Leute. Aber ich war überzeugt davon, daß der Unbekannte, der hier seine Finger im Spiel hatte, mit dem Auftraggeber von David William Brown identisch war.

Die Zahlungsmodalitäten bestärkten mich in dieser

Annahme. Der kleine Mann hatte zwanzig Dollar in der Tasche. Die restlichen dreißig Dollar sollte ihm ein Bote aushändigen. Die Pappschachtel aber sollte er nicht etwa dem Unbekannten übergeben, sondern im Hudson versenken.

»Hat der Bursche dir genau beschrieben, wo die Schachtel versteckt ist?« fragte ich.

Der kleine Mann nickte. Inzwischen hatten wir seine Papiere gefunden und festgestellt, daß er eine wahren Zungenbrecher von slawischem Namen trug. Wir könnten ihn ›Tip‹ nennen, wie seine Freunde, bot er mit einem treuen Hundeblick an. Und er stolperte fast über seine eigenen Beine, so eilig hatte er es, uns zum Versteck der bewußten Pappschachtel zu führen.

Wir gingen den gleichen Weg zurück, den wir eben im Laufschritt hinter uns gebracht hatten.

Unser Gefangener musterte die Reihe der Garderobentüren. »Nummer sieben«, sagte er heiser.

Es war die Garderobe von John Jordan.

»Da muß 'ne Liege drinstehen«, sagte der kleine Mann mit dem Rollkragenpullover. »Die Schachtel ist drunter, angeblich ...«

Wir fanden die Liege hinter einem bunten Vorhang.

Eine weiße Felldecke reichte bis zum Boden. Ich schlug sie zurück, ging in die Knie und umwickelte meine Finger mit dem Taschentuch, bevor ich nach der Schachtel tastete.

Drei Sekunden später hatte ich sie.

Und nach weiteren zwei Sekunden lag der Inhalt vor uns.

Das Magazin einer Pistole!

Mit Platzpatronen gefüllt!

Das Magazin, das der Mörder von Carol Holmes aus der Filmwaffe herausgenommen und gegen ein anderes mit scharfer Munition ausgetauscht hatte ...

John Jordan klappte das Buch zu.

Ein altes, zerfleddertes Buch, in blaues Papier eingebunden. Es stammte noch aus seiner Schulzeit, und das Thema, das es behandelte, war einmal sein Hobby gewesen.

Elektronik ...

Jordan lächelte sarkastisch. Sein Blick streifte den Zettel, auf dem er notiert hatte, was er brauchen würde. Eine ziemlich lange Liste. Das meiste konnte er aus seiner eigenen Stereoanlage ausbauen. Einige Kleinigkeiten mußte er sich besorgen. Oder besorgen lassen. Denn er hatte keine Lust, vielleicht doch noch irgendwelchen Reportern in die Arme zu laufen und seinen Plan zu gefährden.

Wurde sein Telefon überwacht?

Gleichgültig, dachte er. Erstens würde sich kein Polizist einem Reim auf das Gespräch machen können, das er führen wollte. Zweitens spielte es keine Rolle, solange sie ihn nicht festnageln konnten. John Jordan blätterte in dem kleinen Notizblock neben dem Telefon, bis er die richtige Nummer fand, nahm den Hörer ab und wählte.

Der Ruf ging durch.

Dreimal, viermal, fünfmal ...

»Hallo!« knurrte jemand. Erst als er die verschlafene Stimme hörte, wurde dem Schauspieler bewußt, daß Mitternacht vorbei war.

»Hier ist John Jordan«, sagte er ruhig. »Entschuldige bitte, Pete! Ich brauche deine Hilfe.«

Pete Mallory schnaufte und schüttelte den Schlaf ab. Er war Techniker, kannte John Jordan schon seit dessen Anfängerzeit und verdankte ihm den lukrativen Job. Er war Jordan etwas schuldig. So sah es jedenfalls der Schauspieler.

»Double-J!« murmelte Pete Mallory. »Was ... was liegt denn an?«

»Hast du schon geschlafen?«

»Hab' ich! Macht aber nichts.«

»Könntest du mir ein paar Kleinigkeiten besorgen? So schnell wie möglich? Es ist wichtig ...«

Der Techniker wußte, daß es sich auf jeden Fall für ihn lohnen würde, noch einmal aus dem Bett zu steigen. Seine Stimme wurde munterer.

»Sicher, Double-J! Worum geht's denn?«

»Hast du Schreibzeug da?«

»Moment, bitte! Das muß ich erst holen.«

Bettfedern knarrten. Jordan konnte das Tappen von nackten Füßen hören, das sich entfernte und dann wieder näher kam. Etwas raschelte. Pete Mallory gähnte unterdrückt, bevor er den Hörer wieder aufnahm.

»Okay! Ich hänge in den Startblöcken.«

Der Schauspieler lächelte. »Paß auf, Pete! Es sind nur ein paar Kleinigkeiten. Du wirst sie bestimmt irgendwo auftreiben, wenn du sie nicht sowieso im Hobbykeller hast. Schreib mit, ja?«

Langsam und deutlich diktierte er die Gegenstände von der Liste, die er unterstrichen hatte. Am Ende der Leitung schrieb Pete Mallory mit. Jordan hörte ihn tief atmen.

»Na ja«, sagte er gedehnt. »Wenn du es brauchst ...«

»Ich brauche es dringend, Pete. Vielleicht erzähle ich dir später mal, warum. Wann, denkst du, kannst du damit hier sein?«

»Hmm! Also alles hab' ich nicht vorrätig. Bis ich einen offenen Laden gefunden habe ... Sagen wir, in 'ner halben Stunde?«

»Großartig, Pete! Ich warte!«

»Bis dann! Ich werde mich beeilen ...«

Jordan legte den Telefonhörer auf.

Während er wartete, begann er bereits, die Stereoanlage auseinanderzubauen. Pete Mallory wohnte ganz in der Nähe, und er kannte sich aus. Also konnte es nicht lange dauern. Ab und zu warf John Jordan einen Blick auf die

Uhr. Aber es dauerte nicht lange, bis er völlig vertieft in seine Basteleien war.

Als die Türklingel anschlug, zuckte er heftig zusammen. Rasch schob er beiseite, was er gerade zusammenzuschrauben versucht hatte. Mit schnellen Schritten lief er in die Diele, schaltete die Gegensprechanlage ein und meldete sich.

»Ich bin's, Pete«, kam es aus dem Lautsprecher, und John Jordan beeilte sich zu öffnen.

Pete Mallory kam zu Fuß über den Weg. Er trug eine abgeschabte Wildlederjacke und hatte sich einen zerknautschten Hut aus Jeansstoff auf das schwarze Stoppelhaar gedrückt. In der Hand hielt er eine dunkle Aktentasche.

»Da ist das Zeug! Komplett, John! Muß ja was Tolles sein, das du da bastelst.«

Jordan lächelte nervös. Er griff nach der Tasche und drückte dem Techniker eine Rolle mit Geldscheinen in die Hand. »Ich hoffe, das deckt deine Auslagen ...«

»Danke! Die Zeiten sind lausig.« Mallory grinste. »Wenn ich dir vielleicht helfen soll?«

»Nicht nötig, Pete! Nochmals, vielen Dank ...«

Mallory begriff, daß er verabschiedet war. Er tippte an die Krempe seines Jeans-Huts. »Bye, Double-J! War mir ein Vergnügen.«

Er wandte sich ab und sprang die drei Stufen der Treppe hinunter. John Jordan sah ihm nach, wie er mit seinen langen, festen Schritten über den Kiesweg marschierte. Erst als Pete Mallory das Grundstück verlassen hatte, schloß der Schauspieler die Tür, kehrte ins Wohnzimmer zurück und begann die Aktentasche auszupacken.

Fünf Minuten später wußte er, daß er alles hatte, was er brauchte.

Er lächelte. Aber es war ein hartes Lächeln, und seine blauen Augen funkelten wieder wie Gletschereis ...

Der kleine Mann mit dem schwarzen Rollkragenpullover und dem unaussprechlichen Namen war eifrig bemüht, uns behilflich zu sein.

Der Doc hatte seine angeknackste Hand geschient. Jetzt hockte er bei Kaffee, Sandwiches und Zigaretten da und betrachtete die Karteikarten von Männern, auf die die Beschreibung seines unbekannten Auftraggebers paßte. Die meisten dieser Karten waren bereits durch die Finger des Burschen gegangen, der den Bungalow des Produzenten Gary Hale beobachtet hatte, um die Erpresser rechtzeitig vor einem eventuellen Polizeieinsatz zu warnen. Auch David William Brown suchte noch nach dem großen Unbekannten.

Inzwischen wußten wir, daß die Telefonnummer, die sein Auftraggeber ihm gegeben hatte, zu einem öffentlichen Münzfernsprecher gehörte. Wir taten, was getan werden mußte. Die üblichen Ermittlungen liefen. Aber Phil und ich glaubten beide nicht, daß wir auf diesem Weg weiterkommen würden.

Wir hatten das Magazin mit den Platzpatronen, das aus der Filmwaffe genommen und gegen scharfe Munition ausgetauscht worden war.

Wir hatten es in John Jordans Garderobe gefunden, und wir hatten einen Filmkomparsen als Zeugen, der Jordan in der Nacht vor dem Mord mit der Pistole in der Hand in der Requisitenkammer gesehen haben wollte. Die Kette der Indizien schloß sich. Sie hätten kaum eindeutiger sein können. Genau das war es, was mir an der ganzen Sache querlag.

Ich blies Rauchringe in die Luft und starrte Phil an.

»Das ist alles zu glatt«, sagte ich. »Solche verzuckerten Pillen schlucke ich verdammt ungern. Was wir gegen John Jordan in der Hand haben, ist uns Stück für Stück förmlich vor die Füße gefallen.«

»Vor die Füße geworfen worden, meinst du«, sagte Phil.

»Du nicht?«

Mein Freund zog die Schultern hoch. Er hatte sich ebenfalls eine Zigarette angezündet. Sein Blick wanderte zu dem Haftbefehl, der vor ihm auf dem Schreibtisch lag.

»Ich weiß es nicht«, sagte er. »Ich weiß nur, daß wir keine Wahl haben. Die Sache sieht so aus, als fange Jordan an, Beweise beiseitezuschaffen. Genausogut könnte er auch vorhaben, Zeugen zum Schweigen zu bringen. Wir müssen ihn entweder verhaften, oder wir müssen ihn unter Bewachung stellen.«

Ich nickte. Phil hatte recht. Wir durften kein Risiko mehr eingehen.

»Fahren wir erst mal hin«, schlug ich vor. »Mal sehen, was er zu der Geschichte mit der Pappschachtel zu sagen hat.«

»Er wird es einfach abstreiten. Oder auf den Gedanken kommen, der dir ohnehin im Kopf herumspukt – daß ihn jemand ganz gewaltig reinlegen will.«

»Was immerhin nicht ausgeschlossen ist! Also los. Starten wir!«

Es war nach Mitternacht. Vermutlich würden wir John Jordan aus dem Bett werfen müssen. Aber das konnte uns jetzt nicht mehr stören. Wir hatten einen Haftbefehl. Wir hatten Zeugen und Beweismittel. Und während ich den Jaguar durch das nächtliche Manhattan in Richtung Brooklyn-Battery-Tunnel lenkte, überlegte ich, wieso, zum Teufel, mir eigentlich immer mehr Zweifel kamen, je klarer die Sachlage nach außen hin wurde.

Ich verscheuchte die Gedanken.

Wir rollten den Gowanus Expressway hinunter, über die Verrazano Narrows Bridge, über den Staten Island Expressway nach Richmond hinein. John Jordan wohnte in einem exklusiven Viertel in Strandnähe. Eine breite Straße, von Hecken und weißen Mauern gesäumt. Ich erkannte die schmiedeeiserne Leuchte wieder, die am Torpfeiler der

Zufahrt zu Jordans Grundstück hing. Im Haus selbst war alles dunkel. Vermutlich schlief der Schauspieler bereits, hatte irgendein Barbiturat geschluckt und ...

Irrtum!

Ich trat unwillkürlich auf die Bremse, als ich jenseits des schmiedeeisernen Tors die Scheinwerfer aufflammen sah. Phil beugte sich vor. Er spähte mit zusammengekniffenen Augen in die hellen Kegel. Doch noch waren wir zu weit entfernt, um etwas zu erkennen. Einem Impuls folgend, zog ich den Jaguar nach rechts, brachte ihn zum Stehen und stach rückwärts in den Schatten eines schmalen, halb überwucherten Fußweg. Phil grinste mich an, weil er offenbar genau die gleiche Idee gehabt hatte. Beide stiegen wir aus. Ich stellte Motor und Scheinwerfer ab, bevor ich sanft die Tür zudrückte.

Mit ein paar Schritten erreichten wir die Straße.

Das schmiedeeiserne Tor zu Jordans Grundstück ließ sich offenbar von innen durch eine Lichtschranke öffnen. Es schwang, wie von Geisterhand bewegt, zurück. Die lange Schnauze eines mitternachtsblauen Impala schob sich über den Gehsteig – John Jordans Wagen! Ich kniff die Augen zusammen. Als der Schlitten nach rechts schwenkte, konnte ich im Streulicht einer Peitschenleuchte für einen Moment das Gesicht des Fahrers erkennen.

John Jordan!

Er war es, kein Zweifel!

Phil und ich wechselten einen Blick. Mein Freund zog die Unterlippe zwischen die Zähne. »Würde mich interessieren, wohin er diesmal spazierenfährt«, murmelte er.

»Das werden wir herausfinden. Komm, Alter!«

Wir liefen zum Jaguar zurück.

Drei Minuten später sahen wir in einiger Entfernung die roten Rücklichter des Impala durch die Dunkelheit glimmen. Wir waren entschlossen, sie nicht mehr aus den Augen zu verlieren ...

Um die gleiche Zeit lief der Techniker Pete Mallory in seiner Junggesellenbude auf und ab wie ein gefangener Tiger.

Er hatte das Radio aufgedreht, ohne Rücksicht auf die späte Stunde und die Nachbarn. Rockmusik hämmerte. Pete Mallory brauchte die Musik. Er brauchte die Geräuschkulisse – als fürchte er im geheimen, daß etwas von den Gedanken, die er in seinem Kopf wälzte, laut werden und nach draußen dringen könne.

Ja, es stimmte ... er war John Jordan etwas schuldig.

Jordan hatte ihm den Job verschafft, nachdem sie sich zufällig wieder getroffen hatten. Einen guten Job nach einem endlosen, lausigen Jahr, in dem er sich vergeblich die Hacken abgelaufen hatte. Und zuerst hatte Pete Mallory geglaubt, daß er auch gewisse Nebeneinkünfte Jordan verdankte, die mittlerweile zu einem satten Kontostand aufgelaufen waren. Sie sicherten seine Existenz und machten ihn unabhängig.

Man bezahlte ihn dafür, daß er Informationen lieferte. Die Mafia bezahlte ihn, wie er inzwischen wußte. Er hatte nie daran gezweifelt, daß John Jordan auch dabei die Hände im Spiel hatte. Denn Jordan galt allgemein als Don Carlo Genoffrios Hätschelkind. Pete Mallory war einigermaßen überrascht gewesen, als man ihm nahelegte, seine Spitzeltätigkeit auch und vor allem vor Genoffrios Schwiegersohn geheimzuhalten.

Inzwischen wußte der Techniker, wie die Dinge wirklich lagen.

Er wußte, daß Don Carlo Genoffrio John Jordan als wichtigste Schachfigur in seinem großen Spiel eingeplant hatte und daß die Schachfigur nicht mitspielen wollte. Er wußte auch, daß Genoffrios Trumpfas nicht mehr stach. Seine Tochter Marcia, John Jordans Frau, hatte sich von ihrem Vater losgesagt und dachte nicht daran, ihren Mann in Don Carlos Sinn zu beeinflussen. Die Pläne der Mafia waren in Gefahr, Pete Mallory wußte es. Jetzt sah er sich unversehens in die Ereignisse verstrickt. Er blieb vor dem Tisch stehen und starrte auf den Zettel mit der Liste der Dinge, die er für Jordan besorgt hatte.

Für den Techniker war es nicht schwierig, aus dieser Liste die richtigen Schlüsse zu ziehen. Wenn man noch ein paar Dinge dazurechnete, die sich aus jedem Radio oder Schallplattengerät herausbauen ließen, kam man auf die Zutaten für eine perfekte Abhöranlage. Genau das war es, was John Jordan offenbar zusammenbauen wollte. Eine Abhöranlage, mit der irgendwelche Gespräche belauscht und auf Band genommen werden konnten. Was für Gespräche? Und vor allem – wessen Gespräche? Mallory biß sich auf die Lippen und machte sich klar, daß daran im Grunde kein Zweifel bestehen konnte.

Jordan wollte zurückschlagen.

Gegen die Männer, denen er seine Schwierigkeiten verdankte. Gegen diejenigen, die Pete Mallory bezahlten und denen er längst auf Gedeih und Verderb ausgeliefert war.

Was sollte er tun?

Wieder nahm er seine unruhige Wanderung auf. Er war Jordan etwas schuldig. Er konnte ihn nicht verraten. Wenn er einfach schwieg, den Ahnungslosen spielte und so tat, als habe er nichts gehört und gesehen, vor allem nichts begriffen ...

Sinnlos, dachte er.

Jordan würde mit seinem verrückten Plan scheitern. Und dann würde herauskommen, daß er, Mallory, ihm geholfen hatte. Es war eine Illusion zu glauben, daß er den anderen einreden könne, er habe nichts gewußt. Sie würden gar nicht fragen. Sie würden auf ihre Art reagieren, schnell und erbarmungslos zuschlagen und ...

Mallory stöhnte auf und preßte die Handflächen gegen die Schläfen.

Er hatte keine Wahl. Jordan war selbst schuld. Warum mußte er sich gegen etwas stellen, das stärker war als er, stärker als alle! Wer mit dem Feuer spielte, brauchte sich nicht zu wundern, wenn er sich die Finger verbrannte. Das galt für John Jordan. Das galt für jeden anderen. Und das galt vor allem für ihn, Pete Mallory.

Er hatte keine Lust, sich die Finger zu verbrennen.

Er wollte nicht umgebracht werden, weil ein selbstherrlicher Star verrückt spielte. Er wollte auch nicht die Dollars verlieren, die in letzter Zeit so beruhigend reichlich gesprudelt waren. Mit einem Ruck wandte sich der Techniker um und ging zum Telefon. Seine Zähne knirschten aufeinander, als er den Hörer aufnahm.

Er wählte eine Nummer, die er im Kopf hatte. Es war weit nach Mitternacht. Überraschenderweise wurde am anderen Ende der Leitung sofort abgenommen.

»Ja?« meldete sich eine scharfe, hellwache Stimme.

»Mr. Livman?«

»Ja«, kam es gedehnt.

Pete Mallory schloß die Augen. Schweiß stand auf seiner Stirn. Die Wut, mit der er eben noch an John Jordan gedacht hatte, war wie ein Kartenhaus in sich zusammengefallen. Jetzt kämpfte er gegen das Gefühl, an seinem Verrat ersticken zu müssen.

»Mallory hier«, sagte er heiser. »Ich muß Ihnen etwas sagen, Mr. Livman. Eben hat mich Jordan angerufen. Ich mußte ihm eine Menge von – von ziemlich ungewöhnlichen Dingen besorgen. Er hatte es eilig. Er schien die Sachen sofort zu brauchen. Elektronische Bauteile, verstehen Sie?«

»Nein«, sagte Carl Livman, der Coproduzent der Livman-Hale-Film. »Ich verstehe überhaupt nichts. Du mußt dich schon deutlicher ausdrücken.«

Pete Mallory spürte eine ungewisse Übelkeit. Am liebsten hätte er sich selbst ins Gesicht gespuckt. Aber er wußte, daß er nicht mehr zurückkonnte.

»Elektronische Bauteile, Mr. Livman«, wiederholte er.

»Dinge, mit denen man – mit denen man eine Abhöranlage zusammenbasteln kann. Verstehen Sie jetzt?«

Für einen Moment blieb es still. Carl Livman atmete tief durch.

»Ja«,sagte er leise. »Jetzt verstehe ich. Danke, Pete! Du wirst es bestimmt nicht bereuen, daß du mich gewarnt hast ...«

Es war schwierig, John Jordans Wagen zu verfolgen.

Er fuhr durch ruhige Wohngebiete. Durch Straßen, die zu dieser Nachtstunde wie ausgestorben im Licht der wenigen Peitschenleuchten lagen.

Ich ließ mich immer wieder weit zurückfallen, um keinen Verdacht zu erregen.

Zweimal verlor ich den mitternachtsblauen Impala fast aus den Augen und fand nur mit Mühe den Anschluß wieder. Ich bemühte mich, nie so weit aufzuschließen, daß Jordan mehr von meinem Flitzer erkennen konnte als das Scheinwerferpaar. Aber ich mußte mich weitgehend darauf verlassen, daß der Schauspieler einfach keinen Grund sah, mit einem Verfolger zu rechnen.

Jordan fuhr in den Süden von Staten Island hinunter, in die Gegend der langen Strände und exklusiven Yachtklubs. Eine ganze Weile folgte er dem breiten, gut ausgebauten Hylan Boulevard. Neben mir rieb sich Phil nachdenklich mit dem Handrücken über die Bartstoppeln, die mittlerweile sein Kinn bedeckten.

»Eh!« murmelte er. »Wenn ich mich recht erinnere, wohnt Jordans Manager irgendwo da unten – dieser Roy Sillano.«

»Frag in der Zentrale nach«, empfahl ich. »Wir haben die Adressen sämtlicher Zeugen vorliegen.«

Phil schnappte sich das Funkmikro. Sekunden später war er mit einem Kollegen vom Nachtdienst verbunden.

Dann dauerte es nur noch eine knappe Minute, bis er Roy Silanos Anschrift hatte.

Eine Adresse in der Nähe von Tottenville. Teure Gegend, unmittelbare Strandnähe. Wahrscheinlich, überlegte ich, hatte sich der Manager mit Hilfe seines Schützlings längst eine goldene Nase verdient und rechnete auch für die Zukunft mit lukrativen Geschäften. Unter diesen Umständen mochte eine handgreifliche Auseinandersetzung, wie wir sie im Studio beobachtet hatten, keine entscheidende Rolle spielen.

Vor uns bog John Jordan vom Hylan Boulevard ab. Er fuhr nach links in eine der schmalen Straßen, die zum Strand führten. Ich rollte an der Einmündung vorbei und wendete im Schutz einer Pappelreihe. Durch die Zweige konnte ich den tanzenden Scheinwerfer des Impala sehen. Er schwenkte nach rechts ab und nahm eine der schmalen Stichstraßen, die in Park- und Wendeplätze mündeten. Falls sich Jordan nicht verfahren hatte, mußte sein Ziel irgendwo dort unten liegen.

»Silano«, sagte Phil zufrieden. »Er besucht seinen Manager.«

»Aber warum, zum Teufel? Der Bursche war doch noch vor zwei Stunden bei Jordan zu Hause!«

Mein Freund zog die Schultern hoch. Ich hatte den Jaguar angehalten und spähte mit schmalen Augen zum Strand hinunter. Von hier oben ließ sich der Weg des Impala gut verfolgen. Er verschwand für einen Moment zwischen Büschen und Bäumen, tauchte wieder auf und rollte über eine schmale, gewundene Piste, die zu einem etwas abseits gelegenen zweistöckigen Holzbau im Herrenhausstil der Südstaaten führte. Roy Silanos Haus? Ich vermutete es.

Der Impala passierte ein offenstehendes Tor und hielt vor dem breiten, überdachten Verandavorbau. Die Scheinwerfer erloschen.

Ich bückte mich und angelte den Feldstecher von der Ablage.

Es war kein Nachtglas. Aber der Platz vor dem weißgestrichenen Holzhaus lag im Licht einiger Außenleuchten, Glaskugeln von der Sorte, wie übermütige Boys sie gern als Ziel für Steinwürfe benutzen. Der Millionärsnachwuchs, der in den Straßen dort unten spielte, wurde vermutlich von strenger Aufsicht an solchen Streichen gehindert. Die Glaskugeln in Silanos Park verbreiteten jedenfalls strahlende, makellose Helligkeit. Ich konnte sogar die Nummer der Wagen erkennen, die neben Jordans Impala auf dem Vorplatz parkten.

Der silbergraue Cadillac ließ mich stutzen. Einen solchen Wagen fuhr Carlo Genoffrio. Es hätte Zufall sein können. Aber neben dem Caddy parkte ein rubinroter Mustang. Und es war bekannt, daß Don Carlo seine Leibwächter mit diesen schnellen, robusten Flitzern auszurüsten pflegte. Ich zog die Unterlippe zwischen die Zähne und las die Nummern der beiden anderen Wagen ab. Ein cremefarbener Rambler Ambassador und ein schwarzer deutscher Porsche. Während ich noch durch das Fernglas spähte, griff ich mit der freien Hand bereits zum Mikro.

Es dauerte keine zehn Minuten, und wir hatten die Namen sämtlicher Fahrzeughalter, die sich in Roy Silanos Haus versammelt hatten.

Der Cadillac und der Mustang liefen auf den Namen Carlo Genoffrio.

Der Porsche gehörte dem Anwalt Berthold Genn – und der cremefarbene Rambler einem Filmgewaltigen namens Lucas Manetti, dem man nachsagte, daß die Mafia ihn schon seit Jahren in der Tasche habe.

Phil pfiff durch die Zähne. »Konferenz in ganz großer Besetzung, eh!«

»Sieht so aus! Man müßte herausfinden, was die Herren da besprechen.«

»Wir haben einen Haftbefehl gegen John Jordan«, sagte Phil gedehnt. »Vielleicht kriegen wir auch eine Abhörgenehmigung.« Er grinste mich an und schlug mit der Faust in die Handfläche. »Bestimmt sogar, Jerry! Wenn du dich mal für eine Weile auf die eigenen Füße besinnst, kann ich den Jaguar nehmen, die richterliche Genehmigung über Funk per Kurier anfordern und die technische Ausrüstung auf dem nächsten Revier besorgen.«

Ich grinste zurück. Wir würden zaubern müssen. Aber wenn ich an die exklusive Versammlung dort unten dachte, war ich überzeugt davon, daß es sich lohnte.

»Beeil dich, Alter!« sagte ich nur.

Dabei stieg ich bereits aus. Phil rutschte auf den Fahrersitz. Während der Jaguar in die Dunkelheit davonfegte, schlug ich zu Fuß den Weg zu Roy Silanos Haus ein.

Die leise summende Klimaanlage hielt die Luft frisch, obwohl Zigarren und Zigaretten um die Wette qualmten.

Carlo Genoffrio hielt eine schwarze Havanna zwischen den Fingern, die auf den ersten Blick nicht recht zu seinem Äußeren paßte. Er war klein, ein wenig zerknittert. Sein Typ erinnerte eher an den Gemüsehändler an der Ecke als an einen erfolgreichen Geschäftsmann oder gar einen skrupellosen Gangsterboß. Erst auf den zweiten Blick – und auch das nur für einen guten Beobachter – verflüchtigte sich das Image des freundlichen älteren Herrn. Carlo Genoffrios Gesicht war scharf. Die Falten kerbten sich tief ein. Die schmalen dunklen Augen hatten den harten Glanz von poliertem Onyx.

Im Moment starrte er Berthold Genn an, den grauhaarigen, eleganten Anwalt.

»Sag es ihm, Bert!« Don Carlos Stimme klang flach und ausdruckslos. Aber es war eine Stimme, der man die klirrende Kälte anmerkte, zu der sie fähig war. »Er soll wissen, worum es geht. Das scheint er nämlich bis jetzt noch nicht begriffen zu haben.«

Berthold Genn sah von dem Mafia-Boß zu John Jordan hinüber. Der Schauspieler lehnte entspannt im Sessel. Er rauchte eine Orientzigarette mit Goldmundstück und strahlte kühle Arroganz aus. Der Anwalt rollte unbehaglich die Schultern.

»Es ist eine reine Frage der geschäftlichen Vernunft, John ...« begann er.

»Ah, ja! Und ich dachte, es gehe unter anderem um einen Mord.«

»Bitte, John, sehen wir doch für einen Augenblick davon ab ...«

»Ich denke nicht daran, davon abzusehen«, sagte Jordan ruhig. »Bevor ich mit euch verhandle, wollen wir erst mal die Fronten klären. Ihr habt Carol Holmes ermorden lassen!«

Schweigen. Aber John Jordan hatte ohnehin nicht erwartet, daß jemand darauf mit ›Ja‹ antworten würde.

»Was ich wissen möchte, ist der Grund«, sagte er leise. »Ihr habt das doch nicht nur getan, um Hale und Livman die Montesi aufzuzwingen. Dazu hätten andere Druckmittel genügt. Dazu hättet ihr nicht bis zum Mord gehen müssen.«

Immer noch hing das Schweigen im Raum. Lucas Manetti, der von der Mafia gelenkte Filmboß, war blaß geworden. Roy Silano und der Anwalt fühlten sich ebenfalls sichtlich unbehaglich.

Nur Vic Rocca, der Leibwächter mit dem verbrannten Gesicht, behielt seine steinerne Ruhe. Und der Don, in dessen Augen jetzt ein kaltes Funkeln trat.

»Gut«, sagte er leise. »Wenn du Klartext willst, kannst du ihn haben, John! Ich habe mich auf dich verlassen. Ich habe dich zu meinem Schwiegersohn gemacht, und ich habe dich protegiert, auch wenn du es vielleicht nicht gemerkt hast. Zum Dank dafür stellst du dich gegen mich! Zum Dank dafür kündigst du Roy den Vertrag und ...«

»Roy ist von dir gekauft«, sagte Jordan ruhig. »Und ich habe dir oft genug gesagt, daß ich nichts mit deinen Machenschaften zu tun haben will.«

»Das hättest du dir früher überlegen sollen.« Don Carlo straffte sich. Sein Gesicht erstarrte zur Maske. »Jetzt mußt du mitspielen, John! Ich habe einiges dazu beigetragen, dich zu dem zu machen, was du bist. Dein Name garantiert Millionengewinne. Und diese Millionengewinne sind der Hebel, den ich brauche, um die Branche unter Kontrolle zu bringen. Du wirst mitspielen, John! Du hast keine Wahl.«

»Und wenn ich nicht mitspiele?« fragte Jordan ausdruckslos.

Don Carlo lächelte. Für einen Moment war er wieder der freundliche alte Herr, der seine Umgebung perfekt zu täuschen vermochte.

»Dann wirst du im Zuchthaus landen«, sagte er kühl. »Ich habe dafür gesorgt, daß im Mordfall Carol Holmes alle Indizien gegen dich sprechen. Daß der Erpresseranruf für Gary Hale aus deiner Wohnung kam, weißt du ja bereits. Inzwischen haben die G-men das Magazin mit den Platzpatronen in deiner Garderobe gefunden. Und es gibt einen Zeugen, der beschwören wird, daß er dich in der Nacht vor dem Mord mit der Pistole in der Hand in der Requisitenkammer gesehen hat. Du kommst da nicht mehr heraus, John. Nicht ohne unsere Hilfe ...«

Er verstummte und beobachtete Jordans Gesicht, aus dem alle Farbe gewichen war. Der Schauspieler atmete schwer. Er hatte mit einer Falle gerechnet, aber nicht mit einer so tödlichen, gemeinen Falle, und Carlo Genoffrio wußte es.

»Du siehst, wir sitzen am längeren Hebel«, sagte er ruhig. »Wenn du den Vertrag mit Silano verlängerst und in

Zukunft tust, was wir von dir erwarten, werden wir dir helfen. Wenn nicht ...« Er machte eine vage Handbewegung.

Jordan schüttelte den Kopf.

»Du bist verrückt«, flüsterte er. »Du bist – wahnsinnig! Du mußt doch wissen, daß du das alles nicht mehr rückgängig machen kannst, daß du ...«

»Selbstverständlich kann ich es rückgängig machen«, sagte der Gangsterboß gelassen.

»Und wie, wenn ich fragen darf? Willst du den G-men erzählen, alles sei ein Irrtum gewesen, der sich erledigt habe? Willst du ...«

Don Carlo lächelte. »Rede keinen Unsinn, John! Die Sache ist ganz einfach. Daß wir einen Mann in eurem Filmteam haben, der uns in die Hände spielt, ist dir klar, nicht wahr?«

»Ja«, sagte Jordan heiser. »Das ist mir klar. Es muß so gewesen sein ...«

»Dieser Mann heißt Carl Livman. Er ...«

John Jordan riß die Augen auf. Seine Stimme krächzte.

»Livman?« stieß er hervor. »Der Coproduzent? Carl Livman ist ...«

»Richtig, John! Bei etwas logischer Überlegung hättest du selbst darauf kommen können. Wer wußte, daß du mich heute abend besucht hast? Daß dein Haus während dieser Zeit leer war? Daß wir dein Telefon benutzen konnten? Wer hatte jederzeit freien Zugang zu den Studios? Wer konnte völlig unauffällig kleine Zwischenfälle inszenieren?«

»Livman«, flüsterte Jordan.

»Richtig. Wir haben ihn gekauft, John. Er braucht Geld, wie du weißt. Später konnten wir ihn dann so unter Druck setzen, daß er sogar die Sache mit der Pistole für uns erledigte.« Don Carlo machte eine Pause, und ein böses Licht glomm in seinen Augen. »Selbstverständlich haben wir dafür gesorgt, daß gegen Livman Beweise existieren. Es liegt an dir, ob wir diese Beweise der Polizei in die Hände spielen und dich entlasten, John!«

Der Schauspieler schluckte. Seine blauen Augen wirkten wie erloschen.

»Ihr Schweine!« brachte er hervor. »Ihr dreckigen Schweine! Ihr wollt Livman über die Klinge springen lassen wie ...«

»Besser er als du, John! Oder nicht?«

Jordan stöhnte auf. Sein Gesicht verzerrte sich. Er wollte etwas sagen. Doch im selben Augenblick schlug das Telefon an. Es stand auf einem niedrigen Tisch am Kamin. Carlo Genoffrio brauchte sich nur ein wenig zur Seite zu beugen, um den Hörer zu erreichen.

»Ja?« meldete er sich gedehnt.

Und nach einer Pause: »Du bist es, Carl. Was gibt es denn?«

Ein zynisches Lächeln flog über sein Gesicht. Die Augen glitzerten triumphierend. Mit einer raschen Bewegung schaltete er den Lautsprecher ein, so daß auch die anderen die Stimme des Mannes hören konnten, dem die Rolle des Sündenbocks in diesem Spiel zufallen sollte.

»... offen sprechen?« fragte Carl Livman atemlos.

»Aber natürlich kannst du offen sprechen, Carl«, sagte Genoffrio. »Also, was gibt es?«

Die Stimme des Coproduzenten klang heiser.

»Ihr müßt vorsichtig sein, wenn ihr euch nachher mit Jordan trefft, Don Carlo! Er hat sich Bauteile für eine Abhöranlage besorgen lassen. Er will euch hereinlegen ...«

»Danke für die Warnung, Carl«, drang Genoffrios Stimme in Jordans Bewußtsein. »Leider kommt sie zu spät – du verstehst? Wir werden sehen müssen, wie wir damit fertig werden.«

Er legte den Hörer auf.

Wie eine kalte Berührung spürte Jordan den Blick des

Mafia-Bosses. Immer noch saß der Schauspieler reglos im Sessel. Aber jetzt begannen seine Gedanken schlagartig wieder zu arbeiten.

Es war zu spät für Worte, Argumente, Entschuldigungen.

Er wußte, daß er kämpfen mußte.

Schneller, als irgend jemand damit rechnete, zuckte seine Hand in die Tasche, in der der kleine Revolver steckte.

Ich nutzte die Zeit von Phils Abwesenheit, um mir einen Überblick zu verschaffen.

Im Schutz von Büschen und Bäumen umrundete ich Roy Silanos Grundstück, spähte immer wieder durch die Zweige der Hecke zum Haus und suchte den weitläufigen Garten nach Wachtposten ab. Ich konnte niemanden entdecken. Offenbar fühlte sich die Versammlung dort drin völlig sicher. Das Einfahrtstor stand immer noch weit offen. Vielleicht wurde ein weiterer Gast erwartet. Ich nahm das jedenfalls an. Und ich hoffte, daß es ein wichtiger Gast war. Dann bestand nämlich die Wahrscheinlichkeit, daß die Konferenz erst zur Sache kommen würde, wenn Phil wieder zurück war.

Die Abhöraktion selbst würde nicht schwierig sein. Man konnte ja hochempfindliche Richtmikrofone und Wanzen praktisch schon mit einer Kinderschleuder an jede beliebige Wand oder Fensterscheibe schießen. Alles hing nur davon ab, daß Phil rechtzeitig zurückkam.

Ich blieb an einer Stelle stehen, wo früher einmal ein Tor in der Weißdornhecke gewesen war. Deutlich konnte ich von hier aus die beleuchtete Glasfront der Terrassentüren sehen, die bodenlangen, hellschimmernden Vorhänge, die Umrisse von Liegestühlen und einem zusammengeklappten Sonnenschirm. Ein Schatten bewegte sich hinter dem

Fenster. Ziemlich hastige Bewegungen, stellte ich fest. In derselben Sekunde hörte ich den peitschenden Knall.

Ein Schuß, kein Zweifel!

Jäh und unvermittelt zerriß er die Stille. Etwas klirrte. Eine Stimme schrie auf. Die große Konferenz im Hause Silano ließ es also nicht bei Worten bewenden!

Auf dem Programm standen Mord und Gewalt.

Genau wie damals bei jener Party in Genoffrios Villa, als ein korrupter Staatsanwalt gestorben war und ...

Ich hörte auf zu denken.

Statt dessen handelte ich, glitt kurz entschlossen durch die Lücke in der Hecke und riß meinen Jackenärmel von den Weißdornzweigen los. Geduckt jagte ich durch den Garten, an Buschreihen vorbei, über einen kurzgeschorenen Rasen, der den Swimming-pool einfaßte. Eine Böschung führte zur Terrasse. Dicke, rundgeschliffene Kiesbrocken ersetzten die Treppenstufen. Als ich das plattenbelegte Geviert erreichte, konnte ich eine Stimme hören.

»Keine Bewegung! Ich knalle jeden über den Haufen, der sich rührt!«

Jordan, dachte ich.

Und dann eine andere Stimme, die ich ebenfalls kannte: Genoffrio!

»Du Narr! Leg die Waffe weg! Wenn du noch einmal abdrückst ...«

Ich sprang über einen Liegestuhl hinweg und zwängte mich durch eine Reihe von Gartenstühlen. Die Terrassentür stand einen Spaltbreit offen. Vorsichtig drückte ich sie weiter zurück und glitt durch die Lücke. Meine Linke tastete nach der Seitenkante des Vorhangs.

Etwas polterte.

»Nicht!« kreischte jemand schrill vor Entsetzen. Ich mußte mich zwingen, den Vorhang nicht ruckartig, sondern behutsam beiseitezuschieben.

In der Rechten hielt ich bereits den 38er. Wohlweislich

hatte ich die Lider zusammengekniffen. Aber der jähe Wechsel in der Beleuchtung irritierte mich dennoch. Schattenhafte Gestalten! John Jordan mit dem Rücken zu mir, Carlo Genoffrio zusammengekauert in einem Sessel. Und halb rechts von mir, geduckt vor einem umgestürzten Stuhl, die Luger in der Faust, der Exoffizier mit dem Gesicht voller Brandnarben.

Vic Rocca hieß er.

Ein knallharter Bursche mit einem Hang zur Gewalt, zur Grausamkeit, der tief in seiner gestörten Persönlichkeit wurzelte. Seit der Krieg ihn kaputtgemacht hatte, war es sein größtes Vergnügen, andere kaputtzumachen. Er war ein Killer, der es genoß zu töten. Trotzdem konnte er eiskalt und clever sein. Er war der gefährlichste Mann aus Don Carlos Leibgarde.

Er würde schießen.

Jetzt, in dieser Sekunde.

Er hatte John Jordan im Visier. Sein Finger krümmte sich. Obwohl der Schauspieler ebenfalls eine Waffe in der Faust hielt, war ich sicher, daß er nicht den Schimmer einer Chance hatte.

»FBI!« schrie ich. »Waffen weg!«

Dabei hielt ich den 38er in der ausgestreckten Hand, visierte über Kimme und Korn die Luger an. Daß John Jordan wie unter einem Peitschenhieb zusammenzuckte, ahnte ich mehr, als daß ich es sah. Auch Vic Rocca zuckte. Doch er war nicht der Typ, der sich aus dem Konzept bringen ließ. Feuern, den Lauf um eine Winzigkeit herumschwenken, abermals feuern – so mochte er es sich vorstellen. Breitbeinig stand er da, die Luger im Combatanschlag, und der Lauf geriet nicht um einen Inch aus der Richtung.

Da schoß ich.

Ich hatte keine Wahl. Ich konnte dem Killer ohnehin nur um den kaum meßbaren Bruchteil einer Sekunde zuvorkommen. Der 38er peitschte. Roccas Finger krümmte sich.

Dann stieß die Kugel seine Hände zur Seite. Reflexhaft riß er den Abzug durch. Sein Schrei mischte sich mit dem Krachen der Luger. Aber das Geschoß klatschte wirkungslos gegen die Kaminwand und zertrümmerte ein paar rote Klinker.

Ich wirbelte herum.

Aus den Augenwinkeln sah ich, wie sich Genoffrio, der gefährlich nahe am Kamin saß, mitsamt seinem Sessel nach hinten kippen ließ. Ich kümmerte mich nicht darum. Jordan war wichtiger. John Jordan, der immer noch mit seinem lächerlich kleinen Browning auf Vic Rocca zielte und der die Ereignisse offenbar nur halb mitbekommen hatte.

»Nicht!« schrie ich.

Dabei sprang ich bereits auf ihn zu, schlug ihm in der Sekunde das Gelenk herunter, in der er abdrückte. Noch ein Schuß! Diesmal fuhr die Kugel in Silanos kostbaren Orientteppich. Silano! Wo, zum Teufel, war er? Ich warf den Kopf herum. Mein Blick streifte den schwankenden Vic Rocca, den Mafia-Boß, der wie ein Käfer auf dem Boden herumkrabbelte, und erfaßte Roy Silano, den Manager. Er hatte gerade mit einem Sprung das Sideboard erreicht und versenkte die Hand in einer Schublade.

»Finger weg!« schrie ich. »Du kriegst eine Kugel, wenn du ...«

Jäh zerklirrte irgendwo eine Glasscheibe.

Phil, dachte ich – und einen Atemzug später hörte ich seine Schritte in der Diele.

Wie ein Schemen tauchte er auf.

Der Dienstrevolver lag in seiner Rechten. Drohend wanderte der Lauf von einem zum anderen. Aber seine Stimme klang völlig gelassen.

»Vorsicht in der Kurve, meine Herren! Wer jetzt noch mit den Ohren wackelt, hat gleich keine mehr. Und einige der Anwesenden dürften dann wie eine Rolle Drops aussehen ...«

Es war Phils naßforscher Tonfall, der schlagartig die tödliche Spannung löste.

Vic Rocca, der Leibwächter, hatte sich auf die Knie fallen lassen. Er wollte mit der unverletzten Hand zu der Luger auf dem Teppich greifen. Aber inzwischen hatte Carlo Genoffrio ein paar entscheidende Sekunden Zeit gehabt, um sich über die Situation klarzuwerden. Er war es gewohnt, schnelle Entschlüsse zu treffen. Er begriff rascher als die anderen. Noch am Boden spreizte er deutlich sichtbar die Arme ab.

»Nicht, Vic!« zischte er. »Roy – die Finger von der Waffe!«

Silano zog sofort die Hand zurück und hielt sich schwankend vor Schreck am Sideboard fest.

Vic Roccas verbranntes, entstelltes Gesicht verzerrte sich. Er stöhnte vor Haß. Aber auch er bezwang sich. Taumelnd stand er auf, preßte die verletzte Hand vor die Brust und schwankte zum nächstbesten Sessel.

Carlo Genoffrio sprang verblüffend elastisch auf die Füße.

Sein Gesicht war undurchdringlich. Die Augen, schwarz und hart wie poliertes Onyx, wanderten zwischen Phil und mir hin und her. Nur flüchtig nahm ich den Anwalt Berthold Genn und den sechsten Mann wahr, in dem ich den Filmboß Lucas Manetti vermutete. Die beiden hatten hier nichts zu bestellen. Genausowenig wie die Marionette Roy Silano oder der Leibwächter, der von seinem Herrn und Meister ohnehin mehr wie ein Möbelstück denn wie ein menschliches Wesen behandelt wurde.

Nicht einmal John Jordan schien im Augenblick zu zählen. Ich spürte fast körperlich die beherrschende Ausstrahlung, die von Carlo Genoffrio ausging. Er konzentrierte sich und versuchte, die Dinge durch eisernen Willen wieder unter Kontrolle zu bringen.

»Die Bundespolizei ...« Seine Stimme klang leise und

schleppend – leise auf die Art, die zum Zuhören zwingt. »Ich kann mich nicht erinnern, das Erscheinen von G-men jemals so begrüßt zu haben wie heute. Sie haben Schlimmes verhütet, Gentlemen. Mr. Jordan – nun, er befindet sich wohl in einem Zustand begreiflicher nervlicher Überreizung. Er muß etwas mißverstanden haben. Und da hat er auf Mr. Rocca gefeuert ...«

Der Schuß, den ich gehört hatte.

Ich wußte, Genoffrio sagt in diesem Punkt die Wahrheit. Zwar traute ich ihm nicht für zwei Cent. Aber ich kann den Knall eines kleinkalibrigen Revolvers von dem Ballern einer Langlaufluger unterscheiden.

»Mr. Jordan?« fragte ich ruhig.

Der Schauspieler war so bleich wie ein Laken. Seine blauen Augen brannten. Sie spiegelten eine merkwürdige Mischung aus Panik und Wut, Verzweiflung, Verwirrung und totaler Verständnislosigkeit wider.

»J-ja«, sagte er zögernd. »Ja, es war – ein Mißverständnis. Ich – ich habe geschossen. Ich weiß selbst nicht mehr, was in mich gefahren ist ...«

Sein Blick zuckte zu Genoffrio hinüber. Das Gesicht des Mafia-Bosses war unbewegt. Aber aus den Augenwinkeln sah ich, wie Roy Silano erleichtert lächelte. Der Anwalt Berthold Genn wischte sich mit dem Handrücken den Schweiß von der Stirn.

John Jordan log.

Vor irgend etwas hatte er Angst, das sah ich ihm an. Auf keinen Fall war es so gewesen, wie Don Carlo behauptete. Aber wie es in Wahrheit gewesen war, konnte ich mir beim besten Willen nicht zusammenreimen.

Ich starrte den Schauspieler an. Das schwarze Haar klebte ihm naß in der Stirn. Der Kordanzug hatte dunkle Flecken unter den Achseln.

»Wie wäre es zur Abwechslung mit der Warheit, Mr. Jordan?« fragte ich. »Ich nehme an, Sie sind sich über Ihre

Situation im klaren. Die Wahrheit ist vermutlich das einzige, was Ihnen jetzt noch helfen kann.«

»Aber ich habe die Wahrheit gesagt.«

»Ein Mißverständnis, wie ich schon erwähnte.« Genoffrios Blick streifte den Leibwächter, der zusammengekrümmt im Sessel hockte und seine blutende Hand hielt. »Niemand nimmt Ihnen übel, daß Sie die Situation auf Ihre Art bereinigt haben, Gentlemen. Möglicherweise wäre es zu einer Eskalation der Gewalt gekommen, da alle Beteiligten kurz davorstanden, die Nerven zu verlieren. Sie erlauben, daß ich jetzt einen Arzt für Mr. Rocca rufe?«

Ich nickte nur.

Wir konnten Genoffrio nicht hindern. Wir konnten überhaupt nichts gegen ihn unternehmen, solange John Jordan bei seiner Version der Ereignisse blieb. Vielleicht hätten wir den Schauspieler unter Druck setzen können, wenn wir gewußt hätten, wovor er eigentlich Angst hatte. Aber genau das wußten wir nicht. So hatten wir weder gegen den Don noch Vic Rocca oder einen der anderen eine Handhabe.

Genoffrio telefonierte.

Die anderen starrten uns an. Alle waren ziemlich blaß. – Aber der Schreck klang rasch ab. Sie gewannen sichtlich ihre Fassung zurück. Auch John Jordan wirkte erleichtert. Er quälte sich sogar ein Lächeln ab, während er mechanisch sein Haar zurückstrich. Da hielt ich den Zeitpunkt für gekommen, ihm den entscheidenden Schlag zu versetzen.

»Würden Sie uns jetzt bitte begleiten, Mr. Jordan?« fragte ich ruhig.

Er runzelte die Stirn. »Begleiten? Ich? Aber warum sollte ich . . .«

Phil griff schweigend in die Tasche.

Im Hintergrund klickte es laut, als Carlo Genoffrio den Telefonhörer auf die Gabel fallen ließ. Der Don wußte, wie ein Haftbefehl aussieht. John Jordan wußte es offenbar nicht. Verständnislos kniff er die Lider zusammen, als Phil ihm das Papier vor die Augen hielt.

»Kraft eines gültigen richterlichen Haftbefehls erkläre ich Sie hiermit für verhaftet, Mr. Jordan. Pflichtgemäß mache ich Sie darauf aufmerksam, daß alles, was Sie von jetzt an tun oder sagen, in einem späteren Prozeß gegen Sie verwendet werden kann. Sie haben das Recht, die Aussage zu verweigern. Sie haben das Recht, einen Anwalt Ihrer Wahl hinzuzuziehen ...«

Mit ruhiger Stimme belehrte Phil den Schauspieler über seine Rechte. Aber ich hatte nicht den Eindruck, daß John Jordan etwas davon begriff. Nichts außer dem Kernpunkt: daß er verhaftet war. Seine Augen weiteten sich, und seine Lippen begannen zu zucken.

»John!« sagte Don Carlo leise und mahnend.

»Sie haben Sendepause, Genoffrio«, erklärte ich grob. »Mr. Jordan, wollen Sie sofort einen Anwalt benennen?«

»Ja ... Ja ... Mr. Genn! Aber ich verstehe nicht ...«

»Sie stehen unter Mordverdacht, Mr. Jordan. Daß es sich um den Mord an Carol Holmes handelt, brauche ich Ihnen doch wohl nicht erst zu erzählen. Würden Sie jetzt mitkommen?«

»Und ich?« fragte Carlo Genoffrio ausdruckslos. »Brauchen Sie mich noch, oder kann ich gehen?«

»Sie können gehen. Ihre Freunde ebenfalls.«

Der Gangsterboß nickte. Ein knapper Blick scheuchte den Anwalt Berthold Genn an John Jordans Seite. Der Leibwächter taumelte mühsam hoch, der Filmboß ebenfalls. Selbst Jordans Manager, der hier zu Hause war, machte Anstalten zu gehen, weil er sich vermutlich im Rudel sicherer fühlte.

Die ganze Clique strebte hinter uns zur Tür. Der Kies auf dem Vorplatz knirschte. Carlo Genoffrio, der seine Wagen grundsätzlich selbst steuerte, ließ den verletzten Leibwächter hinten in den Cadillac steigen. Bevor er selbst ans Steuer glitt, wandte er sich noch einmal an John Jordan.

»Sei vernünftig, John«, sagte er leise. »Wenn du es nicht um deinetwillen tust, solltest du wenigstens an deine Frau denken ...«

Damit ließ er sich auf den Sitz fallen und zog die Tür hinter sich zu. Sekunden später sahen wir nur noch glimmende Rücklichter.

Der Anwalt Berthold Genn war der einzige, der zurückblieb.

Er hatte zu seiner Selbstsicherheit zurückgefunden. Sein Gesicht, das eben beinahe grau gewesen war, strahlte schon wieder kühle Überlegenheit aus. Beruhigend flüsterte er auf seinen Mandanten ein, und sein Blick wirkte kühl und abweisend, als wir uns einmischten.

Mir waren Genoffrios letzte Worte durch und durch gegangen.

»Denken Sie an ihre Frau!« Wenn das eine Drohung gewesen war ...

»Wir fahren zum nächsten Revier, Mr. Jordan«, entschied ich. »Kollegen von uns werden Sie dort abholen. Wo ist Ihre Frau?«

»Marcia? Aber – ich verstehe nicht ...«

»Don Carlo hat Ihnen empfohlen, an Ihre Frau zu denken«, schaltete sich Phil ein. »Sie kennen ihn besser als wir. War es eine Drohung? Ein Hinweis darauf, was geschehen könnte, wenn Sie reden oder ...«

»Ich protestiere!« fauchte der Anwalt. »Das ist eine unverschämte Unterstellung!«

»Sie vertreten Mr. Jordan und nicht Genoffrio«, sagte ich kalt.

»Aber ...«

Der Schauspieler schnitt seinem Anwalt mit einer Handbewegung das Wort ab. Er sah mich an und schüttelte langsam den Kopf.

»Nein«, sagte er leise. »Es war ganz bestimmt keine Drohung. Don Carlo liebt seine Tochter. Er würde niemals etwas tun, das Marcia schaden könnte.«

»Sind Sie sicher?«

»Ganz sicher, Mr. Cotton! Er hat es anders gemeint. Er möchte, daß alles getan wird, um Marcia den Skandal zu ersparen – soweit das noch möglich ist.«

»Würden Sie uns trotzdem die Adresse Ihrer Frau geben?«

»Aber ich sagte doch ...«

»Wir dürfen kein Risiko eingehen, Mr. Jordan. Nicht den Schimmer eines Risikos. So gesehen, sollten Sie jetzt tatsächlich in erster Linie an ihre Frau denken.«

Für einen Moment blieb es still.

Ein Nerv zuckte an Jordans Schläfe. Seine Augen waren sehr hell und sehr weit. Ich hatte den Eindruck, als versuche er, tief in mich hineinzusehen.

»Hotel Jardin Torero«, sagte er heiser. »Sie ist unter dem Namen Mary Conners abgestiegen.« Und nach einer Pause, mit halberstickter Stimme: »Bitte, versuchen Sie, es ihr so schonend wie möglich beizubringen ...«

Marcia Jordan konnte nicht schlafen.

Sie hatte sich nicht einmal ausgekleidet. Angst nagte an ihr und versetzte sie von Minute zu Minute mehr in einen Zustand zitternder Erwartung. Sie wußte, daß etwas geschehen würde. Etwas Schlimmes! Und sie wartete, ohne zu wissen, worauf, und obwohl die Vernunft ihr sagte, daß sie sich selbst verrückt machte.

John konnte nichts geschehen. Es würde einen Skandal geben, wieder einmal, aber was bedeutete das schon! Er hatte ihren Vater zur Rede stellen wollen. Wahrscheinlich würde es einen furchtbaren Streit geben. Doch sonst ...

Und wenn sie sich in ihrem Vater geirrt hatte?

Sie blieb am Fenster stehen, preßte die Stirn gegen die kühle Scheibe und tastete mit den Gedanken zurück in die Vergangenheit. Kannte sie ihn überhaupt wirklich, ihren Vater? Er hatte ihre Mutter nicht geheiratet, aber er hatte für sie, Marcia, all die Jahre gesorgt. Sie war in Internaten aufgewachsen.

Nach dem Tod ihrer Mutter hatte Carlo Genoffrio sie zu sich genommen. Oder nein: Sie hatte die Schulferien bei ihm verbracht, dann später die Semesterferien, als sie das College besuchte. Damals hatte sie Melissa Montesi kennengelernt, hatte auch ihre Freundin in den Ferien mit in die Villa gebracht, die sie inzwischen als Zuhause betrachtete. Melissa mit ihren Hirngespinsten von der großen Karriere! Carlo Genoffrio hatte sie darin bestärkt, hatte seinen ganzen Einfluß eingesetzt, um sie zu fördern, und erst sehr viel später war Marcia klargeworden, daß er das alles tat, weil er die Freundin seiner Tochter zu seiner Geliebten gemacht hatte.

Damals kannte sie John Jordan bereits. Eine steile Falte kerbte sich in ihre Stirn, als sie sich all der Mißverständnisse und Spannungen entsann, die zwischen ihnen auftauchten und ihnen das Leben schwermachten. Sie hatte John für einen Mafia-Mann gehalten, er sie für Carlo Genoffrios gehorsame Tochter. Bevor sie heirateten, waren alle diese Mißverständnisse ausgeräumt worden, waren sie sich klar darüber geworden, daß sie beide nichts mit den dunklen Machenschaften der Mafia zu tun haben wollten. Und heute wußte Marcia, daß es besser gewesen wäre, den Kontakt zu ihrem Vater sofort und vollständig abzubrechen.

Statt dessen hatten sie sich den Konventionen gebeugt, hatten nach außen hin oberflächliche gesellschaftliche Beziehungen zu Genoffrio unterhalten. Marcis schauderte, als sie an jene schreckliche Party dachte, die mit einem Toten endete. Ein korrupter Staatsanwalt, der der Polizei aufgefallen war, der eine Untersuchung zu erwarten hatte und deshalb verschwinden mußte. Das erzählte man jedenfalls. Marcia wußte nicht, ob es wirklich so gewesen war – aber für sie und John hatten die Tatsachen genügt, um endgültig die Verbindung abzubrechen.

Und jetzt?

Würden sie niemals von der Vergangenheit loskommen? Niemals Ruhe finden?

Marcia preßte die Handflächen gegen die Schläfen. Hämmernde Kopfschmerzen quälten sie. Dabei fühlte sie sich todmüde, obwohl sie wußte, daß sie so oder so nicht hätte schlafen können. Mit einem tiefen Atemzug wandte sie sich ab, um sich wenigstens für eine Weile aufs Bett zu legen. Genau in dieser Sekunde summte das Telefon.

Marcia zuckte zusammen.

Jäh loderte die Furcht wieder auf, die unerklärliche Gewißheit, daß etwas passieren würde. Langsam, fast widerwillig ging sie zum Nachttisch, setzte sich auf die Bettkante und griff nach dem Hörer.

»Ja?« meldete sie sich.

»Marcia?«

»Ja«, wiederholte sie. Im ersten Moment erkannte sie die Stimme nicht. Aber der Anrufer nannte sofort seinen Namen.

»Livman hier! Marcia – bitte, reg dich nicht auf! Es ist etwas geschehen, das ...«

»Was denn? Wo steckt John, wo ...«

»Ich soll dich zu ihm bringen. Tut mir leid, dich mitten in der Nacht zu stören, aber ...«

»Was ist mit John?« Marcias Stimme klang dünn. Ihr Herz hämmerte hoch im Hals. »Warum kommt er nicht selbst?«

»Er kann nicht«, sagte Carl Livman. »Bitte, stell jetzt keine Fragen, Marcia! John wird dir alles erklären. Hör genau zu! Ich warte mit dem Wagen im Hof des Hotels.

Benutze die Hintertür! Es ist wichtig, daß dich nach Möglichkeit niemand das Hotel verlassen sieht – wichtig für John. Hast du alles verstanden?«

»Aber ...«

»Beeil dich, Marcia! Wie lange wirst du brauchen?«

»Ein paar Minuten«, sagte die junge Frau benommen. »Ich bin noch angezogen. Aber sag mir doch wenigstens, ob John gesund ist, ob er ...«

»Es geht ihm gut, aber er ist in Schwierigkeiten. Ich kann jetzt nicht länger sprechen. Ich warte im Hof ...«

Ein scharfes Knacken in der Leitung zeigte, daß die Verbindung unterbrochen war.

Marcia Jordan ließ den Hörer auf die Gabel sinken. Sie zitterte. Immer noch pochte der Schmerz hinter ihren Schläfen. Ein flimmernder Schleier lag vor ihren Augen. In den nächsten Minuten war sie nicht fähig, einen klaren Gedanken zu fassen.

John, dachte sie nur.

John, John, John ...

Mechanisch griff sie nach ihrer Handtasche. Mechanisch schlang sie sich das große indische Seidentuch um die Schultern. Wie im Traum verließ sie das Zimmer, und erst als sie vor dem Lift stand, fiel ihr wieder ein, daß Carl Livman gesagt hatte, niemand dürfe sie das Hotel verlassen sehen.

Sie verstand das nicht. Aber sie hatte keinen Grund, Carl Livman zu mißtrauen.

Der Coproduzent hatte sich immer hilfsbereit und vertrauenerweckend gezeigt. Er galt als Ehrenmann, trotz seiner finanziellen Misere, trotz seiner Schulden. Niemand, auch nicht sein Partner Gary Hale, wäre je auf den Gedanken gekommen, ihn in Verbindung mit der Mafia, mit Verbrechen und Gewalt zu bringen. Marcia konnte nicht ahnen, daß gerade das Livmans Stärke ausmachte.

Sie wandte sich um, hastete durch den langen Flur

zurück und blieb einen Moment lag überlegend vor dem Personalaufzug stehen. Nein, auch das war nicht der richtige Weg. Ein Kellner oder ein Zimmermädchen konnten ihr begegnen. Aber die Hintertreppe, die nur aufgrund von baupolizeilichen Vorschriften existierte, benutzte ganz sicher niemand. Marcia hielt sich am Geländer fest und lief die Stufen hinunter. Nach fünf Stockwerken schwindelte ihr, weil sie überhaupt nicht mehr gewußt hatte, wie lang eine Treppe sein kann.

Das ›Jardin Torero‹ hatte zwölf Stockwerke.

Marcia Jordan war in Schweiß gebadet, als sie das Erdgeschoß erreichte – oder das, was sie für das Erdgeschoß hielt. Als sie sich umsah, stellte sie fest, daß sie sich bereits im Keller befinden mußte. Rasch lief sie wieder eine Treppe hinauf und geriet auf einen langen, kahlen Flur. Es dauerte eine Weile, bis sie endlich eine schmale graue Stahltür entdeckte, die nach draußen führte.

Nicht abgeschlossen!

Mit zitternden Fingern betätigte Marcia den Drehknopf und drückte die Tür auf. Im Treppenhaus hatte nur die Notbeleuchtung gebrannt. Draußen im Hof lag der Widerschein von Peitschenleuchten und farbigen Neonreklamen wie ein irisierender Schleier. Hoch wuchsen die Rückfronten der umliegenden Häuser empor. Vereinzelte helle Fenster leuchteten wie gelbe Augen. Marcia ließ die Stahltür hinter sich zufallen, blickte sich um und atmete auf, als sie Carl Livmans Pontiac erkannte.

Der Coproduzent saß am Steuer.

Aus schmalen Augen hatte er die Tür beobachtet. Jetzt lächelte er und stieg aus dem Wagen aus. Marcia sah den Mann auf dem Beifahrersitz, die beiden Gestalten auf der Rückbank.

Männer, die sie nicht kannte! Eine ungewisse Furcht schnürte ihr die Kehle zu. Vergeblich versuchte sie, im Halbdunkel Gesichter zu erkennen.

»Wer ist das?« fragte sie gepreßt. »Ich ... ich verstehe nicht ...«

»Freunde!« Carl Livman lächelte und faßte nach ihrem Arm. »Komm, Marcia! In einer halben Stunde wirst du bei John sein.«

Willenlos ließ sich Marcia Jordan zum Wagen führen.

Einer der drei Mitfahrer war ebenfalls ausgestiegen. Sie blickte in ein blasses, knochiges Gesicht mit tiefliegenden Augen. Der Mann lächelte schief. Carl Livman schob Marcia an ihm vorbei. Aus dem Wagen sahen ihr die beiden anderen Fremden mit dem gleichen angespannten, unechten Lächeln entgegen.

Ihr Herz machte einen Sprung.

War John doch etwas passiert? Wollte man sie nur schonen, langsam auf die Wahrheit vorbereiten? Hatte er vielleicht einen Unfall gehabt und lag im Krankenhaus? Oder war er ...

Ihr Gehirn weigerte sich, den Gedanken zu Ende zu denken.

Sie glitt auf den Rücksitz. Der dritte Mann stieg hinter ihr ein und zog die Tür zu. Marcia blickte unruhig von einem zum anderen. Die Burschen hatten sie förmlich eingekeilt. Sie fühlte sich plötzlich beengt, gefangen. Aber jetzt war es zu spät, die Sitzordnung zu ändern.

Carl Livman saß bereits am Steuer und ließ den Motor an.

Im Rückspiegel konnte Marcia sein Gesicht sehen. Ein blasses Gesicht, genauso angespannt wie die Gesichter der drei anderen – und um die schmalen Lippen spielte ein ausdrucksloses Lächeln ...

Ich stoppte unmittelbar vor der gläsernen Eingangsfront des Hotels, ohne Rücksicht auf das Halteverbotsschild.

Eigentlich hätte ich in die Tiefgarage fahren müssen.

Aber ich war wohl nicht der erste und nicht der letzte, der sich das sparte. Nagende Unruhe trieb mich. Immer noch gingen mir Carlo Genoffrios letzte Worte im Kopf herum. Jordans Gewißheit, daß es sich dabei bestimmt nicht um eine Drohung gehandelt habe, konnte ich nicht teilen. Phil ging es genauso.

Die Hotelhalle war auch bei Nacht hell beleuchtet. Zwei livrierte Männer spritzten aus der Tür in der Absicht, den vermeintlichen Gästen das Gepäck abzunehmen und den Wagen in die Garage zu befördern, bevor ein Cop aufmerksam werden konnte. Wir waren ausgestiegen. Phil zückte das Etui mit der Dienstmarke. Der blau-goldene Stern schimmerte matt im Licht der Neonröhren.

»FBI«, sagte mein Freund. »Wir müssen dringend Miss Mary Conners sprechen.«

Conners war der Name, unter dem Marcia Jordan hier abgestiegen war. Ich hatte einen prüfenden Blick über die Glas- und Betonfassade des Hotels schweifen lassen. Jetzt wurde meine Aufmerksamkeit abgelenkt. Ein Motor brummte. Ein paar Schritte links von uns, in der Einfahrt, die vermutlich zum Hof des Hotels führte, flammten Scheinwerfer auf. Dunkler Lack glänzte. Die lange Schnauze eines Pontiac schob sich in mein Blickfeld. Ich hatte keinen Grund, mich für den Wagen zu interessieren, sah nur flüchtig hin – und dann packte ich wie elektrisiert Phils Ellenbogen.

»Livman!« stieß ich hervor.

Das Gesicht des Coproduzenten war deutlich zu erkennen. Wir kannten ihn nur von Fotos. Andere Kollegen hatten ihn vernommen. Aber seine hageren, scharfgeschnittenen Züge waren einprägsam genug, um jeden Zweifel auszuschließen. Carl Livman saß am Steuer des Pontiac. Ein zweiter Mann kauerte auf dem Beifahrersitz, und hinter ihnen ...

Marcia!

Marcia Jordan, flankiert von zwei Burschen, die sich breitkrempige Filzhüte in die Gesichter gezogen hatten. Mein Instinkt schlug Alarm. Mit drei Schritten stand ich neben dem Wagen, der kurz an der Einmündung stoppte, und klopfte an die Scheibe.

Livman hatte nach rechts in die Straße gesehen. Jetzt warf er den Kopf herum.

Schreck zuckte über sein Gesicht. Das brauchte allerdings nur die normale Reaktion auf das plötzliche Klopfen zu sein. Der Coproduzent kannte mich nicht. Auch Marcia Jordan war ich nie persönlich begegnet. Livman faßte sich wieder, preßte die Lippen zusammen und kurbelte die Seitenscheibe herunter.

»Ja?« fragte er beherrscht.

»FBI.« Ich griff in die Tasche und zeigte ihm die Dienstmarke. »Mein Name ist Jerry Cotton. Das ist mein Kollege Phil Decker.« Dabei wies ich auf meinen Freund, der halb hinter mich getreten war. Deutlich sah ich die feinen Schweißperlen, die sich auf Livmans Stirn bildeten.

»Was ist los?« fragte er. »Wollen Sie etwas von mir? Ich bin in Eile ...«

»Wir müssen Mrs. Jordan sprechen. Es ist dringend.« Mein Blick wanderte zu Marcia hinüber. »Mrs. Jordan, würden Sie bitte für einen Moment ...«

Alles ging blitzschnell.

Eine Sekunde lang hatte ich meine Aufmerksamkeit auf Marcia konzentriert. Nur aus den Augenwinkeln sah ich Carl Livmans schnelle Bewegung. Sein Gesicht verzerrte sich. Mein Blick zuckte zu ihm hinüber. Da starrte ich genau in die Mündung einer großkalibrigen Pistole.

»Zurück!« knirschte Livman. »Zurück, oder ...«

Er vollendete die Drohung nicht. Statt dessen trat er das Gaspedal durch. Die Waffe lag in seiner Rechten. Er zielte über seinen ausgestreckten linken Unterarm hinweg und umklammerte mit der freien Hand das Lenkrad. Der

Motor heulte auf. Noch ehe ich recht begriffen hatte, überstürzten sich die Ereignisse.

Der Wagen machte einen Satz nach vorn.

Im Fond stieß Marcia einen erschrockenen Schrei aus. Ich sah, wie einer der Kerle ihr die Hand auf den Mund preßte. Carl Livman riß die Waffe zurück. Er kurbelte am Steuerrad. Der Wagen schoß nach rechts. Mir blieb nur der Bruchteil einer Sekunde, um mich zu entscheiden.

Mit einem Satz sprang ich auf die hintere Stoßstange.

Fast wurde ich wieder abgeschüttelt. Blitzschnell ließ ich den Oberkörper nach vorn fallen, bis ich Halt auf der Haube fand. Keuchend spreizte ich die Beine, verkantete meine Schuhe auf der breiten, chromglänzenden Stange und zwängte die Rechte unter meinen Brustkorb, um an die Schulterhalfter zu gelangen.

Der Wagen schlingerte. Ich sah Marcias Hinterkopf. Sie bäumte sich auf und suchte vergeblich den Griff des Kerls zu sprengen, der sie gepackt hielt. Eine Faust zuckte vor. Der Körper der jungen Frau erschlaffte. Ich zog den 38er. In diesem Moment traf mich Livmans Blick im Rückspiegel.

Ein Zucken lief über seine Schultern.

Ich hörte nicht, was er schrie. Aber ich sah im Spiegel, wie sich seine Lippen bewegten. Er trat das Gaspedal durch, kurbelte am Lenkrad und ließ den Wagen auf der nächtlich leeren Straße Schlingerbewegungen vollführen. Ich fluchte, klammerte mich fest und schlug die Finger um den Kotflügel, der beim Pontiac Grand Prix zum Glück ziemlich kantig geraten ist. So nicht, Freundchen, dachte ich ... und in dieser Sekunde handelte einer der Kerle auf dem Rücksitz.

Er zerrte Marcia hoch, schob ihren Kopf und ihre Schultern halb über die Rückenlehne, bis sie ihm als Schutzschild diente.

Eiskalt hob er den Revolver und schoß. Glas klirrte,

hautnah strich die Kugel über meinen Rücken hinweg. Ich sah den Revolverlauf, der mit wuchtigen Hieben das Loch in der Scheibe vergrößerte. Ich sah das dunkle Haar, das der bewußtlosen Marcia Jordan wie ein Vorhang ins Gesicht fiel. Ich konnte nicht schießen, ohne die Frau zu gefährden. Und mein Gegner hatte mit dem ersten Schuß lediglich die Scheibe aus dem Weg geräumt. Jetzt ging es zur Sache.

Sein Gesicht war hinter Marcias Kopf verborgen. Nur die Revolvermündung starrte mich an wie ein böses Auge. Aber mein Gegner brauchte schließlich nur die Wagenbreite abzustreuen, um mich mit hundertprozentiger Sicherheit zu erwischen.

Ich ließ los.

Alles in mir sträubte sich dagegen. Ein Geschmack wie Galle stieg mir in die Kehle. Aber ich hatte keine Wahl, es sei denn, ich wollte Selbstmord begehen. Womit niemand gedient war! Federnd landete ich auf dem Asphalt und ging tief in die Knie.

Drei Kugeln zerrissen knapp über mir die Luft. Und dann zielte ich wie auf dem Schießstand.

Das heißt: ich wollte es . . .

In der Sekunde, in der ich den Reifen anvisierte, wurde der Pontiac so scharf herumgerissen, daß die aufjaulenden Reifen qualmten. Staub wirbelte. Die Hinterräder drehten durch, als Livman erneut beschleunigte. Zweimal drückte ich ab. Zweimal fehlte ich. Noch während der Wagen im höchsten Drehbereich orgelnd in einer Seitenstraße verschwand, wunderte ich mich darüber, daß dieser magere Managertyp so clever und kaltblütig reagierte.

Ich kam nicht dazu, weiter darüber nachzudenken.

Hinter mir wurde ein Motor gestartet – die Maschine meines Jaguar. Als ich den Kopf wandte, löste sich der Flitzer vom Bordstein. Ich erkannte Phils weißes, hartes Gesicht hinter der Frontscheibe. Der Wagen schoß an mir vorbei, bog in die Straße ein, in der eben der Pontiac verschwunden war.

Bei dem Gedanken, daß ich jetzt nichts mehr tun konnte, knirschte ich mit den Zähnen.

Ich mußte schleunigst Verstärkung herbeirufen. Und Alarm auslösen, natürlich. Den Großalarm, der für Kidnapping, Menschenraub und Geiselnahme vorgesehen ist. Denn dies hier *war* ein Fall von Kidnapping. Daran hatte ich nicht den geringsten Zweifel.

Ich lief zurück, beruhigte notdürftig die Hotelangestellten und hängte mich an das Telefon in der Rezeption, um die nötigen Schritte einzuleiten. Die Verstärkung startete sofort. Doch bevor die Kollegen eintrafen, kam bereits wieder der Jaguar um die Ecke.

Der Schleichgang des roten Flitzers sagte mehr als Worte.

Phils Gesicht wirkte blaß und abgespannt, als er ausstieg. Er schüttelte den Kopf, hob mit einer resignierenden Bewegung die Schultern.

»Entwischt«, sagte er heiser. »Ich konnte nichts machen, Jerry. Ich hätte schon eine Horde betrunkener texanischer Touristen über den Haufen fahren müssen ...«

Für uns stand fest, daß Carlo Genoffrio seine Tochter hatte entführen lassen.

Wir konnten nicht wissen, daß Genoffrio zu diesem Zeitpunkt überhaupt noch nichts von der Entführung ahnte. Er hatte seinen verletzten Leibwächter in der Ambulanz des Medical Center behandeln lassen. Dann war er samt Begleitung zu seiner Villa am oberen Riverside Drive gefahren.

Dort rannte er jetzt wie ein gefangenes Raubtier in seinem Arbeitszimmer auf und ab, kaute an der Unterlippe und trug einen Ausdruck eisiger Wut zur Schau, der die übrigen Anwesenden veranlaßte, sich so still und unauffällig wie möglich zu verhalten.

Genoffrio wartete auf einen Anruf von Berthold Genn.

Nur der Anwalt konnte ihm zum jetzigen Zeitpunkt die Informationen liefern, die er brauchte, um die Situation zu beurteilen und seine Pläne darauf abzustimmen. Alles stand und fiel mit der Frage, ob John Jordan redete. Und ob die Sache mit der Abhöreinrichtung und dem Tonband ein Windei war oder nicht, fügte der Mafia-Boß in Gedanken hinzu. Am meisten nagte die Tatsache an ihm, daß er auf diese Frage keine Antwort wußte.

Er hatte geglaubt, seinen Schwiegersohn genau zu kennen.

Jetzt war er dessen nicht mehr sicher. John Jordan hatte mit hartnäckiger Konsequenz das Gegenteil von dem getan, was er, Genoffrio, erwartete. Und Marcia hatte ihn dabei unterstützt. Seine eigene Tochter! Der Mafia-Boß hatte mit diesen beiden Menschen gerechnet wie mit Schachfiguren, die man nach Belieben hin und her schieben konnte. Die Tatsache, daß er in diesem Punkt einem verhängnisvollen Irrtum erlegen war, weckte tief in ihm eine Unsicherheit, wie er sie nie zuvor in seinem Leben gekannt hatte.

Es war, als sei ihm plötzlich der Boden unter den Füßen weggezogen worden.

Und jetzt, während er mit wachsender Ungeduld auf das Klingeln des Telefons wartete, entsann er sich, daß ihm das gleiche schon einmal passiert war. Damals, als dieser korrupte Schweinehund von einem Staatsanwalt plötzlich die Absicht verriet, sich den Behörden zu stellen, um reinen Tisch zu machen. Auch in diesem Mann hatte sich Genoffrio getäuscht. Um die Gefahr zu bannen, war ihm nichts übriggeblieben, als den Staatsanwalt in seinen eigenen vier Wänden während einer Party umbringen zu lassen.

Er begann Fehler zu machen! Verhängnisvolle Fehler! Schon ein paarmal hatte es unliebsames Aufsehen gegeben. Die Dinge drohten seiner Kontrolle zu entgleiten. Zum erstenmal seit sehr langen Jahren dachte Carlo Genoffrio wieder bewußt darüber nach, was in seiner Organisation mit Männern passierte, die für Versager gehalten wurden.

Er zog die Schultern hoch.

Unsinn, dachte er. Sie würden es nicht wagen. Niemals! Er saß fest im Sattel! Und noch war nichts entschieden, noch gab es hundert Möglichkeiten, die Dinge wieder ins Lot zu bringen.

Das Telefon!

Es summte dezent.

Aber Carlo Genoffrio zuckte wie unter einem Peitschenhieb zusammen. Es kostete ihn Mühe, ruhig zum Schreibtisch hinüberzugehen und ohne übertriebene Hast nach dem Hörer zu greifen.

»Ja?« meldete er sich gedehnt.

»Livman hier! Don Carlo?«

»Ja ...« Der Mafia-Boß entspannte sich wieder. Linien der Ungeduld kerbten sich zwischen seine Brauen. »Was ist, Carl? Ich erwarte einen wichtigen Anruf.«

»Dieser hier ist wichtiger«, sagte Carl Livman mit einem Ton ungewohnter Anmaßung in der Stimme. »Es geht nämlich um meinen Hals, Don Carlo. Ihnen mag das vielleicht gleichgültig sein, aber mir nicht.«

Um deinen Hals geht es sowieso, dachte Genoffrio sarkastisch. Du weißt es nur noch nicht ...

Laut sagte er: »Was soll das, Livman? Rede gefälligst Klartext!«

»Sie haben mir am Telefon gesagt, meine Warnung komme zu spät.« Livmans Stimme klang heiser, aber es lag ein verbissener Unterton darin, der Genoffrio nicht gefiel. »Das heißt also, daß Jordan euer Gespräch auf Band genommen hat. Das heißt, daß es jetzt jede Menge Schwierigkeiten gibt und . . .«

»Wir werden es in Ordnung bringen«, sagte Genoffrio ruhig.

»So? Werdet ihr das?« Livman lachte schrill. »Wie schön für euch! Nur kann ich mich leider nicht darauf verlassen. Du wirst dich natürlich aus der Affäre ziehen, Don Carlo. Aber für mich geht es um Mord. Für mich ist das Pflaster in New York glühend heiß geworden . . .«

»Du drehst durch, Livman! Ich würde dir dringend empfehlen . . .«

»Ich brauche eine Million Dollar, Don Carlo«, sagte Carl Livman flach. »Eine Million! Ich muß verschwinden, mich ins Ausland absetzen. Und du wirst mir diese Million geben, Don Carlo, kapiert?«

Für einen Moment blieb es still.

Genoffrio brauchte Sekunden, um die Ungeheuerlichkeit dieses Ansinnens zu begreifen. Fast hätte er gelacht, laut und verächtlich gelacht. Aber da war der seltsame Unterton in der Stimme des Anrufers, der Ausdruck von Härte, kalter Entschlossenheit . . .

»Du bist übergeschnappt!« sagte der Gangsterboß nach einem langen Schweigen.

Wieder das schrille Lachen. »O nein, Don Carlo, ich bin nicht übergeschnappt. Ich war nie so vernünftig wie jetzt! Du wirst die Million lockermachen, Don Carlo! Du wirst es tun, weil ich Marcia habe.«

Schweigen.

Scharf sog Genoffrio die Luft durch die Zähne. Seine Augen weiteten sich, das Gesicht wurde fahl.

»Du . . . du . . . Was sagst du da?«

»Ich habe Marcia«, wiederholte Carl Livman im Tonfall satten Triumphs. »Ich habe dein Goldtöchterchen. Wenn du sie lebend wiedersehen willst, wirst du zahlen. Eine Million, keinen Cent weniger! Ich habe meine Haut für euren Verein zu Markte getragen. Jetzt will ich den Lohn sehen.«

»Livman!« flüsterte Don Carlo tonlos. »Livman, wenn das wahr ist . . .«

»Es ist wahr! Und erzähle mir jetzt nicht, was du mit mir machst, wenn ich deiner Tochter ein Haar krümme. Ich werde ihr mehr als ein Haar krümmen, wenn du nicht spurst. Eine Million, oder Marcia beißt ins Gras.«

Carlo Genoffrio starrte die Wand an.

Schleier lagen vor seinen Augen. Eben noch hatte er das Gefühl gehabt, den Boden unter den Füßen zu verlieren. Jetzt war ihm, als sei er bereits abgestürzt, falle ins Bodenlose, verliere jeglichen Halt. Panik krallte sich in ihm fest. Nie vorher war ihm so bewußt gewesen, was Marcia ihm bedeutete. In diesen Sekunden begriff er, daß ohne sie nichts mehr Bedeutung hatte. Marcia durfte nichts geschehen. Wenn ihr etwas zustieß, blieb nichts übrig, nichts . . .

»Ich warte, Don Carlo«, sagte Livman hart. »Also?«

Genoffrio schloß die Augen.

Er war sich bewußt, daß er kapitulierte. In einem Winkel seines Selbst empfand er Haß, mörderischen, vernichtenden Haß. Doch das alles wurde von der Angst um seine Tochter überlagert.

Er atmete tief, immer noch mit geschlossenen Augen.

»Gut«, sagte er tonlos. »Ich werde zahlen. Nenn deine Bedingungen . . .«

Noch vom Hotel ›Jardin Torero‹ aus kurbelten wir alle Maßnahmen an, die in einem Fall von Kidnapping vorgesehen sind. Mit Carl Livman kannten wir zumindest einen der Täter. Die drei anderen konnten wir beschreiben, vielleicht identifizieren. Und wir kannten den Drahtzieher im Hintergrund, glaubten ihn jedenfalls zu kennen: Don Carlo Genoffrio . . .

Eine knappe halbe Stunde war seit Marcias Entführung vergangen, als wir zurück ins District Office fuhren. Und dort erwartete uns eine Überraschung.

John Jordan, inzwischen in einer Zelle des FBI-Gebäudes gelandet, war wie üblich gefilzt worden.

Was unsere Kollegen bei dieser Gelegenheit entdeckt hatten, war allerdings durchaus nicht üblich: ein winziges, hochempfindliches Mikrofon, versteckt unter dem Revers der Anzugjacke. Der Schauspieler mußte versucht haben, irgend jemand mit dieser Abhörwanze ganz empfindlich hereinzulegen. Unter diesen Umständen erschien uns die Schießerei im Hause Silano schlagartig in einem neuen Licht.

Wir ließen John Jordan in eins der Vernehmungszimmer bringen.

Er wußte natürlich, daß unsere Kollegen die Wanze gefunden hatten. Sein blasses Gesicht wirkte hart, abweisend, verstockt. Im Grunde genommen entbehrte sein Verhalten jeder Logik. Aber das mochte darauf zurückzuführen sein, daß er ganz einfach Angst hatte.

Sekundenlang zögerte ich. Dann entschied ich mich für die Wahrheit.

»Ihre Frau ist entführt worden, Mr. Jordan. Wir konnten es nicht verhindern. Wir sind um Sekunden zu spät gekommen.«

Sein Kopf ruckte hoch.

Ganz kurz nur flackerte es in seinen blauen Augen auf. Dann preßte er verbissen die Lippen zusammen.

»Das ist nicht wahr«, sagte er.

»Es *ist* wahr. Wußten Sie, daß Carl Livman für Genoffrio arbeitet?«

Jordan zog die Schultern hoch. Aber er zeigte keine Überraschung. Also mußte er es wohl gewußt haben.

In knappen Worten schilderte ich, was geschehen war. Jordan starrte mich an. Ungläubig. Und diese Reaktion war echt. Sie entsprang seiner Überzeugung. Daran hegte ich nicht den geringsten Zweifel.

»Nein«, sagte er schließlich. »Das ist ein Bluff! Sie wollen mich reinlegen!«

Er stockte abrupt.

Sein Blick bohrte sich in meine Augen. Er war nicht dumm. Und er war sensibel genug, um in diesen Sekunden zu spüren, daß wir ihm die Wahrheit gesagt hatten.

Trotzdem schüttelte er den Kopf – ziemlich fassungslos jetzt.

»Nein«, wiederholte er. »Es ist – unmöglich! Niemals würde Don Carlo Marcia etwas antun!«

»Vielleicht will er ihr gar nicht wirklich etwas antun«, sagte ich. »Möglich, daß er nur versucht, Druck auf Sie auszuüben und ...«

»Aber das ist absurd! Er ist sich klar darüber, daß ich verdammt genau weiß, wie sehr er an Marcia hängt! Er kann sich einfach nicht einbilden, daß ich an diese Entführung glauben würde.«

Und welche Erklärung haben Sie dann?«

»Ich ... ich weiß nicht. Vielleicht – will er Marcia nur in Sicherheit bringen. Vor den Reportern, vor all der Aufregung ...«

»Wenn es so wäre – hätte Carl Livman dann auf einen G-man geschossen?«

Jordan biß sich auf die Lippen. Bis jetzt, fiel mir auf, hatte er noch nicht nach seinem Anwalt gefragt. Und mir war es lieber so. Nicht, weil ich den Mann hereinlegen oder ihn irgendwie in seinen Rechten beschneiden wollte, sondern weil ich hundertprozentig sicher war, daß Berthold Genn in Wahrheit Genoffrios Interessen vertrat und nicht die seines Mandanten.

»Hätte Livman geschossen, wenn er Ihre Frau nur in Sicherheit bringen wollte?« wiederholte ich meine Frage.

»Ich ... ich weiß es nicht! Lassen Sie mich doch in Ruhe,

verdammt noch mal! Und lassen Sie Marcia in Ruhe! Ihr passiert nichts! Bestimmt nicht!«

Ich hoffte, daß er recht hatte. Hoffte es inständig.

»Wozu haben Sie das Mikrofon benutzt, Mr. Jordan?« schoß ich die nächste Frage ab.

»Mikrofon?«

»Sie wissen, was ich meine. Also?«

Er zuckte die Achseln und starrte vor sich hin. Stur wie ein Schützenpanzer, dachte ich zornig.

»Ich weiß nicht mehr genau, wieso das Ding unter dem Revers klebte. Ich – habe es wohl mal im Zusammenhang mit irgendwelchen Filmaufnahmen gebraucht und vergessen.«

»Und Sie haben nicht zufällig das Gespräch im Haus Ihres Managers auf Band aufgenommen?«

Er schüttelte den Kopf.

Seine Lippen bildeten einen dünnen Strich. Ich spürte, daß es nichts gab, was ihn in diesem Augenblick umstimmen konnte.

John Jordan rang noch um die endgültige Entscheidung.

Er brauchte Zeit. Zeit war zwar genau das, was wir nicht hatten.

Aber gerade deshalb hielt ich es für sinnlos, uns jetzt noch länger mit der Vernehmung des Schauspielers aufzuhalten.

Wir ließen John Jordan zurück in seine Zelle bringen.

Phil zündete zwei Marlboros an, reichte mir eine davon und begann, kunstvolle Rauchringe in die Luft zu blasen. Ich sah ihm förmlich an, daß er mit seinen Gedanken schon einen Schritt weiter war.

»Du glaubst doch auch, daß Jordan das Gespräch in Silanos Haus aufgezeichnet hat, nicht wahr?« fragte er.

»Klar«, nickte ich.

»Also muß ein Bandgerät existieren. Und wo könnte Jordan dieses Bandgerät versteckt haben, wenn man berücksichtigt, daß er von seinem Bungalow aus direkt und ohne Aufenthalt zu Silano gefahren ist?«

Ich grinste. »In seinem Wagen! Manchmal hast du ganz brauchbare Ideen, Alter ...«

Fünf Minuten später wußten wir, daß die City Police, ganz bürokratisch, den mitternachtsblauen Impala seinem offiziellen Besitzer zugestellt hatte.

Der offizielle Besitzer war die Firma Livman Hale Film.

Der Wagen stand auf dem Gelände des Studios – und nach weiteren fünf Minuten fuhren Phil und ich bereits durch eine graue, neblige Morgendämmerung in Richtung Downtown ...

Die ehemalige Turnhalle lag in der Nähe des Hudson. Der Morgennebel war hier noch dichter, schlug sich naß auf dem glänzenden Kopfsteinpflaster nieder und waberte in langen Schlieren um die Bogenlampen. Mein Blick ging über das dunkle, langgestreckte Gebäude. Ich wollte nach rechts abbiegen, in die schmale Einfahrt zum Hof – und trat auf die Bremse, als ich die beiden Wagen sah, die am Randstein parkten.

Eine helle Limousine und ein schwarzer Mustang.

Das konnte Zufall sein. Der Mustang mußte nicht auf Genoffrio hinweisen, aber ich hatte in diesem Fall schon zu viel erlebt, um nicht sofort auf Alarmstufe eins zu schalten.

Phil pfiff leise durch die Zähne, als ich auf die Bremse trat. Er warf mir einen Seitenblick zu. »Du glaubst ...«

»Ich glaube gar nichts. Aber Vorsicht ist die Mutter der Porzellankiste.«

»Der heilen Knochen, meinst du.« Mein Freund grinste matt, stieß den Wagenschlag auf und spähte sichernd in die Runde. Alles war still. Der Nebel dämpfte die Geräusche. Ich knöpfte mein Jackett auf, Phil tat das gleiche. Auch das war eine Maßnahme prinzipieller Vorsicht.

Zu Fuß glitten wir in die Dunkelheit der Einfahrt. Chrom und Lack schimmerten. Die Peitschenleuchten bildeten Inseln milchigen Lichts. Der Nebel war nicht so dicht, daß er die Sicht in unmittelbarer Nähe behindert hätte. Aber in einem Umkreis von etwa 15 Yards begannen die Dinge zu grauen, gespenstischen Umrissen zu verschwimmen.

Zwischen der Rückfront der Turnhalle und der Reihe der Parkboxen lag ein breiter Streifen Kopfsteinpflaster. Wir hielten uns im Schatten der Mauer und klopften die geparkten Fahrzeuge mit den Blicken ab, um John Jordans mitternachtsblauen Impala zu entdecken. Den Wagen – und die Männer, die wir irgendwo in der Nähe vermuteten. Zwei Dutzend Schritte legten wir so lautlos wie möglich zurück. Dann hörten wir Geräusche und Stimmen.

Etwas klirrte.

Ein gepreßter Fluch folgte, das Scharren von Schritten, ein gezischtes »Ruhe!«. Es klang nervös. Wer immer sich dort drüben zu schaffen machte, er schien damit zu rechnen, daß die Sache unter Umständen nicht störungsfrei über die Bühne gehen würde.

Ein Grund mehr für Phil und mich, uns mit aller Vorsicht weiterzupirschen.

Noch ein paar Schritte, dann schälten sich Gestalten aus dem Nebel. Zwei Männer. Nein, drei. Der dritte Typ beugte sich tief über die Kofferraumhaube des Impala und machte sich am Schloß zu schaffen. John Jordans mitternachtsblauer Impala! Der Wagen, der offiziell seiner Firma gehörte – vermutlich, weil selbst gutverdienende Zeitgenossen dem Finanzamt gegenüber einen wahren Sparfimmel entwickeln.

»Idiot!« zischte der Mann, der uns am nächsten stand. »Laß den verdammten Kofferraum in Ruhe! Das Ding muß mit dem Autoradio verbunden sein.«

»Muß es?« kam es aufsässig.

»Ja, zum Teufel! Her mit dem Ding!«

Mit dem ersten Ding hatte er zweifellos das Bandgerät gemeint, mit dem zweiten meinte er das Werkzeug, mit dem sein Komplize am Kofferraumschloß herumfummelte. Der Bursche richtete sich auf, offenbar verärgert. Ein blitzender Gegenstand wirbelte durch die Luft und landete prompt am Boden.

»Himmel, Arsch . . .«

»Brems dich!« sagte der dritte Mann kalt. Er war groß, breitschultrig, hellhaarig. Da er es offenbar nicht nötig hatte, sich selbst zu bücken, vermutete ich in ihm den Anführer des Trios.

Sein Kumpan hob den Sperrhaken auf. Phil und ich warteten, bis er sich wieder aufgerichtet hatte. Man sollte nie einen Mann in einer Haltung überraschen wollen, die der des Sprinters in den Startblöcken gleicht. Ich zog den 38er aus der Halfter.

Phil tat es mir nach.

Dicht nebeneinander glitten wir noch ein paar Schritte weiter.

»Tempo!« zischte der Hellhaarige. »Die Greifer sind schließlich auch nicht blöd.«

»Stimmt«, sagte ich trocken.

Und Phil: »FBI, Herrschaften! Hände hoch! Umdrehen! Keine falsche Bewegung!«

Die Kerle wirbelten herum, als sei plötzlich der Boden unter ihren Füßen glühend geworden. Atemlos starrten sie uns an, gelähmt vor Schrecken. Der Hellhaarige war der erste, dessen hartes, kantiges Gesicht die Erkenntnis spiegelte, daß sie zu dritt gegen zwei schußbereite FBI-Revolver keine Chancen hatten.

Er hob die Hände.

Der zweite Mann atmete hörbar aus und folgte dem Beispiel seines Komplizen. Nummer drei stand geduckt da. Er keuchte vor Entsetzen.

Ein Blick in sein verzerrtes Gesicht genügte mir, um den Grund zu begreifen.

Wir kannten den Mann.

Vor ein paar Stunden hatte er noch im District Office den gesetzestreuen Bürger gespielt, der es für seine Pflicht hält, der Polizei zu helfen. Er war der Mann, der John Jordan beim Austauschen der Platzpatronen in der Filmpistole gegen scharfe Munition beobachtet haben wollte, der Komparse mit dem schönen Künstlernamen Rocco Riccardo. Jetzt bestand kein Zweifel mehr daran, daß er im Auftrag der Mafia gehandelt hatte.

Seine dunklen Schlafzimmeraugen flackerten.

Es wußte, was die Stunde für ihn geschlagen hatte. Seine Nerven spielten nicht mit. Er war zweite Garnitur, kein cleverer Profi. Mit einer wilden Bewegung fuhr seine Faust in die Tasche. Die handliche Beretta lag bereits in seiner Rechten, als seine Komplizen im Chor »Nicht, Rocco!« schrien.

Rocco wollte sich den Weg freischießen – gegen zwei Smith and Wesson Special. Seine Komplizen wußte, daß es Wahnsinn war. Aber natürlich dachten sie nicht daran, mit erhobenen Händen stehenzubleiben, wenn sowieso heißes Blei flog.

Sie spritzten in der Sekunde nach links und rechts auseinander, in der Rocco Druckpunkt nahm.

Gleichzeitig röhrte irgendwo ein schwerer Motor auf. Aber ich hörte es nur mit halbem Ohr! Ich konzentrierte mich auf die Schußhand des Komparsen. Rocco fuchtelte mit der Waffe. Er schien nicht zu wissen, auf wen er zuerst schießen sollte. Wahrscheinlich würde er die Luft zwischen Phil und mir treffen. Aber wir konnten es nicht darauf ankommen lassen.

Ich paßte den Sekundenbruchteil ab, in dem ich Roccos Arm erwischen konnte, ohne ihn gleichzeitig in Brust oder Bauch zu treffen. Der 38er peitschte. Die Kugel stieß die Hand des Komparsen zur Seite und ließ die Beretta durch die Luft fliegen. Rocco kreischte, warf den Kopf in den Nacken und tanzte vor Schmerz. Schräg hinter ihm rollte der Hellhaarige über den Boden, schnappte der Einfachheit halber nach der Beretta, die ihm direkt vor die Fingerspitzen schlitterte. Krachend entlud sich Phils Dienstwaffe.

Mit einem erschrockenen Schrei fuhr der Blonde zurück, als die Pistole unter der Wucht des Kugeleinschlags haarscharf an seinem Kopf vorbeizischte.

»Hände hoch!« schrie mein Freund. »Wer sich jetzt noch rührt . . .«

Das Dröhnen des Motors verschluckte seine Worte.

Ein Wagen hinter uns!

Ich wirbelte herum, sah für den Bruchteil einer Sekunde die Umrisse des heranjagenden Kastenwagens – dann wurden jäh die Scheinwerfer aufgeblendet und knallten in meine Augen.

»Achtung, Phil!« brüllte ich.

Dabei warf ich mich zurück, prallte mit dem Rücken gegen die Mauer der Turnhalle, sah schattenhaft, wie mein Freund quer über die Kopfsteinpiste hechtete und in die Deckung zwischen den geparkten Wagen rollte. Mehrere Schüsse peitschten. Der Lieferwagen fuhr mir fast über die Zehen. Eine nervenzerfetzende Sekunde lang hatte ich den Eindruck, zerquetscht zu werden. Immer noch orgelte der Motor des Transporters im höchsten Drehbereich. Rot glommen die Rücklichter durch den Dunst. Wie Schatten sprangen die drei Gangster auf die Ladefläche.

Hinter den offenen Hecktüren blitzte es auf.

Mit bösartigem Tack-tack-tack ratterte eine Tommy Gun los. Die lange Salve schlug Funken aus den Kopfsteinpflaster. Ich ließ mich fallen, vollführte eine Rolle rückwärts. Wo ich eben noch gestanden hatte, rissen Kugeleinschläge Putz aus der Wand. Irgendwo zwischen den parkenden Autos blitzte es auf – Phils 38er. Ich kam auf die Knie, schwenkte die Waffe hoch, suchte ein Ziel – aber der dunkle Umriß des Kastenwagens verschwamm bereits im Nebel.

Nicht einmal seine Nummer hatten wir ablesen können.

Und es war sinnlos, die Verfolgung aufzunehmen – bis wir den Jaguar erreichten, würde der Transporter längst über alle Berge sein. Fluchend rappelte ich mich hoch, steckte die Waffe ein, und hinter der langen Schnauze eines Mercury wuchs Phils Gestalt empor.

»Drecksbande!« fluchte mein Freund. »Haben sie dich erwischt?«

Ich schüttelte den Kopf, holte tief Luft. Die Spannung der letzten Minuten klang nur langsam ab.

»Immerhin sind wir rechtzeitig gekommen«, brummte ich. »Mal sehen, wo Jordan das Band nun wirklich versteckt hat.«

Wir fanden das kleine Gerät im Handschuhfach.

Der Empfänger war noch eingeschaltet, die Spule abgelaufen. Bei jeder Drehung streifte das freie Ende des Tonbands über die Plastikabdeckung. Wir sicherten zunächst einmal sämtliche Fingerspuren. Wohlweislich hatten wir Rußpulver und Klebefolie mitgebracht. Vorsichtig bauten wir dann die Anlage aus. Im Jaguar rief ich über Funk die Zentrale, um zu veranlassen, daß der Impala sichergestellt wurde.

Eine halbe Stunde später saßen wir wieder im Office, starrten wie gebannt auf das ablaufende Tonband und lauschten.

Zuerst das Vorgeplänkel.

John Jordan, der mit gut gespielter Arroganz das Gespräch in die Richtung lenkte, in der er es haben wollte. Niemand widersprach, als er behauptete, daß sein Manager von der Mafia gekauft sei und daß Carlo Genoffrio Carol Holmes habe ermorden lassen.

Das alles blieb als Tatsache im Raum stehen. Und dann kamen, von Carlo Genoffrios leiser, kalter Stimme ausgesprochen, die Kernsätze, die endlich Klarheit in den Fall brachten.

»Jetzt mußt du mitspielen, John! – Dein Name garantiert Millionengewinne, und diese Millionengewinne sind der Hebel, den ich brauche, um die Branche unter Kontrolle zu bringen ... Du wirst mitspielen, John ... Du hast keine Wahl.«

»Und wenn ich nicht mitspiele?«

»Dann wirst du im Zuchthaus landen. Ich habe dafür gesorgt, daß im Mordfall Carol Holmes alle Indizien gegen dich sprechen ...«

Eiskalt zählte Genoffrio die Beweise auf, die er fingiert hatte. Der Erpresseranruf von Gary Hale, der aus Jordans Bungalow gekommen war. Der gekaufte Zeuge, der den Schauspieler angeblich mit der Filmpistole in der Hand nachts in der Requisitenkammer gesehen hatte. Das Magazin mit den Platzpatronen in Jordans Garderobe. Der kleine Gauner, der dieses Magazin angeblich hatte in Sicherheit bringen wollen und der uns genau im richtigen Augenblick über den Weg geschickt worden war. John Jordan hörte sich das alles an.

Er hörte sich auch an, welchen Ausweg Genoffrio zu bieten hatte: Wenn der Schauspieler den neuen Vertrag mit seinem korrupten Manager unterschrieb, würde man der Polizei Carl Livman als Mörder präsentieren. Und mitten in Jordans wütende Reaktion auf diese Gemeinheit schrillte das Telefon, und am anderen Ende der Leitung war der Mann, der über die Klinge springen sollte.

Irgendwie hatte Livman erfahren, daß Jordan das Gespräch mitschneiden wollte.

Carl Livman warnte Genoffrio. Und John Jordan hörte die Warnung mit, da der Mafia-Boß den Telefonlautsprecher eingeschaltet hatte. Danach war wildes Gepolter zu hören, ein Schuß, ein Schrei – und schließlich meine eigene Stimme:

»FBI! Waffen weg!«

Dann der Schuß, mit dem ich Vic Rocca die Luger aus der Hand gefegt hatte ...

Das Band enthielt noch einen Teil der folgenden Kampfgeräusche, Phils Eingreifen und Genoffrios Kapitulation. Dann war es abgelaufen.

Ich beugte mich vor, drückte auf die Stopptaste und atmete tief durch.

»Kein Wunder, daß er alles tut, um uns das Band nicht in die Hände fallen zu lassen«, sagte ich leise.

Phil nickte nur. »Er hat keine Wahl. Und er hat immerhin erreicht, daß Jordan schweigt. Jedenfalls bis jetzt. Daß der Mann versäumen würde, die Wanze rechtzeitig verschwinden zu lassen, konnte Genoffrio nicht ahnen.«

»Und jetzt ist es zu spät.« Ich lächelte matt und schob meinen Stuhl zurück. »Gehen wir, Alter!«

Auch Phil war aufgestanden.

Über unser nächstes Ziel brauchten wir keine Worte zu verlieren.

Das ergab sich von selbst. Wir würden Carlo Genoffrio besuchen. Und wir würden ihm erklären, daß seine ganze Entführungsgeschichte sinnlos geworden war, weil wir alles Beweismaterial in Händen hatten, das wir brauchten ...

Genoffrio bewohnte eine Villa am oberen Riverside Drive. Es war eins der vornehmen alten Stadthäuser mit stuckverzierten Fassaden, schmalen, hohen Fenstern, deren Scheiben von weißgestrichenen Rahmen in kleine Karos geteilt wurden, winzigen Vorgärten und kunstvollen schmiedeeisernen Zäunen.

Das Portal wurde wirklich und wahrhaftig von zwei mächtigen steinernen Löwen flankiert. Der aus Bronze gegossene Löwenkopf des Türklopfers machte vollends deutlich, daß sich der Erbauer dieses Hauses seine architektonischen Vorbilder in den Schlössern des alten Europa gesucht hatte.

Glücklicherweise diente der Türklopfer nur noch der Nostalgie. Ich drückte auf den Klingelknopf und betrachtete dabei die Wagen, die jenseits des schmiedeeisernen Zauns am Bordstein parkten.

Berthold Genns schwarzer Porsche, ein ebenfalls schwarzer Mustang, Roy Silanos Rambler Ambassador, noch ein Mustang in Rot.

Auch hier lief offenbar eine Konferenz in großer Besetzung. Ich warf Phil einen Blick zu. Mein Freund zuckte die Achseln. Eigentlich hatten wir beide erwartet, daß sich der Don nach Marcias Entführung hübsch unauffällig verhalten und auf keinen Fall eine Versammlung einberufen würde.

Das dritte Klingeln, Dauerton diesmal, zeitigte Erfolg. Schritte kamen durch die Diele. Die Tür wurde aufgerissen. Im Rahmen stand Vic Rocca, der Exoffizier mit dem verbrannten Gesicht. Die rechte Hand trug er verbunden in einer Schlinge. Der Blick der schwarzen, tiefliegenden Augen verriet, was er in diesen Sekunden am liebsten getan hätte: mich eigenhändig vom Leben zum Tod befördert.

»Ja, bitte?« fragte er provozierend.

»Wir möchten Genoffrio sprechen.«

»Mr. Genoffrio fühlt sich nicht wohl.« Rocca betonte das Wort Mister und begleitete es mit einem Lächeln, das sensiblen Naturen Alpträume bescheren konnte. »Wenn Sie vielleicht ein andermal ...«

Irgendeine Bewegung, vielleicht einen Blick von mir mußte er mißverstanden haben. Jedenfalls wich er erschrocken zurück und ließ uns vorbei. Wir konnten durch die Diele marschieren, ohne mittleren Ärger wegen Hausfriedensbruchs zu riskieren.

In der großen Halle herrschte eine Atmosphäre, die mich lebhaft an ein Hornissennest erinnerte.

Aufgeregte Stimmen schwirrten durcheinander. Berthold Genn, der elegante grauhaarige Anwalt, lief vor dem Fenster hin und her, schleppte den Telefonapparat mit und hörte jemandem zu, der offenbar langwierige Erklärungen abgab.

Im Nebenraum wurde ebenfalls telefoniert.

Einer von Genoffrios Leibwächtern kam gerade die Treppe herunter. Seine Bewegungen spiegelten zielstrebige Eile. Roy Silano debattierte in einer Ecke mit zwei weiteren Leibwächtern.

Ein mir unbekannter, ziemlich klein geratener Mann lehnte am Kamin und zerrte nervös an seinen Fingern. Alles in allem gab es nicht den geringsten Zweifel, daß hier dicke Luft herrschte.

Wußte Genoffrio schon, daß wir das Band hatten?

Der Mafia-Boß stand wie ein kommandierender General mitten in der Halle. Das Geräusch der zufallenden Tür ließ ihn herumfahren. Er starrte Phil und mich an. Aber es war ein eigentümlich abwesender, verständnisloser Blick, den er uns widmete.

»Was wollen Sie denn hier?« knurrte er, als sei unser Erscheinen das allerletzte, womit er gerechnet hatte.

»Mit Ihnen sprechen«, sagte ich trocken. »Ohne Publikum, wenn möglich!«

Genoffrio runzelte die Stirn. Ich hatte das Gefühl, daß es ihn Mühe kostete, sich auf uns und unser Anliegen zu konzentrieren. In seinem schmalen, zerknitterten Gesicht arbeitete es. Einen Moment lang zögerte er. Dann schien er zu dem Schluß zu gelangen, daß er nur weiteren Ärger heraufbeschwor, wenn er sich weigerte.

Eine knappe Kopfbewegung dirigierte uns zur Tür eines Nebenzimmers. Carlo Genoffrios Arbeitszimmer, wie sich herausstellte.

Er schloß die schalldicht gepolsterte Tür und ließ sich schwer hinter seinen Schreibtisch fallen.

Wir ignorierten die einladende Geste in Richtung Besuchersessel. »Ihre Tochter ist entführt worden, Genoffrio«, sagte ich ruhig.

»Was Sie nicht sagen!« Sein Gesicht verzerrte sich. Jetzt lag in seinen Augen ein Ausdruck hilfloser Wut. Wir erzählten ihm nichts Neues, kein Zweifel. Aber ebenso zweifellos, dachte ich überrascht, wirkte der Mafia-Boß geschockt und besorgt. Jedenfalls überhaupt nicht so, als habe er Marcia selbst entführen lassen, um John Jordan zu erpressen.

Hatte er sie entführen lassen?

Oder war es möglich, daß ein anderer dahintersteckte? Daß die Entführung ernst gemeint war. Ernster jedenfalls, als wir ohnehin angenommen hatten?

Livman, dachte ich.

Aber warum, zum Teufel, sollte der Coproduzent Carl Livman Marcia Jordan entführen?

Livman war Genoffrios Mann. Er konnte nicht ahnen, daß der Mafia-Boß ihn in seinen Plänen als Sündenbock vorgesehen hatte.

Als Opfer, das dem FBI in die Hände gespielt werden sollte. Tot natürlich, damit er nichts mehr ausplaudern konnte . . .

»Was wollen Sie?« fragte Genoffrio heiser. »Sagen Sie, was Sie wollen, und dann verschwinden Sie! Also?«

»Wir haben das Bandgerät, Mr. Genoffrio«, sagte Phil sanft.

Carlo Genoffrio fuhr mit der flachen Hand durch die Luft.

Eine ungeduldige Geste.

Nicht entsetzt, nicht er-schrocken, kaum überrascht. Nur ungeduldig.

Es interessierte ihn gar nicht, dachte ich ungläubig.

Dabei hatte er ein Rollkommando losgejagt, um Jordans Wagen zu filzen, hatte alles getan, um das Tonbandgerät vor uns zu finden. Und jetzt ...

»Band, Band!« knurrte er. »Jeder Schuljunge weiß, daß Tonbänder vor Gericht nicht als Beweis ...«

»John Jordan kann den Inhalt der Aufzeichnungen als Zeuge bestätigen«, sagte ich. »Und das *ist* ein juristisch gültiger Beweis, Mr. Genoffrio.«

»Papperlapapp! Wenn Sie Beweise haben, warum verhaften Sie mich nicht? Worauf warten Sie? Wo ist der Haftbefehl? Der Durchsuchungsbefehl? Eine Vorladung werden Sie doch wenigstens haben, oder?«

»Wir werden das alles über kurz oder lang bekommen«, sagte ich ruhig. »Jetzt geht es darum, daß Sie keinerlei Grund mehr haben, Druck auf Mr. Jordan auszuüben. Diese ganze fingierte Entführung hat ihren Sinn verloren. Sie ...«

Genoffrio starrte mich an.

»Fingierte Entführung?« krächzte er. »Haben Sie den Verstand verloren?«

Ich zuckte mit den Schultern. Inzwischen zweifelte ich selbst an unserer Theorie über die Ereignisse. Aber ich war meiner Sache nicht sicher.

»Geben Sie es auf, Genoffrio«, sagte ich hart. »Was Sie da abziehen, ist gefährlich. Ihre Leute haben schon einmal eine Schießerei riskiert, und zwar ohne große Rücksicht auf Ihre Tochter.«

Genoffrios Gesicht zuckte. Seine Hände hatten sich ineinander verschlungen. Die Fingerknöchel traten hervor.

»Raus!« flüsterte er. »Ganz schnell raus, ehe ich ...«

Ehe ich mich vergesse, hatte er sagen wollen. Statt dessen kniff er die Lippen zusammen und schlug mit der flachen Hand auf einen Knopf auf der Schreibtischplatte. Vermutlich löste er eine Klingel aus. Vic Rocca erschien bemerkenswert schnell auf der Szene.

»Die Gentlemen möchten gehen, Vic«, knirschte Genoffrio.

Der Leibwächter verbeugte sich ironisch.

Es war sinnlos, weitere Worte zu verschwenden. Außerdem hatte ich den Eindruck gewonnen, daß wir mit unserer Vermutung eindeutig schieflagen. Carlo Genoffrio wußte nicht, wo sich seine Tochter befand. Irgend jemand – Carl Livman oder dessen unbekannter Auftraggeber – hatte das Gesetz des Handelns an sich gerissen und diktierte das Geschehen. Wir mußten neu ansetzen mit unseren Ermittlungen. Von Carlo Genoffrio würden wir sicher nicht die Wahrheit erfahren.

Wir verließen das Haus.

Auf der Straße kletterten wir wieder in den roten Jaguar. Ich startete. Aber ich fuhr nur bis zur übernächsten Ecke.

Außer Sichtweite von Genoffrios Haus hielt ich an und stellte den Motor ab.

Es war jetzt fast hell. So hell, wie es bei diesem Nebel werden konnte.

»Und jetzt?« fragte Phil knapp.

»Genoffrio ist nicht unser Mann. Jemand anders hat Marcia entführt. Dafür lege ich meine Hand ins Feuer.«

»Aber warum? Und wer, zum Teufel? Livman etwa?«

In den letzten Minuten war mir noch einmal das Gespräch auf dem Band durch den Kopf gegangen. Carl Livman, der Genoffrio anrief, um ihn vor eben diesem Tonband zu warnen. Und der erfuhr, daß seine Warnung zu spät kam!

»Livman hat Carol Holmes auf dem Gewissen«, sagte ich langsam. »Vielleicht hat er geahnt, daß er am Ende der einzige sein könnte, der bezahlen muß.«

»Und deshalb hat er Marcia entführt? Um – Genoffrio zu erpressen?«

»So unmöglich ist das nicht. Wenn er durchdreht und fliehen will, braucht er Geld. Und außer John Jordan selbst war er der einzige, der Marcias Aufenthaltsort überhaupt kannte.«

»Stimmt«, sagte Phil. »Also bleiben wir an Genoffrio, eh?«

Ich nickte. Dabei griff ich bereits zum Funkmikro. Denn ich ahnte, was uns bevorstand. Ohne Verstärkung würden wir nicht auskommen.

Unsere Kollegen hielten sich vorerst im Hintergrund.

Eine knappe Stunde verging, während der wir Carlo Genoffrios Villa beobachteten. Innerhalb dieser Stunde rauschten vier verschiedene Wagen an, betrat ein knappes Dutzend Männer das Haus, Typen, die allesamt verdammt hartgesotten aussahen. Phil und ich hatten nicht mehr den geringsten Zweifel daran, daß der Mafia-Boß eine große Aktion plante.

Es war ziemlich genau sieben Uhr morgens, als die Gangster aufbrachen.

Jordans Manager und der Anwalt blieben zurück. Ein Zeichen dafür, daß nicht verhandelt, sondern Fraktur geredet werden sollte.

Carlo Genoffrio fuhr seinen Wagen wie immer persönlich. Vic Rocca kauerte neben ihm. Er war zwar verletzt. Aber offenbar benötigte man seine strategischen Talente. Der Rest des Aufgebots bestand aus knallharten Schlägern und Schießern, den ›Soldaten‹ der Mafia. Bei dem Gedanken daran, daß sich Marcia Jordan vermutlich im Zentrum des Geschehens befinden würde, sträubten sich meine Nackenhaare.

Phil und ich blieben mit dem Jaguar an Ort und Stelle.

Der Flitzer war zu auffällig. Er ließ sich für die Verfolgung nicht verwenden.

Steve Dillaggio und Les Bedell waren es, die sich mit einem grauen Fairlane als erste auf die Spur setzten. Andere Kollegen würden sie später ab-lösen. Sie würden streckenweise vor statt hinter den Gangstern fahren und niemals so lange in Sichtweite bleiben, daß irgend jemand Verdacht schöpfen konnte. Wir hatten diese Art von Verfolgungsstafette oft genug geprobt, auch oft genug in der Praxis durchgezogen. Deshalb waren wir sicher, daß die Methode auch diesmal den erwünschten Erfolg bringen würde.

Carlo Genoffrio lief bereits an der kurzen Leine. Er wußte es nur noch nicht ...

Nebel zog vom Buttermilk Channel her über die Piers.

Schuppen und Lagerhäuser hoben sich wie schwarze Klötze ab. Irgendwo klapperte der Wind mit einem losen Metallstück. Die vier Männer, die im Schatten einer Wellblechhalle standen, fuhren zusammen.

Carl Livman grinste nervös.

Er hielt einen braunen Umschlag in der Hand. »Bitte! Zehntausend Dollar ...«

Der dunkelhaarige, grobknochige Bursche, der ihm gegenüberstand, griff mit einer schnellen, gierigen Bewegung nach dem braunen Futteral.

Die Augen seiner Kumpane funkelten auf, als er den Umschlag öffnete. Rasch zählte er die Scheine durch und nickte.

»Zehntausend ... Verdammt wenig, wenn ich bedenke, wie du absahnen willst, Sportfreund.«

Livman hob die Schultern. Er hatte seine letzten Reserven mobilisieren müssen, um die zehntausend Dollar zusammenzukratzen.

»Verdammt viel, wenn man bedenkt, daß ihr praktisch nur als Sicherheitsreserve dabeigestanden habt«, sagte er trocken. »Wenn ihr die Sache bis zum Ende durchziehen wollt – bitte!«

»Danke«, konterte der Schwarzhaarige. »Du wirst höchstens ein paar blaue Bohnen kassieren, wenn du mich fragst. Ich hätte von Anfang an nicht mitgespielt, wenn ich gewußt hätte, wen du dir da krallen willst.«

»Du hast es gewußt. Du warst nur zu dämlich, um es zu begreifen. Sonst noch Fragen?«

Der Schwarzhaarige schob den Umschlag mit dem Geld unter die Jacke.

Eilig wandten sich die drei Männer ab.

Sekunden später waren ihre hastenden Gestalten im Nebel verschwunden.

Carl Livman sah ihnen nach.

Er wußte, daß er drei gefährliche Zeugen laufenließ. Die Kerle wußten zuviel. Aber er würde nicht mehr lange genug in New York bleiben, um Schwierigkeiten befürchten zu müssen. Heute mittag ging seine Maschine nach Mexico City.

Ein paar Stunden noch! Die Sache hatte bestens geklappt. Er brauchte nur noch zu kassieren. Carl Livman war überzeugt davon, sich eine völlig narrensichere Methode ausgedacht zu haben.

Mit einem tiefen Atemzug wandte er sich ab und ging an der Wand der Halle entlang bis zu dem großen Rolltor.

Einen Augenblick lang lauschte er, bevor er es aufschob. Die angerosteten Laufschienen quietschten. Metall klirrte. Livman glitt in den Schatten des großen, leeren Lagerraums. Er wußte nicht einmal, wem die Halle gehörte. Ihm genügte es, daß sie leer stand. Er konnte damit rechnen, zumindest für eine Weile ungestört zu bleiben.

Er schloß das Tor hinter sich und blinzelte, bis sich seine Augen an das ungewisse Licht gewöhnt hatten. Der Lack seines Pontiac schimmerte im Halbdunkel. Livman ging zu dem Wagen hinüber und zog die Tür auf. Seine Hand tastete unter den Rücksitz. Sein Blick streifte das kleine Transistorgerät auf der Ablage. Noch einmal überzeugte er sich davon, daß alle Vorbereitungen perfekt waren. Ein angespanntes Lächeln lag auf seinen Zügen, als er quer durch die Halle zu dem dunklen Winkel ging, wo er sein Opfer zurückgelassen hatte.

Marcia Jordan lag zusammengekauert auf einer alten Matratze.

Sie war bewußtlos. Das machte Fesseln überflüssig. Livman beugte sich über sie und zog ihr prüfend ein Augenlid hoch. Er beobachtete, wie sie sich schwach regte und die Lippen bewegte.

Er würde ihr noch eine Dosis von dem Betäubungsmittel verpassen. Sicher war sicher. Aus der Innentasche seines Jacketts holte er das Injektionsbesteck und die restliche Ampulle, zog die Spritze auf und zerrte den Ledergürtel fest, der noch von der ersten Injektion her locker um Marcias Arm lag.

Sie stöhnte leise, als die spitze Kanüle die Haut in ihrer Ellbogenbeuge durchstach. Livman zog den Kolben zurück, bis Blut kam. Dann spritzte er sehr vorsichtig, weil er wußte, daß das Mittel ohnehin schon eine starke Belastung für den Kreislauf war. Marcias Atem beschleunigte sich kurz. Dann rollte ihr Kopf zur Seite. Von neuem sank sie zurück in tiefe Bewußtlosigkeit.

Livman zog die Spritze zurück und drückte ein paar Sekunden mit einem Kleenextuch auf die Einstichstelle. Danach packte er das Mädchen unter den Achseln, schleifte sie zum Wagen und bettete sie auf den Rücksitz. Sorgfältig breitete er ein paar Decken über ihren Körper und wischte ihr das schwarze Haar ins Gesicht. Von außen würde sie jetzt nur noch entdeckt werden, wenn jemand direkt in den Wagen hineinsah.

Livman preßte die Lippen zusammen und zündete sich eine Zigarette an.

Seine Finger zitterten. Tief sog er den Rauch in die Lungen, lehnte sich an den Pontiac und ging noch einmal Punkt für Punkt den Plan durch.

Einen perfekten Plan!

Carl Livman konnte keine schwache Stelle entdecken. Er trat seine Zigarettenkippe aus und öffnete erneut das Rolltor. Dann setzte er sich ans Steuer und startete den Wagen.

Sein Ziel war Long Island.

Eine einsame Stelle an der Manhasset Bay.

Auch dort würde es neblig sein. Es hätte nicht besser kommen können ...

Carlo Genoffrios Ziel lag an der Manhasset Bay, in der Nähe von Manor Haven.

Die Gangster rollten über die Hauptstraße des kleinen Ortes, als wollten sie ihn erobern. Auf dem Marktplatz stellten sie ihre Wagen ab. Genoffrio blieb in seinem Cadillac sitzen, während zwei seiner Komplizen ein Sportgeschäft betraten. Ein Sportgeschäft mit angeschlossenem Buggy-Verleih, wie sich wenig später herausstellte. Die Gangster mieteten ein halbes Dutzend von den kleinen knallgelben Geländefahrzeugen, die nicht einmal vor tiefem Dünensand kapitulieren. Was sie mit den Dingern vorhatten, ließ sich leicht erraten.

Don Carlo blies zur Jagd auf den Erpresser.

Er wollte nicht kapitulieren. Ich fragte mich, wieviel Rücksicht er im entscheidenden Moment auf seine Tochter nehmen würde.

Während Steve Dillaggio und Les Bedell die Buggys verfolgten, die in Richtung Strand rollten, machten andere Kollegen das Polizeirevier von Manor Haven mobil und besorgten einen Jeep und einen Rover. Phil und ich folgten mit dem Jaguar Les und Steve, die uns ihre Route laufend über Funk mitteilten. Zwischen Manor Haven und Sands Point zog sich ein ziemlich einsames, verwildertes Dünengelände hin. Der lange Strandstreifen war an diesem nebligen Morgen völlig ausgestorben. Die sechs Buggys fuhren bis zu einem Parkplatz in unmittelbarer Nähe der

Küste. Dort trennten sie sich und verteilten sich in den Dünen. Von jetzt an wurde jede direkte Verfolgung unmöglich.

Wir verließen uns auf die Karten und Luftaufnahmen, die wir uns bei der City Police von Manor Haven besorgt hatten.

Zu dem Strandstück, um das es ging, gab es drei Zufahrten. Eine war eine Bohlenpiste, die unmittelbar ans Wasser führte. Wenn der Erpresser den Treffpunkt ausgesucht hatte, überlegte ich, dann hatte er es vermutlich wegen eben dieser Bohlenpiste getan, die es ihm gestattete, mit einem ganz normalen Wagen bis zum Strand zu fahren. Andererseits barg das Gefahren. Er würde in der Falle sitzen und nur einen einzigen Rückweg zur Verfügung haben, den man ihm leicht abschneiden konnte. Es sei denn, er plante eine Flucht zu Fuß. Oder er hatte sich irgendeine andere Teufelei ausgedacht, um seinen Rückzug zu sichern.

Vorerst stand nicht einmal fest, ob und auf welchem Weg er kommen würde.

Unsere Kollegen verteilten sich auf strategische Positionen, die es ihnen erlaubten, die drei Zufahrten zu überwachen. Der Jeep und der Landrover blieben im Hintergrund, da die Gefahr zu groß war, zufällig auf einen der Buggys zu stoßen.

Aber die beiden großen Geländewagen würden im Notfall binnen einer Minute den Strand erreichen können. Ich versteckte den Jaguar in einer tiefen Mulde. Da der Sand naß war, hegte ich immerhin die Hoffnung, daß ich aus diesem Loch auch wieder herauskommen würde.

Phil und ich bewaffneten uns mit Walkie-talkies und pirschten uns quer durch den Dünengürtel auf einen vorgeschobenen Posten.

Eine Art Rinne in unmittelbarer Nähe des Bohlenwegs war unser Ziel. Immer wieder hielten wir nach den gelben

Buggys Ausschau. Streckenweise robbten wir wie Indianer. Aber die meiste Zeit half uns der unruhig wabernde Nebel, der sich zwischen den Dünen fing. Auf dem freien Gelände des Strandes war die Sicht etwas besser. Tief in die Rinne geduckt, spähten wir durch die dicken, dunklen Büsche des Strandhafers.

In einiger Entfernung konnten wir einen der gelben Buggys erkennen.

Den Mann am Steuer kannten wir nicht. Aber neben dem Wagen lehnten Carlo Genoffrio und Vic Rocca mit seiner verbundenen Hand.

Es gab keinen Zweifel daran, daß sie auf jemanden warteten.

Zäh vertropften die Sekunden.

Eine Minute, zwei, drei, vier – eine Viertelstunde. Es war lausig kalt hier unten. Ein unangenehmer Wind pfiff. Die Feuchtigkeit legte sich wie Gummi auf die Haut. Aber wir achteten so wenig darauf, daß wir es eigentlich erst wahrnahmen, als sich Carlo Genoffrio unten am Strand in eine Decke hüllte, die auf dem Rücksitz des Buggy gelegen hatte.

Noch ein paar Minuten vergingen. Dann meldete sich unser flaches Transistor-Walkie-talkie mit einem gedämpften Piepton.

Steve Dillaggios Stimme.

Unsere Kollegen hatten einen Wagen gesichtet. Es dauerte nur noch Sekunden, bis das Fahrzeug identifiziert war: Carl Livmans Pontiac.

Der Coproduzent saß am Steuer.

Allein ...

Aber das überraschte uns nicht. Denn wir hatten ohnehin nicht damit gerechnet, daß er sich die Blöße geben würde, sein Opfer mitzuschleppen. Vermutlich hatte er Marcia irgendwo gefesselt zurückgelassen. An einem Ort, wo sie verhungern und verdursten würde, wenn Livman sie nicht befreite. Oder in der Obhut von Komplizen, die sie umbringen würden, falls Livman etwas zustieß. Aus schmalen Augen beobachtete ich, wie der Pontiac zwischen den Dünen auftauchte. Langsam rollte er über die Bohlenpiste.

Nur knapp zehn Yards von unserem Versteck entfernt kam er zum Stehen.

Der Motor erstarb.

Für die Dauer von zwei Herzschlägen war es still. Die Szene schien erstarrt wie ein Fotoschnappschuß. Deutlich konnten wir Livmans blasses Profil sehen, sein rötliches Haar, die Sommersprossen, die in dem weißen Gesicht winzigen Feuermalen ähnelten. Der Produzent straffte sich und atmete tief durch. Mit der Linken stieß er den Wagenschlag auf.

Als er ausstieg, sahen wir das kleine Transistorradio in seiner Rechten.

Ich spürte ein kühles Prickeln im Nacken. Radio ... Funkimpuls ... Meine Gedanken liefen fast automatisch in eine bestimmte Richtung. Die Schlußfolgerung, die auf der Hand lag, jagte mir einen Schauer über den Rücken.

Ich warf Phil einen Blick zu.

Mein Freund biß sich auf die Lippen. Er hegte offenbar ganz ähnliche Befürchtungen. Wie gebannt starrten wir zu Carl Livman hinüber, der über den nassen Sand ging – weg von dem Wagen, weg von dem möglichen Explosionszentrum.

Über dem Dach des Pontiac konnten wir jetzt nur noch seinen Kopf sehen. Der Wagen deckte uns gegen ihn. Und er deckte uns auch gegen den Buggy, gegen Genoffrio und seine Komplizen.

Ich begriff die Chance, die sich da möglicherweise bot, und tippte Phil auf die Schulter.

»Sie ist drin!« behauptete ich flüsternd. »Wir holen sie raus, ganz einfach.«

»Yeah«, kam es trocken. »Mehr als in die Luft fliegen können wir nicht.«

»Na dann! Auf zur Himmelfahrt!«

Ich grinste. Nicht, daß mir nach Scherzen zumute gewesen wäre. Aber es gibt Situationen, in denen kaltschnäuziger Galgenhumor die Nerven entlastet. Vorsichtig schob ich mich über den Rand der Rinne. Phil folgte mir. Jenseits des Pontiac eröffnete Carl Livman im gleichen Augenblick die Verhandlungen.

»Genoffrio!« schrie er.

»Ich höre«, kam es zurück – in einem Ton, bei dem es mir kalt über den Rücken lief.

»Dann hör genau zu!« Livman blieb unbeeindruckt, und ich hatte das Gefühl, daß er einen auswendig gelernten Spruch herunterspulte. »Deine Tochter liegt da drüben in dem Wagen. Sie ist bewußtlos. Und sie liegt auf einer Bombe, Genoffrio! Einer Bombe, die ich mit einem Funkimpuls zünden kann. Ich brauche nur auf den Knopf hier zu drücken und das Radio einzuschalten. Dann wird eine ganz hübsche Menge Dynamit hochgehen. Und ich schwöre dir, daß ich immer noch dazu kommen werde, den Knopf zu drücken – selbst wenn ihr mich abknallt.«

Schweigen.

Ein langes, lastendes Schweigen, nur unterbrochen vom Singen des Windes und dem steten dumpfen Rollen der Brandung. Phil und ich hatten etwa die halbe Strecke geschafft.

Mein Freund blieb ein Stück zurück, nahm den 38er in die Faust, um mir notfalls Feuerschutz zu geben. Ich robbte auf Händen und Knien weiter.

»Verstanden ...«, schlug die Stimme des Mafia-Bosses an mein Ohr.

»Okay! Hast du das Geld bei dir?«

»Ich habe es! Eine Million Dollar!«

Fast hätte ich durch die Zähne gepfiffen. Eine Million –

Livman ging ganz schön ran. Er mußte sich wie auf einem Vulkan fühlen, der jeden Augenblick ausbrechen konnte. Und er mußte sehr genau durchschaut haben, daß er derjenige war, der für die anderen die Rechnung bezahlen würde, wenn es hart auf hart ging.

»Schick deine Babysitter weg!« forderte er jetzt. »Ich will keinen Wagen sehen. Du wirst es wohl noch schaffen, ein paar Dollars zu schleppen.«

»Du verdammter ...«

Der unbeherrschte Fluch brach sofort ab. Genoffrios Stimme hatte erstickt geklungen. Aber nicht nur vor Wut, sondern auch vor Angst. John Jordan hatte recht gehabt. Der Gangsterboß hing an seiner Tochter. Er würde nichts tun, was Marcia gefährdete.

Immerhin, dachte ich mit einem leichten Aufatmen. Zwei Schritte trennten mich jetzt noch von dem Pontiac. Den gelben Buggy konnte ich nicht mehr sehen. Aber ich hörte, wie der Motor gestartet wurde. Genoffrio hatte Vic Rocca und den zweiten Mann weggeschickt. Er war bereit, allein mit dem Erpresser zurechtzukommen. Ahnte Livman, daß noch ein halbes Dutzend von den Buggys in den Dünen steckte? Auf jeden Fall ahnte er, daß sein Gegner nicht vorhatte, ihn mit der Million entkommen zu lassen ...

»Wie soll es weitergehen?« fragte Genoffrio heiser.

»Komm mit dem Koffer herüber! Zehn Schritte! Dann stellst du ihn ab und gehst zurück ...«

Unmittelbar neben dem Pontiac richtete ich mich auf.

Ein rascher Blick. Marcia Jordan lag auf dem Rücksitz. Sie war bewußtlos.

Das schwarze Haar fiel ihr ins Gesicht. Rasch duckte ich mich wieder, und meine Hand tastete nach dem Griff der hinteren Tür.

Nicht abgeschlossen!

Behutsam zog ich den Wagenschlag auf. Carl Livmans

Stimme schlug an mein Ohr, aber die Worte drangen nur halb in mein Bewußtsein.

»... werde ich verschwinden. Du bleibst stehen, wo du stehst. Ich werde es merken, wenn du dich nicht an die Bedingungen hältst. Sämtliche Türen des Wagens sind mit einer Alarmvorrichtung gekoppelt, und ich kann immer noch die Bombe hochgehen lassen ...«

Das jedenfalls war ein Bluff. Ich hatte bereits eine Tür des Pontiac geöffnet, und nichts war geschehen. Der Gedanke, daß Livman in dieser Hinsicht tatsächlich Sicherheitsvorrichtungen hätte einbauen können, jagte mir allerdings noch nachträglich einen Schauer über den Rücken.

Ich biß die Zähne zusammen, richtete mich auf und tastete nach dem schmalen Körper unter den schmutzigen Decken. Mein Blick flog durch die Seitenscheibe, zu den beiden Gestalten im grauen Dunst. Carl Livman wandte mir den Rücken zu. Genoffrio stand so, daß er mich sehen konnte. Aber seine ganze Aufmerksamkeit galt dem Erpresser – und selbst wenn er mich entdeckte, würde er hoffentlich die Situation richtig einschätzen und klug genug sein, um sich nichts anmerken zu lassen.

Behutsam packte ich Marcia um die Hüften und zog sie aus dem Wagen. Sie rührte sich nicht. Ihr Atem ging flach. Der Kopf rutschte haltlos über die Lederpolster. Wie eine Stoffpuppe sank sie im Sand zusammen. Ich spürte die Kälte ihrer Haut und sah die fahle Blässe des Gesichts. Sie brauchte so schnell wie möglich eine kreislaufstärkende Spritze.

»Halt!« rief Carl Livman. »Das ist weit genug. Stell den Koffer ab!«

»Ich will Marcia sehen!« sagte Genoffrio heiser.

Nicht jetzt, verdammt! Ich biß mir auf die Lippen, schlang den linken Arm um den schlaffen Körper der jungen Frau und robbte eilig vom Wagen weg. Phil nickte mir zu. Er blieb, wo er war, um meinen Rückzug zu decken. Ich zog die Bewußtlose durch den Sand zu der Rinne hinüber. Mit halbem Ohr lauschte ich auf Livmans Antwort.

»Du kannst sie nicht sehen. Du mußt mir schon glauben, Genoffrio. Sie ist heil und gesund. Also setz den Koffer ab und verschwinde wieder, sonst ...«

Da war die Rinne.

Strandhafer raschelte, als ich den Körper darüber hinwegzerrte. Jetzt richtete ich mich auf, packte mit beiden Händen zu, zog das bewußtlose Opfer tief in den Einschnitt zwischen den Dünen. Selbst wenn der Wagen explodierte, würde ihr hier nichts geschehen. Aufatmend wischte ich mir den Schweiß von der Stirn, winkte Phil und zog die Antenne des Walkie-talkie auseinander.

Mein Freund glitt neben mich, als die Verbindung stand. Steve Dillaggios ruhige Stimme: »Ja?«

Ich lächelte.

»Wir haben Marcia Jordan aus dem Wagen geholt«, sagte ich. »Sie befindet sich in Sicherheit. Unseretwegen kann jetzt der Zauber losgehen ...«

Carlo Genoffrio machte gerade Anstalten, zehn Schritte zurückzutreten, als es in den Dünen ringsum lebendig wurde.

Scheinwerfer flammten auf.

Jäh begannen Motoren zu dröhnen. Der dunkle Umriß des Landrovers tauchte über eine Kuppe auf. In einer anderen Richtung verrieten tanzende Lichtkegel den Standort des Jeeps. Ich fragte mich, wozu, beim Teufel, so viel Licht gebraucht wurde. Dann fiel mir wieder ein, wie dicht der Nebel zwischen den Dünen gewesen war. Irgendwo klangen Schüsse. Wahrscheinlich die Besatzung eines Buggys, die sich entdeckt sah. Von einer Sekunde zur anderen schien die Hölle loszubrechen – und die beiden einsamen Männer am Strand standen reglos wie versteinerte Statuen.

Eine Sekunde – dann brach sich bei beiden die Erkenntnis Bahn, daß der Krach das Ende der Transaktion bedeuten mußte.

Carl Livman schrie etwas und fuchtelte mit dem Transistorgerät. Genoffrio brüllte zurück, mit verzerrtem Gesicht, sich überschlagender Stimm. »Ich weiß nicht …«, verstand ich – und dann knallte das satte Dröhnen eine Megaphons dazwischen.

»Achtung, Achtung! Hier spricht der FBI! Der Platz ist umstellt. Sie haben keine Chance mehr! Heben Sie die Hände und machen Sie keine überflüssige Bewegung! Ich wiederhole …«

Carl Livman wirbelte herum.

Sein Gesicht war eine unmenschliche Fratze. Wut und Verzweiflung ließen ihn mühelos das Megaphon übertönen.

»Zurück!« kreischte er. »Ihr Schweine! Zurück, oder ich jage die Frau in die Luft!«

»Das können Sie nicht mehr!« dröhnte die Megaphonstimme. »Marcia Jordan befindet sich in Sicherheit. FBI-Agenten haben sie aus dem Wagen geholt. Seien Sie vernünftig, Livman! Lassen Sie das Radio fallen und …«

»Nein!« heulte er. »Nein, nein, nein …«

Wie unter einem Krampf krümmte sich sein Körper. Ich sah die jähe Bewegung seiner Finger. Im nächsten Moment überstürzten sich die Ereignisse.

Carl Livman drückte den Knopf, der den Funkimpuls auslöste.

Ein metallisches Schnappen – dann brachen unsichtbare Gewalten das Heck des Pontiac auf, wölbten das Blechdach empor und schickten eine Stichflamme in den Himmel. Donnernd rollte der Krach der Detonation über den Strand. Phil und ich ließen uns fallen, wo wir standen. In der nächsten Sekunde fegte die Druckwelle über uns hinweg.

Trümmer regneten. Glasscherben, Wolken von aufgewirbeltem Sand. Wir waren weit genug entfernt und lagen einigermaßen geschützt. Aber sekundenlang drohte uns die Staubwolke fast zu ersticken. Sand drang mir in Mund und Nase. Verzweifelt rang ich nach Luft. Neben mir hörte ich Phil husten. Halb übertönt vom rollenden Nachhall der Explosion drang ein schriller, sich überschlagender Aufschrei zu uns. Wo eben noch der Pontiac gestanden hatte, gleißte ein Feuerball.

Rauch stieg in den Himmel, mischte sich mit dem Nebel und verwandelte zusammen mit dem dichten Staub das graue Morgenlicht in tiefe Finsternis. Flammen schlugen aus dem ausgeglühten Gerippe des Wagens. Weißglühend zuerst, dann bläulich – schließlich wabernd in düsterem Karmesinrot. Der Widerschein breitete sich nach allen Seiten aus. Immer noch peitschten Schüsse in den Dünen. Ich hörte Stimmen, hastende Schritte, Motorenlärm – und irgendwo jenseits des brennenden Pontiac ein anschwellendes Wimmern.

Livman?

Hatte die Explosion, mit der er Marcia Jordan töten wollte, ihn selbst erwischt?

Ich sprang auf und stolperte durch den aufgewühlten Sand vorwärts. Der brennende Wagen strahlte Gluthitze ab. Ich mußte einen Bogen schlagen. Dicht hinter mir hörte ich Phils Schritte. Beide hielten wir die Dienstwaffe in der Faust. Abrupt blieben wir stehen, als Staub und Qualm sich vor uns lichteten.

Carl Livman lag am Boden.

Zusammengekrümmt lag er auf der Seite. Das Gesicht war verzerrt und dreckverschmiert. Irgendein Trümmerstück hatte ihn an der Schulter getroffen und eine tiefe Wunde gerissen, vielleicht den Knochen zerschlagen. Der

Verletzte wimmerte. Aber es war nicht der Schmerz, der ihn wimmern ließ. Es war nackte Todesangst.

Drei Yards von ihm entfernt hatte sich Carlo Genoffrio aufgebaut.

Breitbeinig, keuchend, die Augen funkelnd vor Haß ...

Mit beiden Fäusten umspannte er die italienische Beretta. Die Mündung war auf den wehrlosen, vor Entsetzen fast schluchzenden Erpresser gerichtet. Ich sah den Finger, der sich über dem Abzug krümmte. Ich wußte, daß keine Macht der Welt die tödliche Kugel jetzt noch aufhalten konnte.

»Nicht, Genoffrio!« schrie ich.

Gleichzeitig schoß ich – aber ich hatte nicht den Schimmer einer Chance.

Die Pistole bellte auf. Der Knall mischte sich mit dem Peitschen meines 38ers. Die beiden Schüsse klangen fast wie ein einziger. Carl Livman brüllte, bäumte sich auf und fiel schlaff zurück in den Sand. Für den Bruchteil einer Sekunde sah ich das häßliche schwarze Loch zwischen seinen Augen. Dann zuckte mein Blick wieder zu Carlo Genoffrio hinüber.

Er hatte die Waffe verloren.

Blut tropfte von seiner getroffenen Hand auf den Boden. Er starrte mich aus vorquellenden Augen an. Unkontrolliert zuckten die Lippen in dem schmalen, zerknitterten Gesicht.

Dann schien tief in seinem Innern ein unsichtbarer Damm zu brechen.

Er warf sich herum.

Blindlings begann er zu rennen, stolpernd, taumelnd – sinnlos. »Stehenbleiben!« schrie ich und jagte einen Warnschuß in die Luft. Aber Carlo Genoffrio war zu keiner vernünftigen Überlegung mehr fähig.

Ich jagte ihm nach.

Wie ein Schatten bewegte er sich vor mir im Dunst. Ich

hörte ihn keuchen. Wie lange war es her, daß ihm seine Verbrecherlaufbahn irgendeine körperliche Höchstleistung abverlangt hatte? Jahre, schätzte ich. Carlo Genoffrio war ein Schreibtischgangster, der Mord und Terror nur aus der Ferne dirigierte, der befahl und nicht handelte. Er hatte keine Chance. Sein pfeifender Atem und die unsicheren Bewegungen verrieten, daß seine Reserven zu Ende gingen.

Jetzt hörte er meine Schritte. Er spürte den Verfolger im Nacken. Ich sah, wie sich seine Muskeln zusammenzogen. Mitten im Lauf warf er sich mit der Kraft der Verzweiflung herum – und seine blutende rechte Hand fuhr unter die Jacke.

Himmel, dachte ich erbittert.

Ein Messer! Dieser Verrückte zaubert ein Messer hervor, obwohl er genau vor meiner Revolvermündung stand! Blitzschnell ließ er es aus der verletzten Rechten in die Linke wechseln. Seine Augen rollten. Ein Fauchen wie von einem Raubtier brach über seine Lippen. Schlagartig begriff ich, daß die letzten Minuten zu viel für ihn gewesen waren.

»Genoffrio«, sagte ich leise. »Laß den Nagelreiniger fallen! Du kassierst eine Kugel.«

Er zog die Lippen von den Zähnen.

Nackte Mordlust verzerrte sein Gesicht. Mit einem grellen, wahnwitzigen Schrei schnellte er auf mich zu und holte aus. Ich brachte es einfach nicht fertig, auf ihn zu schießen.

Mit einem schnellen Seitwärtsschritt wich ich aus.

Genoffrio wurde vom eigenen Schwung nach vorn getragen.

Er kreischte, als sein Messer nur Luft zerriß.

Ich wirbelte halb herum und schob ein Bein vor. In der Sekunde, in der der Gangsterboß über meinen Fuß stolperte, schlug ich zu.

Mit genau dosierter Wucht traf der Revolverlauf Genoffrios Nacken.

Sein Schrei brach ab. Bäuchlings fiel er in den Sand. Noch einmal fuhr seine Linke durch die Luft, als suche er ein Ziel für das Messer. Dann erschlafften seine Muskeln. Seine Finger öffneten sich, und ich brauchte das Messer nur noch aufzuheben.

Kollegen kümmerten sich um den bewußtlosen Mafia-Boß.

Die Schießerei in den Dünen war verstummt. Genoffrios Leute hatten sich teils ergeben, teils die Flucht ergriffen. Ein Blick zeigte mir, daß es nichts mehr zu tun gab, daß der FBI das Feld beherrschte ...

Rasch wandte ich mich ab und strebte dorthin, wo wir Marcia Jordan zurückgelassen hatten.

Sie war immer noch bewußtlos. Doc Reiser kniete neben ihr und verstaute gerade eine gebrauchte Einwegspritze in einem Plastikbeutel, den er in seine geöffnete Arzttasche warf. Prüfend blickte er in das schmale, bleiche Gesicht. Dann nickte er langsam und hob den Kopf.

»Nun?« fragte ich.

»Gerade noch rechtzeitig, Jerry! Dieser Kerl hatte ihr eine viel zu hohe Dosis von einem Betäubungsmittel injiziert. Sie hätte einen Kreislaufkollaps erlitten. Mindestens!«

»Und jetzt?«

»Jetzt wird sie sehr lange schlafen und sich hinterher recht wacklig auf den Beinen fühlen, aber mit Sicherheit wieder völlig gesund werden.« Doc Reiser lächelte. »Wenn ich das ganze Tohuwabohu richtig beurteile, wird Genoffrio als der Gerupfte aus der Sache hervorgehen, nicht wahr? Und John Jordan dürfte rehabilitiert sein.«

Ich nickte. Der Arzt klappte zufrieden seine Tasche zu.

»Die beste Medizin«, meinte er. »Wir müssen sie natürlich sofort ins Krankenhaus bringen. Aber sie wird sich schnell erholen. – Übrigens – mir sind da vorhin ein paar Geldscheine um die Ohren geflogen ...«

Die Million, natürlich!

Irgendwo mußte immer noch der Koffer mit Carlo Genoffrios Millionen stehen. Oder das, was davon übriggeblieben war! Phil und ich überzeugten uns kurz, daß unsere Kollegen die ganze Mafia-Clique bis auf zwei Ausnahmen vollzählig kassiert hatten.

Dann gingen wir dorthin, wo sich die folgenschwere Begegnung zwischen Carlo Genoffrio und Carl Livman abgespielt hatte.

Der Pontiac stand als ausgeglühtes Wrack im Sand. Nur noch die Polster glommen. Ab und zu stoben ein paar Funken auf, wenn verbogene Blechteile knackten. Etwa fünfzehn Yards von dem Wagen entfernt hatte der kleine schwarze Koffer mit dem Geld gestanden. Die Druckwelle der Explosion mußte ihn voll erwischt haben.

Der Koffer selbst lag noch im Sand. Er war aufgesprungen, an den Ecken verkohlt und verbogen. Eine Million Dollar hatte er enthalten. Eine Million in kleinen und mittleren Scheinen. Der Großteil davon war längst als Asche vom Wind verweht. Einzelne mehr oder weniger verbrannte Banknoten lagen über den Strand verteilt. Vermutlich würden an den nächsten Sonnentagen auch noch die Badegäste den einen oder anderen Tausender finden.

Uns war es gleichgültig.

Und nicht einmal Genoffrio selbst interessierte sich dafür, daß seine Million in Flammen und Rauch aufgegangen war.

Er hatte den Mord an Carol Holmes befohlen. Er hatte vor unseren Augen Carl Livman erschossen. Angesichts der Schwierigkeiten, die auf ihn zukamen, spielte der Verlust von einem Haufen Dollar keine Rolle.

Als er in einen unserer Dienstwagen geschoben und abtransportiert wurde, erinnerte er mich wieder lebhaft an den kleinen italienischen Geschäftsmann von nebenan. Einen bankrotten Geschäftsmann, der vor dem Nichts steht! Carlo Genoffrio wußte, daß er keine Chance mehr besaß, daß er am Ende war – und er hatte aufgegeben.

Auch die besten Anwälte konnten Genoffrio nicht vor dem Lebenslänglich retten.

Die Schüsse auf Carl Livman bewertete das Gericht als Totschlag im Affekt, begannen im Zustand stark verminderter Zurechnungsfähigkeit, unter dem unmittelbaren Eindruck, daß der Wagen explodiert war, in dem Genoffrio seine Tochter vermutete.

Was blieb, war neben einer Reihe von anderen Verbrechen der Mord an Carol Holmes. Carl Livman hatte die Platzpatronen gegen scharfe Munition ausgetauscht, aber er hatte es im Auftrag des Don getan. Das amerikanische Recht macht keinen Unterschied zwischen Anstifter und Mörder. Der Ankläger versuchte außerdem, Genoffrio den Mord an dem korrupten Staatsanwalt nachzuweisen. Es gelang ihm nicht, die notwendigen Beweise beizubringen. Doch an dem Lebenslänglich für Genoffrio konnte auch das nichts ändern.

Die ›Familie‹ des Don wurde restlos zerschlagen.

Der Manager Roy Silano wanderte wegen Erpressung und Nötigung ins Zuchthaus. Der Anwalt Berthold Genn wurde zwar nicht gerichtlich belangt, aber er hatte sein Renommee nicht nur bei seiner vornehmen Kundschaft, sondern auch in Gangsterkreisen verloren. Wenig später schloß er seine Praxis.

Ganz ähnlich ging es der Schauspielerin Melissa Montesi. Niemand konnte ihr beweisen, daß sie von den verbrecherischen Machenschaften gewußt hatte. Aber ihre Karriere war ruiniert.

Sie konnte allenfalls noch bei Pornofilmen landen.

Die GGG-Film löste sich auf. Genoffrios Strohmänner Gilmer und Gardoli verließen fluchtartig New York. Ihre Namen sind in der Filmbranche bis heute nicht mehr gehört worden.

›Die Nacht der Todesengel‹ wurde abgedreht: mit einer talentierten Nachwuchsschauspielerin in der weiblichen Hauptrolle, und mit John Jordan, der voll rehabilitiert wurde. Er und Marcia haben Phil und mich zur Premiere eingeladen.

Und wenn wir bis dahin nicht schon wieder bis über beide Ohren in einen neuem heißen Fall stecken, werden wir hingehen ...

ENDE DES
ZWEITEN BUCHES

Schon so gut wie tot

Sie hatte Instinkt. Unbehagen schlich sich in ihr Blut, machte sie an diesem Morgen nervös und reizbar. Aber sie hätte nicht sagen können, wieso. Schließlich fand sie als Erklärung den Alkoholkonsum der letzten Nacht und den Wetterwechsel, der sich über der Atlantikküste von Süd-Carolina ankündigte. Noch strahlte die Augustsonne. Aber der stickigen Schwüle würde Sturm folgen, wie Radio Charleston meldete.

Mabel Brainard schaltete den Apparat aus, ging in die Küche, trank noch ein Glas eisgekühlter Coke, nahm das Glas ins Bad mit und beäugte sich kritisch im Spiegel.

28 Jahre, ein schmales Bronzegesicht, freche Glutaugen und Lippen, die auch ungeschminkt verführerisch wirkten.

Mit einem weißen Band raffte sie das hüftlange Indianerhaar zum Pferdeschwanz zusammen. Dann verließ sie das Haus, einen niedlichen Bungalow im Grüngürtel von Terrytown, einem Achttausend-Einwohner-Städtchen unweit von Charleston.

Mabel schritt auf hohen Beinen, die von weißen Jeans eng umhüllt wurden. Sie trug eine schwarze Polobluse und war eine Wucht zum Ansehen.

Das empfand auch der Mann, der sie töten sollte.

An der Straßenecke lungerte er bei einem Kiosk herum, und das Bedauern spülte ihm Galle auf die Zunge. Wie blöd, so eine reizvolle Frau auszulöschen! Aber Auftrag war Auftrag. Und fünftausend Dollar Anzahlung hatte er kassiert.

Mabel ging stadteinwärts, zur Hauptgeschäftsstraße, und ihr Unbehagen wuchs.

Die Fußgängerzone war schattig zwischen den hohen, alten Häusern im Kolonialstil. Vor einer Cafeteria standen Tische mit bunten Stühlen im Freien. Mabel setzte sich, behandelte die Serviererin von oben herab und trank einen Gin-Tonic. Es bewirkte nur, daß ihr noch heißer wurde.

Sie war in der Stimmung, wo Gehässigkeit ihr Denken vergiftete. Entweder sie fand ein Ventil, oder sie hätte ihr Glas an die Wand geworfen.

Der Killer beobachtete, wie sie in eine Telefonzelle trat. Er stand vor einer Schaufensterscheibe, hinter der Kameras zu Dumpingpreisen angeboten wurden. Aber Leon Lewyt interessierte sich nur für Mabels Spiegelbild in der Scheibe.

Er war Mitte Dreißig, aber schon kahl wie ein Ei. An seinem Vierkantschädel rasierte er auch das letzte Härchen ab, wobei ihm manchmal das Messer ausglitt. Der muskulöse Nacken blieb nicht von kleinen Schnitten verschont. Weil Lewyt hohe weiße Kragen trug, konnte es vorkommen, daß sie Blutspuren aufwiesen.

Sein Gesicht war kantig und hart, mit blauen Schatten auf den Wangen und hellen, fast farblosen Augen. Obwohl er ausgezeichnet sah, hatte er einen Tick für Brillen. Natürlich mit Fensterglas.

Er besaß welche mit Horn- und welche mit Stahlgestell und eine Sammlung von Sonnenbrillen. Heute trug er eine mit spiegelnden Gläsern.

Bevor er weiterbummelte, sah er zu Mabel hinüber.

Sie hatte gewählt. Dave Healys Privatnummer. Das war der Mann, der sie aushielt, den Bungalow bezahlte und ganz Terrytown in der Tasche hatte. Natürlich hob nicht er, sondern einer seiner Kettenhunde ab, und durch ihre weißen Zähne zischte sie:

»Ich bin's. Den Chef, verdammt noch mal!«

Nach einer Weile sagte Healy unwirsch: »Ja, ist was?«

Er war kein Morgenmensch. Andere gingen ihm um diese Zeit aus dem Wege.

»Dieser Mistkerl hat wieder angerufen«, sagte Mabel. Und das war eine Lüge.

Sie hörte, wie Healy die Luft durch schmale Lippen einzog. »Und?«

»Wieder diese perversen Sprüche. Der tickt nicht richtig. Und an mir reagiert er sich ab.«

»Jetzt ist das Maß voll. Reg du dich nicht auf, Liebling!« Fürsorgliche Zärtlichkeit war in Healys Stimme. »Ich sorge dafür, daß dich niemand mehr belästigt. Und du bist sicher, daß es sich um Steve Dyer handelt?«

»Klar. Ich kenn' doch die Stimme. Erst ist er mir nachgestiegen, dieser lächerliche Barkeeper. Weil er nicht bei mir landen konnte, versucht er's jetzt so.«

»Ich bring das in Ordnung, Liebling.«

»Danke, Dave! Auf dich ist Verlaß. Mit einem Mann wie dir lohnt sich das Leben.«

Er lachte geschmeichelt. »Komplimente bin ich von dir gar nicht gewohnt. Aber ich freue mich, daß du so denkst. Also, bis heute abend. Mach dir einen schönen Tag.«

Als sie ihren Weg durch die City fortsetzte, kündigte sich das Unwetter an. Der Himmel färbte sich dunkel. Wind kam auf, riß an Markisen und Sonnenschirmen. An der Küste war Sturmwarnung. Die grüne Atlantikdünung rollte landwärts. Der Wind setzte den Wellen Bäckermützen auf. Die Segeljachten beeilten sich, in den Hafen einzulaufen.

Von ihrem Verfolger spürte Mabel nichts, als sie sich – mit zwei Boutiquetaschen an der Hand – auf den Heimweg machte.

Sie fühlte sich verdrossen. Die kleinliche Rache an Dyer befriedigte sie nicht. Jetzt, da der Stein rollte, ging ihr der Kerl nicht aus dem Kopf.

Eine Intrige! Na schön!

An den Hals geworfen hatte sie sich ihm. Aber für diesen Idioten war sie Luft. Der hatte nur Augen für seine Jessie. Eine Demütigung!

Denn ausgerechnet Dyer wäre ihr Traumtyp gewesen. Okay, jetzt kriegt er seine Abreibung, und damit bewies sie sich: Er war ihrer Zuneigung nicht wert. Er war ein lächerlicher Barkeeper, eine Null. Er bezog Prügel von dem, der ihr zu Füßen lag: von Dave Healy, dem König von Terrytown.

Die ersten Tropfen klatschten aufs staubige Pflaster.

Mabel ging schneller.

Die Straße war still. In den Gärten drehten sich sich Rasensprüher. Hinter einem Haus planschten Kinder im Swimming-pool und störten mit ihrem Kreischen die Vormittagstille. In einer Einfahrt wurde ein Cadillac mit dem Schlauch abgespritzt.

Der alte Mann, der das besorgte, verrenkte sich fast den Hals, als Mabel vorbeiging.

Sie lief durchs Gartentor, sah, daß der Rasen zu trocken war, was ihr ein schlechtes Gewissen bereitete, und fischte den Hausschlüssel aus der Umhängetasche.

In der Diele war es schattig und kühl.

Sie streifte die Sandalen ab und ging auf nackten Füßen in den Living-room.

Innerhalb von Minuten war es dämmerig geworden. Jetzt brach das Unwetter los. Der schwarze Himmel riß auf und ergoß seine Sturzflut. Bäume und Büsche wurden vom Sturm gepeitscht. Auf der Terrasse stürzte ein Gartenstuhl um, und irgendwo im Haus schlug laut ein Fenster zu.

Das Geräusch kam aus dem Schlafzimmer. Mabel lief hin, um das Fenster zu schließen.

Das Schlafzimmer war in schwülstigen Farben eingerichtet, wie Healy es liebte.

Mabels Füße versanken im Schafwollteppich. Ärgerlich stellte sie fest: Das Fenster war nicht verriegelt und hatte einen Schlitz in die Gardine gerissen. Abermals stieß jetzt der Sturm dagegen, und es flog auf.

Mabel betätigte den Riegel. Dann war das Unwetter ausgesperrt. Das Fauchen blieb draußen, und für eine Sekunde fühlte sie sich in der Stille des Hauses gefangen.

Sie sah in den Garten und wunderte sich über das seltsame Keuchen des Windes – bis sie bemerkte, daß jemand hinter ihr atmete.

Seit einer halben Stunde saß ich in einer Snackbar der Penna Station, des größten Bahnhofs der Welt. Ich luchste jedesmal zur Tür, wenn einer reinkam. Aber der Typ, der mir die Information über die Heroin-AG verkaufen wollte, ließ auf sich warten.

Vielleicht war er im Kino, oder sein Wagen sprang nicht an, oder er hatte vergessen, daß er was für sein Gewissen und die innere Sauberkeit dieser Stadt tun wollte.

Ich tröstete mich mit noch einem Bier und zwang meine Finger, nicht auf die Theke zu trommeln.

Es war früher Abend nach einem schwülen Augusttag: Blaue Stunde in New York City, noch zu früh fürs Dinner, schon zu spät für Tea-time in den Snobiety-Clubs, aber gerade die richtige Zeit, um sich für den Abend was vorzunehmen – falls mein Heroininformant nicht doch noch auftauchte und wir Arbeit bekamen.

Hinter der Theke strich der Keeper vorbei. Er hatte fettige Haare und nicht viel zu tun. Außer mir waren nur drei, vier Reisende da, die sich mit Kaffeetasse und Sandwich an die Tische verteilten.

Der Keeper beobachtete mein Glas. Wenn ich noch einen Schluck trank, war der Pegel unter seiner Toleranzgrenze. Er würde es mit flinker Hand abräumen – wenn ich nicht aufpaßte – und mir ein neues anbieten.

Ich trank.

Als ich das Glas absetzte, schoß seine Hand vor.

»Noch ein Bier, Sir?«

»Bitte zahlen.«

Er strich sein Trinkgeld ein und nickte knapp. Vielleicht hätte ich eins der ledernen Sandwiches essen müssen, um seine Sympathie zu erringen. Als ich in die riesige Halle trat, verstärkte sich die Lärmsinfonie. Durchsagen. Rumoren. Unterirdisches Grollen ein- und ausfahrender Züge. Sprachengewirr. Die Anpreisungen der Zeitungsverkäufer.

Ich wandte mich zum Ausgang Seventh Avenue, als ich sie sah. Sie stand nur ein paar Schritte entfernt. Neben ihr ein dicklicher Papa, der trotz seiner Zivilkluft amtlich aussah, teils begütigend, teils streng auf sie einredete und zudem offensichtlich einen Ratschlag erteilte.

Die letzten Worte las ich ihm von den Lippen: »Sie müssen Anzeige erstatten.«

Dann nickte er. Und nickte nochmals energisch, womit er wohl einen Schlußstrich unter die Angelegenheit zog. Gleichzeitig überwand er sein Zögern, drehte sich um und stampfte auf stämmigen Beinen davon. Zu seinem Büro, wo gleich Dienstschluß war und er höchstens noch rasch seinen Schreibtisch abschließen konnte.

Ich beobachtete die Frau. Sie war schön.

Schätzungsweise Ende Zwanzig. Ein gelber Jeans-Overall und nackte, braune Füße in Ledersandalen. Natürlich waren auch die Zehennägel lackiert. Sie hatte eine Umhängetasche, kein Gepäck. Ihr Gesicht war schmal und bronzefarben. Es war ein faszinierendes Gesicht mit sinnlichen Lippen. Bestimmt konnten die dunklen Glutaugen auch frech blicken, aber jetzt standen Tränen darin.

Das gab den Ausschlag.

»Entschuldigung, Miss.« Ich trat zu ihr. »Sie scheinen in Schwierigkeiten zu sein. Kann ich helfen?«

Durch die Wimpern sah sie mich an. Trotz ihrer Tränen kam ich mir vor wie der Fleischbrocken, den man der Raubkatze hinhält. Tief in den schwarzen Pupillen flammte ein Funke auf.

»Danke, nein! Noch so eine hilfsbereite Seele – und ich schreie. Von euch verdammten Trickbetrügern habe ich die Nase voll. Hauen Sie ab! Oder ich hole einen Cop.«

Mein teilnahmsvolles Lächeln fror etwas ein, aber ich nahm einen zweiten Anlauf.

»Sie haben sicherlich allen Grund, so vernichtend zu urteilen. Aber selbst wenn es um die Gemeinheit der Menschen geht, kann ein Pauschalurteil falsch sein. Ich bin ... Bitte, sehen Sie!«

Ich klappte mein FBI-Etui auf und hielt es ihr hin.

Vorsichtig – damit nichts von Wimpertusche und Lidschatten verlief – betupfte sie sich die Augen.

»Ach so. Entschuldigung! Aber ich bin wütend.«

»Ich heiße Jerry Cotton. Wollen Sie mir erzählen, was passiert ist?«

Sie nickte, umklammerte ihre Tasche und war jetzt ein Häufchen Unglück.

Eine dicke Lady, die in die Snackbar wollte, stieß mir ihren Koffer in die Kniekehlen. Wir standen so dicht am Rande des Menschenstroms, daß es nicht mehr gemütlich war.

»Gehen wir irgendwohin«, sagte ich. »Auf einen Drink. Das wird Sie beruhigen.«

»Sonst lasse ich mich nicht einladen«, sagte sie, während wir die Snackbar betraten. »Aber in Ihrem Falle ist das was anderes.«

Offenbar waren in ihrer Vorstellung FBI-Agenten auch für entlaufene Hunde und Trickdiebe zuständig.

Ich dirigierte sie zu einem Tisch in der Ecke. Der Keeper war schon da und knallte uns die Speisekarte hin. Aber meine Begleiterin hatte bereits gegessen. Sie wollte ein Cuba libre, ich schloß mich an.

»Mein Name ist Brainard«, sagte sie. »Cilly Brainard. Ich hätte gleich nach Hause fahren sollen. Aber der Eisschrank ist leer. Also wollte ich hier auf dem Bahnhof was essen, außerdem einen Anruf erledigen. Und meinen schweren Koffer konnte ich natürlich nicht mitschleppen. Aber wozu sind Schließfächer da!«

Ich ahnte, was passiert war.

»Drüben«, sagte sie, »in der Pizzeria habe ich Lasagne gegessen. Sie kennen das, ja?«

»Lasagne?«

»Das Lokal! Es ist so knüppeldick voll, daß man nicht allein sitzen kann. Zu mir rückte ein netter, junger Mann an den Tisch. Schüchtern, ärmlich. Mit Collegebücher unterm Arm. Er fragte, ob ich zufällig ein freies Zimmer wüßte. Er sei Student, aber ziemlich mittellos. So geschmeidig hat dieser Lump das Gespräch angefangen. Fazit war, daß er sich dann erbot, mir behilflich zu sein. Nur bis zum Taxi. Er kam also mit zum Schließfach, ließ sich sogar den Schlüssel geben und wollte öffnen. Aber das Schloß klemmte, obwohl er wie irre rüttelte. Er gab mir den Schlüssel zurück. Leider könne er nun doch nicht länger warten. Und ich dumme Pute merkte immer noch nichts. Brav ging ich mit dem Schlüssel zum Bahnhofsbüro, damit man mir helfe. Ein Beamter kam mit. Sie wissen, wie es ausging, nicht wahr? Ich seh' es Ihnen an. Das Schließfach stand offen. Mein Koffer war weg. Der Schlüssel, den ich in der Hand hatte, gehörte zu Fach 217. Mein Fach trug die Nummer 989. Der Kerl hat, als ich ihm den Schlüssel überließ, meinen gegen den 217er vertauscht. Da konnte das Schloß ja nicht aufgehen. Ich könnte platzen vor Wut. Daß ausgerechnet mir so was passiert.«

»Der Trick ist uralt. Ich wundere mich, daß damit noch gearbeitet wird.«

»Sagen Sie doch gleich: So werden nur die ganz Doofen reingelegt. Die aus der Provinz.« Sie funkelte mich an.

»Sind Sie aus der Provinz?«

»Ich bin von hier. Und das schon seit acht Jahren.«

»Wie ich vermutet habe. Ungewöhnlich für eine New Yorkerin ist nur Ihr gesunder Teint.«

»Da sollten Sie meine Schwester mal sehen! Die ... Na ja, die sieht genauso aus. Wir sind Zwillinge.«

Unsere Drinks wurden serviert. Auf den Rand hatte er uns Zitronenscheiben mit grüner Schale gespießt.

»Nun, Mr. G-man?« Sie lächelte herausfordernd. »Können Sie was für mich tun?«

»Das ist was fürs Diebstahldezernat der Stadtpolizei. Die kennen die meisten Trickdiebe. Ich werde einen Kollegen dort anrufen und ihm die Sache ans Herz legen. Dazu brauche ich Ihre Adresse, Miss Brainard, und eine möglichst genaue Beschreibung des Täters.«

Sie wohnte in den hohen 80er Straßen auf der East Side, dem East River zu, eine gute Adresse, obschon nicht so nobel wie die Fifth-Avenue-Apartments. Ich notierte mir auch ihr Rufnummer.

Den Dieb beschrieb sie als ungefähr fünfundzwanzig Jahre alt, ein Meter achtzig, schmächtig, mit Stubenhockergesicht und rotblondem Bürstenschnitt. Auffallendes Merkmal: eine sichelförmige Nase mit tiefer Einkerbung an der Wurzel. Und engstehende Fuchsaugen.

»Gut!« sagte ich. »Wenn sie den im Archiv haben, kriegt Cilly Brainard ihren Koffer zurück. War was Wertvolles drin?«

»Das ist es ja, weshalb ich mich so aufrege!«

Sie legte die Zitronenscheibe in den Aschenbecher und trank einen Schluck.

»Ich war eine Woche verreist, wissen Sie. Bei meiner Schwester in Terrytown, South Carolina. Natürlich bin ich auch nach Charleston gefahren. Ist ja nur ein Katzensprung entfernt. Irgendwie sind die dort noch hinterm Mond. Bei einem Antiquitätenhändler entdeckte ich venezianischen Schmuck aus dem 17. Jahrhundert. Für einen Spottpreis. Meine ganze Reisekasse habe ich angelegt. Mußte mir von Mabel noch Geld borgen. Aber es hat sich gelohnt. Der Schmuck ist das Fünffache wert.«

Offenbar zog ich ein skeptisches Gesicht. Denn sie fuhr mich gleich an: »Gucken Sie nicht so, als hätte ich mich schon wieder reinlegen lassen. Von Antiquitäten verstehe ich was. Ich bin ein wandelnder Auktionskatalog. Außerdem ist das mein Job.«

»Aha.«

Sie strich ihr Haar zurück, bevor sie sagte: »Ich bin Mitarbeiterin von Wallace Juhlin.«

Den kannte ich allerdings. Er war einer der großen Antiquitäten- und Kunsthändler in Manhattan. Für seine Seriosität hätte ich freilich die Hand nicht ins Feuer gelegt.

Sie wollte keinen weiteren Drink. Sie war ausgesprochen kratzbürstig. Meine Hilfsbereitschaft hatte ich ihr ohne Hintergedanken angetragen. Deshalb erbot ich mich auch, sie heimzufahren. Doch jetzt fiel ihr ein, daß sie bei einer Freundin noch vorbeischauen wollte; und sie nahm sich ein Taxi, nachdem ich ihr meinen Dienstanschluß und auch meine Privatnummer gegeben hatte. Keiner von uns beiden wußte es, aber zu diesem Zeitpunkt war sie schon so gut wie tot.

Ich fuhr zum Distriktgebäude.

Phil Decker, mein Freund und Kollege, war nicht mehr im Büro, beim Diebstahldezernat nur eine Nachtdienstbereitschaft. Ich gab die Beschreibung des Trickdiebes durch. Morgen würde man weitersehen.

Als ich die Segel streichen wollte, klingelte das Telefon. Mein Heroininformant entschuldigte sich für sein Nichterscheinen. Im übrigen sei alles ein Irrtum gewesen, und er könne mir rein gar nichts erzählen.

Bevor ich etwas erwidern konnte, legte er auf. Ich war früh zu Hause. Auch das kommt mal vor. In der Tiefgarage stellte ich den Jaguar ab. Im Raum neben der Eingangshalle sah ich in mein Postfach. Zwei Urlaubsgrüße von Bekannten – aus Hawaii und Florida, Reklamesendungen, zwei abonnierte Zeitschriften und die Heiratsanzeige einer gewissen Jennie, die ich so gut gekannt hatte, daß es unfair gewesen wäre, an der Hochzeitsfeier teilzunehmen.

Ich fuhr mit dem Fahrstuhl hinauf.

Meine Putzfrau war dagewesen. Die Wohnung glänzte. Aber die Ordnung auf dem Schreibtisch zeigte sofort ihre Schattenseite. Ich mußte den Papierkorb durchforsten, um wichtige Notizen wiederzufinden. Dafür hing ein Zettel an der Küchentür. Sie – die gute Seele – hätte mir gefüllte Schweineschulter bereitet und – in Alufolie verpackt – in den Eisschrank gelegt. Ich ließ es mir schmecken.

Vom dreißigjährigen Scotch war noch eine Menge da. Ich machte mir einen großen kühlen Drink, mit dem ich vorsichtig umging. Bis Viertel vor neun hatte ich erst einmal nachgefüllt, aber schon zwei Fachzeitschriften durchgeackert.

Ich überlegte, ob ich noch einmal weggehen oder jemanden anrufen sollte. Meine Wohnung kam mir verdammt leer vor. Aber dann entschied ich mich fürs Weiterlesen und noch einen Drink.

Um 21 Uhr 07 klingelte das Telefon.

»Cotton.«

Eine Stimme gurgelte. »Mr. G-man . . .«

Ein erstickter, grauenhafter Laut. Gefolgt von Kratzen oder Scharren. Und ein Geräusch, als pralle der Hörer gegen Holz.

Dann Stille. Aber die Leitung war noch offen.

Ich lauschte.

Nichts.

»Hallo! Wer ist dort?«

Jemand atmete heftig – wie nach Anstrengung. Und der Hörer wurde aufgelegt.

Mir standen die Haare zu Berge.

Das war kein übler Scherz gewesen. Eine Frau hatte versucht, mich anzurufen. Und war gewaltsam gehindert worden – in letzter Sekunde. Mit einem mörderischen Griff an die Kehle. Oder einem Hieb auf den Hals.

Wer?

Fieberhaft überlegte ich, wer in Frage kam. Mit wem hatte ich zur Zeit dienstlich zu tun? Welche Fälle standen an? Wer kannte meine Privatnummer?

Ob Männer- oder Frauenstimme – ich hätte es jetzt nicht mehr sagen können. Cilly Brainard fiel mir ein. Sie hatte mich »Mr. G-man« genannt.

Um ein Haar hätte ich den Gedanken verworfen. Ein Kofferdiebstahl ist eine Sache – die hier, zum Teufel, war eine andere. Trotzdem!

Ich hatte ihre Nummer und wählte.

Ein dutzendmal ließ ich es läuten.

Niemand hob ab.

Warum sollte sie nicht noch bei ihrer Freundin sein? Klar, sie hatte ja was zum Erzählen. Aus Terrytown und Charleston, von venezianischem Schmuck, dem Diebstahl und der Schwester mit dem genauso guten Teint.

Also kein Grund zur Aufregung!

Ich griff zur Schulterhalfter, schlüpfte ins Jackett, nahm die Autoschlüssel und sauste zum Fahrstuhl.

Der Abend war lau. Das trieb die Menschen ins Freie. Auf der Amsterdam Avenue prügelten sich Jugendliche.

Bei der 86. Straße bog ich ab. Als ich den Broadway überquerte, flog aus einer dunklen Ecke eine faustgroße faule Tomate und zerklatschte an meiner Windschutzscheibe. Hoffentlich war dem Werfer jetzt wohler.

Central Park West. Natürlich stand die Ampel auf Rot. Ich saß wie auf Nadeln, hielt es aber nicht für richtig, mit Sirene und Lichtsockel Vorfahrt zu erzwingen.

Wenn Cilly Brainard etwas passiert war, kam ich ohnehin zu spät. Und in dieser Ecke der Welt geht es auch ohne mein Zutun grell und laut genug zu.

Ich nahm die Transverse Road 86. Straße durch den Central Park. Wenig später hatte ich Cillys Adresse erreicht: ein graues Apartmenthaus, das ich auf zwanzig Stockwerke schätzte.

Es gab keinen Parkplatz in der Nähe. Also lenkte ich meinen Wagen halb auf den Bordstein.

Die Ecke war still. Ich sah ein paar Leute in Richtung First Avenue gehen. Auf dem Franklin Roosevelt Drive schnurrte der Verkehr vorbei – Lanzen von Licht, die sich bündelten. Und drüben – jenseits des East River – die bizarre Silhouette von Queens. Häßliche Industrieanlagen mit einem Himmel drüber, der aussah, als käme er aus den Fabrikschloten.

Der Eingang war verschlossen. In der Halle brannte die Nachtbeleuchtung. Auf beiden Seiten waren endlose Reihen von Klingelknöpfen. Ich probierte es erst noch mal bei Cilly, dann beim Hausverwalter.

»Hallo?« fragte er durch die Gegensprechanlage.

»Polizei! Würden Sie bitte zum Eingang kommen? Ich brauche Ihre Hilfe.«

Sein Knurrlaut verriet, ihm wäre das Fernsehprogramm lieber gewesen. Aber er kam, drückte auf einen Knopf in der Halle, worauf es sehr hell wurde, und starrte schmaläugig zu mir her.

Er war ein schneidiger Typ: in meinem Alter, sehnig, mit dicken schwarzen Koteletten und einem Schmutzfleck am Kinn. Beim näheren Hinsehen zeigte sich, daß es mal ein Bart werden sollte. Er trug ein weißes Seidenhemd mit roten Diagonalstreifen. Und ich hätte gewettet, daß er nach exotischen Rasierwassern roch.

Drinnen blieb er vor dem Glasportal stehen.

»Ihren Ausweis.«

Ich drückte die Legitimation gegen die Scheibe.

Er nahm sich Zeit, verglich das Foto mit mir, befingerte den Flaum am Kinn und öffnete dann.

»Hoffentlich gibt es keinen Ärger, Sir. Bis jetzt hatten wir mit der Polizei nichts zu tun.«

»Vielleicht ist es blinder Alarm. Aber ich erhielt einen Hilferuf. Die Person konnte nicht mehr ausreden, sondern wurde offenbar gewaltsam gehindert. Ich will jetzt nur überprüfen, ob bei Cilly Brainard alles in Ordnung ist.«

»Cilly Brainard. Die? Glauben Sie, daß sie ... Die ist eine angenehme und ruhige Mieterin, wissen Sie.«

»Sie wurde heute bestohlen. Man weiß nie, was sich daraus entwickelt. Sehen wir nach.«

Er öffnete einen Hemdknopf und schloß ihn wieder. »Nachsehen? Wie stellen Sie sich das vor?«

Ich nahm den Kopf etwas zurück. Sein Rasierwasser, das der Werbung zufolge nur von wilden Männern benutzt wird, war ein bißchen zu aufdringlich.

»Sie müssen doch einen Generalschlüssel haben. Sie begleiten mich in die Wohnung. Nur auf einen Blick. Wenn alles okay ist, sind wir in drei Sekunden wieder draußen.«

Er massierte sein Kinn. »Darf man das?«

»Wenn der Verdacht besteht, daß eine Notsituation vorliegt, ja.«

Wir nahmen den Aufzug. Cilly wohnte in der neunten Etage.

Der Mann sagte, er mache den Hausmeisterjob nur nebenberuflich. Er sei Frisör. Von dem Beauty-Shop CHARLIE in der Second Avenue war er der Chef.

Er sagte das, als wäre CHARLIE noch vor dem State Building und der Verrazzano Bridge im New-York-Prospekt aufgeführt. Dabei beäugte er meinen Haarschnitt, der im Nacken schon etwas tief auf dem Kragen hing, verkniff sich aber eine entsprechende Bemerkung.

Neunter Stock. Wir stiegen aus. Das Haus war kirchenstill.

Er führte mich den Flur entlang und um die Ecke bis zum E-Apartment.

Ich klingelte, klopfte, horchte.

Absolute Stille. Oder – doch nicht!

Ganz schwach vernahm ich einen zischenden Laut.

Erst war mir nicht klar, was das sein konnte. Dann begriff ich: ein Wasserkessel, der auf der Flamme stand.

»Verdammt, jetzt habe ich den Schlüssel nicht hier«, sagte der Hausmeister.

Ich warf ihm einen Blick zu, der im Nacken wieder rauskam.

»Schon gut! Bin ja gleich zurück.«

Es dauerte zwei Minuten, in denen mir unerfreuliche Gedanken durch den Kopf gingen.

Dann schwang die Tür auf.

Die Diele war dunkel, aber durch den Spalt der Küchentür fiel Licht.

Von dort drang das Brausen in die Diele.

In der kleinen Küche wallte Dampf. Von den Kacheln tropfte es schon.

Ich riß einen riesigen Kaffeekessel von der Herdplatte. Wasser war kaum noch drin. Aber vor ungefähr zwanzig Minuten mußte sie ihn bis obenhin gefüllt haben.

Der Hausmeister äugte ins Bad. Es war dunkel und leer.

Im Apartment brannte Licht.

Die Tür war angelehnt.

Als ich sie aufriß, schwang sie einen Viertelmeter zurück und prallte dann auf ein Hindernis.

Ein weicher Laut entstand dabei. Und das Hindernis war elastisch. Ich wußte Bescheid, bevor ich mich durch den Spalt zwängte. »Wenn Sie empfindlich sind«, sagte ich, »bleiben Sie lieber draußen. Sie ist tot.«

Er antwortete nicht sofort. Ich trat über die Leiche hinweg.

»Ist sie . . . ist sie? Wie ist sie gestorben?«

»Mord«, sagte ich. »Sie wurde erdrosselt.«

Das Apartment war offenbar möbliert gemietet worden. Ich kannte diese unpersönliche, obschon nicht üble Einrichtung zur Genüge.

Man würde sehen müssen, was Cilly Brainard hinterließ.

Ein schwerer Sessel stand dicht bei der Tür, wo er nicht hingehörte. Es sah fast aus, als hätte sie ihn davorgeschoben, um ihren Mörder auszusperren. Ein sinnloser Versuch. Aber offenbar hatte es ihr die paar Sekunden verschafft, um zum Hörer zu greifen und meine Nummer zu kurbeln.

An der Tür des Apartments – einem kombinierten Wohn-Schlafraum mit Schrankbett – steckte weder innen noch außen ein Schlüssel.

Wie war der Mörder in die Wohnung gelangt? Mit einem Nachschlüssel eingedrungen? Oder hatte sie ihm geöffnet?

Sie trug noch den Overall und die Ledersandalen.

Sie lag halb auf der Seite, einen Arm unter sich, den anderen verkrampft und erhoben, in verzweifelter, aber nutzloser Abwehr. Das Gesicht sah nicht mehr hübsch aus.

Um den Hals hatte sich ein Seil gespannt, ihn erbarmungslos eingeschnürt. Auf der makellosen Haut waren Abschürfungen und dunkle Male. Jetzt hing das Seil locker herunter, die Enden lagen – säuberlich parallel ausgerichtet – auf ihrem Körper und reichten bis zum Knie.

Es handelte sich um ein Springseil. Neu. Ohne Griffe. Ein helles Material, vermutlich eine Mischung aus Sisal und Nylon. In der Mitte war es verstärkt. Ein Seil, wie es Boxer benutzen. Und Fitneßbewußte, denen die Stadtwohnung keinen Geländelauf ermöglicht.

Es war ein Seil, wie es sicherlich millionenfach verkauft wird – zu einem Dollar fünfzig, überall.

Das Telefon stand in der Schrankwand. Es war ein modernes: orangefarben, flach und mit Tasten.

Ich konnte rekonstruieren: Als der Mörder ihr die Schlinge hinterrücks über den Kopf geworfen und sie zurückgerissen hatte, war der Hörer aus ihrer Hand geglitten und gegen eine Schublade geprallt.

»Um Gottes willen!« flüsterte der Hausmeister hinter mir.

Er hatte sich hereingetraut. Aber sein Gesicht war wachsgelb vor Entsetzen.

Noch bevor die Mordkommission Manhattan South eintraf, hatte ich folgendes ermittelt: Das Haus hatte eine Feuertreppe. Sie endete nicht in der Eingangshalle, sondern – nach endlosen Wendelspiralen – in einem Betonschlauch im Hof. Die Stahltür ins Freie war immer verschlossen. Aber der Schlüssel hing in einem Glaskästchen auf der Innenseite neben der Tür – logischerweise. Denn ein Fluchtweg, der zur Mausefalle wird, wäre kein Fluchtweg mehr.

Der Schlüssel war auch jetzt an seinem Platz, aber die Tür unverschlossen.

Die gleichen Nachschlüsselkratzer, die ich dort mit bloßem Auge erkannte, entdeckte ich bei näherem Hinsehen an der Wohnungstür.

Also war der Täter neun Stockwerke hochgestiegen, wobei ihn garantiert niemand gesehen hatte. Aber dann – im Flur – vor Cillys Tür?

Der Hausmeister winkte ab.

»Die Wohnungen auf dieser Seite stehen alle leer. Sind zu teuer. Die Makler schicken zwar dauernd Interessenten vorbei. Und die meisten würden auch gern einziehen. Aber dann ist da immer der Preis. Nur das A-Apartment ist vermietet. An ein älteres Ehepaar. Er ist pensionierter Richter oder so was. Naturfanatiker. Die stehen mit dem ersten Sonnenstrahl auf, und wenn es dämmrig wird, schlafen sie schon. Für die ist das jetzt mitten in der Nacht.«

Ich überließ es Detektiv-Lieutenant Harry Easton, die beiden Leute zu wecken. Was ich wußte, erzählte ich.

Harry strich sich nachdenklich über seinen blonden Bürstenschnitt.

Wir standen auf dem Flur, um den Technikern drinnen nicht im Wege zu sein. Hier störten wir niemanden.

»Was vermutest du, Jerry?«

Ich wischte durch die Luft. »Bis jetzt wissen wir so wenig, daß alle Mutmaßungen vermessen wären. Aber wenn ich mal spinnen soll: Ein Zusammenhang zwischen dem Kofferdiebstahl und dem Mord scheint zunächst kaum denkbar. Trotzdem wüßte ich Wege, die von einem zum anderen führen. Entweder, Cilly hat mir nicht die Wahrheit gesagt, und der Koffer enthielt Dinge, die den Trickdieb scharf darauf machten, sich hier mal umzusehen. Oder er ist Kunstkenner und vermutete, daß in dem Apartment noch ähnliches Geschmeide auf Einbrecher wartet.«

»Auf den ersten Blick sieht es nicht wie ein Raubmord aus.«

Ich nickte. »Aber wir wissen nicht, was da war und jetzt vielleicht fehlt. Auch der Hausmeister hat keine Ahnung. Außerdem hat der Mörder vielleicht die Nerven verloren. Weil er befürchtete, ich – beziehungsweise die Person, an die sich Cillys Hilferuf gerichtet hatte –, könnte jeden Moment hier auftauchen. Woher wollte er wissen, ob der Betreffende nicht gleich um die Ecke wohnt?«

»Hast du mal 'ne Zigarette?«

Ich gab ihm eine und auch Feuer.

»So oder so, Jerry, um den Trickdieb kümmern wir uns. Sicherlich hatte der Koffer einen Anhänger mit Cillys Namen und Adresse. Grundbedingung für eventuelle Aktionen des Trickdiebes.«

Einer von Harrys Leuten kam aus der Wohnung. Er hielt einen Klarsichtbeutel in der Hand, in dem sich das Seil befand.

»Glaube nicht, Lieutenant, daß da die Laboruntersuchung noch was bringt. Der Kerl war vorsichtig. An der

Tür haben wir Handschuhspuren entdeckt. Wenn an dem Seil was von ihm ist, dann bestimmt keine Hautabsonderung. Höchstens Lederteilchen. Aber wenn es ein Profi war – wofür alles spricht -, schwimmen die Fingerfutterale jetzt im East River oder modern in irgendeiner Mülltonne vor sich hin.«

»Versuchen müssen wir es trotzdem«, meinte Harry.

Sein Mitarbeiter behielt seine wichtige Miene bei und ging in die Wohnung zurück.

»Wer war denn das?« fragte ich. »Ein neuer?«

»Er doziert gern. Manchmal erklärt er mir auch, wie ich meine Arbeit machen muß, meint es aber nicht so. Als Spurenexperte ist er Klasse. Der riecht es, wenn ein Floh auf die Gardinenstange pinkelt.«

Ich war beeindruckt.

»Ein Trickdieb«, sagte ich, »der ein Würgeseil mitbringt, ist nicht nur Trickdieb, sondern von anderem Kaliber. Ich fahre jetzt ins Distriktgebäude und bemühe unser Archiv. Sollte ich was finden, lasse ich es dich wissen.«

Als ich ins Freie trat, war es 21 Uhr 57.

Ich entsann mich, daß ich vorhin – als das Telefon klingelte – auf die Uhr gesehen hatte. Vor genau fünfzig Minuten war das gewesen: Cillys Todeszeit.

Ich empfand tiefes Mitleid mit der jungen Frau. Sie mußte furchtbare Angst gehabt haben. Auch der Tod hatte das namenlose Entsetzen nicht aus ihrem Gesicht gewischt. Die Kollegen vom Nachtdienst arbeiteten heute mit doppelter Besetzung und hatten eine Menge zu tun. Ich ging allein ins Archiv, speiste den Computer mit meinen Tatsachen und nahm in Empfang, was er aussortierte.

Das Ergebnis entmutigte.

Es gab zwar einen Trickdieb mit rotblondem Bürstenschnitt. Aber der Mann war – wie ich zufällig wußte – an einem der letzten Glatteistage dieses Winters von einem Laster überrollt und zerquetscht worden.

Also war unser Archiv mal wieder nicht up to date.

Ich versah die Karte mit einem entsprechenden Vermerk und legte sie auf Nevilles Schreibtisch.

Mehr fiel dem Computer nicht ein.

Ich löschte das Licht und ging.

Im Büro wählte ich versuchsweise Mr. Highs Anschluß. Schließlich kommt es nicht selten vor, daß unser Chef bis spät in die Nacht hinein arbeitet. Aber heute hatte er sich an die Dienstzeit gehalten.

Nachdenklich saß ich einen Moment am Schreibtisch. Was wußte ich über Cilly Brainard? Wenig. Aber das Bild eines Opfers liefert oft den Schlüssel zum Täter. Um mir ein Bild zu machen, gab es zwei Quellen: ihre Schwester in Terrytown. Und Wallace Juhlin, ihr Arbeitgeber und Boß, der bekannte Antiquitäten- und Kunsthändler, von dem ich gehört hatte, daß er nicht zimperlich wäre, wenn man ihm unter der Hand was anbiete.

Freilich wußte ich nicht, ob an diesem Gerücht etwas dran war. Denn ein Hehler riskiert eine Menge – auch wenn es sich um edle Sore wie Kunstwerke handelt. Zudem werden solche Gerüchte gern von der weniger erfolgreichen Konkurrenz ausgestreut.

Sollte ich Cillys Schwester in Terrytown anrufen?

Irgendwie fühlte ich mich dazu nicht aufgelegt. Morgen würde der Schock die Frau noch früh genug treffen.

Ich griff zum Telefonbuch Manhattan und suchte Juhlins Adresse. Seine Antiquitäten- und Kunstgalerie war in der Madison Avenue, wie ich wußte. Wohnte er dort auch?

Unter Privat fand ich: 76. East – also ganz in der Nähe.

Ich zog das Telefon heran. In dem Moment kam Phil herein. »He!« Er schob die Brauen nach oben. »Bist also doch aus deiner Wohnung rausgeflogen, und jetzt fehlen dir die Cents fürs Obdachlosenasyl.« Aber dann sah er, daß ich nicht auf Flachs eingestellt war. »Hast du die Heroin-AG ausgehoben?«

»An der werden wir noch lange rumbeißen. Der Informant kneift. Ich komme eben von einem Mord. Und du?«

»Aus Yellow-Jollys Pils-Bar. Aber ich habe mein Schlüsselbund im Schreibtisch gelassen.«

Er stampfte seine Zigarette in den Aschenbecher. »Was für ein Mord?«

Nachdem ich erzählt hatte, meinte er: »Diesen Juhlin zu kennen kann noch mal wichtig sein. Neuerdings wird immer mehr aus Staatsgemäldesammlungen geklaut. Wer weiß, ob nicht manches bei ihm wieder auftaucht. Und bei Staatsgalerien sind wir zuständig.«

»Hast du dir deshalb das Handbuch über alte Meister und moderne Kunst gekauft?« Ich nahm den Hörer ab. »Kommst du also mit, wenn der Mann noch zu sprechen ist?«

»Vielleicht schenkt er uns einen Rembrandt, damit wir schnell wieder gehen.«

Nach dem dritten Läuten riß jemand den Hörer von der Gabel. Aber offenbar hielt er ihn verkehrt herum, oder er fiel ihm aus der Hand, oder er wußte nichts damit anzufangen – jedenfalls meldete er sich nicht. Statt dessen erscholl aus dem Hintergrund chaotischer Partylärm. Band oder Hifi-Stereoanlage gaben einen schmalzigen Schlager wieder. Doch offenbar tanzte niemand Wange an Wange. Vielmehr kreischte ein Dutzend Frauenstimmen entzückt. Ein gackernder Bariton versuchte witzig zu sein und brüllte dazwischen. Aber mir ging die Pointe nicht auf. Daß nicht aus Pappbechern getrunken wurde, hörte ich am Klirren.

»Hallo?« sagte ich mutlos.

»Hallo, Süßer!« lallte ein Stimmchen. »Be ... beeil dich! Die ... sss ... saufen s ... sonst alles weg.«

Sie hatte Schwierigkeiten mit dem s. Es klang, als hätte sie sich die Zungenspitze zwischen den Oberzähnen eingeklemmt.

»Könnte ich bitte Mr. Juhlin sprechen?« fragte ich ohne große Hoffnung.

»Natürlich! Aber da mußt du … herkommen. Ich he … be mich für dich auf.« Ihr Lachen rieselte mir bis in die Schuhe. Dann fiel sie vermutlich auf den Apparat, denn die Verbindung wurde unterbrochen.

Ich stand auf. »Juhlin gibt eine Party. Das laß ich mir nicht entgehen. Vielleicht ist er blau und sagt Sachen, die wir sonst nie erfahren würden.«

»Ob der mir einen Freßcocktail anbietet? Darauf würde ich jetzt stehen!«

»Einen was …?«

»Freßcocktail. Das ist der neueste Hitzehit im Village. Essen und Trinken aus dem Glas. Zum Beispiel ein gekochtes Ei im Bier. Oder eine geschälte Banane im Rumdrink. Snobs schütten sich Austern in den Weißwein, Leckermäuler Pfirsicheis in den Gin, Angeber Spargelspitzen in den Roséwein. Für dich wäre Whisky mit geraspelten Möhren eine Grundnahrung. Ich habe vorhin Bloody Mary mit Shrimps probiert. Empfehlenswert, sage ich dir!«

»Wie wäre es mit einer Scheibe Sellerie im Mokkalikör? Ich wette, das kennt noch keiner.«

Die Nacht war noch schwüler geworden. Das kurze Stück bis zu Juhlins Adresse lohnte den Wagen nicht. Außerdem konnten wir unter die Räuber geraten. Phil war heute ganz wild auf Cocktails, ob mit nahrhafter Einlage oder nicht; und ich hegte die Befürchtung, daß ich die Süße mit den Zischlauten ohne stimulierenden Drink nicht überstehen würde. Falls man uns zu mehr als einem Drink nötigte, würde ich ohnehin nicht mehr fahren. Entweder dann mit einem Taxi nach Hause – oder eine Übernachtung auf den Feldbetten des Bereitschaftsraums. Luxuriös sind die zwar nicht. Aber es gibt Mittelklassehotels, die weniger bieten.

Also stiefelten wir zu Juhlins Adresse, einem sehr großen Apartmenthaus. Als schlanker Betonriese überragte es die gedrungeneren Kästen ringsum; und vom Portal bis zum Bordsteinrand spannte sich ein Baldachin, der garantiert zweimal täglich abgeputzt wurde.

FLOWERY APARTMENTS stand auf dem Kunstleder.

»Nobel!« sagte Phil.

In der Halle war Festbeleuchtung.

Hinter dem Empfang saß der Nachtportier und grinste vor sich hin. Er war ein ältlicher Mensch mit Handprothese links. Viel Spaß hielt das Leben nicht für ihn bereit. Daß er jetzt grinste, war dem Flachmann zu verdanken, den er – als wir eintraten – nicht rasch genug wegsteckte.

Hallo!« sagte ich. »Wir sind Mr. Juhlins Gäste, aber zum erstenmal hier. Wo findet die Party statt?«

»Im Penthouse.« Er lächelte selig. »Wie immer. Sie müssen den Aufzug nehmen, Gentlemen. Es sind vierundzwanzig Etagen.«

Es gab zwei Kabinen. Eine war unten. Als wir einstiegen, hatte der Alte seinen Flachmann schon wieder an den Lippen. Das Etikett war zerkratzt, die Flasche offenbar schon viele Male gebraucht. Wahrscheinlich füllte er sie immer wieder neu.

Ich drückte den Knopf PENTHOUSE über dem 24. Stock, und der Expreßfahrstuhl zischte mit uns hoch.

Als die Türen aufglitten, empfing uns die Nacht mit vergleichsweise reiner Luft.

Ein kniehohes Mäuerchen umgrenzte das Dach – wenig Sicherheit für eine alkoholisierte Meute. Man konnte nur hoffen, daß sich niemand zu dicht an den Abgrund wagte.

Das Penthouse stand exakt in der Mitte. Ringsum hatte man in Kunststoffbehältnissen von Doppelbettgröße Beete angelegt. Und die Höhenluft schien Blumen und Gräsern gut zu bekommen. Dazwischen verteilten sich mannshohe Palmen in Kübeln. Eigentlich fehlte nur noch ein Königspapagei oder wenigstens ein dressierter Affe, der an der Fernsehantenne turnte.

Das Haus – flach, L-förmig und schick – war mit bunten Lämpchen illuminiert.

Auf der Terrasse, die offenbar zum Tanzen gedacht war, spielte eine Drei-Mann-Combo. Recht lustlos, wie mir schien. Die drei hatten lachsrote Hemden an und sahen aus wie Mexikaner, denen Heimweh das Herz abschnürt.

Niemand tanzte. Es war überhaupt niemand auf der Terrasse. Aber hinter den Fenstern drängte sich allerlei Volk. Dort erschollen zwar Stimmen. Aber von angeregter Heiterkeit konnte keine Rede sein. Die Stimmung war umgeschlagen.

»Riecht nach Stunk!« meinte Phil. »Vielleicht hat jemand seinen Drink über eine Standuhr aus dem fünften Jahrhundert geschüttet.«

»Die Uhren von damals sind abwaschbar. Das kann es nicht sein.«

Als wir die breite Terrassentür erreichten, schlingerte uns eine Lady entgegen. Sie hatte höchstens sechs, sieben Drinks zuviel und sank mir wie Seifenschaum an die Brust.

»Die ... die ... streiten. S ... sooo ein Mist! Ich ... geh weg hier!«

Ich erkannte die Stimme. Wie der Zufall so spielt.

Sie war etwa drei Zentimeter kleiner als ich – ein weißblondes, schönes Riesenweib mit dem Kopf voller Löckchen und einem Dekolleté fast bis zur Taille. Blauäugig sah sie mich an, wobei der Brennpunkt ihrer Sehachse mindestens fünf Meter hinter mir lag. Ihr Atem roch nach einem Rezept aus Armagnac und Apfelsinenlikör.

Phil grinste.

Ich tätschelte der Blonden den Arm und versuchte, ihre Finger aus meinem Revers zu lösen.

Hinter ihr stolperte ein fetter Bursche ins Freie, faßte die

Frau um die Taille und wollte sie wegziehen. Sie drehte sich um. Bevor ich es verhindern konnte, klatschte sie ihm die flache Hand ins Gesicht.

»Cathy!« schrie er. »Erkennst du mich nicht?« Er prallte zurück und lief rot an.

»Klar!« lallte sie. »Du bist der Pfannkuchen, den ich geheiratet ... ha ... habe, als ich gei ... geistig um ... umnachtet war.«

Er sah uns an und sagte: »Entschuldigung. Aber sie verträgt nicht viel.«

Ich nutzte die Gelegenheit, um mich an den beiden vorbeizuschlängeln.

Die Party hatte sich in den großen Terrassenraum verlagert. Er war mit rotem Spannteppich ausgelegt. Es gab nur Sitzmöbel, und die bestanden ausnahmslos aus Chrom und weißem Leder. Die Wände hatte Juhlin mit Gemälden tapeziert. Wenn die gegen Diebstahl versichert waren, mußte er ein Vermögen dafür berappen.

Etwa dreißig Menschen waren anwesend – die Frauen im Cocktailkleid, die Männer in Dinnerjackett oder Smoking.

Zwei Gentlemen, die sich nahe der Hausbar gegenüberstanden, erfreuten sich der ungeteilten Aufmerksamkeit aller.

Der Kleinere – ein Marlon-Brando-Typ – hatte die Faust geballt.

»Sag das noch mal, du Ehrabschneider!«

Der andere war größer, aber gebaut wie Filigran. Zuviel Alkohol führte zur Fehleinschätzung seiner körperlichen Möglichkeiten. Deshalb sagte er: »Das weiß doch jeder hier, daß sich deine Frau durch alle Betten schläft. Wenn du es als einziger nicht weißt, kannst du mir leid tun.«

»Laß mich das machen, Joe«, sagte eine Frau mit ruhiger Stimme. Sie meinte den Marlon-Brando-Typ und trat zu den beiden.

Sie war klein und schmächtig. Mit ihrem Madonnengesicht, hüftlangem dunklen Haar und schwarzen Mandelaugen wirkte sie aus einiger Entfernung wie ein Teenager. Aus der Nähe sah man dann die Verbitterung um den Mund und das Netz nervöser Fältchen, das die Augen einsponn. Sie mochte fünfunddreißig Jahre alt sein, zeigte aber – wie viele Südländerinnen – die Tendenz, vorzeitig zu verblühen.

Ihr Drink war so rot wie ihr Kleid.

Heftig klatschte er dem Filigrantyp ins Gesicht.

Er sah aus wie mit Ketchup begossen und stand versteinert. Die rote Tunke lief ihm über Gesicht und Hals auf das weiße Smokinghemd.

Jemand im Hintergrund lachte.

Die anderen wirkten betreten.

Der Marlon-Brando-Typ zischelte seiner Frau etwas zu.

Der Begossene sagte: »Was kann man von einem Flittchen anderes erwarten?«

Dann wandte er sich ab, nahm sein Taschentuch und tupfte an der Schönheitsmaske aus Tomatensaft und Gin herum.

»Musik!« befahl jemand hinter mir.

Die Combo jaulte auf. Das Publikum geriet in Bewegung. Joe nahm seine treulose oder zu Unrecht verdächtigte Gattin am Arm und schritt mit ihr an uns vorbei in Richtung Lift.

Mit so viel Würde, wie es die Situation zuließ.

Sie rauschten ab, ohne sich vom Gastgeber zu verabschieden.

Wo, zum Henker, war der?

Phil sah mich an, hob die Schultern und hatte den erhofften Drink wohl schon abgeschrieben.

Geschnatter umgab uns. Jetzt hatten die Leute ein Thema. Der Begossene war nicht mehr zu sehen. Sicherlich wusch er sich im Badezimmer das Gesicht.

Cathys feister Ehemann schoß mit bösem Gesicht an mir vorbei. Ich erwischte ihn gerade noch am Ärmel.

»Entschuldigung. Wer ist Mr. Juhlin?«

Er sah zu mir auf. »Kennen wir uns?«

»Sind Sie . . .«

»Allerdings! Ich bin Wallace Juhlin. Oder was haben Sie gedacht?«

»Wir wollen Ihre nette Party nicht stören. Aber wir müssen Sie unbedingt sprechen. Wir sind Special Agents des FBI. Das ist Phil Decker. Ich heiße Jerry Cotton.«

Seine Miene hellte sich auf. »So schnell haben Sie . . . Aber warten Sie! Nicht hier. Hinten sind wir ungestört.«

Er bahnte uns einen Weg. Wir wurden einen schmalen Flur entlanggeführt. Hinten – das war eine Art Arbeitszimmer. Schick. Diesmal mit senfgelbem Spannteppich. Die Metallsessel waren mit dunklem Leder bespannt. Außerdem gab es einen Schreibtisch mit eingelegter Onyxplatte und einen handgeschnitzten Bücherschrank.

Juhlin setzte sich hinter den Schreibtisch, nachdem er uns Plätze angeboten hatte.

Die Speckwülste auf seinem Gesicht glänzten vor Erwartung.

»Es geht um Ihre Angestellte Cilly Brainard«, sagte ich. »Sie . . .«

»Ist sie schon gefaßt?« unterbrach er mich. »Donnerwetter! Das nenne ich flinke Arbeit!«

»Gefaßt?« fragte ich irritiert. »Wie meinen Sie das?«

Seine frohe Stimmung erlosch wie ausgeknipst. »Also nicht?«

»Moment mal! Ich glaube, wir reden aneinander vorbei. Aber erst sind Sie dran. Bitte!«

»Na, Sie sagten doch«, meinte er ungeduldig, »Sie kämen wegen Cilly Brainard. Also vermute ich, daß Sie die Frau schon gefaßt haben. Schon – weil ich ja erst heute nachmittag Anzeige erstattet habe.«

»Weshalb?«

»Wie? Sie wissen nichts davon?«

»Unser Anliegen nenne ich Ihnen gleich. Könnten wir jetzt bitte den Grund der Anzeige erfahren?« Er blies die Backen auf und schickte einen Blick zur Decke. Offenbar war ihm so ein Ignorant noch nicht begegnet.

»Cilly Brainard arbeitet seit fünf Jahren für mich. Sie tat es klug, anstellig, zuverlässig – in jeder Hinsicht hervorragend. Vor einem Jahr erhielt sie Prokura. Sie wurde meine rechte Hand. Da es sich bei mir um namhafte Beträge dreht, ist das eine gutbezahlte Vertrauensstellung. Cilly kannte die Kombination zu beiden Safes. Als einzige außer mir. Der eine Safe – sicher wie Fort Knox – enthält Bargeld. Hohe Summen. In meiner Branche ist es so, daß ich Bargeld einfach bei der Hand haben muß. Na ja. Der andere Safe, der noch sicherer ist, birgt die wertvollsten Stücke meiner Galerie: einmaligen Schmuck, seltene Juwelen, Gemälde, antike Gefäße, wertvollstes Porzellan und so weiter. Vor zwei Wochen bin ich verreist. Wir haben zur Zeit keine Saison, und Urlaub muß ja sein – nur um mal rauszukommen aus dieser Stadt. Ich war mit meiner Frau in Miami Beach. Wir kehrten heute mittag zurück. Gegen 14 Uhr rief ich im Geschäft an. Einer der Angestellten – ich habe vier außer Cilly – sagte, sie wäre nicht da. Wäre seit einer Woche in Urlaub. Und hätte gesagt, das sei mit mir abgesprochen. Ich fiel aus allen Wolken. Daß ich das Geschäft nicht ohne Führungskraft lasse, ist doch klar. Ich fuhr sofort hin. Ich hatte so eine Ahnung. Aber andererseits wollte ich es Cilly einfach nicht zutrauen.«

Für einen Moment schloß er Mund und Augen. Er lehnte sich zurück und wirkte erschöpft.

»Und?« sagte ich.

»Ich sah erst im Geldtresor nach. Leer. Dann in dem anderen ... Mein Gott! Wissen Sie, was das bedeutet! Wenn die Versicherung nicht zahlt, bin ich ruiniert.«

Den Brocken mußte ich erst mal verdauen. Jetzt erhielt der Mord eine ganz andere Perspektive.

»Und was hat sie mitgenommen?« fragte Phil.

»Etwas über hundertachtunddreißigtausend Dollar. Wie ich das belegen soll, weiß ich nicht. Das ist Geld, das . . . Na ja! Aber viel schlimmer ist der Verlust meiner wertvollsten Stücke. Natürlich gibt es eine Liste. Und die genaue Beschreibung findet sich im Hauskatalog. Der Wert beläuft sich auf etwa zwei Millionen.«

»Sind Sie entsprechend versichert?« wollte mein Freund wissen.

Juhlin nickte. »Unterversicherung wäre Selbstmord. Trotzdem! Bevor die Versicherung zahlt, wird was los sein. Wenn ich an den bevorstehenden Streß denke, an die Rangelei mit diesen Haien, dann möchte ich am liebsten gleich wieder nach Miami. Daß ich die Versicherung bisher noch nie beansprucht habe, wird mir da wenig nützen.«

»Die Kunstgegenstände«, sagte ich, »kann man die in einen Koffer transportieren?«

Er sah mich aus schmalen Augen an. Ich entdeckte, daß sie grün waren und im Lampenlicht glitzerten.

»Im Koffer? Wie kommen Sie darauf?«

»Ja oder nein?«

»In einem – niemals. Vielleicht in drei oder vier Koffern.«

»Cilly Brainard ist tot«, sagte ich. »Sie wurde – zufällig weiß ich es genau – um 21 Uhr 07 ermordet. In ihrer Wohnung.« Ich erzählte. Auch was ich in der Penna Station mit ihr erlebt hatte.

Juhlins massiger Kiefer sackte auf die Frackschleife. »Himmel! Obschon sie mich bestohlen hat – das hätte ich ihr nicht gewünscht.« Aber unverzüglich fielen ihm seine eigenen Sorgen wieder ein. »Was ergibt sich nun daraus? Ich meine, hatte sie Komplizen? Besteht Aussicht, daß ich mein Eigentum zurückerhalte?«

»Hoffen wir es. Man kann jetzt viel spekulieren. Vielleicht befand sich ein Teil der Beute im Koffer. Vielleicht hatte sie einen Komplizen, der sie zu diesem Coup verleitete. Möglicherweise ist er der Mörder. Denkbar wäre, daß er sie erst ausgenutzt und dann beseitigt hat, weil sie für ihn ein Risiko bedeutete. Dann hätten wir es mit einem Profi zu tun, der auch genau weiß, wo er so unverwechselbare Beute absetzen kann. In Frage kommt nur eine spezielle Gattung von Kunstliebhabern. Leute, die die Freude des Besitzes oder des Betrachtens ganz alleine genießen wollen. Die das gestohlene Gemälde beispielsweise in ihren H-Bomben-sicheren Keller hängen und sich jeden Abend eine halbe Stunde damit einschließen. Zeigen können sie es ja keinem. Damit scheiden die Kunstbesitzprotze von vornherein aus.«

Er nickte. »Sie wissen Bescheid. Aber solche Kunstkenner sind selten. Es müßten Leute sein, die keine Skrupel haben. Die meisten, die Kunst kaufen, wollen das auch dem Freundeskreis vorführen.«

»Wußten Sie, daß Cilly eine Schwester hat?«

»Irgendwo bei Charleston in South Carolina. Daß sie wirklich dort war, halte ich für ausgeschlossen.«

»Mit wem hatte Cilly Umgang?«

Er hob die fetten Schultern. »Was ihr Privatleben betrifft, bin ich überfragt.«

»Höchst eigenartig ist, daß sie sich heute noch in der Stadt aufhielt und sogar noch in ihre Wohnung zurückging, obwohl sie sich sagen mußte: Wenn die Polizei nach mir sucht, dann doch zuerst hier.«

»Das setzt die Entdeckung des Diebstahls und meine Anzeige voraus. Eigentlich wollten wir bis morgen in Miami bleiben. Ich bin sozusagen unplanmäßig zu früh zurückgekommen.«

Ich stand auf. »Sie werden von uns hören, Mr. Juhlin.«

Kurz vor Mitternacht verließ Dave Healy sein Büro, ging durch den schlauchschmalen Gang nach vorn und betrat die Bar GOLDEN TWENTIES durch eine Tür, die außer ihm nur eine Handvoll Mitarbeiter, wie er sie nannte, benutzen durfte.

Eine Klarinette wimmerte. Der Pianist war in Topform und spielte so gut, daß kein Gast zu tanzen wagte. Es hätte seine Darbietung entweiht.

Healy nickte einigen Gästen zu, ging zu einem Hocker an der Schmalseite der Bar, stützte die Ellbogen auf und überschaute sein Reich.

Die GOLDEN TWENTIES war sicherlich die exklusivste Bar von Nord- und Südcarolina: ein flacher Schuppen, kostbar im Stil der 20er Jahre eingerichtet, als man den geschmuggelten Whisky noch aus Kaffeetassen trank.

Der bernsteinfarbene Boden der Tanzfläche wurde von unten beleuchtet. Im übrigen herrschten schwarzes Leder, Chrom und dunkelroter Samt vor. Es gab nicht ein Stück Kunststoff zwischen diesen vier Wänden. Dreißig Leute hatten an der Bar Platz, hundertfünfzig an den Tischen, von denen mehrere in séparée-ähnlichen Nischen standen.

Der dunkelhäutige Bartender beobachtete seinen Boß, war wie in Startstellung erstarrt, um wie ein Wiesel zu spurten, sobald das Zeichen erfolgte: ein Wink Healys oder nur ein Heben des Kinns. Und wenn der Gouverneur persönlich am anderen Ende der Bar gesessen hätte – es gab keinen Zweifel, daß Healy seinen Drink als erster erhalten würde.

Eigentlich mochte Healy diese Art von Beflissenheit nicht. Andererseits war sie bequem. Aber er schätzte den Betreffenden richtig ein. Auf jemand mit so einem Spaghettirückgrat war im Ernstfall wenig Verlaß.

»Das Übliche, Johnny!« sagte er, ohne den Bartender anzusehen. Und Johnny legte los, daß die Eiswürfel schepperten.

Das übliche war ein simpler Highball – allerdings mit einem fünfzigjährigen Scotch, der wie Ambrosia durch die Kehle ging.

Heute abend war nicht viel los.

Hier jedenfalls nicht.

Unten um so mehr, dachte Healy, und unterdrückte ein Grinsen.

Mit ›unten‹ bezeichnete er das schallsichere Kellergeschoß des Hauses. Es enthielt den attraktivsten Spielklub der Ostküste: Poker, Roulette, Bakkarat. Und war kombiniert mit einem Callgirlring.

Healy hatte das eine wie das andere ins Leben gerufen und war stolz auf den gigantischen Umsatz und die begeisterten Kunden. Nicht wenige aus dem internationalen Jetset kamen immer wieder. Nur Männer natürlich. Die Snobs unter ihnen schwebten mit der Privatmaschine, von den Bahamas oder von sonst woher kommend, eben mal auf dem Flughafen Charleston ein. Und wurden dann abgeholt.

»Zum Wohl, Boß!« Johnny stellte den Drink vor ihn hin, als handele es sich um die Ernennungsurkunde zum Ehrendoktor.

Dann wartete er, geschickt Gläser polierend, auf eine Geste der Zufriedenheit. Aber Healy runzelte die Stirn.

Nicht, weil an dem Highball etwas fehlte. Mabel fiel ihm ein.

Zehn war ihre Zeit. Jetzt ging es auf Mitternacht. Und nicht mal angerufen hatte sie. Dabei sollte sie zusehen, wenn seine Leute nachher diesen perversen Steve Dyler auf dem Nachhauseweg abfingen und gekonnt durch die Mangel drehten.

So ein Idiot! dachte Healy. Der muß sich doch ausrechnen, daß der Verdacht auf ihn fällt und was ihm dann blüht. Belästigt mein Mädchen, dieser Spinner! Wo hier jeder weiß, was mir Mabel bedeutet.

»Telefon!« Er schnippte mit den Fingern.

Johnny brachte den Apparat.

Healy wählte und hatte schon auf der Zunge, was sich Mabel gleich anhören sollte.

Nichts Gemeines und auch nicht zu hart – so war er nie zu ihr. Aber was fiel ihr ein, ihn einfach zu versetzen!

Niemand hob ab.

Er ließ es ein dutzendmal läuten, drückte auf die Gabel, drehte die Drei und hörte Chuck Gables Rasiermesserstimme: »Ja?«

»Komm an die Bar«, sagte Healy und legte auf.

Er hatte erst zum zweitenmal von seinem Drink gekostet, als Gable durch dieselbe Tür hereinglitt.

Er war 28, über mittelgroß und wie geschichteter Blattstahl. Zum blauen Maßanzug trug er heute eine kupferfarbene Krawatte. Er hatte ein schmales, bleiches Gesicht mit farblosen Augen. Um den Mund lag ein grausamer Zug. Das dunkle Haar ließ er vom teuersten Figaro pflegen. Im übrigen war Chuck Gable so kühl und korrekt wie ein Exekutionskommando.

»Ja, Boß?«

»Hast du Mabel gesehen?«

»Seit gestern nicht.«

»Verdammt! Sie weiß doch, daß Dyer sein Fett nachher kriegt.« Gable sah seinen Boß an. Erwartete der jetzt einen Kommentar? Offensichtlich.

»Vielleicht kneift sie.«

»Wie?«

»Ich glaube, sie ist nicht so zäh, wie sie sich manchmal gibt.«

»Woher willst du denn das wissen?«

Gable lächelte dünn. Er hatte es falsch angefangen. Eine andere Erklärung wäre dem Boß lieber gewesen. Aber Duckmäuser waren ihm ebenfalls zum Kotzen. Also blieb Gable bei seiner Linie.

»Frauen verraten sich mit kleinen Gesten, Boß. Mabel ist zart besaitet. Da halte ich jede Wette. Natürlich will sie, daß dieser Telefonspanner ein paar in die Fresse kriegt. Aber dabeisein und zugucken ist 'ne andere Sache.«

Healy deutete aufs Telefon. »Sie meldet sich nicht.«

»Vielleicht ist sie müde und ...«

»Quatsch! Ich will wissen, was los ist. Fahr hin!«

»Und? Soll sie unbedingt herkommen?«

»Das muß nicht sein. Sieh nur nach, ob bei ihr alles in Ordnung ist.«

Gable nickte mit steinernem Gesicht, wandte sich ab und dachte: Unfaßbar! Aber von der läßt er sich auf der Nase herumtanzen. Wenn das meine Puppe wäre, würde ich ihr den Hintern versohlen, und ihre Launen hätten ein Ende.

Er ging durch die Bar. Auch die Garderobe im Vorraum war in schummriges Licht getaucht. Eine knackige Mulattin las hinter dem Tresen ihr Comic-Heft.

Gable lächelte ihr zu. Er war zu jedermann höflich. Man sagte ihm nach, er rede seine Opfer mit ›Sir‹ oder ›Madam‹ an, bevor er ihnen in Healys Auftrag eine Kugel zwischen die Rippen schoß.

Der Portier am Eingang sagte: »Soll ich Ihren Wagen holen, Mr. Gable?«

»Nicht nötig.«

Der türkisgrüne Mustang stand auf dem Parkplatz.

Mindestens vier Dutzend Nobelfahrzeuge wurden von den Lichtpeitschen angestrahlt. Wer diese Ansammlung sah und dann die paar Gäste in der Bar, der mußte sich fragen, wo die anderen geblieben waren.

Aber solche Sorgen drückten Healys Verein nicht. In Terrytown bestimmten sie, wo es lang ging.

GOLDEN TWENTIES lag etwas außerhalb. Hinter dem Golfplatz, auf einem großen Gelände, das sich teils mit einer dichten Hecke, teils mit einer hohen weißgetünchten

Mauer gegen die Außenwelt abschirmte. Das Gebäude war dreistöckig, im Kolonialstil erbaut, mit viel Holz und Veranden und der Grundfläche einer Markthalle. Im Kellergeschoß der Spielklub, im Erdgeschoß die Bar und die Wirtschaftsräume, oben ein Dutzend Gästeapartments mit Callgirlservice.

Es gab dann noch einen Anbau, wo das Personal logierte. Healy und Gable wohnten außerhalb und sehr exklusiv.

Gables Weg führte durch die Stadt. Hier schlief man bereits. Auch das Büro der Sheriffs war dunkel.

Die Straßen glänzten naß. Nach dem Unwetter des Vormittags hatte sich die Sonne den ganzen Tag hinter Wolken versteckt. Jetzt wehte kühler Nachtwind, vertrieb die Wolken und holte den Mond hervor.

Gable hielt vor Mabel Brainards Grundstück, stieg aus, registrierte, daß hinter keinem Fenster Licht war, nahm eine Zigarette aus dem Päckchen und schob sie zwischen die Lippen, zündete sie aber nicht an.

Er klingelte lang und anhaltend, obwohl er spürte, daß es sinnlos war.

Die Fenster hatten Läden. Doch das war Zierde. Keinem wäre eingefallen, sie abends zu schließen. Dagegen fiel ihm auf, als er jetzt das Haus umrundete, daß nirgendwo die Vorhänge zugezogen waren.

Er klopfte mehrmals gegen die Scheibe, erreichte die hintere Hausecke und sah auf die Terrasse.

Ein Gartenstuhl war umgestürzt. Aber nicht das stoppte seinen Schritt und stellte seinen Atem flach.

Er sah zur Terrassentür. Sie war fußbreit geöffnet.

Gable trat hinter die Ecke zurück, zog seine 32er aus der Schulterhalfter und lud durch. Geduckt rannte er nach vorn und zur anderen Seite des Hauses. Von der Ecke dort konnte er an der fensterlosen Wand zur Terrassentür pirschen.

An die Mauer gepreßt, horchte er. Nur der Wind raschelte in den Büschen. Stille füllte das Haus wie stehendes Wasser. Als Wolken den Mond verdunkelten, stieß er die Tür auf und war mit einem Satz im Terrassenzimmer. Er drückte sich sofort an die Wand und witterte wie ein nächtliches Raubtier in die Finsternis. Dann ging er dorthin, wo er den Schalter vermutete, und knipste die Deckenleuchte an.

Eine halbe Minute später hatte er Mabel gefunden.

Er sah sie lange genug an, um sich Einzelheiten einzuprägen.

Was er dabei empfand, ließ sich unter einem Fingerhut verstecken.

Seine Hauptsorge war jetzt, Healy die Nachricht mit den richtigen Worten beizubringen.

Er trat zum Telefon. Mit dem Pistolenlauf warf er den Hörer von der Gabel. Beim Wählen achtete er darauf, daß er keinen – möglicherweise vorhandenen – Fingerabdruck verwischte.

»Ich bin's. Den Chef, aber schnell!«

Bartender Johnny brauchte nur eine halbe Sekunde, um den Hörer weiterzureichen.

»Ja?«

»Tut mir leid, Chef. Aber ich habe keine gute Nachricht.«

»Was ist?« Healys Stimme klang wie ein Peitschenhieb.

»Das Haus war dunkel. Die Terrassentür stand offen. Ich bin rein und habe sie gefunden. Sie ist tot.«

Die Leitung schien zu vereisen. Healy gab keinen Laut von sich.

»Kein natürlicher Tod, Chef. Sie wurde umgebracht. Aber ich glaube, es ging schnell. Viel hat sie bestimmt nicht gespürt, obwohl das Gesicht ... Jedenfalls hat der Kerl sie erdrosselt. Mit einem Springseil. Offenbar wurde sie hinterrücks angefallen. Im Schlafzimmer. Aber kein Sexualverbrechen. Jedenfalls ist sie vollständig bekleidet. Keine

Kampfspuren. Ob was geraubt wurde, können Sie am besten feststellen. Was machen wir jetzt?«

Ein pfeifendes Lungengeräusch war in Healys Stimme, als er sagte: »Warte dort. Ich komme. Rühr nichts an. Ich bringe den Sheriff mit.«

Während Gable bei der Toten wachte, legte Healy im GOLDEN TWENTIES langsam den Hörer auf und starrte in dem Stück Spiegel hinter der Bar sein graues Gesicht an. Noch wies sein Gehirn die Nachricht ab. Alles in ihm weigerte sich, die Tatsache zu akzeptieren. Aber seine Empfindungen brodelten wie in einem Überdruckkessel. Da war die einschnürende Trauer über die Frau, die er liebte. Da war Verständnislosigkeit, daß ihm, dem König von Terrytown, so etwas angetan wurde. Denn zweifellos wollte man ihn mit diesem Mord treffen. Und da war seine Wut, die von Sekunde zu Sekunde wuchs und ein Ventil brauchte, sonst würde der Überdruck den Kessel zerreißen.

Er versuchte, die Kiefer zu lockern. Dann griff er zum Telefon.

Aber jetzt saßen zwei Pärchen an der Bar, und sie saßen nahe, und was er zu reden hatte, war nicht für fremde Ohren bestimmt.

Er rutschte vom Hocker, ging zur Tür wie ein Traumwandler, den schmalen Gang hinunter, der mit seinen grauen Betonwänden an die Flure alter Zuchthäuser erinnerte, und trat in sein Büro.

Er setzte sich hinter den Schreibtisch. Der Blick fiel auf ein ledergerahmtes Foto von Mabel. Sie zeigte viele Zähne, hatte das Indianerhaar mit anmutiger Geste in den Nacken geworfen und lächelte die Kamera an.

Healy wählte eine Nummer und preßte die freie Hand auf die Schreibtischplatte. Verdammt, wie lange brauchte dieser Sack! Dann wurde abgehoben, und eine schlaftrunkene Stimme murmelte: »Hier Purnick.«

»Nimm deine fünf Sinne zusammen, Sheriff. Paß auf, was ich jetzt sage!«

»Bist du's, Dave?«

»Mabel ist tot. Ermordet. Schwing deinen Hintern aus dem Bett. In zehn Minuten bist du bei ihrer Adresse. Drei Minuten später hast du einen entscheidenden Hinweis auf den Täter entdeckt. Nämlich auf Steve Dyer, den Barkeeper. Dann fahren wir zu seiner Kneipe, und du nimmst ihn hoch. Ich werde dabeisein. Auch wenn er nach der Festnahme den Fluchtversuch macht. Abschießen werde ich ihn selbst – und zwar so, daß es weh tut. Aber damit's kein Gerede gibt, nehme ich deine Waffe. Also bring sie gefälligst mit. Geölt und geladen. Klar?«

»Hör mal. Ich ...« Der Sheriff stotterte. »Wieso? Ich verstehe nicht. Ist ... ist denn erwiesen, daß es Dyer war?«

»Ich weiß, daß er's war. Das genügt.«

»So geht's nicht, Dave.

»Du hast nur noch neuneinhalb Minuten, Walt Purnick. Ich rate dir, sei pünktlich.«

Healy legte auf.

Anderthalb Meilen entfernt in der großzügigen Etagenwohnung über dem Sheriffamt im Zentrum von Terrytown gingen die Lichter an.

Zuerst im Schlafzimmer der Purnicks, wo der Sheriff mit offenem Mund im Bett saß und kalten Schweiß auf der Stirn fühlte.

Joan, seine Frau, war wach geworden. Sie sah, wie es um ihn stand, lief in die Küche, machte auch dort Licht und ließ Wasser in ein Glas laufen. Sie brachte es ihm ans Bett. Aber er wehrte ab und griff statt dessen zu der Karaffe mit Rum, die auf seinem Nachttisch stand.

»Verdammt! Das kann er nicht mit mir machen!«

Er trank, griff dann doch zum Wasserglas und spülte nach.

»Healy, nicht wahr? Was will er?«

»Ich soll einen Mord arrangieren.«

»Bist du bei Trost?«

»Seine Mabel wurde umgebracht. Er will sein Mütchen an Steve Dyer kühlen, dem Keeper.«

»Soll der etwa ... Das glaubst du doch selbst nicht. Das ist ein charmanter Taugenichts. Aber der tut keiner Fliege was. Und eine Frau umbringen ... Nie! Bei der Sache, Walt, machst du auf keinen Fall mit! Du wirst sogar verhindern, daß es dazu kommt.«

Purnick sah gequält aus. Er sagte nichts, sondern griff abermals zur Rumkaraffe.

Er war dreiundvierzig Jahre alt und galt als attraktivster Mann von Terrytown: groß, die Figur eines Modellathleten, das Adlerprofil eines Westernhelden mit makelloser Sonnenbräune und hellblauen Augen, die meist versonnen über den Alltag hinaus zu unbekannten Horizonten blickten. Er war das As vom hiesigen Golf and Country Club und ein vorzüglicher Reiter. Er trug nur Seidenhemden vom gleichen Lichtblau wie seine Pupillen und immer einen weißen Stetson, von denen er ein Dutzend besaß. Seine Stiefel waren die Maßarbeit eines italienischen Schuhsalons in Charleston. Im nächsten Jahr begann seine dritte Amtsperiode, die Wiederwahl vorausgesetzt. Aber an der zweifelte niemand. Denn eine saftlosere Nulpe war weit und breit nicht zu finden. Und Dave Healy brauchte einen Hanswurst, der auf Pfiff reagierte.

Freilich wäre es ungerecht, Purnicks Bestätigung im Amt nur auf Healy zurückzuführen.

Mindestens ebensoviel Einfluß hatte Purnicks Schwiegervater: Anthony Chasin. Er war der letzte Sproß einer seit Generationen hier ansässigen Familie: Multimillionär und Besitzer riesiger Baumwoll- und Tabakplantagen.

Er hatte der Dickschädeligkeit seiner einzigen Tochter Joan – jetzt fünfunddreißig Jahre – nachgegeben, die unbedingt den Paradehengst des Bezirks zum Mann haben wollte. Damals, vor zehn Jahren, war noch nicht erkennbar gewesen, um was für eine taube Nuß es sich handelte. Chasin wußte es inzwischen, Joan auch, und man machte das Beste daraus, indem wenigstens die Fassade gewahrt wurde.

Purnick siegte weiterhin bei Reitwettbewerben, kaufte alle vier Wochen eine neuen Stetson und neue Seidenhemden, nahm Healys Almosen entgegen und bediente sich kräftig der Konten, die Chasin seiner Tochter bei allen örtlichen Banken eingerichtet hatte.

Geld hatte Joan in Hülle und Fülle, Reputation durch den Vater, als Aufgabe zwei kleine Jungs, die zwar äußerlich ihrem Mann nachschlugen – was kein Fehler war –, aber schon mit sieben und neun Jahren das Format der Chasins zeigten: Rückgrat und Willensstärke.

Mit Erbitterung erfüllte sie nur eins: daß ihr Mann immer mehr zum Hampelmann geriet, daß ihr Vater ihn verachtete, daß Healy ihn wie eine Marionette gebrauchte. Wieder und wieder versuchte Joan an seinen Stolz zu appellieren. Aber er hatte es einfach nicht drin.

Hinzu kamen zwei Umstände, die ihre Reaktion in dieser Nacht auslösten: Sie kannte Steve Dyer, den sympathischen Keeper aus der COCONUT BAR. Und mochte ihn. Weil er zwar respektvoll, aber stets galant zu ihr war. Und sie kannte Dave Healy und wünschte ihm die Pest an den Hals.

Kaum hatte Purnick eiligst die Wohnung verlassen, da griff Joan zum Telefon, wählte die Nummer der COCONUT BAR und erkannte Dyers Stimme sofort.

Vorsichtshalber fragte sie trotzdem: »Sind Sie es, Mr. Dyer?«

»Ja, Madam. Wer spricht dort?«

»Das spielt keine Rolle. Aber, bitte, glauben Sie, was ich jetzt sage: Sie sollen umgebracht werden. Dave Healy ist hinter Ihnen her. Hauen Sie ab! Augenblicklich! In ein paar

Minuten sind die Killer da. Wenn man Sie antrifft, werden Sie die Nacht nicht überleben.«

»Soll das ein . . .« Aber er sprach den Satz nicht zu Ende. Plötzlich wußte er, zu wem die Stimme gehörte. »Danke, Madam!« sagte er leise. »Ich weiß, wer Sie sind und daß es kein Scherz ist.«

Ich stand nach einer verdammt kurzen Nacht früh auf. Mein erster Gedanke war, daß ich Cilly Brainards Schwester in Terrytown benachrichtigen mußte. Das ist die Art von Tätigkeit, um die ich mich nicht reiße. Es einfach dem dortigen Polizeichef oder Sheriff zu überlassen verbot sich von selbst. Die Informationen, die ich brauchte, konnte ich nur von der Schwester kriegen.

In einem Drugstore verbrauchte ich den halben Inhalt der Kaffeemaschine. Vier Spiegeleier mit Speckstreifen gaben mir Mut für den Tag.

Ich las Phil an seiner Ecke auf.

»War doch ganz gut«, meinte er, »daß uns Juhlin nichts anbot. Sonst hätte ich jetzt einen schweren Kopf.«

Unser Büro roch nach dem Pflegemittel, mit dem sich hier die Putzfrauen in aller Frühe nützlich machen.

Ich rief bei Helen an, Mr. Highs Sekretärin. Ja, der Chef sei da. Als wir in sein Büro traten, hatte die Tagesschlacht schon begonnen. Links auf dem Schreibtisch häuften sich papierne Informationsberge, die er bis zur Vormittagsbesprechung mit den Einsatzleitern durchackern würde. Was rechts lag, hatte er bereits gelesen und auf Abruf im Gedächtnis bereit. Für die frühe Stunde war es ein beachtlicher Haufen.

»Setzt euch! Soll Helen Kaffee kochen?«

Diesmal wollten wir keinen.

Phil und ich berichteten abwechselnd, was es zum Mordfall Cilly Brainard zu sagen gab.

Der Chef fischte ein Berichtsformular aus dem Häufchen rechts.

»Die Anzeige liegt uns jetzt vor. Das für Juhlin zuständige Revier hat es an uns weitergeleitet wegen der Wahrscheinlichkeit, daß Cilly Brainard New York verlassen und mindestens eine Staatsgrenze überschritten hat. Wenn sich rausstellt, daß sie bei ihrer Schwester in Terrytown war, sind wir automatisch zuständig.«

»Es wäre widersinnig«, sagte ich. »Weshalb sollte sie dorthin fahren und dann hierher zurückkehren?«

»Wie reagierte sie, als Sie sich zu erkennen gaben?«

»Gelassen. Kein Zeichen von Erschrecken. Allerdings weiß man bei einer Frau nie, wie gut sie schauspielern kann.«

»Ich würde sagen, ihr informiert euch. Dann sehen wir weiter.«

Als wir hinausgingen, war er schon in die nächste Akte vertieft.

Zunächst fragte ich bei der Auskunft an, ob es in Terrytown, Süd-Carolina, eine Miss Brainard gäbe. Wenn nein, existierte diese Schwester vielleicht gar nicht. Dann hatte Cilly mich und seit längerem schon ihren Arbeitgeber Juhlin belogen. Oder die Schwester war verheiratet, was die Nachforschung kompliziert hätte.

»Der Anschluß Mabel Brainard hat die Rufnummer . . .«

Ich notierte, was die Lady von der Auskunft durchgab.

Von unserer Telefonvermittlung ließ ich mir eine Amtsleitung geben. Das ferne Läuten klang schwach, als wäre die Verbindung gestört. Aber dann wurde abgehoben.

Eine Männerstimme sagte so deutlich wie neben mir: »Ja?«

»Könnte ich bitte Miss Mabel Brainard sprechen?«

»Warum?«

Die Stimme gefiel mir nicht. Es war ein scharfer Kommandoton, der keinen Widerspruch duldete.

»Mein Name ist Cotton. Es handelt sich um eine wichtige Mitteilung.«

»Das können Sie auch mir sagen.«

»In diesem Falle nicht. Wer sind Sie, bitte?«

»Freundchen!« sagte er. »Wenn hier einer Fragen stellt, dann ich. Also?«

»Holen Sie Miss Brainard an den Apparat. Es dreht sich um ihre Schwester.«

»Um Cilly?«

»Ja, um Cilly. Hat sie noch andere Schwestern?«

»Und was ist?«

»Jetzt langt es mir, Mister. Ich bin Special Agent vom FBI New York. Wer sind Sie?«

Er ließ zischend Luft ab – etwa so, als hätte ihn bei entspannter Rumpfmuskulatur ein Leberhaken erwischt.

»Mann, das kann jeder sagen. Wieso ...«

»Wir können noch stundenlang weiterreden«, unterbrach ich ihn, »und die Telephone Company reich machen. Wenn Ihnen Ihr Mißtrauen verbietet, Miss Brainard an den Apparat zu holen, dann rufen Sie doch zurück.« Ich gab ihm die Telefonnummer.

Einen Moment war Stille. Was, zum Henker, war los dort unten? Weshalb zierte der sich so?

»Ich bin Dave Healy«, sagte er. »Mabel Brainard war meine ... Bekannte. Sie ist tot. Wurde gestern ermordet.«

Langsam atmete ich aus, bevor ich sagte: »Kennt man den Täter?«

»Ja. Er ist flüchtig.«

»Jemand aus Terrytown?«

»Er heißt Steve Dyer. Ob er aus dem Ort stammt, weiß ich nicht. Aber er ist seit Jahren schon hier. Ein Barkeeper. Außerdem ein Psychopath. Ich weiß, daß er Mabel mit perversen Anrufen belästigt hat.«

»Ist es ein Sexualverbrechen?«

»Nein.«

»Und wie wurde sie getötet?«

»Er hat sie mit einem Seil erdrosselt.«

Ich nahm den Hörer ans andere Ohr und fuhr mir mit der Hand übers Gesicht.

»Cilly Brainard«, sagte ich, »starb gestern abend hier in New York auf die gleiche Weise. Sie wurde von einem Unbekannten in ihrer Wohnung erdrosselt. Mit einem Springseil.« Eine Weile hörte ich nichts, dann ein Knirschen, als rieben Healys Backenzähne aufeinander.

»Das ist doch ... So eine Duplizität kann nicht ... Dyer kommt nicht in Frage. Der war den Abend nachweislich hier. Abends, sagten Sie, wurde Cilly umgebracht?«

»Exakt um 21 Uhr 07.«

»Jetzt verstehe ich nichts mehr. Hat dieser verfluchte Hund einen Komplizen in New York? Oder was steckt dahinter?«

»Wir werden es feststellen«, sagte ich. »War Cilly Brainard irgendwann in letzter Zeit bei ihrer Schwester?«

»Bis gestern. Das heißt, sie hat den Frühzug genommen. Den East Side Express um 5 Uhr 05. Sie wollte in Washington D. C. Station machen, irgendeine Ausstellung besuchen und dann bis zum Spätnachmittag in New York City sein. Geschlafen hat sie höchstens zwei Stunden. Die Abschiedsfeier in meiner Bar ging bis nach zwei.« Mit ausdrucksloser Stimme setzte er hinzu: »Die letzte Feier und die letzte Nacht für die beiden Mädchen. Weiß der Himmel, sie waren klasse.«

»Wie lange war Cilly in Terrytown?«

»Eine Woche.«

»Danke, Mr. Healy. Das Verbrechen an Cilly ist zum FBI-Fall geworden. Es sieht aus, als müßten wir die Lösung in Terrytown suchen. Ich nehme an, wir begegnen uns noch.«

Er knurrte etwas Unverständliches. Es konnte verhaltene Zustimmung sein oder heißen: Ich pfeife darauf. Dann war das Amtszeichen in der Leitung.

Phil legte die Mithörmuschel zurück. »Jetzt sind die Vorgänge so undurchsichtlich, daß sogar eine Theorie schwerfällt.«

Ich schob die Bleistifte in meiner Federhalterschale hin und her, stand auf, tigerte zwischen Tür und Fenster auf und ab und benagte die Oberlippe.

»Wie wäre es damit«, sagte ich: »Cilly fährt mit einem Teil ihrer Beute nach Terrytown, denn der Absatz der Kunstwerke ist lange vorher geplant und Schwester Mabel die organisierende Komplizin. Als Hehler beziehungsweise Vermittler tritt der Barkeeper Steve Dyer in Erscheinung. Aber der denkt nicht daran, die beiden Frauen zu bezahlen, sondern hat einen Komplizen, der genauso skrupellos tötet wie er. Cilly, die sich noch sicher wähnt – da Juhlin erst heute zurückkommen wollte –, fährt heim, um die zweite Hälfte der Beute zu holen, nachdem das Geschäft so gut und glatt anlief. Aber Dyers Komplize ist ihr wie ein Schatten auf den Fersen. Er soll sie umbringen, die Beute nehmen und zurückfahren. Währenddessen wird Mabel Brainard in Terrytown von Dyer getötet. Um die Polizei zu verwirren, wenden beide Mörder die gleiche Methode an.«

»Und der Trickdieb, der den Koffer stahl?«

»Ein Zufall. Mit den Morden hat er wahrscheinlich gar nichts zu tun.«

»Dann hätte der hiesige Würger Cilly umgebracht, ohne die Beute zu finden.«

»Vielleicht war noch ein Teil in der Wohnung. Oder er stellte erst nach der Tat fest, daß die Kunstwerke nicht zu finden sind.«

»Oder Trickdieb und Würger sind identisch«, meinte Phil, setzte aber gleich hinzu: »Na ja, das ist wenig wahrscheinlich.«

Wir informierten Mr. High.

»Je eher ihr euch in Terrytown umseht, um so rascher

wird ein Ergebnis vorliegen«, sagte er. »Oder können Sie zur Zeit nicht weg, Phil?«

Mein Freund konnte.

»Vielleicht wäre es nützlich«, sagte ich, »wenn wir getrennt marschieren, Phil als Tourist auftritt und damit möglicherweise Kontakte knüpft, die man einem G-man vorenthält.«

Der Chef nickte, und Phil war einverstanden.

Wir erwischten Plätze in einer Vormittagsmaschine der Eastern Airlines. Sie flog zwar nicht direkt nach Charleston, aber einmaliges Umsteigen mit halbstündigem Aufenthalt in Charlotte war ein nahtloser Anschluß.

In Charleston, der Stadt, die den gleichnamigen Tanz kreiert hat, spürte man immer noch ein bißchen die ›Vom-Winde-verweht-Atmosphäre‹. Ihr Charme teilt sich schon mit, wenn man vor dem Flughafen ein Taxi nimmt und vorbei an den Ausläufern einstiger Feudalsitze in die City fährt. Auch im Zeitalter von Synthetik und Anti-Raucher-Kampagnen dreht sich hier alles um Baumwoll- und Tabakanbau.

Von Charlotte an kannten Phil und ich uns nicht mehr. Wir reisten zwar mit derselben Maschine an. Aber ich saß fünf Reihen hinter ihm. Ich blieb, wer ich war, und kam aus New York. Er hieß jetzt Al Wilkenson und war ein Kunsthändler aus Chicago.

Vielleicht bot das den gewünschten Einstieg in Kunsthehlerkreise. Aber mein Freund war ein bißchen zusammengezuckt, als ihm Mr. High dieses Gewerbe zuwies.

»Hoffentlich«, hatte Phil geunkt, »begegne ich keinem Experten. Sonst muß ich mich rausreden, mein Kunsthandel beschränke sich auf Amateuraquarelle vom Michigansee.«

Ich hatte mich umgezogen vor dem Abflug. Aber selbst

mein leichtester Anzug war noch zuviel. In einem mittelgroßen Koffer hatte ich das Nötigste mit. Ein längerer Aufenthalt würde ja vermutlich nicht nötig sein.

»Zu einem Hotel, Sir?« fragte der Driver, während wir unter glühender Sonne durch eine Straße mit vielen Bäumen fuhren.

»Bringen Sie mich zu einem Autoverleih.«

Zehn Minuten später hatte ich einen gelblackierten Mustang gemietet.

Als ich meinen Koffer in den Fond legte, konnte ich mir die Frage nicht verkneifen, ob in dem Wagen kürzlich jemand verstorben sei. Er roch so nach Desinfektionsmittel, daß einem übel werden konnte. Aber der schwitzende, bierbäuchige Verleiher versicherte mir, alle seine Wagen röchen so. Wegen der Hygiene.

Ich erstand eine Straßenkarte vom Bezirk und fädelte mich auf der Schnellstraße in Richtung Terrytown ein.

Vorbei ging es an Plantagen, bei wenig Gegenverkehr, aber einem Dutzend Sportflugzeugen, die durchs hohe Blau schnatterten.

Später flog ein Ortsschild vorbei: Terrytown, County Dorchester. Die ersten Grundstücke säumten die Straße. Ich sah kunstvoll angelegte Gärten, die garantiert fachmännisch und für viel Geld gepflegt wurden. Es war jetzt früher Nachmittag. In der schläfrigen Stille vermeinte ich das Zischen der Rasensprenger zu hören. Auch hier waren die Häuser weitläufig, überwiegend aus Holz und hell getüncht. Mit fast flachen oder nur sanft-giebeligen Dächern und schattenspendenden Veranden. Auf einer, an der ich vorbeifuhr, stand ein Schaukelstuhl aus Rohr. Er schaukelte in langsamer werdendem Rhythmus. Aber es saß niemand drin.

Alle Straßen strebten dem Markplatz zu, einem ovalem Rund, wo man vor langer, langer Zeit sicherlich auch Sklaven hatte kaufen können.

Der Platz brütete unter greller Sonne, war still und so sauber, daß ich es mir zweimal überlegt hätte, hier einen Zigarettenrest mit dem Absatz zu zertreten.

Ich fuhr eine Ehrenrunde. Unter dem schattigen Vordach einer Milchbar hielten sich ein paar Jugendliche in Jeans auf, malmten träge ihren Kaugummi und zuzelten etwas aus Gläsern, das stärker als Milch sein mußte. Offenbar machte es müde.

Auf der anderen Seite war eine andere Kneipe mit schattigem Vordach. Dort saßen sechs ältere Männer in bunten Hemden, Strohhüte auf dem Kopf. Sie unterbrachen ihren Schwatz, um mir nachzublicken.

Ich hielt vor dem Sheriffsamt, einem zweistöckigen Gebäude, das dem Stadthaus schräg gegenüberlag.

Das Obergeschoß trug einen Balkon. Türen und Fenster hatten grüne Läden. Sie waren geschlossen. Aber die Balkontür wurde jetzt geöffnet, und eine Frau trat heraus.

Ich nahm meine Sonnenbrille ab und zog grüßend den Hut, bevor ich zum Eingang ging. Die Frau nickte und schob für einen Moment die Brauen zusammen.

Sie mochte Anfang oder Mitte Dreißig sein, war hochgewachsen und tiefgebräunt. Dunkle Augen und ein brünetter Kuzhaarschnitt – das kriegte ich noch mit, bevor ich im Haus war.

Die Tür gleich links führte zum Sheriff. Ein gefliester Flur lief durch die Tiefe des Hauses. Rechter Hand lag die Treppe zum Obergeschoß.

Ich klopfte beim Sheriff und drückte auf die Klinke. Abgeschlossen.

»Sie wollen zu meinem Mann?« fragte eine Frauenstimme von der Treppe her.

Es war die Frau vom Balkon. Sie ging barfuß. Deshalb hatte ich sie nicht gehört, als sie die halbe Treppe herunterkam. Die weißen Jeans waren nicht ganz sauber, die Ärmel der blau-rot karierten Bluse hochgerollt. Sie sah aus wie die sportliche Mutter von vier Kindern, die heute ihren großen Hausputz hat und bis zum Abend damit hadern wird.

»Ich will zum Sheriff, Madam. Mein Name ist Cotton.«

»Mein Mann«, sie sah auf ihre Armbanduhr, »müßte in einer Viertelstunde zurück sein.«

»Dann warte ich so lange.« Ich lächelte kurz und wandte mich zur Tür.

Sie sagte rasch: »Draußen ist es zu heiß. Ich schließe Ihnen auf. Moment, bitte!«

Sie machte kehrt und jagte die Stufen hinauf, daß ich die rosigen Sohlen ihrer Füße sah. Sie kam mit dem Schlüsselbund zurück und ließ mich in ein großes kühles Office.

Auf dem Schreibtisch herrschte so viel Unordnung, wie sie sich mit einem Telefon, zwei Kugelschreibern und einem sauber ausgewischten Aschenbecher anrichten läßt.

Es gab vier Aktenschränke mit Rolläden. Drei sahen aus, als würden sie niemals benutzt. Vor dem Schreibtisch standen zwei leichte Sessel – für Besucher, denen der Sheriff sicherlich allzeit ein offenes Ohr lieh, schon deshalb, weil er sonst nicht viel zu tun hatte.

»Bitte, setzen Sie sich, Mr. Cotton.« Sie lehnte sich mit der Hüfte an den Schreibtisch, war unschlüssig, ob sie mich allein lassen sollte, und sagte dann, um keine verlegene Stille aufkommen zu lassen: »Sie sind nicht von hier, nicht wahr?«

»Ich komme direkt aus New York.«

Ihr Gesicht ruckte hoch. »Dann sind Sie der ...« Sie sprach nicht weiter. Offensichtlich war ihr schon das Gesagte fatal.

»Wollten Sie sagen, der vom FBI? Allerdings.«

Ich ließ mir meine Überraschung nicht anmerken. Wir hatten weder den Sheriff noch sonst irgendwen verständigt. Offenbar nahm dieser Healy meine beiläufige Bemerkung, daß wir uns noch begegnen würden, sehr ernst.

Sie zeigte ein scheues Lächeln, das aber sofort verblaßte. »Terrytown ist Kleinstadt. Da spricht sich alles schnell rum. Vor allem in so einem Zusammenhang. Ich meine den Mord.«

»Dann haben Sie mit Mr. Healy gesprochen?«

»Ich nicht. Mein Mann. Von ihm hörte ich, daß auch Cilly in New York auf die gleiche Weise ermordet wurde. Grauenvoll! Ich habe Cilly kennengelernt. Sie war irgendwie ... irgendwie noch netter als ihre Schwester. Nichts gegen Mabel. Aber ...«

Wieder stoppte sie ihren Redestrom. Offenbar spielte das Temperament ihr häufig den Streich, daß sie Dinge halb aussprach, die sie eigentlich nicht sagen wollte.

»Ich bin für jede Information dankbar, Mrs. ...«

»Joan Purnick. Nein, es wäre unrecht, Mabel etwas Schlechtes nachzusagen. Aber sie war vielleicht etwas leichtfertiger als ihre Schwester.«

»Mit Männern?«

»Es gab nur einen für sie. Eben ... Dave Healy.«

»Dann lag ihre Leichtfertigkeit«, bohrte ich beharrlich, »wohl darin, daß sie sich mit diesem einen – eben Dave Healy – abgab.«

Sie preßte die vollen Lippen aufeinander, bevor sie mich anfunkelte. »Das habe ich nicht gesagt.«

»Aber gemeint.«

Sie hob einen Fuß und kratzte sich mit einer schlanken Zehe am Schienbein. Sie hatte die Fußnägel lackiert. Aber das war vor Tagen gewesen. Das Rot sah jetzt aus wie von Mäusen beknabbert.

»Also gut. Ich kann Healy nicht leiden. Eine Frau, die sich mit ihm abgibt, sinkt zwangsläufig in meiner Wertschätzung.«

Ich fragte, ob ich rauchen dürfe, und bot ihr eine Zigarette an. Sie nahm sie, und ich gab ihr Feuer.

»Ich bin zum erstenmal hier«, sagte ich, »und so fremd

wie auf dem Mond. Es geht darum, einen Doppelmord aufzuklären. Cilly Brainard hat in New York ihren Chef, einen bekannten Kunsthändler, bestohlen, während der Mann in Urlaub war und ihr seine Galerie anvertraute. Der Schaden – Bargeld, aber vor allem verschiedenartige Kunstwerke – beläuft sich auf mehr als zwei Millionen Dollar. Eine Liste der Beute habe ich mit. Wir sind überzeugt, daß man beide Morde vor diesem Hintergrund sehen muß.«

Sie hatte mir staunend zugehört. Jetzt rauchte sie hastig. »Ach, so ist das. Dann habe ich mich in Cilly getäuscht. Ich kannte sie ja nur flüchtig.«

»Vieles spricht dafür«, sagte ich, »daß Cilly ihre Beute nach Terrytown gebracht hat. Es sind einmalige Objekte darunter, die sich nur an ganz bestimmte Leute veräußern lassen. An wohlhabene Kunstkenner, die nicht nach der Herkunft des Erworbenen fragen und es auch niemandem zeigen. Wir vermuten, daß Cilly und Mabel hier in Terrytown jemanden kannten, der die Beute übernommen hat, um sie weiterzuvermitteln, der aber dann – um den Gewinn allein einzustreichen – die beiden Mädchen ermordete oder ermorden ließ.« Sie war ganz atemlos geworden, harkte mit gespreizten Fingern durchs Haar, stieß sich mit der Hüfte vom Schreibtisch ab und tappte aufgeregt zum Fenster und dann wieder zurück.

»Und Sie glauben ... hier bei uns ... Wer sollte denn dieser Unbekannte sein?«

»Zunächst muß der Verdacht zwangsläufig auf diesen Steve Dyer fallen. Er ...«

»Unmöglich!«

»Wieso?«

»Niemals! Ich kenne ihn. Der tut keiner Fliege was. Steve Dyer ein Mörder? Da lachen die Hühner. Und wem sollte der denn solche Kostbarkeiten vermitteln?«

»Am Telefon erklärte mir Healy, Dyer wäre der Täter. Er

hätte Mabel Brainard mit obszönen Anrufen belästigt und sei jetzt flüchtig.«

Ihr fiel fast die Zigarette aus den Fingern. »Flüchtig. Was heißt flüchtig? Er ist ein kleiner Schlawiner, der es mit der Pflicht nicht so genau nimmt. Wer weiß, wo der sich rumtreibt. Und weshalb? Wenn er nicht zu finden ist, heißt das doch keineswegs, daß er floh, weil er gemordet hat. Niemals, Mr. Cotton. Glauben Sie mir! Wir sind ziemlich oft in der COCONUT BAR. Ich kenne Dyer zwar auch nur, wie man eben einen Barkeeper kennt. Aber seit Jahren. Nein, wenn Sie auf den tippen, liegen Sie schief. Eher wäre ...«

Sie zögerte. Eine nachdenkliche Falte kerbte sich über der Nasenwurzel. Diesmal bedurfte es keiner Aufforderung. Sie redete von selbst weiter.

»Ja, warum eigentlich nicht? Eher wäre Healy der Typ für so was. Ihm gehört das GOLDEN TWENTIES. Feinstes Etablissement in diesem Teil der Welt. Healy scheffelt Geld. Aber einer wie er kriegt niemals den Hals voll. Da könnte ich mir vorstellen, daß seine Habgier sogar seine angebliche Schwäche für Mabel übertrifft und er ... Ich will ehrlich sein. Ich halte ihn für einen Gangster. Die Mitarbeiter, die er um sich schart, sind schlimm. In das GOLDEN TWENTIES kommt der Jet-set von nah und fern. Unter denen finden Sie Dutzende, die in Rom den Hochaltar aus der Peterskirche stehlen würden, wenn es nicht so riskant wäre. Das sind doch mögliche Käufer für Cillys Diebesbeute.«

»Ich bin froh, Madam, daß ich zuerst mit Ihnen spreche. Jetzt habe ich schon eine Vorstellung von der Situation hier.«

»Man wird Ihnen noch viel Kleinstadttratsch hinterbringen, Mr. Cotton. Aber was ich Ihnen ...«

Sie sprach nicht weiter, weil draußen die Eingangstür knallend ins Schloß fiel. Ich hörte laute Männerstimmen. Es klang nach Streit.

Jessie Miller hatte keine Tränen mehr. Nur noch trockenes Schluchzen begleitete ihre Worte. Ihre Lider waren rot und verquollen, und die veilchenblauen Augen blickten immer noch, als begriffe sie das alles nicht.

»Nimm doch was zur Beruhigung«, meine Mary Flagerty, ihre Freundin, und schraubte zum x-ten Male das Tablettenröhrchen auf. Aber Jessie schüttelte den Kopf.

Sie saßen in Marys Wohnung. Der molligen Enddreißigerin strahlte mütterliche Fürsorge aus allen Poren. Sie hatte keine Familie und war zu der zehn Jahre jüngeren Jessie wie eine Glucke.

»Ich habe ja schon gehört, was man sich erzählt«, sagte Mary. »Aber daran ist kein Wort wahr. Ich mache uns erst mal Kaffee, ja?«

Jessie war vor fünf Minuten gekommen. Sie hatte sich nach Stunden seelischer Pein zu der Freundin geflüchtet.

Während Mary nebenan in der Küche hantierte, sah Jessie durchs Fenster in den Garten. Es war früher Nachmittag. Die Sonne stand hoch. Die Gegenstände zeichneten kurze Schatten.

Jessie Miller, neunundzwanzig Jahre alt, war ein zartes, rehäugiges Geschöpf mit weichem, braunem Haar und durchsichtiger Haut, nicht sonderlich hübsch, aber auch nicht unansehnlich, voller Liebreiz und natürlichem Charme. Sie arbeitete als Floristin in einem Blumengeschäft. Heute hatte sie sich telefonisch freigeben lassen.

Mary kam mit zwei dampfenden Kaffeetassen aus der Küche. »Du sollst sehen, das klärt sich alles auf. Aber nun erzähl mal, wie das gewesen ist ...«

Jessie rührte in ihrer Tasse, obwohl sie weder Milch noch Zucker nahm. »Es war nach eins. Ich schlief schon. Als er Sturm klingelte, bin ich aufgeschreckt. Der Sheriff kam dann gleich rein, und dieser Dave Healy war bei ihm und noch einer. Sie suchten Steve. Ich kriegte einen furchtbaren Schreck. Aber ich konnte ja nur sagen, daß er bei mir nicht ist. Daß er in der Bar arbeitet. Aber sie sagten, da sei er nicht mehr, sondern abgehauen. Und dieser Healy sagte ganz hämisch, Steve hätte rechtzeitig Wind gekriegt. Ich wußte nicht, was sie meinten. Ich fragte Purnick, ob Steve etwa was angestellt hätte. Gleich hat Purnick es nicht gesagt. Vielleicht wollte er mich schonen. Ich sah, daß es ihm richtig schwer über die Lippen kam. Aber dann sagte er doch, Steve hätte Mabel Brainard umgebracht. Zuerst habe ich gelacht. Dann merkte ich, daß sie es ernst meinten, und der Sheriff erklärte mir, daß ich nur die eine Seite von Steves Wesen kennen würde. Er sei ein Psychopath und hätte Mabel Brainard schon häufig mit obszönen Anrufen belästigt. Heute früh hätte er wieder angerufen und gedroht, daß er sie mit einem Strick erdrosseln werde. Und jetzt hätte er es getan.«

»Quatsch mit Soße!« sagte Mary. »Woher wollen die das wissen, wo die Brainard doch tot ist?«

»Sie hätte vormittags ihren Freund, diesen Healy, angerufen. Und ihm alles wörtlich erzählt. Aber dem wäre das lächerlich erschienen. Er hätte es nicht ernst genommen, weshalb er sich jetzt mit Selbstvorwürfen zerfleische.«

»Jessie, du und ich, wir kennen Steve! Der ist nicht krank. Der ist auch kein Psychopath. Und vor allem ging er der Brainard aus dem Wege, wo er nur konnte. Du weißt doch, wie scharf die früher auf ihn war. Daß sie ihn mit ihrem Gegurre regelrecht verfolgt hat.«

»Ja. Und das ist es eben. Steve versteckt sich. In seiner Wohnung ist er nicht. Bei mir läßt er sich nicht blicken. Kein Anruf, keine Mitteilung. Nichts. Warum? Warum, wenn er ein gutes Gewissen hat? Vielleicht hat ihn die Brainard in ihre Wohnung gelockt. Ich weiß ja nicht, wie. Aber nehmen wir es mal an. Und dort ist sie über ihn hergefallen, und er mußte sich wehren und ... Ach, ich weiß nicht.«

»Denk doch nicht solchen Unsinn! Nur an Händen und

Füßen gefesselt hätte sich Steve zu der in die Wohnung bringen lassen. Nein! Mit all dem hat er garantiert nichts zu tun. Und für sein Verschwinden gibt es bestimmt eine ganz vernünftige Erklärung. Was die telefonischen Belästigungen angeht, könnte ich mir vorstellen, daß die Brainard das frei erfunden hat, um ihn unmöglich zu machen. Auf Rufmord verstand sie sich. Das weiß ich! Über wen hat die nicht die tollsten Sachen erzählt.«

»Aber der Sheriff denkt anders. Und Healy ist ein Gangster. Mabel war seine Freundin. Wenn sie Steve finden, bringen sie ihn um. Stellt sich später raus, daß er unschuldig ist, nützt das keinem. Vielleicht versteckt er sich deshalb.«

»Garantiert sagt er es dir, sobald er dich anruft.«

»Du meinst . . .«

»Klar. Wen denn sonnst?«

»Den ganzen Vormittag habe ich darauf gewartet.«

»Vielleicht war kein Telefon in der Nähe, und er hat sich nicht aus seinem Versteck getraut. Oder er dachte, der Sheriff ist noch bei dir und löchert dich mit albernen Fragen.«

Jessie stand auf. »Vielen Dank, Mary. Ich gehe jetzt. Ich will in der Nähe des Telefons sein. Wenn ich von ihm höre, rufe ich dich an.«

Jessie besaß keinen Wagen. Aber Steve hatte ihr vor Wochen ein Klapprad geschenkt. Sie benutzte es bei jeder Gelegenheit, fuhr zu ihrer Arbeitsstelle und zum Einkaufen. An freien Wochenenden wurde es zusammengeklappt in den Kofferraum von Steves Buick gelegt, wenn die beiden eine Tour ins Grüne machten. Dann allerdings trat Steve in die Pedale. Jessie saß auf dem Gepäckträger und klammerte sich lachend an ihrem Freund fest.

Sie wohnte nicht weit von Mary, am nördlichen Ortsrand, wo vor Jahren eine Siedlung kleiner, inzwischen bereits baufälliger Häuser entstanden war. Kinderreiche Familien wohnten hier, die sozial Schwachen, die den

Dollar dreimal umdrehten, bevor sie ihn für Miete oder Grunderwerb ausgaben.

Jessie hatte ein kleines, abseits gelegenes Haus ganz für sich allein. Es kostete wenig. Daß die Farbe abblätterte, störte sie nicht. Es war kühl hier und schattig. Das machten die hohen Bäume im verwilderten Garten. Kletterpflanzen, die sich am Spalier der Hauswände hochrankten, gewährten zwar den Spinnen Einlaß, vermittelten aber andererseits eine romantische Atmosphäre. Gegen kein Luxusapartment in einer Wohnwabe hätte Jessie ihr Haus eingetauscht.

Sie schob ihr Rad durch die Gartenpforte, die schon lange keine Tür mehr hatte. Unter den Bäumen horchte sie unwillkürlich, ob im Haus das Telefon läutete. Aber nur Bienen summten über dem kniehohen Gras. Am Himmel zog eine Piper Comanche mit einem grauen Rauchfaden hinter sich in Richtung Küste.

Der Eingang lag an der Seite. Jessie stellte das Rad neben die drei Stufen und nahm ihre Tasche vom Gepäckträger. Als sie aufschloß, flog ihr ein Insekt gegen das rechte Auge. Sie blieb einen Moment stehen, wischte und wartete, bis das Brennen nachließ. Der schmale Flur war dunkel. Die Tür zur Küche stand offen. Die zum Wohnraum auch. Jessie stutzte. Sie wußte genau, daß sie auch die Türen geschlossen hatte – vorhin, als sie wegfuhr.

Im nächsten Moment schlug ihr das Herz bis zum Hals.

Steve!

Natürlich!

Er hatte sich hergeschlichen, und da er einen Schlüssel besaß ...

»Steve!«

Sie lief die paar Schritte, stand auf der Schwelle und erstarrte.

»Rein mit dir, Täubchen!« sagte der Mann und stand aus dem Sessel auf.

Jessie fuhr zurück und wollte sich zur Tür wenden Aber schon war er neben ihr und packte roh ihren Arm.

»Lassen Sie mich! Hilfe! Was wollen Sie? Ich schreie.«

»Na und? Wer würde dich hören? Aber mir, Täubchen, geht Gekreisch auf die Nerven. Darauf reagiere ich so.«

Plötzlich hatte er ein Rasiermesser in der freien Hand. Die Klinge blitzte. Eine eiskalte Faust schien Jessies Herz zu zerdrücken, als ihr die Schneide über den Hals gezogen wurde.

Es war nur eine ganz zarte Berührung, kitzelnd wie der Strich mit einem Grashalm. Nichts ritzte Jessies Haut. Aber das Entsetzen weitete ihre Augen. Sie war einer Ohnmacht nahe.

»Nein, nein!« Der Kerl lachte. »Das Hälschen schneide ich dir nicht durch. Aber es wäre doch schade, wenn du eins von deinen rosigen Öhrchen verlierst. Also spinn nicht! Klar?«

Sie brachte kein Wort heraus. Zitternd wie Espenlaub konnte sie ihn nur anstarren. Unter seinem brutalen Griff starb ihr Arm langsam ab.

Vom Sehen kannte sie ihn. Natürlich, er war einer von denen, die irgendwas mit dem GOLDEN TWENTIES zu tun hatten. Morgan hieß er. Stanley Morgan? Aber sie war sich nicht sicher.

»Was ... wollen Sie von mir?«

Er war groß, knochig wie ein Gaul, hatte fahles Haar und ein graues Gesicht ohne Kinn und mit schlaffem Mund. Er trug einen eierschalenfarbenen Leinenanzug und ein grünes Sporthemd und roch stark nach Rasierwasser.

»Du hast eben nach deinem Macker geplärrt. Wo ist er?«

»Steve? Meinen Sie ...«

»Hast doch nur den einen. Oder?«

»Ich ... ich ... Bitte nehmen Sie doch das Messer weg! Ich tu ja nichts.«

Das Messer wurde zusammengeklappt und verschwand in seiner Hosentasche. Aber im nächsten Moment schien ihm diese Milde schon zuviel.

Jessie wurde in den Wohnraum gerissen und zur Couch geschleudert. Zwar fingen die Polster sie auf. Aber ihr Kopf prallte gegen die Wand. Es dröhnte. Ein stechender Schmerz fuhr ihr den Nacken hinunter.

»Wo Steve Dyer ist, habe ich gefragt!«

»Ich weiß es nicht«, wimmerte sie.

»Du hast nach ihm gerufen.«

»Ich ... ich dachte, er wäre gekommen.«

»Also erwartest du ihn?«

»Nein. Ich glaube nicht, daß er ... kommt.«

In Morgans Augen war ein gemeiner Ausdruck.

»Wann hat er dich angerufen?«

»Wann? Heute nicht. Nein, auch in der Nacht nicht. Am Montag zuletzt.«

Er griff wieder in die Tasche. »Ich schlitze dir das Gesicht auf, wenn du nicht die Wahrheit sagst.«

»Es ist doch wahr!« Ihre Stimme zitterte.

Für einen Moment kaute er auf seinen Lippen herum.

»Ich bleibe hier, mein Täubchen. Wir werden gemeinsam am Telefon wachen. Er ruft an. Garantiert tut er das. Dann sagst du ihm, er soll herkommen. Und ich rate dir, mach es überzeugend. So daß er auch antanzt. Klar?«

»Aber ... Warum ...«

»Ich sage noch einmal: Du lockst ihn her! Denk dir Gründe aus. Du bist krank. Oder es ist jemand hier, der ihm helfen kann. Oder du hast Geld für ihn. Was weiß ich! Jedenfalls mußt du erreichen, daß er kommt. Sonst ist es aus mit dir.«

Jessies Zähne klirrten aufeinander. Sie war totenbleich, und aus dem Magen stieg eine Übelkeit auf, daß sie befürchtete, jeden Moment zu erbrechen.

Wie gefangene Tiere in einem zu engen Käfig jagten ihre

Gedanken hin und her. Mein Gott! Niemals kann ich Steve diesem Verbrecher ausliefern. Aber was soll ich tun, wenn er anruft?

Und er wird anrufen.

Ich spitzte die Ohren. Joan Purnick luchste zur Tür. Die Stimmen im Flur draußen wurden lauter. Was ich aufschnappte, war aufschlußreich.

»Nein, Dave!« protestierte ein sonorer Bariton. Aber es klang nicht sehr dynamisch. »So geht es einfach nicht. Das ist kein Beweis und auch als Verdachtsmoment schwach. Du kannst nicht so tun, als gäbe es kein anderes Gesetz außer deinem.«

»Ob du mitspielst oder nicht«, erwiderte Dave Healys Kasernenhofstimme. »Ich mach's nach meiner Methode. Ich erwische den Strolch. Und dann lösche ich ihn aus.«

Ich sah Joan Purnick an. Ihr Gesicht war wie mit Blut übergossen. Sie hatte den Blick niedergeschlagen und wandte den Kopf ab.

Nur für einen Moment glaubte ich, sie sei wütend. Dann merkte ich, daß sie sich schämte. Also war der Bariton ihr Mann, und sie schämte sich seinetwegen. Ich begriff. Ein Sheriff, der mit sich umspringen ließ. Und der, vor dem er kuschte, war Healy.

»Gehen wir hoch!« sagte der Bariton leise.

»Walt!« rief Joan Purnick. »Komm doch bitte.«

Ich war gespannt auf beide. Aber dann traten drei Männer ein.

Voran der Sheriff, erkenntlich an seinem Stern. Er sah so aus, daß ihn ein Hollywood-Regisseur vom Fleck weg engagiert hätte – für ein Western-Musical. Aber sein Gesicht wirkte müde, der Blick sorgenvoll.

Von Healy hatte ich mir nach seiner Kommandostimme eine Vorstellung gezimmert. Die Wirklichkeit wich völlig davon ab. Er war mittelgroß, schmal, drahtig, etwa vierzig Jahre alt. Ein rötliches Gesicht mit langem Kiefer und ein paar Sommersprossen, die aussahen wie Fliegendreck. Er hatte vorquellende, blaue Augen. Das semmelblonde Haar fiel strähnig wie Goldlametta. Es war links gescheitelt und so gekämmt, wie es britische Politiker tragen, wenn sie auf jugendlich machen.

Sein Anzug hatte sicherlich fünfhundert Dollar gekostet, und schon das war ein Freundschaftspreis. Er trug Schlangenlederschuhe. Vom selben Reptil hatte man ihm auch noch einen Gürtel geschneidert, aus dem jetzt das blaue Seidenhemd etwas gerutscht war. Es warf auf und täuschte Rippenspeck vor, der nicht da war.

Der dritte war offensichtlich einer von Healys Steigbügelhaltern: jung, gepflegt, bleich, strapazierfähig wie eine Stahlfeder und mit einem gemeinen Ausdruck um die dünnen Lippen.

Drei Augenpaare starrten mich an, als hätte sich ein Elefant ins Office verirrt.

»Das ist Mr. Cotton«, sagte Joan Purnick schnell. »Aus New York. Vom FBI.«

Healy hob einen Mundwinkel, was wohl ein geringschätziges Lächeln andeuten sollte.

Purnick riß die Augen auf und trat mit ausgestreckter Hand auf mich zu.

Der Stahlfedertyp lehnte sich an den Türrahmen. Ich hatte das unangenehme Gefühl, er werde gleich auf mich schießen.

Purnick ergriff meine Hand und behandelte sie wie einen Pumpenschwengel.

»Freut mich, Mr. Cotton. So schnell hier? Dave – das ist übrigens Mr. Healy – hat mir von Ihrem Anruf erzählt.«

Healy und ich nickten uns zu.

Daß der dritte Gable heiße, erfuhr ich.

Damit war Purnicks Energie fast schon verpufft. Er

setzte sich hinter den Schreibtisch, ließ die Schultern hängen und forderte uns auf, Platz zu nehmen. Aber da nur zwei Sessel da waren und auch Joan Purnick noch stand, setzte sich keiner.

»Haben Sie schon lange auf mich gewartet?« fragte Purnick.

»Nur ein paar Minuten. Ihre Frau erzählte mir gerade, daß sie auch Cilly gekannt hat. Sheriff, beide Mordfälle gehen in FBI-Zuständigkeit über. Aber selbstverständlich werden wir zusammenarbeiten. Ich brauche Ihre Unterstützung, weil ich hier ...«

»Wieso FBI-Zuständigkeit?« fuhr mir Healy dazwischen.

»Es spielt über mehrere Staatsgrenzen hinweg.«

»Na und? Der Mord an Mabel ist schon geklärt. Den verdammten Killer erwischen wir. Das ist nur eine Frage von Stunden. Und damit wäre die Kirsche gegessen. Will sagen: Wir werden selbst mit allem fertig.«

»An Ihrer Tüchtigkeit, Mr. Healy, zweifelt niemand. Sind Sie der Hilfssheriff?«

»Ich?« fragte er verblüfft. »Nein. Wieso?«

»Was meinen Sie dann mit *wir*? Daß *wir* den Killer erwischen. Daß *wir* mit allem selbst fertig werden. Es ist doch sicherlich nicht Ihre Absicht, sich in polizeiliche Ermittlungen einzumischen. Daß Sie als Bekannter der Ermordeten persönlich engagiert sind, verstehe ich. Aber Ihr Mittun, Mr. Healy, wird sich auf korrekte Zeugenaussagen beschränken. Und auf sonst gar nichts.«

Die Stille war vollkommen. Durchs geschlossene Fenster hörte ich, wie jemand weit entfernt auf dem Marktplatz mit einer Blechbüchse Fußball spielte.

Healys Gesicht war Eis. Der Ausdruck in seinen Augen gefiel mir noch weniger.

»Da Sie kaum hier sind«, sagte er tonlos, »sind Sie mit den hiesigen Verhältnissen nicht vertraut.«

»Sie wollen sagen, daß Sie in Terrytown wer sind, Einfluß haben und an gewissen Fäden ziehen. Wenn ich Ihre Worte, die Sie im Flur gebrauchten, richtig verstanden habe, wollen Sie den Fall nach Ihrer Methode behandeln, den Mann erwischen und ihn dann auslöschen. Wollten Sie das sagen?«

Er starrte mich an, ohne Antwort zu geben. Seine Kaumuskeln traten hervor.

»Das wäre Selbstjustiz, Mr. Healy. Ich gebe Ihnen gern Nachhilfe in Gesetzeskunde. Zur Einführung soviel: Selbstjustiz ist verboten. Strengstens sogar. Es wird meistens wie Mord bestraft.«

Gable machte eine Bewegung. Ich sah ihn sofort an. Aber er zupfte nur an seiner kupferfarbenen Krawatte. Gesicht und Blick waren so unbeteiligt, wie es Killer an sich haben. Professionelle Totschläger, die ihre Empfindungen auf Null runterdrücken, damit sie auftragsgemäß, aber ohne innere Beteiligung töten können.

»Dann sehen Sie mal zu, daß Sie Steve Dyer erwischen«, sagte Healy in häßlichem Ton.

Er wandte sich langsam dem Sheriff zu, schob eine Hand in die Tasche, starrte sekundenlang in Purnicks Gesicht, schritt federnd zur Tür, nickte der Frau zu und blieb nur stehen, damit Gable die Tür vor ihm aufreißen konnte.

Sie gingen hinaus, und Gable ließ die Tür offen.

Ich hörte ihre Schritte im Flur. Die Eingangstür fiel zu. Etwas später wurde ein Cadillac gestartet. Das Motorengeräusch entfernte sich.

Ich setzte mich jetzt doch in einen der Sessel, damit es etwas gemütlicher wurde.

Joan Purnicks Gesicht glühte. Sie vermied es, mich anzusehen. Aber ich merkte, wie wohl es ihr tat, daß ich Healy gemaßregelt hatte. Offenbar herrschte in Terrytown Grabenkrieg, und Joan stand nicht im Lager ihres Mannes. Falls der überhaupt in einem Lager stand und nicht, je nach dem, von wem er geschubst wurde, mal hier und mal dort war.

Jetzt sah er so unglücklich aus, als müßte er seinen eigenen Nachruf verfassen. Er zählte die Holzmaserungen auf der Schreibtischplatte und lutschte an seinem Schnurrbart.

»Wie gesagt, Sheriff, ich brauche Ihre Unterstützung.« Ich ließ die Phrase noch mal los, damit er sich nicht ganz überflüssig fühlte, und fuhr fort: »Hinter dem Doppelmord steckt ein Kunstdiebstahl. Cilly Brainard hat ihren Arbeitgeber um zwei Millionen Dollar an Sachwerten erleichtert.«

Ich erklärte es ihm, auch meine Theorie.

Er nahm begierig jedes Wort auf. Als ich fertig war, sah er Joan an.

»Ihre Frau hat mir schon klargemacht«, sagte ich, »daß nach ihrer Meinung Steve Dyer weder für die Morde noch für Hehlerei in Frage kommt. Was meinen Sie?«

»Tja, ja. Ich traue es ihm auch nicht zu. Aber wer kann in einen Menschen hineinsehen! Außerdem sagte Healy folgendes: Mabel Brainard hätte ihm gestern vormittag angerufen und von einer telefonischen Belästigung gesprochen. Das sei schon mehrfach vorgekommen. Natürlich gäbe sich der Anrufer nicht zu erkennen. Aber sie hätte eindeutig Steve Dyers Stimme erkannt. Er gebrauche obszöne Redensarten. Außerdem hätte er gedroht, sagt Healy, sie zu erwürgen.«

»Worauf Healy sofort zu Dyer ging, oder?«

»N ... nein. Er sagt, er hätte sich zwar vorgenommen, Dyer eins draufzugeben. Aber die Morddrohung wäre doch eine Albernheit gewesen und nicht ernst zu nehmen. Weil es dann anders kam, deshalb ist er ja jetzt so auf hundert.«

»Ich glaube, daß ich Healy aufgrund der kurzen Bekanntschaft eben wenigstens ein bißchen einschätzen kann. Er scheint mir der Typ zu sein, der sofort rot sieht, wenn jemand seinen Besitz, und dazu mußte auch Mabel Brainard gerechnet werden, antastet. Zu Healy hätte gepaßt, daß er stehenden Fußes zu Dyer saust und ihn zur Schnecke macht. Hat er aber nicht. Weshalb? Weil er die Drohung unterschätzte? Unwahrscheinlich. Eher könnte ich mir denken, daß die ganze Sache erfunden ist. Damit er sich jetzt an diesem Dyer austoben kann.«

»Das hieße, er lügt.«

»Allerdings. Wann starb Mabel Brainard?«

»Zwischen zehn und elf, meint der Doc. Aber es kann auch früher oder später gewesen sein. Sie wurde ja erst um Mitternacht gefunden. Sie hielt eine Verabredung mit Healy nicht ein. Er schickte Gable zu ihr. Der fand die Tote.«

»Und dann?«

»Ich wurde verständigt. Healy war krank vor Gram. Aber das schlug rasch in Wut um. Er berichtete von dem, was ihm Mabel Brainard vormittags über Dyer erzählt hat.«

»Was geschah weiter?«

»Ich fuhr zum Tatort. Healy und Gable waren dort. Ich verständigte den Doc und den Coroner, dann fuhren wir zur COCONUT BAR, wo Dyer als Keeper arbeitet. Wir kamen ungefähr zehn Minuten zu spät. Der Laden war proppenvoll. Die Gäste an der Bar murrten schon, weil niemand sie bediente. Der Pianist sagte aus, Dyer wäre zehn Minuten zuvor wie von der Tarantel gebissen durch die Hintertür raus. Wir stellten fest, daß sein Wagen fehlte. Ich leitete sofort eine Suchaktion ein und verständigte die umliegenden Stationen der State Police. Aber bisher wurden weder Dyer noch sein Wagen gesehen.«

»So wie Sie es erzählen, entsteht der Eindruck, Dyer wäre im letzten Moment gewarnt worden.«

Purnick nickte betrübt. »Einige Gäste sagten aus, er hätte einen Anruf erhalten, woraufhin er dann türmte.

Aber keiner hat mitgekriegt, was Dyer am Telefon sagte. Healy bebte vor Wut. Aber wer soll Dyer gewarnt haben? Außer Healy und mir wußte doch niemand, daß der Barkeeper verdächtig ist und seine Festnahme bevorstand. Ich glaube, das ist nur ein Zusammentreffen dummer Zufälle, die das Bild verfälschen. Fest steht: Dyers Flucht ist so gut wie ein Schuldbekenntnis.«

Ich stoppte mich, weil ich das Gefühl hatte, Joan Purnick wolle etwas sagen. Aber dann preßte sie nur die Lippen aufeinander und blickte in eine Ecke des Zimmers, wo sich die Schmalseite eines leeren Regals als Attraktion präsentierte.

Ich war nachdenklich geworden. Und Purnicks Schlußfolgerung konnte ich mich in keiner Weise anschließen.

»Beim derzeitige Stand der Ermittlungen«, sagte ich, »lassen sich zwei Möglichkeiten erkennen. Erstens: Dyer ist völlig unschuldig, und sein Verschwinden hat einen anderen Grund. Zweitens: Er und sein Komplize sind die Mörder der Brainard-Geschwister, und das Motiv ist der gestohlene Kunstschatz, dessen Erlös die Killer für sich allein wollen. Die dritte Möglichkeit – daß Dyer ein Psychopath sei, der Mabel als Telefonspanner belästigte und dann umbrachte – bestand nur, solange Cilly noch lebte. Zwei völlig gleichartige Morde an Zwillingsschwester hier und in New York durch voneinander unabhängige Täter – das gibt es nicht. Und wenn Dyer bis nach Mitternacht in der COCONUT BAR arbeitete, kann er nicht in New York gewesen sein.«

Als ich schwieg, war es sehr still im Office. Draußen versengte Sonnenglut das Land, machte träge und schien auch alle Geräusche zu dämpfen.

Purnick nickte vor sich hin, als wäre er mit einem Gedanken gleich fertig. Dann: »Ihre zweite Möglichkeit, Mr. Cotton, hat aus Ihrer Sicht natürlich eine theoretische Berechtigung. Schließlich kennen Sie weder Dyer noch die hiesigen Verhältnisse, Aber ich sagte es schon – und damit schließe ich mich der Meinung meiner Frau an: Für ein geplantes Verbrechen, für Doppelmord mit einem Komplizen, für Kunsthehlerei – dafür, Mr. Cotton, kommt Dyer nicht in Frage. Nicht für alles zusammen, und nicht für das eine oder andere.«

»Dann ist er unschuldig.«

»Ja.«

Joan stieß einen Seufzer aus. »Bravo, Walt!«

Er lächelte. Daß sie ihn lobte, geschah offenbar selten.

»Ich frage mich nur«, schränkte er vorsichtig ein, »warum er Hals über Kopf weglief.«

Ich streifte Joan mit einem Blick. Sie deutete ihn richtig und wurde rot bis hinter die Ohren.

Ich hatte so eine Ahnung. Aber ich hätte es durch nichts beweisen können. Außerdem dachte ich nicht im Traum daran, die Frau reinzulegen. Es wäre also beim Rotwerden und verständnisvollen Blick geblieben, wenn ihr lauterer Charakter nicht zur Aufklärung gedrängt hätte.

»Walt«, sagte sie.

»Ja?«

»Ich muß dir was erklären.«

Erstaunt sah er sie an. Offenbar hatte es etwas zu bedeuten, wenn sie so feierlich begann.

»Als du letzte Nacht zu Mabel Brainard fuhrst, habe ich sofort in der COCONUT BAR angerufen.«

Er schloß den Mund, nahm seinen weißen Stetson ab, legte ihn übers Telefon, strich sich über die Stirn, setzte den Hut wieder auf und schluckte.

»Joan!«

»Ich weiß, daß es nicht korrekt war. Vielleicht sogar hinterhältig und dir gegenüber nicht ehrlich. Vielleicht gibt es auch einen Paragraphen, mit dem man mich deshalb drankriegen könnte. Aber daß es richtig war, weiß ich. Wäre Dyer dagewesen – wer weiß, ob er jetzt noch lebte.

Du kennst Healy«, fügte sie in einem Ton hinzu, der ihren Mann vor mir ein bißchen rechtfertigen sollte. »Er ist unberechenbar und jähzornig. Und Gable hätten jeden Eid geleistet, daß sein Herr und Meister nur aus Notwehr zur Waffe griff.«

Purnick grapschte sich seinen Hut und knautschte ihn wie einen Waschlappen.

Joan wandte mir ihr Gesicht zu, ernst, mit großen, ruhigen Augen, fragend.

»Vielleicht mußten Sie es tun«, sagte ich, »um Schlimmeres zu verhindern. Da ich Healy jetzt kenne, glaube ich auch, daß Sie die Situation richtig eingeschätzt haben.«

»Danke, Mr. Cotton.«

»Aber Sie«, wandte ich mich an den Sheriff, »hätten doch nicht tatenlos zugesehen, wenn Healy Amok läuft?«

»Natürlich nicht.« Kleine Schweißperlen erschienen auf seinem Gesicht rechts und links der Nase. »Ich ... äh ... glaube auch nicht, daß er ... Also, ich meine, ich sehe Healy nicht ganz so ... so wie meine Frau. Aber«, fügte er rasch hinzu, »im Grunde ist es schon richtig. Moralisch muß ich ihr Tun gutheißen.«

Er ruderte wie eine Fliege im Rahmtopf – aber mit geringer Aussicht, bald auf einen Butterberg zu sitzen. Er steckte in der Zwickmühle. Sein Gesicht war so grau, daß er mir leid tat. Einerseits konnte er Healy nicht völlig verdammen und sich selbst zum Handlanger der Selbstjustiz degradieren. Er war sicherlich zu einem Teil von Healy abhängig. Andererseits mußte und wollte er seine Frau in Schutz nehmen.

Ihrer entschlossenen Miene sah ich an, daß sie sich seines Konflikts wohl bewußt war. Aber sie wollte es wissen.

»Kommen wir aufs Wesentliche«, sagte ich. »Wir müssen Dyer finden, um seine Rolle in diesem Drama endgültig zu klären. Und um ihn vor Healy zu schützen. Den halte ich für unbelehrbar. Der will Blut sehen. Ich erwarte

Vorschläge, Sheriff, wie wir die Suche nach Dyer vorantreiben.«

Er nickte, tat aber den Mund nicht auf. Die Aufregung der letzten Minuten hatte vermutlich sein Hirn gelähmt.

»Außerdem«, sagte ich und sah ihn dabei hart an, »möchte ich einer neuen Spur nachgehen. Healy selbst scheint mir derjenige zu sein, der die Voraussetzungen hat für die Rolle, die hier irgendeiner spielt. Ich meine: Voraussetzungen für einen Doppelmord, für die Übernahme der Zwei-Millionen-Beute und für die Vermittlung an zahlungskräftige Kunstliebhaber.«

Purnick war zusammengezuckt. »Das … ist eine schwere Beschuldigung.«

»Zunächst mal nur unter uns. Also?«

Gable lenkte den Cadillac über die von Ahornbäumen gesäumte Allee, und sein beherrschtes Gesicht war ausdruckslos wie ein ungebügeltes T-shirt.

Geredet wurde kein Wort. Healy brütete vor sich hin und knirschte ab und zu mit den Zähnen. Das Gesicht hatte sich dunkel gefärbt. Die Sommersprossen hoben sich kaum noch ab. Aber rechts und links der eckigen Stirn traten die Adern bläulich hervor.

Bevor sie das Gelände des GOLDEN TWENTIES erreichten, ließ er halten und stieg aus.

Gable glaubte, er müsse mal, und sah nicht in den Rückspiegel. Aber dann hörte er, wie sein Boß am Straßenrand stand und würgte und spuckte.

Als er wieder auf dem Nebensitz glitt, war sein Gesicht wie Galle.

»Wenn einem die Wut schon auf den Magen schlägt … Fahr weiter!«

Nach hundert Metern sagte er: »Trommle die härtesten Jungs zusammen, die wir haben. Sie sollen diesen Cotton fertigmachen. Nein, nicht umbringen. Einen Bullen umlegen zieht 'ne Staatsaktion nach sich. Aber sie sollen ihm eine fürchterliche Tracht Prügel verabreichen. So, daß er die Schnauze voll hat und sich hier nicht mehr blicken läßt.« In stummer Mißbilligung konzentrierte sich Gable auf die Straße.

»Paßt dir nicht, wie?«

»Sie sollten jetzt nichts übereilen, Chef. Eine persönliche Rechnung begleichen – okay. Aber der Mann ist vom FBI.«

»Na und? Die kochen auch nur mit Wasser. Mit der Mafia sind sie bis heute nicht fertig geworden. Die haben auch keinen Supermann.«

»Aber Befugnisse. Und wenn hier eine Untersuchungskommission antanzt, wäre das fürs Geschäft wenig förderlich.«

»Es ist immer noch mein Laden.«

Aber wir sitzen mit drin, du Blödmann, dachte Gable.

»Außerdem kommt keine Untersuchungskommission«, sagte Healy gereizt, »nur weil ein G-man, in Gips verpackt, für ein paar Wochen krankfeiert.«

»Mag sein.«

»Such mindestens drei aus. Dieser Cotton macht den Eindruck, als wäre er verdammt zäh. Nein, nimm vier. Die härtesten.«

»Quarry, Bowler, Wikowsky und Dale.«

»Die sind richtig. Es muß so gedreht sein, daß der Kerl sich zwar denken kann, was dahintersteckt. Aber einen spürbaren Zusammenhang darf's nicht geben. Daß die vier für mich arbeiten, weiß nur Purnick. Und der hält die Schnauze. Als Idealfall stelle ich mir vor: Ein Girl wird angepöbelt, wenn dieser Cotton in der Nähe ist. Natürlich mischt er sich ein, und das Quartett macht ihn fertig. Klar?«

»Um die Choreographie werde ich mich kümmern«, sagte Gable.

Phil legte eine Pause ein. Vier Antiquitäten- und Kunsthandlungen in der Altstadt von Charleston hatte er abgeklappert. Sieben weitere standen auf seiner Liste. Schaffen wollte er das bis zum Dinner und dann endlich nach Terrytown rausfahren. Aber jetzt klebte ihm die Zunge am Gaumen. Er enterte ein Café in einem Altstadthaus, das wie die schimmlige Leiche eines Altstadthauses aussah.

Überraschenderweise war das Etablissement sehr gepflegt. Palmen in voluminösen Kübeln standen überall im Wege. Das Mobiliar war von 1900, aber gut erhalten. An den holzgetäfelten Wänden hingen die gerahmten Fotos verblichener Prominenz.

Phil steuerte an den Tischen entlang. Er hatte die Wahl, denn er war der einzige Gast.

Er setzte sich ans Fenster. Ein Kellner mit Mittelscheitel und dosierter Freundlichkeit nahm die Bestellung entgegen: Mokka und Brandy.

Phil schlug die CHARLESTON POST auf.

Jemand trippelte an ihm vorbei und setzte sich ein paar Tische entfernt.

Phil blickte auf, wieder in die Zeitung, hob dann vorsichtig den Kopf und genoß die Attraktion, die sich soeben eingestellt hatte.

Sie mochte fünfundzwanzig Jahre alt sein, ein Traum. Unter dunklen Wimpern die blauesten Augen, die Phil seit langem gesehen hatte. Ein blonder Wuschelkopf. Korallenlippen, glänzend und nur ganz wenig aufgeworfen.

Sie wandte ihm das Profil zu. Was für ein Profil! Sie trug einen bunten Rock, knöchellang. Dazu eine weiße Bluse, aus der anmutig der Hals wuchs.

Phil nahm das Bild in sich auf. Er verspürte einen Stich dort, wo er sein Herz vermutete, und fragte sich, wer wohl der Glückliche sei, auf den sie hier wartete.

Der Kellner brachte Mokka und Brandy. Weil er routiniert war, stellte er das Silbertablett immerhin so auf die

Tischkante, daß es nicht gleich runterkippte. Phil hatte die Möglichkeit, rasch zuzugreifen, während der Kellner schon drüben stand und seinen Charme zusammensuchte.

Mit einem Tuch polierte er die blitzsaubere Tischplatte, daß der Marmor heiß wurde. Zweimal rückte er den Aschenbecher zurecht. Völlig fertig machte ihn, daß er sonst im Moment nichts für sie tun konnte. Nicht mal eine Empfehlung war nötig. Sie wußte, was sie wollte. Eistee und ein Stück Apfeltorte.

»Eistee und ein Stück Apfeltorte«, sagte der Kellner. Es klang wie ein Gebet.

Er eilte zum Büfett. Himmel, war das wieder ein Tag! Bei solchen Aufgaben wuchs man doch, innerlich und auch sonst. Wenn das einem Dasein keinen Inhalt gab!

Phil buchstabierte zum neuntenmal die Schlagzeile, die das Bild dieser Märchenfee in Busenhöhe abschnitt.

Sie wandte etwas den Kopf. Ihr Blick glitt über ihn. Er las die Schlagzeile zum zehntenmal. Sie hatte was mit Mode zu tun. Nein, mit den Preisen für Rohkaffee.

Wieder äugte Phil über den Rand, und der Kellner kam mit Eistee und Apfeltorte.

Er sah verändert aus.

Phil biß sich auf die Lippen, um nicht zu grinsen.

Der Mittelscheitel war jetzt exakt bis zum Hinterkopf durchgezogen, auch der braune Schnurrbart gekämmt.

»Eistee und Apfeltorte, Mylady!«

Er servierte wie beim Staatsbankett. Da er schon lange im Beruf war, verkniff er sich die Bemerkung, er habe das schönste Stück ausgesucht.

Sie war ein bißchen in Eile und bezahlte gleich. Er mußte ihr Geld nehmen, konnte nicht mal sagen: »Sie sind eingeladen, auf Rechnung des Hauses.« Als er sich nach seiner Verbeugung zum Büfett zurückbegab, war ihm anzusehen, wie der Zwiespalt ihn marterte.

Also keine Verabredung, dachte Phil. Sie hat einfach nur

ein bißchen Hunger gehabt. Engel, die Hunger haben, bestellen Apfeltorte und Eistee.

Sie ging bald. Der Kellner flitzte zur Tür und riß sie auf. Sie dankte ihm mit einem Lächeln, für das er ihr auch mit bloßen Fäusten einen Durchlaß in jede Betonmauer geschlagen hätte.

Phil luchste zum Fenster. Aber sie kam nicht vorbei. Nur eine sterbensmüde Fliege fiel von der Scheibe ab, auf den Rücken, zappelte mit den Beinen und hörte auch damit auf.

Das Café war jetzt so leer wie das Hinterzimmer einer Flüsterkneipe, wenn die Razzia beginnt. Der Kellner lehnte am Büfett, machte in Schwermut und hatte an nichts mehr Interesse. Als aus der Küche eine Frauenstimme rief, gab er einen Knurrlaut als Antwort.

Phil bezahlte, ging hinaus in die Schwüle der engen Straße und dachte: Sei nicht albern. Die schönsten Frauen gibt es in New York. Das weiß doch jeder.

Drei der Antiquitätenläden lagen in diesem Viertel.

Er zog den Stadtplan zu Rate.

Die nächste Adresse war nahe.

Erst betrachtete er die Auslagen im Schaufenster, ehe er sich in die Atmosphäre von Staub und Ramsch wagte. Aber er wollte auch hier fragen, damit lückenlos bewiesen wurde, was wir vermuteten. Nämlich: daß Cilly Brainard gelogen und nirgendwo in Charleston venezianischen Schmuck des 17. Jahrhunderts für einen Spottpreis gekauft hatte.

Die Bestätigung war nur ein Mosaiksteinchen in unseren Recherchen. Aber sie gehörte dazu.

Ein alter Mensch mit lilageäderter Nase und deprimierenden Tränensäcken tauchte aus dem Halbdunkel auf.

»Bitte, Sir, was kann ich für Sie tun?«

»Ich weiß nicht, ob ich hier an der richtigen Adresse bin. Eine Bekannte von mir kaufte dieser Tage venezianischen

Schmuck aus dem 17. Jahrhundert. Wir sprachen in New York darüber. Sie sagte aber nur, die Fundgrube wäre ein Antiquitätengeschäft in Charleston gewesen. Jetzt suche ich nun und ...«

Phil sprach nicht weiter. Das Lächeln des Alten war schnell matter geworden. Jetzt drückte es nur noch höfliches Bedauern aus.

Er schüttelte den Kopf. »Tut mir leid. Aber so was habe ich noch nie geführt. Wenn Sie es vielleicht bei meinem Kollegen ...«

Er ging mit auf die Straße, obwohl er Gicht hatte und humpelte. Nur um Phil zu zeigen, daß es nach links ginge. »Und dann wieder links.«

Während des Weges blieb Phil kurz stehen und hakte Adresse nur Nr. 5 auf seinem Zettel ab.

Dieser Teil der Stadt war Fußgängerzone, eine Oase der Stille. Jedenfalls jetzt, am frühen Nachmittag. Hier drängten sich die Häuser aneinander. Es gab noch gepflasterte Straßen und Winkel aus dem vorigen Jahrhundert.

Keine 300 Schritte, und Phil näherte sich pflichtschuldig der sechsten Antiquitätenhandlung. Der Laden hatte Klasse. Das sah er gleich. Hier kauften Kenner. Und hier boten Fachleute an. Eine Visitenkarte der Seriosität. Kein Plunder, der für ein Butterbrot in den Villen halbblinder alter Ladys abgestaubt wurde oder auf dem Speicher eines entlegenen Landsitzes zusammengesucht war.

Phil trat ein. Niemand war da.

Aber hinter dem blauen Samtvorhang einer Türfüllung rief eine Glockenstimme. »Ich komme sofort.«

Gedämpft sagte sie dann – offenbar in einem Telefonhörer: »Also, Mammy, ich bin pünktlich zum Abendessen draußen. Bis nachher.« Wie hypnotisiert sah Phil zu dem Vorhang, der sich jetzt teilte.

Sie trat hervor, und sie war es: der blonde Traum, der Eistee trank und Apfeltorte aß.

»Tja, ich weiß nicht«, sagte Purnick. »Daß Healy so 'n mieser Kunde ist, glaube ich eigentlich nicht. Mord und noch mal Mord? Auf seine Weise hat er Mabel wirklich geliebt.«

»Er ist ein Gangster«, sagte Joan. »Ich traue ihm alles zu. Nur keine ehrliche Antwort, wenn du ihn nach der Herkunft seines Vermögens fragst. Und kein Erbarmen, wenn er einen in der Mangel hat, der ihm auf die Füße trat.«

Aus fassungslosen Augen sah Purnick sie an. Bis ans Herz tat es ihm weh, daß sie ihm bei seinem Balanceakt zwischen Korruption und Verpflichtung zum Amt so wenig zur Seite stand.

Ich erhielt mehr und mehr den Eindruck, daß er ganz schön tief drin saß. Ein tätiger Bösewicht war er sicherlich nicht. Aber er duldete, was hier unter seinen Augen geschah. Vielleicht hatte es mal eine Zeit gegeben, wo er von Konflikten gequält wurde. Aber inzwischen war er längst durch Saumseligkeit und Unterlassung so mitschuldig geworden, daß er im Interesse seiner Nachtruhe diese Gedanken verdrängte.

»Nägel mit Köpfen!« sagte ich. »Wie finden wir Dyer? Wer sind seine Freunde, Bekannte, Verwandten?«

»Er hat schon lange eine feste Freundin«, meinte Purnick. »Jessie Miller. Ich habe sie letzte Nacht vernommen. Sie wußte von nichts.«

»Vielleicht weiß sie jetzt was. Wir fahren hin zu ihr.«

Purnick sprang auf. Er war froh, peinlichen Fragen fürs erste zu entgehen.

»Ach so. Die ist berufstätig. Ich ruf lieber mal an, daß wir nicht vergeblich hinfahren.«

Er setzte sich wieder, zog das Telefon heran und ein kleines Notizbuch aus der Brusttasche. Er fand Jessies Nummer und wählte.

Ich saß so nahe beim Schreibtisch, daß ich ihre Piepstimme hörte, als sie sich meldete – mit einem schwachen: »Hallo?«

»Hier Purnick«, sagte er aufgeräumt. »Sie sind zu Hause, Jessie.« Das war keine Frage. »Wir kommen noch mal zu Ihnen raus. Hier ist ein FBI-Agent. Der hat ein paar Fragen an Sie.«

»Ja«, hörte ich ihre Stimme.

»Also bis gleich.«

»Ja, Mr. Purnick.«

Er legte auf.

»Das klang sehr gequetscht«, sagte ich. »Macht sie sich Sorgen um ihren Freund?«

»Bestimmt!« sagte Joan. »Jessie Miller ist ein goldiges Geschöpf. Sie und Steve Dyer, ein richtig süßes Paar sind die.« Mit fünf Fingern strubbelte sie durch ihre Frisur. »Es wäre schrecklich, wenn dieses Glück durch einen Healy zerstört würde.«

Sie gab mir die Hand, bevor wir abrauschten. Sie sagte, sie hätte mich gern als Gast bei sich aufgenommen. Aber leider gäbe es in der Wohnung kein Gästezimmer. Doch wann immer ich zu den Mahlzeiten während meines Hierseins kommen wolle, wäre ich herzlich eingeladen.

Wir fuhren in Purnicks Wagen.

Er verzichtete auf Rotlicht und Sirene. Aber das war sein einziges Zugeständnis.

Nach drei Minuten sagte ich: »Nun rasen Sie doch nicht so! Es ist ja keine Verfolgungsjagd.«

Er lachte verlegen. »Mit mir geht's manchmal durch. Ich fahre gern sportlich.«

Er nahm eine Kurve, daß ich die Füße nach vorn stemmte und entsetzt die Augen schloß.

Zwischen einer Hausecke und einem bummelnden Truck war nicht genug Raum. Purnick schoß darauf zu. Eine Vollbremsung hätte er ohnehin nicht mehr geschafft.

Wir paßten durch, aber nur, weil sein Streifenwagen frisch gewaschen und der Lack so glatt poliert war.

Ich stöhnte. Er wischte sich über den Schnurrbart und

fuhr endlich vernünftig. Den Beweis, was für ein sportlicher Bursche er war, hatte er mir ja erbracht.

Ich wurde ganz kleinmütig bei dem Gedanken, daß einer wie Purnick das Gesetz in dieser schönen Gegend vertrat.

Wir erreichten den Außenbezirk. Kleine, meistenteils schäbige Häuser gruppierten sich zu einer Siedlung. Einige standen noch weiter abseits.

Purnick hielt vor einem naturbelassenen Grundstück.

Bis wir beim Eingang waren, hatte ich mehrere Wespen abgewehrt. Auch Purnick schlug mit seinem Stetson um sich und fluchte.

Die Haustür stand offen. Ich sah in einen dunklen Flur, von dem sich die hellen Rechtecke der Türen abhoben.

»Jessie!« rief Purnick.

Als sich nichts rührte, drückte er auf die Klingel. Sie klimperte blechern einen Meter vor uns im Flur.

»Ob sie im Garten ist?«

Wir machten die Runde ums Haus, hatten wieder mit den Wespen zu tun, riefen und äugten hinter einen dichten Strauch, der eine Gartenbank abschirmte.

Dann waren wir wieder an der Haustür. So klug wie vorher, aber entschieden beunruhigter.

Purnick stellte laute Überlegungen an, ob man einfach so rein dürfe. Vielleicht wollte er mir demonstrieren, daß er es in den kleinen Dingen genau nahm.

Ich ging voran, sah in eine blitzsaubere Küche, in ein Jungmädchenschlafzimmer mit lustigen Bildern an der Wand, in ein ungekacheltes, aber nicht minder gepflegtes Bad, schließlich in den Wohnraum.

Es roch nach Rasierwasser.

Ich trat zum Tisch, wo zwei Zigarilloreste in einem Keramikaschenbecher ausgedrückt waren. Zwei feuchte Ringe markierten auf der gläsernen Tischplatte, wo Glas und Flasche gestanden hatten.

In meinem Hinterkopf rührte sich eine Idee. Ich ging wieder in die Küche.

Purnick folgte mir mit dem müden Interesse eines Lehrlings, dem eingebleut wurde, alles gut zu beobachten, damit er es später richtig macht.

Neben der Spüle stand ein umgestülptes Whiskyglas und tropfte ab. Im Eisschrank fand ich die halbvolle Whiskyflasche. Ich faßte sie mit Taschentuch und Fingerspitzen an, trat ans Fenster, hielt sie ins Licht.

Sie war so blank wie die Brillengläser eines Optikermeisters.

»Dyer war hier, nicht wahr? Und beide sind abgehauen.« Purnick war stolz auf seine Schlußfolgerung. »Ich hätte ihr sagen sollen, daß wir ihn inzwischen nicht mehr ...«

»Dyer«, sagte ich, »hätte das Glas nicht gespült und die Flasche nicht abgewischt. Wir sollten in der COCONUT BAR anfragen, ob er Zigarillos raucht. Ich wette, nein.«

»Ja, aber ...«

»Man hat Jessie Miller gekidnappt«, erklärte ich ihm. »Der Kerl, der hier war, sollte auf Dyer warten. Oder auf seinen Anruf. Ich weiß nicht, seit wann der Kerl dem Mädchen auf der Pelle saß. Aber ich weiß, in wessen Auftrag er es tat.« Ich sah Purnick durchdringend an. »Hat Healy irgend etwas angedeutet?«

»Nein.« Er schüttelte den Kopf. »Nicht bei mir.«

»Jetzt haben wir den Salat. Healy jagt Dyer – um jeden Preis. Jetzt hat er das Mädchen und damit ein Druckmittel. Wenn Dyer ein anständiger Bursche ist und seine Jessie wirklich liebt, wird er dem Druck nachgeben. Das heißt, er stellt sich Healy. Und wenn wir nicht dabei sind, ist er wahrscheinlich im selben Moment tot.«

Purnick schnitt eine entsetzte Grimasse, nahm seinen Stetson ab und wedelte sich Luft damit zu.

»Dann hat also mein Anruf das ausgelöst.«

»Sie konnten es nicht wissen«, beruhigte ich ihn. »Wie viele Leute hat Healy?«

»So viel er will. Ich blick' da nicht durch.«

»Fällt Ihnen einer ein, der Zigarillos raucht und in Rasierwasser badet?«

Purnick überlegte eine Weile und gab sich redlich Mühe. Aber als Hilfe hatte ich ihn schon abgeschrieben. Etwas Brauchbares kam von ihm nie.

»Eine Schwäche«, sagte ich, »hat Healys Plan. Er muß Dyer irgendwie mitteilen, daß Jessie in seiner Gewalt ist. Aber vielleicht läuft es so: Irgendwann ruft Dyer hier an. Niemand meldet sich. Er versucht es wieder und wieder, wird stutzig, denkt sich am Ende das Richtige, nachdem er vielleicht bei anderen Bekannten rumgefragt hat, und wählt Healys Nummer. Was der ihm dann sagt, wird schlimmer sein als ein Horror-Trip.«

Purnick zog ein blauseidenes Taschentuch aus der Brusttasche seines blauseidenen Hemdes, betupfte Stirn und Nacken und rieb sich dann die Hände daran ab.

»Wir müssen Healy ins Gesicht springen«, sagte ich. »Aber wenn wir mit nichts aufkreuzen, werden wir abgeschmettert, daß es nur so kracht. Ich muß den Kidnapper kriegen!«

Ich marschierte hinaus. Er kam hinterher und zog die Tür zu.

Die Straße war von Sonnenlicht überflutet. Sie führte ein Stück weiter zu einem Wäldchen und endete dort. Freilich nicht wie abgeschnitten, sondern mit einem asphaltierten Wendeplatz.

Zwischen ihm und dem Wäldchen aus einer Dornenhecke und Eukalyptusbäumen lagen etwa dreißig Meter steinigen Bodens. Ein Schild tat kund, daß es verboten sei, Müll abzuladen. Der Pfahl, der das Schild trug war reichlich zwei Meter hoch, ragte aber nur noch armlang aus Unrat und Schutt. Fette Schmeißfliegen summten.

Der Wendeplatz war leer bis auf ein defektes Skateboard, an dem das vordere Radpaar fehlte.

Ich ging die paar Schritte, setzte meine Sonnenbrille auf, nahm sie, als ich angelangt war, wieder ab und musterte die Staubschicht auf dem Asphalt. Die Luft war wie Teig. Kein Windhauch. Vorhin war das nicht anders gewesen. Deshalb hatten sich die Reifenspuren sauber erhalten.

Ich ging in dem mehligen Staub umher und zeigte Purnick den Ölfleck. Mehr als ein Fingerhut voll war nicht ausgelaufen.

»Lange hat er nicht geparkt.«

»Sie meinen ...«

»Wir müssen alles versuchen.«

Ich ging in die andere Richtung. Das nächste Haus lag etwa hundert Meter entfernt.

Im Garten saß ein knorriger Typ von etwa 70 Jahren auf einer selbstgezimmerten Bank, die so ordinär rot war, als hätte er sie mit Nagellack angestrichen. Er hatte buschige Brauen über blitzenden Augen und schmauchte eine Maiskolbenpfeife.

Bevor wir den Zaun erreichten, fragte ich Purnick leise, ob er den Opa kenne. Aber der Sheriff mußte wieder mal passen.

Ich lehnte mich auf die Zaunlatten und grüßte. Der Alte nahm die Pfeife aus dem Mund, erwiderte unseren Gruß, schob einen Daumen unter den buntbestickten Hosenträger und fragte, ob bei Miss Jessie etwas nicht in Ordnung wäre.

»Könnte sein, es hat sie einer mitgenommen«, sagte ich. »Einer, der nichts Gutes will. Wenn Sie schon länger hier sitzen, müßten Sie etwas gesehen haben.«

Er deutete mit dem Pfeifenstiel in die Sonne hoch, die ihm frontal in die brauen Lederfalten seines Gesichtes schien.

»Gesehen und gehört. Mister. Mehr gehört. Wenn ich

hier sitze und döse, wissen Sie, mache ich meistens die Augen zu. Ich hörte zwei Schritte nebenan und hab' auch mal hingeblinzelt. Ich hab' die beiden aber nur von hinten gesehen, als sie zum Wendeplatz gingen, wo der Wagen parkte.«

»Das ist doch schon was«, sagte ich. »Das ist doch schon prima. Wer war der Mann?«

»Erst dachte ich, Steve Dyer. Aber der war es nicht. Außerdem hat der 'nen Buick. Aber dort parkte ein Chevy. Kenn' mich da aus. Früher habe ich in der Branche gearbeitet.«

»Und der Mann?« drängte ich.

»Mir tränten die Augen, wissen Sie. Hab' also wieder Augenpflege gemacht und nur noch mal gelinst, als sie hier vorbeifuhren. Ich glaube, es war dieser Stanley Morgan. Persönlich kenne ich ihn ja nicht. Aber das Gesicht läuft hier nur einmal rum. Beschwören könnte ich es nicht. Aber wenn Sie sagen, es wäre einer, der mit Miss Jessie nichts Gutes vorhat – dann ist der doch der Richtige.«

Er schloß die Augen, während ich Purnick fragend ansah. Der Sheriff machte ein bedeutungsvolles Gesicht, hatte die Mundwinkel gesenkt und nickte heftig.

Der Alte klappte die Lider wieder hoch und schirmte die Augen mit der Hand ab. »Mehr habe ich nicht gesehen. Hauptsächlich war ich Ohrenzeuge, weil der Motor so klingelte. Wenn der seinen Schlitten nicht bald in die Werkstatt bringt, kann er ihn verschrotten.«

»Sagen Sie uns noch rasch, wie dieser Morgan aussieht!« bat ich.

Er beschrieb einen häßlichen Typ ohne Kinn.

Als wir zum Streifenwagen zurückgingen, sagte Purnick: »Morgan arbeitet für Healy. Was, weiß ich nicht. Aber ich weiß, wo er wohnt.«

Phil spürte, daß sie ihn sofort erkannte. Für einen Moment war ihm das peinlich. Vielleicht dachte sie, er wäre ihr nachgestiegen. Er lächelte freudig-erstaunt, ohne die Mimik zu übertreiben.

»Hallo! Na, das ist ja ein Zufall. Eistee und Apfeltorte, nicht wahr?«

Sie lächelte verhalten. »Manchmal reicht die Mittagszeit nicht, um zum Lunch zu gehen. Und dann esse ich eben Torte. Was kann ich für Sie tun, Sir?«

»Ich komme aus New York«, sagte er. »Eine Bekannte erzählte mir, sie hätte hier in Charleston venezianischen Schmuck aus dem 17. Jahrhundert gekauft. Leider habe ich nicht gefragt, in welcher Antiquitätenhandlung das ...«

»Ich entsinne mich«, nickte sie. »Die Dame hat hier gekauft.«

»Wie bitte?« Phil war perplex. »Sind Sie sicher.?«

»Völlig. Die Dame sagte auch, daß sie aus New York sei. Ich kann mich sogar an ihr Äußeres entsinnen. Ende Zwanzig, etwa. Dunkles, langes Haar. Schwarze Augen. Und sehr gleichmäßig gebräunt. Ein etwas insulanerhafter Typ, nicht wahr?«

»Stimmt genau«, sagte Phil.

»Sie interessieren sich für Schmuck dieser Art?« fragte sie. »Sicherlich ein Geschenk für Ihre Gattin. Aber ...«

»Ich bin nicht verheiratet«, sagte Phil rasch.

»Oder für Ihre Freundin«, lächelte sie. »So was eignet sich immer. Aber leider hat die Dame alles aufgekauft, was wir hatten. Ich könnte Ihnen nur etwas anderes zeigen. Aus Israel haben wir ...«

Phil sah sie an, während sie ein Tablett auf den Tresen stellte, feinziselierten Schmuck aus Silberdraht erklärte, die Preise nannte und den einen und anderen Ring zur Präsentation an den Finger steckte.

»Entzückend!« sagte er. Und dachte: Sie ist aus der Nähe noch hübscher.

Sie spürte seine Bewunderung. Aber von Männern bewundert und von Frauen beneidet zu werden war ihr Schicksal.

Himmel, was mache ich? überlegte Phil.

»Alles sehr schöne Stücke«, murmelte er. »Ich bin schon ganz verwirrt. Und in solchen Dingen ziemlich ungeschickt. Entscheiden Sie für mich! Welcher Ring ist der schönste?«

»Es kommt auf den Typ der Trägerin an. Und wozu sie ihn kombinieren will.«

»Die Dame ist blond, blauäugig und außergewöhnlich hübsch.«

»Für eine Blondine – den hier vielleicht.« Sie nahm einen mit großem, blauen Stein. »Mir gefiele er am besten.«

»Den nehme ich.«

Der Ring war nicht billig, und Phil war sich darüber klar, daß der Erwerb nicht auf Spesen ging.

Sie legte ihn in ein Schmuckschächtelchen, das rasch geschenkmäßig verpackt war. Phil bezahlte und fragte beiläufig, ob ihr das Geschäft gehöre.

»Ich bin angestellt.« Sie gab ihm das Wechselgeld raus.

Als er zur Tür ging, rief sie: »Ihr Päckchen, Sir.«

Phil wandte sich um. »Das ist für Sie, Miss. Ich weiß, es ist albern, Ihnen was direkt von der Quelle zu schenken, aus der Sie am ehesten schöpfen können. Aber auch Sie hätten ihn ja zum Einkaufspreis erstehen müssen.« Er lächelte jungenhaft. »Weil ich *Ihnen* heute begegnet bin, werde ich diesen Tag nicht vergessen. Alles Gute! Adieu!«

Ihr Gesicht war fassungslos.

Er hatte die Hand schon auf der Klinke, als sie sagte: »Nein! Unmöglich! Es ist sehr nett von Ihnen. Aber das kann ich nicht annehmen.«

Phil zögerte einen Moment, drehte sich um und ging entschlossenen Schrittes zum Verkaufstisch zurück.

»Was soll's! Ich würde es mir nie verzeihen, wenn ich Sie

nicht wenigstens gefragt hätte. Mein Name ist Al Wilkenson. Wie gesagt: Junggeselle mit halbwegs gutem Leumund und medizinischem Check-up-Ergebnis, das sich sehen lassen kann. Darf ich Sie für heute abend zum Dinner einladen, Miss?«

»Mit Ihren Überraschungen kann man kaum Schritt halten, Mr. Wilkenson. Ist das Ihr übliches Tempo?«

»Ich bin sonst schüchtern bei Frauen. Aber als ich Sie vorhin sah ... Kein Wort mehr! Was ich dachte und empfand, erzähle ich Ihnen beim Dinner.«

»Was wird mein Mann dazu sagen?«

»Wie bitte?« fragte er entsetzt.

»Nein«, lachte sie. »Ich bin nicht verheiratet. Ich wollte Sie nur ein bißchen kalt duschen. Die Einladung zum Dinner kann ich leider nicht annehmen. Ich bin nämlich nicht von hier. Und nach Geschäftsschluß muß ich erst mal nach Hause und mich um meine Mutter kümmern.«

»Wohnen Sie denn sehr weit?«

»In Terrytown. Das ist ...«

»Terrytown?« Phil schrie fast. »Gütiger Himmel! Dort bin ich doch heute abend. Besser kann es gar nicht passen. Sie entkommen mir nicht, Miss ...«

»Ich bin Fay O'Donnell.« Sie seufzte. Aber es war von einem Lächeln begleitet. »Sie fahren doch nicht extra meinetwegen nach Terrytown?«

»Ich täte es. Auch nach Alaska. Oder Singapur. Aber in diesem Fall treibt uns der Zufall zueinander. Ich habe ... geschäftlich in Terrytown zu tun. Wahrscheinlich bleibe ich einige Tage.«

Sie sah ihm in die Augen und zeigte Interesse. »Geschäftlich?«

Jetzt erwischt es mich, dachte Phil. Wenn ich behaupte, ich sei Kunsthändler, mache ich mich lächerlich.

»Es ist nicht mein eigentlicher Beruf, aber zur Zeit versuche ich mich als Kunsthändler. Ein Erbonkel hat mir in

Chicago eine Kunsthandlung hinterlassen. Zum Glück habe ich einen tüchtigen Geschäftsführer, und es läuft alles ohne mein Zutun. Aber ich möchte doch in die Sache hineinwachsen. Und so versuche ich, mir das Rüstzeug zu besorgen.«

»Ich bin hier auch Geschäftsführerin«, sagte sie.

»Dann darf ich Sie also zum Dinner ausführen?«

»Unter zwei Bedingungen. Den Ring nehmen Sie für Ihr Geschäft mit. Und heute abend überlassen Sie es mir, das Lokal zu wählen.«

»Alles, was Sie wollen.«

»Wenn Sie mich um 19 Uhr 30 von zu Hause abholen.«

Phil merkte sich die Adresse und schwebte dann wie auf Wolken hinaus.

Wir fuhren durch eine unansehnliche Straße, die aus zwei Wohnblocks bestand, dann eine Kurve beschrieb und das gleiche Bild nochmals bot.

Purnick hielt kurz hinter der Kurve. Pfiffigerweise nicht unmittelbar vor dem Eingang des Blocks Nr. 4. Er tat das von sich aus, ohne Weisung. Überhaupt hatte ich das bestimmte Gefühl, er fechte innerlich einen Kampf mit sich aus. Die guten Kräfte schienen zu siegen. Vielleicht würde das Finale bitter für ihn werden, wenn Healy sich verraten fühlte und häßliche Dinge über den Sheriff erzählte. Aber jetzt tat er sein Bestes, um unseren Job zu erledigen.

»Morgan wohnt in dem Block, Mr. Cotton. Ich glaube, wir müssen den zweiten Eingang nehmen. Ob er da ist?«

»Wenn Healy ihn zum Gefangenenwärter ernannt hat, dann nicht. Sonst vielleicht. Oder er kommt, sobald er das Mädchen abgeliefert hat.«

»Was tun wir, wenn wir ihn nicht antreffen? Wollen Sie Healy dann unverblümt mit dem Verdacht konfrontieren?«

»Das bringt nichts.«

Über das weitläufige Gelände von GOLDEN TWENTIES hatte er mich informiert. Auch über Healys Bedeutung auf dem Vergnügungssektor der Stadt. Ungereimtheiten und verzweifelte Pausen in seinem Bericht legten die Vermutung nahe, daß er nicht alles sagte. Garantiert hatte es mit dem GOLDEN TWENTIES seine eigene Bewandtnis. Vielleicht wurde dort Rauschgift verhökert, oder Healy war nebenberuflich der Boß eines Nobelbordells.

Ich würde noch sehr direkt danach fragen. Denn vielleicht war das ein Mittel, um Jessie freizukriegen.

Aber vorläufig wartete ich damit. Überfordern wollte ich Purnick nicht gleich.

Wir waren ausgestiegen und schritten den Gehweg hinunter, jetzt am ersten Eingang vorbei, wo ein junges Girl an der Mauer lehnte und sich mit einem etwas älteren Jungen unterhielt. Beide hatten Zigaretten im Mundwinkel, und das Mädchen hatte Glutaugen. Sie sah den Boy träge an, dann mich und den Sheriff herausfordernd. Eine Hand stützte sie auf die Hüfte.

Als wir außer Hörweite waren, sagte Purnick: »Die Jugend vergammelt. Die Sportplätze sind leer, die Diskotheken voll. Der Milchkonsum geht zurück. Aber Sie müßten mal sehen, was der Kiosk gegenüber der Schule an Bier und Zigaretten umsetzt. Ich kenne Eltern, die froh sind, wenn ihre Halbwüchsigen nur dreimal wöchentlich einen Vollrausch haben und wenigstens die Finger von harten Drogen lassen.«

»Was meinen Sie, wie es in New York ist! Immer jünger werden die Täter, die morden, rauben, stehlen.«

»Und bestraft werden sie mit 'ner Ohrfeige«, sagte Purnick. »Dann fühlen sie sich ungerecht behandelt und drehen gleich noch ein schlimmeres Ding. So ist es doch.«

»Vor allem ist es so: Es gibt zu viele Möglichkeiten für die Jugendlichen, auf die schiefe Bahn zu geraten. Und die

Generation der Eltern hat diese Möglichkeit geschaffen und tut es ständig noch. Und zweitens gibt es zu wenig Vorbilder, die ein junger Mensch annehmen könnte. Ein bißchen Leitlinie, ein bißchen Aufgabe und Ziel, was den Ehrgeiz weckt. Und ein bißchen mehr Zusammengehörigkeit in den Familien. Das Problem würde kleiner.«

Wir hatten den zweiten Eingang erreicht. Eine Frau kam heraus. Sie trug einen Mülleimer, sah uns scharf an und senkte dann rasch die künstlichen Wimpern.

Sie hatte strähniges, kohlschwarzes Haar, offensichtlich gefärbt, und ein hartes Gesicht mit zu langer Nase. Der bunte Nylonkittel war schlampig zugeknöpft, zeigte ein knochiges Brustbein, knochige Knie – und sonst nichts, was ein Verweilen des Auges gelohnt hätte.

Purnick tippte an die Hutkrempe.

»Können Sie uns sagen, Madam, wo Stanley Morgan seine Wohnung hat?«

Sie blieb stehen, verlagerte aber das Gewicht schon auf den linken Fuß, um gleich weiterzueilen.

»Der ist nicht da. Was wollen Sie denn von ihm?«

»Sind Sie Mrs. Morgan?« schaltete ich mich ein.

»Was heißt Mrs. Morgan? Ob ich seine Frau bin, wollen Sie wissen? Also, 'nen Trauschein haben wir nicht. Aber schon verdammt lange dieselbe Wohnung.«

Sie stellte den Mülleimer ab. Ihre Haltung wurde etwas weniger hastig. Aus der Kitteltasche zog sie ein zerdrücktes Zigarettenpäckchen und zerrte einen Glimmstengel heraus, wobei die nervösen Finger Fetzen von Silberpapier abrissen. Ihre Fingernägel hätten mit den Dolchen eines Steinadlers konkurrieren können. Und nicht mal lackiert.

Ich gab ihr rasch Feuer, aber deshalb schloß sie mich noch lange nicht in ihr Herz.

»Sie sind doch der Sheriff«, sagte sie durch die Zähne. »Also – was wollen Sie von Stan?«

Ihre Zähne waren weiß und makellos.

»Mit ihm reden«, sagte ich, bevor Purnick was verpatzte. »Es geht um eine Sache, in der wir ihn vielleicht als Zeugen brauchen. Wann kommt er zurück?«

Sie luchste durch ihre künstlichen Wimpern zu mir auf. »In den nächsten Tagen nicht. Glauben Sie, ich würde sonst so rumlaufen?« Ihre Krallen kratzten über den Synthetikstoff. »Stan mußte auf Geschäftsreise. Er ist Vertreter für Autoreifen. Wohin, hat er nicht gesagt. Meistens wird 'ne Rundreise daraus – bis nach Columbia, Charlotte und Greenville.«

»Aha«, sagte ich.

»Soll ich ihm was ausrichten, wenn er anruft?«

»Wann wird er anrufen?«

»Ich weiß ja nicht mal, ob überhaupt. Manchmal ja, manchmal nicht. Daß ihn die Sehnsucht zerreißt, kommt nicht so häufig vor. Aber wenn er so richtig besoffen ist, dann fällt es ihm schon mal ein, daß ich abends zu Hause hocke und in die Glotze starre.«

»Wir kommen wieder, wenn er da ist«, sagte ich. »Nächste Woche oder so.«

Wir gingen zurück, und Purnick fluchte leise.

»Also ist er der Gefangenenwärter und paßt auf Jessie auf.«

»Scheint so.«

»Ob Healy sie irgendwo im GOLDEN TWENTIES versteckt?«

»Er muß damit rechnen, daß ich einen Durchsuchungsbefehl erwirke und damit aufkreuze. Ich werde es zwar nicht tun, weil ich das Mädchen nicht gefährden will. Sie sagten, Healy und Gable hätten Wohnungen im Ort?«

»Wenn wir einen kleinen Umweg machen, kommen wir bei Healy vorbei.«

»Okay. Aber versteckt ist sie dort auch nicht. Einer wie Healy hat doch noch andere Schlupfwinkel. Welche kennen Sie, Sheriff?«

Er schielte überrascht zu mir her. »Ich wüßte nichts. Aber recht haben Sie. Er fährt manchmal zur Jagd weg. Vielleicht hat er 'ne Jagdhütte.«

Wir setzten uns in den Streifenwagen und fuhren zum Marktplatz zurück. Der Weg führte an einer modernen Wohnanlage vorbei, die aus aufeinandergetürmten Glaswürfeln zu bestehen schien. Das war so geschickt angeordnet, daß jede Atelierwohnung ihre Dachterrasse hatte, in die kein Nachbar einsehen konnte. Die Bewohner hatten alles reichlich begrünt. Vegetation quoll verschwenderisch über die Betoneinfassungen.

»Ganz oben links«, sagte Purnick, »die kahle Terrasse – dort wohnt er. Healy, meine ich. Gable hat einen Bungalow weiter draußen.«

Ich bot ihm eine Zigarette an. Als wir rauchten, sagte ich: »Jetzt mal die Karten auf den Tisch, Sheriff! Gegen welche Gesetze verstößt Healy ständig?«

Ich hätte warten sollen, bis die Straße vor uns frei war. Purnick wurde so zappelig, daß er an dem Pulk jugendlicher Motorradfahrer nur knapp vorbeikam.

»Wie meinen Sie ...«

»Ich will mal so fragen: Was vermuten Sie? Womit verdient er sein großes Geld? Doch nicht mit der Bar!«

Purnick lutschte wieder an seinem Schnurrbart. »Mir wurde zugetragen«, tat er mit belegter Stimme kund, »im Keller des GOLDEN TWENTIES wäre ein Spielklub. Und man könnte auch – also, wenn's um Mädchen geht ... Möglich wäre alles. Aber nachgegangen bin ich der Sache noch nicht, weil es andererseits heißt: Einflußreichste Persönlichkeiten der Ostküste kämen hin. Nicht nur Schickeria. Auch Leute aus – äh – Washington, D.C.!«

»Wie kommt man rein in die Spielhölle? Einfach so? Ist ein Code an einer Gucklochtür vereinbart? Hat er Mitgliedsausweise verteilt?«

Wir waren jetzt am Marktplatz. Purnick lenkte den

Wagen auf eine freie Parktasche vor dem Office. Im Rückspiegel beobachtete ich das Treiben der Innenstadt. Die allgemeine Siesta war beendet. Frauen bummelten und kauften ein. Jugendliche jagten auf knatternden Maschinen umher, die zwischen drei und sechzig PS jede Art von Fahrvergnügen boten.

Landbewohner parkten ihre Range Rover und Pick-up-Cars rundum. Zu den zwei Kneipen, die ich vorhin bemerkt hatte, gesellte sich jetzt ein Dutzend: alles Etablissements, die mit geschlossenen Läden in der Mittagszeit dichtgemacht hatten.

Purnicks Unterlippe ließ den Schnurrbart los. »Also . . .«

»Sprechen Sie sich aus«, ermunterte ich ihn. »Ich bin nicht hier, um Sie reinzulegen.«

Er nickte. »Sie wissen es nicht von mir. Bitte! Sie sind G-man. Und ein G-man kriegt doch alles selbst raus.«

»Im Märchen«, sagte ich. »Aber gut. Ich muß auch vor Gericht keine Informationsquelle preisgeben.«

Das beruhigte ihn etwas. »Das GOLDEN TWENTIES«, sagte er, »betritt man durch einen Vorraum. Dann kommt die Garderobe. Aber wer in den Spielklub will, geht durch die grüne Tür im Vorraum, gleich links. Dahinter ist ein kurzer Gang, ausgestattet wie ein Foyer. Sie gehen über den dunkelroten Teppich bis zu der schwarzen Tür. Es ist nur die eine da. Sie läuft oben in einem Rundbogen aus und hat einen Spion. Durch den guckt einer der Kettenhunde, nachdem Sie auf den Summer rechts neben der Tür gedrückt haben.«

»Okay. Und wer wird reingelassen und wer nicht?«

»Wer dort klingelt, weiß ja Bescheid. Es ist also jemand, der dazugehört. Der Spion stellt nur eine zusätzliche Sicherung dar.«

»Gut. Und wieviel Notröhren hat der Fuchsbau?«

»Es gibt zwei hintere Ausgänge. Und einen Aufzug, der ins Obergeschoß zu den Gästezimmern führt. Manche bleiben tagelang. Pendeln hin und her zwischen Spieltisch und Bett.«

»Und dazu noch die gesunde Luft von Süd-Carolina. Wenn das nichts ist! Ich befürchte nur«, dachte ich laut, »daß dem Kettenhund hinter der Tür inzwischen beschrieben wurde, wie der G-man Cotton aussieht. Wenn ich dann durch den Spion beäugt werde, geht die Tür garantiert nicht auf.«

Er nickte schwach, blieb still neben mir, stellte sich buchstäblich tot und hoffte innigst, ich möge nicht auf die Idee kommen, daß er mich begleite. Aber das wollte ich ihm nicht antun.

»Mir fällt schon noch etwas ein«, sagte ich. Eine Idee hatte ich bereits. »Welches Hotel können Sie mir empfehlen?«

Er empfahl das Parkhotel. Es war in einer Seitenstraße und hieß vermutlich so, weil weit und breit kein Park war.

Ich trug ihm Grüße für seine liebe Frau auf, stieg in meinen gelben Mustang und wollte mich erst mal um Logis bemühen.

Ich erhielt ein hübsches Zimmer, duschte, zog frische Wäsche an, ging in die Tagesbar und genehmigte mir einen Gin-Fizz. Mit einer Zeitung hing ich dann in der Halle herum, bis es siebzehn Uhr war. Dann rief ich das HISTORIC HOTEL in Charleston an und bat den näselnden Südstaatler an der Rezeption, Mr. Al Wilkenson auszurufen. Das geschah. Das Gespräch wurde in eine Kabine verlegt, und Phil schnaubte melodisch in den Hörer.

»Bist du krank?« fragte ich.

»Verliebt. Ich bin auf eine Traumfrau gestoßen.«

»Du meine Güte!«

»Heute abend essen wir zusammen.«

»Eigentlich sind wir ja hier, um . . .«

»Keine Sorge. Sie ist aus Terrytown. Wenn du bessere Tischmanieren hättest, würde ich dich dazu bitten. Aber der gute Eindruck, den ich auf sie gemacht habe, soll sich festigen.«

»War sie bewußtlos bei eurer ersten Begegnung? Oder wieso ist dir der gute Eindruck gelungen?«

»Hahaha! Von wo rufst du an?«

»Aus dem Parkhotel. Hier sind noch Zimmer frei, glaube ich. Vielleicht geben sie dir eins. Bist du schon lange fertig mit deinem vergeblichen Recherchieren nach venezianischen Schmuck?«

»Richtig. Darum ging es ja. Bei der Gelegenheit habe ich Fay O'Donnell kennengelernt. Und von ihr weiß ich auch, daß es stimmt.«

»Was stimmt?«

»Cilly Brainard hat nicht gelogen. Sie hat den Schmuck bei Fay gekauft.«

Daran kaute ich eine Weile.

»Manchmal kommt es wirklich anders«, sagte Phil, »als man denkt. Du hast noch nichts erreicht?«

»Hier ist einiges los. Aber das erzähl' ich dir nachher. Ich zisch' noch mal ab. Aber um halb sieben bin ich zurück. Ich habe Zimmer dreihunderteinundzwanzig.«

Phil meinte, er werde versuchen, sich das zu merken.

Ich stieg in den Mustang und fuhr los.

Die Sonne stand etwas tiefer. Das Licht war braun und warm, der Duft des Sommers süßlicher. Über Gärten und freiem Feld tanzten Mückenschwärme. Aber sie schienen friedfertig. Jedenfalls verirrte sich keine Mücke zu mir herein. Ich sah Schwalben und ein noch kompaktes Wölkchen am Tiefblauen Nachmittagshimmel. Es zerlief etwas auf einer Seite – wie Sahne auf einem Tortenstück.

Ich wußte ungefähr, wo die Cedar Street war. Einmaliges Fragen genügte, dann bog ich in die stille, vornehme Straße, in der es weder Geschäfte noch Lärm gab. Lediglich ein Kiosk an der Ecke schränkte die Exklusivität etwas ein.

Ich rollte einmal hinab, an Mabel Brainards Haus vorbei, wendete, kam zurück, hielt hinter dem Kiosk und stieg aus.

Ein Junge mit einem Sportfahrrad hatte sich einen Becher Icecream geholt und fuhr jetzt ab, freihändig, obwohl der Eisverzehr nur eine Hand erfordert hätte.

Eine ältere Frau saß in dem Kiosk.

Ihr Sortiment reichte von Zeitschriften über Tabakwaren bis Popcorn und Eis.

Ich machte ein freundliches Gesicht und deckte mich mit Zigaretten ein. Ich nahm die Tageszeitung, ließ mir eine Coke in einen Pappbecher einschenken und fragte, ob ich auch sie dazu einladen dürfte.

Sie war überrascht, sah mich prüfend an und holte dann eine zweite Flasche aus der Kühltruhe.

Sie mochte 60 sein und war hübsch gewesen. Das verrieten der Unterbau ihres Gesichts und die hellen, klaren Augen. Mit ihrer Haut hatte sie Schindluder getrieben; und die Fältchen waren so zahlreich gesät, daß weitere keinen Platz mehr hatten. Sie glich das durch eine jugendliche Löckchenfrisur und ein Jeanshemd aus.

Sie prostete mir mit ihrem Pappbecher zu und griff nach einer Zigarette, eingestellt auf ein Schwätzchen und dem auch nicht abgeneigt.

Ich tippte auf die Zeitung. »Steht schon was drin von dem Mord?«

»Sogar Fotos sind drin«, sagte sie. »Vom Sheriff und von Mabel Brainard. Man hat die Bilder so unglücklich nebeneinandergestellt, daß der Eindruck entsteht, die beiden wären ein Paar.«

»Kannten Sie Mabel Brainard persönlich?«

»Sie hat jeden Tag bei mir ihre Zeitung gekauft. Auch Zigaretten. War ein nettes Mädchen. Ein bißchen launisch vielleicht, aber zu mir immer höflich. Tut mir schon sehr leid. Schrecklich so was.«

»Sind Sie vom Sheriff vernommen worden?«

»Nein. Wieso? Ich wüßte doch gar nichts.« Sie kniff ein Auge zu. »Sind Sie auch von der Polizei?«

Ich nickte, trank meinen Pappbecher leer und ließ ihn zerknüllt in den Papierkorb fallen.

»Kennen Sie Steve Dyer?« fragte ich.

»Vom Sehen.« Sie sah mich neugierig an.

»Überlegen Sie mal!« bat ich. »Wie war das gestern vormittag? Haben Sie Dyer hier gesehen? Oder sonst jemanden, der nicht in der Straße wohnt?«

»Nur den Glatzkopf. Der drückte sich eine ganze Weile hier rum. Das heißt, mal war er hier. Eine Stunde später sah ich ihn wieder. Dann noch, bevor das Gewitter losbrach.«

Ich horchte auf. »Ein Fremder, also?«

»Ich hatte ihn noch nie hier gesehen. Er sprach auch anders. Ich würde sagen: ein Nordstaatendialekt. In meiner Jugend war ich längere Zeit in Boston. Von dort kann er gewesen sein.«

»Sie haben also mit ihm gesprochen?«

»Er kaufte einmal eine Büchse Bier, einmal eine Coke und dann Kaugummi.«

Ich nickte. »Braucht ja nichts zu bedeuten. Aber man muß jeden Hinweis aufnehmen. Später haben Sie ihn dann nicht mehr gesehen?«

Hatte sie nicht. Und das Gewitter, wußte ich, fiel ungefähr mit Mabel Brainards Todeszeit zusammen.

Die Frau hatte ihre Zigarette schief angebrannt, und ich hielt ihr noch mal mein Feuerzeug hin.

»Ein Glatzkopf also? Ein älterer Mann?«

»O nein! Das war ja das ulkige. Der war noch jung. Zwar kein Teenager mehr, aber ... Ich würde sagen: in Ihrem Alter.«

Unter meinem Nackenhaar spannten sich ein paar Nerven. In der Erinnerungskartei meines Langzeitgedächtnisses war etwas angetippt.

»Und wie sah er sonst aus?«

»Viel kleiner als Sie, etwa mittelgroß. Mit kantigem Kopf. Er betonte das noch, indem er sich offenbar auch hier und hier«, sie faßte sich hinter die Ohren, »rasierte. Jedenfalls hatte er seitlich im Nacken einen Schnitt; und der Hemdkragen hatte das Blut verschmiert. Das Gesicht war mir nicht sympathisch, ganz und gar nicht. Ein kalter und aggressiver Mensch war das, glaube ich. Seine Augen konnte ich nicht erkennen. Er hatte eine Brille auf – mit spiegelnden Gläsern.«

»Vielen Dank für die Auskunft, Madam. Vielleicht komme ich noch einmal darauf zurück.«

Ich bezahlte, nahm die Stange Zigaretten und die Zeitung und warf mich hinters Lenkrad.

Zehn Minuten später saß ich im Hotelzimmer, hatte das Telefon auf den Knien, rief unseren Verein in New York an und ließ mich mit Mr. High verbinden.

»Ja, Jerry?« hörte ich seine beherrschte Stimme.

Ich faßte die Situation in einem kurzen Bericht zusammen. Dann sagte ich: »Aber eben bin ich auf einen Hinweis gestoßen, der nicht in die Landschaft paßt. Eine Kioskverkäuferin hat bemerkt, wie sich gestern vormittag ein Brille tragender, kantiger Glatzkopf von ungefähr fünfunddreißig Jahren bei Mabel Brainards Haus herumdrückte.«

»Doch nicht etwa Leon Lewyt?« fragte der Chef.

»Die Beschreibung trifft genau auf ihn zu. In allen Details. Bostonakzent, rasierter Hinterkopf und Nacken.«

»Das ist allerdings aufschlußreich.«

Besagter Lewyt war jedem von uns ein Begriff. Da brauchte keiner in die Akte Lewyt zu schielen, um über ihn etwas sagen zu können.

Vor Jahren hatte man ihn in Boston zweimal festgenommen. Aber zur Mordanklage war es nicht gekommen. Er hatte Alibizeugen benannt, die dann so unerschütterlich logen, daß unsere Bostoner Kollegen wie gegen eine Betonmauer anrannten.

Dann tauchte Lewyt in New York auf und etablierte sich dort. Er wechselte die Wohnungen etwas häufiger als seine Hemden, lebte angeblich von Gelegenheitsjobs, meistens Vertretungen für irgendwelchen Plunder, und behielt es sich sonst vor, unauffällig zu sein. Mittlerweile rechneten wir ihm sechs bis acht Gangstermorde zu, die er als professioneller Killer im Auftrag irgendwelcher Banden und Bosse verübt hatte. Drei- oder viermal war er verhört worden. Aber man konnte ihm nicht das Schwarze unterm Fingernagel nachweisen.

»Wenn wir feststellen könnten, wo er jetzt haust«, sagte Mr. High, »müßte sich auch ermitteln lassen, ob er gestern in New York war oder außerhalb. Notfalls stellen wir ihn der Kioskfrau gegenüber.«

»Die ist helle. Wenn er es war, erkennt sie ihn. Was mich jetzt irritiert, ist der große Zusammenhang. Im Moment finde ich nur eine Erklärung: Healys Underground-Beziehungen reichen bis New York. Er holt sich den Killer von dort. Weiß der Himmel, weshalb er keinen der eigenen Leute dingt. Entsprechende Typen hat er genug bei der Hand. Wenn Healy den Killer beauftragt hat, Mabel umzubringen, dann ist sein Lamento von A bis Z geheuchelt. Aber er heuchelt überzeugend. Das Motiv für den Mord bzw. Doppelmord sehe ich noch nicht. Vielleicht gab es wegen der Juhlin-Beute Zoff, und Healy ist brutal und kalt genug, um gleich beide – Mabel und Cilly – liquidieren zu lassen. Mit Steve Dyer macht er jetzt die große Show, um erstens von sich abzulenken und zweitens einen Sündenbock zu präsentieren. Darin liegt die Gefahr für den Jungen. Healy wird es so deichseln, daß Dyer keine Chance zur Verteidigung bleibt. Ich würde mich nicht wundern, wenn wir den armen Kerl als Leiche finden – mit einem Abschiedsbrief neben sich, in dem er den Mord an Mabel gesteht und sich zum Komplizen ein Phantom XY erfindet, das für Cillys Tod verantwortlich ist. Healy kennt Mittel, um ihn zu so einer Story zu zwingen.«

»Sie und Phil müssen ihm zuvorkommen.«

»Um Jessie nicht zu gefährden, wollte ich Healy vorläufig mit zwei Paar Samthandschuhen anfassen. Aber damit helfe ich ihr jetzt nicht mehr. Ich muß ihm klarmachen, daß er mit seinem Arrangement nicht durchkäme.«

»Wenn Lewyt der Mörder ist«, sagte Mr. High, »kommt er als Täter auch für Cilly in Frage. Von Charleston zu uns existiert eine Zugverbindung, die nur fünf oder sechs Stunden braucht. Das hieße, er könnte es bequem bis 21 Uhr 07 geschafft haben.«

Wir redeten nicht mehr lange. Jetzt kam es darauf an, daß ich handelte. Aber die nächste Aktion mußte ich mit Phil absprechen.

Es war mittlerweile zehn vor sechs. Also noch Zeit bis zu unserer Verabredung. Ich fuhr zur Halle hinunter. Vielleicht konnte ich seine Ankunft abpassen, denn an der Rezeption wollte ich nicht nach Mr. Wilkenson fragen. Möglicherweise hätte es Phils Inkognito aufgedeckt.

Die Halle war weitläufig und exklusiv, mit Sesselgruppen, Vitrinen, dem Entree zur Tagesbar und einem Verkaufsstand für Zeitschriften, Taschenbücher und Toilettenartikel. In sich gekehrt saß ein junges Mädchen hinter dem Tresen. Sie lächelte still vor sich hin, als memoriere sie in Gedanken den Heiratsantrag ihrer Jugendliebe.

Ich machte dreimal die Runde. Bevor man mich für einen verhinderten Waldläufer hielt, ging ich an die Bar, trank ein Bier und stellte mich so, daß ich die Rezeption im Auge hatte. Phil tauchte nicht auf.

Statt dessen bemerkte ich einen Typ, der an einer Sesselgruppe saß, sich mit einer Zeitung beschäftigte, aber häufig den Blick hob. Scharfäugig musterte er alles und jeden. Nur mich sparte er aus. Und so unscheinbar bin ich nun auch wieder nicht.

Daß sein Interesse für die drei Ladys so brennend sei, die sich den Schnee auf dem Haupt lila hatten tönen lassen und mit Verbissenheit Bridge spielten, konnte ich mir nicht denken. Auch das Flitterwochenpärchen, das sich händchenhaltend in die hinterste Ecke zurückgezogen hatte, war kein Beobachtungsobjekt. Noch weniger der Gentleman von fünfundachtzig oder neunzig Jahren, der aus blutleerem Gesicht vor sich hinstarrte und die Hände über dem Silbergriff seines Spazierstocks gefaltet hatte. Dann gab es noch einen feisten Hotelgast, der in Prospekten wühlte und sich übers schwitzende Gesicht rieb. Und den Hoteldiener, der manchmal im Hintergrund sichtbar wurde. Und den Mann hinter der Rezeption, der zum x-ten Mal dieselben Briefe sortierte und ungeheuer beschäftigt war.

Weshalb spähte der Typ so unruhig?

Er war so groß wie ich und ganz schön fett. Er hatte fast keinen Hals. Ein Rundschädel mit roter Haut und ziemlich viel Narben. Die Stirn schmal, der Kiefer bulldoggenbreit. Gekleidet war er gut. Aber er griff sich häufig in den Kragen, um die Krawatte zu lockern.

Als ich an ihm vorbei zum Ausgang spazierte und er mich wieder nicht zu bemerken schien, war es klar: Ich hatte einen Schatten. Und von Purnick wurde der bestimmt nicht besoldet.

Ich trat auf die Straße.

Sie führte schlankweg nach Westen und wurde hinter der Kreuzung von einem Bürohaus begrenzt. Über dem Dach hing die Sonne am Himmel, knallrot und scharf umgrenzt wie der Kuller in Japans Flagge.

Ich spähte in Richtung Marktplatz, ob sich von dort ein Taxi oder Mietwagen mit Phil näherte.

Nichts.

Auf der anderen Straßenseite parkte ein grauer Ford. Drei Männer saßen darin. Sie redeten nicht miteinander. Einer stocherte in den Zähnen. Die anderen glotzten einfältig die Straße hinunter. Alle bemühten sich, so auszusehen, als könnten sie kein Wässerchen trüben.

Indem ich mit noch einem Blick über sie wischte, prägte ich mir die Merkmale ein: Walroßbart, Eisenkinn und Henkelohr. Wie ausgesucht zum Wiedererkennen.

Den fetten aus der Halle schob ich unter ›Kürbiskopf‹ in meine Gedankenkartei.

Ich trat den Zigarettenrest auf der Bordkante aus, als wäre ich nur deshalb herausgekommen, und ging ins Hotel zurück.

Mein Telefon klingelte.

Ich meldete mich. Es war Purnick. Seine Stimme wackelte, obwohl er sich zusammennahm.

»Mr. Cotton! Healy hat eben angerufen. Er sagt, er hätte noch mal alles überdacht. Das Ergebnis sei, niemand anders als ich könnte Dyer gewarnt haben. Ich wies das weit von mir. Und sofort kam sein zweiter Hieb aus dem Hinterhalt. Mir, sagte er, traue er das auch nicht zu, weil ich damit als Sheriff zuviel riskierte. Aber Joans Hitzköpfigkeit wäre die richtige Voraussetzung für so einen Affekt. Er wisse auch, daß sie ihn hasse, Dyer aber recht gut leiden könne. Und außerdem stünde das Telefon, das nachts bei mir geläutet hätte, garantiert auf dem Nachttisch neben dem Ehebett. Also hätte Joan alles mitgekriegt.« Er atmete schwer. »Und das stimmt.«

»Und?«

»Natürlich habe ich diese Anschuldigung gegen Joan mit Empörung bestritten.«

»Was befürchten Sie jetzt?«

»Wenn er merkt, daß ich auf Ihrer Seite stehen, wird er etwas unternehmen.«

»Viel kann er nicht tun.«

»Und wenn er meine Frau ... Ich meine, ich bin ja nicht immer um sie herum, kann's ja nicht sein ... Wenn er sie unter Druck setzt, weil er glaubt, daß er mich damit kirre machen kann?«

»Gibt es eine Möglichkeit, sie vorübergehend in Sicherheit zu bringen?«

»Ja, ich weiß schon. Ich bringe sie samt den Kindern zu meinem Schwiegervater. Der hat einen Landsitz, sechs Meilen von hier in Richtung Walterboro. Anthony Chasin ist eine der bedeutendsten Persönlichkeiten von Süd-Carolina. Tabak und Baumwolle. Vermögen und Einfluß. Er hat nie für etwas anderes gelebt. Mit seinen 78 Jahren ist er noch bemerkenswert vital. Außerdem beschäftigt er eine Armee von farbigen Angestellten. Die gehen für ihn durchs Feuer. Außerdem hat er einen Zwinger mit Hunden, den sogenannten Devil Dogs.«

»Na, prima. Besser kann Ihre Familie nicht beschützt werden.«

Er sagte, er werde sie gleich hinbringen, wäre aber in einer Stunde oder so zurück – falls ich ihn brauchte.

Ich erwiderte ihm, deshalb solle er sich nur keine Sorgen machen.

Daß ich ihn jetzt wirklich auf meiner Seite hatte, war klar.

Um 18 Uhr 29 klopfte es.

»Ich bin's«, sagte Phil leise.

Ich ließ ihn ein. »Hat dich jemand gesehen?«

»Ich glaube nicht. Wirst du beschattet?«

»Von einem fetten Burschen mit Kürbiskopf. Vorhin saß er in der Halle.«

»Dort sitzt er noch.«

Ich luchste auf den Flur. Aber der war leer.

Phil pflanzte sich in den Sessel am Fenster.

»Du siehst verklärt aus«, sagte ich. »Ist sie wirklich so nett?«

»Ein zauberhaftes Mädchen. Du wirst sie ja kennenlernen.«

»Erlaubt es dein Gemütszustand, daß ich dich mit ein paar profanen Dingen aus unserem Job konfrontiere?«

»Nur zu! Da ich sie um 19 Uhr 30 zum Dinner abhole, habe ich ohnehin nicht viel Zeit.«

Ich setzte mich und verdrehte die Augen.

»Schweig nicht so vorwurfsvoll«, meinte er nach zehn Sekunden. »Man wird doch wohl das eine noch mit dem anderen koordinieren können.«

»Und wenn nicht, geben wir den Killern und Bossen Bescheid, sie sollen ihr Programm gefälligst darauf abstimmen, daß der G-man Phil Decker zur Zeit in Liebe macht und nicht immer Zeit hat.«

Er grinste. »Du wirst es schon so einrichten, daß wir Punkt 19 Uhr 30 irgendwo losschlagen müssen. Du neidest mir nicht nur meinen Vorsprung an Bildung und Intelligenz, du wirst auch innerlich gelb, wenn sich schöne Frauen für mich begeistern.«

»Wie du mich durchschaust! Wenn deine Fay denselben Scharfblick hat, seid ihr füreinander geschaffen.«

Ich erzählte ihm, was sich ereignet hatte und wie die Lage jetzt stand.

»Hat Purnick keinen Hilfssheriff?« fragte Phil. »Einen zuverlässigen Mann, der sich in Jessie Millers Wohnung hockt und Dyers Anruf abfängt? Wenn er ihm klarmacht, daß er sich vorm Sheriff nicht zu verstecken braucht, wären wir weiter.«

»Keine schlechte Idee.«

Ich griff zum Telefon und rief Purnick an. Aber dort meldete sich niemand.

»Schon unterwegs zum Schwiegervater.«

Phil brach die Zigarettenstange auf, die ich bei der Kiosklady gekauft hatte, und nahm sich eine.

»Das GOLDEN TWENTIES«, sagte ich, »öffnet um neun. Sobald sich die allgemeine Wachsamkeit etwas gelegt hat, also etwa zwischen zehn und elf, kreuzen wir auf. Du voran, ich möglichst unauffällig in deinem Kielwasser. Du steuerst die schwarze Tür an, und ich stelle mich seitlich, damit mich der Spiongucker nicht gleich sieht. Bin ich erst mal hineingeschlüpft, ist es zu spät. Dann können die nur noch gute Miene zum bösen Spiel machen oder mich umlegen.«

»Und mich mit. Schließlich schleppe ich dich an. Du solltest Purnick nach einer Referenz fragen, die ich dem Einlasser nennen kann. Irgendeinen Zocker der Upper Ten, der bei Healy gut angesehen, aber momentan nicht dort ist. So einen wird Purnick schon kennen.«

»Hoffentlich. Wie wir drin vorgehen, hängt von Healy ab. Wir haben vorerst nur ein Ziel: Jessie Miller freikriegen.«

»Ob die Höhle des Löwen dafür der richtige Konferenzraum ist?«

»Wir sind natürlich abgesichert, machen wir ihm klar. Sämtliche Kollegen nah und fern stehen Gewehr bei Fuß.«

»Ein bißchen absichern sollten wir uns wirklich.«

»Unser nächstes Büro ist in Columbia. Ich ruf' dort noch an.«

»Mein Gott! Bis die hier wären, ist unsere Asche schon in alle Winde verweht.«

»Wenn schon! Du würdest die Erinnerung an Fay O'Donnell mit hinübernehmen. Gelegenheit, mit ihr bei Kerzenschein zu spielen, bleibt dir ja noch.«

»Das ist es, was ich an einem wahren Freund so schätze. Immer ein tröstendes Wort zur richtigen Zeit.«

»Eben. Hast du einen Wagen?«

Phil hatte sich in Charleston ein Buick-Coupé gemietet.

Ich beschrieb ihm den Weg zum GOLDEN TWENTIES, wie Purnick ihn mir beschrieben hatte. Wir vereinbarten, uns um 23 Uhr 30 dort auf dem Parkplatz zu treffen. Wer zuerst eintraf, sollte im Wagen warten. Aber bis dahin durfte uns niemand zusammen sehen.

Phil äugte auf den Flur, wieselte dann hinaus und auf sein Zimmer, um sich schön zu machen fürs Rendezvous. Er logierte ebenfalls im dritten Stock, aber auf der anderen Seite des Hauses.

Ich probierte es abermals bei Purnick – vergebens.

Mein Magen meldete sich. Zeit hatte ich genügend. Den Sheriff konnte ich auch von unterwegs anrufen.

Er hatte mir den FOREST GRILL empfohlen, ein gutbürgerliches Ausflugslokal mit phantastischen Steaks. Es sollte, wie der Name verriet, im Wald liegen. Mit dem Wagen wäre es in einer Viertelstunde bequem zu erreichen.

Als ich in der Halle aus dem Lift trat, linste ich sofort zu Kürbiskopf hin, aber sein Platz war leer.

Ich gab den Schlüssel ab, verließ das Hotel und holte meinen Wagen vom Parkplatz. Vier oder fünf Dutzend Fahrzeuge standen hier. Ob der graue Ford mit den drei anderen Typen darunter war, konnte ich auf Anhieb nicht feststellen. Es war mir auch egal. Ich hatte Hunger. Wenn mich Healys Ganoven beim Steakverzehr durchs Fernglas beobachten wollten ... von mir aus sollten sie!

In nördlicher Richtung fuhr ich aus Terrytown hinaus. Geschnitzte Hinweisschilder wiesen zum FOREST GRILL. Auf der Straße kamen mir ein paar Wagen entgegen. Seidiges Dämmerlich lag über dem Land. Die Lichtpeitschen brannten noch nicht. Aber die Sonne ragte nur noch als goldener Rand über eine Hügelkuppe. Als sie verschwunden war, wurde die Luft blaustichig und kühler.

Ich erreichte den Wald. Ein Zubringer zweigte von der Landstraße ab. Unter Bäumen entdeckte ich die Lichter

FOREST GRILL. Offenbar wurden Rinder und Schweine am Spieß über offenem Feuer gebraten. Der Duft war überwältigend.

Vorn lag der Parkplatz. Sechs Fahrzeuge standen dort, von denen vermutlich mindestens zwei zum Hause gehörten. Also nicht gerade Hochbetrieb.

Ich ging über den Kiesweg, der schmal durch eine Buschgruppe schnitt. Sie trennte den Parkplatz vom Gartenlokal. Unter bunten Schirmen waren rustikale Tische aufgestellt. Mit gepolsterten Stühlen, in denen man sich auch bei Waldeskühle wohl fühlen konnte. Das Restaurant war ein zweigeschossiges Blockhaus, groß wie eine Dorfschule und sehenswert. Natürlich konnte man auch drinnen sitzen. Aber dort war – mangels Nachfrage – nicht mal Licht. Die Gäste, zwei ältere Paare, ein jüngeres Paar und eine Familie mit zwei hübschen Teenagern, taten sich alle im Freien gütlich.

Bedient wurde von einer adretten Serviererin. Und die Düfte entstammten lediglich den Riesenportionen auf den Tellern. An einem Lagerfeuer briet nichts.

Ich setzte mich. Wald umgab den FOREST GRILL. Wie schön, hier zu pausieren zwischen zwei Aktionen eines turbulenten Jobs.

Die Serviererin brachte mir die Karte und lächelte freundlich. Ja, sie hatten Budweiser vom Faß. Dazu bestellte ich ein Porterhouse-Steak und einen Berg frischen Salat.

Dann lehnte ich mich zurück, entspannte bis in die Haarspitzen, nahm einen kräftigen Zug Bier und hätte dösen können, während der kühle Hauch von den Bäumen her mein Genick streifte.

Aber ich sah auf die Uhr, und mir fiel Purnick ein, der jetzt vermutlich zurück war.

Die Serviererin zeigte mir, wo ich telefonieren konnte. Durchs Lokal, einen gekachelten Flur entlang, an LADIES und GENTS vorbei. Hinter der Ecke dann war der Apparat.

Purnick meldete sich sofort.

»Moment«, sagte ich, »bleiben Sie dran.«

Ich ging zur Herrentoilette, spähte hinein, überzeugte mich, daß niemand dort war. Bei den LADIES rief ich »Hallo!« durch den Türspalt. Nur das Echo von den Kacheln antwortete.

Ich ging zurück und erklärte Purnick, daß wir schleunigst jemanden in Jessies Wohnung ans Telefon setzen sollten. Was der zu sagen hätte und wie er es anfangen mußte, damit Dyer vor Schreck nicht gleich auflegte, fügte ich hinzu.

»Das geht in Ordnung, Mr. Cotton. Mein Hilfssheriff hat sich zwar kürzlich den Arm gebrochen und ist außer Dienst.

Aber einen Telefonhörer kann er abheben. Ich setze Fisher sofort in Marsch.«

»Noch was. Ich werde irgendwann heute nacht in den Spielklub gehen. Dazu brauche ich eine Referenz, falls der Einlasser wissen will, auf wessen Empfehlung ich komme.«

»Aber wenn Sie ... ich meine ... Wenn Sie sich auf mich berufen ...« Ich hörte förmlich, wie sein Hasenherz hämmerte.

»Nicht auf Sie, Sheriff. Das ist doch abgemacht. Nennen Sie mir irgendwen, der heute abend nicht dort ist, aber unentgeltlich Schlepperdienste macht. Dessen Freund bin ich eben und damit drin.«

»Ach so. Ja. Also ... Nein, der nicht. Der ist auf seiner Jacht in Acapulco. Aber Ted Summerfield aus New Orleans. Wenn der mit seinem Jet einschwebt, bringt er zum Spaß eine ganze Gesellschaft mit. Er ist Industrieller. Macht, glaube ich, Papiertaschentücher. So ein kleiner Fetter. Healy lädt ihn jedesmal zu Champagnergelagen ein, weil Summerfield das Geschäft so belebt. Dem könnten Sie ja zufällig begegnet sein, nicht wahr?«

»Der Schwindel braucht nur eine halbe Minute zu halten. Wenn ich erst mal drin bin . . .«

»Wollen Sie das wirklich? So auf eigene Faust und allein? Ich . . .«

Er geriet wieder ins Stottern. Das Angebot, selbst mitzukommen, wollte ihm nicht über die Zunge.

»Halb so schlimm«, sagte ich. »Ich habe ja die Nationalgarde angefordert.«

»Wie?« Dann lachte er.

Ich fragte nach seiner Familie. Da wäre jetzt alles in Ordnung. Er wünschte mir Hals- und Beinbruch, und ich legte auf.

Bevor ich um die Ecke bog, hörte ich das Klick-klick modischer Knöchelbrecherabsätze auf den Fliesen. Eine Frau kam aus dem Lokal, wollte offenbar zu LADIES, nein, ging dran vorbei. Damit sie nicht erschrak, wenn ich so plötzlich zwischen ihr und dem Telefon stand, trat ich hinter der Ecke hervor.

Sie war noch weit genug entfernt, daß mein Auge dieses Naturwunder in Lebensgröße erfassen konnte. Ich grüßte höflich und machte ihr Platz.

Ihre Kornblumenaugen waren ein bißchen verschleiert. Die dichten Wimpern hatten weder Tusche noch Verlängerung nötig. Der blonde Wuschelkopf wirkte gekonnt ungekämmt. Um die leuchtenden Lippen schwebte ein kleines Lächeln, das aber leider nicht mir galt. Sie war hochgewachsen und rank, trug ein hellblaues Kleid aus fließendem Stoff und eine schwarze Strickstola um die Schultern.

Im Vorbeigehen roch ich ihr Parfüm. Ein bißchen benebelt erreichte ich das Lokal.

Die Serviererin kam mit meinem Essen aus der Küche. Hinter ihr trat ich ins Lokal.

Mein erster Blick fiel auf Phil.

Er hatte – wie sinnig – an meinem Nebentisch Platz genommen, trug die einzige Krawatte, die er mithatte, und verschluckte sich fast am Bier.

Wortlos setzte ich mich zwei Schritte entfernt von ihm auf meinen Platz. Unsere Stühle standen voneinander abgewandt. Um ihn anzusehen, hätte ich die Genickakrobatik einer Eule nachmachen müssen.

Als die Serviererin außer Hörweite war, flüsterte ich: »Gratuliere!«

»Hast du sie gesehen?« kam es ebenso leise zurück.

»Die Blonde?«

»Blond, blaues Kleid, schwarze Stola.«

»Sie telefoniert.«

»Mit ihrer Mutter. Ich weiß. Sie hat vergessen ...«

Sein Zischeln verstummte, weil Fay O'Donnell zurückkam.

Sie setzte sich Phil gegenüber. Ihre Stimme war angenehm. Mir tat es direkt leid, daß ich so nah saß und zwangsläufig mithören mußte. Vermutlich fühlte sich Phil wie auf der Bühne.

Gerade wollte ich die Serviererin bitten, mein Essen ins Lokal zu bringen, weil es mir hier doch etwas zu kühl wäre – als auf dem Parkplatz das Gegröle anhob.

Ich hatte keinen Wagen gehört, aber auch nicht darauf geachtet. Jetzt wälzte sich offenbar der örtliche Footballklub heran. Und gezwitschert hatten sie auch schon ganz schön.

Leider störte der Lärm sehr. Ich sah, wie die Serviererin die Stirn runzelte. Die beiden älteren Paare schauten unwillig. Das jüngere Paar rückte dichter zusammen. Der Familienvater, der eben noch ein Bier bestellen wollte, zog ein gequältes Gesicht und griff zur Brieftasche.

Dann rollten die Jungs aus den Büschen hervor.

Es war aber gar nicht der Footballklub. Es waren nur

vier. Aber keiner hatte weniger als hundert Kilo Lebendgewicht. Betrunken waren sie auch nicht. Das spielten sie nur. Dafür habe ich einen Blick entwickelt. Allenfalls daß Richard Burton oder ein gleichwertiger Mime mich da täuschen könnte – aber die sind ohnehin meist blau.

Ich nahm noch einen saftigen Bissen und hoffte, daß es von diesem Steak nicht der letzte war.

Dazu sagte ich halblaut, aber vernehmlich für Phil: »Und Kürbiskopf ist auch dabei.«

So viel als Vorwarnung konnte nicht schaden, falls er den Typ vorhin nicht so genau betrachtet hatte.

»Oh, wie schade!« hörte ich Fay O'Donnell sagen. »Jetzt ist es mit der Gemütlichkeit vorbei. Und ausgerechnet dieses Lokal habe ich Ihnen empfohlen. Wollen wir gehen?«

»Wir werden doch vor ein paar Betrunkenen nicht ausreißen«, sagte Phil. Und war dreist genug, hinzuzufügen: »Sicherlich sind die ganz harmlos.«

»Ich weiß nicht«, zweifelte sie mit kleiner Stimme.

Auf einen Stock mit Elfenbeinkrücke gestützt, schleppte sie sich langsam aus der Cafeteria.

Sie war eine gebrechliche, hochbetagte Lady von fünfundsiebzig Jahren oder noch mehr. Der Lärm der New Yorker Penna Station schien ihren Ohren weh zu tun und sie zu verwirren. Zögernd ging sie weiter, nachdem sie sich einen Moment hilflos umgeschaut hatte.

Es war Abend, der Betrieb ungeheuer.

Möglicherweise hatte die Lady ein Hüftleiden. Sie knickte in der Taille etwas ab.

Für eine Frau war sie groß. Unter dem Sommernerz – dreiviertellang – trug sie eine sahnefarbene Gabardinehose, deren Aufschläge die flachen Wildlederschuhe umhüllten. Wie viele alte Damen ihre Versorgungsstandes hatte sie sich mit Ketten behängt. Daß sie Ringe trug, war anzunehmen. Aber man sah sie nicht. Weiße Handschuhe gehörten zu ihrem Aufzug.

Ihr silbriges Haar war sorgfältig gepflegt, aber länger, als es ihr Jahrgang zu tragen pflegte. Das Gesicht hatte sie übermäßig geschminkt, zur weißen Maske gekalkt. Der knallig rote Mund und die künstlichen Wimpern schränkten den Eindruck der Noblesse etwas ein.

Unsicher tappte sie voran.

Eine Bierdose lag im Weg. Die Lady stolperte, konnte sich aber fangen. Krampfhaft hielt sie dabei ihre Handtasche aus Krokodilleder fest.

Sie stolperte noch zweimal, bevor sie bei den Schließfächern war.

Beim letzten Stolpern wurde sie nur durch eine hilfreiche Hand vor dem Hinfallen bewahrt.

Die Hand gehörte einem jungen Mann.

»Vorsicht, Lady!« Er lächelte freundlich. »Wollen die Füße nicht mehr?«

Sie stützte sich einen Moment auf seinen Arm. »Danke!« flüsterte sie. »Danke! Ach, wissen Sie! Mir geht es heute nicht gut. Ich bin so schwindlig.«

»Sind Sie denn allein?«

»Im Moment schon.« Um den Mund spielte ein trauriges Lächeln. »Aber ich fahre zu meiner Tochter nach Boston. Eigentlich wollte sie mich ja abholen. Wegen des Gepäcks. Aber jetzt ist meine Nichte krank geworden, und ich muß doch selber ...« Sie seufzte.

»Wenn ich Ihnen irgendwie helfen kann?« sagte der junge Mann.

Er mochte Mitte Zwanzig sein, war etwa ein Meter achtzig groß und schmal. Von dem blassen Stubenhockergesicht stach der rotblonde Bürstenschnitt ab. Seine Augen standen eng wie bei einem Fuchs. Die Nase sprang sichelförmig hervor, als gehöre sie in ein anderes Gesicht.

»Ach, es geht schon«, lächelte die Lady. »Allerdings

mein Koffer ... Wissen Sie, ich habe die goldenen Teller eingepackt, die noch von meinem Mann stammen. Er war Goldschmied. So nach und nach bringe ich alles zu meiner Tochter Angelica. Sie erbt es ja doch mal.«

»Aber Sie sollten sich nicht überanstrengen, Lady«, sagte Sichelnase.

Behutsam führte er sie zu den Schließfächern.

»Sonst tut mir der Mokka immer gut«, plauderte sie und suchte den Schließfachschlüssel aus der Manteltasche hervor. »Heute habe ich davon nur Herzklopfen. Wie spät ist es denn ... Ach, noch viel Zeit bis zur Abfahrt. O ja, danke!«

Mit einem »Kommen Sie, Lady! Das mache ich schon!« hatte er ihr den Schlüssel aus der Hand genommen.

Mit der Tasche beschäftigt, verharrte sie hinter ihm, während er ihr den Rücken zuwandte und an Fach Nr. 537 fummelte. Dann drehte er sich um.

»Mit diesen Dingern ist es schrecklich. Immer wieder klemmt der Mechanismus. Die Tür geht nicht auf. Sehen Sie dort drüben das Büro«, er zeigte schräg durch die Halle. »Dort müssen Sie reklamieren. Die öffnen Ihnen dann das Fach.«

Er gab ihr den Schlüssel zurück. Mit entschuldigendem Lächeln fügte er hinzu: »Ich muß leider weiter. Gute Reise! Und hoffentlich wird Ihre Nichte bald wieder gesund.«

Als er sich ohne Hast abwandte, hakte sich die Elfenbeinkrücke über seinen Oberarm.

»Aber Sie haben mir den falschen Schlüssel gegeben, junger Mann. Dieser hier gehört zu dem Fach 1007.«

Er wirbelte herum. »Ach was! Gucken Sie richtig hin! Sie können wohl nicht lesen.«

Er streifte die Krücke ab, wollte mit einem Satz außer Reichweite und knallte der Länge nach hin.

Diesmal hatte sich die Krücke um seinen Knöchel gehakelt.

Sichelnase schnellte hoch. Mit flacher Hand versuchte er die gebrechliche Lady wegzustoßen. Er hätte alle Chancen gehabt, in der lethargischen Menge zu entkommen, die oft Zeuge von Raub oder Tätlichkeit wird und nicht daran denkt, deshalb eine Hand zu rühren.

Aber Sichelnase erlebte ein Wunder.

Die Lady fing seine Hand ab, links und mit verdammt hartem Griff. Gleichzeitig landete ihr rechter Haken wie ein Pferdehuf auf seinem Magen.

Sichelnase stöhnte auf, knickte zusammen, sackte mit verzerrtem Gesicht auf die Knie und spürte noch, wie seine Arme nach hinten gerissen wurden, bevor er würgend zum zweitenmal an seinem Dinner schluckte.

Handschellen aus der Krokotasche klickten. Sie enthielt außerdem ein Walkie-talkie.

Leute waren stehengeblieben. Ein Radaubruder mit Stacheln am Kinn trat einen Schritt näher.

»He, was geht denn hier vor?«

Die Lady, die jetzt aufrecht und sicher in ihren Damenschuhen stand, klappte kurz einen Ausweis auf.

»Security Guard!« sagte sie mit Baßstimme. »Hau ab, Mann!«

Und der Penner verdrückte sich.

In das Walkie-talkie sagte der zweiunddreißigjährige, exzellent verkleidete Detective Sergeant zweiten Grades Joe Mathan: »Hallo, an Madison eins. Hier Mathan. Ich glaube, mir ist ein interessanter Fang geglückt. Dem Äußeren nach handelt es sich um den Typ, nach dem der FBI dringend fahndet. Over.«

»Okay, wir kommen«, tönte es drahtlos zurück.

Mathan stieß Sichelnase mit dem Spazierstock an. »Du bleibst auf den Knien, Freundchen. Deinetwegen spurte ich nicht in Damenschuhen durch die Halle.«

Zwanzig Minuten später blickte Sichelnase in einem Vernehmungszimmer des FBI nervös um sich.

Ein älterer Mann, hochgewachsen und drahtig, mit silbergrauem Haar und aristokratischen Zügen, trat ein. Er nickte dem G-man zu, der Sichelnase hierhergebracht hatte, setzte sich hinter den Schreibtisch und musterte den Trickdieb.

»Mein Name ist John D. High. Wer sind Sie?«

»Dann sind Sie der Chef hier? So ein Aufwand, nur weil ich einen Koffer ... Komme mir ja vor, als wäre ich ein Staatsfeind. Ich ... Ja, okay, schon gut. Ich sag' ja alles. Daß ich keine Papiere bei mir habe, ist doch verständlich. Ich heiße Roger Glynn. Der Name stimmt. Also wirklich! Ich wohne in der Kanal Street ... Ein Hinterhofapartment, wie der Hausmeister immer höhnt. Aber ...«

Mr. High unterbrach ihn. »Gestern haben Sie einer gewissen Cilly Brainard mit dem gleichen Trick den Koffer gestohlen. Wo ist der?«

Glynn war zusammengezuckt. »Noch ... noch bei mir zu Hause. Geknackt habe ich ihn natürlich. Aber mit dem Verscherbeln ... Also ... Schließlich ist das ja nicht mein Job.«

Mr. High griff zum Telefon, gab Anweisung, zu Glynns Adresse zu fahren und die Wohnung zu durchsuchen. Kurz darauf kam ein G-man herein und holte sich den Schlüssel ab. Zusammen mit unwichtigen Utensilien hatte man ihn in Glynns Taschen gefunden. Allerdings auch mit drei Geldbörsen, die zwar wenig Geld enthielten, aber garantiert nicht sein Eigentum waren, sondern aus Einkaufstaschen stammten. In einem Kunststoffach steckte die Adresse einer Mrs. Mary Kahahkini aus der südlichen Bronx.

»Was Cilly Brainards Koffer enthielt, werden wir gleich wissen«, sagte Mr. High. »Aber Sie dürfen ruhig schon erzählen.«

»Das war vielleicht ein Reinfall!« sabberte Glynn eilfertig. »Nur Gelumpe. Ich meine, aus meiner Sicht. Schicke

Damenwäsche – sicher. Und auch Sportsachen und so. Aber was verdiene ich daran? Einem Second-hand-Shop kann ich es in Kommission geben. Aber die paar Dollars, die ich dann vielleicht gekriegt hätte ... Auch das Toilettennecessaire ...«

»Und interessiert nur der Schmuck«, wurde er von Mr. High unterbrochen.

»Schmuck? Meinen Sie den alten Plunder in der Schachtel?«

»Wie sieht er aus?«

»Altes Zeug. Gammelig sieht es aus. Überhaupt nicht der heutige Geschmack. Das war ein beknackter Coup, kann ich Ihnen nur sagen, und ...«

»War außerdem hiervon was im Koffer?«

Mr. High entfaltete eine Durchschrift der Liste, die der Kunsthändler Wallace Juhlin von seinen Verlusten angefertigt hatte.

Mr. High las vor und erklärte jedes Stück.

Aber Glynn schüttelte nur immer wieder den Kopf.

Als das beendet war, erkundigte sich Mr. High, ob Glynn über seine Rechte belehrt worden wäre.

»Bin ich. Aber wozu? Ich brauch' doch keinen Anwalt. Mann, O Mann! Wäre ja schockig. Einen kleinen Dieb wie mich ...«

»So einfach ist das nicht, wonach ich Sie jetzt frage. Es geht um Ihr Alibi für gestern abend 21 Uhr 07.«

Glynn kicherte. »Fährt da ein Zug ab, oder ...«

»Genau zu dieser Zeit wurde Cily Brainard ermordet. Wo waren Sie?«

Glynn zuckte zurück. »Ermordet? Die ... Die, der ich den Koffer ... Ist ja 'n Heuler! Aber wieso kommen Sie auf mich?« Seine Fuchsaugen begannen zu zwinkern. »Ah! Sie meinen, weil ihre Adresse an dem Koffer hing, und ich hätte ... Nein, Sir! Ist bei mir nicht drin. Klauen ja. Aber niemals Gewalt. Außerdem: Warum denn?«

»Haben Sie ein Alibi – ja oder nein?«

Glynn rieb heftig über die Sichelkante seiner Nase. »Also für die Zeit nach neun ... Warten Sie mal, wo ...« Dann hellte sich sein Gesicht auf, und er hob triumphierend den Kopf. »Klar. Mindestens ein Dutzend Typen kann das bezeugen: Ich war noch auf ein Bier in Thalters Kneipe. Das ist schräg gegenüber von mir. Vor neun war ich da. Weg bin ich so gegen halb elf. Weiß es genau, weil ich mir den Spielfilm angesehen habe, der im Fernsehen lief. Bin ja extra von der Theke weg an einen Tisch, weil ich von dort besser sehen konnte. Dabei hat mir so 'n Penner fast das Bier aus der Hand gestoßen. Können Sie alles überprüfen.«

Das Telefon klingelte.

Es waren die Kollegen, die sich in Glynns Wohnung umsahen.

»Cilly Brainards Koffer haben wir«, hieß es. »Er ist durchwühlt, aber nicht ausgepackt. Es scheint noch alles drin zu sein. Auch der venezianische Schmuck. Aber nichts von Juhlins Liste.«

»Ihr könnt gleich noch Glynns Alibi für die Tatzeit überprüfen«, sagte Mr. High. »Er will in einer Kneipe gewesen sein – schräg gegenüber.

»Downtown Bar«, soufflierte Glynn.

Für einen Moment tat ich mir selber leid. Da hatte ich mich nun auf ein beschauliches Speisen gefreut. Das Steak war erstklassig, die Umgebung romantisch, die Atmosphäre entspannend – aber an allem hatte ich nur schnuppern können. Von Genießen keine Rede. Denn die vier Schlägertypen, die jetzt den FOREST GRILL wie eine Krankheit befielen, hatten einen Auftrag. Das war so klar wie das Italian-dressing auf meinem Salat.

Alle Gäste waren verstummt.

Es hätte auch eines Megaphons bedurft, um sich gegen das Gegröle durchzusetzen.

Kürbiskopf torkelte voran. Er war so betrunken, daß ich ihm einen einarmigen Handstand auf der Bettkante zugetraut hätte.

Walroßbart und Eisenkinn warfen ein paar Stühle um, was wie zufällig aussehen sollte.

Henkelohr brüllte Unflätigkeiten. Als er an dem Familientisch vorbeikam, riß er einen der hübschen Teenager an den schulterlangen Haaren. Das Mädchen schrie auf. Aber seinem Vater blieb es erspart, sich mit dem Herkules anzulegen. Die vier wälzten sich weiter – in unsere Richtung.

Ich konnte Fay ansehen. Sie war blaß geworden. Entsetzen weitete ihre Blauaugen.

Phil saß mit dem Rücken zu dem Quartett.

Kürbiskopf hob die Hand. Wie auf Kommando blieben alle vier stehen.

»Zzzzz! Hhmmmm! Zzzz!« schnalzte er mit seinen Wurstlippen. »Ist das 'ne Puppe? Jungs, sehr ihr die Puppe?«

Die Jungs sahen die Puppe. Walroßbart grölte: »Die würde ich gern mal als Eva sehen.«

»Ihr Macker sagt, er läd uns ein«, behauptete Kürbiskopf. Er hielt sich trichterförmig eine Hand hinters Ohr, als könnte er Phils Säuseln nicht verstehen.

Aber mein Freund sagte nichts. Er saß nur da, und blickte seine Fay versonnen an und war so wenig nervös wie der mittlere Abschnitt der Rocky Mountains.

Ich stopfte von meinem Steak in mich hinein, was ich kriegen konnte. Mit gesenktem Kopf linste ich die vier an. Bewaffnet waren sie. Die Kanonen steckten jeweils unter der linken Achsel.

»Dann ... dann wollen wir mal Platz nehmen!« brabelte Kürbiskopf.

Sie rückten gegen Phils Tisch vor.

Aber die beherzte Serviererin eilte dazwischen.

»Gentlemen! Machen Sie keinen Ärger. Wir wollen nicht, daß die Gäste belästigt ...«

Ohne hinzusehen, stieß ihr Kürbiskopf die flache Hand vor die Brust.

Das Mädchen wurde zurückgeworfen, taumelte, verlor auf ihren Servierschuhen den Halt und wäre rücklings gegen meinen Tisch geprallt, wenn ich sie nicht etwas gelenkt hätte.

So landete sie auf meinem Schoß. Totenbleich war sie, und sie schnappte nach Luft.

»Verzeihung, Sir. Ich ...«

»Legen Sie sich mit denen nicht an!« murmelte ich.

Sie glitt von meinem Knie, zitterte, wußte nicht, was sie tun sollte, und eilte dann zur Tür.

Mit verdammt klarer Stimme rief Eisenkinn ihr nach. »Du faßt das Telefon nicht an! Verstanden?«

Sie verharrte auf der Schwelle, drehte sich um und zog den Kopf zwischen die Schultern. Vielleicht hoffte sie, daß man in der Küche etwas hörte und den Sheriff alarmierte.

Zwei Stühle waren bei Phil noch frei.

Kürbiskopf und Walroßbart pflanzten sich rittlings darauf. Die beiden anderen griffen sich Stühle von meinem Tisch.

Ich registrierte die Blicke, die mich streiften.

Natürlich galt alles nur mir.

Aber sie wollten elegant vorgehen und nicht direkt auf mich los. Phil und Fay waren nur der kleine Umweg zu mir. In welche Situation sie sich manövrierten, ahnten die Typen nicht.

Es war nicht ungeschickt, wie sie sich – scheinbar zufällig – gruppierten.

Eine kleine Drehung – und ich war im Halbkreis von Kürbiskopf, Henkelohr und Eisenkinn umgeben.

Walroßbart saß so, daß er Phil die Zweikilofaust seitlich

an den Kopf hauen konnte – falls der ›Macker‹ den Helden spielen wollte.

Henkelohr saß neben Fay, griff jetzt zu und packte ihre Schulter. »Dein Macker lädt uns ein. Aber wir laden dich ein. Was trinkst du, Süße? Bedienung!« brüllte er sogleich.

»Nehmen Sie die Hand von der Lady«, sagte Phil.

»Wie bitte?« Henkelohr glotzte ihn an, ohne den Griff zu lockern. »Sagtest du was, du Scheißer?«

»Bitte!« hauchte Fay. Sie versuchte, ihre Schulter zu befreien. »Sie tun mir weh.«

»Noch einmal: Nimm deine Hand von ihr weg!« In Phils Stimme war jene sanfte Ruhe, die bei einem New Yorker Gangster – der Phil kennt – Schreikrämpfe auslösen würde.

»Halt dein Maul!« sagte Henkelohr.

Phil federte hoch – Walroßbart mit ihm. Überraschend schnell holte seine Zweikilofaust aus.

Dann war ein blitzartiger Wischer in der Luft. Ich hörte das knorpelige Knirschen, mit dem Phils Handkante einschlug. Walroßbart krachte aufs Kreuz, daß der Waldboden bebte. Dann lag der Kerl still. Sein Mund klaffte auf wie ein Kanalrohr. Über seinen Basedowaugen zitterten die Lider. Nach einem Moment hörte auch das auf.

Henkelohr ließ Fay los.

Eisenkinn, der mir am nächsten war, verlor die Kontrolle über sich. Seine Hand fuhr zur Schulterhalfter.

Er war noch nicht unterm Jackett, als ich ihm meine 38er-Mündung hinters Ohr rammte.

»Langsam!« sagte ich. »Langsam, mein Freund. Hat man dich denn beauftragt, daß du jemanden umlegen sollst? Du wirst doch nicht so deine Befehle mißachten.«

Eisenkinn erstarrte. Kürbiskopf drehte sich langsam zu mir um. Henkelohr glotzte mich an und biß sich auf die Lippen.

»Zieh die Hand aus der Jacke!« ermunterte ich Eisenkinn. »Aber mach's so, daß ich nicht ärgerlich werde.« Er gehorchte. Ich blickte ihm über die Schulter. Seine Hand war leer.

Phil lächelte. »Danke, Mister.«

»Keine Ursache.«

Die Stelle hinter Eisenkinns Ohr lief rot an. »He!« maulte er. »Was wollen Sie eigentlich? Kann ich nicht mal mehr mein Taschentuch rausnehmen?«

»Alle vier tragen Waffen unter der linken Achsel«, sagte ich zu Phil. »Bei solchen Fettwänsten fällt das sofort auf, weil sie kaum in die Jacke passen. Damit kein Unglück geschieht, sollten wir das Arsenal einsammeln. Könnten Sie mir dabei helfen, Mister?«

»Gern.« Phil rieb sich das Kinn. »Sie müßten mir nur sagen, wie man das macht.«

»Ganz einfach. Die drei Gentlemen stehen jetzt auf, stellen sich nebeneinander und mit dem Rücken zu mir. Die Hände natürlich hoch erhoben. Stellt euch vor, Jungs, ihr wollt zu einer Pirouette ansetzen. Na, wird's bald!« Mein Ton veränderte sich. »Euretwegen lasse ich mein Steak nicht kalt werden.«

Sie gehorchten.

Ich sah die Gesichter schräg von hinten. Der Teint war einheitlich wie Hammeltalg. Einer knirschte mit den Zähnen. Über Eisenkinns Genick lief Schweiß.

Phil trat von vorn an sie heran, fischte ihnen die Kanonen aus den Halftern und entwaffnete auch den noch bewußtlosen Walroßbart.

Mit der linken Hand hatte ich ein bißchen weiter getafelt, mir wenigstens ein paar Salatblätter reingeschoben. Er war gartenfrisch und köstlich angemacht. Dann steckte ich den 38er weg, stand auf und tippte Kürbiskopf auf die Schulter.

Als er sich umwandte, sagte ich dicht an seinem Gesicht: »Dankt eurem Schicksal, daß ihr so davonkommt. Nach der Saalschlacht, die ihr wolltet, hättet ihr Rente beantragen müssen, ihr Pfeifen. Eurem Boß könnt ihr ausrichten, daß er sich die Sache zu einfach vorstellt. Und jetzt weg mit euch! Aber nehmt den Bewußtlosen mit.«

Sie trollten sich ohne einen Mucks. Ich horchte ihnen nach, bis der Wagen abfuhr.

Phil streckte mir die Hand hin. »Nett, wie Sie sich eingeschaltet haben, Mister. Machen Sie so was öfters? Ich heiße Al Wilkenson. Das ist Miss O'Donnell.«

Ich nannte meinen Namen. Fay O'Donnell gab mir die Hand. Die schlanken Finger bebten noch.

»Wollen Sie sich nicht zu uns setzen?« fragte Phil.

Ich sah auf die Uhr. »Ja, ein bißchen Zeit habe ich noch. Um halb elf bin ich zwar mit einem miesen Typ verabredet, aber das schaffe ich bequem.«

Fay konnte nichts essen. Ihr war die Aufregung auf den Magen geschlagen. Phil ißt sein Sirleon-Steak sonst in der Hälfte der Zeit. Aber Fays Gegenwart erforderte Konversation. Schließlich rang sich die Hübsche wenigstens zu einem Nachtisch durch, einem Eisbecher.

Inzwischen waren wir die einzigen Gäste. Die anderen hatten das Lokal fast fluchtartig verlassen. Offenbar befürchteten sie die Rückkehr des Quartetts.

»Man müßte die Menschen anzeigen«, sagte das Mädchen. »Es sind Ganoven. Ich kenne die Namen. Quarry, Bowler, Wikowsky und Dale. Sie sind beim GOLDEN TWENTIES beschäftigt. Wahrscheinlich als Rausschmeißer. Aber daß die sich in der Öffentlichkeit so aufführen! Ich hatte schreckliche Angst. Ich bin so froh, daß die bei Ihnen beiden an die falsche Adresse geraten sind.«

Die Serviererin brachte Fays Eisbecher und strahlte uns an. »Der Chef läßt ihnen ausrichten, Gentlemen, daß Sie auf Rechnung des Hauses eingeladen sind. Er kann sich leider nicht persönlich bedanken. Er ist in Charleston. Aber ich habe ihm telefonisch Bescheid gegeben.«

»Wir danken herzlich«, sagte Phil.

Als die Serviererin außer Hörweite war, sagte ich zu Fay: »Nanu, ich dachte, Sie wären auf Apfeltorte und Eistee spezialisiert.«

Sie ließ den Löffel sinken. Verblüffung malte sich in dem hübschen Gesicht. Dann sah sie uns mit einem Na-ihr-seid-mir-ja-Gauner-Lächeln an.

»Die Herren kennen sich doch nicht etwa schon länger?«

»Och«, meinte Phil, »ein halbes Leben lang. Aber gewöhnt habe ich mich an diesen Kerl immer noch nicht.«

Ich wies auf ihn. »Al Wilkenson nennt er sich nur«, sagte ich, »wenn er als Heiratsschwindler auftritt. Im Hauptberuf ist er Special Agent des FBI. Er heißt Phil Decker.«

Phil beugte sich vor und sah ihr tief in die Augen. »Ich hätte es Ihnen irgendwann gesagt, Fay. Aber bis eben – das heißt, immer noch – bin ich sozusagen in geheimer Mission unterwegs. Dieser Revolverheld übrigens auch.« Er sah mich an. »Weshalb entlarvst du mich so unverhofft?«

Fay sagte: »Oh! Ist ja toll. Hätte es mir eigentlich denken können. Finde ich irre.«

Ich sagte: »Mir ist eine Idee gekommen, Alter. Da Miss O'Donnell nicht nur ortsansässig, sondern auch aus der Antiquitäten- und Kunstbranche ist, kann sie uns zumindest über eventuelle einheimische Kunstliebhaber informieren.« Ich wandte mich ihr zu. »Daß es unter uns bleibt, ist Bedingung. Abgemacht?«

»Selbstverständlich.« Ihre Wangen glühten bereits.

»In New York«, sagte ich, »wurden Kunstschätze gestohlen.«

Ich nahm Juhlins Liste aus der Brieftasche. »Höchstwahrscheinlich wurde die Beute hierher gebracht. Wir vermuten, daß hier ein Zwischenhändler oder Hehler existiert, der die Verbindung zu potentiellen Käufern herstellt. Wir haben einen bestimmten Verdacht, kommen aber an den Kerl nicht ran.«

Ich gab ihr die Liste. »Kennen Sie irgend jemanden, der als Käufer für das eine oder andere Stück in Frage käme?«

Sie studierte die Liste, wobei ihre Augen größer wurden. Dann entsann sie sich ihrer expertenhaften Gelassenheit.

»Nein. Es ist auch völlig unmöglich, so etwas zu verkaufen. Illegal, meine ich. Das sind enorme Werte. In Charleston und ... ach, in der ganzen Gegend fände sich kein Käufer dafür.«

Ich steckte die Liste wieder ein und sagte nichts.

Phil klopfte mir auf den Arm. »Den Versuch war es wert.«

»Sie hatten sich mehr von mir erwartet«, sagte Fay. »Aber es ist meine Überzeugung, Mr. Cotton.«

»Wahrscheinlich haben Sie recht.« Zu Phil sagte ich: »Es konzentriert sich also alles auf H. Aber der Gedanke hat mir noch zu viele Kanten. Ein Käufer könnte ziemlich schnell herausfinden, woher das Stück stammt und daß die Diebin umgebracht wurde. Damit stünde H. sehr schlecht da. Und wer gibt sich so eine Blöße?«

Phil preßte die Kiefern aufeinander. »Leon Lewyt!« sagte er dann. »Den Killer! Wenn wir den fänden!«

Zu Fay sagte ich: »Sie hatten sich den Abend wohl anders vorgestellt.«

»Ich finde es sehr interessant, obwohl ich nur die Hälfte verstehen. Hat dieser Fall mit dem – Mord zu tun?«

»Sie meinen Mabel Brainard? Allerdings.«

Phil erklärte ihr, soviel wir verantworten konnten. Dann wurde es Zeit, daß wir aufbrachen. Phil brachte Fay heim – sie fuhren voraus. Ich wollte noch rasch bei Purnick reinschauen und ihn bitten, unser Distriktbüro in Columbia zu verständigen – nur für den Fall, daß wir im GOLDEN TWENTIES verlorengingen.

Terrytown war umhüllt von seidiger Luft. Sogar die Abgase auf dem Marktplatz rochen nach Sommer. Der Himmel war hoch, samtig und dunkelblau. Phil schnürte es sicherlich das Herz ab, daß er seine Fay an so einem Abend so früh abliefern mußte.

Ich hielt vor dem Sheriffsamt.

Hinter den Fenstern des Office war Licht. Ich sah Purnick am Schreibtisch. Eben legte er den Hörer auf die Gabel. Etwa so, wie man ein Glas abstellt, das nicht Gin, sondern Nitroglyzerin enthält.

Dann blieb er steif aufgerichtet wie ein Totempfahl, glotzte in eine Ecke, hatte runde Augen unter der Stetsonkrempe und bewegte die Lippen. Ich hätte nicht sagen können, ob er betete oder ein eben gehörtes Kochrezept memorierte.

Ich ging durch den Flur ins Haus, klopfte und trat ins Office.

Purnicks Kopf fuhr herum. »Gut, daß Sie kommen. Ihre Idee, jemanden in Jessie Millers Wohnung zu setzen, hat schon Erfolg. Ja, Dyer rief an. Und Fisher hat seine Sache gut gemacht. Hat ihn bewegt, sich bei mir zu melden. Gerade eben.«

»Und?«

»Von Jessie haben wir ihm nichts gesagt. Damit er nicht gleich durchdreht. Welcher Art Gerüchte über ihn umlaufen, weiß er von Mary Flagerty, einer Freundin Jessies. Die hatte er schon nachmittags angerufen. Dyer ist in Panik. Über Healys Brutalität macht er sich keine Illusionen. Auch nicht über Mabel Brainards Gemeinheit. Er deutete an, daß die scharf auf ihn war, ihn aber nicht rumgekriegt hat. Seitdem hätte sie ihm übelste Dinge angedichtet. Dyer schwört tausend Eide, daß er mit dem Mord nichts zu tun habe. Momentan versteckt er sich in einer miesen Hafenabsteige in Charleston. Und bittet darum, daß wir ihn dort abholen. Er hat Angst.«

»Dann los!«

Bevor er das Seidentuch im Hemdkragen geradeziehen konnte, läutete das Telefon. Er meldete sich.

»Ja!« brüllte er in den Hörer. »Was ist?« Zu mir gewandt sagte er: »Dyer.«

Ich trat neben ihn, so daß ich mithören konnte.

»Kann sein, daß ich mich täusche, Sheriff. Aber ich glaub' es nicht. Mein Fenster geht auf die Straße. Im Laternenschein habe ich eben einen Typ gesehen, der das Hotel beobachtet. Chuck Gable, Healys rechte Hand. O verdammt! Wenn die wissen, daß ich hier bin. Die haben doch garantiert Spitzel in Charleston. Wenn die ...«

Ich nahm Purnick den Hörer aus der Hand. »Hier spricht Cotton. Ich bin FBI-Agent. Gehen Sie aus Ihrem Zimmer, Mr. Dyer. Suchen Sie sich ein Versteck im Hotel. Und wenn Sie in die Wäschekammer kriechen. Wir kommen, so rasch es geht. Weiß Sheriff Purnick, in welchem Hotel Sie sind?«

»Im DREI STUFEN. Ich hab' es ihm gesagt. Er weiß, wo es ist. Himmel, wo soll ich mich verstecken? Ich probier's. Sie kommen ja gleich.«

»Sofort.«

Wir rannten hinaus. Während ich mit meinem Mustang in Richtung Charleston preschte, fuhr Purnick einen Umweg, um Phil aufzulesen. Er kannte Fay O'Donnells Adresse. Außerdem war er mit Rotlicht und Sirene schneller als ich.

Zwei Minuten vor Charleston holte mich der Sheriffswagen ein und setzte sich vor mich. Ich sah Phil auf dem Nebensitz. Den Weg kannte Purnick offenbar genau. Er stellte Rotlicht und Sirene ab und mied die schmalen Straßen der Innenstadt, wo man zwischen den Häusern des 18. Jahrhunderts wie in einer Straßensperre hängen bleibt. Die Stadt glitzerte im Schein von Lichtpeitschen und Leuchtreklamen. Der milde Abend hatte allerlei

Fußvolk ins Freie gelockt, aber wir kamen flott durch zum Hafenviertel. Es gibt dort eine vornehmere Gegend: rund um den Quai und die alten Befestigungsanlagen. Und ein anderes Viertel im Hintergrund – mit Gassen, in denen man Platzangst kriegt, mit Spelunken und alten Gemäuern, die nach Urin und Unrat stinken.

Bis zum Hotel DREI STUFEN konnten wir nicht fahren.

Ein Radfahrer hätte Schwierigkeiten gehabt, sich in die schmale Gasse einzufädeln.

Also parkten wir auf einem von schimmlig wirkenden Häusern umstandenen Platz. Purnick hechelte durch die Gasse vor uns her. Das DREI STUFEN stand am Ende. Ein Eckhaus, flankiert von einer breiten Straße, die wir besser benutzt hätten. Purnicks Stadtführertalent war doch nicht so toll.

Ich äugte umher.

Kein Healy. Kein Gable. Nicht mal eine Type aus dem Schlägerquartett.

Phil warf seine Zigarette in einen Gully. »Wir haben wirklich nicht lange gebraucht – aber Dyer weiß jetzt sicherlich, was eine Ewigkeit ist.«

Purnick rückte an seinem Pistolengurt, blickte umher und war enttäuscht, daß es bei diesem smarten Einsatz kein Publikum gab.

Das Hotel war ein schmaler, aber immerhin dreistöckiger Steinkasten mit Flachdach. Sein sozialer Status schwankte zwischen Baufälligkeit und Denkmalschutz. Ein Pessimist hätte sich geweigert, hinter der windschiefen Fassade auch nur ein Bier zu trinken.

Der Eingang nahm uns auf. Mit ihm – Salpetergeruch.

Der Empfangsraum hatte eine so niedrige Decke, daß Purnick seinen Stetson abnehmen mußte.

Ein Mensch duckte sich hinter den Empfang und versuchte, dem Schein der Tischlampe auszuweichen. Sie hatte einen grünen Schirm und die Leuchtkraft eines Glühwürmchens. Ich hielt meine Legitimation ins Halbdunkel. »FBI! Sind Sie der Portier?«

»Bin ich.«

Er war ein älterer Mann mit gedunsenem Gesicht und massigen Schultern. Er trug ein gestreiftes Hemd und eine speckige Lederweste. Mit dem langen Kinn hielt er sich den Hemdkragen zu. Durch das Filzgrau der Brauen schielte er mich an.

Ich wandte mich an Purnick. »Wissen Sie, unter welchem Namen er sich hier eingemietet hat?«

Der Sheriff schüttelte den Kopf.

»Wir wollen zu Mr. Steve Dyer«, versuchte ich es.

Der Portier wischte sich mit dem Handrücken über den schlaffen Mund. »Kenne ich nicht. Soll der hier wohnen?«

»Wie viele Gäste haben Sie zur Zeit?«

»Keinen.«

Ich beugte mich vor. »Hören Sie mal! Es ist keine halbe Stunde her, da hat uns einer Ihrer Gäste in Terrytown angerufen. Ein junger Mann – noch nicht Mitte Dreißig, gut aussehend. Leicht zu erkennen an ...«

Ich wandte mich Purnick zu. »Wie sieht er denn nun aus?«

»Groß, schwarzlockig, Frauentyp«, half mir der Sheriff.

»Ach, der?« meinte der Portier und schob die schlaffen Lippen übereinander. »Der ist nicht mehr da.«

»Seit wann nicht?«

»Na, vielleicht so um zwanzig Minuten haben Sie ihn verpaßt.«

»Was heißt das? Hat er sein Zimmer aufgegeben?«

»Bezahlt hat einer der Männer für ihn. Es waren zwei. Sie sagten, sie wären seine Freunde, sind hoch zu ihm – zu Nr. 302 – und haben ihn abgeholt. Dann kamen sie zu dritt runter und sind gegangen, nachdem die Rechnung bezahlt war. Trinkgeld gab's nicht. Und alles übrige ist mir doch egal.«

Für einen Moment hatte ich ein kaltes Gefühl im Nacken, als berühre mich ein Eisbeutel.

»Wie sahen die beiden aus?«

»Woher soll ich das wissen? Ich bin ohne Brille halb blind. Ich kann gerade noch erkennen, daß Sie zu dritt sind.«

»Aber wie der Schwarzlockige aussieht, konnten Sie wahrnehmen?«

»Den habe ich ein dutzendmal gesehen. Auch bei Tage. Außerdem hatte ich da meine Brille auf. Wenn er Steve Dyer heißt – hier hat er sich unter Smith eingetragen. Ich dachte, er heißt wirklich so. Smith – das ist so phantasielos. Mißtrauisch werde ich erst bei den Baldwins und Irvingtons und Shedleys – besonders, wenn sie zwei Vornamen angeben.«

Ich zog eine Dollarnote aus der Tasche und legte sie vor ihn hin. »Hier haben Sie einen Zehner für die Auskunft.«

Sein Kopf ruckte hoch, nur einen halben Zentimeter. Immerhin konnte man fast den Hemdkragen sehen. Die Pupillen schleuderten Funken. Aber die wurden von den filzgrauen Borsten abgefangen. Der Mund wollte grinsen, unterließ es aber rechtzeitig.

»Danke!«

»Zehn Dollar«, sagte ich, wären ein Witz für das bißchen Auskunft. Es ist ein Dollar – wie Sie ja auch gleich bemerkt haben, Sportsfreund. Wenn wir noch Fragen haben, kommen wir auf Sie zurück. Jetzt möchten wir das Zimmer von Smith sehen.«

»Der Schlüssel ist noch oben.«

Wir gingen rauf. Es war ein mieses Zimmer mit rissigen Tapeten. Der Geruch zahlloser Gäste – von denen sich keiner daran gestört hatte, daß es auf der Etage kein Bad gab, hing zwischen den Wänden.

Dyer hatte einen Aschenbecher voller Zigarettenstummel hinterlassen. Sonst nichts.

Wir waren bedrückt. Healy war am Ziel.

Als wir das DREI STUFEN verließen, sagte ich: »Vielleicht hilft noch, wenn wir den Stier bei den Hörnern packen. Ich rufe Healy an.«

»Wir müssen beweisen können, daß dieser Gable beteiligt ist«, sagte Phil. Und sah in die Gasse, wo Gestalten herumlungerten.

»Frag sie!« sagte ich.

»Und ich?« wollte Purnick wissen.

»Warten Sie bei den Wagen auf uns. Vielleicht kennt man Sie hier. Das wäre jetzt nur hinderlich.«

Ich hatte auf der breiten Straße, dem Hotel schräg gegenüber, eine Telefonzelle erspäht. Purnick nannte mir Healys Nummer: die Durchwahl zum Hausanschluß im GOLDEN TWENTIES.

Ich trat in die Telefonzelle, warf meine Münzen ein und wählte. Ich war ganz konzentriert und preßte die Lippen gegen die Zähne. Jetzt kam es darauf an. Mit den richtigen Worten holte ich vielleicht etwas Zeit heraus: eine hauchdünne Chance für Steve Dyer. Aber wahrscheinlich konnte ich mir die Zunge fransig reden, ohne die Vollstreckung des Mordes damit aufzuschieben.

Nach dem ersten Läuten wurde abgehoben.

»Ja?« fragte Healy.

»Legen Sie nicht gleich auf«, sagte ich. »Hier ist Cotton. Ich rufe aus Charleston an. Ich bin in einer Telefonzelle, gegenüber dem DREI STUFEN. Leider bin ich um eine Nasenlänge zu spät gekommen. Ihre Leute waren schneller, Healy, und haben Steve Dyer kassiert. Das ist unklug von Ihnen. Ich hätte nicht geglaubt, daß Sie so weit gehen und sich immer tiefer in den Dreck reiten. Sie lassen Jessie Miller kidnappen, und jetzt das! Sie riskieren lebenslang Zuchthaus, Mann, und für nichts. Ich kann Ihnen nämlich garantieren: Steve Dyer hat nichts mit dem Mord an Ihrer Freundin zu tun. Der Killer kam aus New York und ist ein kahlköpfiger Typ, nach dem wir bereits fahnden. Hallo, hören Sie noch?«

»Ich höre. Auch wenn es mich langweilt.«

»Wenn Dyer etwas passiert, Healy, sind Sie dran. Dran sind Sie ohnehin. Wegen der Spielhölle. Wegen des Bordells. Wegen der Entführung. Wenn jetzt Mord noch dazukommt, ist das nicht mehr mit fünfzehn Jahren Knast abgetan. Mann! Was immer Sie bewegt – gebrauchen Sie Ihren Verstand! Haß führt zu nichts. Lassen Sie Jessie und Dyer frei – und ich verspreche Ihnen, daß ich als Zeuge vor Gericht Ihre Einsicht hervorheben werde. So eine Aussage prallt an einer Jury nicht ab. Für Sie kommt es darauf an, welches Strafmaß Sie erwirken. Also, seien Sie vernünftig.«

Stille.

Dann hörte ich sein Lachen. Es kam tief aus der Kehle und blubberte zwischen offenbar zusammengepreßten Lippen hervor.

»Ich weiß überhaupt nicht«, feixte er, »wovon Sie reden.«

Es knackte in der Leitung. Healy hatte aufgelegt.

Ich wischte mir über die Stirn.

Dieser verdammte Idiot! Hielt der sich für unantastbar?

Ich hängte ein, zerrte am Kragen und sah hinaus in das graue Zwielicht der Gasse, wo Phil irgendwo steckte und sicherlich nur auf Ablehnung und taube Ohren stieß.

Okay. Healy war im GOLDEN TWENTIES, irgendwann würde er seinen Bau verlassen, um sich zu dem Mord an Dyer zu begeben. Wer sich so in Haß verbohrt, will seine Rache genießen. Das bot uns eine Möglichkeit, ihn zu beschatten. Damit mußte er rechnen. Aber wer sein Gefühl der Überlegenheit zum Größenwahnsinn steigert, tut so was mit Verachtung ab.

Ich hob die Hand, um die Zellentür aufzuschieben.

Genau in der Sekunde kam der Mann aus der Gasse und geriet in den Lichtschein der DREI-STUFEN-Beleuchtung.

Er war ein großer, knochiger Pferdetyp mit fahlem Haar und ausgemergeltem Gesicht ohne Kinn. Der Mund reichte fast von Ohr zu Ohr. Er trug einen hellen Anzug mit grünem oder blauem Sporthemd.

Gesehen hatte ich den Typ noch nie. Aber Jessie Millers Entführer war uns so deutlich beschrieben worden, daß es eigentlich keinen Zweifel gab. Es mußte Stanley Morgan sein.

Er hastete in das DREI STUFEN, als gäbe es dort Freibier.

Ich trat ins Freie und drückte mich in den Schatten der Telefonzelle. Dann sah ich Phil und pfiff leise. Er kam heran und sah sofort, daß ich lauerte. Ich sagte ihm, auf wen.

»Vielleicht sollte der zu Gable stoßen und hat sich verspätet«, mutmaßte Phil, »oder er soll den Portier zum Mundhalten vergattern. Ein Glück für uns. Ich konnte keinen Zeugen auftun. Obschon ich das Gefühl habe: Einige haben sehr wohl gesehen, wie Dyer abgeführt wurde. Schließlich konnten Gable und Co. ihren Wagen nicht unmittelbar vor dem Eingang parken.«

Wir warteten. Morgan würde keinen Verdacht schöpfen, wenn ich ihm folgte. Er kannte mich nicht. Phil sollte sich in der Absteige erkundigen, was er gewollt hatte.

»Da ist er«, sagte ich.

Der Kerl kam heraus, spuckte auf den Boden, blieb einen Moment stehen und suchte nach einer Zigarette. Als sie brannte und das Zündholz erloschen war, strebte er in die Gasse, woher er gekommen war. Ich folgte ihm.

Er ging bis zu dem Platz, wo Purnick in seinem Wagen saß. Aber die Dunkelheit half uns und hüllte den Streifenwagen gnädig ein. Man hätte Katzenaugen gebraucht, um Wagen und Insassen zu erkennen.

Morgan ging ein Stück die Straße hinab und stieg in einen Chevy. Als er abfuhr, war ich hinter ihm.

Die Verfolgung dauerte zehn Minuten. Dann waren wir in einem noblen Außenbezirk, wo alte Villen von vergangenen Zeiten träumten. Es gab gepflegte Parks – und verwahrloste. Wobei man sich streiten konnte, welche prachtvoller waren. Der Mond beschien sie alle mit seinem Silberlicht. Ich hörte das Geplätscher von Springbrunnen und sah gerade noch, wie die Rücklichter des Chevy in einer Einfahrt verschwanden. Eine Mauer ermöglichte mir, in der Nähe zu halten, ohne daß ich auffiel. Ich sprintete zur Einfahrt und luchste um die Ecke.

Der Chevy war nicht zu sehen. Also mußte er hinterm Haus sein. Denn eine Garage gab es nicht. Die Villa wirkte unbewohnt. Geschlossene Läden überall. Aber jetzt knirschte Kies, und Morgan kam um die Ecke. Er pfiff leise vor sich hin, rauchte schon wieder oder noch und machte ein paar affektierte Tanzschritte – wie auf Gummibeinen.

Bevor er die Haustür erreichte, wurde sie geöffnet. Ein Streifen Licht fiel heraus, und ich sah Chuck Gables schneidige Silhouette. Dann schlüpfte Morgan hinein; die Villa wirkte wieder menschenleer.

Ich lief zum Wagen zurück. In Gedanken rieb ich mir die Hände bis zum Ellbogen. Hier also war das Verlies. Eine Villa, möglicherweise von Healys Bekannten, die gerade einen Europatrip machten. Oder gemietet, ohne daß irgendwer davon wußte.

Ich merkte mir den Straßennamen, damit ich es auch wiederfand, und suchte den Rückweg. Zweimal verfuhr ich mich. Dann war ich auf dem Platz, wo Purnicks Streifenwagen noch brav stand. Auch Phil war zurück.

»Unseren halbblinden Portier habe ich weichgekriegt. Ich glaube, er hat Augen wie ein Adler. Jedenfalls wußte er jetzt: Der Breitmaultyp war einer der beiden, die Smith-Dyer abgeholt haben. Du ahnst nicht, weshalb der zurückgekommen ist. Er hatte seine Sonnenbrille versehentlich auf den Empfangstisch gelegt. Da lag sie auch noch. Jetzt hat er sie wieder und ist glücklich.«

»Wie so oft: Die kleinen Dinge sind es, die einen weiterbringen. Ich glaube, ich habe das Nest aufgespürt.«

»Was?« Purnicks Zähne leuchteten unter dem Schnurrbart. »Das Versteck von Jessie und Dyer?«

»Eine vernagelte Villa in der Failbright Street. Morgan ist reingeschlüpft. Gable war schon dort. Ich wette unser Kantinenfrühstück gegen die Fernstreckenverpflegung einer Chartergesellschaft: Die beiden Entführten sind auch dort.«

»Wenn wir eine Hundertschaft der Stadtpolizei ...«, sagte der Sheriff, doch ich unterbrach ihn sofort.

»Auf keinen Fall! Schließlich wollen wir Jessie und Dyer lebend. Geiselbefreiung erfordert nicht Aufwand, sondern Geschick. Das Terrain kommt uns gelegen. Außerdem ist es Nacht. Ich schlage vor: Ihr gebt mir dreißig Minuten Vorsprung. Ich versuche, durch die Hintertür oder ein Kellerfenster einzudringen. Ich muß die beiden gefunden haben, bevor ihr an der Haustür klingelt und bevor Sie, Sheriff, mit dem Durchsuchungsbefehl wedeln. Okay?«

Phil nickte nur. Bei einem eingespielten Team wie uns beiden ergibt sich alles von selbst. Und Purnick war sich seiner Rolle als Operettensheriff zu sehr bewußt, als daß er versucht hätte, das Kommando an sich zu reißen.

Wir ließen den Polizeiwagen zurück, fuhren mit meinem Mustang und hielten am Anfang der Failbright Street. Es gab dort eine Haltestelle für Busse. Aber der letzte kam laut Fahrplan um 19 Uhr 05 vorbei.

Wir konnten den Mustang parken, ohne daß er jemandem im Wege war.

Phil und Purnick hatten die Einfahrt zur Villa im Blick. Ich wetzte eine Stück die menschenleere Straße hinunter und folgte einer Gasse, die von weißgetünchten Mauern begrenzt wurde. Büsche mit faustgroßen, süßlich duftenden Blüten quollen über die Mauerkrone.

An der Rückfront des Grundstücks suchte ich mir eine Stelle, wo die Vegetation mutmaßlich nicht ganz so dicht war. Ich schwang mich hinauf, was mich ein Stück vom rechten Daumennagel kostete. Auf der Mauerkrone hockend, begradigte ich den Schaden mit der kleinen Klinge des Taschenmessers. Dann ließ ich mich in hüfthohes Unkraut hinab. Hier wuchsen auch Disteln. Meinen tropenleichten Anzug konnte ich abschreiben. Oder unter den Spesen vermerken.

Ich zwängte mich durch dichte Büsche, ohne gänzlich zerfetzt zu werden. Bäume. Rasen. Und eine Dunkelheit, in die der zarte Silberschein des Mondes nicht eindrang.

Auch die Rückseite der Villa war verrammelt und lichtlos. Als ich mich der Hintertür näherte, umschwirrten mich Fledermäuse.

Es ging ein paar Stufen hinab. Sie rochen moosig und unbenutzt. Die Tür wurde von einem Mondstrahl beblinzelt. Das solide Schloß stammte ungefähr von 1930. In fetten Schuppen heftete Rost daran.

Ich drückte auf die Klinke. Abgeschlossen, natürlich. Aber mit einem kleinen Taschenmesser und der nötigen Sachkenntnis ist so was kein Hindernis.

Vorsichtig zog ich dann die Tür auf. Sie ächzte zwar wie ein Möbelpackerduo, das einen Konzertflügel nonstop in den fünften Stock schleppt. Aber auch in diesem vornehmen Wohnviertel war der Geräuschpegel hoch genug, um das zu übertönen. Nachtwind raschelte in der Vegetation. Zikaden schlugen. Auf nicht allzu fernen Straßen fuhren Autos.

Ein rabenschwarzer Kellergang hauchte mir feuchte Kühle entgegen. Ich lauschte, trat ein, zog die Tür zu, wechselte den 38er in die linke Hand und ließ mein Feuerzeug aufflammen. Der Kellergang führte nach vorn und bog dann rechtwinklig ab. Bis dorthin gab es zwei Türen. Eine stand offen. Ich sah in einen Abstellraum voller Gerümpel. In dem anderen standen Regale mit Weinflaschen. Mindestens dreihundert Flaschen waren gelagert. Ich sah auf die Etiketten bester Jahrgänge aus aller Welt.

Ich schlich weiter, um die Ecke, sah hinter die Kellertreppe – und hörte das Geräusch. Es klang wie ein Stöhnen unter einem Berg Kissen. Und kam aus dem Raum, den eine solide Bohlentür verbarrikadierte. Sie hatte keinen Riegel und war vermutlich nicht abgeschlossen. Aber man hatte eine Holzlatte unter die Klinke geklemmt.

Ich horchte an der Tür. Stille.

Die Latte war genau angepaßt und quietschte etwas, als ich sie wegzog. Die Tür war tatsächlich unverschlossen. Ich leuchtete in den Raum.

Er enthielt ein Holzregal mit Konserven und zwei schenkelhohe Bierfässer aus Aluminium. Davor lag ein Mann auf dem nackten, kalten Boden. Er hatte sich auf die Seite gedreht und starrte mich aus entsetzten Augen an. Der Mund war mit breiten Klebestreifen zugepappt. Die Hände hatten sie ihm mit Nylonschnüren auf den Rücken gefesselt. Auch die Beine waren von den Knöcheln bis zu den Knien umwickelt.

Der Mann war groß und schwarzlockig. Rasiert und mit weniger verzerrtem Gesicht konnte man ihn sicherlich als Frauentyp bezeichnen – wie Purnick meinte.

»Ganz leise!« sagte ich. »Ich bin hier, um Sie zu befreien.« Ich schnitt seine Fesseln durch.

Er richtete sich auf. Die Panik in seinen Augen erlosch. Er versuchte, seinen Mund freizumachen. Aber die Finger wollten noch nicht, sie waren kalt und blutlos. Ich zog ihm die Klebestreifen ab und half ihm auf die Füße.

»Danke!« flüsterte er. »Danke! O Gott, ich dachte … Sind Sie der FBI-Mann?«

Flüsternd berichtete er dann, wie sie ihn erwischt hatten,

als er auf verzweifelter Suche nach einem Versteck durch die Absteige geirrt war.

»Es muß noch jemand hier sein«, meinte er. »Durch die Mauer hörte ich ein leises Weinen. Wie von einem Kind. Oder von einer Frau.«

»Die Lumpen haben auch Ihre Freundin entführt. Sicherlich . . .«

»Jessie?«

»Leise, Mann! Ja, sie sollte wohl als Druckmittel herhalten, damit Sie sich Healy stellen. Wenn sie hier unten ist, um so besser!«

Er begann zu zittern. »Mein Gott! Und alles wegen eines Irrtums.«

»Warten Sie hier!«

Ich ging hinaus und zur nächsten Tür. Der Raum ähnelte dem vorigen, enthielt aber keine Vorräte, sondern eine Gartenliege. Auf ihr lag das Mädchen. Auch Jessie Miller war gefesselt und geknebelt. Zusätzlich hatte man ihr einen breiten Streifen über die Augen geklebt. Was ich vom Gesicht sah, war totenbleich. Natürlich hörte sie mich. Ihr Körper wurde starr wie Porzellan.

»Seien Sie leise, Jessie. Ich bin FBI-Agent und befreie Sie. Keine Angst mehr! Ganz ruhig! Steve Dyer ist nebenan und wartet auf Sie!«

Ich ging vorsichtig mit ihr um. Sie konnte weder gehen noch stehen und weinte lautlos. Ich gab ihr das Feuerzeug zum Halten in die zitternden Finger und trug sie auf meinen Armen. Sie durchtränkte meinen Hemdkragen mit Tränen.

Nebenan war Dyer so weit, daß er Jessie übernehmen konnte. Ich ließ den beiden eine halbe Minute. Jessie klammerte sich an ihn.

Er streichelte ihr Haar.

Wir traten den Rückzug an. Jessie stakste auf unsicheren Beinen. Aber von Dyer gestützt, ging es halbwegs. Ich nahm die Latte mit. Draußen klemmte ich sie unter die Klinke der Hintertür. Er paßte wie nach Maß.

Ich sicherte nach hinten ab, während wir durch den Garten zur Mauer stiefelten. Von meiner halbstündigen Vorgabe hatte ich nur zwölf Minuten verbraucht.

Es war nicht ganz einfach, Jessie über die Mauer zu hieven. In ihren Händen und Füßen zikulierte das Blut noch nicht. Aber gemeinsam schafften wir es. Auf dem Weg zur Bushaltestelle schnitt ich den beiden die Dankesworte ab.

»Erzählen Sie, was Ihnen Gable angedroht hat!« forderte ich Dyer auf.

»Ich würde heute nacht sterben.« Dyers Stimme wackelte. »Als Selbstmörder würde man mich präsentieren. Ich solle mir meinen Abschiedsbrief schon überlegen. Falls ich mich weigerte, würde man mir ein Schauspiel vorführen. Das hat Gable gesagt und dabei hämisch gegrinst.«

Ich wußte, was mit dem Schauspiel gemeint war. Die Hauptrolle hätte Jessie gespielt – oder besser gesagt: erleiden müssen. Und damit hätten sie Dyer kirre gemacht. Aber ich sagte nichts, um das Schockerlebnis der beiden nicht noch zu vertiefen.

»Von meinem Anruf bei Purnick«, fuhr Dyer fort, »habe ich nichts gesagt. Sonst, dachte ich, würden die mich gleich umbringen.«

»Das war richtig. Allerdings weiß Healy inzwischen, daß wir Sie aus der Absteige holen wollten. Wer ist außer Gable und Morgan noch im Haus?«

»Niemand, glaube ich.«

Wir erreichten meinen Wagen. Phil und Purnick stiegen aus. Wir setzten das Mädchen in den Fond. Der Sheriff hatte eine Taschenflasche mit Whisky als erste Hilfe für das Pärchen. Dyer rückte neben Jessie und legte den Arm um sie.

»Eine tolle Leistung!« meinte Purnick begeistert.

»Nur Glück gehabt!« sagte ich. »Am besten, Sie bringen die beiden gleich weg. Fahren Sie zum Headquarters der Stadtpolizei! Aber sorgen Sie um Himmels willen dafür, daß hier keine Streitmacht anrückt. Ich vermute, Healy tanzt an. Und zwar bald. Er weiß, daß wir hier sind. Er muß sich sagen: Solange wir nicht in Terrytown sind, können wir ihn nicht beschatten, wenn er aufbricht. Er nimmt sicherlich nicht den kürzesten Weg. Aber schließlich führen viele Straßen hierher. Wahrscheinlich trifft er ein, bevor seine beiden Schergen merken, daß die Verliese leer sind. Zum Empfang postieren mein Freund und ich uns im Garten.«

Purnick nickte, nestelte an seinem Halstuch, glitt dann hinters Lenkrad und startete den Wagen.

Wie aus einem Zerstäuber fiel dünner Nachtregen auf New York City. Die flimmernden Tröpfchen rochen nach Ruß – nicht überall in der Achtmillionenstadt, aber hier in einem Beinahe-Slum-Viertel der Westside, hafennah, billig und verkommen. Es wurde mehr und mehr von Asozialen besetzt.

Es gab noch andere Bewohner: Kleinbürger, Einzelgänger oder mittellose Familien. Solche, die das Viertel nicht aufgeben wollten oder konnten. Aber sie waren in der Minderheit.

Ein schwarzbrauner Menschensilo mit einem Gewirr von Feuertreppen an der Fassade war Mittelpunkt der Aktion. Das merkte freilich nur, wer das Gras wachsen hörte.

Der Wohnblock wurde von drei Straßen begrenzt. Getarnte Streifenwagen standen an allen Ecken, nicht viel auffälliger als die überquellenden Mülltonnen.

In dieser Minute postierten sich vier Polizeidetektive des 19. Precinct im Hinterhof. Nur eine Katze sah das. Aber die war mit den Resten eines Herings beschäftigt und fauchte nicht mal.

Um 22 Uhr 05, zum vereinbarten Zeitpunkt, war der Block abgeriegelt. FBI-Chef John D. High hatte kein Detail übersehen.

Seine Planung war lückenlos.

Es war eine kombinierte Aktion: FBI und City Police. Der Anlaß rechtfertigte die hohe Beteiligung von 28 Mann. Es ging um Leon Lewyt, den kahlköpfigen Killer, den mutmaßlichen Mörder der Brainard-Schwestern.

Die dunkle Limousine stand in einer Nebenstraße. Die G-men Walter Stein und Ted Harper saßen vorn, Mr. High und Satch hinten. Satch war ein Polizeispitzel.

Jetzt rutschte er unruhig hin und her. Er bereute bereits, daß er sich auf die Sache eingelassen hatte. Aber dazu war es nun zu spät. Er kannte zufällig Lewyts neue Adresse und hatte sie, von einem G-man darauf angesprochen, ausgeplaudert. Für zwei Riesen, die ihm jetzt wie Heizplatten in der Geldtasche seiner abgewetzten Hose brannten. Satch war der nunmehr neunundvierzigjährige Sohn polnischer Einwanderer, hatte einen für amerikanische Zungen unaussprechlichen Namen, wurde überall Satch genannt, lebte von Bettelei und kleinen Diebereien und empfand den guten Kontakt zu den Bullen als eine Art Lebensversicherung. Was natürlich Unsinn war. In dem Milieu, wo er sich bewegte, konnte jeder jederzeit ausgelöscht werden, aus nichtigstem Anlaß oder aus Versehen.

Satch vermehrte sein faltenreiches Antlitz um einige Querfurchen auf der Stirn.

»Näher ran gehe ich nicht, Chef. Keinen Schritt! Nehmen wir an, Sie erwischen ihn nicht, und der sieht mich. Dann kann ich mich gleich aufbaumeln, und das wäre noch ein gnädiges Ende.«

»Niemand verlangt, daß Sie mitkommen«, beruhigte ihn

High. »Die Lage seiner Bude können Sie und auch von hier aus zeigen.«

Zwar hatte Satch versucht, es zu beschreiben. Aber das war zu verwirrend gewesen, um nützlich zu sein. Klarheit hatte nur seine Angabe von Straße und Hausnummer verschafft.

Er beugte sich vor. Seine engstehenden Augen spähten durch die Windschutzscheibe. Der Wagen stand so, daß auch die Schmalseite des Gebäudes im Blick lag. Satch leckte sich über die spröden Lippen.

»Das Fenster dort. Ich sah Lewyt, als ich mit Maud Higgins bei dem Hydranten stand. Wir schwatzten, und Lewyt hatte sich einen Stuhl oder so was ans Fenster gerückt und hielt das Gesicht in die Sonne. Er trug ausnahmsweise mal keine Brille. Das weiß ich genau.«

In Achterreihen boten sie sich an, fünf Stockwerke hoch. Ein Fenster wie das andere. Die Mehrzahl war jetzt dunkel.

Satch wollte die Hand ausstrecken, besann sich, zählte ab und meinte: »Das dritte von rechts im vierten Stock. Nein, im dritten. Oder? Moment! Sie machen mich ganz nervös. Doch, im vierten war's. Jetzt weiß ich's wieder, weil über ihm ein Mädchen rausguckte. Und darüber war nur noch die Dachkante.«

»Okay, Satch. Sie können verschwinden oder im Wagen bleiben, wenn Sie wollen.«

»Ich hau ab.«

Er kletterte ins Freie. Die Dunkelheit zwischen den Häusern verschluckte ihn.

»Das Fenster ist unbeleuchtet«, sagte Walter Stein.

»In Lewyts Akte steht, er sei ein Morgenmensch«, sagte Mr. High. »Früh auf den Beinen, aber kein Nachtbummler. Vielleicht schläft er schon.«

Sie stiegen aus. Ihre Textilien hatten sie der Gegend angepaßt, was bei John D. High freilich ein Verkleidungsversuch am untauglichen Objekt war. Auch im speckigen

Mantel und mit ausgebeultem Hut wirkte er wie ein Lord, der nur aus Snobismus auf seinem Landsitz den Schweinestall ausmistet.

Sie gingen hinüber. Die Straße war fast leer. Ted Harper schob die Eingangstür auf und drückte auf das Dreiminutenlicht des Treppenhauses. Matte Beleuchtung glomm auf, grünstichig wie durch ein Aquarium gefiltert. Die weißen Wände waren beschmiert. Im Fahrstuhl hatte jemand eine Tüte mit Abfällen abgestellt. Immerhin – der Fahrstuhl funktionierte.

»Ein gutverdienender Killer«, sagte Mr. High. »Alle nennenswerten Einnahmen steuerfrei. Aber einen Hang zum Luxus kann man ihm nicht nachsagen.«

Im vierten Stock stiegen sie aus. Der Gang führte zur Schmalseite des Hauses und dann nach hinten. Bevor sie um die Ecke bogen, hörten sie das Pochen. Jemand hämmerte gegen eine Tür.

»He, Lewyt, verdammt noch mal! Sind Sie wieder nicht da?«

John D. High ging voran. Er sah einen untersetzten Typ, der vor der drittletzten Tür auf der rechten Seite stand. Vor Lewyts Apartment. Er hielt den Kopf gesenkt, etwas schief und vorgestreckt, als warte er auf das Knarren von Bettfedern, die die Beendigung von Lewytys vormitternächtlichem Schlaf ankündete. Die eine Faust war erhoben. Ihr Format reichte, um eine Tür einzuschlagen.

Als die drei näher kamen, wandte der Mann den Kopf. Er trug einen grünen Overall, der gestärkt und gebügelt war. Aber sein T-shirt war verschwitzt, und der Bauch hing wie ein Sack unterm Gürtel. Das Gesicht war feist und bartstoppelig. Kleine Schweinsaugen blinzelten die drei an.

»Ist er nicht da?« fragte Mr. High.

»Seit Tagen nicht. Scheiße! Wollt ihr auch zu Lewyt?«

Mr. High lächelte dünn. »Er schuldet uns was.«

»Mir auch. Und zwar die Miete. neunzig Dollar. Verflucht! Wohin soll ich ihm noch nachlaufen?« Er rülpste, erschrak darüber und fächerte mit der Hand vor dem Mund herum. »Ich bin der Hausmeister.«

Mr. High legte warnend einen Finger über die Lippen, griff in die Tasche und zeigte dem Dicken die FBI-Legitimation. Leise sagte er: »Schließen Sie auf!«

»Wie? Äh ... Ach so! Hätte ich mir ja denken können bei dem Typ. Aber ich kann Ihnen nicht helfen, Sir. Den Generalschlüssel habe ich schon vor Monaten verloren. Und – äh – wozu brauche ich den eigentlich? Fehlt irgendwo etwas, soll ich es doch nur gewesen sein.«

Mr. High winkte Ted Harper. Der beschäftigte sich nur Sekunden lautlos mit dem Schloß. Dann trat er in den Schutz der Wand, zog seinen Revolver und gab der Tür einen Stoß. Sie schwang auf.

Das Flurlicht zeichnete einen Rhombus auf den fadenscheinigen Teppich der Bude. Sie war leer, das Bett unbenutzt.

Während Ted Harper und Walter Stein den Raum sorgsam durchsuchten, nahm John D. High den Hausmeister beiseite. Der Dicke wurde eindringlich befragt. Aber es kam nicht viel dabei raus. Lewyt wohnte hier seit knapp sechs Wochen, kümmerte sich um nichts und war selten zu sehen. Er brachte zwar manchmal ein Strichmädchen mit, schien aber keinerlei Freunde zu haben. Bei den Nachbarn war er als roh verschrien, weil er in zwei Fällen Kinder geohrfeigt hatte, die ihm auf dem Flur in den Weg gerannt waren.

»Ich muß Sie ersuchen, absolutes Stillschweigen zu bewahren«, meinte Mr. High, nachdem er sich die Personalien des Hausmeisters notiert hatte. »Ich werde zwei Leute in Lewyts Wohnung zurücklassen. Wir haben einen Haftbefehl gegen ihn wegen Verdachts von Schwerverbrechen. Unsere Festnahme kann nur gelingen, wenn er keinen Verdacht schöpft. Er darf nicht ahnen, was ihn in seiner Wohnung erwartet. Also kein Wort zu irgendwem. Ist das klar?«

»Völlig, Sir. Ich weiß von nichts.«

»Sind Sie verheiratet?«

»Ja, Sir! Aber meine Alte wäre die letzte, der ich was erzähle. Mit der rede ich ohnehin kaum ein Wort.«

Mr. High entließ den Mann und trat in die Bude. Ein unangenehmer Geruch schwebte hier – wie nach verschwitztem Bettzeug.

»Nichts«, sagte Walter Stein. »Außer Zahnbürste, etwas Wäsche und sieben Fensterglasbrillen in teuren Etuis keine persönlichen Sachen. Weder Brief noch Bankauszug. Lediglich im Papierkorb haben wir einen zerrissenen Hotelführer von Watertown gefunden. Meines Wissens ist das eine Kleinstadt am Ontariosee, etwa fünfunddreißigtausend Einwohner. Vielleicht macht er dort Urlaub. Allerdings ist der Prospekt vom Vorjahr.«

High überlegte einen Moment. »Wir werden veranlassen, daß die dortigen Hotels nach ihm abgesucht werden. Aber hier ist unsere Chance größer. Wenn wir etwas Glück haben, geht er uns bald in die Falle.«

Ich verlagerte das Gewicht auf den anderen Fuß. Seit fast einer Stunde stand ich jetzt auf einem Fleck, ohne mich zu rühren. Zweige kitzelten meinen Nacken. Eine fette Spinne, die mich mit einer Fliege verwechselte, hatte ich zerklatscht. Hinter einem verrammelten Fenster der Villa hatte jemand gehustet. Der Geräuschpegel der Stadt war derselbe wie vorhin. Die Sterne glitzerten vom südlichen Himmel herab, und der Nachtwind war angenehm. Er brachte den Duft von Blüten mit. Manchmal so intensiv, daß ich mir rasch die Nase rieb, um nicht zu niesen.

Phil stand auf der anderen Seite der Einfahrt, so versteckt wie ich und bestimmt ebenso ungeduldig. Hoffentlich ging unsere Rechnung auf. Es hing davon ab, ob Gable oder Morgan die Befreiung der beiden Geiseln schon entdeckt hatten. Und ob es eine Möglichkeit für sie gab, Healy zu warnen. Hoffentlich war er schon unterwegs. Hatte er Autotelefon in seinem Cadillac?

Die haben noch nichts gemerkt, sagte ich mir. Sonst wären sie abgezischt oder hätten zumindest mal ins Freie geluchst, ob die Bude schon von Polizei umstellt ist.

Mit sanftem Schnurren näherte sich ein Wagen die Straße herauf. Es klang nach Cadillac. Das Scheinwerferlicht strich an der Einfahrt vorbei. Er wurde langsamer, schwenkte ein und rollte schon zwischen uns durch. Ich meinte, Healys Silhouette hinter dem Lenkrad zu erkennen.

Er fuhr zur Schmalseite der Villa. Bis zur hinteren Ecke, wo Morgans Chevy stand. Es gab noch Parkraum in Fülle, den man von der Straße nicht einsehen konnte.

Als die Lichter ausgeschaltet wurden, stand ich im Schatten eines Mauervorsprungs. Phil war vorn geblieben, um mir den Rücken zu decken. Es konnte fatal werden, wenn Gable oder Morgan plötzlich hinter mir auftauchten.

Healy stieg aus. Der Schlag fiel zu. Er kam heran. Als er auf gleicher Höhe mit mir war, trat ich aus dem Schatten und drückte ihm die Revolvermündung an dem Hinterkopf.

»Keinen Laut, Healy!«

Er machte eine irritierte Bewegung. Dann verharrte er stocksteif. Meine Augen hatten Zeit gehabt, sich an die Dunkelheit zu gewöhnen. Ich sah das Zucken auf seinem Gesicht.

Ich griff unter seine Jacke und fischte die Automatik hervor.

»Geh zur Haustür!«

Ihm wackelten die Knie. Aber er sackte nicht zusammen.

Ich blieb auf Tuchfühlung hinter ihm. Meine Revolvermündung verlor keinen Moment den Kontakt zu seiner Lendenwirbelsäule.

Wir gingen langsam und bogen um die Ecke. Neben der Eingangstür preßte sich Phil mit erhobenem Revolver an die Wand.

Ich blieb zwei Schritt zurück, verharrte links der Tür im Schutz der Wand und hatte Healy im Visier.

Er brauchte nicht zu klopfen, nicht zu klingeln, nicht den Mund aufzutun. Morgan als Türsteher hatte genaues Zeitgefühl. Erst ein schmaler Lichtstreifen im Türspalt, dahinter Morgans Gesichtshälfte. Dann wurde die Tür forsch geöffnet. Phil langte um die Ecke und ließ den Gangster am 38er riechen. Der Kerl hüpfte vor Schreck in die Höhe, bereute es aber schon, ehe seine Füße wieder den kalten Marmor der Eingangshalle berührten.

Ich schob Healy vor mir her. Morgan ging mit erhobenen Händen rückwärts. Im Hintergrund tauchte Gable in einer Flügeltür auf, sah uns und griff blitzschnell zur Waffe.

Ich schoß neben ihm in die Türfüllung. Er brüllte auf, als sei er getroffen, und hob die Hände.

Ich klickte die Tür hinter mir zu. Phil entwaffnete die beiden, während ich sie in Schach hielt.

Morgan schlotterte. Gable war totenbleich, aber verbissen und haßerfüllt. Von ihm würden wir keine Aussage kriegen. Aber das war auch nicht nötig.

»Was meinen Sie, Healy«, wandte ich mich an den Obermotz, »wen wir wohl finden, wenn wir dieses Gemäuer durchkämmen? Ich tippe auf Jessie und Dyer.«

Die blauen Glasmurmelaugen quollen noch stärker hervor. Das sonst rötliche Gesicht wechselte zwischen Gelb und Grau. Die Sommersprossen waren nur noch Dreckspreckel. Um den Mund spielte ein schwächliches Grinsen.

»Okay, Sie haben gewonnen.«

»Dyer sollte den Sündenbock abgeben, wie? Aber wir werden Ihnen nachweisen, daß Leon Lewyt in Ihrem Auftrag handelte. Sie sind der Auftraggeber für die Morde an den Brainard-Schwestern!«

Er glotzte mich an. Langsam sanken die erhobenen Arme herab. Er schob die Brauen zusammen. Furchen bildeten sich auf der Stirn. Er begriff mich nicht sofort. Und das war nicht gespielt. Als Erkenntnis in seine Augen zog, öffnete er den Mund, schloß ihn wieder und öffnete ihn abermals.

»Was? Soll das ein Witz sein?« Er sah mich aufmerksam an. »Wer ist Leon Lewyt?«

Ich sagte es ihm.

»Mann, Cotton!« Er stöhnte. »Ich weiß, daß Sie mich am Kanthaken haben. Mein GOLDEN TWENTIES fliegt auf. Zwei Entführungen sind mir nachzuweisen. Daß ich Dyer umbringen werde, habe ich laut genug verkündet. Kommt also noch der Versuch zur Selbstjustiz hinzu. Aber was Sie mir jetzt unterstellen, kränkt mich zutiefst.« Sein Gesicht lief rot an. »Verdammt noch mal!« brüllte er. »Ich habe doch diesen Dyer nur gejagt, weil er Mabel auf dem Gewissen hat!«

»Er war es aber nicht.«

»Gestehen wird er es Ihnen bestimmt nicht.«

»Hören Sie mit dem Theater auf, Healy! Sie schätzen Ihre Lage ganz richtig ein. Also geben Sie den Rest auch noch zu!«

Der geblähte Hals schwoll ab. Sein Gesicht schien in sich zusammenzufallen.

»Den Knast«, sagte er leise, »überstehe ich nicht. Ich kann nur in Freiheit atmen. Ich brauche Spielraum, Aktivität, ein Mindestmaß an Luxus. Schon fünf Jahre Zeit wären mein Todesurteil. Und ich mache mir keine Illusionen. Zwanzig Jahre werden sie mir verpassen. Daß es aus ist, will ich damit sagen. Glauben Sie, ich würde noch leugnen, wenn ich Mabel oder Cilly umgebracht hätte? Mann, Sie haben ja keine Ahnung, wie Mabel und ich standen. Sie war nun mal die Richtige für mich. Ohne sie ist sowieso alles Scheibenkleister.«

Ich sah ihn lange an. Ein genialer Mime? Ein Heuchler?

Ich war fast versucht ihm zu glauben.Das GOLDEN TWENTIES wurde in dieser Nacht ausgehoben. Kollegen aus Columbia besorgten das. Das Stadtgefängnis von Charleston füllte sich. Healy und sämtliche Helfershelfer saßen ein. Was jetzt kam, war Sache des Untersuchungsrichters. Unser weiteres Mittun würde sich auf Papierkrieg beschränken.

Für die Anklageerhebung waren unsere Berichte die wichtigste Unterlage. Das Material freilich konnten wir auch von New York aus liefern.

Phil wäre wegen Fay noch gern geblieben. Aber ein Telefonat mit Mr. High zerstörte diese Hoffnung. Wir wurden in New York gebraucht, und zwar dringend. Denn der erste Anlauf gegen Lewyt hatte keinen Erfolg gebracht.

Gegen drei Uhr morgens klingelte Phil seine Flamme aus dem Bett und verabschiedete sich. Er versprach, an seinem nächsten freien Wochenende zu ihr zu jetten. Wie es um seine freien Wochenenden stand, verschwieg er allerdings. Oder er hatte sich, wie ich seiner entschlossenen Miene entnahm, vorgenommen, noch diesen Monat eins rauszuschinden.

Eine Frühmaschine der Eastern Airlines verkehrte in Richtung New York. In der hockten wir dann, übernächtigt und mißmutig. Als wir in siebentausend Meter Höhe waren, sahen wir die aufgehende Sonne über dem Atlantik. Unter uns war es dunkel, und der Kontinent schlief noch.

Phil schenkte sich die fünfte Tasse Kaffee ein und tunkte einen Toast hinein, als werde sein Prachtgebiß damit nicht mehr fertig.

Auch in den Häuserschluchten der East Side waberte stickige Schwüle. Aber die Halle der FLOWERY APARTMENTS atmete vornehme Kühle. In seiner Antiquitäten- und Kunstgalerie hatten wir Juhlin nicht angetroffen. Hoffentlich war er zu Hause.

Der Portier machte ein abweisendes Gesicht. »Mr. Juhlin hat bereits Besuch. Na gut, ich kann es ja versuchen.«

Er sprach ins Telefon und erhielt offenbar einen abschlägigen Bescheid, wie ich seiner Miene entnahm. Er strahlte Schadenfreude aus. Aber ich langte mir den Hörer.

»Hier ist Cotton, Mr. Juhlin. Wir müssen Sie sprechen. In zwei Minuten sind wir oben.«

Dann waren wir im Fahrstuhl, schwebten hinauf, traten auf die Dachterrasse und blinzelten in grelles Licht.

Juhlin stand in der Penthouse-Tür, trug einen dunklen Anzug, und das Gesicht schwitzte. Der Teint hatte die Farbe einer Stachelbeerkaltschale. Die grünen Augen wieselten, als fühlten sie sich unter den Fettwülsten gefangen.

Er bat uns herein. Er war so deprimiert wie ein Firmenchef, der den Steuerprüfer empfängt. Der Wohnraum war kühl. Einen Besucher sah ich nicht.

»Nehmen Sie bitte Platz!«

Wir blieben stehen.

»Wir haben Leon Lewyt erwischt«, sagte ich. »Er hat bereits gestanden. Sie haben sich den Coup zu leicht vorgestellt, Juhlin. Jetzt ist es aus.«

Ein Sessel berührte seine Kniekehlen. Er sank hinein. Der Mund zitterte. Aber nur für einen Moment. Dann kehrte ein Teil seiner Fassung zurück.

»Was? Wen? Verstehe kein Wort. Wenn Sie sich bitte etwas deutlicher ausdrücken wollen!«

»Lassen Sie das Theater. Wir drei wissen: Sie wurden niemals von Cilly bestohlen. Es sollte ein Versicherungsbetrug werden. Und die beiden Morde haben Sie eiskalt eingebaut.«

»Leon Lewyt ist der Mörder der Brainard-Schwestern. Dafür spricht alles. Richtig?«

»Richtig.« Ich köpfte mein Frühstücksei.

»Fragt sich, warum tat er das? Ist er der Komplize der beiden? Wollte er die Beute aus Juhlins Tresor für sich allein? Oder ist er auch diesmal nur der bezahlte Killer, der im Auftrag des wirklichen Komplizen gehandelt hat? Beides ist möglich, meine ich. So oder so: Alle Weg zur Klärung führen über Lewyt. Hoffentlich erwischen wir ihn bald.«

»Bevor die Beute verkauft ist«, nickte ich.

Die Maschine flog Umwege. Zwischenstation auf Zwischenstation. Mittags landeten wir endlich in New York. Ein Helikopter brachte uns in die City. Als wir wenig später das Distriktgebäude durch den Haupteingang betreten wollten, hielt ein Taxi am Bordstein. Eine Frau stieg aus. Sie hatte schon bezahlt und kam eilig heran. Sie war nicht viel kleiner als ich und hatte den Kopf voller weißblonder Löckchen. Sie trug einen Sommertraum aus weißer Spitze. Auch diesmal reichte das Dekolleté tief hinab. Blauaugen blickten gehetzt. Das schöne Riesenweib steuerte schnurstracks auf uns zu.

»Gentlemen! Sind Sie nicht die beiden FBI-Detektive, die sich auf unserer letzten Party umsahen?«

»Stimmt, Mrs. Juhlin«, sagte ich. »Aber wir waren nicht eingeladen und blieben nur kurz. Können wir etwas für Sie tun?«

»Ich muß Sie sprechen!« Sie keuchte.

Wir baten sie mitzukommen, flankierten sie zum Aufzug und schnupperten in der Kabine ihr Hundert-Dollar-Parfüm, während sie sich ein verzerrtes Lächeln an den grellgeschminkten Mund heftete. In unserem Office war nur abgestandene Luft. Phil betätigte die Ventilation, während sich Cathy Juhlin auf den Besucherstuhl setzte. Sie schlug die Beine übereinander und bemühte sich um Ruhe, verbreitete aber so viel Nervosität, als hätte sie eine Hornisse im Hemd.

»Nun?« Ich lächelte sie an.

»Es gibt nur die eine Erklärung, Mr. Cotton: Mein Mann will mich umbringen. Sie haben ihn ja kennengelernt. Diesem fetten Glatzkopf mit seinen grünen Glitzeraugen ist alles zuzutrauen. Es soll wie Selbstmord aussehen. Ich weiß nicht, seit wann er das plant. Aber jetzt hat ihm dieses widerliche Partyspiel das Mittel verschafft.«

»So spielerisch kam mir Ihre Party nicht vor.«

»Die meine ich doch nicht. Bei seinem Bruder war das. Vor Wochen.« Sie lachte gequält. »Horace Juhlin ist Psychiater in San Francisco. Ein perverser Kerl und auch noch stolz auf seine ausgefallenen Partyideen. Wir besuchten ihn in Frisco. An dem Abend war nur von Selbstmördern die Rede. Wahrscheinlich, weil sich gerade ein junges Paar von der Golden Gate Bridge gestürzt hatte. Jedenfalls kam dann dieser Spinner auf die Idee, wir sollten jeder einen Abschiedsbrief schreiben. Der beste sollte prämiiert werden. Geschmacklos, ich weiß. Aber Sie glauben nicht, wie begeistert alle mitmachten. Ich auch. Als jeder sein Selbstmitleid aufs Papier verströmt hatte, sammelte Horace die Briefe ein und las vor. Ich kriegte keinen Preis, obwohl mein Brief überzeugend klang. Sinngemäß steht darin, ich hätte das Leben satt und man möge mir meinen verzweifelten Schritt verzeihen. Auf eine bestimmte Todesart hatte ich mich nicht festgelegt. Auch das Datum fehlte, was als Mangel bezeichnet wurde. Ist ja auch egal. Aber jetzt ...« Ihr Mund zuckte.

Phil hatte sich hinter seinen Schreibtisch gesetzt und lauschte andächtig.

»Seit kurzem«, fuhr sie fort, »habe ich Wallace in Verdacht, daß er mich betrügt. Deshalb habe ich heute morgen seinen Schreibtisch durchschnüffelt. Beweise fand ich nicht. Aber – sorgfältig versteckt – meinen Abschiedsbrief. Er muß ihn bei der Party damals unauffällig an sich genommen haben.«

»Unterstellen wir mal«, ich legte den Bleistift weg, mit dem ich gespielt hatte, »Ihr Mann führe Böses im Schilde. Wäre es dann nicht wahrscheinlich, daß ihn sein eigener Bruder entlarvt, indem er sich an den Wortlaut Ihres Abschiedsbriefes erinnert?«

»Horace hat fast vierzig Briefe gelesen. Außerdem war er angetrunken. Ich glaube nicht, daß er sich entsinnt.« Sie zerrte an ihren Fingern. »Wallace ist letzte Nacht verreist. Nach Watertown. Irgendwas Geschäftliches. Er kommt erst morgen abend zurück. Ich bitte Sie, dabeizusein, wenn ich ihn mit dem Abschiedsbrief konfrontiere. Sie als Zeugen – das garantiert meine Sicherheit, nicht wahr? Er wird sicherlich eine Ausrede haben. Aber er kann es dann nicht mehr wagen, mich umzubringen. Dann reiche ich die Scheidung ein. Und er muß zahlen, bis er schwarz wird.«

»Sie hassen ihn?«

»Dieser Widerling! Unsere Ehe ist kaputt.«

»Wir werden morgen abend da sein. Vorher telefonieren wir noch miteinander. Wissen Sie, in welchem Hotel Ihr Mann in Watertown abgestiegen ist?«

»Kein Hotel. Wir haben dort ein Ferienhaus am Ontariosee.« Sie nannte die Adresse.

Phil brachte die Frau zum Fahrstuhl. Als er zurückkam, blies er die Backen auf. »Wenigstens mal was Neues. Juhlin scheint eine Pechsträhne zu haben. Er verliert aber auch alles. Fehlte nur noch, an der Sache ist wirklich was dran.«

Ich hob die Schultern. »Hysterie kann eine schlimme Krankheit sein.«

Ich rief bei Mr. High oben an. Aber Helen, seine hübsche Sekretärin, erzählte, er sei unverhofft am Spätvormittag nach Washington gerufen worden und werde erst im Laufe der Nacht zurückkehren. Sie hatte einen Bericht für uns. Er betraf die nächtliche Aktion gegen Lewyt. Ich erfuhr, der Spitzel Satch hätte den Tip gegeben, und die Kollegen Walter Stein und Ted Harper säßen noch in Lewyts Bude. Sie hätten Weisung, sich alle drei Stunden telefonisch zu melden, wären mit Proviant versorgt und hätten beim letzten Telefonat gejammert, es gäbe nichts Öderes als endlose Kartenpartien zu zweit. Und wann endlich Ablösung käme?

An dieser Stelle wechselte ich hastig das Thema. Ich wollte keinen Einsatzleiter animieren, auf dumme Gedanken zu kommen. Phil und ich verspürten keinerlei Lust, uns Däumchen drehend in Lewyts Bude zu hocken. So sehr wir den Kerl brauchten ... So qualifizierte Kollegen wie Walter und Ted konnten seine Festnahme ebenso besorgen.

»Wir sind schon wieder stramm im Geschirr«, sagte ich. »Wir müssen verhindern, daß Wallace Juhlin seine blonde Frau umbringt. Bis später, Helen!«

Phil brachte ein paar Flaschen Coke. Er hatte noch eine halbe Flasche Rum im Schreibtisch. Wir tranken wieder einen Cuba libre aus Kunststoffbechern. Dann mühte ich mich eine halbe Stunde ab, um den Psychiater Horace Juhlin in San Francisco ausfindig zu machen.

Es gab ihn tatsächlich. Aber der Nachmittag neigte sich blauer Dämmerung entgegen, als das Telefonat endlich zustande kam. Ich redete mit diesem Experten für Unbewußtes. Er hatte eine Stimme wie ein röhrender Hirsch. Was ich dann erfuhr, elektrisierte mich. Ich winkte Phil zum Mithören an die Muschel.

Außerdem kramte ich den Zettel hervor, auf dem ich Wallace Juhlins Watertown-Adresse notiert hatte.

Um 22 Uhr 56 lenkte Wallace Juhlin seine Limousine in die Einfahrt der Tiefgarage unter den FLOWERY APARTMENTS, dem schlanken Betonriesen auf der East Side. Langsam rollte der Wagen hinab. Phil und ich saßen im Fond. Kein Wort wurde gesprochen. Juhlins Stimmung ließ nicht mal ein Räuspern zu.

Mit dem Fahrstuhl fuhren wir zum Penthouse empor. Wir schwiegen immer noch. Wir traten aufs Dach. Juhlin ging voran. Geduckt hielten wir uns im Hintergrund. Dunkel war es hier oben, die Nacht über New York wolkenverhangen. Im Penthouse brannte kein Licht. Juhlin schloß auf. Hinter ihm schlüpften wir durch die Tür.

Der Kunsthändler verzichtete auf Licht und tappte durch den schmalen Gang voran. Das Schlafzimmer lag hinten. Durchs Schlüsselloch fiel matter Schein.

Im Vorbeigehen sah ich einen Waffenschrank. Es war zu dunkel für Einzelheiten. Aber ich wußte inzwischen, daß er leidenschaftlicher Jäger war. Es gab auch drei Pistolen im Haus. Aber nur vom Kaliber 32 und schwächer. Die brennen kein Loch in eine kugelsichere Weste.

Wir blieben im Schutz der Wand. Juhlin atmete tief. Dann öffnete er die Tür, trat über die Schwelle und ließ hinter sich offen.

»Hallo, Cathy!«

Ich riskierte ein Auge. Die große Frau saß im Bett, eine Zeitschrift auf den Knien. Im Aschenbecher des Nachttischs qualmte eine Zigarette. Das Gesicht der Frau war hart. In den Augen glitzerte Haß. Die rechte Hand griff unter die Bettdecke. Ich hob meinen Revolver und zielte am Türpfosten vorbei. Juhlin stand jetzt vor dem Bett. Die Frau zog die Hand hervor. Rasch und entschlossen richtete sie die Pistolenmündung auf seine Brust.

»Jetzt klinke ich dich aus, du Hund!«

Ich feuerte. Die Entfernung war kurz. Ich hatte Zeit zum Zielen. Meine Kugel schlug ihr die Waffe aus der Hand.

Auch ohne das wäre Juhlin mit der kugelsicheren Weste unter seinem Sommermantel nicht gefährdet gewesen.

Ihr spitzer Schrei gellte uns noch in den Ohren. Sie starrte auf ihre Hand und dann auf uns. Aus dem bleichen Gesicht wich auch der letzte Blutstropfen.

Phil trat neben mir ein. »Das war ein Mordversuch«, sagte er. »Wäre er gelungen, hätten Sie behauptet, Ihr Mann sei zu Ihnen ans Bett geschlichen und hätte versucht, Sie zu erwürgen oder Ihnen eine Pistole an die Schläfe zu halten. Aber Sie, die Sie ja gewarnt waren, hätten nicht geschlafen und vorsorglich eine Waffe bei sich gehabt. Sehr schlau alles eingefädelt. Auch die angeblich vorzeitige Rückkehr Ihres Mannes, der nie später als jetzt kommen wollte. Mit dem Abschiedsbrief hätten Sie uns dann überzeugt. Aber Sie haben einen gravierenden Fehler gemacht. Sie waren nicht vorsichtig genug, als Sie an jenem Partyabend Ihren eigenen Abschiedsbrief aus dem Haufen der anderen heraussuchten. Ihr Schwager beobachtete das. Er sah Ihnen sogar über die Schulter. Allerdings glaubte er, Sie schämten sich und wollten das peinliche Schriftstück vernichten. Hiermit verhafte ich Sie, Cathrin Juhlin, und mache Sie darauf aufmerksam . . .«

Während er die Verhaftungsformel herbetete und sie über ihre Rechte belehrte, war ich am Telefon, um die Mordkommission herzuholen.

Juhlin lehnte wachsgelb und mit geschlossenen Augen an der Wand. Schweiß glitzerte auf seinem Gesicht. Er war fertig. Später bedankte er sich bei uns.

Nächster Tag neun Uhr. Wir kamen spät ins Office. Mr. High war längst da. Helen rief bei uns an, als mein Hut noch nicht im Garderobenschrank lag. Wir fuhren hoch, begrüßten den Chef und gruppierten uns zu dritt um den Rauchtisch. Helen stellte neues Kaffeegeschirr vor uns hin, das sie eigenhändig bei MACY'S gekauft hatte: derbe Keramik mit rustikalen Blumenmotiven. Als sich die Tür hinter ihr schloß, meinte Phil, aus den Töpfen würde er sogar Kamillentee schlürfen.

Wir berichteten über unseren Vier-Fünftel-Erfolg in Terrytown. Abschließend sagte ich: »Ich glaube es beinahe, daß Healy weder mit dem Kunstdiebstahl noch mit dem Doppelmord zu tun hat. Also liegt die Lösung bei Lewyt.«

Der Chef nickte. »Die Überprüfung des Hotels in Watertown hat leider keine Spur ergeben. Doch . . .«

»Wie bitte?« schoß ich dazwischen. »Watertown? Wieso Watertown? Meinen Sie Watertown am Ontariosee?«

Und Phil begleitete meinen Ausbruch, indem er fast die neue Keramiktasse zerbrach.

Der Chef hob etwas die Brauen. »Richtig. Watertown am Ontariosee. Was regt euch daran so auf? Ist das ein Stichwort? Wir fanden einen Hotelführer in Lewyts Bude. Der einzige verwertbare Hinweis.«

»Sind Sie über Wallace Juhlins Ehetragödie informiert?« fragte Phil.

»Ich weiß nur, was mir Helen sagte.«

Wir erzählten. Vor allem, daß Juhlin ein Ferienhaus in Watertown habe und gerade erst dort war – angeblich geschäftlich.

Dann war Stille. Wir sahen uns an. Jeder hatte den gleichen Gedanken.

»Himmel!« sagte Phil. »Das ist ja, als hätte ich nachts unter einer Straßenlaterne fünf Dollar verloren. Und weil die Laterne nicht brennt, suche ich unter der nächsten, die Licht hat. Aber wir können uns trösten. Der Hausputz in Terrytown war nützlich. Die Purnicks haben uns eingeladen. Und nach meiner Pensionierung werde ich mir dort als Tabakpflanzer die Ruhestandsbezüge aufbessern.«

»Langsam!« sagte Mr. High. »Noch ist alles Spekulation. Aber wir wollen mal unsere Theorie formulieren: Cilly

Brainard hat Juhlin niemals bestohlen. Sie ist nur der Sündenbock für seinen Zwei-Millionen-Versicherungsbetrug. Er selbst hat vor seiner Florida-Reise die Tresore leergeräumt und die Kunstschätze – wahrscheinlich von zwielichtigen Mittelsmännern – im Ausland verkaufen lassen. Oder er hat das noch vor. Damit sich Cilly nicht rechtfertigen kann, mußte sie sterben. Dafür wurde Lewyt als Killer engagiert. Juhlin wußte von den Kontakten ihrer Schwester Mabel zu einem Obergangster in Terrytown. Dorthin, so meinte Juhlin, werde sich zwangsläufig der Verdacht richten. Und das hat er ja auch, bis euch mit Healy ein fetter Fisch ins Netz ging. Lewyt tötete beide Schwestern. Cilly, um den Sündenbock mundtot zu machen; Mabel, um uns aufs Glatteis zu führen. Es sollte den Verdacht nähren, ein Komplize hätte die beiden liquidiert. Und als Komplize bot sich Healy an. Man konnte sogar riskieren, daß Healy später beweist, daß er nicht schuldig ist. Immer noch wäre das nie zufindende Phantom X als Komplize geblieben.«

Der Chef starrte einen Moment vor sich hin, ehe er fortfuhr: »Sicherlich sollte Lewyt beide in Terrytown umbringen. Daß er Cilly dort nicht rechtzeitig erwischte, war eine Panne. Aber er glich sie hier aus. Damit wir den Zusammenhang auch ja begreifen, verfiel er auf die ausgefallene Würgemethode, Springseile zu verwenden. Und gestern haben sich Juhlin und Lewyt in Watertown getroffen. Wahrscheinlich wollte der Killer seine zweite Honorarhälfte in bar – und direkt aus der Hand.« Der Chef sah uns an. »Ist dem noch was hinzuzufügen?«

»Höchstens«, meinte ich, »daß Cathy Juhlin von alldem nichts wußte. Sonst hätte sie es als Waffe gegen ihren Mann verwandt. Aber wenn unsere Theorie zutrifft, dann hat die Frau ihn jetzt doch noch erledigt: durch den Hinweis auf Watertown.«

Juhlin grinste. Tatsächlich, er grinste. »So, wirklich? Und das hat also dieser Mann behauptet? Wie heißt er? Leon Lewyt? Ist ja prächtig. Ich verlange, daß Sie mich ihm augenblicklich gegenüberstellen. Ins Gesicht soll mir dieser Mensch, den ich nicht kenne, die Anschuldigung wiederholen.«

Er sprang auf. Sein Blick wischte über die Tür hinten links. Hastig tupfte er sich mit dem Taschentuch übers Gesicht. Dann wurde die Krawatte gerichtet. »Los, gehen wir! Ich bin soweit!« sollte das wohl heißen.

Er wußte also, daß wir Lewyt gar nicht hatten. Er wußte es ganz genau und glaubte deshalb, noch ein As im Ärmel zu haben.

»Okay«, sagte ich. »Sie sind vorläufig festgenommen. Über Ihre Rechte belehre ich Sie gleich. Wir fahren jetzt zum Distriktgebäude.«

Wir verließen das Penthouse. Er schloß ab. Höhnisch grinsend lehnte er sich im Lift an die Wand. Das Grinsen verging ihm, als wir zwei Stockwerke tiefer stoppten. Ich zog den 38er aus der Halfter.

»Mein Kollege und Sie werden in der Halle warten«, sagte ich. »Allerdings glaube ich nicht, daß Lewyt mit dem Fahrstuhl runterkommt. Er wird die Feuertreppe benutzen. Sein Pech, daß er dort auf mich stößt. Wissen Sie, Juhlin: in Ihrem Haus wollten wir ihn nicht angreifen. Er stand hinter der Tür, hörte jedes Wort mit und hatte natürlich seine Kanone in der Hand. Wenn es irgendwie geht, vermeiden wir eine Schießerei.«

Er lief bläulich an, keuchte, krallte die Hände ins Jackett und ließ den Kopf zur Schulter baumeln, als machten seine Genickwirbel Feierabend. Ohne Phils stützende Hand wäre er zusammengeklappt.

Ich trat auf den Flur, rannte zur Feuertreppe und zog vorsichtig die Tür auf. Ich roch die strenge Säuerlichkeit ungestrichenen Betons, lauschte, sah nach oben und legte einen Finger gegen die Kante der Tür, bevor sie hinter mir zuglitt.

Es war still. Niemand kam. Ich postierte mich hinter einem Treppenabsatz und wartete. Eine Legion der Minuten schlich vorbei. Nach einer halben Stunde hatte ich die Nase voll. Ich stieg hinauf zum Dach. Als ich durch den Türspalt äugte, öffnete sich die Fahrstuhltür. Juhlin wurde von Phil ins Freie geschoben. Mein Freund benutzte ihn als Schild und hatte den Revolver in der Hand. Doch Phils Haltung war eher sorglos.

»He!« meldete ich mich.

»Er hat eben gestanden«, sagte Phil. »Unsere Vermutung stimmt von A bis Z. Aber Lewyt ist tot! Er kam her, um hundert Mille von Juhlin zu erpressen. Damit wollte er nach Kanada fliehen. Er wußte nämlich, daß in seiner Bude Polizei auf ihn lauert. Woher? Vom Hausmeister. Der hat ihn an der Haustür abgefangen und den zunächst rettenden Tip für tausend Dollar verkauft. Womit schlechte Zeiten für den Kerl anbrechen. Jedenfalls: Juhlin sollte Lewyts Reisekasse aufbessern. Und Juhlin öffnete scheinbar zahlungswillig den Wandsafe. Aber im Safe lag zuoberst eine Kanone. Mit der drehte er sich um und erschoß Lewyt. Er sagte, die Leiche liege im Bad. Abgespielt habe es sich drei Minuten, bevor wir auftauchten.«

Mit aller gebotenen Vorsicht betraten wir das Penthouse.

Aber Juhlin hatte die Wahrheit gesagt.

Lewyts Leiche, in Stirn und Hals getroffen, lag blutend in der Wanne. Das harte Gesicht zeigte einen Anflug von Überraschung. Aus der Brusttasche seiner Jacke ragte eine Stahlbrille mit Fensterglas. Im Wandsafe fanden wir eine Menge Geld und die Tatwaffe: eine 32er Automatik.

Phil griff zum Telefon und verständigte die Mordkommission. Juhlin lastete auf einem weißen Ledersessel, füllte ihn wie ein formloser Sack und starrte auf seine Handschellen.

Er ekelte mich an. Ich ging auf die Terrasse, trat zu der niedrigen Mauer und sah in den Sonnenglast über den Dächern der East Side. Ich spürte den warmen Schein auf Genick und Schultern und schnippte die Glut von meinem Zigarettenrest. Den Stummel warf ich über die Dachkante in die Tiefe der Häuserschlucht.

ENDE DES
DRITTEN BUCHES